法眼

木森——著

作家出版社

图书在版编目（CIP）数据

法眼 / 木森 著 . — 北京：作家出版社，2015.11

ISBN 978-7-5063-8584-8

I. ① 法 … II. ① 木 … III. ① 长篇小说—中国—当代
IV. ① I247.5

中国版本图书馆 CIP 数据核字（2015）第 288387 号

法眼

作　　者：木　森
责任编辑：丁文梅
装帧设计：80 零·小贾
出版发行：作家出版社
社　　址：北京农展馆南里 10 号　　　　邮　　编：100125
电话传真：86-10-65930756（出版发行部）
　　　　　86-10-65004079（总编室）
　　　　　86-10-65015116（邮购部）
E-mail:zuojia@zuojia.net.cn
http://www.haozuojia.com（作家在线）
印　　刷：北京大运河印刷有限责任公司
成品尺寸：170×240
字　　数：450 千字
印　　张：23.75
版　　次：2016 年 1 月第 1 版
印　　次：2016 年 1 月第 1 次印刷
ISBN 978-7-5063-8584-8
定　　价：38.00 元

目录

Contents

第一章　飞来横财

2011 年 2 月 12 日，刚过完春节，离情人节还有两天。就在下午三点多钟，原本是一天里较暖和的一段时光，忽然间刮起了刺骨的寒风，雪花也随之飘落下来。

整条街道空荡荡的，我一个人待在家电维修店里。我是这家店的老板，又是唯一的员工。为了省电，我没开取暖器，正想站起来活动一下暖暖身子，郑魏突然打来电话，问我是否去泡泡澡。我没有犹豫，让他开车来接我。

龙盛湾在我们这儿名气很大，这个时间段本不应该是洗浴中心最忙的时候，但我们到时黑压压的全是车，好不容易才找到一个停车位。来到大厅后，服务员殷勤地拿来两双拖鞋。我们坐在沙发上脱去运动鞋换上拖鞋，服务员把鞋子收进去，分别递给我们俩一人一个手牌。我看了一眼，是 502 包间，便径直走向左侧的电梯，按下五楼的按钮。

电梯到了五楼，我对服务台里一位阿姨级的服务员说："502 开下门。"

服务员拿了一串钥匙过来，打开 502 包间的门，屋子里热烘烘的，有一股浓浓的烟味弥散在房间，许是前面的客人刚走不久。我平常很少吸烟，尤其受不了封闭的屋子长时间不通风，一股臭烘烘的味道。

我按下墙壁上的换气扇开关，没有听见嗡嗡的响声，想必是换气扇坏了尚未修理。我索性走到窗前，拉开半扇窗户，刺骨的风扑面而来。我揉了揉鼻子，忍着凉风吸了一口新鲜的空气，顿时感觉舒畅多了。

郑魏跟在我身后，正拿着手机打电话："来嘛，我在咖啡厅等你呢！"

靠，这么肉麻！我来了兴趣，凑过去，竖着耳朵偷听。

"不嘛，哥哥，我在单位上班呢，走不开呀！"电话里一个女孩子在发嗲。

"上什么班啊，来喝一杯嘛！"

"晕死，我不上班你养呀！"

"好啊，我就养你嘛……"

我听不下去了，这家伙一时半会儿不会挂电话，我大吼一声道："83 号上钟了。"

郑魏紧捂着话筒，连连向我摇手。

我问他说："你还洗不洗了？"

郑魏移开手机小声地说："你先去洗，我打完电话再去。"

郑魏盯着我猥琐地笑，对着手机解释说："哪里有女人呀，刚才是一个没有素质的男的，大着嗓门叫服务员，催着给83号桌快些上咖啡呢！"

这个重色轻友的家伙真会扯淡，我上去给他一拳，郑魏龇牙，摆着手讨饶着躲开。我不再理他，光着膀子出去了。

我快洗好的时候郑魏才来，我问道："你不是要去咖啡厅泡妞吗？"

郑魏说："她在上班，逗她玩呢！"

"哪里的良家妇女又要遭你残害了？"

郑魏得意地说："改天带你认识认识，电视台的小编，文文静静的，长得挺正。这次我准备把她拿正当女朋友相处，兴许这辈子就跟她一起过了。"

我不信，拿眼睃他。

郑魏急了，说："真的，不骗你，这次真动心了。"

我懒得揭穿他，洗好了准备上去，问郑魏说："要不要我先上去替你把83号叫来，别又被其他人给叫走了？"

郑魏没有一点犹豫，随口就说："好，先叫来吧，我马上就上去。"

"靠，你这也算动了真心？真服了你。"我抄起一捧水浇向他的脸。这下他防备了，迅速后撤躲开，拿起毛巾反过来抽我。我连忙跳上水池就逃，脚下一滑，差点儿摔倒。这家伙咧着嘴站在水池里，嘎嘎地乐。

我擦干净身上的水，套上大裤衩，走出洗浴区，坐电梯回到五楼。服务员拿了一串钥匙跟着我后面，到了502包间门口，服务员麻利地打开门，然后对我问道："有熟悉的技师吗？给你们叫两个过来吧。"

我说："把83号和68号两位美女叫来吧。"

服务员应声说好，转身离开，像是忽然想起了什么，又扭身对我说："68号只做一般按摩，要不要换一个？"

我说："就要她来吧。"

我关上包间的门，本想靠在床头舒舒服服喝杯茶，等着美女来给我按摩，不料隐约间闻到屋子里飘出一股臭豆子的味道。我纳闷了，来时开了窗户透气，这股怪味道从哪里来的呢？循着味道的来源，发现是我脱下的一双袜子，正静静地躺在床上，往外做着化学性扩散运动。

我这人脚汗重，今天可能是忘记换了，袜子的臭味熏得我自己都受不了。这要是美女进来闻到了味儿，把我想成是个邋遢的人，那我这张脸还往哪里搁？

我赶紧拎起袜子，想找一个旮旯地方藏起来。

我发现电视机下面的小柜子正合适，便打开柜门，把袜子扔了进去。

　　忽然，我看见柜子里好像还有一个黑乎乎的东西。

　　我弯下腰仔细一瞧，是一个厚实的灰色帆布袋，有点像邮政局送信的工作人员绑在自行车后座上的帆布袋。体积差不多大，只不过那是绿色，这个是灰色的。帆布袋放在电视柜的最里角，鼓鼓囊囊的像是塞满了东西。

　　我忍不住好奇，随手按了按，里面硬邦邦的不知道是什么东西，感觉好沉。我便把袋子拽了出来，袋子是新的，上面没有浮尘，应该是放进来没多久。也许是上一位客人临时放在这里，走时忘记拿了吧。

　　我拉开一看，顿时惊呆了！好多钱！一捆一捆的，全是一百元的钞票。我数了数，有十捆。从每一捆的高度来判断，应该是十万元一捆。也就是说，足足有一百万啊！

　　这是谁的钱？

　　难道轮到我发财了吗？

第二章　财迷心窍

　　我抽出几张，对着灯光仔细瞧，色彩、水印、字体，没发现不正常。而且正面左侧和背面右侧、靠近中间位置印有的圆形局部图案，在灯光下准确对接，组合成一个完整的古钱币图案。我再用手摸了摸敬爱的毛主席他老人家的衣服领子，凹凸感很强烈……

　　凭我多年开店练就的识别假币的经验，我确定这些钱是真的。

　　我的天，这可是整整一百万啊！

　　我的热血开始沸腾了，我的心跳得已不能用扑通扑通来形容，幸亏双手按在胸口，不然马上就要蹦出来了。

　　这是谁的钱？怎么会藏在这里？是不是谁来这里，打算做什么不可告人的交易，忽然发生了变故，没有来得及把钱转移，只好临时塞在了电视柜里面？

　　我惊险的悬疑剧看多了，第一时间想到了这些问题。

　　或许是某个傻帽喝多了，在这里玩得开心，走时忘记拿了吧？我的脑袋里突突突地往外喷问号，猜了半天也猜不出准确的答案。不管他了，反正一下子能拿出这么多的钱，而且就这么随意地放在这里，不是来路不正，就是不缺钱的主儿。

　　我现在正急需一大笔钱，强烈的占有欲控制了我的大脑。我赶紧起身把包间的门销上，快步走回来，打算穿上衣服，拎起钱袋子就走人。

　　我迅速穿好上衣，拿起裤子准备穿的时候，忽然一想，就这样能出去吗？我的脑袋里又在突突突地往外喷问号，这下答案非常肯定——不能！

　　这家洗浴中心我来过多次，可以说哪一层是干什么的，哪里是商务套间，哪里是专门的按摩房，我都十分熟悉。每一层楼层的过道口，都有一个摄像头对着走廊，只要有人进出包间，就会在监视器里留下记录。

　　万一失主找来了，我大模大样拎着这么大一个帆布袋子出去，调出监控一看，那岂不是很容易发现是我拿的？再说了，我这样一走，事后郑魏能不问是怎么回事吗？假如失主找来，郑魏什么都明白了，他见我如此黑心，连他都不告诉，他还会看得起我，跟我称兄道弟吗？

　　不能，得想好对策才行！

我坐在床前，望着百万巨款不能立马变成我的，心乱如麻，赶紧做了几个深呼吸，调整好心情，脑子里快速地闪动着应对之策。

首先，要瞒着郑魏，不能让这家伙知道了。郑魏的生意做得不错，场面上结交了很多朋友，难免经常喝得烂醉，但这家伙酒品不行，喝多了耍酒疯不说，还经常以揭朋友的短为乐。我小时候和他一起干的那些糗事，全都是他在酒桌上吐露出来的，搞得我很没面子。

但他天性就是这样的人，能拿他怎么办呢？

所以，要想保住这笔钱永远不被人知道，打死也不能告诉他。

要防止他知道，我这时候就不能独自悄悄地离开。我得和从前来这里一样，先享受一番，然后再想办法把钱转移出去。

事不宜迟，我把裤子重新放在一边，脱光衣服，再次穿上洗浴中心提供的大裤衩。这时，门外传来了敲门声。

我迅速把钱塞回柜子，站起来扫视整个屋子，一切如来时一样，没有什么区别。

我咳了一声，恢复镇静，走过去开门，并大声埋怨：“你小子自己不会开门啊！”

门口站着一位美女，正是我要找来做按摩的68号。

美女解释说：“门被你反锁上了吧，我没有推开。”

我说：“还以为是朋友洗好上来了呢！”

我看看门外，郑魏还没有上来，想必也快来了。既然美女先到，那就表现自然一些先按摩吧。

我把美女请进了包间。

美女问我今天怎么按，我说：“还是老规矩，来个普通泰式的吧。”

美女摘下墙上挂着的内部电话，向服务台报了钟，挂好电话，回过身来对我说：“我先给你按背部吧。”

我脸朝下趴在床上，美女骑在我身上给我按摩。

以前找她按过，也许美女觉得与我有些熟了，不与我见外，见我老老实实趴着沉默不语，好奇地问我：“想什么心思呢？”

我满脑子都是钱，没有在意美女说话。美女使劲捏了我一把，我一个机灵回过神来，美女咯咯地乐，再次问我：“想什么呢，这么深沉？”

我不想让美女看出破绽，忙说：“你按得真舒服，我在闭目享受呢！”

美女听了很开心，手上的功夫越加细腻，从我的肩头开始揉捏，然后顺着脊骨，一点一点地挤压，逐渐下移到腰的两侧，小手捧着我左右的腰来回摩挲，热乎乎的暖流顿时涌遍了全身。稍作停留之后，小手继续下移，自然停留在股沟之处，然后摊开两掌，抓紧我屁股上厚实的肉，一拉一松做着圆弧状运动，伸出拇指紧紧地顶压在左右两边，再作短暂停留，双手合十，忽地一下触及我的敏感神经，未等我完全享受，小手迅即分开，又回到了我的肩头，给我留下了太多的念想。

美女柔柔地问我："舒服吗？"

"嗯。好舒服。"

"你这人真奇怪。"

我不解，问道："怎么奇怪了？"

美女说："和你来的朋友，每次来都要做特服，而你为什么只做普通按摩，是不是女朋友管得严呢？"

呵呵，有意思，关心起我有没有女朋友了，看来有戏啊！

想一想我这人，确实会让女孩子们感觉奇怪，因为我从来不在这里做实战运动。当然，我并不是多么清高，也不是担心洗浴中心不安全。我只是觉得这儿做特服工作的女孩子，就像小区门口的垃圾箱，外表看起来光鲜漂亮，可谁来都可以掀起盖子，往里面随意扔垃圾，多脏啊！越是好看的，人们越是喜欢往里面乱扔东西，自然装载的垃圾也是最多的。这么浅显的道理，好像明白的人多，但装糊涂不管不顾的人更多。

我来这里主要看重的是洗浴环境，而且洗完澡之后可以找一个面相清爽的女孩子按按摩，缓解一下疲劳，耍耍嘴皮子逗逗乐，打发一些无聊的时间也是一种快乐。

68 号就是这样的女孩子，长得漂亮不说，还特别会聊，是我喜欢的类型。我规规矩矩让她按摩了几次，可能赢得了她一些好感，对我有了些好奇。

既然美女把话问出来了，那我再跟她玩一玩萌的，我装作不好意思的样子说："我还没有女朋友呢！"

美女见我老实，进一步撩我说："不会吧，你长得这么帅，怎么会没有女朋友呢？"

我叹了口气，说："唉，这年头也不知怎么了，女孩子怎么都喜欢找丑男啊？"

美女说："因为帅哥追的人多，容易花心呗。"

我反驳她："不可能全是吧？长成什么样的人都有花心和不花心的。你看我，像花心的吗？"

"那谁知道呢？又没有相处过，我哪里知道你花不花心呀？"

"你跟我相处久了你就知道了，我才不花心呢！"

美女笑了几声，忽然间脸红了，不再说话。

我也玩深沉，不再说话。

我的脑子里始终在想，假如我把钱拿走了，失主找来会不会第一时间就怀疑到我？不知道这些钱放在这里有多久了，这家洗浴中心的生意非常好，也许在我和郑魏来之前，已经有好几拨人住过这个包间了吧？来的人越多，今后被怀疑的概率越少。只要我出门时，摄像头没有拍到我拿着钱走出去，即使失主调出录像，也不能肯定是我拿的，我的嫌疑就少了许多。即使失主一个个调查，最终找到了我，我也有足够的时间洗去我的嫌疑。

也就是说，只要我把钱先藏起来，暂时不拿走，监控录像上不留下任何怀疑点，他们就不可能认定是我。等风头过去了，我再找个合适的时间过来，想办法把钱悄悄拿走，应该算是神不知鬼不觉了吧？

美女不会玩深沉，见我不说话，感觉气氛好暧昧，找话问我道："你没有女朋友，怎么还这么保守，反正又没有人管你。"

我吭哧了半天，才难为情地说："两个人不认识，一来就做那个，多不好意思啊！"

美女乐得花枝乱颤，打了我一下，说："真的假的，你还真这么清纯呀？"

我也嘿嘿地乐，反问她道："你长得这么漂亮，有没有男朋友呢？"

"有呀！"

"你男朋友知道你在这里做按摩吗？"

"怎么能让他知道呢？打死也不能说。"

我继续玩萌，说："为什么不能说？你做正规按摩，又没有干别的。正经工作怕什么呀？"

"那也不行呀，你们男的最喜欢吃醋了，这怎么能告诉他呢？"

"你不告诉他，他也会知道吧？你来这边上班，每天都骗他，他能相信吗？"

"我和他在两个城市，很难见上一面。"

"为什么不在一个城市找工作呢？"

"我还在上大学，他大学毕业了，和同学一起去深圳发展了，等我毕业了再过去。"

"你还在上大学？"

"是呀！"美女扬起下巴，说："难道我不像是大学生吗？"

我赶紧说："不是你不像，我没想到你也是苦孩子，可能是家庭困难，没办法了才来做这行的吧？"

也许问到了美女的伤心处，美女叹息一声说："各有各的难处，这行业稍微赚钱多一些，我也是迫不得已才做这个的。"

美女这么一说，一下子触动了我的内心，我也是被钱困住的人，我发现我们俩有着许多相似之处。

我正要继续问，门外传来敲门声。美女跳下床跑过去把门打开，我见是83号美女，就说："刚才在走廊上遇见你，你不是说正准备上钟去吗，怎么这么早就下钟了？"

听我这么一问，83 号美女笑得气喘，说："刚才那男的，好像第一次出来玩，紧张得不行，没两分钟就完事了。"

68 号美女听了也咯咯地笑，说："那钱花得多冤哪！"

正说着，郑魏光着膀子也进来了，说："谁花钱冤枉了？"

我拿他开涮道："不说你还会说谁？美女刚才跟我说，别看你身高马大的，说不定一上阵，两分钟不到就被搞定了。"

"瞎说你！要不要给你上演一段现场直播？"郑魏一把搂着 83 号美女就亲。

"拉倒吧你，还是去其他包间乐和去吧。"

我说着话，瞟了一眼 68 号。美女也在偷偷地望着我，见我的目光扫来，连忙低下了头，一抹红晕袭来，小脸好可爱。

但是，这时候再漂亮的美女我也没有兴趣，唯一能打动我心的，还是藏在柜子里的一百万。

事不宜迟，我得赶紧找个地方将钱转移，不然失主找来，将会空欢喜一场。

第三章　藏钱

　　郑魏和83号美女被我撵到其他包间去了，68号美女把门销上，继续要为我做按摩，我猛然间想起什么似的，拿起手机对美女说："今天就按到这里，你提前下钟吧。"

　　"怎么了，还没有到钟呢。"

　　"刚才忘了，一早朋友让我帮他一个忙，我得赶紧给另一个朋友打个电话问问。"

　　"按摩完了再打也不迟呀！"

　　"再晚一些打电话朋友就要下班了，可能会耽误了事情。你回去休息吧，改天我再找你，好吗？"

　　美女依依不舍的样子，说："那好吧，我先走了。"

　　我把美女送到门口，见她走远，赶紧回身把门重新销上。

　　从现在开始，我可以单独支配的时间，大概还有二十分钟。

　　事不宜迟，我要抓紧时间行动才好。

　　刚才美女给我按摩的时候，我就想到，整个房间不大，除了两张单人床和一只电视柜之外，没有任何可以藏钱的地方，显然床下面和电视柜都不是理想藏钱的地方。床上只有一床被子，肯定也藏不了钱。平常看电影里经常在洗手间的马桶里藏钱，但这实在不是个保险的地方。万一郑魏要撒尿，立马就露馅了。

　　那么，整个房间，哪里才能藏下这么大一包钱呢？

　　我边按摩边考虑，终于想到了一个好地方。

　　刚进来的时候，因为屋子里的味道不好，我打开窗户透透气，发现窗外的风虽然可以吹进来，但却看不到远处的风景。窗户外离墙面大约一尺多远的位置，被一个巨大的商业广告牌给挡住了。也就是说，窗户外面与广告牌之间，还有一个狭小的夹层空间。假如这个空间里有一个固定的位置，完全可以把整袋子的钱藏进去。

　　我走到窗前，打开窗户，伸头朝四下里张望。窗外安装的广告牌非常大，足有二十米长，两层楼那么高，广告牌与墙体之间有一个宽敞的夹层，整个人可以爬进去，往上能看到整个楼顶的屋檐，朝下也可以清楚地看清地面。上和下的空间里毫无遮拦，寒冷的风正是从上下的空间里，畅通无阻地吹进屋子。也就是说，虽然空间足够的大，但却空荡荡的，这么沉重的钱袋子，总不能悬空在里面吧？

我仔细观察，发现广告牌的最底端，正好与窗户垂直的地方有一个横梁。我算了算，假如用一根两米多长的绳子，把钱袋子绑起来，慢慢地放下去，也许正好可以放到横梁上。

可是，哪里有绳子呢？放眼整个屋子，除了窗帘和被子，没有另外可以做成绳子的东西了。而窗帘和被子是不能够动的，一旦打扫卫生的服务员发现屋里的物品少了或被损坏，是很难跟他们扯清的。即使赔偿了损失，也会闹大动静，最终失主还会知道，这条路子也走不通。

时间不多了，我急得满头是汗。忽然，我有了一个好主意——我何不把毛线织的裤子拆掉。于是，我用牙齿咬去裤脚，露出一截线头出来，轻轻一拉，就把半条裤腿给拆了。我担心绳子太细容易折断，比画着三米长左右，来回对折了十来圈，做成一根完全能够承受得起这袋钱重量的绳子。然后一端系在钱袋子上，一端紧紧地攥在手中，把钱袋子顺着窗口，对准窗户下面的横梁缓缓地放下去。

快要放到下面的时候，我才想到，横梁那么窄，这袋钱放上去不可能十分牢固，万一风一吹掉下去，那我岂不是很惨。即使有那么一万个侥幸，没有被风吹下去，这袋钱就这样搭在横梁上，距离地面那么近，只要有谁这么仰头向天看上一眼……

帮着别人偷运了钱，还搭进去一条毛裤，太可悲了吧！

我重新把钱袋子提上来，再对整个广告牌里的空间仔细地打量了一番。紧贴着窗户的上端，还有一根横梁，一开始我就发现了它，随即就被我否决掉了。因为横梁虽然近，需要翻出窗户站起来才能够着。

翻出窗户很容易，但脚下没有可以支撑的物体，不可能整个站起身子。如果能够站起身子，就有可能把钱袋子绑在横梁上，这样风吹不掉，离地面也远一些，下面的人不会那么轻易地看清楚。

我再观察一下四周，已经没有再近的横梁。也许，这是最后一个希望了。

我扫视整个屋子，不放过任何可以利用的东西。一件物体瞬间进入了我的视线，我立即走到屋角，把用来挂衣服用的立式衣架拿起，掂了掂重量，非常沉，是用原木做成的，估计轻易不会折断。

我把衣架拿到窗边，小心翼翼地伸出去，刚好前端可以搭在右手边一米之外的横梁上，这一端自然落在窗台上。我晃了晃，还不错，十分稳当。

我把裤子上的皮带解下来，一端系在左侧墙角暖气片的管道上，另一端握在手中。我再把钱袋子放在窗台边，伸头看了看窗下，下面好安静，没有人从广告牌下路过。我放心地爬出窗外，右手攥着皮带，右脚踩牢窗台，左脚轻轻地点在衣架上，使我的身体可以保持平衡。站稳了脚跟之后，弯下腰提起了钱袋子。

风太大，吹得广告牌不时发出巨大的声响，冻得我一个劲地哆嗦。我咬牙坚持着，想把钱袋子举起来，然后再把拴紧钱袋子的绳子从横梁上抛过去，紧紧地拴在横梁上，一切工作就算完成了。

可是，我试了几下，由于右手一直要紧紧地攥着皮带，以防身体不平衡掉下去。而只有左手可以拎着钱袋子，把绳子的一端好不容易抛过横梁，却再也没有办法系起来。但就抛绳头的这么一个简单动作，在这如此狭小的空间里，冒着这么大的寒风，我居然折腾了一头的汗。

我尝试了几下，看来这个办法也行不通。我只好下来，返回屋里。时间已经过去了一大半，再没有好的办法，将要前功尽弃了。我急得抓耳挠腮也没有想出好主意，只好停下来，深深地呼吸几次，迫使自己不再焦虑。

现在已经可以站到窗外了，这个最大的难题已经解决，只剩下最后一个小问题，也就是最后的关键一环，只要想办法把钱袋子放在横梁上，一切问题都解决了。那么，既然一只手不能把绳子牢牢地系上，还有什么办法可以把钱袋子送上去呢？

幸运的是，我在洗手间发现了一截铁丝。估计是服务员用它做成简易的钩子来疏通管道用的，疏通完了忘记拿走，放在了坐便器后面的夹缝里。也许是故意放在这里，以备今后再用吧。

铁丝表面布满了锈迹，尤其是钩子的一端，看起来更是脏得不行。时间紧迫，我没有在水龙头上冲洗一下，直接给弯了个对折，然后两头都做成钩状，一端钩在钱袋子的手提端，再把毛裤做成的绳子去掉。

我重新翻出窗口，小心翼翼地站起来。这下有了之前的经验，很容易站稳脚跟，提着钩起钱袋子的钩子，直接挂在上方的横梁上。我弯腰下来，顺带拉了拉防雨篷，防雨篷锈迹斑斑的，还没有完全坏掉，拉下来一大半，正好挡住了上面的钱袋子。

我慢慢地蹲下，爬回窗内，蹦下地，然后把衣架在原位放好，把窗户关上，再朝上面看了看，钱袋子高高在上，被墙挡住了，从屋子里连防雨篷都不能完全看见。

我心里一阵欢喜，忍着得意拉上窗帘，发现身上都是灰，手上还有一股臭味，是刚才的铁丝钩子弄的。我走进洗手间放水洗手，在水龙头下使劲地来回搓，然后掸去身上的灰尘，脱去衣服，把短了一截的毛裤塞进裤子里，这样等会儿走的时候一起穿上，只要郑魏不留意，就不会看出破绽。

毛线裤算是白拆了，没有派上用场，但我一点也没觉得可惜。

我把绳子团成一团，装进口袋里，再次穿上大裤衩，仔仔细细看了一遍房间，没有留下任何可疑的地方，便满意地靠在床头，美滋滋地等着郑魏敲门进来……

第四章　极速逃生

不大一会儿，郑魏推门进来，见我靠在床头看电视新闻，扔给我一支烟，问道："按摩小姐呢，怎么这么早就走了？"

我说："你那么猛，干了半天，这边按摩早结束了。"

郑魏咧开大嘴嘎嘎地乐，说："一身臭汗，我再去洗洗，等会儿找个地方吃饭去。"

我刚才脑子高速转动，加上爬上爬下的，不比他运动量少，也忙了一身的汗，便找理由说："躺在床上有些冷，我也去泡泡澡暖和暖和。"

我和郑魏一起关上包间的门，坐电梯下到二楼，去洗浴区继续泡澡。郑魏边走边跟我吹牛，他是如何把 83 号折磨得嗷嗷叫的。他越说越兴奋，我心里想着那一笔钱，也是越想越兴奋。

泡好澡我们俩坐电梯上来，老远就见 502 包间门口站着一个服务员，正对着里面的人说着什么。我心里一紧，郑魏也感觉到不对劲，我们俩加快脚步赶了过来。

屋里有三个男人，两个二十来岁，一胖一瘦，正在合力搬开郑魏的床铺。床上的被子和郑魏的衣服，都被扔在了我的那张床上。另一位年龄稍大一些，约莫三十多岁，身材短小粗壮，从厚实的身板来看，像是练过几年功夫。我和郑魏疾步奔到包间门口时，此人正打开窗户，欠起身伸头出去，朝下看了看，然后又左右望了望。

我吓出一身冷汗，一定是失主找来了，要是这家伙抬起头，看见破烂不堪的防雨篷，再顺着缝隙仔细往上面瞧，那我刚才一切的努力……

"怎么搞的，让人进我们包间干吗？"我对着站在门前的服务员一声暴喝。

郑魏的火爆脾气上来了，一声不响冲进屋子，向着离他最近的胖子飞起一脚踹去。胖子正背对着他抬床，措手不及一个狗啃泥扑倒在床上。

我本来心虚，不想把事情搞大，大吼几声表现出愤怒的样子，以示自己的清白，把对方的目光从窗外吸引回来，只要对方不再怀疑我们，即使没经过我们的同意闯进来，即使翻乱了衣服，我也不想过多地追究。

可是，郑魏却不知道这件事的起因。郑魏本来脾气就火爆，上学的时候就欺负人惯了，如今手里又挣了不少钱，从来都是他拿钱砸别人，哪里见过别人敢在他面前叫歪一声？更何况居然敢在我们不在的时候，未经同意来翻东西，这与大白天的擅闯民宅有什么区别？

我们的举动惊动了站在窗前的人，他不再打量窗外，冷不丁地从腰间掏出一支枪，顶在郑魏的额头，阴森森地说："你再敢动手，我弄死你！"

郑魏踹倒了胖子，正要上前攻击瘦子，没想到短粗的汉子这么猛，居然掏枪对着他。郑魏吓得愣在那里，不敢再轻举妄动。

我也是一惊，但事情是我惹出来的，我不能见着好朋友无辜地被伤害。

这家伙拿着一把五连发钢珠枪，这种枪我见过，射程最大能达到一百多米，三十米开外能把一只啤酒瓶击碎。如今这家伙把枪管抵在郑魏的头上，万一走火，郑魏的命哪里还能保住。

我装作害怕的样子，望着举枪的壮汉，哆哆嗦嗦地替郑魏解围说："朋友，怎……怎么了？我们不认识你们，是不是有……有什么误会？"

这家伙瞪了我一眼，铁青着脸问道："你们俩什么时候来的？"

"下午不到四点钟吧，怎么了？"

这家伙见郑魏也老实了，便把枪放下来，指着电视柜继续问道："看到这里面的东西了没有？"

"这里面能有什么东西？"我满脸惊奇，仿佛不相信闹了这么大的动静，就是因为这个破柜子里居然也能存放什么值钱的东西一样，反过来问他。

短粗的壮汉盯着我和郑魏，像是审问犯人似的问："真的不知道？"

"到底是什么东西，搞这么大动静？"我和郑魏的脸上写满了疑问。

壮汉有些相信了，弯下身子，把里面的臭袜子拎了出来，扔在床上，说："这是谁的袜子？"

"我的。怎么了？我脚汗重，袜子太熏人，放在柜子里没问题吧？"

"你在放袜子之前，没有看到里面还有其他东西？"

"没有看到啊！"我理直气壮地说，"即使你们有什么值钱的东西，放在这里忘记拿了，你们也该等我们洗好澡上来，经过我们同意再进来吧？"

壮汉仗着自己有枪，耍起无赖说："怎么着，我进来还得经过你们同意？"

我不想再次激怒他把事情搞大，不想跟他正面冲突，转身对着门口的服务员说："把你们老板找来，你们怎么能这样对待客人？"

服务员急得都快哭了，说："我也不想这样啊，是他们逼着我开门……"

服务员话未说完，忽然两眼瞪得老大，啊的一声惊呼。

只见倒在床上的胖子，刚才疼得直哼哼，这时缓过了劲，脸气得青紫，爬起来冷不丁操起立在屋角的衣架，照着郑魏的头上就砸。

郑魏早已瞧见，忙向旁边一错身，躲过砸来的衣架，趁其未站稳之时，再次飞起右腿踹向胖子。

郑魏憋了一肚子的气，进来踢胖子第一脚时，多少还是没有使出全力，毕竟气归气，不能把人一下子给弄废了。没想到这胖子不知好歹，缓过了劲，竟然如此不要命地攻击，郑魏也索性豁了出去，脚下不再留情。

站在一旁的短粗壮汉，见自己的人倒地，火气顿起，对着郑魏就要开枪。

我一看郑魏动了手，知道跟这帮恶人再也没办法说理了，便朝前一迈步，右掌砍向壮汉拿枪的手。壮汉没想到刚才吓得不轻的我也会动手，眼神中闪过一丝惊疑，我迅速抬起左肘对着他的头部猛击。

我清楚地知道，既然出手，那就不能有丝毫的轻敌，得比平常打比赛的时候还要快速果断才行。关键时候就看谁的拳头硬、谁更敢拼，谁才会笑到最后。只要稍有犹豫，便会给对方留下还手的机会。对方也是一个练过功夫的人，他要是缓过劲来，加上手里有枪，那我可就有苦头吃了。所以，我下手绝不手软，一肘下去之后，这家伙便瞬间倒地，我想再次补上两脚，让他彻底没有还手的余地。

没想到可怕的事情发生了，这家伙在倒地的瞬间，下意识里扣动了扳机。只听一人嗷的一声鬼嚎，我循着声音望去，站在门口的服务员突然摔在了地上。

我吓坏了，这要是出了人命，即使我是正当防卫，也脱不了干系啊！

我防备着这家伙开枪伤着郑魏，才一记重击，把他给击倒了。本想趁其不能反击之时，我们穿上衣服走人，他们找不到我们了，我们也自然就脱离了危险。可谁想到这家伙在倒地的瞬间，居然扣动了扳机。我担心他再开枪伤人，一脚踩住他拿枪的手，这家伙很清楚刚才大意失去了主动，现在已经不是我的对手，便不再反抗，任由我把枪拿过来。我照着窗台有水泥的地方猛磕，没两下枪管便被磕变了形，再也不管用了。

我把枪扔在壮汉身上，迅速穿好衣服，郑魏已经穿好正等着我。

我扫视了一下整个屋子，胖子倒在地上，脸色煞白，早已失去了还手的能力。瘦子吓得不轻，躲在屋角直愣愣地望着我们，一时没了主张。被我一肘击倒的壮汉，横躺在路口，愤怒地瞪视着我。我抬起脚作欲踢状，这家伙吓得赶紧闭眼，下意识里抬起手臂遮挡在头部。

我没有打算再修理他，从他身上跨过，和郑魏一起迈开大步走了出来。

服务员坐在门口的地上，捂着小腿不停地哀号，血渗出裤子还在往外流淌。已经有其他的值班人员过来，帮着她处理伤口，伤势看起来不轻，但不会有生命危险。我舒了一口气，估计已经有人打了120。

这家洗浴中心的老板为了不影响生意，想必是不会打110叫警察过来的，我也不想再惹出事端，还是早些离开为妙。

电梯在楼下还没有上来，我们便不再等，直接顺着楼梯下来，大厅里的值班人员已经知道上面发生了事情，一起望着我们俩。

我拿出手牌扔给服务员，让他把鞋子拿出来。服务员问吧台里的领班结账了没有，我瞪了一眼领班，正要质问他为什么不尊重客人，私自让他人进包间。领班有些心虚不敢看我，向服务员摆了摆手，示意不收费了。我也不再质问，催促服务员快些拿鞋子。

我和郑魏换好鞋，向着大厅外走去。

快走出大门的时候，我从门口的玻璃镜中发现，那个没有被打的瘦子也从楼上冲了下来。我扭身看去，瘦子急忙闪身躲在一堵墙的后面，但从另一面玻璃镜中我看到这家伙正拿着手机，对着里面不停地说着什么。

不好，这家伙刚才像我一样装老实，骗过一顿揍，会不会他在与外面的歹徒联系，要来跟我们玩命呢？

我急忙对郑魏说："外面恐怕有人，小心点！"

我们俩躲在前面几位一起出去的客人身后，四处张望着，小心翼翼地走出了大厅。

天已经黑了，洗浴中心楼上的大灯把周围照得雪亮。正是吃晚饭的时间，很少有人再来这里潇洒，人们三三两两从大厅里出来，有不急不慢步行离开的，也有相互礼让坐上小车离开的，原本挤得满满的停车位，此时显得空荡了许多。

我和郑魏快步跑到车前，郑魏打开车门，迅速发动车子。瘦子也紧跟着跑了出来，他已经完全不再恐惧，指着我们的车子对远处吆喝着。我顺着他吆喝的方向，见不远处一辆奔驰越野车，侧身停在停车位上，但已经发动了车子，司机急促地按着喇叭，催促着一辆马自达赶快离开。奔驰的意图很明显，一旦马自达通过了之后，正好可以卡在路口阻止我们的车通行。这是唯一的出口，一旦被对方堵住，便无路可逃。

"你坐稳了，看我的！"我指着那辆危险的奔驰提醒郑魏。

郑魏换挡、提速，向着三四十米远的马自达冲去。奔驰车发现我们向着马自达冲来，后座位上的车窗忽然打开，露出一个满脸狰笑着的家伙，不慌不忙掏出枪，准备拉开保险栓，等我们离得再近一些向我们射击。

郑魏也看到了这个可恶的家伙，没等枪口指向我们，郑魏忽然打开车前大灯，强烈的光刺得对方睁不开眼，恰好马自达向前开出了一段距离，在马自达与奔驰之间，留下一个三米来宽的空隙。郑魏猛一下向右打方向盘，车身越过马自达，又迅速回正方向，瞬间冲出了奔驰的堵截。

这一幕太刺激了，我大笑一声，对郑魏的车技大加赞许。郑魏故作轻松地说："跟他们这样的人玩，小菜！"

话刚说完，只听嘭的一声巨响。

我回身望去，对郑魏说："那家伙用霰弹枪把后窗玻璃打烂了。"

郑魏不敢怠慢，猛轰油门，快速驶离危险区。车子驶上主干道，我提醒郑魏先不要直接回去，后面的奔驰已经跟上来了。郑魏问我往哪边开，这个时间段正是下班晚高峰的时候，道路上来往的车比较多，车速提不起来，眼看着后面的奔驰挤过几辆车即将跟上。这帮歹徒手里有枪，一旦被追上，瞧他们那副猖狂的样子，一定敢在车流中对着我们继续开枪。

我考虑了一下，假如这样走下去，要不了几分钟就会被奔驰追上。前方不远处有一个十字路口，朝右拐便是通往县城的道路，这个时间段那个道路上应该车辆不多，车速可以提上来。但我们的车只是本田 CRV，与歹徒的奔驰越野车根本不是一个档次。而且开奔驰的那个家伙明显就是一个玩车狂人，想在空荡的道路上逃走，可能性几乎为零。

十字路口朝左还有条主道，是通往我们回家的路，我一开始提醒郑魏不要先回去，是担心歹徒跟踪过去，查到我们的住处今后就麻烦了。但我转而一想，那条道路中间的隔离带，是一米高左右的水泥墙，来往的车辆若想变道掉头，一个是在刚过了十字路口没有多远的位置，隔离带有一个两米多宽的缺口，可以顺利穿过驶向反方向车道。如果这个缺口错过了再想掉头，那只有继续朝前开，大约一公里远之后，才是下一个十字路口可以调转方向。

我对这条道路很熟悉，知道第一个缺口处没有掉头指示牌，而且道路上也没有行人斑马线，很多不熟悉路况的车辆都会过了这个路口才看到，但为时已晚，只好遗憾地朝前开。即使对路况熟悉的人，经常因为车速较快，也会一不留神走过了。我把我的想法对郑魏说了，问郑魏有没有把握。郑魏说："你把安全带系上，我带你玩一把刺激的。"

十字路口越来越近，郑魏故意放慢车速，压着后面的车无法超越。我们的车以最低时速向前滑动，后面的奔驰却一路狂奔，眼看着又超越了一辆紧跟着上来了。前方的绿灯亮着，一辆辆车像往常一样匀速向前通过，丝毫没有察觉危险就在身边。

我和郑魏一起盯着绿灯的时间在跳动。

三秒，两秒，一秒……

郑魏迅速换挡，猛轰油门，本田 CRV 像一匹发了情的骏马，瞬间冲过十字路口。

黄灯闪烁，红灯亮起，被郑魏拖在身后来不及提速的帕萨特，只好无奈地停在左转弯待转区的白线内。

帕萨特的身后就是歹徒的奔驰，司机按了几声喇叭，见帕萨特没有反应，气得猛向打右方向盘，越过帕萨特，不顾红灯已经亮起，继续左转行驶。迎面正常行驶的一辆公交车，忙向旁边侧让，奔驰根本不顾周边的危险，咬着我们的身后跟了上来。

"靠，这是些什么人啊，不怕罚钱，难道连自己的命也不要了吗？"我侧身望着后面追来的奔驰，明白他们会跟上来，但也低估了他们会这么拼命。

郑魏不屑地说："刚才只是和他们小玩了一把，好戏即将开始。"

郑魏说着话，眼睛紧紧地盯着前面的路况，很快越过十字路口，郑魏继续加速前行。后面的奔驰也不示弱，一副不管不顾的样子向前猛冲。

我对郑魏说："缺口不到两百米，小心前面的奥迪！"

郑魏坐正了身子没有说话，车身紧擦着奥迪飞驰而过，后面的奔驰也不示弱，一路紧紧追赶。

缺口越来越近，奔驰也越来越疯狂，又越过了一辆车，车头已经贴近了我们的车尾。我能清晰地看到坐在奔驰车里的司机，仿佛我们已是他们案板上待宰的鱼一般，露出了满脸的得意。

郑魏大声提醒我说："坐稳了！"

前方就是隔离带的缺口，郑魏丝毫没有减速，突然间向左猛切方向盘，车子借着向前的冲劲，一头钻进了隔离带的缺口，迎面车道一辆正常行驶的中巴车正巧路过，郑魏踩紧刹车，吱的一声，我们的车陡然间停下，中巴车身仿佛已经扑到我的眼前，挨着我们的车头瞬间飞驰而过。

由于惯劲，我们的车头停止，车尾向着右侧甩去，正好在反方向车道上调正了位置，来了一个漂亮的大漂移。我坐在副驾驶座上，身上系着安全带，右边的胳膊也被甩得撞在了车门上。郑魏打正方向盘，关心地问我："你没事吧？"

"我没事。"我揉着撞得生疼的胳膊，看着奔驰在另一条车道上渐行渐远，开心地说，"车技不错，吓死我了刚才。"

甩掉了奔驰，郑魏很是得意，说："这帮浑蛋跟我玩，还是嫩了点。"

"先不要得意，他们已经看到了你的车牌，瞧这情况这帮人很有些来头，假如他们想报复我们，很容易就能通过车牌找到你，这些天一定要当心了！"

"今天是怎么回事，他们去我们包间找什么？"

我不敢跟他说实话，就数落他说："谁知道他们找什么？你今天太冲动了，事情没有搞清楚你就发火揍人，这下闹大了，你没有脾气了吧？"

郑魏被我说得不好意思了，想了想方说："也不知道这是一帮什么人，我们得先了解了他们是谁，才能防止他们今后的报复。"

我说："是啊，得想想办法查出来他们是谁。"

郑魏一声叹息，把车速放下来，观察着道路的两旁，问我："想去哪里吃饭？"

我正要回答，心里猛一下涌出异样的感觉。超过我们的几辆车，司机在超车的时候，都会侧头瞧一瞧郑魏，仿佛平常在大街上，看见一个身材姣好的女人在前面走着，我们都要急走几步赶上前，回头望一眼心里面才算舒服一样。

我一想，马上就明白了。我回身看了看后窗玻璃，已被霰弹击成了大花脸。可能是玻璃碎片不停地往下掉，引起了其他开车人的好奇。

我对郑魏说，先找个僻静的地方停车，看看后面怎么了。

郑魏也感觉到了不妥，没有再说话，直接把车拐进路旁的巷子里停下来。我们俩走下车，借着路灯，发现后窗玻璃整块烂了，雨刮器变了形，左侧的碎玻璃已经掉落，无规则地形成了一个大洞。再看整个后车体，也是被霰弹击打得坑坑洼洼，有些地方已经掉漆了。想一想都后怕，这么大威力的霰弹枪，要是打在人身上，哪里还会有命在。

郑魏气得不行，想打电话报警，我劝他说："你报警了警察也不能赔你一辆新车，这帮歹徒这么嚣张，说不定上面还有人，报警之后反而激化了矛盾。还是先忍下这口气，找人把车尽快修好，能不惹他们尽量还是别惹吧。"

郑魏掏出电话，给一个维修店熟悉的朋友打电话，问他现在还在不在店里，打算把车开过去修理。

我站在一旁，不知道怎么的，心里说不出的紧张，仿佛预感到危险正在一步一步朝着我们逼近，但我却看不清危险来自于何方、何时会来、会以什么样的方式来。

这帮歹徒来势凶猛，不是我和郑魏能够惹得起的人物。我心里开始有些后悔，我担心那笔钱，虽然藏起来了，我还能有机会拿出来吗？

我站在巷子口的暗影里，四处张望着，生怕歹徒发现我们，然后从某个地方一下子钻出来，肆无忌惮地对着我们射击。

过了好大一会儿，我才渐渐恢复平静。右腿冷得厉害，我下意识里摸了摸，才想起毛裤的裤脚已被拆去了半条。我的心再次一紧，坏了，原先装在口袋里的那一截毛线绳子，好像不在口袋里了。

我连忙把手伸进口袋里翻找，全部口袋都翻遍了，也没有发现那根绳子。不会留在龙盛湾的包间里没有带出来吧？假如那帮歹徒在包间里继续翻找，发现了绳子，非怀疑我不可。

郑魏打完了电话，见我满脸紧张，问我怎么了。

我掏出手机，说："吓我一跳，刚才没摸到手机，还以为丢了呢！"

郑魏没再怀疑，可我的心里越想越觉得可怕，我怎么会如此大意呢？

第五章　危机骤起

我陪郑魏把车开到一家维修店，店老板杨杰正在里面忙着。我和杨杰也比较熟，经常在健身馆一起锻炼，他这边搞不定的车载电器，都是请我来帮着修理的。

杨杰招呼着让郑魏把车停在最里面的一个空位上，等我们走下车，杨杰很是惊奇，指着后车窗，问："怎么弄成这样了？"

郑魏扔给杨杰一支烟，掏出打火机分别点上，然后把事情的经过大致说了。杨杰一副不可思议的样子，问我们知不知道是谁干的，我们俩一起摇头，很是无奈。

"我看清了那辆奔驰车的车牌，你有熟悉的交警吗，帮查查车主是谁？"我对杨杰问道。

杨杰想了一下，拿起手机说："我有一个老同学在车管所，他应该能查出来，我先问问他吧。"

我把车牌号告诉杨杰，杨杰拨通了电话，问老同学在哪里潇洒，对方说在家老老实实陪老婆吃饭呢。杨杰哈哈大笑，把找他办的事情说了，老同学告诉他，现在下班了没法查，明天一早上班的时候再打电话给他。

店里特别安静，我在一旁听得仔细，未等杨杰开口，我便说："那就明天早上再麻烦你老同学帮忙吧。"

杨杰仔细查验了车，告诉郑魏，车体被打成这样，得要几天的时间处理，先把车停在这边，尽快修好了通知他。

郑魏表示了感谢，问杨杰有没有吃晚饭，一起出去喝两杯。杨杰说他在等一个顾客来取车，暂时走不开。郑魏说："吃饭要紧，让顾客等会儿再来吧！"

杨杰说："这哪成，跟人家说好了的，失信客户哪里还有钱赚？"

我也是开店的，理解做生意的不容易，便说："那我们先去找个饭店，你忙好了打我们电话赶过去吧。"

杨杰说不用我们等他，说不定顾客什么时候来呢。我们便不再打扰他，离开维修店找一家饭馆吃饭。

我们拦了一辆出租车，告诉他我们去的地方，司机对道路很熟悉，没有走容易堵塞的大路，穿过几条小巷，很快把我们送到了目的地。

这家土菜馆我们来过几次，味道不错，虽处在居民区，却比大街上迎市的店面生意还要好。已经过了晚饭的最高峰，小店贴近里面比较安静的地方正好有一拨人刚吃完走人，我们让服务员简单收拾了一下。

点好菜后，我和郑魏回到座位上，收起内心的恐慌，刻意回避刚才发生的事情。郑魏喝着茶，忽然想起了什么，问道："对了，下午准备去洗澡的路上，你说有什么事让我帮忙，当时一打岔给忘了，什么事？"

我也端起茶杯喝了一口，考虑着应该如何张口。郑魏又说："怎么了，愁眉苦脸的样子？"

我叹息一声，说："能借我一点钱吗？"

"多少？"

"十万。方便吗？"

"用这么多钱干吗？"郑魏很是惊疑。

我说："鸽子病了，我得给她凑些钱看病。"

郑魏不相信的样子，说："她那么对你，你还死心眼对她好，值得吗？"

"她不是你想象中的那样，我才知道前一阵子是我误会她了。"

下午郑魏邀我一起去洗桑拿的时候，我就想着把我的家电维修店给盘了，兴许能拿到几万块钱的转让费，再找他借五万块钱，加在一起凑够十来万，给我的前任女朋友看病，也许够付前期费用了。

没想到洗桑拿的时候，让我意外地发现了一百万，可惜现在还拿不出来。有了那一百万我的底气也足了，只要郑魏手里有钱，能借给我越多越好，我就不用再把店面给盘了。估计要不了多久，那帮恶人找不到我们的时候，我再想法子把藏起来的那一百万取回来，借郑魏的钱自然也就可以轻松地还给他。

我正要把我和鸽子最近几天发生的事告诉郑魏，我的手机突然响了，是杨杰来的电话，我想可能与要查的车牌号有关，连忙接了。

杨杰说："我找交警队的朋友查到车牌了。"

我紧张地问："查到车主是干吗的？"

"很恐怖！对方来头不小！"

我心里一沉，正要接着问，杨杰便说："电话里也说不清，见面再说吧。我这里有一个车载导航有问题，刚才忘了让你带回去把软件升级下。你们在哪里吃饭？我现在赶过去。"

我说："翠海花园小区知道吗？"

杨杰问："是不是人民南路那边的？"

我说:"是,我们就在翠海花园小区正对面百姓人家土菜馆,你赶紧过来吧。"

郑魏听说杨杰马上要来,起身说:"你先坐着,我再去加两个菜。"

郑魏去厨房点好菜很快回来了,我又接着开始的话题问他:"你手里有没有那么多的钱?"

郑魏说:"钱我可以给你弄到,可关键是你这样付出,值不值得?"

"有什么不值得的?我不能眼睁睁地看着她病越来越重不管吧?"

郑魏还要说我,我打断了他,我把最近一段时间以来如何与鸽子产生的矛盾、如何了解了事情的真相,前前后后原原本本地告诉了他。郑魏听了,瞪圆了眼珠子问道:"真的假的,这世上还有这么煽情的故事?"

我正要回答,只见一个女孩子慌慌张张地跑进来,老远看见了我,大声说:"大哥,快走,他们追来了!"

那女孩我熟悉,正是下午在龙盛湾给我按摩的68号美女,我明白她说的意思,什么话也没问,急忙对郑魏说:"别吃饭了,赶紧闪!"

我和郑魏站起来要走,正好服务员端来一盘菜,郑魏掏出两百块钱递给服务员说:"我们有急事要办,来不及吃了,这些钱买单吧。"

服务员没弄明白是怎么回事,拿着钱愣在当场,我们急匆匆地跑了出来。

刚跑出门外,就见翠海花园门口停下一辆商务车,里面冲出七八个人,朝我们这边奔来。跑在最前面的那个瘦子,正是在502包间翻我们东西的人。这家伙也看见了我们,对另外几个人嚷叫道:"就是他们,快追,别让他们跑了!"

翠海花园小区对面的这一排房子,原来是一家国有针织厂家属区的最后一排,已经打算拆迁了,不知什么原因,还有一小半的住户没有搬走,因为正好面对着翠海花园,许多家便打通了后门做起了小生意。在这排房子的最南边,原本是进入针织厂家属区的侧门,里面已经拆了,开发商便建起了一堵墙,和翠海花园小区连在了一起,这边的人要想出去上大街,只有走北边翠海花园小区的路口。

也就是说,我们要想跑出这帮歹人的追击,只有北边一条路口可走。而这帮歹徒也清楚这些,他们四五个人直接迎着我们追来,另外几个人想抢在我们前面堵住路口。

假如他们是一群普通的人,我丝毫不用紧张,相信我和郑魏联手,费不了多大工夫就能把他们撂倒。但想起他们手里有枪,让我丝毫不敢小瞧他们。我们发了疯似的想抢在他们前面冲出去。

68号美女紧跟在我身后,我不能落下了她,回身牵着她的手一起跑。她也看清了对方的意图,急忙说:"别往大街去,跟我来!"

我不知道她什么意思,也没有时间多问,既然她能在最关键的时候赶来救我们,现在让我们跟着她，那一定有她的道理。我们转回身，跟在她的身后，向着里面的那堵围墙跑去。

歹徒一开始不明白我们是怎么了，见我们不往外面冲，反而往里面跑，愣了一下也紧跟着追了上来。眼看着离围墙越来越近，我们越来越没有逃路的时候，美女指着一家小店说："从这家店穿过去，后面就是针织厂的工地，穿过工地就是大路了。"

我和郑魏毫不犹豫，一头钻进了右手边的这家小店。

这是家蛋糕店，前面是门面，中间是厨房，我们从厨房穿过的时候，里面正在忙碌着的两个小姑娘，吓得嗷嗷直叫。我们也顾不得道歉，继续向后面冲去。穿过厨房有个不大的院子，院子里摆满了瓶瓶罐罐，我们跨过这些杂物，径直奔向院门。

院门紧紧地关着，挡住了去路，我一瞧门上面一个钢筋做成的插销，只是销上了并没有落锁，我急忙拉开插销把院门打开，等他们两个跑出来，我顺手又把门给关上，捡起地上的一截树枝，插进门鼻里，假如歹徒追过来，也许能阻挡他们几分钟。

冲出院子，眼前是大片的拆迁工地，房屋基本上都拆了，留下满地的狼藉。我们不敢停留，沿着工地的小道急速朝前奔跑，跑了没有几步，只听哎哟一声，我一回身，看见美女摔倒在地上。

我忙问："怎么了？"

"我的脚崴着了。"美女疼得眼泪都快下来了。

"来，我背你。"不等美女同意，我弯下腰，抓住美女的双手往背上提，美女就势向上一蹿，稳稳当当地趴在了我的背上。

我加快了脚步，紧跟在郑魏后面向前冲。很快，我们跑过了这段工地，迎面正好有一辆出租车路过，郑魏冲在前向出租车挥手，出租车戛然停下。我扶着美女小心地移进后排座，等她坐好我也钻了进去，早已坐在前排的郑魏对司机说："快，加速一直朝前开！"

我回头从后车窗瞧见那帮歹人，正从那家小店的院子里跑出来，远远地看见我们上了车，他们知道追不上了，便不再追击，眼睁睁地看着我们走远。

我舒了一口气，一路上背着美女奔跑累了一身的汗，刚才还没有觉得什么，这时才感觉浑身乏力。我冲美女笑笑，轻轻说了声"谢谢"。

美女也不好意思地笑了笑。

"脚疼得厉害吗？送你去医院看看吧。"

美女活动活动脚，说："不怎么疼了，就是刚才不小心闪了一下，鞋跟快要掉了。"

美女见我仍不放心，用脚使劲踩了踩，说："没事，感觉不怎么疼了。"

我见她确实不像有事的样子，就说："还没吃饭吧？我们再找个地方先吃点东西。"

郑魏坐在前排也说："这一折腾我也饿了，美女想吃什么，让师傅开过去。"

美女说："随便吃点吧，我晚上吃饭很少的。"

"那成，我来安排。"

郑魏告诉司机一地方，司机很快把我们带到一家档次较高的饭店。等车停稳了，我先走出来，四周看了看，不像有人跟过来的样子，回身打算搀扶一下美女。美女说："我真没事了，你放心吧。"

美女钻出车子，走了几步，确实没有什么大碍，我才放下心来。

我们三人找到一个小包间坐下来。服务员拿来菜单，郑魏问美女喜欢吃什么，美女不好意思点菜，郑魏不再勉强，便拿过菜单看了看，指着上面的菜品告诉服务员。

点好菜，等服务员走了出去，我向着美女报以感激的笑容，说："今天真应该好好谢谢你！"

美女脸红了红，说："赶得也巧，前一阵子我租的房子就在针织厂家属区，因为拆迁我才搬回学校，那地方我比较熟，所以我打车抄近路赶来了。"

"你怎么知道他们要来找的是我们？"

"你们俩也真厉害，下午在 502 包间那么大的动静，全龙盛湾的人都知道啦！"

我一想也是，那么大的动静不可能不引人注意。但我又一想，这帮歹徒又是怎么知道我们会在那家土菜馆吃饭的呢？这么快的时间，即使按照郑魏的车牌号查出了我们是谁，也不可能查出我们在哪里吃饭吧？他们是什么人，怎么会有如此大的能耐？

我问美女他们是什么人，美女说她也不清楚，只是下钟的时候，听姐妹们私下里议论才知道这件事。后来她站在龙盛湾门口等出租车打算出来吃饭，有个人跑到她身边的一辆商务车旁，通知这帮歹徒说是找到我们了，并说了具体的地址，碰巧被她听到。她帮我按摩过几次，觉得我是个靠谱的人，所以第一时间就想打电话通知我，但没有我的手机号，她便没有多想，赶紧打车过来告诉我们。

我心生愧疚，对她说："你这样帮我，这些歹徒也认识你了，你再回到龙盛湾上班，恐怕他们会找你麻烦。"

美女说："没关系，我马上就毕业了，去那边上班也只是想锻炼一下自己，遇到这件事不去就不去了吧，正好留在学校好好学习，准备论文答辩迎接毕业了。"

我心情很沉重，说："不管怎么说，还是由于我们的事给你添麻烦了，对不起！"

"没关系的，这也算我做了一件好事吧，做好事我挺开心的呀！"

"可以告诉我你叫什么名字吗？"

"我叫常小娟，你叫我小娟好了。"

我指着郑魏说："他叫郑魏，我叫王大印。"

我盯着她的脸，无限真诚地说："小娟，我真心谢谢你！"

小娟笑了，脸红红地说："嘁——少肉麻了，说得我怪不好意思的。"

"就是嘛，哪能只说谢谢，不表示表示呢？"郑魏来劲了，打开一瓶红酒，先给小娟的杯子斟上，然后给我和他的杯子也倒上，端起杯子说："小娟，感谢你的话大哥我就不说了，今后你有什么事情需要我们帮忙的，只要你说一声，我们一定帮忙！"

说完，郑魏一口干尽。小娟也很豪爽，一口喝干。我们三人暂时抛去烦恼，喝得正开心，郑魏的手机忽然间响了。郑魏拿出手机一看，说："杨杰来的电话，怎么把他给忘了，叫他赶紧来这边吃吧。"

郑魏正要按下接听键，我急忙说："别接，千万别接！"

郑魏一愣，问我："怎么了？"

我恍然间明白了，说："是不是那帮人监听了我们的手机，不然怎么会找到那家土菜馆？"

郑魏说："是啊，好像在土菜馆的时候，杨杰打电话过来问你，你在电话中告诉了杨杰具体地址。"

我点头说是，只有这个可能，否则那帮人不可能这么快就找到我们。

他们究竟是什么来头？杨杰说他已经查出来了，但我们现在又不可能在电话中与他联系，这该怎么办？

我想了想，说："我来打给他吧。"

我拨通了杨杰的手机，杨杰的声音立马传来："靠！大印，你们怎么不在了？打郑魏的电话也不接，这家伙在干吗？"

我说："杨杰，你到新华书店来，我在门口等你。"

"怎么了？"

"别问太多，来了就知道了。"

我说话的语气非常重，不像平常与他说话十分随便的样子，杨杰仿佛听懂了，说："好的，等会儿见！"

我挂了手机，对郑魏和小娟说："你们在这里等我，我下去接一下杨杰，半小时左右赶回来。别打我电话！"

郑魏满脸关心地问："你刚才说的话，那帮人恐怕已监听到了，你去新华书店接他，他们会不会也赶过去了？"

"别担心，我会有办法，时间来不及了，我先走了。"说完，我急忙出了饭店，朝着新华书店的方向奔去。

第六章　可怕的追踪者

新华书店在这家饭店背后的一条街上，五分钟左右就能赶到，但我没有直接过去，我来到新华书店斜对面，乘电梯上到一座大厦的 15 层。

这是一座商业写字楼，楼里大多是一些小微商贸公司，这个时间基本上都下班了，只有少数几家公司的玻璃门里还亮着灯，整个大楼空荡荡的，少有的安静。我一路小跑着穿过长长的走廊，走廊上留下一串空洞的回响。到了右侧走廊的尽头，打开一扇小门，进入一个广阔的空间。

这里我非常熟悉，是一个观景大阳台，面朝城市公园，平常白天的时候，远远望去，湖光山色、亭台楼榭尽收眼底。春秋时节，我经常和朋友们来这里小坐一会儿，看看风景聊聊天，感觉十分惬意。

而如今是深冬，尤其是今晚，我丝毫没有这份雅兴，我疾步走到阳台的南端，从这个角度斜着看，正好可以看清新华书店周围的一切。

这么晚了新华书店早已不再营业，店里黑漆漆的。在新华书店的前门，就是著名的人民广场，广场上的射灯把周围照得雪亮。或许是天冷的缘故，很少有人在广场上散步或者健身，偌大的空地塞满了私家车。

等了几分钟，果然不出我所料，我看见那辆去翠海花园小区堵截我们的商务车，悄无声息地开进广场，下来的还是那几个壮汉，一个头领模样的人指手画脚比画着，不一会儿分头散去，把新华书店大门口围得严严实实。

我惊出了一身的冷汗，假如不是刚才杨杰给郑魏打电话时，我忽然间想到手机可能被监听了，郑魏把我们吃饭的地方再告诉了杨杰，恐怕这帮歹徒这时候包围的不是新华书店，极有可能已冲进了饭店，那我们……

是什么原因，他们能如此快就查到我们的手机？

他们要想监听到我们手机的谈话，第一时间必须确定我和郑魏的身份，知道了我们是谁之后，才有可能查出我们的手机号码。

当然，郑魏的资料他们可以通过车牌号码很快查出来，或许上面就有郑魏的联系方式。可是，我并没有车啊！我没有开车，他们怎么也查出了我的联系方式？记得当时是我与杨杰通的电话，并没有用郑魏的手机。那么，只有一种可能了，他们一定与警察有着密切的联系，不然不会这么快就查清这一切。

我一开始还以为他们中间也有懂得电子技术的人，利用先进的监控设备监听了我们的谈话，如此看来，情况比我想象的要严重得多。

既然确定了这帮歹徒已经到了新华书店，证明了我的判断是准确的，那我就不可能再和杨杰在新华书店门口见面了。我拿出手机再次打给杨杰，问他到哪里了，杨杰说他开着车正在路上，大概三五分钟能到新华书店。

我说："你来吴彬办公室吧，我在这里等你。"

"怎么又去那里？发生了什么事情？"杨杰很是惊讶。

"别多问，来了你就知道了。"

我挂了电话，心里面阵阵得意，看你们还怎么查？跟我玩心眼，学着吧！

我没有在电话中说出吴彬办公室的具体位置，我想歹徒们即使有天大的本领，他们才听到吴彬的名字，也不可能在三五分钟内查到他的办公地址吧？而且歹徒们没有见过杨杰，杨杰开的什么车估计他们也不会那么有心去查，相信这时候杨杰在路上还是安全的，等到他们查到他时，我已经与杨杰顺利相见了。

吴彬也是我们一起锻炼的朋友，他开了一家广告公司，办公室就在我现在站着的这座大楼的 15 层。杨杰跟吴彬关系也不错，对这座大楼很熟悉，我们经常来这个观景阳台上聊天。

这时候吴彬早已下班走人，我也没打算把他牵扯进来。已经确定那帮歹徒到了新华书店，我便从楼上下来了，至于这帮歹徒听到了我刚才的电话，他们如何来查找吴彬的办公室位置，如何采取下一步的行动，这些对我来说是想不明白的，我不再去想，先做好当下的事情要紧。

我走出大厦，站在车库旁的暗影里等着，只要杨杰的车到了，老远我就会看到。

等了一会儿，杨杰的车开过来，我走出暗影向他招手。杨杰把车停下来，我迅速钻进去，下意识里朝四周瞧瞧，没有发现可疑的人。

我指着郑魏所在的饭店说："到对面那家饭店，已经点好菜，就等你来了。"

杨杰重新启动了车，然后问道："怎么了，不是在那家土菜馆吗？怎么一会儿又跑这边来吃了？"

我把刚才发生的一切告诉杨杰，他吓得不轻，说："不会吧，他们的速度这么快？"

我问他："你查到那辆车是谁的吗？"

杨杰心中的恐慌尚没有散去，没有回答我的问话，反而磕巴着说："你们怎么竟然惹到他了！"

看着杨杰紧张的样子，我急问："谁？惹到谁了？"

"车是天翔集团的。"

"天翔集团？怎么会是他们？"我心里咯噔了一下，千想万想，我没有敢往天翔集团身上想。我不自禁地发抖，仿佛漫天的雪遮在眼前，悄无声息地弥散开来，无边无际越来越浓……

天翔集团在我们当地非常有名，董事长名叫齐家强，他的发家史挺震撼的，可以说是家喻户晓。他已经四十多岁的人了，至今江湖上依然流传着很多他小时候的传说。

二十世纪六十年代末期，齐家强出生在国有大坝孜煤矿的平民住宅区，父亲是老实巴交的矿工，母亲没有工作，一直在家做贤妻良母，她生下六个男孩，齐家强是最小的一个。

齐家强一生出来就不是让人省心的主儿。从矿工医院的产房里回家的路上，他老爸正骑着借来的三轮平板车，一路欢笑朝家赶去，三轮平板车上躺着他的母亲，也是一脸的开心，慈祥地望着怀里抱着的他。齐家强躺在老妈的怀里，不知什么原因忽然大声地哭了起来，哭得惊天地泣鬼神，比平常的哭声响亮了许多。老妈不明所以，刚才喂饱了才出医院的呀，怎么这时候又饿了？老妈把小家伙的口粮塞进齐家强的嘴里。可这家伙却不贪食，小脑袋歪向另一边，非常烦躁的样子，闭着眼睛哇哇哭个不停。

原本一家三口其乐融融的场景，却被齐家强响亮的哭声给打断了，老爸回过头来呵斥道："他怎么了，你也不哄哄？"

齐家强的妈说："喂他奶也不吃，也不知怎么，就这么哭，你瞧这小手扑腾的。"

老爸盯着宝贝儿子要看个究竟，没曾想脚下继续蹬着三轮，硌到了一块大石头，三轮车头一偏，车身一下子翻了，一家三口从车上全摔到地上。这一摔不要紧，他老爸和老妈没有受什么伤，拍拍身上的灰尘很快就爬了起来，他却在老妈紧紧护着的怀抱中，小手不知为何落在保护之外，碰到了三轮平板车的边沿。

也许是小孩子的身子骨太娇嫩了，这一碰不轻，他的左手从此落下了残疾。父母觉得有些愧对于他，加上他本就是家中最小的孩子，便百般娇惯，最终养成了他极其残暴的个性。

别看齐家强的左手不怎么灵活，可他天不怕地不怕，打小就喜欢打架闹事，整天和一帮小混混在一起，不是今天把这个同学弄伤了，就是明天把另一个同学打住了院。班主任老师对他实在是无力管教，在初三上半学期即将结束的时候，找到他的父亲，并转告学校的决定，只要他今后不在学校里出现，便保证毕业的时候可以给他发一张毕业证。

齐家强的父亲是没什么文化的人，养了六个孩子没有一个有出息的，眼睁睁地看着上面的几个孩子都像上辈人一样成了下井的矿工，本以为最小的儿子聪明过人，便把全部的希望都寄托在了他的身上，可这小子居然不争气，居然连学校都不愿意收留了。他的父亲一怒之下，第一次下狠心暴打了他一顿。

结果，齐家强挨了一顿死揍，便记恨在心，所有的怒火全撒在了班主任老师身上。他瞅准了一个机会，把班主任老师的女儿给强奸了。

这一闹使他彻底脱离了学校，因年纪尚小被关进了少年管教所。三年后，他走出少年管教所，老父亲担心他在外面继续惹事，花钱托人在矿上找了份下井的工作，希望他像几位哥哥那样，安心在井下工作，倒也过得安分自在。

齐家强却不这么想，井下工作实在太累，日复一日年复一年这样过下去，什么希望都看不到，不把人逼疯了才怪。他没多久便坚持不下去了，找到领导商量能否调到井上做些轻松的工作。可凭他当时的实力和家庭条件，根本没有人愿意帮他这个忙，跑了多次都没有结果。

井下的工作是有任务的，不好好工作就没有奖金，整个班组也会因为产量上不去，影响收入。他不好好工作，井下一起工作的工友自然都不愿意与他上一个班。眼看着调到井上没有着落，就连下井的工作也即将保不住的时候，他终于爆发了。

一天晚上，齐家强直接去了分管人事调动的副矿长的家。

副矿长的家住在矿上的高干住宅区，每家每户两层小洋房，房前屋后都有一个很大的院子，像这样的高级住宅矿上共有十八套，人们俗称十八家。这里环境虽好，却与老百姓没有什么干系，所以很少有人来。

齐家强到了副矿长的家门前，见前院子的门关着，推了推没动，大概是从里面给销上了。齐家强没有直接按门铃，他清楚像他这样的人，即使副矿长家的人出来了，看清是他，也不会给他开门。

他一声不响地扭身走了，走出十八家的地盘，来到棚户区，找来一个木梯子，扛到副矿长家的门前，往院墙上一靠，直接爬梯子上到墙头，看准下面一块空当，轻轻一跃便落入院内。

副矿长吃过晚饭正在客厅里看电视，虚掩着的屋门忽然开了，齐家强毫无声息地闯了进来，吓了他一跳。齐家强的恶名副矿长是清楚的，别说是晚上在自己家里，即使是在矿上的办公室，像齐家强这样的混混找他，他也根本不会给他见面的机会。

齐家强空手进来，皮笑肉不笑的样子，不像是来行凶的，副矿长收起紧张的心，不怒自威，呵斥道："你是怎么进来的？出去，有什么事明天到办公室再说！"

齐家强可不管副矿长对他是什么脸色，既然来了，哪里会就这么轻易地出去。

齐家强也不客气，直截了当地说："矿长，看在我左手残疾的份上把我调上来吧，我不想让你的小日子过得不安稳。"

副矿长也是有头有脸的人，既然能当上一家拥有四五千职工的国有煤矿的副矿长，自然有其过人之处，一听他这话，气哼哼地说："你想干吗？就你这样，还能让我的小日子过得不安稳？信不信我一句话，能让你立马进看守所去？"

齐家强也不是被吓大的，腆着个脸阴笑着说："矿长，看守所能关我一辈子吗？再请教矿长一句，您老人家知道我曾经是因为什么才进少管所的吗？"

不等副矿长回答，齐家强接着说："既然我进去过一次，就不在意进去第二次。反正在井下干活和在里面一样，都没有什么盼头。您老还想成全我，让我再进去一次吗？"

齐家强说着狠话，一双贼眼瞟向副矿长家的另一扇门。

副矿长家的情况齐家强很清楚，老两口膝下一儿一女，儿子现在外地上大学，家里只有一个出落得跟花似的女儿，已经开始读高二了。隔壁关着门的房间里，隐约传来甜甜的英语朗读声。

齐家强带着得意的笑容离开副矿长的家，虽然副矿长非常恼怒地把他赶了出来，但他从副矿长那惊愕的表情中，已经读出了什么叫恐惧，什么又叫无奈。

他没有得到明确的答复，索性不去上班了，整天跟着一帮混混在社会上混。他还经常在放学的时候，去学校门口等着，见到副矿长的女儿出来，他便嬉皮笑脸跟在后面，什么话也不说，就那么不急不慢地跟着，一直到小姑娘吓得跑进了家门，他才大笑一声离去。

就这么跟踪了一个多星期，矿上人事科的办事人员通知他可以去上班了。他问做什么工作，对方说有几个不错的好工种可以让他随便挑。

就这样，他轻轻松松获得了自己想要的工作。从此以后他便悟出了一个道理，凡事得用脑子，只要方法得当，只要让对方怕了你，你想要的一切都可以得到。

齐家强骨子里就不是一个安分的人，别人非常羡慕他得到了一份好工作，可他并没有因此开心多久，好工作没干几天又厌倦了，干脆办了停薪留职。他看中了矿上每天一车一车运出去的黑油油的煤炭，便琢磨着要是能从中弄点下来，那岂不是大发了？

"心动不如行动。"齐家强后来经常用这句话教育他的手下，他当时也是靠着这句话才打拼出了如今的天下。

他迅速召集来一帮在少管所认识的难兄难弟，专门在运煤车通过的路段设下埋伏，趁天黑的时候，运煤车路过便一窝蜂地爬上去往下面铲煤，然后把偷来的煤集中起来，再低价卖出去。

那个年代，大多数的运煤车都是国有企业的，司机即使看到有人扒车偷煤，见他们人多势众，一个个凶神恶煞似的都是愣头青，知道惹不起，吆喝几声也就完了，没有几人敢与他们真正对抗。再加上齐家强手里有了些钱，上下一打点，附近的派出所也是睁一只眼闭一只眼，只要不闹出人命案，便由了他们去。

齐家强干这行尝到了甜头，胆子越来越大，一开始是晚上扒车偷煤，后来变为白天也敢大模大样地抢。只要是路过的车辆，都要卸下一些煤才可以通过。做到后来，他也懒得要煤了，干脆圈起一块地，设了一个简易的收费站，收起了过往车辆的买路钱。

当然，这段时间也有一些不服气的司机，可着嗓子呼爹骂娘，说上一通大道理，跟他明里暗里起摩擦。他可不管这些，他认准了一个理，越是不服，越是不与其废话，什么理不理的，拳头硬了便是理，逮到不听话的司机就一顿死揍，直到服了为止。

他用暴力手段制服了过往的司机，也在当地竖起了恶名，当时没有人不知道，在大坝孜煤矿，必须向一个名叫齐六的老大交足了买路钱，才可以通行无阻。甚至后来大坝孜煤矿任何利润丰厚的买卖，比如车辆维修、矿井用电气设备、职工劳保用品、职工食堂食品供应等，都得齐六点头答应，交足了保护费，才能得过安稳。

这个齐六，就是前面说的齐家强。他在家排行老六，人们便送了他这个外号，他也非常喜欢这个外号。

就这样混了几年，齐六的势力越来越大，正赶上国有煤矿改制，他暗使手段，竟名正言顺地当上了大坝孜煤矿真正的主人。

后来，齐六的势力继续膨胀，成立了天翔集团，不仅经营煤矿生意，还把势力范围扩大到了房地产、公交运输、酒店和娱乐城等赚钱的行业。他养了一大批社会闲散人员组成保安队，名义上是为他看家护院，做好下属公司的保卫工作，其实重要的职责就是暗地里专门为他摆平一些对他不利的事情。

与齐六有关的流血案件每年都有数起，每一起案件出现后，人们便暗自揣想，这下总该得到报应了吧？可惜每一次期盼都落了空，不是大事化小、小事化了，就是事情闹得太大不好收场，齐六便找个人出来顶包。反正有的是钱，加上暴力威胁，可以为他顶罪的临时工大有人在。

前几年，有一个外地来的愣头青，在当地办了一家医疗器材公司，主要是向全市各大医院供应医疗器械，大坝孜煤矿下属的煤矿医院也是其主要的销售地。但这个愣头青仗着自己财大气粗，不知道天高地厚，没有拜见齐六，还在酒后扬言他在外地如何如何了得，到了这边依然可以摆平一切。

没曾想愣头青这句话说完还不到两天，便被齐六手下的人一顿死揍，把公司拱手相让，离开了这座城市。据说愣头青和他的司机在回乡的路上，在一个拐弯路口与一辆迎面而来的大卡车相撞，整辆小车被碾成了一堆废铁。

还有一次，有个叫胡兵的人，在县城混得不错，也是靠暴力起家。赶上这小子走运，他所在的地盘发现地下埋藏着丰富的煤炭资源，他便买通关系，办好了一切手续，把矿开了起来。正当黑油油的煤即将采出来变成白花花钞票的时候，齐六派人找到他，想加盟进来一起发财。

胡兵当然不干了。胡兵想着，你齐六算是什么玩意？你在市内混得好我不稀罕，可我在县城是我玩我的，井水不犯河水，你来算哪门子的事？

不曾想没几天井下发生了一起蹊跷的爆炸事故，三死九伤，胡兵被送进了大狱。没人知道这件事到底是不是齐六出的手，反正最终的结果是，这家煤矿很快纳入天翔集团的旗下。一年之后，胡兵在监狱里暴病而亡，传出来的消息说是长期郁闷导致心肌梗塞。

像这样大大小小的血案实在太多，但齐六却躲过了一次次的灭顶之灾，不仅没有得到法律的制裁，反而在仕途上大有发展，从区人大代表到市人大代表，可谓一路扶摇直上。

听杨杰说那辆奔驰车属于天翔集团，我一下子就懵了。坐在杨杰的车里，我的心里惴惴不安，一路无话，很快到了饭店。

郑魏早已等得急了，见我和杨杰一起走进包间，下意识地站了起来，说："没什么事吧？"

我叹息了一声，不知道如何与他说才好。

郑魏瞧瞧我，又看了看杨杰，正郁闷着，杨杰对他说："刚才我和大印也说了，我找朋友查到那辆奔驰车，是属于天翔集团的。"

"不会吧？怎么会是他们？"

正如我所料，郑魏听说了之后，也是大吃一惊，张大嘴巴望着我们，想说什么又没有说出来。接着，我把那帮歹徒监听了我们的手机，又去新华书店门口堵截的事和他说了，郑魏连声说："怎么会这样？怎么会这样呢？是他的手下先闯入我们的房间，我们才动手的啊！"

我说："他们哪里是讲道理的人，事情既然发生了，再怎么担心也没用，还是多想想办法解决吧。"

我接着问郑魏："你有没有和他们熟悉的人，帮我们去说说情，花点钱安抚一下被打的人，或许不至于再找我们麻烦了吧？"

郑魏叹息了一声，拍着脑门儿自言自语地说："谁和齐六能说上话呢？"

第七章　无路可逃

整个晚上，我们也没有想到谁有能力帮得上忙。眼看着饭店要打烊了，我们才坐上杨杰的车离开，让他先把常小娟送回学校。

很快到了学校门口，我对常小娟说："这几天你千万千万别出校门，他们那帮人既然看到了你去救我们，说不定现在已经知道你是谁了。安心待在学校，想必他们不会来学校找你麻烦，等我们把这件事了结了，我再打电话告诉你。"

常小娟说："我会当心的，你们回去吧。"

常小娟下了车，挥挥手走进校园，向着远处的宿舍楼走去。望着她远去的背影，我说不出心里是一种什么滋味，隐约间仿佛有一种无形的力量，把她和我紧紧地拴连在一起。我不知道是福还是祸，但愿不会由此给她带来伤害吧！

杨杰问："现在去哪里？"

郑魏说："看这情形，那帮人肯定在我们家附近设下了埋伏，今晚家是不可能回了，还是先找个地方睡一觉，躲过今晚再说吧。"

杨杰又问："去哪里呢？"

我见不远处有一家快捷连锁酒店，便说："就去那家酒店吧。"

郑魏和杨杰都没有异议，杨杰便掉转了车头，开到酒店门前，我们准备下车进去，杨杰方说："你们俩在这里休息吧，我回店里住，明天一早还得去保险公司，帮一个朋友办理赔。有事再联系！"

"你回去能行吗？"郑魏担心地问。

"应该没事，那帮人又不认识我。再说了，我也没惹他们，他们找我麻烦干吗？"

我想也是，不能再让杨杰跟着我们，省得歹徒们惦记上他。我说："你小心点，明天我们换了手机号码，打你店里的电话告诉你。"

杨杰的车开走了，我们俩才进了酒店。酒店里的标间全满了，只剩下楼上有一套商务套间，价格昂贵，郑魏不想再换地方，便掏出身份证办理了入住手续。

郑魏简单地洗漱了一番，进入里间卧室睡去了。我也打算洗洗就睡，忽然听见口袋里的手机传来一声短信的声音，掏出手机一看，是常小娟给我发来的短信，简简单单的两个字——上线。

这是我和常小娟说好的，担心手机被监听，打算明天一早重新买一张手机卡之后，利用 QQ 告诉她，方便今后联系。

这么晚了上线干吗？是不是有什么紧急情况出现了？

客厅里有一台电脑，我插上电源，打开后立即登上 QQ，很快听见音箱中传出两声经典的咳嗽声。我按下右下方的小喇叭，正是常小娟加我的验证消息。我点击确认后把她加入好友一栏，便收到了常小娟发来的信息。

常小娟：大印哥，还好吧？

我：还好。你怎么这么晚还没睡？

常小娟：嗯，刚才和同学聊龙盛湾的事呢！

我：怎么了？

常小娟：我一个同学也在龙盛湾做按摩，她今天本该上夜班的，刚才刚回来了，我问她怎么这么早回来，她说龙盛湾晚上停止营业了。

我：怎么突然停止营业了？

常小娟：是呀，我也挺纳闷儿的，就问她是怎么一回事。

我：她怎么说？

常小娟：她说，晚上八点多钟来了几个警察，也不像平常来扫黄打黑的样子，直接去了经理的房间，让通知所有客人都赶紧走人，然后他们调出监控录像查了好长时间。

我：他们查什么？

常小娟：据说重点就是查你们住的 502 包间，所有人进出的录像。说是包间里有人放了一袋子钱，好像有一百万呢，不知道被谁给偷走了。这人真厉害，一下子就发了。呵呵（笑脸）

我：后来查到了吗？

常小娟：没有。说是找到一截绳子，警察怀疑是不是有人用绳子把钱吊到楼下某个包间，然后楼下包间有个人接应着，给转移走了。

我：不会吧，还是团伙作案？

常小娟：不清楚，好像警察也查了楼下包间和走廊的监控，还没有查出是谁拎着钱袋子走的。不过，那根绳子是在你的床边发现的，你们也是最后一批走的，他们认为你的嫌疑最大。

我：呵呵，你觉得是我拿的吗？

常小娟：嘿嘿，要真是你拿走的就好了。你得请我吃饭啊！

我：晕死！

常小娟：大印哥，这几天你得当心点，他们那帮人太疯狂了，警察都来替他们办事，他们就更加无法无天了。

我：嗯，你也尽量别出校门，过了这阵子再说吧。不早了，睡吧。

…………

和常小娟聊了一会儿，我忽然又多了一分疑惑，按说那一百万对我这样的普通人来说，算是一个天文数字了。可对于天翔集团那样的大财主，这能算是大钱吗？他们怎么会动用警察的力量来查？即使去查，怎么会弄出那么大的动静，居然让龙盛湾的客人全部走人？

龙盛湾是我们当地很有名的洗浴中心，一天的营业额也不是小数目，警察去那里，恐怕对今后的生意会有很大的影响。天翔集团会因为区区一百万，去做这得罪人的事情吗？

龙盛湾的老板据说是自来水厂的副总经理，在公安上也有一些关系，虽然无法与天翔集团抗衡，可齐六既然能把天翔集团做到如此之大，他也不完全是靠着不讲理发展起来的。至少场面上的事情他还得顾着，按理说他不可能因为那么一点钱，就轻易去得罪龙盛湾的老板吧？

不可能，这太超出常理了！联想到他们疯狂追击我们的举动，我想一定还有什么不可告人的秘密藏在其中。不然，他们如此疯狂，就没有办法得出合理的解释。

我急切想知道原因，又在百度上打出一行字："捡到钱不还违法吗？"

百度上说，《刑法》第270条明文规定："将代为保管的他人财物非法占为己有，数额较大，拒不退还的，处2年以下有期徒刑、拘役或者罚金；数额巨大或者有其他严重情节的，处2年以上5年以下有期徒刑，并处罚金。将他人的遗忘物或者埋藏物非法占为己有，数额较大，拒不交出的，依照前款的规定处罚。"

我不放心，又继续搜了一下《刑法》第270条，和上面说的一样。看来，这件事算是将他人的遗忘物非法占为己有了。按照《刑法》，逮到了应该判二到五年的有期徒刑。这么大的数额，可能按照最高五年来判吧。

可是，这顶多也就是一般的经济案件，不能算是重大的刑事案件吧？警察这么兴师动众地把龙盛湾给查封了，实在是说不过去。

其中有什么秘密呢？我忽然又想到一个问题，他们怎么会把那么多的钱忘在龙盛湾的包间？

——唉！这些问题不是我能够想出来的，还是抛到一边，先想想眼前的事情吧。

我怎么那么大意呢？当时明明是把毛线搓成的绳子揉成一团装进了口袋里，怎么落在包间了？要是他们查到那是从我裤子上拆下来的，那我无论如何也脱不了干系了。

如此看来，毛线绳子已经引起了他们的重视，他们居然联想到我会把钱袋子拴上绳子通过窗户送往下面一层楼的包间。如此看来，按照这个思路查下去，怀疑面又扩大了不少，够他们瞎忙活一阵子的了。

我摸了摸短了一截的毛线裤，尽管商务套房里开着暖气，我还是感觉到丝丝凉气从下面蹿上来，一直蹿到我的心底。

不行，得赶紧把毛线裤给处理了，穿在身上始终是麻烦。

我回头看了看郑魏的房间，一点动静都没有，想必是困极了，早已丢开眼前的烦恼进入了梦想。

我脱下毛线裤，扔进垃圾篓，想想不行，又重新拿了出来。

扔在这里也不安全，明天退房之后，这条少了一截的毛线裤，肯定会引起打扫房间服务员的疑心。万一龙盛湾的事情传大了，服务员联想起这里捡到的毛线裤，岂不是还会牵扯上我？

不怕一万就怕万一，如今惹了这么大来头的人，稍有一点马虎都将会有致命的危险。

我拎着毛线裤，坐在沙发里想了想，这边楼梯走廊上安装有监控，不能就这样拿在手里扔出去。我把垃圾篓上套着的灰色塑料袋去掉，把毛线裤装进袋子里，拉开房门，伸头朝外面看了看。

外面静悄悄的，一个人影都没有。我走出房间，把门关上的瞬间，又把门推开了。伸手准备抽出墙壁上供电槽里的房卡，一想，万一郑魏在房间里还没睡着，开着灯在看电视，我这边一抽出房卡，整个屋子就没电了，他要是这时候出门来问我，岂不是让他知道了？

我把门上的插销按进去固定住，不让门关死，再把门掩上，从外面看，门完全是关着的，即使有人来了，也想不起来门一推就可以打开。这么晚了，估计也不可能有人过来。

我放心地离开门前，双手背在后面，把灰色塑料袋藏在身后，尽量不暴露在摄像头下，做出悠闲的样子走过长长的走廊。

之前上楼路过楼梯间的时候，记得楼梯间里放着一个大垃圾桶。我走入楼梯间，果然看见一个很大的垃圾桶，但我并没有把塑料袋扔进去，既然出来了，那就多下几层楼吧，扔到离我住的房间越远，今后被怀疑到的可能性就越小。

楼梯间里没有摄像头，我放心地从十六楼一直下到九楼，又发现一只垃圾桶。我走过去，把垃圾桶里的超大黑塑料袋拎出来，拨拉开上面一层大件垃圾，将毛线裤从塑料袋里拿出来放进中间层，然后再把大件的垃圾盖在毛线裤上，重新提起超大塑料袋放回到垃圾桶中，这样就完全看不到毛线裤了。或许明天一早，打扫卫生的会把这些垃圾拎出来直接运走，不会一件件再倒出来检查，我的毛线裤就彻底脱离了人们的视线。

我拿着空了的灰色塑料袋，准备回到房间再套在小垃圾篓上，这样神不知鬼不觉，谁也不会看出什么破绽出来。我做事向来细心，尤其在这关键时刻，丝毫不敢留下任何隐患。

我一层一层朝上走着，上到十六层，穿过长长的走廊回到房间门口。

忽然，一种异样的感觉涌向心头。我吓得一路狂奔，重新回到了楼梯间。

我清楚地记得刚才出来时，房门是掩上了的。我当时还推了推，门框与门之间挤得很紧，不可能轻易就开了。

可我刚才快走到房间门口的时候，怎么看见门是半开着的呢？

难道是风，把门给吹开了？

不可能！

这么冷的夜晚，整个大楼的玻璃窗全部是关着的，不可能有这么大的风把门给吹开的。那么，是有人进去，或者是出来了吗？

屋里只有郑魏一人，他已经躺在床上了，不可能再出来吧。即使发现我出来了，他也会在屋里等着，哪怕是真的出来，他也会把门关上的啊！

那只有一种可能，是有人在我刚出来的时候，正好进入了我们的房间。

谁呢？服务员？这么晚了，可能吗？

我惊出了一身的冷汗。会不会歹徒已经找到了我们？郑魏一个人在里面会不会有危险？

我不能再跑了，既然是我惹出的事情，我不能让郑魏一个人惨遭歹徒的毒手。

我正要迈出楼梯间，忽然听见杂乱的脚步声，只听郑魏大声地责问道："你们是哪个派出所的，我没有犯法，凭什么要抓我？"

"别废话，跟我们走你就明白了！"

脚步声离楼梯间越来越近，我吓得赶紧上了一层，低头朝楼梯口张望，只见三个警察，两人架着郑魏的胳膊朝电梯间快速走去，一人跟在后面拿着对讲机在说着什么。

我侧耳细听，警察在说："只抓到一个，你看一下监控，另一个有没有离开大楼？"

我扔了垃圾袋，撒开双腿就往上面跑，这个时候肯定出不去了，不知道还有多少警察在楼下。现在唯一的出路，只有往上面跑，或许还能找到一条逃生的道路。

我一步三个台阶往上奔，我后悔死了，这时候才想起刚才和常小娟聊天时，常小娟已经明确地告诉我，警察已插手这件事。我应该立马能想到，警察会通过住宿登记查到我们的位置才是。

可是，现在没时间后悔，我不能被警察抓住。看这情况，他们肯定是齐六一伙的，被他们抓住，不被整死也得掉一层皮。

在住宿登记的时候我问过前台,这座大楼共有二十八层,下面十九层是商务快捷酒店,上面还有九层,是一家公司的办公区。这十九层商务酒店,哪一层的走廊上想必都有摄像头,我只要在走廊上出现,估计立马就会被警察发现。

而现在,估计警察已经从监控视频中知道我什么时候走出的房间,又是如何走进楼梯间的。他们想必已经看到我即将进入房间的时候,发现了危险又跑了出来。此时,他们应该正在从一楼的楼梯间向上一层一层地搜索。要不了几分钟,就会把我堵在楼梯间内。

如今唯一可以逃跑的路线,就是设法跑进十九层以上那家公司的办公区域。想必他们即使有摄像头,也不会与商务酒店联网。只要给我一定的时间不被发现,我相信一定能够找到逃生的路线。

我发了疯般朝上狂奔,不一会儿到了十九层,拐了一个弯儿,正要进入二十层,抬头一看,整个心全都凉了。

二十楼的楼梯口,被一个铁栅栏死死地给封上了,仅有的一扇小门,上面挂了一把大锁。即使高明的开锁大师就在眼前,三五分钟之内,恐怕也没有打开的希望……

第八章　我的鸽子

　　我和郑魏是高中时的同学，他比我大两个月。他原先成绩不怎么好，打架却是全校有名的。那时候我很爱学习，班主任和家里人都不希望我和他多交往，但我们俩都喜欢自由式搏击，每个周末都会在同一家健身馆跟同一个教练学习，难免经常混在一起。郑魏家里比较富裕，他花钱大手大脚的，经常请我吃饭喝酒。

　　高二的时候，郑魏喜欢上了别的班一个女生。那女生爱好文艺，郑魏为了投其所好，非逼我这个小才子"两肋插刀"，帮他写一封情书。于是，我就写了一首肉麻的五言律诗，不管对仗、平仄、押韵什么的是否工整，总算是把女生的名字藏在了里面。郑魏非常满意，喜滋滋地递了过去，可惜那个女生当时就不相信他，反而问他是不是我帮着写的。郑魏不承认，她就跑来问我。

　　我当时还处于稚嫩的青春期，哪里敢面对美女咄咄逼人的眼神？像偷看了女生洗澡被发现了似的，我的脸唰的一下子就红了。后来，那女生还几次有意无意地来找我，时间长了，傻子都看出来她对我很有好感。

　　因为这件事，郑魏和我狠狠地打了一架。别看郑魏平常喜欢打架，个子高大，下手狠辣，许多人都怕他。但在打架这件事上，他悟性不如我，做事一根筋，只知道用笨力蛮劲。结果这一架打下来，他反而被我打得骨折，住了两个多月的医院，在同学面前也大失颜面。

　　大家都是少年人，年轻气盛好面子，郑魏不肯认输，我不肯认错，等他出院后，我们再没有来往。

　　没想到郑魏爱情和事业（打架）都受挫，竟然痛定思痛，变得认真学习了。一年后，他考取了一所不错的大学，学习企业管理专业。他们家本来就有一家门窗加工厂，郑魏大学毕业后，直接继承了他们家的事业，成了总经理。凭着他天生的经营头脑和学校学来的先进管理知识，厂子的生意越来越红火。郑魏的爸爸落个清闲享福去了，把厂子全部交给郑魏打理。

　　这些是郑魏后来告诉我的。我在大学学的是电子技术专业，大学毕业之后在南方一家电视机厂做了两年的研发助理工程师，觉得一辈子就这样做下去也没有什么意思，便回到家乡开了一间家电维修店。

重新遇到郑魏是在健身馆里，我正要离开的时候，郑魏和几个朋友一起来的，这家伙早已看见了我，就是不说话，老远的双手抱怀，露出白森森的牙，牙齿缝里塞满了阴笑。

他比高中时变化了许多，除了那张脸还很好认之外，如今长得跟牛犊子一般的壮。和他一起来的几个朋友，也是一身的肌肉。我看到他脸上的表情，说不出是奸诈还是得意，反正一看到他，立马想起了我和他之间的恩怨。

我撒开两腿就跑！

郑魏可着嗓子喊道："王大印，你个浑蛋，跑什么？"

我没理他，没命地向前冲，没提防脚下踩着不知什么东西，一下子滑倒，膝盖磕在地板上，破了一块拇指长的皮，疼得我龇牙咧嘴，半天也爬不起来。

郑魏笑坏了，见我无法再逃，晃着膀子，慢悠悠地踱过来。走到我身边，抬脚碰了我一下，低下头贼笑着问道："老同学，见到我你跑什么？"

我坐在地上，忍着剧痛望着他，心里突突着，不知道说什么好。

这家伙越看越乐，笑够了之后，说："苍天有眼啊，今天咱们俩算是扯平了！快起来，喝酒去！"

郑魏和他的几个朋友强行把我架上他的车，先去医院包扎止血，然后又把我拽到一家饭店，连续灌了我几杯酒之后，才消停下来。

郑魏喝得开心，搂着我的脖子说："老同学，我怎么就对你生不起来气呢？按说你对我下了那么重的手，我应该暴打你一顿才是啊？"

我被这家伙气乐了，看这场面不像是要对我下黑手，我壮起胆子说："因为你理亏，我那是逼上梁山，替我郑叔叔、魏阿姨教化你一顿，好让他们的儿子回头是岸重新做人，你应该感谢我才是。"

郑魏哈哈大笑说："你丫的歪理！成心想找揍啊你！"

郑魏使劲擂了我一拳，眼神充满了真诚，继续说："不过你说的也是，当初要不是你那一顿暴揍，让我在医院里躺了那么久，我还真不会静下心来考虑一下今后的人生。说不定我现在就是一混混，一事无成游手好闲呢！"

郑魏还说，虽然他现在混得有点出息了，认识了很多朋友，但始终感觉如今再好的朋友，也没有以前的老同学亲。尤其是我，他对我总是念念不忘，经常会忆起我们以前在一起打比赛、聊漂亮女同学的快乐时光，那种纯真快乐的感觉，如今有再多的钱也买不回来了。

听了郑魏这一番话，我也深有同感，当时把他打伤住院的那会儿，还是很气他的，但随着时间的久远，我又感觉到他的好了。他这个人虽然脾气暴躁一些，但为人挺仗义的，出手也大方，现在很难找到他这样的好朋友了。有几次与其他老同学遇见，我很想打听一下他的近况，但碍于面子始终没有问，现如今见他对我主动表示友好，我很是开心，那一晚我们喝了很多酒，又重新找回了学生时代的友谊。

郑魏跟我说了许多他如何做生意成功的事情，听得我挺震撼的，我在为他高兴的同时，也为自己悲哀。没想到高中那会儿，我以为自己很了不起，品学兼优，能文能武，综合能力比郑魏强了很多，没想到如今进入社会，几年历练下来，我和他之间的差距越来越大了。

郑魏让我关掉维修店，去他的厂发展，他为我展望了美好的前程。可我很要面子，即使给我再多的钱，我也不想让朋友看低了，一口回绝了他的邀请。

也幸亏我没有答应郑魏，我的维修店虽然生意平常，半死不活地维持着。但在这里，我遇见了鸽子，一个我愿意用一生去守候的女孩。

家电维修店离师大不远，因为我是科班出身，在南方做过两年时间的研发设计，技术还算是一流的，加上我收费低廉，很受学生们的欢迎。

鸽子是师大大一的学生，那天她拿了一个 MP3 到店里问我能不能修好。这个女孩的眼神，跟我原来喜欢的隔壁班的女同学简直像极了！她抬起亮晶晶的眼睛，问道："大哥，修理 MP3 多少钱？"

既期盼我早早地帮着她修好，又担心我过分宰她，那种眼神让我一下子想起了我以前喜欢的那个女同学问我："大印，你喜欢什么样的女孩子？"当时，她也是这种眼神，既希望我快快地回答她，又害怕我说喜欢的女孩子不是她那种类型，充满了期盼和担忧。

我很快帮她修好了 MP3，当然，我一分钱也没收。她有些不好意思，去隔壁超市给我买了根雪糕。

后来，她和同学来过几次，不是她的东西坏了，就是陪着同学来修东西，我是能免费就免费。怕她们过意不去，需要换零配件时，我也是收钱的，只不过是按照成本价收取，一分钱都没赚，她们能够感觉得到。

这样来的次数多了，渐渐地熟悉了，我知道了她姓孟，全名叫孟鸽。我和她的同学一样，就叫她鸽子。

我有了以前的痛苦教训，这次遇见鸽子，我再也不想轻易地放弃。

从她们聊天的只言片语中，我听出有个男孩追她正紧，那个小伙子好像叫罗杰，人长得帅不说，家里还特有钱，全校为数不多的几个开车来上学的同学中，就数他开的车最好。同学们都很羡慕她有这么帅又有钱的人追她，她还在犹豫，但明显带有好感。这就使得我追她的时间非常紧迫，我得迎头赶上半路拦截，"巧取豪夺"方能取得成功。

那么，如何才能追到她呢？也就是说，用什么方法能够经常接近她，而她又不会对我产生抵触，同时尽可能使她对我产生好感呢？

在我没有想出最好的方案之前，我担心发生意外，她来我店里好几次了，我都没有采取任何行动。我耐心地等待，用心地琢磨着应该采取什么好方法，我相信上天不会就让我这么白白地等待下去。

忽然有一天，一次偶然的机会，我终于想出了一个好方法。

那天，她陪着一个同学来修电脑主机，我一查是个小毛病，但我没有立即修复，让她们坐在一边等着，故意拖延查找故障的时间，跟她们说着开心的话题，逗得俩女孩咯咯地笑。

和往常一样，这个时间段有许多要饭的来我们这边商业街。说是要饭，其实就是来要钱，他们中很多人是职业乞讨，有装瞎子的，也有自残骗取同情的，更多的是不管自己的嗓音如何，站到店门口可着嗓子嚎叫几声，直到你给钱为止。一毛两毛的他们还不要，非要见到一块的，否则撵都撵不走，特别讨人烦。

对于这样的职业乞讨人员，我一般不给他们钱，他们站在门口扯破喉咙唱，我也装作没听见继续干我的活，有时候嫌烦，就把功放音响打开，用激越的舞曲掩盖他们的噪音。这一招十分管用，他们比不过我，只好气呼呼地走人。

当天又来了两位职业乞讨哥，两个人约莫四十多岁，一个装瞎子，使劲眨巴那双练习过无数遍的白眼，吸引人们的同情；另一个胡子拉碴，也看不出哪里手脚不灵活。两人一站到门口，瞎子的二胡就响起，胡子拉碴的人便唱："离家的孩子流浪在外边，没有那好衣裳也没有好烟，好不容易找份工作辛苦地把活干，心里头淌着泪脸上流着汗……"

这两人我早已熟悉，其实瞎子不瞎，是职业乞讨者。两人站在店门口表演着悲情，知道撵他们也不会走，我不理他们，把音响打开，拧到最大，和他们对起了唱。

我这边音响里盖过他们的声音，一个美女跟着和："我得意的笑，又得意的笑，求得一生乐逍遥……"这两个家伙没辙，扭头便走。

停了两三分钟，又来了一个老太太，拄着拐棍颤颤巍巍地走来，倚在店门前，病歪歪的一句话不说，伸着一只破瓷缸，把里面的硬币摇得当当地响，可怜巴巴地望着我。这个老太太也经常来，我放下手里的活，从抽屉里特意拿出一张十块的，走过去放进破瓷缸里。老太太见我今天这么慷慨，连说了几声谢谢才走开。

这一幕从头至尾全被鸽子看见了，鸽子十分好奇，问道："刚才那两个要饭的你一分钱不给，为什么这个老太太你给这么多？"

我说："那两个人年轻力壮的，不能让他们养成不劳而获的坏毛病。这个老太太一大把年纪，也不知道有没有后人，看着怪可怜的，就多给一些吧。"

和鸽子一起来的，名叫尹梅的女孩说："你被她给骗了。别看她这么大年纪，要钱的时候走路颤颤巍巍，好多都是装出来的。我们老家就有这样的人，她们身体挺好的，趁着还能跑得动，就出来装可怜要钱，回老家再给儿子、孙子娶媳妇、盖房子。现在这样的人太多了，你给她那么多钱，她表面谢谢你，背地里跟人聊天的时候，说不定还笑话你是傻子呢！"

我立马装傻，一副恍然大悟的样子说："是吗？还有这样的人啊？那我岂不是好心没得到好报？"

尹梅说："是啊，这样的人可多啦！"

我叹了口气，说："不过做些好事总比作恶强。不管老太太是真是假，给她一些钱，自己做了善事心里还是蛮舒坦的。不能因为有极个别不良企图的人，我们就放弃了行善，你说是不是？"

鸽子表示认同，说："也是。即使有那么极少数的人欺骗善良的人，我们也不能因噎废食，就不去做善事了。不过做善事还是要有选择的，不能让这些游手好闲的人得到了实惠，让那些真正有需求的人少了人们的帮助。"

"那你怎么能分得清谁真正是需要帮助的，谁又是假冒伪劣呢？"

鸽子眉毛一扬，说："可以通过电视、报刊和网络了解呀！"

我心里一喜，继续向下问："你们在校学生又没有钱，也可以做慈善活动吗？"

"怎么不可以呢？"鸽子反问我，不等我回答，接着说："学生没有钱，可以做些力所能及的嘛，有些事情不是花钱就能解决的。义务帮穷困家庭的孩子补课，去养老院帮着干些活都是可以的。"

我花了十块钱演了半天，可让我等到她这句话了！

我装作忽然想起的样子说："噢，对了，你不说我都忘了，帮我一个忙，行吗？"

鸽子抬起勾人的眼睫毛，问道："什么忙？"

我说："有时间帮我上网拷贝一些电影和戏曲，好吗？"

鸽子不解，再问："拷贝这些东西干吗呀？"

我解释说："我经常去帮忙的一家养老院，他们现在吃喝问题解决了，但缺少文化生活，我刚给他们买了一个视频播放器，打算明天送过去，我一忙忘记拷贝影片了，你要是有时间，帮我拷贝一些好吗？"

"好呀！"鸽子很干脆地答应了。

我拿出一只8G的U盘，递给她说："知道老头老太太喜欢看什么片子吧？"

鸽子笑着说："我知道，就是一些老掉牙的、有教育意义的老片子呗。他们那个年代的人，都喜欢忆苦思甜。"

"也别都是老片子吧，再找一些相声、小品什么的，让他们看着乐呵呵的多好。"

"就这么大容量的 U 盘，才能拷多少呀？"鸽子显然对我如此的善举多了些好感，说话也随意了一些。

我又拿出一只 U 盘给她，说："U 盘多着呢，我是担心影响你学习，不忍心让你拷太多。"

尹梅也来了兴趣，说："没关系，你帮我修快些电脑，我也帮着拷吧。"

"好啊，谢谢你们了！"

"不客气，你经常帮我们修东西少收钱，我们应该谢谢你才对。"

"别谢我们啦，你做好事，我们代表老头老太太应该向你表示感谢啦！"

我很快把尹梅的电脑修好了，便提醒她们说："拷贝好了，明天中午之前给我送来好吗？我午饭后去养老院。"

鸽子说："明天我们跟你一起去，好吗？"

我掩饰着内心的激动，故作平静地问："你们白天不是要上课吗？"

"明天是周末，上什么课呀？"

"噢，对，对，我都忙糊涂了，明天星期六了哈。"

"是呀，你明天几点去？"

"那就下午一点半，我到学校门口等你们吧！"

第二天下午，我和郑魏一起简单地吃了午饭，郑魏开着车和我一起来到师大门口。两个姑娘挺准时的，站在大门口朝着远处张望，我老远就打开车窗，向她们挥手。鸽子看见了，一脸的灿烂，和尹梅一起朝我们的车走来。

郑魏问我说："喜欢的是没穿高跟鞋的小姑娘吧？"

靠，眼真毒！两个小姑娘各有特色，长得都很漂亮，我正想问郑魏怎么看出来的，姑娘们已经走到了车前，我下车，很有绅士风度地打开后门，鸽子瞄了我一眼，脸忽然间红了，客气地说了声"谢谢"，让尹梅先坐进去，然后再上车。等她坐好了，我把车门关上，重新坐回副驾驶座。

养老院在西城区，师大在东城区，开车需要四十多分钟才能到，一路上郑魏很给我面子，对我十分崇拜的样子凡事都请示我，一会儿问我有没有时间，他们公司有一台电子设备坏了，特意从外地花大钱请了专家来也修不好，问我是不是有空再帮着去指导一下。

我说："你这人真是的，我不是跟你说过了吗？你们公司的东西坏了就来找我，干吗要花钱请外面的人？"

郑魏一连声地跟我道歉，解释说："你每次帮忙解决了大问题，都不收钱，耽误你的时间，我实在过意不去啊！"

我拉下脸来使劲批评他说："你这样做就不好了，咱们是哥们儿，是好兄弟就不要谈钱不钱的。"

郑魏赶紧说："骚瑞，骚瑞，我错了。等回来之后你去给看看吧，外面请的专家也太菜了！"

这个问题一带而过，我们跟小姑娘们聊了几句学校的话题，稍停一会儿，郑魏又问我："哪天你有空再帮我看一下人。"

我问他看什么人，郑魏说："现在厂子做大了，我想招一个采购主管来帮我，我担心招聘来的人不放心，你看人挺准的，帮我把把关吧。"

"你干吗非要从外面招人呢？你们公司那个小李不是挺好的吗？他跟了你这么多年，工作又认真负责，假如你把他提上来做主管，他一定很感激你，做起工作来会更加卖力。而且多给员工一些升职的机会，为他们的职业发展多考虑考虑，员工们也会感激你这个老板。激发出来员工的干劲，你这老板还愁赚不来大钱吗？别以为外面来的和尚会念经，用好了身边的人，一样能产生巨大的效益。假如他们某些方面的能力还欠缺，也可以多给他们一些培训学习的机会嘛。这样，你的企业文化建立起来了，员工们也有了归属感，你的企业何愁没有竞争力呢？"

郑魏听了频频点头称是。

我们俩一路聊得愉快，从企业经营聊到国家改革，又从国内聊到国外，每一个问题都是郑魏先提出来，我帮着他分析问题，再解决问题。一开始鸽子和尹梅两个女孩坐在后面，还叽叽喳喳地有说有笑，后来听我们俩聊的有意思，便不再说话，听我海阔天空侃了一番，我从后视镜里能看出来，鸽子对我的好感与日俱增。不，说错了，是与时俱增。噢，更精确一些，应该是与分、与秒俱增才对。

其实，我们聊的这些，都是我从郑魏那里学来的。郑魏这家伙财大气粗，有钱了就喜欢找女孩，为了突出他的光辉形象，我便作为一个捧场的，只要有利于提升他的光辉形象，我是想尽了方法来扮演好我的角色。

我和郑魏配合久了，已经有了默契，我们俩只要稍微眼神交流一下，甚至干咳一声，我就知道郑魏想让我问他什么问题，想让我为他朝着哪个方向引。如今看着郑魏这般的表演，我才猛然发现，原来山外有山、人外还有人，郑魏这家伙太能演了，面不改色心不跳的，比我捧人的技巧还要高。

我来养老院帮忙也是受郑魏的影响。郑魏的老妈信奉佛教，郑魏小时候就常被带到养老院、福利院这些地方做好事，我和他在一起久了，也受到他的感染，喜欢来这些地方帮助别人。

通过去养老院这件事之后，鸽子对我放心多了，我也就借机经常邀请她出来。只要不影响学习，她都会开心地陪着我一起去。有时候我故意好几天不与她联系，她还会打电话问我怎么不去了。显然，她已经喜欢上了这样的行善活动，在活动的同时，渐渐地不把我当成校外的人，与我拉近了情感距离。

我一开始还会邀上郑魏，也让鸽子把尹梅带着，这样人多一些，话题也多一点，不会那么拘束。时间久了，郑魏明白他的任务完成了，便知趣地退出，后来就是我和她们两个女孩子一起去，再后来自然只剩下我和鸽子两个人。

我带她出去也是有计划的，一开始选择近的地方去，半天或者一整天不到，在晚上之前就能赶回来。等到时机成熟了之后，我带她去的地方越来越远，以至于有一次，我让她陪着我去山区一个农村小学，给那里的孩子们免费安装卫星电视，并送一些课外书给他们，等到我们忙完回来时，没有赶上最后一班长途车，我们俩便留在小镇上的旅馆住了一个晚上。

那天晚上过得很甜蜜，我们俩自然地住在了一个屋里。事后，她躺在我怀里，陶醉在幸福之中。忽然，她一口咬住我胸脯，我一个机灵，她嘿嘿地笑出了声，抬起头羞涩地望着我，眼中充满了期待，似有什么话要说。

那个眼神再次让我热血澎湃，无穷的力量滚滚而来，我一把把她抓进怀里。

她忽然说："你要对我好，一辈子都要！"

我加紧力度，搂着她，发自心灵深处，无限真诚地回答道："我会的，一辈子，永永远远，爱你，宠你！"

她像朵花一样开心地笑了，笑出了泪花，似有不舍，幸福地闭上眼睛，我们俩再次融合在一起。她的狂热，她的柔情，她的痴爱，勃然爆发，在这一刻里，我深深地感受到，有了她，我便拥有了一切。

我在心里千百遍地说："鸽子，我爱你！永远爱你！"

我对她的誓言至今记忆犹新，这一辈子都不会忘记。可我万万没有想到，两年之后，那么美好的爱情，却一下子没有了……

第九章　沉重的打击

算起来，我们俩在一起前前后后将近两年时间了，我想等她一毕业我们就结婚，所以那段时间我拼命挣钱。她也俨然成了我的好帮手，她不会修理电器，但很会把握顾客的心理，有些顾客只是过来随便问问，在她的甜言蜜语之下，很快就把电器送到我这里来修了。

我以前很是清高，觉得自己是靠过硬的技术吃饭，对一些抱着怀疑态度来咨询的顾客，总是没有太多的耐心去解释。鸽子说："那怎么行呀？人家都问上门了，说明有电器坏了需要修理的意向嘛，你只要说两句好听的，就可能有生意来，干吗不说呢？何况人家即使不来修东西，上了门也算是顾客嘛，不都说顾客就是上帝吗？多礼貌一些，兴许下次有东西要修，就直接找你来了。你说是不是呀？"

她不仅善于和顾客打交道，还会做细节上的服务。我之前只注重故障的维修，有些电器的机壳落满了灰尘，我只是用电吹风简单吹一下。鸽子却不这样想，她觉得既然顾客把电器送来修了，我们就要尽一切努力做好服务，超出顾客的期望才会获得更好的口碑。

鸽子把这些活揽了下来，将机壳上不容易清理的灰尘擦得干干净净，顾客看见如此服务，自然很开心。鸽子还会把店里落了灰尘的货架、柜台及放在里面的各类零配件，都给擦拭一新，使整个屋子看起来干干净净的，比我一个人在的时候好看多了。

鸽子俨然像是一个好妻子，不乱花钱，平常我都是叫外卖吃，她过来了，我自然要请她去饭店吃饭。她说外面吃饭不卫生，花钱还多，不愿意去，便抽课余时间过来帮我买菜做饭，吃好之后还帮我洗碗拖地，衣服被子也全包了。我看着过意不去，她就说："这些家务活你就甭操心了，好好干活赚钱吧你，我还等着你快些挣钱买房娶我呢！"

那一阵子，我是拼了命地想赚钱，以前有些不怎么来钱的活我都不接，后来觉得钱多钱少都是钱，只要有时间就带着干了。但毕竟一个人的精力有限，电器维修赚的都是辛苦钱，发大财的可能性不大。

我就想着找一些能发财的事做做，不知道是我的运气不佳，还是我的性格导致了我始终抓不住发财的机会。我无数次计划着发财，又在无数次实施和失败中，度过了一天又一天。

　　我非常郁闷，为什么我就没有能力发财呢？郑魏他不比我聪明多少，为什么他能发财，我就不可以呢？

　　鸽子便开导我说："这样也很好呀，又不缺吃缺喝，年纪轻轻的，今后发财的机会多得是，你急什么呀？再说了，我还不想你这么早就发财了呢！"

　　我不解。

　　鸽子说："不都说男人有钱就学坏吗？这么早发财，你要是学坏了，那我岂不是为别人培养了一个大款呀？"

　　"晕死，这是什么逻辑啊！"

　　"不对吗？你的朋友郑魏不就是这样的人吗？你别替你的好朋友遮遮掩掩，我能看出来，他到现在不找个女朋友固定下来，就是钱多了撑的，变成了花心大萝卜！"

　　郑魏花心我最清楚，可我始终没有在鸽子面前说过郑魏的一句坏话，我甚至还经常夸郑魏好，抬高朋友的档次，自然我的形象也好一些，和郑魏出去玩的时候才不至于让她不放心，没想到她居然能说出这样的话。

　　我说："你瞎猜疑什么呀，郑魏哪里是你说的那样！"

　　鸽子小嘴一撇，说："你别替他隐瞒了，我们一起出去吃饭的时候，你瞧他看美女的眼神，色迷迷的毫无顾忌，不是花心大萝卜是什么？"

　　看来郑魏在鸽子眼里的形象早已坏了，我再解释只会越描越黑，于是故作有理说不清的样子，不再与她争辩。

　　鸽子也不再提郑魏的事情，一往情深地望着我说："我们不和别人比发财，只要我们俩好，慢慢来，一点一点努力会好起来的，只要过得开心快乐，比什么都强。你说是不是？"

　　鸽子的身体一直不好，稍不注意就容易感冒发烧，我常提醒她注意保暖。尽管很当心，可还是容易生病。我看着心疼，鸽子却不以为然，安慰我说："经常小病几次，权当升级病毒库了呗！"

　　"瞧你这话说的，你就不怕升级占内存，拖慢网速啊？"我拍着她的脑门儿说她，她嘿嘿一笑，跟我玩柔情，搞得我心里慌慌的，不好再说她。

　　我陪她去医院打针吃药，医生说她的体质太差，不能太操劳，但也要坚持锻炼身体，才能增强抵抗力。我想带她一起去健身房锻炼，她说："做那么多家务活不是锻炼啊？你这人真是的，放着家务活不干，偏要花钱去健身房，真是脑子坏掉了！"

　　我被她说得没词了，为了不让她多操劳，我尽可能地替她分担一些家务，她洗碗我拖地，她负责往洗衣机里塞衣服，我负责晾起来。我们两个一起开开心心地做完家务，我便拉着她出去慢跑健身。

离我们这儿不远有一座小山丘，依山而建的公园，山坡平缓很适合慢跑，早晚有许多人来锻炼，我们俩也加入进来。

刚开始锻炼的时候，鸽子跑几步就累了，非要我背着她跑不可。

"让你来锻炼身体的，背着你还锻炼什么呀？"

鸽子理直气壮地说："怎么不能锻炼啊？养生频道上说，骑马还能锻炼减肥呢！"

我本来想背她，可一听这话我不乐意了，说："噢，我背着你还成你的坐骑了，不干，还是你自己跑吧！"

我朝前跑去，过了一会儿感觉她没有跟上来，回头一看，鸽子远远地蹲在地上，赌气地望着我。

我只好再跑回来，弯下腰问她怎么了。鸽子不说话，气得眼珠子圆圆的。

我只好说："那好吧，背你两分钟吧！"

"五分钟，少一分钟都不行！"

"唉！命苦啊我！哪辈子欠你的，要让我做牛做马来回报啊？"我做痛苦状，弯下腰扎马步，老老实实地等着她上来。

鸽子开心地趴在我背上，我猛然加速奔跑，颠得她气喘，依然开心地说："你……你要对我好！驾！"

鸽子如此开心，我也不顾旁边的人看热闹了，提起了精神向前冲。我暂时不能让她享受到荣华富贵，至少可以陪着她开心，也许精神上愉快了，抵抗力就会强许多。

跑了一会儿，把我累得够呛，鸽子才终于下来，和我肩并肩地慢跑，跑跑歇歇，终于跑到了山顶。鸽子的小脸红扑扑的，大口大口喘着气，我便找一块空地坐下来。鸽子不愿坐在地上，拽着我胳膊一屁股坐在我的腿上，把整个身子蹭进我怀里，闭上眼睛，无限陶醉地说："赶明儿我向沙发厂提议，把黄晓明倒成模型做沙发，保证好卖！"

我使劲推她，说："你躺在我怀里，还想着大明星，太不尊重人了吧？"

鸽子扭过身，脸对着脸，嬉皮笑脸地问我说："是不是想把你也做成沙发呀？"

我装憨，拼命点头，鸽子坚定地说："我才不干呢，你只能属于我一个！"

我一把搂紧她，左右摇晃着说："我这个沙发好吧，可以全方位伸缩调节，让你怎么躺着都舒服。"

鸽子配合地说："真好，全智能型的耶！来，给大爷来段音乐！"

鸽子突然暗中下黑手，捏住了我的命根子。我猛一激灵，噢的一声惊呼。

鸽子嘎嘎地乐，说："真灵耶，就是音质不怎么样！"

旁边的人朝我们这边张望，我赶紧小声说："别闹，别人都看着呢！"

"噢，那好吧，我睡一会儿，你别打扰我，刚才跑步累死我了。"

说着，鸽子重新闭上双眼，寻了一个舒服的姿势睡去。

我让鸽子在怀里躺了一会儿，担心她睡着了受凉，便问她回不回去，鸽子不情愿地起来，跟我耍赖皮说她还是累，让我背着她下山。

我说："这一路上，我被你折磨得一直没有消停，我也累呀，哪里还能背着你跑？"

"不干，这是下坡路，你能跑得动。你不背我，我就不走了，你一个人回去吧！"

我无奈，只好让她继续上来，鸽子高兴地爬上来，两腿使劲夹紧我的腰，双手噼里啪啦拍打着我的肩膀，口里还一个劲地吆喝："驾！驾！汗血宝马跑快些，哀家还要赶着上朝呢！"

我就说她："你是慈禧老佛爷还是武则天啊？"

我加快脚步飞速向前，这下鸽子又不干了，半天才喘过气来，勒紧我的脖子，嘴里直呼："吁！吁！"

我不停，鸽子便伸出小手胳肢我，不仅胳肢，还暗藏杀机掐我的肉，直到我遵命停下方才罢手。

我便奚落她道："你这人真难伺候，慢了不行，快了也不行啊？"

鸽子喘匀了气方说："你是我的宝马，我让你快你才能快，我让你停下来你就得立即停下来。"

"哪有这样的，我背着你，都免费不收你钱了，你还讨价还价啊？"

"我不管，你要对我好才对！"小丫头跟我要起了无赖。

"好，好，好！我听你的，你说怎么着就怎么着吧。"

鸽子这才开心起来，爬上我的背，一口热气呵在我的耳边，柔声跟我说："知道不？你要是对我好，我等会儿才会对你好！"

我坏坏地笑，问她："那你怎么样对我好呢？"

"回家你就知道了呗！"

我心中一阵澎湃，急切地说："那赶紧回家吧。"

我背着鸽子，撒开腿就往家跑。

"不干，你这个流氓，我还要玩一会儿再回去！"

我不理她，拼命往回奔。

"救命啊，劫色啦！"

那段日子真美好，我和鸽子总能找到开心的话题，总能把很普通很平常的生活，过得有声有色快乐无比。时间过得飞快，快得我都来不及感触到危机的悄然来临。

去年热天鸽子放假回家，临走时对我说，她回家先跟父母说一下我们俩的事情，等家里人同意了再让我去她家。我心里焦灼地等，其间我给鸽子打过无数次电话，她不是不接，就是说没听见铃声，实在推托不过，便给我发一条信息，说她正和父母在一起，不方便和我聊天。

我发信息问鸽子，和父母说了我们俩的事没有。她过了好几天才回复说，还没有找到适合的机会说。

我挺郁闷的，很想去她家看看是怎么了，可我又一想，是不是她父母对我不满意，她还没有劝说好，假如我这样冒失前去，会不会惹得她父母更加不高兴呢？

一直拖到暑假结束，鸽子回到学校上课两天了，她也没来我这里。我忽然间警觉起来，可能不是她没有说服她的父母，而是她被她的父母说服了吧？相处了这么长时间，她是什么性格，我还是比较清楚的。

我再给她打电话，始终不接。我关了店门，准备去学校找她，我不能就这样莫名其妙地失去她。

快走到师大门口的时候，鸽子来了电话。我很紧张地接了，她在电话里叹息了一声，我一听就知道不好，问她怎么了，等了半天她才说："大印，我们俩还是结束吧！"

"为什么？"

"不为什么。"

"不为什么，那是怎么了？你家里人不同意吗？不同意我可以等啊！哪方面不同意，我也可以改啊！是不是觉得我没有钱，担心你今后跟着我受苦？给我一点时间，我可以去赚钱啊！"我一迭声地说着，我越说心里越是揪心，生怕话未说完，我的鸽子从此以后再也见不到了。

"大印，都不是，你不要乱猜了。我，我对不起你，还是分手吧。"说着，手机里传来了哭声。

我的心好痛，我赶紧劝她说："鸽子，究竟发生了什么让你这么难受？你知道我是爱你的，没有你，我不知道今后还怎么过。我们相处了这么长时间，你对我始终很好，我能够感受到你是爱我的，为什么说分手就分手呢？发生了什么事情，我们俩一起来承担，好吗？"

鸽子在手机那端始终不说话，不停地传来抽泣声，我强忍着伤痛，说："鸽子，你出来我们俩再谈谈好吗？我现在快到你们学校门口了，你出来一下好吗？"

"我不在学校，你还是回去吧。"

"不在学校，那你在哪里？"

"我还在家里，没有去学校。"

"在家里？"

这都开学两天了，为什么还会在家里？我没想到她的父母为了分开我们，竟然会不让她来上学。未等她回答,我接着说:"鸽子,我现在就打车赶过去,跟你爸妈当面谈谈吧,相信他们见了我,会同意我们俩在一起的。我现在虽然没有多少钱,但我向他们保证,我一定努力赚钱,一辈子对你好。"

手机里鸽子哭得很厉害,她对我说:"你别来,千万别来!你来了我爸妈也不会同意的。"

"究竟我哪里做错了,给我指明方向,我一定改还不成吗?"

"不是你的错。"

"那又是怎么了?"

停了许久,鸽子忍住了哭声,说:"我爸妈觉得你比我大得太多,我跟他们解释,他们始终不同意。"

"这算什么理由啊?我比你只不过大八岁,怎么是……"

鸽子打断了我的话,说:"我想了很久,我也认为我爸妈是为我好。就这样吧,我挂电话了。"

"等等,等等!你怎么会这样想呢?你以前……"

"什么都别说了,大印,算我对不起你,你多保重!"

鸽子挂了手机,让我茫然间不知所措。我仔细想了想刚才她所说的每一句话,越想越觉得其中肯定是另有隐情。我只不过比她大八岁,就算是大了许多,也不至于她的父母那么强烈反对吧?何况我们俩相处了这么久,感情基础还是有的。我以前也曾问过她,为什么那位开着豪车、有钱又很帅——后来我也见过——名字叫罗杰的男同学拼命地追她,她却最终选择了我。她说自己不喜欢年龄差不多大的男生,觉得他们还不成熟,跟他们说话没意思。她还说喜欢我的原因,不仅仅在于我比那些同学们成熟多了,而且我还很有爱心。最关键的是我懂得她的心思,会无条件宠她、逗她开心,她和我在一起过得非常快乐。

难道当初说过的这些话,只是随口说说,说忘记就能忘记了吗?

我不相信鸽子只是因为她的父母,仅仅是因为我的年龄比她大一些,她便会妥协,便会忍心一下子隔断这份情感。

究竟是什么原因呢?

我想知道答案。我更迫切地想让我的鸽子再回到我的身边。

我回到店里,躺在床上,一夜都未睡好,我决定还是去学校找她的同学问问,实在不行我就去她家一趟。

第二天午后,趁着这个时间段学生们才吃过饭闲着没事,我打算找尹梅或其他同学问问鸽子的情况,能顺带把她家的详细地址要来就更好了。

　　和鸽子相处了这么久，我只知道她家在一个偏远的小乡村，具体地址我没想到多问，总以为时机到了，鸽子会带我一起去看看。鸽子有几个关系比较好的同学，我们偶尔也会聚在一起吃吃饭、聊聊天，我自认为和她们相处得还好，她们知道她家的详细地址，相信她们会帮我这个忙。

　　师大我来过很多次了，校园里也留下了我和鸽子曾经有过的美好回忆。我和她一起去食堂吃饭，我帮她去水房打开水，我去图书馆接她回家，我甚至去她们的宿舍，帮她们拉网线修电脑。往事历历在目，难道这些留给我的竟然只是梦境般的回忆？

　　进入师大之后，便是一条笔直的水泥路，路的两边是高大的梧桐，也许是午饭时间已过，大多数同学正在午睡，树荫下很少有人往来。

　　我正朝前走着，迎面开来一辆英菲尼迪，我看着眼熟，仔细一瞧，正是鸽子的同学罗杰的车，我再一瞧副驾驶座上的人，我的脸立马就绿了。

　　我根本没有过多考虑，立即冲上前去伸手拦截，对方也早已看见了我，车在我身旁戛然停下。我一把拽开副驾驶座的门，理都没理罗杰，对着里面说："鸽子，你下来，我有话问你！"

　　我气坏了，昨晚上打电话时鸽子还说没有来学校，今天却坐在同学的车上有说有笑的，这怎么解释？

　　"你不是说在家吗？怎么又在学校了？"

　　"为什么要欺骗我！"

　　"为什么会和他单独在一起，你不是说你永远不会给他机会的吗？"

　　"啊？"

　　"啊！"

　　我大声地责问鸽子，越说越激动。

　　鸽子的脸都吓白了，没想到会这么巧遇见我，泪珠无声地滴落，像是谁家受了气的小媳妇，站在一边低着头始终不说话。等我咆哮完了，鸽子才小声地说："对不起，既然你看见了，我也不想再解释什么了。"

　　我指着停在前方不远处的英菲尼迪，说："难道就是因为他有钱，你就这么快变心了吗？

　　鸽子本来还在抹着眼泪，听我如此说，她也来了脾气，昂起头冲着我说："我高兴喜欢谁就喜欢谁！我又没有嫁给你，你管不着！"

　　我抬起手就要给她一嘴巴，可我看着她那苍白的脸和眼中滚动着的泪水，我根本下不了手。

　　鸽子见我要打她，更加来劲了，说："有本事你打啊，你自己没本事挣钱，你还想怎样……"

"滚！不要再让我看见你！"我气极了，第一次对着鸽子这样发火。

鸽子哀怨地瞪了我一眼，想说什么终于没说，一转身跑向不远处的英菲尼迪。我眼睁睁地看着她跟着那辆豪车一起，从我的视线中越行越远。

我好绝望，可我有什么资格要求她跟着我过穷日子？

我既然喜欢她，既然不能给她带来荣华富贵，难道我还不能学会放手，让她找到属于自己的幸福吗？

可她说的话太伤我心了啊！

不是说好不在乎钱的吗？为什么还要说我没本事挣钱！

不是说好要和我厮守一生的吗？为什么不等我牵着你的手，走向婚姻的殿堂？

不是说好让我当你的汗血宝马，你说快跑我就拼命地跑，你说停下我就立即停下，一辈子只听从你的一切命令的吗？为什么不再骑上忠实于你的汗血宝马，而要换成一辆豪车呢？

好一阵子我都没有从打击中走出来，郑魏便来安慰我说："别太傻了，现在哪里还会有真情？鸽子能够跟你两年的时间，在她最纯真的时候，让你痛痛快快地爱过一回，你也该满足了。如今她长大了，你还要求她那么傻，面对物质的诱惑不动心，这可能吗？我告诉你，这世界就这样，男人还是要多赚钱才是真，有钱了什么美女找不到？好兄弟，赶紧醒悟吧，咱们哥俩儿努力一把，赚到钱了你想要的爱情多得是！"

鸽子在的那一阵子，我从来不去休闲娱乐城消费，即使郑魏说破了天我也不去。自从受到这场打击之后，在郑魏的劝说下，我也爱上了洗桑拿。我虽然没有像郑魏那样堕落，但我也喜欢上了按摩，喜欢找看着顺眼的女孩子，边给我做按摩，边跟她们玩些所谓的感情。尽管我知道这些感情不是真的，但却能够给我带来短暂的快乐，能够让我暂时忘记我的鸽子。

正在我拼命地打算把鸽子忘记，跟着郑魏一起潇洒开心的时候，一天晚上，我又一次看到罗杰开的英菲尼迪，这次从车子上下来的美女，却不是我想象中的鸽子。

我气愤极了，冲过去就要揍这小子，没想到罗杰说出的一番真相，一下子让我惊呆了！

第十章　揪心的夜晚

自从跟鸽子大吵了一架之后，我始终没有再与她有任何联系，即使她们学校的老师找我去学校家属住宅区修理家电，我也一概推脱，根本不再踏足师大半步，我强迫自己把与鸽子有关的一切，全部从记忆中抹去。

就这样一直坚持了半年时间，鸽子仿佛人间蒸发一样，从我的生活中消失了。直到有一天，我和几名志愿者去乡下帮助一所希望工程学校安装调试电子教学实验室，忙完坐长途车回来时已经是深夜，早已没有了公交车，因为长途车站离我的维修店只有几站距离，我没有打出租车，打算步行回去。

正走着，无意间瞧见路边一个小区门口，有一个帅气的小伙子好面熟，一瞧他身边的车，正是我想砸了的英菲尼迪。此人是罗杰，我早就有一种想暴打他一顿的冲动，我始终克制着，一直在心中劝慰自己，既然鸽子选择了他，那我就忍下这口气吧，也是对鸽子的尊重。今天看见这小子根本没把鸽子放在心上，这下可算让我逮到机会了。

罗杰站在车前，一直等到女孩子消失在小区里之后，才依依不舍地回转身。一回头，猛一下看见了我，算这小子聪明，车也不要了，撒开两腿就跑。

我一个箭步冲上去，抓住他的衣领。这小子立马鬼嚎道："大哥，你误会了！"

"就你这样对待鸽子，我不打你，天理都难容！"

罗杰吓坏了，赶紧说："鸽子快死了，她心中只有你！"

"什么？你小子说什么？"我的心猛一下被揪紧了。

我松开罗杰，罗杰坐在地上不敢起来，我一把把他拽起来，抵在墙边，食指点着他，咬着牙发狠说："你给我说实话，鸽子怎么了？"

罗杰赶忙说："大哥，我没有骗你！那次我开车送鸽子出校门，被你看见的时候，其实是你误会了我和她的关系。"

罗杰对我说，鸽子放暑假回家去没多久，便连续几天发高烧不退，在村卫生所打吊针吃药也没见好转。父母送她去乡卫生院做检查，医生抽血化验后说可能是白血病，建议她转院去县医院确诊一下。到了县医院又做了血常规、骨髓和染色体多方面检查，最终确定为白血病。县医院也没办法医治，医生说这已经属于很严重的症状了，只有去省城大医院也许还有一线希望，但至少得好几十万元的费用。

鸽子的家在偏远的农村，根本拿不出这笔钱，鸽子很清楚治疗这个病就是一个无底洞，会把家庭拖进深渊，便坚持回家休息，不愿意给家庭增添负担。她的父母没钱，只好含泪带着她回家，在村卫生所做些简单的治疗。

开学的时候，鸽子打电话给学校，要求办理休学手续，校领导同意了，让她抽空来学校签字。那天我看到她，是她一早赶过来办理完休学手续，准备回家。

鸽子是个很要强的女孩子，同学们知道了她的病，准备捐款帮她渡过难关，尤其是罗杰，他家里很有钱，他愿意出钱帮鸽子看病，却都被鸽子婉言谢绝。但是同学一场，罗杰看她身体实在太虚弱，坚持要开车送她回家，鸽子推辞不掉便同意了，没曾想被我撞见，鸽子忍受着被误解，依然不想让我来担心她。罗杰问过她为什么，她说，与其让我知道了跟着她一起受罪，不如就这样结束了，她不想拖累任何人。

罗杰还说，当时我误会了鸽子，罗杰本想下车出来解释。可是，看到鸽子被我气得匆忙间跑回车里喘得厉害，他也顾不了再给我解释，赶紧开车送她去了医院。

我一听是这样的，脑子当时就炸了。鸽子怎么会得这么可怕的病？我怎么就没有看出来，当时鸽子苍白的脸，并不是因为被我撞见她和罗杰在一起，而是病得痛苦……我怎么能在她最无助的时候，还那么荒唐地误解她？我本以为自己很聪明，对鸽子也非常了解，为什么在关键时刻竟然如此糊涂，竟然没有明白鸽子的良苦用心？

我再也忍不住眼泪。

罗杰也带着哭腔说："鸽子是个坚强的女孩，我和同学们后来去她家看望她多次，看着她被病痛折磨得很厉害，她很坚强，还劝我们要好好学习，不要像她这样知道了想好好学习，可惜已经晚了。我们知道她对你的感情依然很深，很想去找你，把事情的经过告诉你，可她坚决不同意，宁愿不和我们相处了也不同意。她就是怕拖累了你，她的内心比你要痛苦多了，你能够理解吗？"

我无法回答罗杰的责问。我乞求罗杰告诉我鸽子的地址，我要马上去见她，不管她会怎样对我，我也要死皮赖脸去求她，求得她的原谅，求得她让我陪在她身旁，照顾她、爱她，再也不怀疑她，永永远远再也不离开了。

罗杰说："我开车带你去吧，这深更半夜的，你打车可能也没人愿意往乡下去。"

我心里始终还抵触着罗杰，不想让他掺和进我和鸽子中间来，我找他要到鸽子的详细地址，看着他开车走远了之后，我才走向路边拦出租车。

我拦下几辆车，好说歹说终于有一辆车愿意拉我去乡下。司机对乡下的道路也不熟，深夜里又很难遇到行人打听，我们走走停停，一直快到天亮，才到了孟家庄。

我付了车钱，由衷地向司机说了好多感谢的话，下了车朝着庄子里走去。

已是清晨五点多了，黎明前最暗的时分，整个村庄隐匿在黑沉沉的雾霭之中。倘若在夏天，想必早有人起床赶着下地忙碌了吧，而今冬日未尽，没有一户灯光亮着。

我顶着凛冽的寒风向前行了一段距离，猛然听见不远处一声狗吠，着实吓我一跳，未等我寻到狗的踪迹，紧接着村庄里无数条狗一起狂叫，吓得我再也不敢向前多行半步。这半夜三更的摸进村庄，不被村民们乱棍打死，恐怕也逃脱不了恶狗的獠牙。

我只好退到村庄口，左手旁有一间简易小屋，三面有墙，正对路口的一面放置了一个大案板，案板上空无一物。我侧身挤进去，里面空荡荡的只有一张条形凳子，一股肉腥味飘荡在周围。想来这是村民在路口设置的卖肉的棚屋吧，此时正好可以躲在里面遮蔽风寒。

我坐下来，望着面前清冷的小道，感觉无比亲切。这里应该就是鸽子从小生长的地方了，或许就在这间小屋前，鸽子不久前还来买过肉。我想象着鸽子和我在一起的时候，上街买肉总喜欢伸出小指，把案板上的肉捏起来，上下翻看一番，然后凑在鼻子下面闻一闻，才会放心购买。

那时候我总会笑她，说她太过仔细了。她便撅着小嘴嘟囔我说："你懂什么呀？肉这么贵，万一买到潲水肉，怎么吃呀？"

我不清楚她是怎么看出什么是正常猪肉，什么又是潲水养殖出来的，瞧着她验完了猪肉，把手上黏着的油腥往案板边上抹着的时候，我就说："别呀，留着回去煮汤，还能省点油钱呢！"

她便嘿嘿地笑着，冷不防往我的脸上抹。

那时候她笑得多可爱，整个精神都很好，为什么几个月的时间就查出得了白血病呢？

我的鸽子，你现在好吗？

现在是在家里，还是在村卫生所？

我来了，你能感觉到我来了吗？

我孤零零地坐在这简易的棚屋里，再也忍不住心中的痛，眼泪哗啦啦地流了出来。

我拿着手机，几次按下鸽子的号码，可我不敢拨出去，不敢告诉她我已经到了孟家庄。万一她不想见我，躲了起来，依她的性格，我不敢保证这辈子还能不能再见到她。

时间不知不觉间过去，天边泛起了红霞，蒙蒙地亮了起来，村庄里似乎有人起了床，有几家的窗户亮起了灯。

一夜未睡，全身冷得发抖，这一切终将过去。我站了起来，走出屋棚，打算活动活动身子，等着有人出村。

村子就这么大，想必大家都很熟悉，打听出鸽子的家不会是什么难事。一想到马上就要见到鸽子，我说不出心里是激动还是愧疚。

第十一章　重归于好

天已经完全亮了，依然是寒风刺骨，村庄从一团团的雾气中苏醒过来，树枝上裹着洁白的冰凌。

终于有人走了出来，我打听到鸽子正在村卫生所，顺着老乡的指点，我朝着村里走去。

不知谁家的小黄狗，见我走来，睁大着一双好奇的眼睛望着我。我以为它会狂叫几声，走近时，它居然对我摇头摆尾，嗅着我的裤脚，很有礼貌的样子欢迎我的到来。

想必这牲畜是通灵性的，它早已知道这里有我最亲近的人。

村卫生所很好找，沿着小路走了不远，便闻到一股医院里特有的味道，顺着味道飘来的方向朝前望，就在右手边离小路不到十米远的地方。昨天夜里我好像也走到了这里，也许是风向不对，没有闻到这股味道，加上夜黑，卫生所的红字招牌就挂在门旁，我却没有看见，害得我在寒风中苦等了一夜。也许这是上天对我多疑鸽子给予的小小惩罚吧。

小黄狗摇着尾巴，嗅着我的裤脚，一路跟着我走到卫生所，恰好屋里出来一位中年男子，虽然没有穿白大褂，但从其神态上，我感觉他就是这里的乡村医生。

他见我面生，狐疑地望着我，问："有事吗？"

我友好地笑了笑，说："请问，孟鸽在里面吗？"

"你是？"

"我是她的朋友，听她大学的同学说她病了，我来看看她。"

"你是不是叫大印？"

"是我。"我很是惊奇，没想到他居然会知道我的名字。

"噢，她在里面呢，请进来，请进来！"

中年男子热情地把我迎进屋子，朝前紧走几步，穿过门诊室，掀开里面一间小屋的布帘，高兴地对着里面说："鸽子，你看谁来看你了！"

鸽子已经醒了，正躺在床上和坐在床边的一个中年女子说话，见我进来，眼睛一亮，张了张嘴，方想说什么，忽然别过身子，拿起被子蒙住了头。

我走到近前，不知怎么嗓子突然间哽咽住了，大把的泪想要奔出来。我吸了吸鼻子，忍住泪水，说："鸽子，我来了！"

"鸽子，是我，我来了！"

"你好吗，鸽子？"

我喊了几声，鸽子始终把头蒙在被子里，装作没有听见，根本不理我。

中年男子走近床边，说："鸽子，你整天想着的大印都来了，怎么不理了呢？"

见鸽子没反应，中年男子对我说："这孩子又闹脾气了。大印，你不要怪她，是她太在意你，你一直没来，她心里有些难受。"

我能听出来他话里的意思有些怪我，一切都是我的错，我强忍着心中的痛，使劲点了点头。

中年女子站起来，问我："你就是鸽子的男朋友大印吗？"

"是我。"

"你怎么这时候才来？你知道她整天都在想你吗？你不来看她，她连最基本的治疗都不愿做了，每次她病得厉害，迷迷糊糊中都一直叫着你的名字，你怎么能忍心这么久不来看她呢？"中年女子语速飞快，越说越激动。

我赶紧赔着不是，说："对不起，我昨天晚上才听她的同学说她病了，我连夜赶了过来。"

"你连夜赶了过来？你这些天都干吗去了？鸽子病了这么多天，你说你不知道，你能说……"

"好了，好了，能来就好！你先出去吧，让大印陪着鸽子说说话吧。"中年男子劝说着，拍着女子的肩膀，和她一起走了出去。

我坐在床沿，推了推鸽子，鸽子往床里面挪了挪，摆明了不理我。

我索性俯下身来，趴在她的耳边说："鸽子，你知道吗？我始终不相信你会离开我，我每一天、每一时、每一秒都在想你。你知道吗？我昨天夜里从外地回来，走在一个小区门口，看见罗杰正送一个女孩子回家，我当时气得不行。我就想，凭什么追了鸽子，还要招惹其他的女孩？我气他很久了，没有去找他，就是想既然你选择了他，只要他对你好，一切我都可以忍了。没想到他居然和别的女孩子好，怎么可以伤害我心爱的鸽子呢？我冲上前去就要揍他，可他跟我说你根本没有看上他，你是因为病重怕我担心，才故意不理我的。你知道吗？鸽子，我当时就控制不住眼泪，平常我是不哭的，可我就是控制不住眼泪，哭得稀里哗啦。我骂我自己怎么能这么浑蛋，怎么能这么不理解你，想着你在痛苦，我的心也万般疼痛……鸽子，我来了，你原谅我一次，好吗？我再也不怀疑你了，我们再也不分开了，好吗？"

我使劲推她，她就是不理我，蒙在被子里的身体在颤动，我也跟着流眼泪。

"这些天你不在，我一看到满屋子你的东西，我就忍不住地想流泪。我活得揪心啊，你不可以不要我，不可以一个人承受这么大的苦。你是担心我知道了你的病，怕我受到拖累，可是，我这样就能过得好受吗？没有了你的日子，我活着还有什么意义？"

"不，不要！"鸽子猛一下坐起，扑进我怀里，号啕大哭。

我搂紧她，陪着她流泪。我说："只要你好起来，我什么都愿意！"

"你干吗不来看我，干吗那么怀疑我，干吗明知道我心里面只有你一个，还要那么伤害我？我恨死你了！我讨厌你！"

鸽子呜呜地哭着，口齿不清地说着，忽然照着我的胸口使劲咬了一口。隔着厚厚的衣服，痛楚顷刻间传遍了全身。我一动不动，紧紧地搂着她，希望她就这样一直咬下去，别松口。我需要这种痛，来抵消我心中更大的伤痛。

我任凭眼泪一个劲地流，抽泣着说："对不起，鸽子，让你受委屈了，是我浑蛋，是我不好，我向你保证，今后再也不会怀疑你，再也不会伤害你了。跟我一起去大医院吧，快些把病治好，一起好好过日子，好吗？"

"不，我不去看病，我的病我知道，是看不好了。与其花那么多的钱，把你们都拖累了，还不如就这样让我早早地走了。我不要你受苦，我不想让你受苦啊！大印哥，只要你心里还有我，我就已经满足了，我已经很开心了，我不再奢求什么，你走吧，别管我……"

"傻丫头，你怎么能说这样的话呢？你不好起来，我走了能开心吗？你忍心让我一辈子后悔、一辈子在痛苦的回忆中度过吗？现在医学这么发达，只要你配合治疗，还怕治不好吗？傻丫头，为了你，为了你的家人，也为了我们俩今后的幸福生活，你一定要去看病！"

我们俩不知说了多久，眼泪也不知流了多少，终于在我的劝说下，鸽子答应去大医院治疗。中年女子不知何时站了在了屋里，见我们说好了，开心地说："这就对了嘛，赶紧起床洗洗脸吃早饭吧。"

我搀着鸽子起床，鸽子的身子又瘦了许多，我摸着她的手，不知不觉间眼泪又要流出来了。鸽子含着泪脸，笑话我说："瞧你这个出息，挺大的男人当着外人的面还哭，丢不丢人呀？"

我这时才想起，来了这么久还没向她打招呼，一早就见她在鸽子的床前，可能是鸽子的亲人吧。鸽子看出了我眼神中的疑问，便告诉我说，这是她姑姑，这家卫生所就是她姑姑和姑父开的。

我擦去眼泪，向姑姑问好。姑姑心里的气还没顺，说："我们好不好没什么，只要你今后不惹鸽子生气，对鸽子好点就行了。"

我好尴尬，连忙表态说："姑姑请放心，我一定会对鸽子好的！"

那位中年医生，也就是鸽子的姑父走进来说："有你这句话就行，鸽子今后就交给你照看了。好了，好了，赶紧洗脸吃早饭吧。"

吃过早饭，从村卫生所出来，和鸽子一起去她家，拜见了她的父母。

鸽子的父母对我很好，好酒好菜招待我，把我撑得够呛，却一个字也没提这些天为什么没有来看鸽子。他们越是这样对我，我心里越是愧疚。第二天上午，我向两位老人家告辞，跟他们说好，我回去联系好医院，就找一辆车来接鸽子去住院。

我回到住处，把店里的东西盘点了一下，算了算大概也能卖到五万块钱左右。我想把店给盘了，再找郑魏借五万块钱，估计够鸽子看病的前期费用。今后缺的钱再想办法，先把鸽子接过来再说，她的病越拖越严重，已经耽误了很长时间。

正当我想着如何张口找郑魏借钱的时候，没想到我无意间在洗浴中心 502 包间的电视柜里捡到了一百万。又因为这一百万，我们被那帮歹徒追杀，郑魏被警察抓走了，我也被堵在这里，进无路，退又不敢退。

第十二章　在劫难逃

　　警察的脚步声越来越近，面对二十楼楼梯口被封死的铁栅栏，急得我脑门儿上突突突地冒汗。不仅汗水一个劲地流，就连脊背上也开始出现刺人的痒。

　　我一下子瘫坐在地上，楼梯间静悄悄的，不知道警察爬到了几层，时间越来越紧迫，可我居然毫无对策。难道我就无路可逃了吗？难道我就不能拿到那一百万，为我的鸽子治病了吗？

　　我忍受着浑身的难受，脑子在快速地转动。忽然，左上方一扇关着的窗户，引起了我的注意。

　　窗户离地面很高，双手根本触不到窗台，但窗户离铁栅栏很近，与其成90度拐角不到半米的上方，只要爬上铁栅栏，斜着身子伸手朝上，就可以够着窗台。

　　我估摸了一下，凭我多年的锻炼，这点小难度估计还不能难倒我。

　　窗户太高，加上天黑，窗户外面是什么，能否爬过窗户成功逃脱，我一点都不清楚。时间不等人，我也管不了许多了，唯有一拼，方可有逃生的希望。

　　我抓住铁栅栏的钢筋，迅速爬了上去。快到顶端的时候，伸出左手试了试，正好可以扣住窗沿上的铝合金外框。

　　经过一番折腾，我终于上到了窗户。蹲在窗台上，朝外面望了望，远处正对着繁华的公路，正是黎明前最安静的时刻，道路上很少有车驶过，只留下一盏一盏昏黄的路灯，孤寂地等待着黎明的到来。

　　窗台周围空无一物，最近的下水管道在右边至少有七八米远的地方，上下窗户也是间隔着很远的距离。而且这边是楼梯间，没有一个窗户外面安装有空调。很显然，要想从这么高的楼层逃生出去，没有其他可以借力的地方，简直比登天还难。

　　我朝地面瞧了瞧，脑子里一阵眩晕。几十米之下的地面上，一点灯光都没有，黑乎乎的什么也看不清。假如是白天，有谁不小心看到这么高的窗户上蹲着一人，想必会紧张地打电话报警吧？然后要不了多久，楼下便会聚集着无数的看客，有一脸关心的，有皱着眉头焦灼不安的，也有好奇心猛增来看热闹。大大小小老老少少的人群中，当然也少不了110或者120，还可能引来许多新闻媒体的记者。

　　我孤零零地处在高空中，不敢再往下看了，小心地挪动着身子，伸出两腿悬在半空，坐在窗台上，右手紧紧地扣住上面的窗沿，保持着身体的平衡，再把身边的窗户玻璃慢慢地关上。这样从楼内有灯光的地方，由于反光，很难看到外面黑乎乎的窗台上还坐着一个大活人。想必警察不会那么有心，走到了这一层，看见铁栅栏死死地关着，还会有兴趣爬上铁栅栏伸头朝窗外看看？

我稍稍放下了心，不再往下看，调整呼吸，在一阵阵寒风中，身上的燥热逐渐散去，刺人的痒也慢慢地散去。

感觉过了很长的时间，冻得快不行了的时候，才看见两个警察气喘吁吁地爬上来，我的心一下子提到了嗓子眼。警察走上来，猛一下见到铁栅栏挡住了道路，和我跑上来时一样，站在转弯处，愣了一下，这或许也是他们不曾想到的。其中一个高个子警察说："靠，怎么给堵上了？"

高个子警察继续上了几级台阶，来到铁栅栏近前，仔细打量一番，把手伸进铁栅栏，摸着大铁锁，死劲拽了拽，大铁锁纹丝不动。高个子警察还不放心，歪着头朝着楼里张望，没有瞧出什么不妥。

站在下面的瘦子协警明知故问地问："上不去了吧？"

高个子警察没有回答他的废话，忽然来了一句："妈的，这小子哪儿去了？"

高个子警察气呼呼地踢了一脚铁栅栏，无奈地转身往台阶下走。我正要松一口气，忽然，他停下了脚步，抬起头朝着窗户上面望。

我一个激灵，下意识里要躲避，身子一歪，差点歪到窗外掉下去。

我双手赶紧死死地扣住窗沿，稳住了身子。

一阵燥热勃然涌出，脊背上忽然有万箭穿心的感觉，刺痒的我只想松开双手俯冲下去，来个一了百了。

我看清了高个子警察的脸，比我大不了几岁，长得浓眉大眼的，只可惜满脸的郁闷与多疑使得这张脸少了几分英雄好汉的气势。我透过窗玻璃能清楚地看见他，他却在楼梯间灯光的反光下看不见我。

可能想着这么高的窗户，不可能爬上去吧，这家伙瞧了瞧，便收回脖子不再多疑，迈开步子朝下面走去。

瘦子协警问："张队，就这样回去了吗？"

"等一下。"高个子警察这么一说，忽然间站住不走了。

我心里又是一紧，不知道这家伙又发现了什么。

张队边走边拿出对讲机说了一番话，然后和瘦子协警一起，拐出了楼梯间，估计坐电梯下去了。

我坐在窗台上，心里的一块巨石终于落了地，但我不敢这么快就翻进窗内，担心他们突然杀一个回马枪。

又等了大约五分钟。假如再等下去，恐怕不等警察发现，我也会因为双手冻得僵硬抓不住窗沿一头摔下去。我轻轻地拉开窗户，伸头进来听听动静，周围什么声音也没有，死一般的沉寂，看来警察真走了。

我双手扣紧铝合金外框，磨动屁股朝里移了移，确定安全了之后，再抬起双腿进入窗内，缓缓向下，然后翻转身子面朝外，把窗户关上，身子继续下探，看准地面，双手一松，轻轻一跃，稳稳地落在了地上。

我不敢这时候走出去，说不定警察还在楼下，刚才在窗外一惊一吓的，风那么大，我还少穿了一条毛裤，鼻子有点塞。我便在楼梯间的转角处，活动活动身子，等身上重新有了热量，在楼梯上坐下来，闭上眼睛想睡一会儿。

这时候不知道郑魏怎么样了，这件事演变成如今这般地步，也是我没有想到的。要是知道会这样，我可能不会拿走那一百万。鸽子看病也花不了那么多钱，只要我把店面盘掉，再找郑魏借些钱，度过前一阵子，今后缺的钱总会有办法解决。

可如今，我已经把钱藏起来了，这时候再拿出来，以我这些年听到的齐六的所作所为，他不可能就这么轻易地放过我。与其被他报复，还不如死不承认，相信他也没有证据证明是我拿的。

可是，郑魏该怎么办？我和郑魏打伤了齐六的人，如今郑魏被警察带走了，齐六会轻易放过他吗？

唉！现在已是骑虎难下，我不知道下一步该如何做才好。

我擦去流出来的鼻涕，坐在凉飕飕的台阶上，感觉好无助。这几天一直都没有休息好，如今受了风寒，头昏沉沉的好难受。好想找一间温暖的屋子睡一觉，可我知道，我哪里也不能去，警察已经关注到了我，就算没有网上通缉，估计也差不多了。在这座城市已经没有我可以立足的地方，甚至连自己的家都不能回了。

我不敢走出这个楼梯间，我想，警察已经查过，再来的可能性不大，这里暂时是安全的。

我拿出手机想看看时间，发现手机是关着的。晚上我担心手机信号被跟踪，就早早地关机了，没想到我打开手机，移动信号刚出现，手机里便传来了清脆的短信提示声，在这寂静的楼梯间里突然响起，冷不丁吓了我一跳。

我赶忙把声音调成震动，站起来，走到楼梯口，听听有没有异常的动静。还好，走廊里什么声音都没有。我重新走到转角处，坐在台阶上，打开手机。

短信有三条，全是鸽子发来的。

第一条是晚上十一点多发来的，可能她还没有睡着，发来信息问我："你在干吗呢？

睡了吗？"

我想了想，那个时间段好像我、郑魏、杨杰和常小娟，我们四个正在一家饭店吃饭，正在讨论棘手的事。

第二条信息是夜里十二点十分发来的，这回她的语气不怎么好听了，她在信息中说："死猪，睡死过去了吧？怎么不给我回个信息？"

这丫头，这么晚了还没睡，估计一直在等我给她回信呢。

我连忙按下第三条信息："你怎么手机关机了，没出什么事吧？无论多晚，你看到信息之后，给我来个电话成吗？我好担心你！"

这条是夜里两点多钟发来的，我平常手机从来也不关机，鸽子知道我做事向来很细心，不可能让手机长时间没电而不去充电。这么长时间没有开机，难怪她要担心。

我再一看现在的时间，已经是早上五点四十五分，因为是冬天，天还没有亮起来。我不知道鸽子这时候睡着了没有，让她担心我一夜，想起来心里就疼。

我想给她发一条信息，告诉她我很好。可我担心这时候万一她还醒着，她见我回了信息，肯定会打电话过来问我是什么原因，说不定还会跟我聊上一阵子。现在楼梯间里这么安静，如果我和她聊天，即使放低了声音说话，也可能被走廊上的人听见。万一有人早起听见了，那……

可是，鸽子这么担心我，我再不给她回电，她病得那么重，我能忍心让她继续担心下去吗？

管不了那么多了，还是给她发个信息吧，这么躲着也不是事，早晚还是会被警察发现，倒不如走一步算一步。就算被警察抓到了，打死不松口，多动动脑子，再难的危机也能挺过去。

我给鸽子发了条信息，温柔地解释了一遍。

很快，手机震动起来，果然是鸽子的电话。

鸽子说："猪，你怎么关机了？没事吧？我好担心你！"

"宝贝，我没事，我也很想你！我手机没电了刚才。"

"你手机没电了，怎么不充电呢？"

"我一时疏忽了，晚上睡觉之前忘记充了。"

"你怎么那么早就睡？这不像你平常那么夜猫子呀？"

未等我回答，鸽子又问："你鼻子怎么了，是不是感冒了？"

我使劲吸溜了一下鼻子，说："是有点感冒了，所以我早早地就睡了。"

"没事吧，吃药了没有？别说话了，喝点热水，你再睡一会儿吧，别忘了天亮了去医院看看。"

"没关系，小毛病，你不是常说，感冒了就当是给病毒库升级了吗？呵呵，我这个病毒库好几年不升级，也不知道升到哪一个版本了。"

"讨厌你！天亮了你还是去医院看看吧。"

"这点小毛病没事的，就是看不到你，我心里面慌慌，好想你啊！"

"我也想你呀！"

"宝贝，知道吗？刚才我做梦了，梦见你在想我，我就醒了，打开手机一看，果然你在想我，多有灵犀呀！"

"你不是手机没电了吗？"

是哦，怎么一开心，说着说着把这茬儿给忘了，让她起了疑惑。我赶紧说："当然是先充电才能开机了，你以为我是神仙，手指一点，什么都来了呀！那还不如我点一座金山出来，换一套大房子，再雇一顶八抬大轿，去你家里把你接来结婚了。然后，我们俩一起，生十来个小孩子……"

"你也真敢想，想累死我呀，生那么多！"

"呵呵，那好吧，就生两个，一男一女，女孩像你，男孩像黄晓明好不好？"

"我才不要像他呢，孩子就长成你那样，也挺好看的呀！"

"那是，长得难看，哪能让咱们家的鸽子看上呢？"

"嘿嘿，别说了，听话，睡一会儿吧，睡醒了去看医生。"

"嗯，宝贝，真啰唆啊你！你也睡一会儿吧，天亮了再想我哈！"

我挂了手机，站起来活动活动，身上暖和了一些，天也渐渐地亮了。肚子饿得咕咕地响，我准备出去买些吃的，不知道这么早有没有哪家商店开门，顺带能买一件毛裤穿就更好了。

住的地方暂时不能回，我打算坐长途车去省城，这几天还是不在家乡待着的好，省得被抓到了麻烦。听说省城一家医院治疗白血病挺有名的，我打算实地看一下，过几天带鸽子过去治疗。

这时候警察应该不在了，我走出楼梯间，大模大样地走到电梯口，走廊里有个早起的服务员在打扫卫生，看到我也没有多疑。

我按亮电梯按钮，看着指示灯的数字快速地往上跳，到了十九层，数字停下，门缓缓地打开，我走进去，再按下一层，很快到了楼下。门一打开，只见三个警察堵在电梯门口，望着我出来，阴险地冲着我乐。

第十三章　无处可逃

不记得谁说过，人要是走背运，喝凉水都塞牙！

这句话真他爷爷的对！

我被警察带走的路上，警察跟我说："你这一晚上都躲哪去了？我们搜遍整个酒店也没找到你，打算最后看一眼监控就撤走，你怎么忽然又从监控里冒出来了？"

我当时就想抽自己几个大嘴巴，怎么这么背啊，当时在楼梯间里都等了那么久，为什么不能再等几分钟呢？

我坐上电梯的时候还在想，也不知道郑魏开的那间商务套房退了没有，还有一千块钱押金在吧台呢，等会儿得跟吧台服务员好生说说，虽然押金条不在我身上，但不能因为这个，就讹去我们一千块钱吧？一晚上没有住宿，开房钱就不要了，至少押金得还我，一千块钱够我花好多天呢！

我正在心里盘算着出了电梯怎么对吧台服务员开口说，想必她们是知道夜里郑魏被警察带走了，我猛一下出现，会不会吓着她们。没曾想，我一时大意，居然直接坐电梯下到一楼，门一打开，首先看到的是三个警察。我没有吓到吧台服务员，却被警察给吓着了。

我从来也没有过这样的经历，一看见警察专门在等我，吓得我小腿直哆嗦。警察上来二话没说，左右两人一人抓住我一只手，另一个警察迅速拿出手铐，就给我铐上了。

我都不知道自己是如何被警察押出酒店的，脑子里一直发懵，直到坐上警车开出很远，我才清醒过来。我问警察说："抓我干吗？我又没犯法，干吗给我戴手铐？"

坐在我身边的警察打着哈欠，没想到我有此一问，水汪汪的泪眼愣愣地望着我。我正等着他回答，忽然这家伙伸出巴掌，照着我头上就打。我下意识里伸手去挡，手铐碰到警察的手，这家伙疼得龇牙，更加恼怒，手上没有占到便宜，脚下使绊子，狠狠地踩向我的脚。

车里空间太小，我无法躲避，这一脚被踹得冤枉，我绿着脸，翻眼瞧他。

警察恶狠狠地说："抓你干吗？你不犯事能抓你吗？被你折腾了一夜没有休息，你还敢质问我？"

另一个年纪大些的警察白了我一眼，算是挺文明的没有揍我，说："犯没犯法，你心里比谁都清楚，还是想想怎么老老实实地交代，争取宽大处理吧！"

我想张嘴辩驳，你们瞎折腾怎么能怪我呀，我哪里想跟你们闹着玩？一瞧打我的二愣子警察，两只布满血丝的贼眼暴睁，憋着一股怒气正想找茬发泄，我赶紧闭上了嘴。

唉！要是这家伙没穿这一身警服，要是在搏击场上，就这家伙一身的赘肉，即使我赤手空拳双手被铐着，即使这家伙握着一把大砍刀，相信要不了一分钟，我就能把他端趴下。

为了不让二愣子警察再跟我犯呛，我讨好地问："大哥，前几天您上电视了吧？"

二愣子警察睨了我一眼，我继续演："前几天我看电视新闻，在市局新闻发布会上，您当时坐在前排那叫威猛！记者采访您时您还说，为保一方百姓平安，再苦再累您都不觉得，那光辉形象全印在我脑海中了！"

二愣子警察冷冷地说："瞎扯什么，看错人了吧？你说的那人是我们上面的头，市局刑侦大队长，我哪有那个命！"

"不会吧，不是您？"我和他四目相对毫不退缩，"怪了，那一身正气就是您吧？您这不怒自威的当官相，我印象深着呢，不会看错的！"

这马屁拍的，太没脸没皮了。弄得年纪大些的警察绷不住笑了，回身跟二愣子警察打趣说："还别说，你浓眉大眼的，跟咱们市局刑侦大队长，还真神似得很呢！"

二愣子警察立马也笑了，气氛一派祥和，很快就到了派出所。

警车开进派出所大院，司机警察停稳车，年纪大些的警察先跳了下去，二愣子警察拍拍我，说："还愣着干吗，下车啊！"

"您先请！"

整个派出所静悄悄的，除了院子门口值班室有人外，其他警察都还没来上班。我被架着胳膊上到二楼，一直走到走廊的尽头。二愣子警察推开屋门，解开手铐松开我的左手，一只手拎着手铐的另一端，把我牵到屋角，把手铐铐在了暖气片入口的铁管上。

二愣子警察说："先在这里待着吧，等会儿领导上班了再来问你的事。"

我说了声"谢谢"，二愣子警察没理我，扭身走了。

我仔细打量这间屋子，约有二十多个平方，空空荡荡的，墙面很久没有粉刷了，有些地方起了皮泛起了黄色，地面铺着老式九寸青绿色方块地板砖，倒是很干净，像是有专人经常来打扫。屋子里除了两张办公桌和几把木椅子之外，别无他物。办公桌是二十多年前的式样，十分厚重，背靠背贴着左边墙的中间位置摆放着，离我最近的这一张桌子的抽屉，兴许是推拉的轨道坏了关不上，干脆几只抽屉摞在了一起。每只抽屉里都杂乱无章地塞着许多东西，高高地堆着露在外面一大截，看起来就不像是爱整洁的人的办公桌。

除了两张破桌子，屋里还有几把老式的木椅子，也是破得不行，为了防止散架，全都用铁丝重新加固了一遍。我一开始没有明白，派出所里怎么还有这么破旧的办公地方，我伸长了脖子，看见一本刑讯记录簿，还有一盒打开盖子忘记盖了的印油，散乱地摆放在桌子中间，我忽然间一下子明白了过来。刑讯记录簿不用说肯定是做刑讯记录用的，印油我想应该是审案之后，让犯人按手印的吧。这里就是传说中的审讯室吗？

我以前来过几次派出所办事，都是在一楼的办事小窗口，办理身份证或其他一些证件证明什么的，不太了解警察抓到了人会怎么处理。在电视上看新闻，好像都是在看守所或者监狱里，警察审问犯人，把犯人关进一个铁栅栏里，固定坐在一个特制的椅子中，然后警察隔着铁栅栏问案子。为了公平公正，好像在审讯现场还安装有监控摄像头，记录下审问的全过程。

可这里什么都没有，不仅没有铁栅栏隔离区，也没有特制的椅子。我是搞电子技术的，对监控摄像这些产品还是蛮精通的，我知道这些东西应该如何布线安装，应该安装在哪个位置最合适。我打量着整个屋子，除了墙顶上有一只日光灯，墙壁上有开关之外，屋子里没有其他与电有关的东西了，就连多余的一截电线都没有。

也就是说，假如这里确定是审讯室，却没有安装任何的监控设备，犯人在这里会不会被非法逼供？

我突然想到了要逃，有没有可能我打开手铐逃走呢？现在大概有七点钟了，整个派出所依然静悄悄的，还没有人来上班。假如能把手铐打开，窗户就在我身边不远，而且还没有焊接防护栏。这里是二楼，只要爬上窗户轻轻一跃，那我就有可能悄悄地溜走。我收起心中的激动，抬起胳膊，借着窗外的亮光，盯着手铐锁孔的构造仔细观察，等我看清了后，心里的激动顿时消失殆尽了。

我这人对什么东西都好奇，喜欢钻研一些别人不知道的东西，就像平常很难接触到的手铐，我也通过大量的书籍资料及与一些修锁师傅们的闲聊，掌握了一些这方面的知识。一般老式的手铐，跟家里的单孔锁芯结构相似，就是一个极其简单的齿轮反锁结构，只要掌握了技巧，就算用硬纸或者纸币，都很容易就能把手铐打开。

而现在这只手铐，却是一种新型的防拨式手铐，就是专门针对以前老式手铐的不足而设计的。这种手铐对于我这样只懂理论而没有实践经验的人来说，实在是太难了，根本不能在较短的时间内研究透彻，更别说打开手铐逃走了。我只好放弃了逃跑的念头，目前唯一可做的，就是尽量想一想，下一步该如何应对警察的询问。

我站得腿有些酸，见不远处有一把椅子，便尝试着用脚尖轻轻地勾了过来，放在面前，一屁股坐上去，感觉舒服了许多。

整个派出所里依然静悄悄的，从我坐着的这边，离正门比较远，看不到院子里的情况，不知道警察们来上班了没有。他们会不会来上班了却故意不当一回事，把我晾在一边？也不知道郑魏怎么样了，他现在被关在哪里，昨天夜里被抓后，有没有受到折磨？他可真是太冤了，他的那个臭脾气，不知道到了警局会不会收敛一些，假如他仗着自己很无辜，跟这帮警察较上了劲，那可是自找苦吃啊……

我的心中说不出的痛，我不敢想象下去了。郑魏的火爆脾气我是了解的，他何时受过这么大的冤屈。

我坐在椅子上，等了好久也不见警察来，一夜未曾休息好，此时眼皮由不得自己，一个劲地往一处合拢。实在是困极了，在不知不觉间，我睡了过去。

第十四章　步步追问

　　我和郑魏喜欢锻炼，不仅去健身房，还经常参加一些搏击比赛，觉得这些不过瘾，我们俩发神经，居然买了装备去登山。我们还算有自知之明，没有去登珠穆朗玛峰，选择了一个相对矮一点的雪山。

　　可也不能小瞧了这座山，远远望去也是山峰陡峭得直插云霄。我们开着越野车，经过一天多的行程才到雪山脚下，已是傍晚，四周依然是白茫茫的一片，真可谓是"千里冰封，万里雪飘"，而蔚蓝的天空触手可及，直让我们惊叹大自然的神奇壮美。

　　我们选择了一处较平坦的地方安营扎寨，搭好帐篷之后，从车的后备厢里把汽油炉提下来，前前后后忙活了好一阵子，才把肚子填饱。吃饱喝足了之后，躲在帐篷里睡觉，养精蓄锐等待着天亮，再来征服这座巍峨的雪山。

　　雪山脚下太安静了，除了冷，一切都是美好的。不知哪里来的风，从脚下一直往上面蹿，我蜷缩着身子，裹紧了棉被，还是冷得直打哆嗦。我想起身查看一下是不是帐篷没关严，可就是困得浑身乏力起不来。

　　我折腾了一夜，一会儿迷糊，一会儿清醒，好不容易熬到了天亮，郑魏爬了起来，顺带也把我叫醒了。

　　我脑袋昏沉沉的，问郑魏是不是昨晚也是和我一样，夜里很不舒服，一直发冷就是起不来？

　　郑魏说："我一直睡得好好的，没有什么不舒服的感觉啊！我半夜起来解手，见你睡得挺香的，呼噜打得真响，方圆几十里地恐怕都能听见。"

　　怪了，我好像一夜都没有睡踏实，以前也从没有听鸽子说过我睡觉打呼噜，我这是怎么了？我心里拧着疙瘩，心情始终不大好。郑魏却是很兴奋，催着我赶紧收拾行装，准备往山上进发。

　　我们俩以前登的都是有花有草、绿树葱葱的山，从来没有什么登雪山的经验，一路上吃尽了苦头，经过半天时间的努力登到了半山腰。我又累又饿，一步也不想走了，便跟郑魏商量说："先吃点干粮再上吧？"

　　郑魏也喘得不行，可这家伙就愣头青一个，喘着粗气说："等……上到山……山顶，再……再吃吧。"

我实在是爬不动了，说："那你爬吧，我歇……歇一会儿，喘……喘口气。"

郑魏不干，上来拽我，我不理他，就势坐在了地上。郑魏无奈，便一个人往上爬。

我躲在一个背风的地方，掏出干粮猛吃。可不知道为什么，越吃越饿，而且刺骨的风刮得我浑身打战。我索性扔了干粮，对着爬了老远的郑魏喊道："等等我！"

忽然，我一下子惊呆了。靠近山顶突起的一块巨大的冰雪，陡然间脱离了山峰，急速向着下面滚过来。

不好，雪崩来了！

我赶紧朝一边躲去。

可是，郑魏这个傻帽却一点也没有察觉，依然撅着屁股朝上爬。大块的雪越滚越大，马上就要从郑魏的头顶经过。我大声喊道："郑魏，快跑！"

"快跑啊，郑魏！"

这家伙像聋子一样，根本没有听见我的呼喊。

我急得都要哭出来了，可着嗓子喊道："郑魏，快跑啊你！你怎么不跑啊？你，你，你……"

大块的雪从天而降，一下子把郑魏埋了进去。

我痛苦极了，哭了个稀里哗啦。

我好后悔，这是上天对我们残害小生灵的一种惩罚吧。可是，为什么上天这么残忍地把郑魏带走，却让我一人在忏悔中度过？

哭着哭着，我醒了。

我面前正站着一人，好奇地盯着我看，见我醒来了，说："做噩梦了吧？瞧你，大白天的吓出一头的汗！"

汗水从我的额头，沿着脖子，滚滚不息流入我的胸膛，贴在身上凉飕飕的。我想伸手擦一擦，一抬右手，发现正铐在铁管子上。

我迷迷瞪瞪的不知身处何地，晃了晃脑袋，赶走眼前的幻觉，猛然间一下子想起，我现在还在派出所里，正被铐在这间审讯室，等待着警察来审我。

刚才的噩梦太可怕了，不是什么好兆头。我抬头一看眼面前的这个人，直让我倒吸了一口凉气。这个人穿着一身警服，高大威猛，看着特别面熟，没经细想便认出来了，就是昨天夜里的那个张队。

我一早被带进派出所，车停在院子里靠墙的地方，正好是一个告示栏，里面有派出所全部警察的照片、姓名、职务及所负责的具体工作，我第一眼就注意到了他的照片，特别留意了一下照片下面的职务和名字，知道他叫张万喜，职务是派出所副所长。不知道什么原因，昨晚那个协警叫他张队，或许他还兼任其他什么队的队长职务。

张万喜副所长见我彻底清醒了过来，问道："想什么呢刚才？"

"刚才做噩梦了，梦见我和朋友在爬山，忽然朋友不见了。"

"呵呵，有意思。你接着说，朋友怎么不见了？瞧你吓得一身汗，不会是朋友从背后捅你一刀吧？"张副所长嘎嘎地乐，像老朋友在酒桌上开玩笑似的跟我逗。

我也讨好地笑着说："哪能呢，都是朋友，哪能做那样的事情。就是梦见一起爬山，爬着爬着，突然间朋友不在身边，就剩下自己一人了，挺担心朋友的。"

张副所长不想跟我浪费时间，说："想知道你朋友现在怎么样了吗？"

"他还好吧？"

张副所长从口袋里摸出一支中华烟，点上后吸了一口，慢慢悠悠地说："既然这么关心朋友，想必不打算再把朋友牵扯进来了吧？说吧，怎么回事？"

我装糊涂，问："什么怎么回事？"

张副所长没有理我，做出强忍着气愤的样子，一口接一口地吸烟。

协警走到我跟前，大声说："你装傻也看看这是什么地方！你以为我们没事跟你闹着玩呢！"

我说："我真不知道啊？为什么把我铐在这里？我犯了什么法？"

"你昨夜跑哪去了？"

"哪里也没去啊？"

"哪里也没去吗？"协警脖子上的青筋跳得老高，梗着脖子问我，"我们抓到郑魏的时候，你躲到哪里去了？"

"噢，这个啊，当时真巧了，你们去的时候，我赶巧饿了，下楼买点吃的，回来的时候正好看见你们带着郑魏走了。我当时不知道你们干吗要抓他，我很害怕啊，就躲起来了。"

"你真会编！你说你出去了吗？你以为你会玩隐身呢，监控查不到是吗？"

我不跟他对视，低着头不说话。

"说，具体藏哪里了？"

"哪里也没藏啊！要是藏起来了，你们怎么能把我抓到这里呢？"

"跟他啰唆什么？"张万喜副所长坐在椅子里，一脸不耐烦的样子，说了协警一句。

协警站在我的正面，寻着我的眼睛说："说吧，钱藏哪去了？"

"什么钱？"

"你说什么钱？龙盛湾502包厢里的一百万！"

"我的天，那么多！"

"你还装？你不知道一百万？"

这个问题不好回答，我不清楚他们知道我多少事，有没有查到我和常小娟的聊天记录，我便沉默不语，消极抵抗。

协警有点不耐烦了，说："快说，钱藏哪去了！"

我理直气壮地回答："我哪知道什么钱？我们洗澡上来的时候，不是有人翻过屋子了吗？我们走时不是空着手出来的吗？龙盛湾里的服务员看着我们走的，不信你去问他们好了！"

不等协警再问，我壮着胆子越说越火："昨天下午究竟是怎么了？我们去洗澡怎么有人就进了我们的包间找东西，还一晚上跟踪我们。我们也没有惹谁啊，怎么把你们警察也给叫来了？本来我们是弱势群体，被那帮人追得无路可逃，差点就没命了，你们警察应该保护我们才对，怎么反过来找我要什么钱？"

"你真会演戏！继续，接着演！"

"我演什么了我？你们到底要我怎样？"

"把裤子脱了！"

"干吗？"我一惊。

协警看着我紧张的样子，绷不住，忽然间笑了，不再扯我的皮带，说："你这小子想歪了吧？不解皮带也行，把裤腿卷起来让我看看。"

说着，协警弯下腰，撩起我的裤腿。

协警问："你的毛线裤哪里去了？别告诉我说这大冷的天，你不怕冷！"

我又是一惊，这家伙怎么怀疑到我的毛线裤了？也许他们找到了那一截毛线搓成的绳子，怀疑是谁身上的衣服拆下来的，但没有证据，是来诈我的吧？

我还是嘴硬，说："是啊，我经常锻炼身体不怕冷，大冬天也不爱穿毛线裤。"

"是吗？"协警盯着我的眼睛足足有五秒钟，然后阴冷地说："怎么我听你说话的鼻音挺重的，还流了一嘴的鼻涕。你告诉我，是你冻感冒了，还是打小就这么邋里邋遢习惯了？"

"这不是被你们铐在这里，我睡着了冻得嘛。不睡觉的时候，我身体不停地动有热量，不怎么觉得冷。"我笑着，讨好着他，不自禁地鼻涕又流了出来，赶紧用手抹去。

张副所长见我跟协警嘻嘻哈哈的，协警什么也没有问出来，很是生气，大声对协警说："你去把东西拿来！"

协警走了出去，张副所长坐在椅子中，一句话不说，冷着个脸，眼睛一眨不眨地注视着我，仿佛从我身上就能看出那些钱藏在哪里了。

屋子里顿时静了下来，我心里扑腾扑腾地跳。我不清楚协警会拿来什么证据，我也不清楚这样硬撑下去会有多大意义。

没过两分钟，协警拿着东西走了进来，没等他们问话，我的心扑腾得越加厉害了。

协警得意地说："没想到吧？你走出商务套间的时候，我们就从监控中看到有些怪怪的，手背在后面干吗呢？果然，我们从你进入的楼梯间里一层一层寻找，终于找到了这件毛裤。"

协警手里拎着毛裤递到我面前，说："经过仔细比对，这件少了一条裤腿的毛线裤，和 502 包间丢下的一截毛线搓成的绳子，正好是一起的。我们查看过了郑魏身上，不是他，你还敢嘴硬说这件毛线裤不是你的？"

"真不是我的，干吗说是我的呢？"

我继续嘴硬，找到了毛线裤又能如何？证明了毛线裤和毛线绳子是一起的又如何？能证明是我的吗？即使证明了是我的，我打死不承认钱是我拿的，你们又有什么证据把这些串起来，证明钱是我拿的？

这时候不是我嘴硬不硬的时候了，既然走到了这一步，即使我承认了是我拿的，相信齐六也不会饶了我。不如继续嘴硬下去，或许还有其他的解救希望。

他们找不到钱，或许会跟我谈条件的。我想好了，只要他们答应不再找我麻烦，而且最终确实能证明不会找我的麻烦，那我还是老老实实地把钱给他们吧。我很需要钱，那笔钱确实很诱人，可如今这场面，想必很难应付过去，想保那笔钱恐怕很难。

这时候我已经看明白了，别看张副所长没有多说什么话，但整个场面都在他的控制之中。他让协警问我话，他明明知道协警凶巴巴的问话毫无水平，却依然让协警来问，他坐在一边一支接一支吸着烟，一副不怎么关心的样子。其实，这正是他所需要的，在酒店他们忙了一晚上，也没有找到我藏在哪里，他就知道我不是太笨的人。

他需要时间，需要我与协警一问一答，他在暗地里观察着我的一言一行，分析着我的想法，一旦我稍有不慎，便是他反击的时刻。我能够感觉到，他有的是手段，有的是对付一切顽抗分子的工作经验。

这是一个可怕的对手，他代表着法律和正义，我注定要被他击倒，我只是想在被击倒之前，尽量多了解他对这件事的处理态度。他们想达到什么目的，最后会对我采取什么手段，是否会放了我从此不再追究？只有清楚这些，我才能最终交代钱藏在了哪里。我不想因为这件事害了朋友，也不想把我自己陷进去。如果我走不出派出所，我也没有办法去给鸽子治病。

张副所长不说话，那我只好与协警继续周旋，继续跟他无关痛痒地瞎扯。我要等到张副所长认为，只有给我一个充分的保证，才可能得到他们想要的东西。而这些是不可以言明的，至少这时候还不能提，一旦提了，那就证明是我拿的了。张副所长是聪明人，给他一点时间分析，他会慢慢地分析出来我的心思。

　　协警冷笑了一声，继续问："你说不是你的，那你给我解释一下，这条毛线裤怎么这么奇怪，一开始在 502 包间出现过，后来又怎么飞到了那家酒店的垃圾桶里？"

　　协警就像猫逮到老鼠一样，先不急着一口吞下去，闲着无聊慢慢找乐子玩。毛线裤拎在他的手上绕来绕去，他看着我的表情不紧不慢，极有耐心地跟我说："你放心，我们也不会那么武断地就怀疑你的。在 502 包间丢钱的那么几个小时之内，先后有三拨人进去住过。其中第一批进去的也是两个人，一个是本地人，一个是外地来的生意人，两个人因为生意走在了一起；经过我们查看走廊上的监控探头，两个人喝得醉醺醺的，是一起走进包间，也是一起下去洗澡，后来一起在包间里做的按摩，没有单独的时间作案。当然了，也不排除两个人一起作案的可能性。但后来我们一点一点地跟踪调查，有大量证据证明不是他们做的，具体什么证据，我这里不用跟你说得那么详细。至于第二批进去 502 包间的，只有一个人，一开始我们对他是重点怀疑的。他一个人在里面，应该有很大的作案机会，于是我们对他展开了调查。我们查到，他进包间不到两分钟，就脱了衣服下到浴池洗澡去了，然后上来的时候，正巧有一个小姐在走廊上走过，他直接要把小姐拉进屋子里。小姐不肯，他一气之下打了小姐，结果遭到龙盛湾保安的阻止。他和保安发生了争执，当着保安的面穿上衣服走人了。可以说，他没有多余的时间作案，也排除了怀疑。第三批客人就是你和郑魏两个人。而你和郑魏有足够的时间，尤其是你，郑魏去了别的包间，你在这关键的时候，已经找来按摩小姐，却让人家提前下钟走人。这不太符合常理吧，你为什么那么早让她下钟走人呢？"

　　协警觉得他说的这段很长的话，一点停顿没有，思路敏捷，有理有据，一脸的阳光灿烂，不等我回答，他接着说："而且毛线绳子是在你床边找到的，这条毛线裤又在酒店的垃圾桶里出现。我问你，那两拨人根本没有出现在酒店，那这条毛线裤，我们是不是应该怀疑，只有可能是你和郑魏两个人中间一人的？而郑魏穿的有，你呢，却什么都没穿。大冷的天，可能吗？要不要我们找技术部鉴定上面粘上的毛屑，与你的 DNA 相符了你才承认？"

　　"你不觉得你的分析中有很多漏洞吗？你要是因为这些，就判断我做了什么，那你是太冤枉我了！"

　　"你说说看，我哪里分析得不对？怎么会冤枉了你？"协警一副好脾气的样子，与我讨论案子有什么可疑之处。

　　我说："我不懂你们是怎么办案子的，但我知道，凡是作为证据的东西，都要在关键问题上起到关键作用才行。就算你怀疑是我的毛线裤，那么，我问你，凭一条毛线裤又能证明什么？不能就因为我扔了毛线裤，就怀疑我是小偷吧？"

　　"问得好，这就是关键的一点！你老实交代，为什么要把毛线裤拆了？用毛线绳子做了什么？"

我心中一阵得意，说明他们还没有想明白钱是怎么转移走的，也不知道毛线绳子是因为没有起到作用，而被我丢弃了。他们的侦查思路出现了问题，我不说，他们找不到证据，就定不了案。

我正在得意，张副所长听得不耐烦了，突然从座位上起来，走到我身边，一字一顿地说："是，我们到现在还有两个方面没有搞明白。第一，就是在那家酒店，明明在监控中看着你进了楼梯间，却没有见你从哪个地方出来，但我们找遍了楼梯间，也没有把你找出来，这段时间你藏在了哪里？第二，你在502包间把毛线裤拆了，按照常规分析，你应该是用这根毛线绳绑住钱袋子，通过窗户送到了楼下，或者楼下的某个房间。这就有一种可能，一定有人与你接应，才能完成这一系列的过程。但我们查遍了整个楼，也查阅了你的通讯记录，始终没有发现有其他人参与。你别得意，是不是觉得我们这两个方面没有查清，就不能把你怎么样了？"

我还没有回答，张副所长也没有打算要我回答，继续说："我可以告诉你，好让你有个心理准备。第一，那是一笔大数目，不可能就这么不了了之了，早晚会查出你的作案过程。但是，这是有底线的，我们的耐心也是有限的，希望你看清形势，认识到事态的严重性，别抱着侥幸心理，以为这样就可以蒙混过关。第二，只要你承认了，把钱交出来，我们可以算是民事纠纷，大不了向失主赔个礼、道个歉就完事了。假如你执迷不悟，继续想蒙混过关，我们直接移交给市局的经侦大队。你知道他们是干什么的吧？他们连那么多的贪污腐败都能查出来，那么多疑难大案都能破得了，你能跟他们玩猫腻？别怪我没有提醒你，真到了那时，你再坦白也是有罪之人。一百万可不是小数字，是重大盗窃案还是有计划抢劫，不管怎么给你定性，你就等着在牢里度过余生吧！假如在我们这里，交代了立即可以放你回家，像什么事情都没有发生一样，没有案底，没有后顾之忧。你可以考虑考虑，考虑好了再回答。"

屋子里安静极了，我的心里怦怦直跳，听了他这段话，我一时还分析不出来他对我的承诺是真是假。我是说出来好，还是继续顽抗到底呢？

张副所长根本不给我继续考虑的时间，重新坐回椅子里，顺手把桌子上的刑讯记录簿拿到身边，从抽屉里拿出一支笔，在记录簿上先填上日期，然后说："好了，现在正式开始询问，我问什么你就答什么，明白吗？"

我懵懵地点了点头。

张副所长问："姓名？"

"王大印。"

"性别？"

"男。"

"年龄?"

"二十九。"

"职业?"

"个体户。"

"说具体点!"

"开了一家个体家电维修店。"

…………

"钱藏在哪里了?"

"我哪里知道有什么钱?我只知道我现在感冒好难受,你们放了我吧,我什么都不知道。"

第十五章　惨遭毒打

协警坐在一旁听着张副所长和我一问一答，张副所长埋着头记着笔录，也不抬头看我，按照他早已习惯了的套路一条一条地问我。问题很简单，他问什么我便答什么，直到他问我钱藏在哪里了，我才一个激灵清醒了过来。

我不能说，千万不能说！

至少这时候还不能说！

我现在不承认，至少我手里还有可以与他们谈判的资本。假如我这么早就说了，万一他们翻脸不认人，我岂不是害了自己，也害了好朋友和家人？

我藏钱的时候还以为，哪个傻帽居然把一百万丢在桑拿浴的包间里，很可能是来路不正，可我千想万想，却没有想到居然牵扯到了齐六。而且他居然能这么快就调动警察的力量来查我们，还把龙盛湾给查封了，这就有点不可思议了。

龙盛湾的老板虽说没有齐六的名头大，但也不是一般的人。他齐六会有那么大的脾气，有那么无聊吗？就为了那一百万，弄出这么大的动静？

不可能！

一定还有其他我暂时还不知道的秘密牵涉其中，齐六才会如此迅速、如此暴怒、如此胆大妄为。

我恍然间明白了，那么多钱是不可能被谁遗忘在包间的，且那么长时间不回去找。一定是发生了什么变故，遇到了不可抗拒的力量，才使得拿着钱的人"暂时"把钱放在了那里。

那么，是什么秘密呢？

难道钱袋子里还藏着什么，没有被我发现？

那是一个很厚的帆布袋子，像是邮电局送信的工作人员放信件用的绿色挎包，只不过这个包是灰色的，大小也差不多大，里面鼓鼓囊囊地塞满了钱。是不是在包的里面还有其他的夹层？或许在钱的下面，还有什么秘密？

从现在整件事情发展的势头来看，齐六非常在意那个钱袋子，可能钱袋子里某个我还不知道的秘密，在齐六看来，已经远远大于一百万的重要，不然就没办法解释他为什么会这么疯狂了。

　　万一我说了藏钱的地方，万一钱袋子里有着什么不可告人的秘密，那么，齐六能放过我，让他的秘密外泄吗？他们会相信我没有仔细查看钱袋子，因而什么都不知道吗？

　　所以，我只好装傻，回答张副所长道："我哪里知道有什么钱？我只知道我现在感冒好难受，你们放了我吧，我什么都不知道。"

　　啪的一声，协警一拍桌子，把毛线裤一扔站了起来，脸气得铁青，走到我身前，怒叱道："你还想玩我们？"

　　"你别误会，我没这个胆子，你们一定是什么地方分析错了。我真没有拿什么钱。"

　　"算了，让他清醒清醒再说吧！"张副所长反而能沉住气，慢悠悠地说。

　　协警眼睛瞪得老大，拿出钥匙把我的手铐解开，抓着我的左手直接铐上，说："走，带你清醒清醒去！"

　　"你带我去哪里？"

　　协警说："是不是害怕了？"

　　"嗯。"

　　"那好，我给你两条路选。第一条，跟我回去继续录口供，把你知道的如实说出来，只要你说了，等会儿就放你回家。第二条呢，你要是继续跟我们装傻，那我就带你去清醒清醒。你选择哪一条？"

　　"我饿了，给买一点早饭吃，我付钱行吗？"

　　我眼前突然一黑，不知什么东西套在了我头上。我拼了命地挣扎，隐约间感觉面前站着一人，我不顾一切一肘击出，对方哎哟一声，我再想抬腿扫过去，整个身子全被套在了麻袋中，再也动弹不得。不知是谁一把把我推倒了，有抬脚的，有抬胳膊的，不知道有几个人把我抬了起来，我拼了命地喊"救命"，根本没有人理我。

　　这些人抬着我朝楼梯上跑，蹬蹬蹬的脚步声伴着粗重的喘息之声，不大一会儿停了下来，我使劲扭动着身子挣扎，忽然，身子一下子失去了托力，我被重重地摔在了地下。我疼得直咬牙，可不等我缓口气，雨点般的拳脚就落在我身上。我蜷起身子，用力翻了个身，脸趴在地上，尽量不让他们攻击到要害，渐渐地失去了知觉……

　　周围好安静，一点声音都没有，我睁开眼睛，看见的是墙顶上斑斑的污迹，光线从对面墙上的一个圆孔中斜着射进屋里，灰蒙蒙的一团光柱直接打在我身上。天还大亮着，却看不出是什么时间。我想起身坐起来，浑身疼得难受。我动了一下身子，两只脚合拢，然后再向外侧打开，再合拢。抬起双腿，提臀，收腹，双脚缓缓越过头顶，再缓缓放下。还好，除了哪都疼外，双腿能自由活动，没有什么大毛病。我伸出胳膊，才发觉手铐不知何时已经不在了，我便抬起两只胳膊，向着四周画了两个圈，胳膊和手也都正常。

我稍稍放了心，做了一次深呼吸，忍着剧痛，咬紧牙关使劲坐起，才发现我置身在一间空荡荡的屋子里。不足十个平方的屋子里，只有墙角摆放着一张破旧的乒乓球台，我被扔在这张大桌子上有多久，是怎么躺在这上面来的，我已经想不起来了。周围光秃秃的墙，一点装饰物也没有，就连常见的日光灯和墙壁开关也不见踪迹，我对着圆孔中射进来的光线，查看身上的伤痕，青一块紫一块的，许多地方稍稍一碰就钻心的痛。

我嘴里好干，喉咙也痛，想喝水，门紧紧地关着，门外什么动静都没有。我不敢喊出声音，担心那帮坏蛋听见了声音，再来打我一次。我浑身疼得难受，恐怕很难再承受得一顿毒打了。

我索性躺下来，想继续睡一会儿，或许一觉醒来身上会好受一些。我刚闭上眼睛，便听见门外有脚步声，睁开眼睛一看，门已经打开了，强烈的光线刺得我看不清走进来的是谁。

"醒了？"

我伸出一只手遮着光线，看清站在身边的还是那个协警，有气无力地说："水，给我点水喝行吗？"

"想喝水？可以啊，只要你说了钱藏在哪里，不仅有水喝，我这就叫人给你弄些吃的。肚子也饿了吧？"

我张着嘴巴，不知道说什么好。

协警哈哈大笑，说："说吧，早晚都是要说，非要把身体弄坏了再说，何必呢！"协警瞪大了眼睛盯着我，双眼充满了邪恶、得意，还有几许期待。

"我真不知道有什么钱？我只想喝一口水，成吗？"

协警气得脸色铁青，站直身子，手指点着我，忍了又忍，终于什么话都没说，扭身走了出去。

门开着，外面的阳光真好，一棵叫不上来名字的树，尽管树梢上没有一片绿叶，但沐浴在阳光下，却也焕发出勃勃生机。从阳光斜射在树梢上的角度来判断，应该是下午三四点钟了。从躺着的这个位置只能看见树梢，应该我还是在三楼的位置。可能他们一早把我从厕所门口直接抬到了这里，几个人毒打了我一顿，打完之后见我昏迷不醒，便把我扔在了这张乒乓球桌上。

这样算起来，我在这间屋子里已经昏迷了至少七八个小时。下一步该怎么办？郑魏是不是也受到了毒打？他还好吗？他在哪里？不行，我不能就这样任人宰割！我也没有时间在这里等待着他们开恩放了我，我的鸽子需要我赶紧出去带她去看病。

门外一个人影都没有。这是三楼，说高也不算高，假如楼下院子里也没人，走出这间屋子，顺着走廊的柱子翻下去，要不了一分钟，我就可以成功跑出派出所的大院。我来过几次派出所，派出所的地形我多少还是有些印象的，只要出了派出所大门，往后面拐便是一个菜市场，那里人多，而且有许多小巷子，巷子的尽头都可以通往大道。

我从桌子上下来，快步走到门口，走廊上静悄悄的没有一个人，我走出屋外，躲在走廊的拐角朝下看，果然是在三楼的位置，可惜楼下站着两个警察正在说话，大门口值班室的门旁也有警察。显然，就这样大模大样地翻下楼，是不可能避开他们的。

我顺着走廊朝前走，路过的几间屋子都破旧不堪，空荡荡的没有人，我走到楼梯口的位置，发现楼梯转角处的后墙上有一个窗户，窗户不是很高，站在三楼的走廊上能看清外面的景色，不远处便是一家网吧的广告牌。我猛然间想起，这后面应该就是菜市场了，假如越过这扇窗，外面就可能是派出所的后墙，那里应该是个死角，不会有警察在。越过后墙，就能直接到达菜市场，比从大门出去还要快捷。

那个协警不知去了哪里，我不能再傻等下去了。我不再犹豫，快速下到楼梯转角处，飞身一扑，抓住不是太高的窗檐，一个纵身爬了上去。

我把窗户打开，外面一米多远果然就是派出所的后围墙，围墙与楼之间这个狭小的空间里，由于长期见不到阳光，湿气很重，墙角边长出了青青的绿苔。我估摸了一下，我所处的窗台位置，与围墙之间大概有六七米的落差。

这么高的距离对于我来说，不算是什么难事。我回头看看楼梯口，没有人朝楼上走来，我扶着窗檐，把窗户关上，看准墙头的位置轻轻一跃，稳稳地落在墙头上。墙头的外面就是菜市场的一排批发干货的地方，我选择一块空地跳了下来。一个中年妇女正背对着我整理着一堆干货，听见动静回身一看，一声惊呼。我没有理她，快速从她身旁穿过，向着一条巷子奔去。

后面有人反应了过来，可着嗓子喊道："那小子是从派出所逃出来的吧，快打110报警！"

第十六章　又遇跟踪

　　我顾不得回头看是否有人追过来，迈开大步朝巷子里狂奔。这个地方我熟悉，七拐八拐便穿出了巷子，来到一条大道上。我本想打一辆出租车快速离开，可我不敢在这大白天站在路口等车，这时候想必警察已经发现我逃出了派出所，可能他们正开着警车沿着大道一路追来，甚至会在许多路口设卡，就等着我上钩。

　　这个时间段还不是车流的高峰期，趁着车流的空当，我快速穿过马路。这里是一个老式的住宅区，四通八达到处都是出口，我走进住宅区的中心，选择了一家小饭店走进去。

　　我饿了，实在是饿坏了。从一早被抓进派出所，到现在已经是下午四点多，我滴水未进。我不敢在大街上晃悠，选择这样的地方，既可以先填饱肚子，也好坐下来仔细想想下一步该怎么办。还不到吃晚饭的时间，饭店里没什么人，暂时来说应该是最安全的地方。

　　果然，小店里就老板娘一个人，正坐在吧台里看电视，见我进来，抬起头茫然地望着我。

　　我问："现在可以炒菜吗？"

　　"可以呀！"

　　老板娘站起来，招呼我在旁边的一张小桌子前坐下，递给我一份菜单，然后拿起桌子上的水壶，走到吧台里抓了一把茶叶放进去，从热水瓶里倒满水，再拿了一个塑料杯过来，给我倒满茶水搁在桌子上。

　　我点好菜，静静地坐在桌子旁，一边喝着热茶，一边闻着炒菜的热香，等着饭菜快点端上来。

　　忽然，手机响了，是鸽子的来电。

　　鸽子问我说："你在哪里，怎么不接我电话呢？"

　　我说："没有不接啊，我正想着你呢！你的电话就响了，我立马就接了啊！"

　　"骗子，猪！"

　　"我真在想你呢，没骗你！"

　　"我是说，前两个打你的电话，你怎么不接呢？"

"不会吧，你什么时候打我电话了？我没有听见啊！"

"今天中午打一个你没接，我猜你在外面吃饭也许手机没带。两点左右我又打了一个，你还是没接。猪，别告诉我你午睡了，手机不在身边吧？"

"噢，中午赶场子吃饭呢！先是范冰冰请我吃饭，才坐下来，李冰冰又打来电话请我，还没等我答应她，吴冰冰又打来电话请我，我忙呀，哪有时间接你电话？"

"吴冰冰是谁？"

"吴冰冰你都不知道哇，你 out 了吧？吴冰冰就是我们家门口卖雪糕的吴大妈呀，她跳的健美操可好了，还代表老年体操队上过咱们小区的春晚呢！"

"喊——懒得跟你瞎扯！你怎么不说宋丹丹请你吃饭呢？人家还可以陪聊，换着马甲给你做心理辅导，还不贵，一钟头才四十块。"

"嘿嘿，宋丹丹也不错啊，她要是不化妆成老太太，我觉得她长得也挺漂亮的。"

"不跟你说了！"

"哈哈，吃醋了吧？"

"切，我吃你什么醋啊？你个癞蛤蟆抱着电视机，在电视上看看天鹅肉吧！"

"其实，她们都没有你好，你才是我的天鹅肉呢！好想吃你，好想啊！"

"少肉麻了！你在做什么呢？"

"我在店里修理电视机呢。中午我手机没电，可能放在一边充电，你来电话的时候我没听见。宝贝，对不起哈！"

"好吧，原谅你一次吧。记着想我！"

"嗯，天天想，每时每刻都想你！对了，打我电话有事吗？"

"猪！没事就不能打你电话了吗？"

"嘿嘿，欢迎啊！随时都欢迎！"

"那还差不多！感冒好些了吗？去医院看了没有？"

"好一些了，小毛病不用去看吧？"

"听话，去看看吧。你生病了，我也心疼。"

我心里涌起一阵暖流，忙说："好，我听你的，等会儿就去看看。"

"嗯，保重身体，要听我话。拜拜！"

"是，一定听老婆大人的话。拜拜！"

我挂了电话，翻开手机未接电话记录，确实有鸽子打来的两个未接电话。可我犯糊涂了，怎么未接电话没有直接显示在屏幕上，而是需要翻看电话未接记录才能查看到？

不对呀？

　　我记得一早我被那个二愣子警察带到派出所，当他走出去了之后，我担心回头他们问话的时候手机突然响了，特意把手机给关了。后来我被打晕了，一直没拿出过手机，怎么现在会开着机呢？

　　而且最不可思议的是，平常我都是习惯把手机装进屁股后面的裤兜里，可刚才手机响时，我还下意识里摸了一下裤兜，没有摸到，居然在上衣的口袋里。

　　这怎么解释？

　　老板娘做事十分麻利，很快炒好菜端了上来，不一会儿的工夫，我便把桌子上的饭菜一扫而光。闲坐在吧台里的老板娘瞧着直乐，我便解释说："火车上没有好东西吃，把我给饿坏了。"

　　"难怪呢，你好像也没有休息好，眼睛红红的，挺吓人的。"

　　"是啊，坐了一夜的火车，好累。"

　　老板娘正要说话，男老板从外面回来了，买了好多的新鲜蔬菜，老板娘不再跟我闲聊，从吧台里走出来，帮着老板择菜洗菜去了。

　　我独自一个人坐着，喝着热茶，想着接下来如何打算。

　　我还是早些离开这座城市，去外面避避风头为好。现在还不到五点钟，天还大亮着，等天黑之后找辆车，先赶到鸽子家，等到明天再陪着鸽子一起去省城看病，我就在省城的医院里待着，哪里也不去，相信这边派出所的警察不会去省城抓我。毕竟他们没有什么确凿的证据，证明我就是拿走那一百万的人。即使他们气不顺，非要给我安一个嫖娼的罪名，那也只是一般的违法，还不至于被网上通缉。只要不通缉我，在省城医院躲一阵子，应该比较安全。

　　可是，这时候我到哪里筹钱给鸽子看病呢？我现在不能回去把店给盘了，本来想从郑魏那里借点钱周转，现在看来也不可能了。

　　我起身把账给结了，走出小饭店，打算找个地方理发，消耗一些时间，等天黑了再去龙盛湾看看，要是能把那一百万给取回来，鸽子看病的钱就不用愁了。

　　我也迫切地想知道，那个钱袋子里还藏有什么秘密，我得权衡利弊，尽早决定是否归还给齐六。不然，钱没摸着，人却没了，这辈子活得多悲哀啊。

　　路过一家社区医院，我想起了鸽子让我看病的事，便进去找医生买点药。医生建议我打一瓶吊水，我一想反正也没事，不如就在这里磨叽时间吧。

　　医生给我开了药方，我交了钱，过来一个小护士让我跟着她走，在里面一间专门挂吊水的屋子里，靠近窗户的位置有一排软席还有一个空位，小护士让我坐在这里，她把药水挂在架子上，问我打哪只胳膊。我伸出左胳膊，她牵着我的手，轻轻地放在座椅的支撑上，拿了一个小药棉，在手背上划拉了几下，然后把针管里的药水放出一些，排出里面的空气，在我的手背上轻轻一推，便扎了进去。

小护士认真地忙着，脸就在我的眼前，我看着她眼睫毛眨呀眨的，尽管感冒让我的鼻子塞了，我还是能闻到她身上散发出来的体香。我深深地吸了一口气，正在陶醉之中，小护士已经用胶布固定好了针头，直起腰来说："针水快打完的时候叫我一声。"

"这就打好了？怎么没感觉疼？"

"是呀，非要我给你扎得蹦起来，才叫打针呀！"小姑娘挺逗的，冲着我满脸的笑。

我向她说了声"谢谢"，看着她收拾起药盘款款走去，便靠在软席上，眼睛漠然地望着窗外。天不再有刚才那么亮了，窗外忽然伸过来一张脸向着屋里扫了一眼，迅即便隐去了身形，我好像在哪里见过这人，一时没有想起是谁，可能就是平常的一张脸吧，我根本不熟悉。管他呢，我有些困了，便闭上眼睛想休息一会儿。

忽然，有人碰了我一下。

我一下子惊醒过来，睁开眼睛，面前正是刚才那个小护士。

小护士正弯着腰准备给我拔针头，见我望着她发呆，脸红了红，说："怎么睡着了呀，吊水打完了你也没注意。"

我对她笑笑，再次表示感谢。小护士拔掉针头，给了我两盒药，嘱咐我要按时吃药。小护士又让我跟着她走，来到门诊室的大房间，又给我倒了杯热水，让我把药先吃了再走。我听她的，把药拿出来按照她的嘱咐一一吃了，我见旁边没人，小声问她说："你叫什么名字，下次我来时直接找你成吗？"

"你还想来医院呀？"

"是啊，万一感冒还没好呢？"

小护士红着脸说："护士多着呢，你也可以找别人呀！"

瞧我这话说的，傻子也能听出来什么意思了。我便说："你打针不疼，还是找你我放心啊！"

"这么大的男人，打针还怕疼啊？"

"是啊，可怕打针了。刚才听说要打针，吓得我走路都哆嗦。"

"呵呵。"小护士的脸越加红了，捂着嘴偷乐。

"告诉我吧！"

小护士瞄了瞄周围，旁边没有人注意，柔声地说："周薇。"

"周围？"

小护士瞪了我一眼，我恍然大悟，说："噢，是蔷薇花的薇吧？"

小护士抿着嘴笑而不语。

我说："手机给我看看。"

"干吗?"

"我看看时间。"

墙上明明挂着一个锅盖大的电子钟,小护士听了我的话,还是把手机拿了出来,撑着眼珠子瞪我,抿着嘴憋着笑。

我接过手机,在她的手机上按出我的号码,听见口袋里的手机响了之后我挂了,把手机还给她,向她挥了挥手。她白了我一眼,随即也笑着招手和我说了声"拜拜"。

冬天的夜晚来得特别早,还不到六点钟天就完全黑了,我走在街上,朝着龙盛湾的方向走去。走了几步,又一想,这个时间可能还有些早,还是先去一家理发店理理发,然后再去龙盛湾看看吧。

我朝四周望望,想找一家理发店。忽然,一股不祥的感觉陡然间袭上心头。不好,我被盯上了!有个人正悄悄地跟在我身后,这个人跟了我好久了。我在小饭店吃饭的时候,就发现这个人在小饭店的门口,装作路过的样子往里面看了一眼,正好与我的目光相遇了一次,可我当时没有怎么留意;刚才我在社区医院,坐在里面打吊水的时候,我看见这个男的又出现在窗户外面一次。如今我走出了医院,这家伙居然悄悄地尾随在我身后,我快步向前,他也加紧脚步,我慢悠悠地走,他便步履悠闲地走走停停,始终不离我十多米的距离。

他是警察还是齐六的人?他是怎么知道我在这里的?他想要干吗?我的脊背一阵阵发凉,可我还不能回头看,以免引起他的怀疑。

我朝人多的地方走,想把他甩掉。可我又一想,既然他只是悄悄地跟踪,那就说明他暂时对我还不会采取什么行动,我得想办法再看一次他的脸,来确定一下我是否能知道他究竟是谁。我不敢转身,只好装作无所事事的样子,继续朝前面走。

我走出小区,朝着最繁华的家乐福超市走去,乘着电梯直接上到三楼,慢悠悠地在化妆品专柜旁溜达,营业员以为我是来买化妆品的,向我热情地推荐。我站在柜台边,耐心地听着营业员的介绍,眼睛看向营业员身后货架上琳琅满目的化妆品。

我透过化妆品货架上的镜子,再次看见了那张脸,他见我停在了化妆品专柜旁,他也停了下来,在不远处的柜台旁,像普通逛商场的人一样,眼睛却不时瞄向我这边。这个人好像在哪里见过。噢,我想起来了——这家伙果然是警察!

我从派出所三楼被打昏了的那间屋子里溜出来时,本打算从阳台上翻身下楼,快速穿过派出所大院逃走的。当时院子里有两个警察在说话,这家伙就是其中的一个。我站在三楼朝下看时,他也朝上面看了一眼,当时可把我吓坏了,还以为被警察发现了呢!

后来见他没有什么反应,我心里就想,这家伙可能看见我了,但他把我当成了普通人,而没有想到我是被抓来的吧。我跳后窗翻围墙逃了出来,早就把这个警察给忘了,没想到他居然神不知鬼不觉地换了便衣把我盯上了。

他怎么这么快就发现了我？为什么不立马把我抓回去？

难道是……

我一下子全想明白了。

营业员指着一款产品热情地向我介绍，我礼貌地笑着说了声"抱歉"，做出再去看看其他柜台的样子离开了。

我继续上到四楼，顺着服装专柜一侧的走廊一直走到尽头，再拐一个弯，进了公用厕所。

厕所的蹲位有一间门开着，我走进去把门给销上，拿出裤兜里的手机。

我调出里面所有的程序，一个一个仔细查找，在一个照片存储位置里，我发现了一个后缀为 znp 的文件夹。这个以"智能拼音输入法"命名的软件包，存在于照片存储的位置。对于精通手机原理的我来说，很明显就看出了其中的不合理。

这里肯定隐藏着一款后门病毒软件，具体是什么，我身边没有电脑，暂时没有办法把它下载下来进一步分析，但我大概也猜到了它的用途。

我一下子明白了，为什么我的手机会突然间开机，会从我屁股后面的裤兜里，转移到了我的上衣口袋里的原因。

一定是在我被打昏迷的那一段时间，警察把我的手机拿去，在里面植入了窃听定位软件，用来跟踪我，并窃听我的谈话。他们这样做的目的，一定是见我宁愿挨打也不说出藏钱的地方，便故意给我制造机会，让我轻易地逃脱，然后跟踪我，监控我的行踪，在我拿到钱之后，他们再突然出现，给我一个措手不及……

第十七章　与警察玩监听

我这人打小就对一些稀奇古怪的东西感兴趣，记得小时候看电视，那时候全是黑白的，彩色电视机还没有出现，大人们看得津津有味，我也托着下巴在一旁看得入迷。他们看的是情节，我看的是人物。我在想，这些小人是怎么进到那层玻璃里面的呢？

父母不在家的时候，我开始了"科学探险行动"。

我当时没见过修理电视机的，还不知道电视机后盖是用螺丝固定的，我把电视机转了个方向，找了把剪刀，打算从塑料后盖散热的地方捅开一个洞，瞧瞧小人儿都藏在哪里。

没等我捅开，屁股上就挨了一巴掌。我爸回来了，把我一顿死揍，打那以后我再也不敢碰电视机了。可我的好奇心还在，后来长大了慢慢地对电子学产生了兴趣，上大学时选择了电子技术专业。

电子学与软件技术是有关联的，我既然喜欢电子学，当然也对软件技术感兴趣。手机植入后门软件，可以监听、定位被监听方的一切动向。这样的软件很好玩，我曾经对它研究过一阵子，我想把它植入到鸽子的手机中，这样我就可以随时随地知道鸽子在和哪些人接触。

这个想法在我的脑子中存在了很长时间，一度我都把鸽子的手机拿在手里准备实施，最后经过激烈的思想斗争，还是放弃了这么龌龊的打算。既然两个人相爱，那就要充分相信对方，如果我不相信她、经常猜疑她，自己活得累，也给她造成了伤害，这样相处还有什么意义呢？我和鸽子相处的这几年，即使曾对她有过那么一段时间的误会，怀疑她跟有钱的同学罗杰好，可我还是忍着心中的好奇，没有对她采取任何卑鄙的手段，最终还是得到了她的真心。

我始终认为这样的后门监听定位软件，玩玩可以，不能真正用在某一个人身上，那是要负法律责任的。没想到警察却把它用在了我身上，搞得我很是郁闷。

既然你们这么想跟我玩，那我就陪着你们好好玩玩吧！

这段时间想必我是最安全的，只要我不去龙盛湾把钱拿出来，他们就不会现身，就会一直在暗中跟踪我。我不清楚他们会一直跟踪我多久，能否有这份耐心陪着我玩，但至少这一两天的时间里我是安全的，我不必害怕警察，也不必担心齐六来找我的事。

我把手机装进裤兜里，像什么事也没有发生一样，走出厕所，走出家乐福，在一个公交站台，我等到一辆8路公共汽车，投进一块钱的硬币，很快回到了我的小店。

我不知道警察是不是隐藏在某个地方监视着我，我直接打开卷闸门，进入店里，没等我打开屋里的灯，我就感觉到了屋里的异样。

眼前的景象让我大吃一惊，我怒火冲冠，真想摸出一把菜刀冲出门外，照着那帮无法无天的人砍过去，哪怕血流成河，哪怕伏尸百人，也不能解除我的心头之恨！

我强忍着愤怒，把屋子里翻得乱七八糟的东西一一规整起来，放在原来的位置。一把电烙铁断为两截，横躺在地上，我弯下腰捡起来，去掉烙铁手柄，留下电源线和插头，收到一旁的杂物箱子里。被我闲置在屋子拐角的一台落地电扇也没有幸免，网罩摔瘪了进去，整个扇叶都变形了。暂时是冬天用不上，便不打算现在修它，等天热了再说。放在货架下面的一个大纸箱子也被撕开，里面杂七杂八的零配件散落了一地，我把撕裂的地方用胶带纸重新裹好，再把地上的零配件捡进纸箱子里。最让我气愤的是一台大屏幕液晶电视机，好像是被木棒砸坏的，显示屏和机壳已经破裂，再也没有维修的价值。

这帮家伙真无耻，为什么他们丢了钱，就可以理直气壮地抓我到派出所，又把我的店折腾成这样，难道这就不算违法吗？

唉！我只好忍下这口恶气，回到楼上的卧室，看着卧室里所有能藏钱的犄角旮旯，都被翻得乱七八糟的场景，心中已经麻木了，早已没有了开始时的愤怒。

我脱去身上的脏衣服，看了看满身的伤，许多地方肿得很厉害，轻轻按下就是一个坑，有的地方疼痛难忍，有的地方又奇痒难受。我经常参加搏击赛，这些小伤对我来说不算什么，忍几天就好了。

我从一大堆被翻乱的衣服中，找出一件干净的外套和一条毛线裤穿在身上，然后下楼到工作台边坐下，幸好笔记本电脑横着放在货架的拐角幸免于难。我拿下电脑，插上电源线，找出手机数据线，一端接在手机上，一端插入电脑上的USB接口，很快调出手机里的所有程序。我用杀毒软件进行扫描，果然扫出后缀为znp的文件夹里，以"智能拼音输入法"命名的软件有毒。

我没有立即执行make clean命令把它删除，而是调出这个软件先解压，然后利用编译器打开其源程序，发现里面隐藏着许多可执行文件。我对每个可执行文件的源程序逐一解读，正如我猜想的那样，许多执行程序可以控制我的手机麦克风和摄像头，以及即时通讯的收发状态，不管我是关机还是在通话中，都可对我周围的一切活动监听。

无论我走到哪里，手机是否开机，只要手机电池没有取下来，还处于移动信号的覆盖范围，我周边发生的一切事物就都有可能被警察监控。我所在的确切位置，警察也可以了如指掌。

这些看起来虽然十分可怕，但却让我分析出，警察也有可以被我利用的地方。

警队的技术人员不知道是不是太疏忽了，用的这款手机卧底软件居然还是 2008 年流行的软件，如今软件的更新速度一天一个样，这款软件早已过时，也早已被解密，可以反监控了。

我从电脑中调出一款手机信号追踪软件，打开在监控状态下，然后在我的手机上按下 10086，按照语音提示进入人工通话状态，不一会儿一个很好听的女声问我说："您好，移动客服中心，请问有什么可以帮您的？"

我说："我的手机怎么没有来电提醒功能了，你帮我查一查好吗？"

"您说的来电提醒，是指关机以后有人打来电话，会在你开机的时候发短信的漏信通知吗？"

"是啊！以前通知的，现在怎么没了？"

"好的，我查一查，请稍等！"

"好，谢谢你！"

手机保持在通话状态，电脑中的手机信号追踪软件也在不停地深入扫描中，我和 10086 的客服人员瞎侃了一会儿，电脑中终于出现了一大串的数据：手机序列号、SIM 卡号、移动用户识别码、区号、信号塔代码、网络编码、网络国家代码等一系列数据，尽在我的掌握之中。

我冷哼了一声，心想："小样，看我不玩死你！"

我又翻墙到国外，从众多的广告中找到美国一个专门做墓地买卖的，按照上面提供的手机号码，利用网络电话打了过去。

电话不一会儿通了，我 Hello 了一声，对方也对我 Hello。

我看了一下时间，已经是晚上九点半，也就是说，在地球的另一边正是早晨九点半，正是上班的时间。我用瘪嘴的鸟语问他墓地怎么卖，他反过来用浑厚的"鹰语"问我看中了哪块墓地。

很快，卖墓地哥们儿的国际移动用户识别码、网络国家代码、IP 等等数据资料，都在我的电脑中一一出现。

我有一款最新的手机卧底软件，这款软件的最大特点就是不需要把软件下载到对方的手机，只要了解了对方手机的数据，不管手机在哪里，只要想办法进入移动的后台服务器，修改对方手机数据中的相关参数即可。

当然，最简单的方法是发送彩信给对方，在对方接收的同时，卧底软件便不知不觉地植入了对方的手机中，然后直接用监控手机发送指令给对方手机进行监控。这种方法最简单，我担心警察警惕性比较高，很容易识破这个方法，还是从移动后台服务器修改相关参数更保险。

话说当年，咱们国家淘汰第一代 TACS 制式模拟移动电话，大力发展 GSM 数字移动电话网络的时候，就大力宣传 GSM 网络的优越性，具有音质清晰、通话稳定，并具备容量大、频率资源利用率高、接口开放、功能强大等特点，尤其还具有较强的保密性，能够广泛满足对私密性要求极高的客户使用。

可是，在这些年的使用中，广大的客户才发觉自己被彻底忽悠了。人家美国联邦特勤局算是很厉害的部门了吧，他们的网站不也经常遭到黑客的攻击吗？这年头哪里还有绝对安全保密的地方？就拿这个 GSM 数字移动网络来说，你可以鉴权、可以加密，难道就不可以反鉴权、反加密了吗？

我曾经在南方一家电视机厂做研发助理工程师，当时我的顶头上司是一国外名牌大学留学归来的博士，这家伙不仅专业知识超强的棒，而且还是一个顶尖的黑客高手，侵入戒备森严的专业网站，就像去自家的卫生间那样方便。因为他是我的领导，我跟他后面学习了许多相关的知识。

我按照他教我的方法，先查出移动后台的 IP，追踪 IP 地址进入后台服务器，通过密钥运算软件破译入门密码，从中搜索到监控我的警察用的手机参数，打算把手机中与我对应的相关数据修改，再植入最新的卧底软件，与美国那个卖墓地的手机嫁接在一起，这样警察以为还是监控我的手机，但其所监控到的声音及定位的具体位置，早已是万里之外的美国了。

我正幻想着最终的结局，脸上露出了得意的微笑。忽然，我的手机响了，我一看是杨杰打来的电话。

是接，还是不接？

我还没来得及修改手机参数，这时候接听，警察肯定能听到我和杨杰的所有通话，万一听到什么，把杨杰也牵扯了进来，岂不是……

我一想，还是接了。

好吧，既然你们喜欢监听，我就让你们越听越糊涂吧！

电话一通，杨杰就问我说："大印，你还好吧？你现在哪里？"

"我在自己的店里忙着呢，下午我才从派出所跑出来！"

"你跑出来了？怎么还敢待在店里，警察再去抓你怎么办？"

"没关系吧，警察肯定认为我逃出来了，一定会逃得远远的不敢回来，那我就藏在自己的店里，不是说越危险的地方越安全吗？估计他们不会想到。"

杨杰关心地说："你还是不要这么冒险吧？听说你只是一般按摩，也不是什么大事，干吗要跑？还是回去说清楚，或许就没事了。"

我装作无辜的样子说："我一开始也是这样想的,可他们根本不问这事。他们说丢了一百万,怀疑是我拿的,我不承认就把我打了一顿。可我真没拿钱啊,打死我也变不出来钱,我真怕他们把我给打死了,死在那里真冤,还是想办法逃出来,或许过一阵子他们找到了钱,这事也就不了了之了吧。"

没等杨杰说话,我又说:"对了,你知道郑魏怎么样了吗?郑魏也被抓进去了,我在里面没有见到他,不知道他怎么样了?"

杨杰说:"郑魏被拘留了。"

"怎么,为什么拘留他?"

"据说郑魏在派出所里发脾气,跟警察干上了,警察一恼,定他一个嫖娼罪给拘留了十天,还罚款了五千元。他老爸为这事气得不行,正找人看看能不能把他弄出来,省得在里面遭罪。"

我心里一阵愧疚,又听杨杰说:"有没有时间,过来帮我看一看车载音响吧。"

我问是什么问题,杨杰大致说了,我说等一会儿忙完手里的活就过去。

我挂了手机,坐在椅子里发愣。

警察把郑魏拘留,可能只是气他的脾气火爆,想灭他一下而已。估计警察已经把郑魏与那一百万的事情撇开了,他们的注意力在我身上,只要我这边不认账,摆脱了他们的纠缠,这件事就永远成了谜。

郑魏现在被拘留,鸽子看病的钱暂时不可能从他那里借到了,我只有靠自己来想办法。这两天警察监视得紧,绝不能去龙盛湾取钱,还是先把小店盘了吧,或许还能筹些前期住院的钱。等到住了院,缓一缓,会有办法取回钱的。

我想了想,还是忍下心中的怒气,暂时没有把警察的手机与那个卖墓地的手机嫁接到一起。继续让警察监视着我,好让他们不再多疑,给我留下一些时间,在他们监视我的这些天里,或许就能把小店盘出去了。

我上网登录当地比较火爆的几个论坛,又在几个QQ群中发出小店急需转让的信息。忙完这些,我拿起维修工具塞进包里,关了卷闸门,打了辆出租车赶去杨杰的汽车维修店。

我通过后视镜果然发现,一辆黑色的帕萨特从一个路口开过来,悄悄地跟在身后。

第十八章　爱的执着

　　我在杨杰的店里忙活到十点多钟，才帮着他把车载电器弄好。杨杰问我去不去桑拿浴泡泡，我问他龙盛湾恢复营业了没有，杨杰说还关着门呢，我们只好去云海天。

　　我和杨杰一起走出他的维修店，杨杰让我等着，他去把车开过来。店里地方并不大，他的车一般都停在巷子里的家门口。我站在墙根下，朝四周望望，发现那辆跟踪我过来的黑色帕萨特，停在大约五十米远的一家小饭店门口，饭店早已关门，帕萨特车里没开灯，黑漆漆的一片。

　　杨杰把车开过来，我坐上副驾驶的位置，朝着云海天的方向开去。我从后视镜中看到，帕萨特不紧不慢地跟在我们身后。

　　杨杰问我看什么呢，我把手机拿在手里，好让警察能听得真切，说："后面的那辆帕萨特好奇怪，怎么一直跟在我们的后面，你没有得罪谁吧？"

　　"我能得罪谁？是不是你和郑魏在龙盛湾打了齐六的人，他们要找你的麻烦？"

　　"可能是吧！你在前面那个便利店门口停下来，看看帕萨特是不是也会停，就知道是不是跟踪我们的了。"

　　杨杰按照我的意思，在便利店门口停下车，后面的帕萨特却没有停，一直朝前开去，不一会儿就消失得无影无踪了。

　　我明白，警察只是为了避免我的怀疑，暂时把帕萨特开走了，估计要不了多久，他们还会换另一辆车来跟踪。不管他们了，有他们在至少我还是安全的，不用提防着齐六的人暗中杀过来。

　　杨杰开着车很快到了云海天，停好车，我们俩一起朝大门走去。

　　云海天头几年在我们这儿挺有名的，随着这几年新开张的桑拿浴不断涌现，一家比一家装修豪华，早已超越了云海天好几个档次，所以云海天的生意一落千丈。

　　虽然云海天失去了原有的辉煌，但它毕竟比一般条件的澡堂子要好一些，老板便走低价路线，吸引没多少钱却也有这方面需求的低端消费群体。如今的生意谈不上好，却也做得平平稳稳有自己的特色，每天也有不少常客来消费。

　　杨杰是其中的常客之一，但跟其他常客有所不同，杨杰现在手里大钱不能说有多少吧，至少不缺洗桑拿的钱。他的维修店还是挺赚钱的，即使每个月去龙盛湾那样高档的桑拿浴十次八次，也不算是什么负担。他之所以对云海天情有独钟，还有一段感人至深的故事。

这段故事我是听郑魏说的，一开始以为郑魏是拿杨杰来开涮，后来才知道是真的，让我很是佩服杨杰的勇气。

那是很久以前的事情了，杨杰当时高中毕业没几年，在一家汽车修理店打工。有一次，一个老客户的车坏了，因为等着急用，他连夜加班修好了，后来老客户感谢他，请他吃了一顿饭，饭后还邀请他去云海天潇洒了一回。正是因为这一次，使他与云海天结下了不解之缘。

当时云海天正是生意最火爆的时候，杨杰只是听说里面怎么怎么刺激，但他从来也没有去过那样的场所，一听说老客户要带他去见识见识，自然很是开心，就跟着一起去了。

进去一看，果然和朋友们说的一样，里面的小姐一个比一个漂亮。杨杰跟着老客户泡好澡上来，刚躺在包间的床上，门口就呼啦啦来了七八个美女，倚着门边站成一排。杨杰想看美女却又不敢睁大眼睛，早已小脸红润、心潮起伏，浑身一个劲地哆嗦着，不知道挑选哪个好。

老客户知道杨杰初来，还不适应这阵势，指着其中一个女孩说："你，留下吧，这位帅哥交给你了！"

杨杰顺着老客户手指的方向看去，一个面庞清秀瘦高个子的女孩子，眯着眼睛笑得正欢。

杨杰随着女孩进了另一个包间，一脸紧张，傻站在一旁不知如何是好。女孩瞧着好玩，走到杨杰面前，就往身上蹭。杨杰的脸更加红了，双手不知往哪里放，一个劲地往后退，一不留神撞到床沿，扑通一声仰身倒在床上。女孩咯咯直乐，就势扑进杨杰的怀里。

杨杰平常缺少女朋友滋润，正是饥渴难耐的时候，一阵紧张过去，被女孩挑拨得欲火膨胀，胆子立马大了起来，猛一个翻身把女孩压在了身下。

女孩躺在他的身下，睁着黑亮的眼，眼里笑出了泪花，一眨不眨地望着他。

杨杰在上面忙得欢，女孩在下面乐得也欢，杨杰用的力越大，女孩笑得越是响亮。

不一会儿工夫，战斗就已结束，杨杰累出一身汗，趴在女孩身上喘气。女孩依然咯咯地乐，杨杰喘匀了气，问："你笑什么？"

"好玩呗！"

"什么好玩？"

"你好玩呗！"

"我哪里好玩了？"

"哪里都好玩呗！"

女孩说："看你不像有经验的样子，怎么这么懂行呢？"

杨杰红着脸说："我是听朋友说的，自己又没有经历过！"

"骗人！我才不信呢！"

"真的！"

女孩拿眼角白他。

杨杰赶紧说："好吧，我跟你说，你不许笑啊！"

女孩眼睛睁得老大，望着他。

杨杰吭吭叽叽地说："看 A 片算不算色狼啊？"

"算啊！当然算啦！"

女孩乐坏了，抬起手背擦眼角。

杨杰看着越加喜欢，轻轻地吻着女孩的睫毛，女孩闭着眼睛享受着。杨杰顺着鼻梁，寻到香气喷发处，一下吸进满嘴的香，深深地吻了下去。忽然，女孩张大了嘴巴，猛一下咬住他的舌，使劲吮吸着。

一阵阵的芳香，一阵阵的甘甜，涌进了杨杰饥渴的心田。

从此之后，杨杰喜欢上了云海天，每次他来都要找这个女孩。他知道她叫璐璐，璐璐长得漂亮，在云海天的生意非常好，不是杨杰每一次来都能立马叫她上钟的。他来了之后便在包间里等，有时候服务员就劝他叫其他的，杨杰就是不肯。

杨杰的痴迷让璐璐很感动，璐璐了解到他只是一般的汽车维修工，手里没什么钱，每次来都要包她几个钟，花钱太多于心不忍，便劝他不要来了。每一次劝，杨杰只是笑笑，可没过几天，手里有了些钱便又跑来了。

璐璐实在不想看着他这样沉迷下去，一狠心把手机号码换了，让他联系不到，他来云海天也不见他。杨杰见不到她，他就在包间里等，渴了就让服务员泡杯茶，饿了找服务员买碗泡面，就这样一直坚持在云海天里待了一个星期。璐璐实在受不了了，来到杨杰的包间说："你怎么这么傻啊？你整天待在这里不去工作，你一个大老爷们今后怎么办啊？"

杨杰慈慈地说："我就想见你，见不到你我没精神工作。"

璐璐说："那你见到我了，你还不快些回去？"

杨杰很听话，立马穿好衣服走了。

第二天，杨杰又来了，璐璐急了，说："你这人怎么这样啊，天天来，你烦不烦啊？"

杨杰说："我就想天天看着你，我想和你在一起，看着你笑我就开心，看不见你我就心神不宁。我也不知道我是怎么了，你不要不理我，不要躲着我，好吗？"

"唉！真被你打败了！"

璐璐急得跺脚，看着面前的这个傻瓜，真拿他没办法，心里却被感动得不得了。她活了这么大，靠着漂亮的长相赢得过无数男人的喜欢，把她当成心肝宝贝，可含在嘴里、玩在手里的多，却还没有哪个男孩这么真心对她。璐璐不忍心再这么折磨他了，说："要不这样吧，这里花销太大，也不是你该来的地方，你干脆在外面租一套房子吧，我去你那里住，你每天给我弄些好吃好喝的，我就跟着你过吧！"

杨杰听了大喜，便租了房子和璐璐一起过起了甜蜜的生活。

就这样过了三四个月，璐璐过生日，杨杰为她订了蛋糕，约了璐璐几个要好的朋友，在家里开开心心地热闹了一番，等好朋友们走后，璐璐收拾着屋子，杨杰让她停下手里的活，说要跟她商量件事情。

璐璐见他说得认真，便笑着问他："干吗？"

杨杰一下子单膝跪地，拿出一枚戒指，说："璐璐，我想娶你，嫁给我吧！"

璐璐没想到杨杰会这样，一下子傻了。

她是非常喜欢杨杰的，也在心里想过要跟他一辈子，但她知道自己的身份。所以，璐璐只想着两个人在一起，开心一天算一天。璐璐做梦也没想到，杨杰傻不拉叽买来戒指向她求婚。

璐璐有些哽咽地说："杨杰，别这样好吗？我求你了，别这样骗我好吗？我们俩这样过得挺好的，我不指望你娶我，我不配你娶我，只要你对我好，只要我们俩开开心心在一起就好。我不想让你现在脑子发热，说要娶我，没过几天就嫌弃我了。杨杰，你是知道的，我真心喜欢你，我受不了你对我好之后再抛弃我！求你了，不要向我求婚，我不配！"

璐璐语无伦次，哭得一把鼻涕一把泪的，把杨杰的眼泪也勾下来了。杨杰也哽咽着说："璐璐，你放心，我早就想好了，我喜欢你，是真心喜欢你，我永远都不会变心。我知道你做这行也是迫不得已，不管你以前做过什么，我都不在意，只要从明天起，你不再去做了，我们俩一起找些事情做，生活暂时会苦一些，只要我们俩努力，会有好的将来的。璐璐，答应我，不去云海天工作了，嫁给我吧！"

"杨杰，可是你的朋友都知道我是做这一行的啊！你要是娶了我，你在朋友们面前怎么说？我不想你今后被人指着鼻子说啊！"

"我不管，既然别人不理解我，我不跟他们做朋友就是了。我只要你理解我，只要你愿意跟我在一起，任何人都不可以阻拦我们！"

"你爸妈也不会同意呀！"

"没关系，我爸妈不同意我会去说，实在不同意，我们俩就离开这座城市，等过几年有了小孩再回来，爸妈那时候也就会想通了，我是他们的儿子，他们不会永远不要我们的。"

"可是……"

未等璐璐的可是说完，杨杰一下子把她抱进怀里，生怕有人抢去了似的，紧紧地抱着。

后来，杨杰的父母死活也不同意，杨杰便带着璐璐远离了家乡，去了南方的一座城市打工。

又过了几年，杨杰一个人回来了，变得沉默寡言，不愿意跟人提起往事。父母见他这样，也不再问璐璐去了哪里，怎么没有跟着一起回来。好歹儿子平安回来了，这比什么都重要。

杨杰在家里待了半个多月，哪里也不去，吃过了睡，睡过了吃。杨杰的老爸见宝贝儿子这样下去，怕有事憋在心里，时间久了会有什么闪失，便过来问他是怎么了？

可无论杨杰的老爸怎么问，杨杰就是不说。杨杰的老爸没办法，只好叹了一口气，说："实在不行，那你把璐璐接回来吧，我劝劝你妈妈，她会接受的。"

一提到璐璐，杨杰哇的一声哭了，一个大男人沙哑着嗓子哭得死去活来。哭了半天之后，擦干了眼泪，跟老爸说："爸，你放心吧，我没事了，明天我去找个门面，开一家汽车维修店。"

杨杰的老爸问他哪里来的那么多钱，能开得起汽车维修店，杨杰始终没说，杨杰的老爸见儿子这样，也没好多问。

过了几天，杨杰的维修店果然开了起来，他的维修技术不错，为人很实在，店里的生意越做越好。又过了一年，杨杰在老爸老妈的一再催促之下，找了现在的老婆。杨杰对他的老婆一直很好，从来不跟她吵架，很快生了一个儿子，一大家子过得十分甜蜜，尽管家人不知道他以前在外地是怎么生活的，又是怎么赚到那么多的钱回来开店的，他对璐璐那么好，怎么没有跟璐璐一起回来。

家里的人出于关心，忍下心中的好奇，不再追问杨杰以前的事情。可郑魏那家伙，整天没心没肺的，就喜欢拿朋友的往事开涮，他实在忍不住好奇，有一次多问了两句，杨杰差一点要跟郑魏玩命。朋友们见他如此，从此再也没人提起过璐璐。

虽然没人再说璐璐的事，可杨杰始终忘不了与璐璐的那段感情，经常来云海天洗桑拿，一来就是半天，就一个人躺在床上看电视。朋友们邀请他去其他地方，他从来也不去，朋友们觉得跟他一起洗桑拿实在没劲，时间久了洗桑拿便没有人再邀请他。

我们两个人下到热水池泡了一会儿，洗完后就回到包间。我把手机塞到被子里，让警察听不到我周围的声音，然后和杨杰各自躺在床上看新闻。

休息了一会儿，我有点饿了，便问他去不去吃些东西。杨杰眼睛盯着电视机，脑子里不知在想些什么。我问了两声他都没有回答，便欠起身来，用脚丫子踢了他一下，说："怎么了，发什么呆呢？"

杨杰眼睛还是直勾勾地盯着电视机，等了一会儿方说："我就是在这个包间，第一次和璐璐认识的。"

我见他沉静在回忆中，就没有打断他。杨杰沉默了一会儿，忽然间眼泪出来了。

杨杰任凭眼泪哗哗地流着，一点声音都没有。他这突然的悲伤把我吓了一跳，我还从来没有见他这样伤心过，不清楚他这几年究竟发生了什么，我也不知道该如何来劝他。

杨杰默默地流着泪，双肩不停地抽动，我起身从纸巾盒中抽出几张纸递给他。杨杰接过纸巾擦了擦泪，啜泣着说："璐璐她死了，可我还活着，我真没有用啊，竟然留不住她！"

"怎么了，璐璐怎么了？这几年你们是怎么了？"

我是个好奇心特别重的人，可我又不能像郑魏那样欠抽，乱打听别人的隐私。既然他今天提到了璐璐，想必以往的事憋在心里好久了，想全部说出来。我做好了准备，打算听听他的故事，开导开导他，以便帮着他从痛苦中解脱出来。

没曾想听完他的故事，我的心中陡然间也生出许多伤感。我暗自立下誓言，一定要尽快把那一百万取出来，即使冒着天大的风险，我也要得到它！

我要尽快把鸽子送去大医院，治好她的病。不然，我也会像杨杰这样，一辈子处于痛苦之中。

第十九章　痛彻心扉

　　那年，杨杰和璐璐一起去了南方。杨杰很快在一家汽车维修店找到了工作，工资还可以，完全够两个人的生活。他想让璐璐留在家里，不用去打工受罪。璐璐不同意，璐璐手里存了不少钱，想开一家服装店。杨杰想也是，要是整天让璐璐待在家里，她肯定会感到非常无聊，让她过得充实愉快才是对她最大的好，便同意了。

　　杨杰便利用休息时间，陪着璐璐去找开店的门面房。一天，正在路上走着，璐璐突然哎哟一声蹲在了地上，脸色煞白，大把大把的汗滚落下来。

　　杨杰急问："怎么了？"

　　璐璐捂着肚子痛苦难耐，杨杰忙蹲下来，再问："是不是老毛病又犯了？"

　　璐璐点了点头，杨杰说："还是去医院吧！"

　　不等璐璐回答，杨杰伸手拦下一辆出租车，紧搂着璐璐，焦急地催促司机说："快，去人民医院！"

　　司机看出璐璐病得不轻，什么话也没说，轰足了油门，向着医院疾驰而去。

　　经过医生的诊断，璐璐得的是卵巢癌，已经到了晚期。璐璐最后那段日子，受尽了人世间的痛苦，先是放疗化疗，然后癌细胞继续转移，切除了肿瘤，没过多久又发现朝着肺部转移。璐璐以前存了很多钱，虽然在钱上他们暂时不用愁，但有钱却买不来健康，经过手术、化疗，后来中西医一起上，哪怕是道听途说的偏方也用上了，还是没能挽留住璐璐的生命。

　　杨杰说，璐璐被病痛折磨得骨瘦如柴，但依然保持着积极健康的心态，希望哪天治好了病，能够和他一起继续过着快乐的生活。璐璐走的那天很突然，早晨感觉身体像是好了许多，还让杨杰喂她吃了一些稀饭，然后依偎在杨杰的怀里聊天。璐璐紧紧地搂着杨杰，闭上眼睛畅想着美好的未来，眼角挂满了幸福的泪水，就这样不知不觉地走了，再也没有醒过来。

　　杨杰最后对我说："老天为什么要这样，璐璐从小就受尽了磨难，为什么还要这样对她？"

　　"兄弟，有些事是没办法的，璐璐最后能够这么开心地走了，没有继续遭受病痛的折磨，也算是一种安慰吧。"我想起自己心中的苦，嗓子一下子哽咽了，吸了吸鼻子，

"你还算好的了，至少璐璐得了这样的病，你可以整天陪在她的身边，照顾她、安慰她，你不用为钱发愁，只是医学水平没达到，你已经尽了最大的努力，让她在幸福中走完了生命中的最后一程。而我比你还要惨，我的鸽子得了可怕的白血病，只要有钱就有治愈的希望。可我不如你啊，兄弟。我没有钱，只能眼睁睁地看着我心爱的女人，被病痛折磨得死去活来。你知道我心里面有多苦，有多么恼恨我自己的无能吗？"

杨杰正沉浸在痛苦的回忆中，我不知道他有没有听进我说了什么，反正我们俩都有一肚子的苦水，只想着说出来心里会好受一些。

我们离开云海天，找到一家饭店，借着小酒一起消愁。正喝着，我听见有人在喊我。我循着声音的来处望去，常小娟正和一帮同学从一间包厢里出来，招着小手叫着我的名字。

不知常小娟和同学们说了什么，一大帮男生朝我们这边看过来，常小娟撇开他们，径直走过来，也不跟我们客气，直接坐在了我的旁边。

那天常小娟领着我和郑魏逃出齐六手下的追捕，在一家饭店里和杨杰见过面，算是熟人了。坐下来之后，看了看我，又望了望杨杰，说："你们两个老男人是怎么啦，泪眼汪汪的，在干吗呢？"

"你这么晚了在这里干吗？"我没有回答，反过来问她。

"我们有个同学过生日。"

"过完了生日，你还不和他们一起回学校去？"

"看见你们两个喝成这样，我怎么放心回去呀！"

"没事，你回去吧，我们俩没喝多少。"

"还说没喝多少呢！"常小娟把地上的一只酒瓶拿上来，说："这瓶白酒是你们喝光的吧？"

常小娟又数了数桌子上的空啤酒瓶，说："又喝了四瓶啤酒，你们还要喝呀！"

"没事，你别担心，杨杰他能喝，他心里苦着呢！"

"苦什么啊，有非洲难民苦吗？有山区的孩子们苦吗？挺大的男人，瞧你们俩那点德行！"

被小娟一顿奚落，我们两个男人一脸的尴尬，不好再这么愁苦着脸喝下去，便买了单走人。

走出饭店，杨杰径自走向一辆停在饭店门口等活的出租车，打开车门，没有直接坐进去，转过身来对我说："大印，你别着急，我手里还有六万元现金，明天拿给你，你抓紧时间带女朋友看病去吧，不要像我如今这样……"

要不是常小娟在不远处站着，杨杰的眼泪又要流出来了，我赶紧握着杨杰的手，说：

"谢谢你，不用麻烦了，你有老婆、孩子，一下子拿那么多的钱也不方便，我再想其他办法吧。"

"没关系，那是我自己的私房钱，不在店里面的账上，老婆不知道，反正放在那里也没用，你先拿着应急用吧。"

"哟，私房钱这么多啊！"常小娟不清楚我们在说什么，便笑着说杨杰："你这人真是的，还跟老婆玩这手，小心老婆知道了扒你的皮！"

杨杰笑了笑，没有向她解释。他坐进车里，对我们俩说："我先走了，你们俩玩去吧，明天再联系！"

看着出租车走远，我心里感谢杨杰愿意给予我帮助的同时，也在为他送去美好的祝福。

杨杰的老婆和他是他初中同学，上学的时候就追过他，但他始终没有同意。杨杰和璐璐离家出走的事情当时闹得沸沸扬扬，他老婆也十分清楚，那年他一个人回来时，他老婆便主动来找他，在他最需要关心的时候，她给了他最温暖的爱。两个人很快就结了婚，婚后杨杰对她非常好。其实我知道，杨杰心中的结并没有完全解开，很难再投入到一段新的感情生活中去。

但愿他今天把心中的秘密说了出来，会把和璐璐的这段往事彻底放下，全身心地对他老婆好。

"想什么呢？"常小娟碰了我一下，"你还打算去哪里玩？"

我说："这都快一点了，还能去哪里玩？我先送你回学校吧。"

"我不回去！刚才我同寝室的同学喝多了，回去一屋子的酒气，我讨厌酒气，一夜肯定没法睡了。"

"你不回学校，这么晚了你还能去哪里？"

常小娟望着我，笑眯眯地说："我去你那里吧！"

"我也喝了好多的酒，也是满身的酒气啊！"

"没事，我不嫌弃你！"

"小娟，你是不是也喝多了？"

"是呀，我也喝了好多的酒呢！"

"难怪你这么胆大呢！"

"什么胆大啊，我可是相信你的，你可不能趁着我喝多了，就想着欺负我！"

"我送你回学校，总成了吧？"

"寝室里都是酒气，我不回去。你真啰唆啊，我说过要去你家！"

我被常小娟连扯带拽地搀扶着，坐进了一辆出租车，常小娟对司机说："去他家！"

司机启动了车，猛一想不对，问道："他家在哪儿，怎么走啊？"

常小娟拐了我一下，说："说啊，你家在哪里？"

"你朝前开吧，到了我告诉你！"我在心里激烈地斗争着。

司机没再说话，转动方向盘驶出停车区，沿着笔直的大道开去。

一辆现代索纳塔紧跟在我们的车后开过来，不紧不慢地跟着，我顿时来了脾气，摇开车窗，对着后面骂道："你他妈的谁呀，干吗跟着我？浑蛋！"

第二十章　与小娟开房

我不明白警察除了换车跟踪之外，就没有其他方法了吗？这么不疼不痒、不屈不挠、不明不白、不三不四、不即不离，像跟屁虫一样整天黏着，是不是太恶心人了？

我喝多了，脑子一热，对着后面的索纳塔就骂了起来。常小娟正挎着我胳膊，头靠在我的肩头，没想到我会突然发脾气，把她吓了一跳，抓起我的肩膀硬是把我拽回车内。

等我冷静下来，自己也吓了一跳，我怎么能这么冲动呢？万一警察恼羞成怒，不再陪着我玩了，把我重新抓回派出所，那我还怎么有机会带着鸽子去看病？都是酒精惹的祸，我大口喘着气，想把肚子里的酒气全给哈出来。

就在我想着下一步该如何摆脱的时候，遇到一个红灯，索纳塔没有紧跟着停下，而是变道驶入左侧待转区，正好与我们的车并排停了下来。

索纳塔里只有一位二十来岁的小青年，白白静静的戴着一副近视眼镜，双手不停地拍打着方向盘。我以为这家伙犯神经呢，仔细一看，原来戴着一副耳机，正在与谁通话说得正开心。

不一会儿左转区的绿灯亮了，这家伙发动了车子，看也没看我们一眼，直接朝着左边的岔道驶去，我看清了他的后车牌，是福建省的牌照，与我们这边离得远着呢。

看来是我搞错了，这辆车根本不是跟踪我的。

我心里又莫名地恐慌起来，那跟踪我的警察，他们又躲到哪里去了呢？

我前后左右到处找，又细细回忆了一遍今晚上的所有过程，没有发现哪里有可疑之处。可是，警察不可能就这样放过我啊！他们究竟藏到哪里去了？

虽然我很讨厌警察那么招摇地跟着我，但现在不知道他们躲在哪里，暗中会对我采取什么样的手段，心里反而开始紧张起来。

"还往哪里开？"过了一个路口，司机问我。

我说："你就在前面那家旅馆前停下吧。"

我住的地方还有鸽子的东西在，自从鸽子离开后，她所有的衣物都原封未动地放在原来的位置。我不想有其他的女人碰触到她的东西，还是去旅馆将就一晚上吧！

已经是下半夜了，旅馆的大厅里还亮着灯，玻璃门里却挂了一把链子锁，我把脸贴在玻璃上朝里看，看见一张简易床上躺着一人，盖着厚厚的棉被，背朝着我，不知道睡着了没有。

我敲了敲门，里面的人翻了一下身子，居然又睡了过去。

我使劲敲门，这家伙才懒洋洋地欠起身子，迷迷瞪瞪地朝门外望。

我大声问道："兄弟，还有房间吗？"

约莫一个十八九岁的小伙子，裹着一床棉被，打着哈欠走过来开了门，说："你们要住宿？"

"是啊！难不成打劫还要把你叫醒？"

小伙子乐了，精神了许多，找我要了身份证，走进吧台放在扫描仪里过了一下。

常小娟说："有两张床的房间吗？"

小伙子疑惑地望望她，又看看我。我没有说话，还是小伙子聪明，礼貌地笑着说："抱歉，只有一张双人床的标间了。"

小伙子说完，对我得意地眨了一下眼睛，继续跟常小娟解释道："双人床很大的，睡两个人不碍事。"

我没问常小娟要不要再换一家，直接把一张一百元的票子递给小伙子。小伙子说住宿费是八十，还得收一百押金呢。我又掏出一张一百的给他，他找了我二十，然后开了一张收据，拿出一张房间卡一并递给我，说："走楼梯上到三楼，左拐就是。"

我下意识里地朝门外看了看，外面空荡荡的一个人影也没有，小伙子走到门旁，重新把玻璃门锁上，看着我们走上楼梯，继续躺到简易床上去了。

常小娟挽着我的胳膊上到三楼，走向左侧找到房间，我拿出房间卡塞进锁孔，磁卡门里的发光灯由红变成蓝，里面发出轻微的吱吱声响，停了两秒钟，蓝灯熄灭，我拧了下门把手，门无声地开了。

我打开屋里的灯，整间屋子好温馨，橘黄色的床头灯，满满地照在一张宽大的床上。我扭头注意了一下常小娟，亮晶晶的眼珠子越加娇柔妩媚。

我嘿嘿一笑。

常小娟打了我一下，说："你傻笑什么呀？"

我哈哈狂笑几声，扑倒在床上，眯上眼睛就睡。

常小娟说："我给你放些热水，你洗洗再睡吧？"

"不洗了，喝酒之前才洗过桑拿。"

"哟，才潇洒过呀，难怪这么累呢！"

"别瞎说，困死我了都！"

"好吧，不洗就不洗吧，你总该脱了衣服再睡吧？"

　　我把被子推到一边，脱去外衣扔到旁边的椅子里，穿着内衣钻进了被窝。常小娟站在我跟前一时没词了，等了一会儿方说："那我洗澡了。"

　　我嗯了一声。

　　常小娟换了拖鞋，踢踢踏踏地走来走去，不知道在忙着什么。一会儿我听见洗手间里哗啦啦的流水声，以为她开始洗澡了，便翻了个身继续睡去。常小娟忽然在我耳边说："我洗澡了，不许偷看啊！"

　　我吓了一跳，睁开眼睛说："你怎么还站在我跟前，里面水响了那么久，我以为你都快洗好了呢！"

　　"我不放心你！"

　　"不放心我啥？"

　　"不放心你在我洗澡的时候偷看，所以我要悄悄地站在你跟前，看看你的反应呀！"

　　"晕死，我是那样的人吗？去吧，这下放心了吧，洗去吧！"

　　"水太凉，得放一会儿才行。我脱衣服了，不许偷看啊你！"

　　我不理她，翻个身继续睡。我还在想着刚才的事，怎么警察不出现了呢？是他们监听我的手机，发现我所说和所做的一切不像是拿了那一百万的人，从而放弃了继续跟踪？

　　不可能！

　　他们不可能这么快就放弃跟踪放我一马。至少我的毛线裤上拆掉的那截绳子，在这一细节他们没搞清楚之前，即使我伪装成多么无辜的样子，他们也不会排除对我的怀疑。

　　是他们知道了我已经注意到他们开车跟踪，然后改变了跟踪策略？

　　他们会采用什么新的策略呢？

　　我该怎么办呢？也不知道他们这时候会不会躲藏在附近，假如不在，他们又在哪里呢？又在想着什么鬼花招呢？

　　我还有没有时间，还能不能找到机会，把那一百万取出来？

　　刚才喝完酒临走的时候，杨杰说要借给我六万块钱，也不知道等他酒醒的时候会不会忘记了，明天白天我要不要提醒他一下？

　　还是等到明天下午或者晚上的时候，他要是没有给我打电话说这事，我再找个理由提醒他吧。只要能借到钱先给鸽子看上病，我就是少要点面子也无所谓了。

　　杨杰这家伙真牛，私房钱就存了六万块，比我会混多了！

　　我正在胡思乱想着，一缕芳香飘过来，是我喜欢的味道。我依然闭着眼睛，说："又站在我跟前想干吗？上床睡吧！"

"你没睡着呀？你怎么知道我在你跟前？"常小娟说。

我索性坐了起来，靠在床头，笑着说："你带着一身的香味过来，我怎么能感觉不到呢。"

"我没有用香水呀？"常小娟闻了闻自己的手背，没嗅出什么味道，又撩起衣襟，低头闻闻，再用手扇扇，说："没香味啊！"

我说："你是女的，哪里能闻出来女孩子沐浴之后特有的体香呢！"

"你属狗的吧，鼻子这么灵呀！"

常小娟说着，爬进了被窝，也靠在床头，贼亮的眼珠子眨呀眨地望着我，说："想什么呢？"

"没想什么。"

"没想什么，那你发什么呆？"

"没发呆啊，这不和你聊天来吗？"

"你晚上去哪里洗桑拿了？"

"云海天。"

常小娟咯咯地笑了，说："你趴下，我给你按摩吧！"

"这么晚了不按了，早些睡吧。"

"那好，我睡了，等会儿不许碰我！"

常小娟背朝着我睡去，我没有理她，小屋子里好安静，常小娟的体香弥漫在整个房间里。

常小娟放心睡去，停了一会儿，自个儿在被窝里扑哧一声笑了，忽然翻过身来，说："我想起了一个笑话，要听吗？"

"三更半夜的，想起什么笑话了？"

常小娟很是激动，说："我听过一个笑话说，有一对男女朋友睡一个房间，也是在一张床上，女的画了一条线对男的说，过线的是禽兽，醒来发现男的真的没有过线，女的狠狠地打了男的一巴掌，说你连禽兽都不如。"

"你什么意思？"

"好玩啊！你不觉得这笑话很搞笑吗？"

我阴险地笑着，问她："你暗示我什么呀？你想让我如还是不如？"

"流氓你！"

"靠，我怎么就流氓了？噢——"我故作一下子反应过来的样子，"我说的是如果的如，不是你想象的进入的入！"

常小娟使劲打了我一下，我嗷的一声，冷汗立马就下来了。常小娟吓坏了，急问：

"怎么了你，我没打到你要害呀？"

常小娟掀起被子，见我捂着肚子，忙揭开我的内衣，发现我的肚子上一大块淤紫，惊恐地问："你怎么了，和谁打架了吧？"

我缓了缓，把在派出所被打的事情跟她说了。常小娟说："他们怎么这样对你啊？你又没有干坏事，他们凭什么打人，还有没有王法了？"

我见她如此，很是感动，为了不使她难过，就开着玩笑说："这又不是封建社会，哪里还有什么王不王的？既然不是王，自然也就没有王法了嘛！"

常小娟没有心思听我说笑，一脸关心，抚摸着我的伤处问："还疼吗？"

"不怎么疼了。你放心，小娟，我经常打比赛，这点小伤对我来说算不了什么，很快就会好了。"

"身上还有伤吗？"常小娟说着，坐起来就要把我的衣服扒开，查看一下还有没有其他伤的地方。

我赶紧扒拉开她的手，说："别，别，男女授受不亲的，千万别碰我！"

常小娟扑哧一声又笑了，照着我没伤的左手打了一下，撇嘴说道："你还知道男女授受不亲呀，你说你身上哪里我没有碰过？嘁——"

"不会吧，有些地方我可真没让你碰过吧？"

"嘿嘿，我没碰过，那我也看过呀！"

"你什么时候看过了？"

"我给你按摩的时候看过呀！"

"怎么可能！我都是穿着裤衩的好不好！"

"就洗浴中心那个裤衩，那么透明还能藏住什么呀？"

也是，龙盛湾里面的一次性大裤衩，就是一层薄薄的染成蓝色的化纤涤纶，还不如一张白纸遮光呢，就像皇帝的新装一样，没有人明说，但心里面都明白，在光线之下什么都暴露无遗了，而这正是在那种场合所要的效果。

我叹息了一声，说："我太吃亏了，什么都让你看见了！"

常小娟拿眼白翻我，得意地笑着说："看都看过了，让我再看看你的伤吧。"

不等我回答，常小娟直接把我的裤子脱下来，看着我腿上几处伤痕，眼泪扑簌簌地掉下来。

我坐起来，扶着她的肩膀，让她躺在床上，然后盖上被子，说："别看了，就这点伤死不了，过几天就好了。"

小娟噙着眼泪说："这些人也太狠了，他们是警察，怎么可以随便打人？"

聊着聊着，常小娟转而问我说："你找杨杰借那么多钱干吗？"

我想了想，便把鸽子的事情跟她说了。常小娟半天没吱声，我问她想什么呢，她的眼神忽然暗了下来，无限伤感地说："我要是有一个像你这么好的男朋友多好！"

"你那天不是说有一个男朋友在深圳打工吗？你还说等你毕业了，就赶过去和他一起发展，怎么了？"

"他早在那边有另外的女人了，那天跟你还不熟，我没有告诉你。"小娟气愤地说，"他找的那女人特别有钱，是当地的农民被征了地，一夜间成了暴发户的老妖婆。老妖婆开了一家公司，他在她手下干活，看中了人家有钱，就不要脸贴上去了！"

"不会吧，你听谁说的？"

常小娟没有回答我，继续说："没想到他居然会是那样的人，靠着当小白脸吃软饭，我一想起来就恶心。"

我不了解实情，只能苍白地劝解说："两个人不在一起，要相互信任才好，兴许不是你想象中的样子呢？"

"他是什么人我知道。"

我不好再胡乱劝解了。常小娟依在我肩头，柔柔地说："要是有一个像你这么感情专一的男朋友多好！"

被她这么一说，我脸都红了，当初在龙盛湾一见到她时，我还曾幻想着哪天能把她带出来的。她这么把我的形象一拔高，我还真没有那么厚的脸皮再想她的好事了。

其实，今夜我不知道警察藏在哪里，搅得我心里慌慌的，加上我身上有伤，感冒也还没完全好，根本没有心情对哪个女孩子感兴趣。既然小娟这么把我的形象拔高了，我也就装成老实的样子，对她表现出尊重。

我替她掩好被子，告诉她不早了，还是早些睡吧。小娟嗯了一声，放心地偎在我的怀里睡了。

一夜十分平静地过去了，没想到第二天出了一件大事，差点送了我的性命。

第二十一章　致命一击

手机在耳边嗡嗡地响个不停，把我从梦中吵醒，拿起手机一看，是陌生的号码，疑疑惑惑间就接了。电话里是个年轻小伙子的声音，问我是不是维修店要转让，我说是，对方说想现在过来看看。我拿起身边常小娟的手机看了一下时间，才七点十五分。

我忍着哈欠对着手机说："太早了吧，我还没去店里，九点钟再来行吗？"

对方问了一些相关情况，我一一解释，最后说好九点钟到店里再聊，便挂了手机。

常小娟问我："你把店给卖了，今后指望什么赚钱呢？"

"走一步算一步吧，先把鸽子的病治好，只要她能健健康康的，今后会有办法挣钱的。"

常小娟忽然亲了我一下，勾着我的脖子，把头埋在我怀里，喃喃地说："我好喜欢你这样的男人，做我的男朋友吧！"说着，常小娟的手从我的腹部向下划去。

我说："小娟，不要这样，这样做我觉得对不住你！"

"我喜欢你。"

我打哈哈说："你说喜欢我是因为我感情专一，那我再喜欢你，做对不起鸽子的事，岂不是感情不专一了？你还喜欢我，多傻呀！"

小娟一下子没词了，可就是不松手，我使劲把她的手拿出来，对她说："小娟，其实你也能看出来，我是喜欢你的。但我已经有了女朋友，她对我很好，我不能再投入到另一段感情中去，这对你也不好，不能给你结果，伤害你的事我做不出来。"

"为什么我就这样命苦，什么好事都轮不到我呢？"小娟别过身子，不吱声了。

"人活在世上，可不就是这样嘛，哪有一帆风顺、事事如意的？有钱的时候想着健康，健康的时候想着挣更多的钱、找更多的朋友、用更好的东西。结果，四面八方的朋友多了，心怀鬼胎的坏人也勾引来了；好吃的食物进嘴里了，各种细菌病毒也下肚子里了；贵重的东西拥有了，找不到安全的地方保存了，整天忧愁呀、郁闷呀、提心吊胆呀，最终抑郁而亡把命玩没了，多悲哀啊！"

我附在小娟的耳边，学着赵本山二人转的语调，乱七八糟地说了一通，逗得小娟咯咯地笑。

我不想再对这个话题展开讨论，搞得两个人心里都很沉闷，便转身掀开窗帘，发现外面竟然下雪了，便对小娟说："快看，外面下雪了，好大的雪！"

漫天的雪纷纷扬扬，房前屋后，树梢上，窗台边，一片雪白。

常小娟也坐了起来，开心地说："呀！好漂亮，我们上公园拍雪景去好不好？"

"我哪有时间去公园啊，等会儿有人要去我店里谈转让呢！"

"好吧，我也起来回学校吧。"

小娟无限哀怨地白了我一眼，我忽然想起一事，乐呵呵地说："昨天晚上那个追你的男孩子也不错，可以考虑考虑嘛！"

"你怎么知道有人追我？"小娟一脸的狐疑。

"你到我和杨杰这一桌的时候，我就注意到一个穿红色夹克的男孩子，苦着个脸对我们，肯定他是喜欢你的嘛！"

"嘿嘿，他那人最讨厌了，我的生日气氛都被他给破坏了。"

"什么，昨天晚上是你过生日？"

"是呀！"

"你怎么不告诉我，我还以为是你们给其他同学过生日呢！"

"告诉你干吗呀，你又不能给我过生日。"

"怎么不能呢？今天中午我给你过吧。"

"生日都过去了你才说！"小娟又翻眼白了我一下。

我说："那我再补一个礼物送你吧。"

"你打算送我什么呀？"

"你想要什么？"

小娟伸出小手，按在我的心口："我想要这个，你能给我吗？"

"好吧，等会儿出门我买把刀，把心挖出来送你吧！"

"少来！心不甘情不愿的，挖出来给我我也不要！"

"那你要我怎样呢？"

"你把我放在心里，记着曾经有个人很喜欢你、很爱你就行了！"小娟仰着脸看我，无限真诚，眼神中充满柔情地说，"你不相信呀，我第一次见到你的时候就喜欢上了，要不那天我干吗要冒着危险去救你呀！"

我一把把小娟搂进怀里，说："小娟，对不起！你是个好女孩，如果我没有女朋友，我肯定会爱上你的。我不是朝三暮四的男人，心里不能同时装下两个好女孩，真心地希望你今后能够找到一位喜欢你、全身心爱你的好男人。"

"好啦，我明白啦，我明白我被你抛弃啦，别再肉麻啦，洗洗该干吗干吗去吧！"

"你，你，你——"我把小娟一下子抱进洗手间，"你先洗，我再躺几分钟！"

当我们俩收拾妥当走出小旅馆时，外面的雪小了许多，路上到处都是急等着上班的人。在一个小吃摊上，我买了两份早餐，边吃着边等车，平常起步价十块的出租车，开口就是三十元。

司机大声提醒我，我没有跟他多啰唆，拉开后车门让小娟坐里面。

小娟说："这么贵，不如坐公交车。"

我指着不远处的车站，笑着说："你看看那么多的人，你能挤进哪班车？"

"才两站路，起步价这么贵……"

我一把把她拉过来，塞进车里说："又不是天天坐，偶尔一次无所谓了。"

到了学校门口，我和小娟挥手再见，小娟泪眼汪汪的，像是有什么话要说，终于没有说出来，挥了挥手走了，雪地里留下一长串歪歪斜斜的脚印。

我也不知触动了哪根神经，心里酸溜溜的不是滋味，望着小娟远去的背影，忽然感觉空落落的，说不出来的难过。

时间还早，我下了车，步行了二十来分钟回到店里，我拉开卷闸门进去，回过身来再把卷闸门拉下一大截，警惕地瞧了瞧四周，除了各扫门前雪的左右商户，看不见几个逛街的人，警察的身影更是不知在哪里。

今天不打算开门营业了，我把东西整理一下，假如今天能把店给盘了，就把多余的东西放回父母那儿，明天一早去鸽子家，接她去省城医院，我就在医院旁边租一套便宜些的房子，直到把鸽子的病治好。

正在我收拾东西的时候，有人敲卷闸门，是个女孩子的声音，问："有人在吗？"

我把卷闸门拉开，面前站着一个女孩，好面熟。不等我反应过来，女孩很是惊奇的样子，说："是你的维修店呀，感冒好些了吗？"

我一下子想起来了，正是我从派出所逃出来的时候，躲到社区医院看感冒，就是这个名字叫周薇的小护士给我打的针。我说："要是没好，该多好啊！"

"切，还有巴望着生病了不想好的。"小薇护士咯咯地笑，洁白的小米牙晶亮晶亮的，非常好看。

我跟郑魏接触多了，见到美女也学会了油嘴滑舌，张嘴就来，说："想找个理由去看看你嘛！"

说得小薇姑娘有点不好意思，我见她拎着两台小太阳电暖器，便问："怎么了？"

"都不制热了，你帮着看看吧。"

我拿出万用表测量了一下，一台是插头用久了内部接触不良，一台是电加热丝烧断了，很快便修好了。小薇问我多少钱，我见换的东西不值钱，打算送个人情，说："不值钱，不用给了。"

"那怎么行呀，这是医院的，能报销。"

正说着，一个小伙子进来，问："我一早给你打过电话的，是你的店要转让吧？"

我说是，小伙子也不客气，进到店里四处打量起来。小薇护士见我有事，便拎起两只电暖器，对我说："你忙吧，我回去了。"

"地上滑，慢点走。"

送走了小薇护士，回身进到店里，小伙子对我诡秘一笑。我明白他的意思，说："不错吧，开店能认识很多美女呢！是你自己打算搞维修吗，技术怎么样？"

小伙子说："高中毕业之后，跟着我叔学了两年电器维修，一般电器都能修好吧。"

没等我说，小伙子就问我多少钱可以转让。我把盘点出来的所有东西的价格清单拿给他看，说："这屋里所有的东西，加上还有三个多月的房租，你给六万五千块钱吧。"

我多算了一万多在里面，留给他还价的空间，没想到小伙子很是惊奇的样子说："要这么多钱？"

"我这还没收你店面的转让费呢！你问问这附近其他做生意的，转让费你至少得给五千块钱吧？"

小伙子支支吾吾地说，他只有两万块钱，气得我连摇头都懒得摇了。大冷的天，你这不是成心耍我玩嘛，有跟你瞎扯的时间，还不如搂着美女多睡一会儿呢！

小伙子又说："要不这样行吗？我现在只有两万块钱都给你吧，剩下的等我开店挣了钱，再加倍还你行吗？"

看来小伙子是想要这个店，却苦于手里没有钱，可我也不是慈善机构啊，我哪有时间等你赚钱了之后给我？有这些时间等，还不如我自己做赚得更多呢。我说："我也是因为急等着钱用才低价转让的，对不起了啊！"

看着小伙子有些不舍地离去，我也是无奈。后来又陆陆续续接到三个人打来电话咨询，其中一个过来看了，说是给到五万，但要回去跟家里人商量，下午再给我回复。我等了一下午，也没有接到他的电话。傍晚，杨杰来电话说他在外面帮一客户修车，暂时回不来，等忙完了再与我联系。

我没事可做，就上网跟鸽子聊 QQ。鸽子家没有网线，她用手机上网，一直聊到近十二点，才让她抓紧时间睡觉。

我也困了，洗洗准备睡觉的时候，再次接到杨杰的电话。杨杰问我在哪呢，我说在店里。杨杰说你出来吧，再过几分钟我就到你店门口了，钱我一早就给你准备好了，跟我一起去维修店拿去。

我关了店门，站在路口等他。风很大，路上厚厚的雪下午化了许多，被冷风一吹结成了冰，踩在脚下咯吱咯吱地响，周围连个人影都没有。

很快杨杰到了跟前，我坐上他的车。在冰冻的路面上，他一路小心地朝着他的维修店开去。

我再次问杨杰："借你钱的事，你跟老婆说了吗？别因为这事让老婆不开心。"

说着说着，就到了维修店的路口，忽然我看见店门口有几个小青年在捣鼓着什么。我急忙对杨杰说："杨杰，那几个家伙在干什么？"

那几个人一见有人来了，拔腿就跑，一个家伙往洒满汽油的门前扔了一颗烟头，火苗蹭地一下子蹿了起来。

杨杰吓坏了，没等车停稳就跳了下去，可惜还是迟了一步，那些歹人奔向不远处的一辆商务车，向着远方急速逃去。

我对杨杰说："赶紧打119，我去追他们！"

旁边有个路过的人看见这边着火了，大声地吆喝着，附近几家住户的灯纷纷亮了起来，想必一会儿就会出来许多人帮着灭火。

商务车已开出很远，幸好夜深了，路上车辆极少，我不顾路面冰滑，轰足了油门向前追去。不知商务车发现我了没有，飞快地朝前开，快到郊区的时候，才拐向一旁的小路。我也不管这是什么地方，心里堵着一口气，非要追上他们不可。

这几个小子太缺德了，也不知道与杨杰有什么过节，即使有什么仇怨，是男人就该明打明地来，干这样杀人放火的勾当，说他们禽兽都不如，我都怕侮辱了禽兽。

小路极不好走，我不经常开车，加上道路不熟，很快就不见了商务车的踪影。我不甘心，继续沿着小路追下去，走了没多远，前面出现一个村庄，周围没有其他的道路可走，想必这些人就藏在村子里。

这是一个没落了的小村庄，周围没有一户人家的灯亮着，车灯所照着的地方，到处是残垣断壁，估计是准备建成新小区，住户已经搬走了，大规模的拆迁还没有开始，四周静悄悄的。在这死气沉沉陌生的环境里，我心里不免有些紧张，但一想到那几个可恶的家伙，我顿时来了勇气，我一定要找到他们的窝。

已经进入村庄的内部，前面是平坦的小道，我熄了车前灯，借着月光向前滑行，摇起车窗，侧着耳朵细听周围的声响，不放过任何可疑的地方，一点一点地搜索着。

我忽然听见左前方砰的一声，像是关车门的声音，我打着方向盘，悄悄跟了过去。

果然，前方出现了一大块空地，空地旁正停着那辆商务车，车上走下来四个小青年，朝着旁边一座屋子走去，忽然一个小子发现了我，向另外几个人说着什么，我干脆一不做二不休，猛一下把大灯打开，刺得几个小子眯着眼睛不知所措。

我从车里摸出杨杰修车用的大号扳手，握在手里走下车，对着几个小子怒喝一声："都给我跪下！"

几个小子一瞧就我一人，其中一人顿时乐了，龇牙咧嘴地说："嗨，你胆子倒不小，竟敢让老子跪下，去死吧你！"

说着，这小子抓起墙跟前的一根粗棍，大咧咧地冲过来，抡起了棍子照头就砸。

我迅速向旁一错身，在他木棍落地尚未站稳身形之前，我迅疾近身向前，抬起右脚跺向木棍，这家伙顿时拿捏不住，在棍子脱手之时，我向前一探，举起扳手，一下子砸在他身上，这家伙嗷的一声倒在了地上。

这时，我对另外三人说："你们是不是也要上来试试？"

我拿着人号扳手，对着他们晃了晃，三个家伙没有一个敢吱声的。我立马放高了声音，怒喝道："全给我跪下！"

忽然，一个低沉的声音在我身后说："放下扳手，你给我跪下！"

我的后脑勺上忽然一凉，一只枪口紧紧地抵在上面。

我太大意了，居然没有留意还会有人从我的背后偷袭，而且这个人应该是个习武之人，不然即使是偷袭，也不会有这么快的速度，让我竟连一丝的危险都没有察觉到。

我只好老老实实地扔掉了扳手，等待着时机进行反扑。

就在我努力保持着镇定，寻找机会反手一击的时候，突然耳边嗡的一声，我便失去了知觉。

第二十二章　生不如死

一阵剧烈的疼痛，把我给刺激醒了，我睁开眼睛，发现自己蜷缩在冰凉的地上，眼前站着一人，拿着木棍拼命地打我，我想躲开，才发觉手脚被捆得牢实。我一眼就认出了这小子，心里一沉，如掉进万丈深渊一般，身上的疼痛已经比不上我内心的恐惧。

我万万没有想到，我竟然落入了齐六的手中。

这个打我的小子正是那天在龙盛湾502包间里的瘦子，当时他装作害怕的样子，逃过我和郑魏的一顿毒打，正是他跟在我和郑魏身后打电话指挥一帮暴徒，居然在繁华的公路上肆无忌惮地开枪追击我们。后来我们在翠海花园小区一家土菜馆准备吃饭，又是这家伙带着人去堵截我们，幸好有常小娟帮忙才逃过一劫。

我看到瘦子，忽然间想起，背后拿枪抵在我头上的家伙，一定就是在龙盛湾502包间，被我一肘击倒在地的短粗壮汉。

那个短粗壮汉也是练武之人，不防备间被我击倒，当时就见他倒在地上没有还手之力的时候，怒目圆睁，满脸的不服气，大有要跟我玩命的架势，如今我落到了他的手里，我哪里还会有命在？

我心里哇凉哇凉的。

可是，他们与那几个放火的小子又有什么关联呢？杨杰又没有参与其中，他们为什么要放火烧他的维修店？

我一下子想明白了，他们一定是偷听到杨杰要借给我六万块钱，他们担心我拿了钱立即会去给鸽子看病，暂时就不会动那一百万，他们也就没有机会暗地里跟踪我把那些钱找到了。

他们就是要放火烧了杨杰的维修店，让我借不到钱，逼着我去打那一百万的主意。

好歹毒的家伙！

是我又把好朋友杨杰牵扯进来了啊！

"我让你装死！看你还敢跟我们作对！"

瘦子的木棍扑哧扑哧地打在我身上，一棍比一棍狠毒，我无法躲避，咬着牙关硬挺着。

"好了，五毛，你先退下！"一个低沉的声音一出口，这个叫五毛的瘦子立即退向一旁。

"醒了？"一张满是横肉的脸伸在了我的面前，正是那位被我修理过的短粗壮汉。

"还认得我吗？"

我下意识地点了点头。

"那好，我再问你一次，龙盛湾502包厢电视柜里的钱，你把它藏在哪里了？"

我摆出一副无奈的样子说："你们干吗还要缠着我问？我要是知道，在派出所我早就说了，哪里还会被他们暴打一顿？"

"到了我这里，你还想像在派出所一样蒙混过关，是吧？"

这家伙根本不信，挥手就给我一巴掌，打得我眼冒金星，心中一阵恶心，想吐又吐不出来，血水顺着嘴边流到了地上。

这家伙瞪着我，等我稍缓了缓，说："知道我这里与派出所的区别吗？"

我无法回答，这家伙也没打算让我回答，继续说："你在派出所里可以装死，以为他们不会把你怎么样，到了我这里你可别这么天真，我可以让你痛痛快快地死，我也可以让你生不如死，别想跟我要花招，我的忍耐是有限的。"

这家伙说的是实话，不管派出所里的警察如何不讲理，但他们至少还会有所收敛。我不知道这些家伙做过多少坏事，仅从毫无顾忌地开枪射杀我们，就证明他们是一帮什么事情都可能做出来的亡命之徒，落到了他们手里，绝对不会有好下场。

在派出所我还可以跟警察玩玩心眼，在这里我还有机会玩心眼吗？

"想清楚了吗？"

"大哥，我不想死！"

"那好，只要你说了，我就不让你死。"

"我可以给你打工抵债吗？"

"什么意思？"

"你看我身体也不差，你就当我偷了你那一百万，我现在找不回来了，我给你打工抵债慢慢还，成吗？"我挤出几滴眼泪，苦歪歪地说，"大哥，我真没拿那些钱，你们干吗非要找我要呢？我还不起，我给你们做牛做马慢慢还，好不好？"

"好你个头好！"这家伙又给我一巴掌，站了起来命令着手下，"给我吊起来！"

"大哥，我说的是真话，求你们了，我给你做牛做马，保证对你忠心耿耿。"

"你他妈的以为我们这里是慈善机构招工呀，就你这鸟样，还想着找份好工作？"

叫五毛的瘦子乐坏了，却毫不手软，和另外两个人把我拽起来，架着胳膊抱着腿，托起我的身子，直接挂在一个铁钩子上。

我的双手和双脚分别被绳索紧紧地绑着，双脚脱离了地面，由于身体的重量，挂着我双手的铁钩子，挤在两只手腕之间，钻心地疼。

五毛捡起地上的木棍又开始打我，我越是疼得厉害不停地磨动着身子，他就越加兴奋打得越欢。

我提起一口真气，荡起双脚趁其不备狠狠踹去，这家伙一下子被我踹趴在了地上。

我也豁出去了，早晚得死，死之前我也要拉几个垫背的。

五毛半天才爬起来，发出像小猪一样的哼哼声，捡起木棍就朝我腿上抽。我疼得冷汗滚滚滴落，抬起双脚再要踢他，短粗的壮汉一下子把他推向一边，伸手从怀里摸出一把五连发钢珠枪，抵在我的脚面上，恶狠狠地说："我再问你一遍，钱藏在哪里？"

我吓坏了，拼了命地甩动被紧紧捆着的双脚，生怕这家伙真的开枪打出。

"我数到三，你再不说这只脚就算废了！"

"大哥，大哥，别开枪，我求你了！"

我的眼泪再也控制不住，哗啦啦地流了出来，嗓音也有些嘶哑。

"一！"

"大哥，饶了我吧，大哥！"

"二！"

"大哥，别，别数了！我，我说！"

我生怕他数到三，立马就开枪。这么歹毒的家伙说的话，不像是假的。

我脑子里一片空白，张了张嘴，竟然发不出了声音，这家伙以为我是在骗他，恼怒不已，低着头，拿着钢珠枪，想对准了我不停摆动着的脚再开枪。

正在要命的时刻，忽然传来一阵悦耳的女童音演唱："五星红旗迎风飘扬，胜利歌声多么响亮……"

这家伙从口袋里掏出手机，喂了一声，脸色立马变得顺服，一个劲地说："好，好！"

也许他也感觉到自己恶心的媚态，拿着手机远离了我。瘦子见机会来了，重新捡起地上的木棍，对我嘿嘿地冷笑，我忙说："兄弟，咱们俩无冤无仇的，你放过我一马，我给你烧香拜佛。"

"无冤无仇？"这小子梗着脖子问我，忽然给了我一木棍，说："就是因为让你跑了，害得老子这个月的奖金都没了，你还敢说无冤无仇？我扒你的皮、抽你的筋的心都有。"

这家伙还要再打，短粗的壮汉急匆匆地走了过来，对他说："五毛，你在这看着他，我去办点急事，等我回来再收拾他。"

"鹰哥，这里有我在，你放心去吧！"

叫鹰哥的短粗壮汉带着几个人走了，只留下五毛和另一个二十来岁的小青年看着我。

我知道，这是一个极好的机会，把握好了，或许我还能活着出去。

不等五毛继续折磨我，我拼命挤出一丝笑容，跟他商量："兄弟，你一个月奖金多少钱？只要你不打我，我双倍赔你。"

五毛听了，嘿嘿地冷笑，吓得我浑身打战，忙改口说："不，不，五倍成吗？好，你说多少吧，只要我有，我都给你。"

这家伙嘎嘎地畅怀大笑，旁边的小青年也觉得好玩，走到我跟前，说："那我的这份呢？"

"有他的，当然也有你的。"

"就你那个小店，挣的钱连自己女朋友生病了都没钱治，你还哪里有钱给我们？"

"兄弟，不如这样，趁着现在没其他人，你们俩把我给放了，我带你们去取钱，钱取回来你们俩平分，我一分钱都不要，行吗？"

"你骗傻子啊！"

"要不你们绑着我去行吧？等取到钱之后，你们先跑，我自己慢慢解开绳子总行了吧？"

小青年说："你万一走在路上看见人多，哭爹喊娘报警了呢？"

"不会的。要不，你们把我的嘴给堵上吧。"

小青年还不信，说："你以为钱取出来了，我们就能跑得掉啊！我们老板神通广大，我们能逃到哪里去？你这个弱智，你想害死我啊！"

这家伙又打了我几下，见我不动了，他也失去了兴趣，问五毛说："毛哥，你饿不饿？我早饭还没吃呢，去吃点早饭吧？"

五毛说："我也饿了，刚才鹰哥让我们在这里看着，都走了不好吧？我看着他，你去买吧，给我带一点回来就行了。"

"没事的，鹰哥看样子一时半会儿也回不来，这小子吊在这里又跑不了，我们开车出去。没事的，喝点热汤去，走吧！"

屋里静悄悄的，我这才有时间朝着四周打量，这是一间足有四十多平方米的屋子，空荡荡的一件家具也没有。我被吊在房顶的一个铁钩子上，双脚离地面只差了三五个厘米，可无论我怎样欠着脚尖，也无法碰触到地面，就这样被吊久了，浑身乏力，头昏沉沉的，想睡过去。

我提醒自己，这个时候千万千万不能晕过去了，恶毒的家伙们都走了，我再不想办法逃命，等他们回来，哪里还有我的活路？

要想逃走，首先得把自己弄下来，才有可能解开绳子逃出去。

可我怎样才能下来呢？

我抬头看了看挂着我双手的钩子，是曾经用来挂吊扇用钢筋弯成的钩子。屋顶离地面有三米多高，估计是为了能够让吊扇离人近一些，钢筋离屋顶足有一尺多的距离。

铁钩子有拇指粗细，不可能使劲给拽下来。我深深地吸了一口气，磨动了一下手，紧紧地抓着铁钩子，收腹、提臀、屈膝向上，一阵钻心的痛涌遍全身。引体向上这个平常对我来说极其简单的动作，我现在浑身疼得没有一点力气来完成。

我知道，现在唯有这个办法能够解救我了，疼总比死在这里好。

我再次深吸了一口气，缓了缓劲，咬紧牙关，再次收腹、提臀、屈膝向上。

我忍着万般的疼痛，坚持，再坚持！为了我自己，也为了我的鸽子，我必须咬牙坚持着。

时间就是生命，这句话这时候对于我来说再恰当不过了。

我极力忍着痛苦，冷汗呼呼地冒，双腿渐渐地抬了起来，越过了双肩、脖子、头顶，继续向着上面前进……

终于，我的双脚够着了上面的钢筋。

此时我就像被猎人逮到的猎物，捆绑起四肢，担在扁担上抬着的时候一样，蜷着身子，双手双脚都聚拢在了铁钩子上。

我把脚尖担在弯钩处，让全身放松一下，停了两秒钟，身上再次集聚一些力气，我的双脚继续朝上，紧紧地盘住钢筋。钢筋看起来粗，但想两脚盘住很困难，我试了几次，找准了感觉，身子猛地向上一纵，双手从弯钩中快速脱出，脚上再也没有力气勾住钢筋，整个身子忽然朝着地面坠下，快要到达地面时，我猛地一个翻滚，卸去向下的冲力，平稳地躺在了地上。

虽然没有受到撞击，我也累出了一身的汗，头昏沉沉的，眼皮子直打架，我感觉我快乏力昏死过去了。

我赶紧坐了起来，大口地喘气，用牙齿咬开手上的绳索，松开了手之后，再解掉绑在腿上的绳子。

眼见有了生的希望，我顿时来了精神，迅速站起来，疾步跑向门口，一拉门，坏了，门从外面给锁上了。

这么厚的铁门根本踹不开！

我一下子泄了气，悲从心中忽然间涌出，苍天啊，难道真的要把我困死在这间屋子里吗？

第二十三章　枪声再起

铁门太厚，一时半会儿很难踹开。我转过身来，看见屋子的前后两边各有一扇窗户，我毫不犹豫地立即冲向后窗。窗外杂草丛生，不远处是一条约两米多宽的臭水沟，岸边净是垃圾，一阵阵的臭味随着刺骨的北风吹进窗内。

我估摸了一下高度，大概在二楼的位置，假如从窗口跳下去，很容易就能沿着臭水沟走出很远。远方高楼林立，那里应该就是繁华的大街了。

窗户上的玻璃已被卸掉，只剩下快要腐烂的木头框子，但在窗框外面，却有个防盗网，拇指粗细的钢筋牢牢地固定在墙面上，虽然上面锈迹斑斑，但看起来依然十分坚固。我不死心，使劲掰了几下，钢筋纹丝不动。

我又冲向前面的窗户，也是被钢筋焊死的。我斜着脑袋朝外瞧，周围静悄悄的，楼下连个人影都没有，一眼望去，远处尽是破败不堪的旧房子。这里大概就是我深夜跟踪那几个小青年来到的即将被拆迁的小村庄。

天大亮着，阴沉沉地看不出来是几点，刚才那小子说去吃早饭，估计还是上午，我可能在这里已经昏死过去一夜了。

时间一分一秒地过去，五毛和那个变态的小青年差不多快回来了，看来唯一的希望还得在那扇门上想办法。

我重新回到门旁，仔细打量这扇门。也不知道这是谁的家，窗户用的是木头，门却包了一层厚厚的铁板，假如像窗户一样用木板制成，相信我使劲踹去，要不了几下定能踹开。

这么厚实的铁门，我却没有这个能力。

没有太好的办法，我只好强迫自己静下心来，倚在门边，听着外面的动静，等着那两个小子回来。

不大一会儿，我听见了上楼的脚步声。

一步，两步，三步……

我捡起地上五毛用来打我的木棍，站在门后不远的地方，静静地等待着大门打开。

先是传来开锁的声音，然后听到嘭的一声，不知道是谁一脚踹在门上，门轰然间打开，小青年大步迈了进来。小青年一愣，刚想张嘴呼喊，我一棍子拍下，小青年立马被我打翻在地。

五毛果然是个机敏之人，一见苗头不对，拔脚就跑，跑出七八米开外，掏出一把五连发钢珠枪，歇斯底里地喊道："放下木棍，举起手来！"

被打翻在地的小青年跟跄着准备爬起，我左手一把把他抓在身前，夹紧脖子，右手握着木棍，对着他的太阳穴，我也向五毛大声吼道："把枪扔掉，不然我捅死他。"

五毛一点也不在意，依然大声咆哮道："放了他，把手举起来！"

"把枪扔掉！"

"放了他！"

我们两一声比一声大。

"好，你有种！我数三下，你还不举起手，我就开枪了！"五毛瞪着赤红的眼，向我下了最后通牒。

"你敢！要死也是他先死！"我用膝盖使劲顶了一下小青年的屁股，小青年疼得嗷嗷直叫，大声向五毛求救道："毛哥，别，千万别开枪！"

"一！"这家伙的声音不知道是不是跟着短粗壮汉学的，听起来那么阴森恐怖。

小青年在我的怀里，浑身颤抖，哭着嗓子说："毛哥，不要啊，打到我我就没命了！"

"二！"五毛咬着呀，死死地盯着我，丝毫不为小青年的哭嚎所动。

"有种你就开啊！"我毫无惧色，冲着他咆哮。

"不要，不要！毛哥，我是你的好兄弟啊！"小青年抖得更加厉害。

"最后一次警告，再不放开他，我就开枪了！"五毛朝前迈了一大步。

我死死地勒紧小青年的脖子。

"三！"

我急忙把身体完全藏在小青年的身后，砰的一声响，小青年的身子猛地往后一缩，急速地往下坠，我使劲把他提起搂在怀里。我没想到五毛真敢开枪，我也没有精力查看到底打在了哪个地方。因为担心五毛的枪声再次响起，小青年立马鬼哭狼嚎起来。

五毛依旧紧盯着我，看也没看小青年的惨相，紧握着枪，向上抬了抬，好像在对着我的脑袋瞄准，阴森地下着命令："我再数三下，放下木棍，举起手来！"

"一！"

这小子是不是疯了，怎么能连自己的兄弟都杀？刚才两个人说说笑笑的关系那么好，一瞬间就翻脸不认人了？

小青年的哭声越来越苍白，身子越来越重，我几乎都没有力气再把他提起来，我的上半身一大半都暴露在了枪口之下。

"二！"五毛重新校正了一下枪的角度，我看见枪管变成了一个小圆孔，圆孔中马上就要射出一粒钢珠，朝着我的脑门儿飞来。

我不想就这样冤枉地死去，我的鸽子还在等着我带她去看病，我一定还有机会逃出去。我赶紧放了小青年，扔掉木棍，把手高高地举了起来。

五毛的眼神中露出得意，转瞬间又变得无比凶残，依然冷森森地命令我说："双手抱头退回屋里！"

我听从他的吩咐，慢慢地退进屋里。

"靠在最里面的墙边蹲下来！"

我依旧遵从他的命令。

五毛拿着枪继续指着我，走到小青年的身边，问："打到哪里了，疼吗？"

小青年继续号哭不停。

五毛低头看了看，生气地说："打到哪里了，伤得重不重？等会儿我带你去看医生。"

小青年依旧大哭不止。

"你他妈的烦死了，再哭我就补你一枪，让你永远没有痛苦。"五毛不耐烦了，踢了踢小青年。

小青年赶紧止住了哭声。

五毛又问他："哪里受伤了，严重吗？"

小青年苦歪歪地说："我肚子被你打爆了，好疼！"

"把衣服掀起来我瞧瞧。"

小青年掀起外衣，五毛注意着我的动静，见我依然抱头蹲在屋子里面的墙跟前，才放下心来查验小青年身上的伤。

我时刻留意着五毛的动向，心中很是懊恼，刚才要是知道五毛有枪，我应该先躲在门后，等小青年进来，五毛也紧随其后进来了我再现身。先把五毛给制服了，再向小青年下手，想必结果就不会是现在这样了。

五毛已经对我提高了警惕，他还会给我留下机会吗？

忽然，五毛使劲给了小青年一巴掌，咧开嘴哈哈大笑道："你哭个鸟啊！"

小青年也乐了，说："算我命大，要是没有这根皮带呢？"

小青年越想越不是滋味，抱怨着说："毛哥，平常我对你那么好，你居然能对我下得了手，都被你打肿了！"

五毛见他没什么大事，说："要是我不果断开枪，你能从他手里逃脱吗？"

小青年听不进五毛的解释，脸上满是郁闷。

五毛说："你过去把他给绑起来。"

"为什么又是我？那一枪打得我肚子现在还疼得难受呢！"小青年显然还在生气，

不愿意听他的命令。

五毛也觉得自己刚才做得有些过分，遂放低了声音说："刚才我也是没有了办法，对不起兄弟，总算没有太大的伤，我向你赔罪，等有时间我请你喝酒。"

小青年没有理他，把皮带解下来，皮带头已经被钢珠打变了形，小青年拎着根皮带怨恨地望着五毛，想说什么，却没有说出来。

五毛息事宁人地说："好了，我赔你一根皮带，另外请你洗桑拿。"

小青年这才捡起地上的绳子，小心翼翼地靠近我，恶狠狠地说："转过身！"

五毛拿着五连发钢珠枪时刻防备着我，我只好继续听从他们的命令，背过身子。

"双手背后！"

小青年快速把我双手绑了个结实，又找了绳子把我的腿绑上，心里的气还没解，用膝盖照着我屁股使劲顶了一下，我装作痛苦的样子倒在地上。

五毛忽然说："站起来！"

"干吗？"我问。

小青年也一脸迷惑地望着他。

五毛对小青年说："把他给吊起来！"

小青年看看我，又望望屋顶上的铁钩子，问他："怎么吊起来？我可抱不动他！"

看来五毛也没有什么好办法把我继续吊在那个钩子上，便不再说话，收起钢珠枪，冷不丁地捡起地上的木棍，照着我身上猛烈地击打。小青年也窝着一肚子的气，使劲踢我。

我强忍着伤痛，尽量蜷缩着身子，护着要害部位。

打了一会儿，五毛忽然说："你先看着他，我下去上厕所。"

"就我一个人看着他？"小青年的语气有些发抖。

五毛又踢了我一脚，见我不再动弹，说："没事了，你盯着他，我等会儿就上来。"

五毛出去了，屋子里好安静，小青年一点也不敢大意，拿着木棍站在远处，直勾勾地盯着我，仿佛我还会变戏法一样，突然间挣脱了绳子，向他发起致命的攻击。

"哎哟，好疼，跟你们无冤无仇的，你们真能下得了手啊！"

我在地上不停地呻吟，吵得小青年心烦，小青年拿着木棍指着我说："吵什么吵，再吵我再给你一棍，打晕你看你还敢吱声！"

我不想呛着他，把声音放小了些继续呻吟，上气不接下气地说："小兄弟，放了我吧，我把钱拿出来全给你！"

"你这家伙真啰唆，鬼才相信你！"小青年拿起棍子扬了一下，做出要过来打我的样子。

"你相信五毛,可他对你又怎样呢?"我注视着小青年的眼睛,"你把他当朋友,可他把你当朋友了吗? 刚才要不是你命不该绝,皮带头为你挡了一下子弹,你现在还有命在吗?"

小青年这下没有再扬起木棍吓唬我,下意识地摸了摸肚子,我继续煽风点火:"我本以为你对他那么好,忠心耿耿的什么都听他的,拿你做人质他就不敢开枪了。没想到他根本不把你放在心上,居然能够对自己的兄弟下得了手,居然真敢开枪。唉!你居然还能相信他,你跟着他混,最终能有什么好结果?"

"你别说得那么好听好不好?是你自己怕死才放了我的!"

"就算是我怕死才放了你,可那一枪他可是真开了的!"

小青年的脸色一点点红润起来,渐渐地变成赤红,呼吸也快了许多。我继续抛出猛料道:"刚才我已经打电话报警了,要不了几分钟,我的朋友和警察就会赶过来,到了那时,我看你还怎么办。"

小青年紧张得不行,伸头朝窗户外面看了看,没有发现什么动静,忽然咧开嘴笑了,说:"你这个骗子,继续编吧,我才不信呢!"

"信不信由你,等会儿就知道了,既然你不信,我也不想跟你多解释!"

"你认识这个地方吗?你都说不上来这是哪里,你报屁的警啊!"

"靠!你怎么这么弱智!"我白了他一眼,做出被打败了的样子,不理他。

这家伙说:"你说呀,编不出来了吧?"

我说:"你是真傻,还是装傻啊?这都什么年代了,报警还要说清具体位置?"

不等这家伙脑袋里转悠过来,我问他:"卫星定位你懂不懂,只要你用现代化的通信设备,人家就能把你给定位了,你躲在哪里都躲不了无人飞机的追踪打击。"

小青年强辩说:"那是在美国。"

我依然理直气壮地说:"我真服了你,你不会是从古代才穿越过来的老古董吧!我给你补补课吧,你听说过手机监控吗?就是说只要你手机开着,对方想找你很容易,随时随地都可以通过手机信号监控到你所在的位置,听到你身边所有的谈话内容,能够精确定位在一米之内。"

小青年被我唬得一愣一愣的,不等他开口,我接着吓唬他说:"我手机开着呢,相信警察早就听到了我们的谈话,你的所作所为他们早已掌握,你死到临头了还不知道。警察早已定位出了这里具体的位置,我告诉他们在这个村子的最里面,靠近臭水沟的地方的二楼,这个小村庄的房子大多都被扒掉了,只有这里孤零零地有楼房,他们想找到这间屋子还不容易吗?"

小青年脸色苍白,问道:"你手机还开着?"

"是啊！"

小青年说："交出来！"

我挣扎着身子，歪着脑袋对着裤子口袋里的手机大声说："快来救我，这小子要杀我了！"

小青年陡然间来了脾气，猛一下扑了上来，伸出双手就往我的裤子口袋里摸。

我双手双脚被绑着，可我的脑袋还很灵活。我伸直了脑袋对着这家伙的脸，猛地撞击过去，这家伙连一声惨叫都没有，被我撞倒在地上。我也被撞得头皮直麻，我从来也没有用过这一招。

我忍着头部的疼痛，迅速滚到小青年身前，极困难地用反在身后的双手勒住他的脖子。我用后脑勺抵住他的嘴巴，命令道："别叫！再叫我把你的命根子给揪下来！"

我继续命令他："把我手上的绳子解开！"

我手上加了些力度，这家伙身子一紧，我再说一遍："快些解开！我使劲了！"

小青年只好听从我的命令，解开了我手上的绳子。

我望着门外，紧张得不行，生怕五毛这时候回来了。

我快速解下绑在腿上的绳子，本想把小青年给捆上，但时间已经不允许我这么做，我一狠心，照着这家伙的脑袋猛击一掌，这家伙顿时晕了过去。

我迅速奔向门口，观察着外面，外面静悄悄的，没有丝毫动静。

二楼还有两间房，没有看到卫生间，我不知道五毛躲在哪里拉屎，我踮起脚尖小心翼翼地一间一间屋子搜索。忽然，我想到五毛出门的时候说，是去下面拉屎，那他一定是在下面的某个房间里，或者一楼就有厕所。

我必须把五毛给揪出来，不然，他拿着五连发钢珠枪，我是跑不远的。

我听了听楼梯口没有动静，小心翼翼地奔下来，猛然间耳边传来几声轻唱："世上只有妈妈好，有妈的孩子像个宝，投进了妈妈的怀抱，幸福享不了……"

卫生间就在左手边，门已不知去向，我没有直接闯进去，躲在一旁等待着机会。从这几次与五毛过招来看，这家伙太阴险狡诈了，我担心突然间闯进去，这家伙手里正拿着一把钢珠枪，枪口对准了我，满脸得意地笑，仿佛就在等着我上钩了一般。

这么关键的时候，我再也不能犯低级错误了。

对面窗口的光线把五毛瘦弱的身子拉得长长的，投在了卫生间门口的地面上。我盯着五毛的影子，五毛一点没有发觉到危险，扔掉手纸，慢悠悠地直起身子，哼着歌提起裤子，迈着悠闲的步子朝外走。长长的影子越来越近，我估摸着他走到了近前，猛然现身一拳击出。这一拳我带着太多的愤恨，自然没有手下留情。

五毛一个趔趄摔倒在地，我迅速抽下他的皮带，把他双手反到背后，牢牢地绑上，再把五连发钢珠枪别进自己的口袋，伸手放在他的鼻子下面试了试，还好，这家伙没死，呼吸还挺正常。

我不管他，朝着门外奔去。出了院子，发现我开来的车正停在院子外面，车门已被锁上，我没有拉开。

这是杨杰的车，我得把车开回去还给杨杰。我现在手里有一把钢珠枪，胆子也大了起来，重新走进院子，来到五毛的身前。

五毛正撅着屁股，努力地从地上蹭起来，见我忽然又折回来，心里一慌再次倒下。

我说："车钥匙呢？"

"什么车钥匙，我不知道。"

我使劲踢了他一脚，怒吼一声道："车钥匙在哪？"

这家伙不装傻了，赶紧说："在我裤子口袋里。"

我摸出钥匙，把他提溜起来，命令他道："跟我走！"

"大哥，你要干吗？"五毛拼命地往后蹭，不愿意跟着我走。

"走！"

我拽着他朝车前奔去，院门口的地上有一截麻绳，我顺手捡了起来。我打开后车门，把五毛塞进去，牢牢地绑在座位上，然后坐进驾驶座，启动了车子。

太阳出来了，暖洋洋的，围在小村庄周围阴森森的雾气渐渐散去，路上的冰雪化了许多，车轮轧在坑坑洼洼的道路上，溅起满车的污泥。

终于逃了出来，可我还不敢大意，我始终有些担心，这里只有一条进出的小道，万一走出不远，那个叫鹰哥的短粗壮汉办事回来，突然遇见了怎么办？我身上有伤，加上他们人多，这时候我根本不是他们的对手。

不行，我得赶紧找一个安全的地方，以免遇见了那帮恶徒。然后再从五毛的嘴里，多了解一些情况，我才能安全放心地走出去。

我已经想清楚了，一味地躲着他们也不是好办法，只有清楚地了解了他们，我才能计划好下一步该怎么走，该如何应对这样的局面。看来我想要的一切，都要从五毛的嘴里才能了解到。

第二十四章　恐怖的泉河村

　　我开着车提心吊胆地朝前走，发现右边稍远一些的地方，有幢三层小楼，楼上的窗户和防护栏都已拆除，只留下空洞洞的窗口，就像电影中遭到洗劫的场景一样。

　　都说越是危险的地方越安全，看来那里应该是个不错的临时藏身处。

　　我掉转方向，没有直接开出这个破败的小村庄，打算继续停留在村子的深处，跟他们玩一玩躲猫猫的游戏。

　　要不了多久，对方就会知道我逃走了，他们这次会想出什么样的花招来对付我，会不会借着警察的力量来搜捕我，这一切我都尚不清楚。我不能就这样大摇大摆地进入繁华的市区，否则，无论在哪个环节上出现问题，都将会是我的灭顶之灾。

　　我把车朝着小楼的方向开去，经过一条两米来宽的深巷子，由于左右都是围墙和树木，这条铺满碎石的路面长期照不到阳光，落在地面上的冰雪还没有融化，车轧在冰块上咯吱咯吱地响。走到小巷尽头，忽然在左侧一段破落的围墙中，斜伸出一根手腕粗细的树干挡住了去路。

　　车挡在这里前进不了，后退出小巷子，我又怕遇见那帮恶徒。这一根树干上光秃秃的没有一片叶子，大冬天的也瞧不出是活的还是死的，我只好停下车走出来，查看这棵树怎么会长得这么叽歪，居然挡在了路中间。

　　我晃动一下树杈，很松动，说明只是一截树干倒在院墙上，不是连根长在树上的。我欠起脚伸头朝围墙里瞧瞧，这也是一家破落的小院子，由于长久没有人居住，里面凌乱不堪，许多地方还堆积着厚厚的雪没有融化。我把树干那头翘起来，然后使劲推回院子里一点，估计车可以通过，便重新回到车里。

　　被绑在车后排的五毛漠然地望着我，见我的目光扫过来，便把头别向了一边。

　　"这里是什么地方，怎么这么凄凉？"

　　五毛说："你没有听说过这个村子吗？"

　　"什么意思？"

　　"这里就是有名的泉河村，以前经常死人。"五毛不知是因为落在我的手上，想讨好我才这么解释，还是故意要吓唬我，接着说："这个村子早就没人住了，荒了很多年，这里夜里经常能听到冤鬼的哭声，一声一声的，时有时无忽近忽远，可怕得要死！"

　　我这才想了起来，在二十年前，泉河村还是一个非常不错的休闲游玩的好去处，因为村子靠近天兔山，山上一汪清泉绕村而得名。那个年代许多公园还在收取门票，城里人闲暇的时候便喜欢来这里，既不用花钱买票，又能看到比公园还要好的自然景色。上小学的时候，班主任还带着我们全班同学来过这里春游，到处是青草绿树，地下的泉水清澈见底，渴了可以用手捧起来就喝。

　　可惜后来，不知道哪一年开始，这里来了一家企业，看中了天兔山上的资源，说是在山上发现了贵重稀有金属，属于军事国防科技等行业需要的战略资源，要不惜一切代价开采。经过几年的折腾，天兔山被挖得光秃秃的，整个村子灰蒙蒙的，一天到晚全是扬起的灰土，青草绿树不见了踪影，原本的泉水也干涸了，绕村而过香甜的泉水变成了臭水沟。村民们多次上访，甚至拉起横幅，在县政府的大门前静坐抗议，得到的结果却是几个领头的村民暴力抗法聚众闹事，被拘留的拘留，被判刑的判刑。老实巴交的村民们没有其他的办法，只好忍气吞声，在这极其恶劣的环境中继续生存着。

　　没想到又过了一阵子，村子中发现很多老人莫名其妙地死亡，一开始人们还不以为意。可后来村民们又发现，不仅年老体弱的人突然死亡，那些身强体壮的年轻人也得了一种怪病，浑身长满疙瘩，先是奇痒难忍，后来渐渐地化脓，皮肉一层一层腐烂，传出的臭味与村前臭水沟里的味道有一拼。去乡里县里的医院都治不好，却苦于没有太多的钱去大医院查一下病因，在极度的痛苦中死去。甚至后来，村子里的小狗小猫、牛马驴羊，也是莫名其妙地死去。这一下村民们慌了，仿佛一夜间流传开 2012 世界末日，提前在这个小村庄爆发了。

　　村民们再也不敢留恋家乡，其实家乡的臭水沟哪里还值得留恋，纷纷拖家带口，远方有亲戚的就去投奔亲戚，没有亲戚的宁愿四处漂泊，也不愿再回到这个充满着死亡气息的村子里来。不到两年的时间，这里人去屋空，留下了一派荒凉凄惨的景象。

　　后来，省电视台专门报道了这个村子发生的巨变，引起了上级领导的高度重视，查出是因为贵金属超标造成河水重度污染，便紧急关停了那家企业，对玩忽职守的乡镇有关领导就地免职，并重新评估生态环境，认为这一片地方暂时不适宜居住。结果就留下了这座死城，有待进一步研究治理。

　　我一开始还以为这里就像其他待建的楼盘一样，开发商早早地把居住的村民撵走，捂着地皮等待着涨价不开发，没想到居然是有名的泉河村，着实把我吓了一跳。

　　我犹疑着是否还打算在这里待下去，但我很快决定还是继续前行，到那座破败的小楼上去躲一躲。

　　我开着车走出小巷，很快来到小楼前，这里有一块宽敞的地方，可以方便掉头。我调整车头，把车开进早已没有了大门的院子里。院子很大，空荡荡的，我把车紧贴在里面的墙跟前停下，这个位置很难被外面路过的人发现。

我打开车门，正要下去，猛然听见哇呀一声，吓得我毛发直竖，一只黑猫扑向围墙，突然间从视线中消失。

我瞧瞧五毛，他的脸色惨白，我装作无所谓的样子说："一只猫，没事。"

我解开五毛身上的绳索，查看了反绑着他手的皮带。院子里光线不好，冷飕飕的带着一股潮湿的气味，满地是尚没有完全融化的雪块，一堆一堆的，有些雪白干净，有些处在风口，上面落满了灰尘。我小心翼翼地捡干净的地方走，脚上还是沾满了污泥，一阵寒风突然吹来，我浑身一紧，顿时生起满身的鸡皮疙瘩，好在这是白天，不然真像步入了阴间地狱一般。

一直上到三楼，我指着一块稍微干净点的地方，让五毛蹲下来，我躲在窗口四处观察了一遍，确认没有可疑的地方之后，我接着问五毛说："你们既然早知道这里阴森恐怖，干吗还在夜里来这里？"

五毛说："刚才那个地方是张松原来的家。"

"谁家？"我问。

"张松，就是和我一起的小青年，他家原来住在这里，现在迁到其他地方去了，我们偶尔会过来小住几天。"

"那么破败的房子，你们怎么住？"

"楼下有两间屋子可以住人，我们打扫干净了，搬了一些家具在里面。"

"这么阴森恐怖的地方，你们跑这里住干什么？"

五毛支支吾吾地不愿说。

我一瞪眼，比他拿枪指着我的时候还阴险，吓得他赶紧说："有些跟我们作对的人，我们就会把他带到这里教训一顿，这里比较安全，根本没有人来。"

"昨天夜里，你们是不是早就知道我和杨杰要去他的店里，你们提前到了杨杰的店门口，故意放火把我引到这里来的？"

五毛惊恐地望着我，想说又不敢说。

我把五连发钢珠枪拿出来，厉声说："想不想也尝尝钢珠穿肠而过的滋味？"

五毛一屁股坐在地上。

"说！"

"是！"

"是什么？"

"是你说的那样子。"

"说详细点！"

五毛说:"具体情况我也不清楚,我们听鹰哥的,他命令我们干什么我们就干什么,我们也不敢多问。我说的都是实话。"

"还不说!"我一脚踢在五毛的右腿上,这家伙杀猪般可着嗓子鬼嚎。我又照着另一条腿踢去,愤怒地说:"你再嚎叫我踢死你!"

这家伙太惹我生气了,可以说这几天的不幸都与这家伙有关,他不仅下手歹毒,让我备受折磨,还是个阴险狡诈的人。我清楚他这么大声嚎叫的原因,这个村庄死一般的沉静,一点声响都能传出去两里地,他故意这么嚎叫,好让他的同伙回来了能够听得见。

可惜,他跟我玩狡诈,他还不够资格。

我使劲踢了他一脚,说:"你这么嚎叫,是不是想把你的同伙引过来救你?告诉你,即使他们来了,我也要先宰了你。你现在唯一的选择,就是老老实实地回答我的问题,我不是你们那样的恶毒之人,我不想杀人,但也别把我逼急了,否则,我也是什么事情都能做出来的。明白吗?"

五毛不敢再嚎叫了,拼命地点头。我再次躲到窗户后面,朝着外面观察着。等了好大一会儿,不见有人来的迹象,我放了心,走过来继续问五毛。

"你们是怎么知道我和杨杰的行踪的?"

五毛老实地回答道:"是派出所的张所长告诉鹰哥的。"

"是张万喜副所长?"我进一步确认一下。

五毛说:"我不知道他叫什么名字,鹰哥就喊他张所长,我也见过他,长得高高大大的。"

那人一定是张万喜,从那天我在派出所里张副所长对我的审问,我就知道他和这帮歹徒是一伙的。我没有表示惊诧,继续问五毛说:"他和鹰哥是什么关系?为什么要告诉鹰哥我们的事情?"

"这个我还真不知道,我只知道他们关系一直很好,我们有些摆不平的事都找他帮忙。"五毛担心说少了我会继续揍他,强调说:"有一次鹰哥陪着张所长喝酒,还把我叫去了,张所长很能喝,我们好几个人轮番敬他酒,都没有把他灌醉。"

我不听他啰唆这些,继续问道:"鹰哥叫什么名字,他是干什么的?"

"鹰哥的事情我最清楚了。"五毛讨好地说,"鹰哥全名叫吴海英,口天吴的吴,大海的海,英雄的英,他的功夫非常了得,又很有头脑,就像老鹰一样,所以我们都喊他鹰哥。"

"他是干什么的?"

"他是我们的大队长。"五毛见我没有听明白,不等我问,接着说:"我们属于天翔集团下属的安保公司，鹰哥是三大队的大队长。"

"你们安保公司有多少人，怎么有这么多大队？"

"我们安保公司具体有多少人我也不清楚，至少有四五百人吧，有四个大队，一大队、二大队分别负责外协其他公司，或者受聘住宅小区的安保工作，四大队负责天翔集团内部公司的安保。我们属于三大队，人数最少，专门负责这些大队搞不定的事情，或者突发事件的处理。"

"就你这鸟样的，还能负责别人搞不定的事？"我伸手就打，越看这家伙越来气，跟他学的，找点理由就给他一巴掌。

五毛气坏了，眼睛中闪现出愤怒，随即又变回了原态，毫无怨气地回答道："我们三大队很多人会武功，没事的时候鹰哥教他们武功，还有从部队转业的人专门负责军事训练。我天生不爱好这些，我给他们当参谋，出出主意什么的是我的强项。"

这家伙说得没错，确实有城府、有计谋，可惜在我面前玩还是嫩了些。我又问他："张松啥也不会，武功一点没有，脑子还笨得可以，你们要他在里面干吗？"

"他是鹰哥的亲戚，到这边上班没有多久。对了，张松呢，你没有把他弄死吧？"

我又是一巴掌扇去，怒喝道："不该你问的别多嘴。老实回答我，吴海英怎么会是你们的大队长？"

五毛忍着疼痛，老实回答："鹰哥是我们的老大，他早年曾经在省级散打比赛中获得过冠军，功夫很厉害，我们都怕他。据说，他以前在其他城市的一个镇政府做保卫工作，因为有村民上访，他带人把上访的人给打死了，当时事情闹得很大，他被判了死缓。后来他在蹲监狱的时候认识了我们集团的老总，老总那时候也在监狱里，两个人关系很好，老总出狱之后没几年便把他给捞了出来。他跟在老总身边工作，人挺能干的，才做到了如今的地位。"

"你是说他在监狱里认识了齐六？"

"是！"

我再打他一巴掌，说："你瞎编什么呢？齐六多大，他才多大？齐六蹲监狱的时候有他吗？"

五毛被打得一愣一愣的，苦于手被捆在身后不能摸一下被打的脸，便歪着脑袋在肩膀上蹭了蹭，见我怒视着他，赶紧朝边上退了半步，说："鹰哥快四十了，他看起来挺年轻的。"

"怎么可能，他哪里有那么大？"

"真的，骗你是孙子！"

"你才是孙子！"我抬手又要打，这家伙学能耐了，赶紧躺在了地上。

"起来，老实回答我的问题。"

五毛见我没有再打他的意思，坐起来说："我不骗你，他确实快四十了。他没结婚，好多人都以为他可能才三十出头呢！"

我还是不太相信，但从五毛的表情中，我能感觉出这小子没有骗我。

可我又一想，觉得还是不对，齐六蹲监狱的时候初中还没有混毕业，吴海英比齐六小，他怎么可能在蹲监狱的时候遇见齐六呢？难道吴海英十来岁就在镇政府做了保安？

"我叫你骗我，我打死你个孙子！"

五毛一脸的冤屈，说："大哥，又怎么了，我哪里骗你了？"

我把理由说了一遍，五毛恍然大悟的样子说："对哦，你不说我还没有想起来呢，我以前也是听别人说的，根本没想到这些。还是大哥你厉害，一下子就想到了，想在你面前撒谎还真不容易！可我向天发誓，我真没有骗你，如果我骗你，我就死在泉河村！"

这毒誓发的，我一下子没词了。

我抬手又是一巴掌，说："跟我说话老实点，休想糊弄我！"

"是，是，我绝对实话实说。刚才我说的鹰哥会武功那确实是真的，我们公司好多会武术的人都跟他比试过，我没有发现谁能打得过他。"

五毛这些话或许是真的，昨天夜里我也领教过吴海英的身手，居然能够神不知鬼不觉摸到我身后，还能一掌把我打昏，功夫确实了得。

我很是后怕，当初在龙盛湾 502 包间里的时候，趁着吴海英那个浑蛋没有防备，我才一招制胜偷袭成功的。假如真像五毛说的那样，那家伙曾经获得过省级散打冠军，那他打我根本不用费力。我活了这么些年，拼命地锻炼，还从来没有在省级比赛中获得过奖牌。那家伙真牛，假如不是我的仇人，我可能真要敬他几杯酒，叫他一声"鹰哥"，好好地向他请教一番了。

可是，如今我却处在这样的境地，面对如此强大的敌人，别说一个鹰哥，就是那么多像五毛这样的安保人员缠上我，他们有的是歹毒的方法，还有强大的后盾，稍微用点手段，也是我所承受不起的。我该怎么办呢？我还能撑多久？我能把那一百万给他们，而不再遭受残害吗？

我问五毛说："那一百万是怎么回事？谁的钱，怎么把钱丢在了龙盛湾？"

五毛说："具体细节我就不清楚了，我只知道那钱对我们头很重要，包里可能还有其他东西，不然我们老大不会花这么大的力气，这么着急不惜一切代价要找回来。"

"那你们为什么要缠着我，不找其他人呢？当时 502 包间在我们去之前，应该还有其他人待过吧？"

　　五毛忽然间笑了，他也感觉出来这时候不应该笑，立马绷起了脸，做出正经的表情说："我们全都查了，排除了其他人拿走的可能，就你嫌疑最大。"五毛瞄了我一眼，接着说："傻子也能猜到啊，钱肯定是你拿走了。"

　　"为什么？"

　　"第一，那根转移走钱袋子的绳子，是你毛线裤上面的，你能解释清楚为什么要把毛线裤拆了吗？第二，监控器中没有留下任何线索，除非遇到了高人，而你身手那么好，不怀疑你怀疑谁？"

　　我一巴掌下去，打得他想叫又不敢，我掩饰着内心的尴尬，说："你奶奶的，老子功夫好，这也惹你们妒忌？"

　　"谁妒忌你啊，确实是你拿……"

　　我扬起手，五毛吓得缩头，硬生生把后面半句话给咽回去了，不再跟他在这个问题上细说下去。我把他的手脚牢牢地捆绑在一起，他口袋里的钢珠枪子弹忽然掉在地上，我顺手捡起来揣在自己的兜里，发现他的口袋里还是鼓鼓的，掏出来一看是一部手机。也许手机上有我需要的号码，我便把手机也没收了。五毛看着直皱眉头，张嘴想说什么，我再次扬起巴掌，吓得他赶紧闭紧了嘴巴。

　　我把他的鞋脱了，正准备脱去他的袜子塞进嘴里，以防他在关键的时候嚷叫。这家伙很聪明，立即说："哥，求你了，撕了我的衬衣堵嘴吧，我脚汗大，袜子挺臭的，等会儿别我一恶心呕吐不出来，给憋死了。"

　　"就你毛病多，这时候知道求我了。"

　　五毛无奈地笑了笑，我想想也是，便把他的上衣解开，使劲拽下他身上的一大块衬衣布，塞进他的嘴里，看着他老老实实地躺在地上。我走到远处，时刻注视着他的动向，拿出手机准备给杨杰打个电话。

　　这是我昨天白天抽空买的二手手机，我还买了几张神州行家园卡，这些卡不用身份证登记，来回换着用，为的是防止被警察给监听了。我拿出手机，装上一张新卡给杨杰打去电话，问杨杰怎么样了，维修店有没有被大火烧掉。

　　杨杰一听是我的声音，很是关心地问："大印，你还好吗？昨天一夜联系不到你，急死我了！"

　　"我还好，暂时没事。"

　　"什么叫暂时没事？"

　　我说："昨夜我追踪那帮人到了泉河村，被他们发现，把我打晕了，今天早上才逃出来。"

　　杨杰急问："你还好吧？没事吧？你现在哪里？我赶过去。"

"不用，不用，我没事，我还在泉河村，就躲在这帮歹徒的眼皮底下，他们根本想不到我还没有逃走。"我得意地跟杨杰说，"我就藏在他们附近的一个废弃的三楼上，我先躲在这里歇歇。你的店还好吧？"

"我的店没事，大火只烧坏了门头，来了好多人帮着灭火，很快就扑灭了。"

"有没有报警，警察怎么说？"

"警察能怎么说呢？他们调查了解了一下，见没有多大损失，让我等结果就走了，估计也查不出什么结果出来。"

听杨杰说没有烧掉什么东西，我心中的愧疚才少了许多，我对杨杰说："对不起，是我害了你。烧你店铺的就是天翔集团的那帮人干的，他们的目的还是要引我出来要回那一百万。"

"他们怎么会这样？你惹不起他们，还是出去躲躲吧。或者你带着鸽子看病去，你告诉我银行卡号，我把钱打给你，快些治好鸽子的病。"

我能听出来杨杰心中的那份痛，更能听出朋友间的关心。我说："谢谢你，杨杰，等会儿我把车还给你，你在店里等我。"

"别，你千万别这时候过来，你开着我的车先去接鸽子看病去吧，有个车也方便些。"杨杰焦急地说。

我忙问："怎么了？"

杨杰说："我发现门外有人在监视我，可能与你有关，我们还是暂时别见面，以免他们找到你。等你安排好了鸽子，我再找时间摆脱了他们看你们去。"

我正与杨杰通着电话，忽然看见远处有辆车，正悄悄地朝着这座小楼的方向开过来，我仔细一瞧，正是昨晚我跟踪着的那辆商务车。

我的心一下子揪了起来，看来吴海英已经回来了，而且他已经明确地知道了我还在这个村子里没有走。

第二十五章　巷战

我对杨杰说："我不跟你说了，那帮歹徒不知道怎么回事，又盯上了我。"

没等杨杰说话，我赶紧挂断了手机。

五毛躺在地上，眼睛直勾勾地望着我，我没有时间再管他，冲下楼去，向着来时的小巷子奔去。这时候我再开车逃走是不可能了，我进来时观察过，村庄里能够通车的道路非常少，只有按照我原来行走的路线才能退回去，假如那样，我肯定会和吴海英那帮恶徒迎面碰上。

我奔下楼，直接跑向来时路过的小巷子，来到刚才一棵树干堵住我去路的地方。我冲进院子，把那根树干抬起来，重新横挡在路口。我出了院子，从小巷的夹缝中穿过，进入对面不远处的另一家院子，我没有停留，一直上到这家房子的最高处，进入二楼贴近巷子的一间破屋子里。

一开始我就观察过，假如有人过来，我把那棵树干堵在路口，先阻止他们前进，我再到这边的楼上，跟他们拼一拼，让他们知道我王大印绝不是好欺负的。所有来犯之敌，都要付出惨痛的代价。

我手里有从五毛那里缴获来的五连发钢珠枪，还有数不清的钢珠子弹，只要我躲在有利的位置，我就有办法对付他们一阵子。我不想让他们再找到杨杰的车，也不想让他们这么快就把五毛救走，我还要从五毛嘴里套出更多的情况。

这个村子虽然不利于开车通行，但也有一个好处，就是到处都是一家一户的单独院落，到处是断墙残壁，很容易进进出出，只要隐藏好了，一时很难被人找到。我选择好有利的地形，紧张地看着那辆商务车开进小巷子。果然，商务车遇到横在路中的树干，停了下来。

我在想，假如他们看见有树干堵在路上，以为树干原本就在这地方没有被人动过，不再怀疑我开车经过此处，那我就在这里躲着，不会对他们下手，等他们走后，我再想办法离开。可是，这帮家伙并不那么好骗，很快从车中跳下来一个人，正是我昨天夜里追截的四个小子中的一个，他迅速走向树干，准备把树干移走，好让商务车顺利通过。

看这情况，他们是非要通过这个小巷子不可。他们是有备而来，清楚地知道我的具体藏身位置。我真搞不懂了，这帮家伙是怎么知道我还在村子里？又是怎么这么精确地知道我的藏身位置?

我没有时间再考虑这些问题,我不再犹豫,瞄准了这小子的屁股就是一枪。那小子哼都没哼一声,忽然间倒下,接着惨叫声响起,呼天抢地的,犹如死了老娘一般。

这一枪果然管用,吓得车里的人不知所措,前方的树干挡住了去路,他们只好朝后快速地倒车。

我瞄准后窗玻璃就是一枪。

我在心里祷告着,打烂玻璃就行了,千万千万别打到了人。这个角度看到的全是人的要害部位,假如中枪了,那可不是好玩的,虽说我这是正当防卫,可谁又能给我证明呢?我还是不要冒太大的险。

不知是我紧张,还是枪法太臭,打出的钢珠不知飞到了哪里,玻璃居然一点也看不出来损伤。我再补上一枪,玻璃终于应声而烂,像一张蜘蛛网突然扑在上面一样,显出密密麻麻破碎的纹路。

车身徒然一震,刹住了。

趁着他们惊魂未定之时,我迅速转移,朝着另一家院子奔去。我知道他们只是一时受到惊吓,很快就会反应过来,猜出我的藏身位置。我要在他们猜到我的位置之前,进入第二个有利地形,打他们个措手不及。

我必须在他们退出巷子之前,和他们展开战斗,他们在小巷子里,是我最好的打击目标。否则,出了巷子,这帮歹徒一旦散开,对我采取包围之势,那将对我非常不利。

我迅速奔向另一座破房子,找到有利位置。果然,歹徒右侧的车窗摇下了一些,里面伸出一支霰弹枪,对着我原来藏身的地方轰出一枪。

车继续向后退去,车里的人生怕我从原来藏身的地方露出身影,继续朝着那个方向射击,以压制我的出现。我躲在现在的位置,一声冷笑,瞄准了那扇打开了一条缝隙的车窗,扣动了扳机。

刚才打到车后窗玻璃的时候,我就判断出这支钢珠枪的威力,它只能把玻璃打出花纹,却不能一枪穿透。瞧这情况,即使穿透了玻璃,其威力也大大减弱,根本无法重创车里的人。

我要的就是这样的结果,我对准那扇有枪口的车窗,稍稍把枪管下移,尽量不对准有人的位置,我一枪打去,玻璃应声又成了花脸,吓得里面的人嗷的一声惊呼。

他们只注意着我原来所在的位置,根本没有想到从另一个方向,还会有钢珠飞来,车里的坏蛋们吓坏了,赶紧躲在座位后面,再也不敢拿出枪对着外面射击。

商务车里的司机明白,快速退出小巷子才是最安全的办法。商务车迅速向着后面倒去,离我藏身的位置越来越近,我握紧枪,调整好呼吸,瞄准后轮,一枪击去,没有打到后轮，打在了车身之上。

车继续向外冲去，我再开枪时，居然没有打出子弹，我才想起五颗子弹已经打完。我赶紧从口袋里摸出几粒钢珠，迅速装进枪里，就在后车轮从我的视线中将要消失的瞬间，我一枪击出，猛听见一声巨响，爆胎的声音把我也吓了一跳。

只见商务车像是一头受惊吓的野牛，忽然偏离了方向，一下撞在一旁的墙上，破败不堪的围墙早已摇摇欲坠，哪里能承受如此的重创，轰然间倒塌，车顿时停了下来。司机反应飞快，刹车，换挡，向前开了一米左右，重新调整好方向，再次挂上倒挡，踩着油门，拖着一条瘪了的车轮，继续向巷子的出口开去。

我在歹徒们向外冲去的同时，也冲出破屋子，向着五毛所在的三楼奔去。

不错，我还是要回到那个小楼上，目前那里才是最安全的地方。

刚才一阵枪战，相信吴海英已经知道我离开了小楼，藏在离商务车不远的地方向他们偷袭，或者趁着慌乱早已向村子外面逃离了。

可我明白，此时我能躲到哪里去呢？大白天的没有车，就凭我这样快速地跑，能跑出多远不被他们发现？一旦被他们发现，我能躲过霰弹枪的射杀吗？即使我逃出了这个村子，我还能去哪里？我的小店能回去吗？警察还会那么耐心地守在外面监视着我？

我不能冒这么大的风险，即使逃走，也得等到夜深人静的时候。

我一步三个台阶地奔上三楼，刚上到楼梯口，就见五毛像蛇一样在地面上滑行，可惜速度实在是太慢了，磨动了半天才蹭到楼梯口。

五毛没想到我会忽然回来，瞪大了眼珠子，身体不住地打战。我一把抓住绳索，把他拖进房子的最里面。

我没有理他，走到窗口朝下面观望。

商务车刚好退出了小巷子，车门迅速打开，连续跳出来五个人，这几个家伙个个怕得要命，纷纷双手捂着头，没命地朝着最近的围墙后面跑。我仔细一看，却没有发现吴海英。

这家伙哪去了？怎么不在车里？

就在我疑惑之间，五个人散开来，躲在不同的地方，悄悄地伸着头朝巷子的周围望去。

看来他们暂时还没有发现我。

这时候我不能再开枪了，一来，距离有些远，不容易瞄准目标；二来，只要我打中一人，其他的人就会知道我的方位，他们手里有霰弹枪，比我的这把钢珠枪厉害多了。我不敢打死他们，而他们却没有这顾忌，我还是尽量不与他们冲突为好。

我躲在小楼的暗影中，一动不动。

他们这帮歹徒，也担心着我手里有枪，不敢轻易地露头。

一直就这样僵持着，猛然间一阵悦耳的铃声响起，把我的心都要给吓出来了。

我从口袋里掏出一看，是我缴获五毛的手机，我赶紧按了挂机键。

我从破砖的缝隙处朝外望去，一个歹徒朝着我这边的方向望过来，我吓得要死，不会他们听见声音发现我了吧？

我连忙把手机调成震动，这时电话再次打进来，手机上显示鹰哥两个字。

正是我的仇人。

我不清楚他是否知道五毛的手机现在我的手里，这时候他打过来想干吗？

我按下接听键，没有说话，先听他怎么说。

"小子，你跑不掉的，赶紧放下武器投降吧！"

正是吴海英的声音，我没有说话，他怎么就知道是我接听的呢？

他肯定早已知道五毛落在了我的手上，既然这时候能接听电话，那一定就是我了。

周围安静极了，吴海英的声音非常大，像是气得不行。我依然不说话，拿着手机离开耳朵远一点，侧着耳朵听外面的动向，想听听能不能听见这家伙躲在哪个角落里给我打电话。

只有一阵阵的寒风吹进来，一点也听不到这家伙的发声位置。吴海英依然不死心，继续在电话里说："你能躲多久？泉河村就这么点大，我一家一家搜也能把你揪出来。你别做梦想逃出去，村子已经被我的人给包围了，即使我不搜，困也把你困死。你还没有吃早饭吧，喝水了没有？你还能坚持多久？嗯？一天，还是一个月？"

这家伙说着说着，忽然间狂笑不止。我不想听这家伙继续啰唆下去，使劲按下了关机键。

被这家伙说得我立马感觉到肚子里咕咕地叫个不停，嗓子里也有点发干。

这是一间四面透风的破屋子，窗框早已被拆掉，风从一个窗口吹进来，卷起地上的灰尘，又从另一个窗口飘出去，我发现在北边窗口的地面上，还集落着一堆雪没有融化。我弯着腰走过去，用指甲挑去上面的灰尘，抠起中间的雪塞进嘴里。

雪在嘴里顷刻间融化，嗓子略微舒服了一些，我的肚子突然间兴奋起来，咕咕地叫个不停。

我该怎么办？这样下去还能撑多久呢？

他们真的来了那么多的人，把整个村子都给包围起来了吗？

即使他们没有安排那么多的人手，他们躲在关键的位置暗中留意着，我敢冒着被击中的危险冲过去吗？

我能不能把杨杰的车偷偷地开过来，再利用五毛做挡箭牌，冲出这个小村子呢？

我使劲摇了摇头。五毛都可以毫无顾忌地朝张松开枪，吴海英更是阴险的家伙，想必他更加不会顾忌五毛的性命。

我有些后悔自己的小聪明了。

我为什么当时不开着车逃走呢？

从刚才商务车开过来的时间上来判断，假如当时我不犹豫，立即开车出这个村子，大概不会那么快正好迎上那辆商务车。

这些都是已经过去的事情了，再后悔也没有用。可我就是想不明白，为什么他们能这么快就发现我逃走了？

为什么会那么精确地知道我的藏身位置？

我一个激灵，突然间想起，刚才我和杨杰通话时，我一时得意自己的小聪明，不小心说出了具体的藏身位置。

难道……

不可能！杨杰是我的好朋友，他不可能出卖我。

他在我最困难的时候，答应借钱给我去给鸽子治病，他也有过类似的伤痛，他的痛在内心深处，是不可能装出来的。而且他没有要害我的理由，我还是因为帮着他追歹徒，才落到如今的地步。他是很讲义气的朋友，在我的心里，他比郑魏还要稳重可靠，值得我信任。

那么，还有什么原因，这么快就泄露了我的行踪呢？

我再次一个激灵！

我怎么这么傻，我怎么会如此糊涂呢？

歹徒们可以监控我的手机，难道他们不会监控五毛的手机吗？

假如五毛的手机一早就被监控了，那我审问五毛的情况，我和杨杰的对话，他们完全可以听到。

我冷笑了一声，想出了一个好办法。

我手里握着五毛的电话，自演出一段双簧戏。

我自言自语地说："喂，杨杰，你在哪里？我马上就到新华书店了，我在对面的咖啡馆等你。"

我说完，停了几秒钟，装作听着杨杰的说话，不停地嗯着，然后我说："好，不多说了，等会儿见。"

我躲在窗口看着外面的动静，不大一会儿，躲藏在暗处的几个人大摇大摆地走了出来，重新坐进商务车里。我心中一阵窃喜，以为他们会马上离开，去新华书店旁的咖啡店抓我。没曾想这几个家伙坐进了商务车，根本没有走的意思，商务车停在了出村子必经的大道上，静静地不动了，也不知道里面那几个家伙在干吗。

我想不明白了，怎么会这样呢？

吴海英这个狡猾的家伙，他可能对我刚才的话有些怀疑，反正他手里人多，安排另外的人去那边堵截我，这几个人继续在这里看着，为确保万一，两边都做了准备。

这个可恶的家伙，还真不好对付了。

我该怎么办呢？难道我就这样待在这里等到天黑吗？天黑了我就能摸出去了吗？

我还能等到天黑吗？

我好饿，饿得心里面慌慌的，加上身上多处的伤，刚才一阵奔跑，这时候全身都疼得不行。我一头冷汗，忽然脑子一晕，眼前全是小星星，我赶紧扶着墙蹲在地上。我大口地喘气，生怕突然间倒下晕过去了。我望了眼屋子最里面斜靠在墙边的五毛，五毛也时刻注视着我的动向。

我不能就这样倒下去，这时候倒下去，别说那位可怕的鹰哥，就是眼面前这个被我绑起来的五毛，也会趁着我昏迷的时候，要了我的命。

我盘膝而坐，排除杂念，把意念聚集在丹田，闭上眼睛，调整呼吸，大概过了二十分钟左右，全身一阵舒畅。我睁开眼睛站了起来，走到窗户边，见那辆商务车依然停在原来的地方。

忽然，我感觉不大对劲，那辆商务车右侧的门刚才是紧紧地关着的，这时候车门虚掩着，好像有人下来过。

我再朝周围一望，赶紧把钢珠枪掏出来，向着最近的家伙瞄准。

这几个家伙不知道何时已经出了商务车，穿过小巷，徒步朝我所在的小楼包围了过来。可能他们知道我手里有枪，不敢太过放肆，一个个小心翼翼地贴着墙边，借着围墙的遮挡，向前蠕动着。

既然我已经暴露了，那我就不再隐藏，和你们再玩一把吧！

我紧握着枪，瞄准最近那小子身前的一个破脸盆，一枪击出，砰的一声，脸盆忽然一个翻滚，从那小子身旁的台阶上摔到地下。突然剧烈的响动，吓得这小子连滚带爬，肩膀一下子撞在旁边的小树上，赶紧躲到破墙后面，再也不敢露出身形。另外的几个家伙，听见了枪声，跑得像兔子一样，躲在围墙后面停止了前进。

我知道这只是大战之前短暂的安宁，更加恐怖的激战即将开始。我观察着这几个家伙所在的位置，脑子里快速想着该如何逃出他们的包围。

忽然，五毛的手机震动了起来，我拿出来一看，正是吴海英打过来的电话。

我接通了，对着里面恶狠狠地说："有种你过来，我们俩单挑！"

吴海英在电话里没有暴怒，反而乐呵呵地笑了起来，说："小兄弟，好样的，脑子挺好使的。"

我不知道他又要耍什么花招，继续恶狠狠地说："你想耍什么花招，想要我的命，没那么容易。要死，我也先拉你垫背。"

吴海英依旧没有恼怒，和气地说："何必呢？何必要弄得你死我活呢？"

我不解，没有说话，接着听他说："我现在已经确切地知道你在这座小楼的第三层，逮到你也只是早晚的事情。你是个聪明人，你觉得为那么点钱送了命，值得吗？"

我加大了嗓门对着手机吼道："我再跟你说一遍，我没钱，要是我拿到了钱，我还会留在这座城市里吗？"

我说的其实也算是大实话，钱还在龙盛湾502包间外的横梁上，我根本就没有拿到钱，真要把钱取下来拿走了，我早就挥挥手，离开这座城市，陪着鸽子看病去了。

"别那么大声嘛，吵得我耳朵都麻了！我知道钱现在不在你身边，你藏在哪里了？或者说，你转移给谁了，谁和你是一伙的？"

我气急了，不知道怎么跟他继续交流，对着手机说："靠，你这家伙猪脑子啊，只会这么简单地分析问题？"

"唉，说实话，我的脑子真没有你好使。不过，有些时候只凭脑子好使也不管用。脑子用多了，会把简单的事情想复杂，聪明反而会被聪明给误了，你说是不是？"

我没有理他，他接着说："就像你现在这样，要是傻不拉叽地不管不顾早些逃走，我还真得费些时间找到你。可你就是自作聪明，以为越危险的地方越是安全。现在傻了吧，跑不了了吧？你脑子再好使，你现在还能逃得了我的围捕吗？"

这家伙得意扬扬地说着，我不鸟他，我让他继续得意，我在趁着他得意的时间观察着周围。我在想着，还有什么方法才能跑出他们的包围呢？

吴海英不知道我的内心想法，当然，他这时候根本也不在意我怎么想，他很有胜算的把握，继续在手机里跟我唠叨道："说实话，我一早就打算把你给弄死，不就是那一百万嘛，对你来说是天文数字，但对我来说，那一百万算个屁钱？丢了就丢了，弄死你解解气也就完了，我不会太在意。可你知道我为什么没有把你直接弄死吗？"

我也想知道为什么，按照这家伙这么阴险歹毒的手段，他不可能留下我的性命，他的主子齐六，真会花这么大的动静，想从我手里拿回那一百万吗？

一定还有什么我不知道的秘密！

看来，这家伙得意之中，想把这个秘密告诉我，那我不妨听听他怎么说。

吴海英接着说："你也看到了，那个钱袋子中还有其他的东西，我们是担心你转移给了其他人，直接把你给弄死，那个暗中的人会把这个秘密说出来，而这不是我们想要的结果。我说过你这小子是个很聪明的人，让我们查了这么久，都没有查到你究竟用了什么方法把钱给转移走的。一开始我还不相信你有这么大的能耐，但今天一早我有急事临时离开，就这么短的时间，你吊挂在钩子上，居然能从我两个手下的看管下逃脱，真的让我很佩服。我现在想清楚了，与其与你这样拼个你死我活，不如我们各退一步，那一百万归你，你把钱袋子里的其他东西还给我，并保证从此不会泄露秘密，我也可以向你保证，我不再追捕你，从此天各一方互不打扰。你考虑一下，有没有兴趣合作？"

说的好听，一旦拿到了东西，你会这么好说话？

这句话我没有说出来，但我心里很明白，这家伙在没有拿到他想要的东西之前，什么样的条件估计他都会答应，一旦东西到手，他就会翻脸不认人，我还能有什么办法。

我现在终于明白了一点，那就是他没有立即弄死我，不是我的命大，也不是我多么有能耐，而是他们担心我还有其他的同伙。一旦我死了，我的同伙会把他们的秘密暴露出来，这才是他所不想要的结果，这也才是我能活到如今的最根本的原因。

看来，他们也被他们的小聪明给误了。

那么，是什么东西这么重要，以至于他们如此不惜代价呢？

答案或许只有拿到那个钱袋子的时候能彻底地弄清楚。但我明白，越是如此，我越是不能答应他。他们这帮人根本没有诚信可言，我只能继续装傻，争取多一些时间想出逃走的办法，其他任何貌似有利的谈判都是痴心妄想。

我装作十分感激的样子跟他说："鹰哥，谢谢您这么抬举我。我早就听朋友们说起过您的威武，很想与您相识，跟着您后面发财，可我自知不够这个资格。至于您说的我拿了您的钱，我还是那句话，要是拿了我早就还给您了，但我真没拿。鹰哥，饶了我，给我一条活路——"

"好！你有种，别敬酒不吃吃罚酒！"吴海英突然翻脸，厉声说，"你看看外面，你还有机会逃走吗？"

我跟吴海英说话的时候也观察到了，远处又开来了一辆大巴车，车子到了商务车的近前停了下来，从里面呼啦啦跳下来至少有三十多个人，个个一身黑衣装束，手里不是握着霰弹枪，就是拿着五连发钢珠枪，更有一些壮汉仗着自己身体好，拿着一尺多长的大砍刀，耀武扬威地朝着小巷子的方向奔过来。

第二十六章　防暴大队长

黑压压的人群朝着我的方向跑过来，我瞄准一个，又看见另一个跑在前面，转而选择向着跑得最快的瞄准。可我心里紧张得不行，我敢开枪打死人吗？

我的手一直抖个不停，生怕一不小心扣动扳机，我的眼前顿时伏尸一人血溅五步。我赶紧放下枪，望着黑压压的人群，不知道该如何是好。

"看到了吗？你还有机会逃走吗？"吴海英的声音在手机里再次传出。

"我要杀了你！在我杀你之前，我先拿五毛试试枪！你忍心看着为你卖命的手下，因为你的无耻猖狂而死吗？"我说不上来的悲哀，对着手机怒吼着。

"哈哈哈！好啊，你杀了他吧，先替我解解气！他那么无能，居然能够让你逃走，我抓住他还要扒掉他一层皮，既然你想替我出手，那我先谢谢你了！"

我使劲按下挂机键，不想再听这个无耻的家伙得意的笑声。我做好了拼命的准备，只要有人敢往小楼里面冲，我不敢打他的头，我至少还有胆量打他的腿，我要在我被抓住之前，打断这些狗崽子们的腿，也算是为民除害了！

手机在我的口袋里再次震动起来，我以为还是吴海英那个坏蛋，本不打算再接，猛然感觉不是五毛的手机。五毛的手机装在我上衣口袋里，这个震动来自于我屁股后面的裤子口袋。

我拿出来一看，是杨杰打来的电话，我按下接听键接了。

杨杰的声音立马传来："大印，你还在泉河村吗？没事吧，我马上就到了，坚持住！"

我脑子晕晕的，杨杰是怎么知道我面临危险的？噢，我一下子想起来了，刚才和杨杰正说着话，我发现那辆商务车向着我这边开过来，我一时着急，对着手机里的杨杰说："我不跟你说了，那帮歹徒不知道怎么回事，又盯上了我！"

肯定是杨杰见我匆忙间挂了手机，一定在为我担心，才决定立即赶过来的。

可我不能再害了朋友，我不想把朋友也牵扯进来，毕竟朋友的力量也有限，他来了，也抵挡不了这么多的歹徒，与其多一个人送死，不如我一个人跟他们拼了。

我说："你别来，千万别来送死。他们的人太多了，我们俩联手也根本不是他们的对手。"

杨杰说："大印，你别慌，不是我一个人来，我和宋大队长在一起呢！"

"谁？"

"防暴大队的宋哥，他带着好多人，开着警车马上就到了。"

这一刻，我感觉到，警察比我的亲人还亲，警察的形象立刻在我心中变得高大了起来，原本对他们的不满、气愤甚至是刻薄的挖苦与谩骂，此刻都随着窗口的一阵风，吹得无踪无迹。

我望向窗外，不知道这帮歹徒是怎么得到的消息，忽然间这些拿着武器的恶徒们像潮水一般退了下去，很快挤进了那辆大巴车，和商务车一起开走了。

这些人走后，不到五分钟的时间，我听见警车鸣着警笛开了过来，来了两辆警车。车子尚未停稳，从车上连续跳出二十多位全副武装的防暴警察，他们训练有素，头戴钢盔，手拿盾牌，挎着微型冲锋枪，闪电般冲到我所在的楼下。十来个警察架起盾牌，形成一堵坚实的盾墙，另外七八个警察单膝点地，举起冲锋枪，把黑洞洞的枪口对准了楼上。

我看见杨杰也紧随其后跑了过来，我赶紧打电话给杨杰说："告诉宋队别开枪，我在楼上呢，歹徒们刚才全都吓跑了。"

杨杰赶紧跟身旁一位身高马大的警察说了，这位高大的警察我也认识，正是防暴大队的宋大队长，只见他拿起喇叭大声说："全体人员收起武器，原地待命。"

霍的一声，警察们收起盾牌，放下武器，站在原地一动不动。

宋队举着喇叭向着楼上说："王大印，下来吧！"

我把五毛嘴里的破布去掉，解开他腿上的绳索，说："走吧，警察来了。"

我押着五毛走出院子，犹如检阅部队一样，走过一排站得笔直的警察们身前，向他们点头微笑。我本想亲切地说一声"同志们，辛苦了"，一瞧这些兄弟个个表情严肃，我连忙把整句话咽回肚子里，不敢再与他们灼人的目光对视。

杨杰紧走几步迎我，说："大印，你没事吧？"

"我还好，没事。"我和好朋友打完招呼，疾走两步来到宋大队长身前，掩饰不住内心的感激，说："谢谢您，宋队！"

宋队面露和蔼的笑容，拍着我的肩膀说："走吧，上车回去吧。"

宋队看见我身旁的五毛，问我："这是谁？"

我忙把腰里别着的五连发钢珠枪交给宋队，说："这家伙就是那帮歹徒一伙的，他用钢珠枪袭击我，被我给缴了。"

我正要把情况向宋队汇报，宋队说："先上车回去，休息一下，有的是时间慢慢说。"

宋队让人给五毛松了反绑着的手，换了一副手铐，警察押着五毛上了前面的警车，宋队和另外的警察坐进后一辆警车，两辆依维柯改装的警车拉响警笛一路向前开着。我坐在杨杰的车里跟在警车的后面，第一次感觉到前面忽闪着的警灯，那么的绚烂夺目，我们一路畅行无阻，很快回到了防暴大队。

到了防暴大队，进入一间办公室，宋队拉过一把木椅子，请我坐在他的身边，让人给我泡了杯茶，跟我像拉家常一样聊着事情的经过。坐在对面桌子里的一个年轻小警察，飞快地在记事簿上记录着。我把事情经过大致说了，负责记录的警察写完，交给我看一遍是否有出入。

看完笔录，我说："基本上就是这些。"

那个警察说："既然没有问题，那就签字按手印吧。"

这一套程序我在张副所长那里做过，熟练地按照他指定的位置，一一签名按手印。做完笔录，宋队对我说："先去医院看看伤吧。"

我问宋队说："那帮歹徒抓到了吗，应该如何审判他们？"

宋队说："这个案子不简单，不能很快下结论，你先去治疗吧，别搞坏了身体，时间长着呢，我们有时间再聊。"

宋队这么说了，我也不好多说什么，向宋队表示了感谢。

宋队客气地说："这有什么好谢的，这是我们义不容辞的职责。"

宋队的话让我很感动，宋队把手搭在我的肩膀上，一直送我到大院子门口，说："快去看医生吧，我还有事要忙，咱们电话再联系。"

我和杨杰一起向宋队挥手，然后坐上杨杰的车，杨杰问我去哪家医院，我说："一点皮肉伤，没事。我饿了，找个地方先吃午饭去。"

我和杨杰找了个稍微干净点的小饭店，已是中午十一点多，饭店里人很多，我们点好菜喝着茶慢慢地等着。

我问杨杰："你怎么找到宋队的？"

杨杰说："今天也真巧了，你在手机里说被那帮歹徒又盯上了，我问你怎么回事，你却把电话给挂了，我心里好着急，正要回拨过去的时候，正好接到宋队的电话。我一想，宋队正是管这个的啊，就赶忙把这事跟宋队说了。宋队这人很实在，什么多余的话也没说，让我赶紧赶到防暴大队，他在那里组织警力一起去营救你。"

我说："平常我们和宋队极少来往，他今天怎么想起来给你打了电话？"

"是啊，今天太巧了。"杨杰兴奋地说，"他是当官的那么忙，平常也很少见到他，跟我们不是一路人，我也没有和他有过来往。今天不知道怎么回事他给我打电话，问我这几天怎么没有去健身馆锻炼，让我多去玩玩。"

我又想起一个细节，问杨杰说："你们是怎么知道我在那个小楼上的？我看见你们到了泉河村，直接就奔着我藏身的那座小楼去了，怎么对我的位置那么清楚？"

杨杰说："这个我也不清楚，我和宋队不在一个车上，他在前面那辆指挥车里，可能有自己的一套方法判断吧。"

杨杰也说不清楚所以然来，想当然地说："他们防暴大队很厉害，专门处理这些突发事件，做多了，应该在现场很容易观察出来你的具体位置吧？"

我对杨杰的分析不怎么认同，记得当时那么多警察下车之后，根本没有朝两边看，观察一下周边的情况，全都直接冲进小巷子，跑到我所在的那座小楼的楼下，像事先演练过一样，非常快速标准地做好了战斗准备。

在我的想象中，虽说我没有参加过类似的军事训练，但是，按照常理来说，那么多的警察，在不清楚歹徒的具体情况之时，应该向四周散开，找到有利的地形先隐藏好自己，然后再根据实际情况，快速有效地向前推进才对。不会那么多的警察，在不明情况之前，全跑到楼下，组成一排盾墙，集中火力等待进攻。给我的感觉虽然好看，但中看不中用，像是演戏一样，一旦敌人的火力过猛，这些警察拿着的盾牌根本起不了多大的作用，不能有效地消灭敌人，反而己方会处于非常危险的被动局面。

"管他们是怎么工作的呢，反正宋队救了你，虽说是他的职责所在，但这也算他这个人很够义气，值得交往。有时间请他出来坐坐吧！"杨杰望着我满眼的疑问，转了个话题对我说。

或许是这几天，我被派出所的警察给搅和得神经太过敏了，听杨杰这么一说，我便问他说："平常和宋队很少走动，请他，他会给面子出来吗？"

"应该会吧？看他今天这么热情，好像没有什么官架子，也很愿意和我们交朋友，不如试试看吧，来更好，不来，我们的心意到了，也不至于被人说不懂事。"

我想了一下，觉得这样也行。但在我的心里，恍恍惚惚间始终感觉还有一个结没有解开，心里沉甸甸的，具体是什么我也说不清，中午饭吃得也就没有什么胃口了。

说起来我和宋队认识也有好几年的时间了，他也偶尔去我们去的那家健身馆。我们这些喜欢锻炼打比赛的一帮朋友们，对他既好奇又崇拜。

宋队的全名叫宋加才，特警出身，据说在部队就曾获得过多次比武大赛的冠军。不仅练就了一手好枪法，野外生存、擒拿格斗、飞车越野全都是他的拿手好戏，出色地完成过多次防暴除暴任务，荣立过一等功和二等功，还受到公安部的嘉奖和重要领导的接见，他目前还是国家一级拳击教练。我曾经在健身馆里看过他表演，只看得我们瞠目称奇，内心却羡慕无比。

他目前的地位完全是靠自己过硬的本领打拼出来的，是一位传奇式的人物，也是我们心目中的偶像。有几次听朋友们说他去了健身馆，我都是急忙放下手里的活，特意赶过去想和他见一面。他这个人挺客气的，没有什么架子，你问他什么，只要是他知道的，他都会尽可能地告诉你。

他对每一个走进他身边的人，都十分客气，笑呵呵地聊些开心的话题，但其身上隐隐的一种高傲的官气，总让人觉得高不可攀。尽管很想与他结识，很想从他身上学一些本领，甚至想和他成为好朋友，或许就是因为知道自己的辈分低微，过于自卑的原因，不敢过分地靠近他。

所以，我和杨杰，还有郑魏，都见过他好多次，总没有与他建立起朋友关系，我们的手机中都留有他的手机号码，可从来也没有打给他过。当然，他也没有主动给我们来过一次电话。

我脑子里始终有个疑问挥之不去，宋队为什么今天会给杨杰打电话呢？而且正好赶在我最危难的时刻？

难道他和那帮歹徒，也是……

不太可能吧？

吴海英抓住我是志在必得，瞧他当时打电话给我那副阴险得意的嘴脸，就能想象出来他会用尽一切手段对付我。假如宋队和吴海英是一伙的，这时候他完全可以不管不问，找个托词不参与进来，由着吴海英这帮歹人继续作恶下去，估计要不了多久，我就会被吴海英他们重新抓住。

他要是和吴海英是一伙的，那他会图什么呢？

不可能，完全不可能！

可是，今天一系列不符合常理的事情，又怎么解释清楚呢？

脑袋想得生疼，也没有想出合理的答案。

吃过饭，杨杰问我去不去云海天洗洗澡，休息休息再约宋队晚上出来吃饭。我浑身酸痛，眼皮子直打架，就跟杨杰说："我全身不舒服，好想睡一觉，干脆明天再约宋队吧。我回去好好睡一觉，明天也有精神陪着宋队多喝几杯。"

杨杰也看出了我一身的疲惫，关心地说："去医院看看吧，你脸色苍白，好难看。"

我说："没事，就是点皮肉伤，加上没有休息好造成的，慢慢调养几天就会好了。"

杨杰开车送我回到我的店门口，跟我说："你好好休息吧，要是感觉不舒服你再打我电话，我开车过来送你去医院。"

我下车之前，由衷地说："谢谢你！"

杨杰翻眼看我，乐呵着说："靠，跟我还客气。"

我也哈哈大笑，不再客气，一切都在心里了。

我下了车，向杨杰挥了挥手，看着他的车远去，我打开卷闸门进到屋里，然后关了卷闸门，到楼上脱掉一身脏衣服，走进洗手间稍微洗了洗手脚，躺到床上，想好好睡一觉。

躺在床上我怎么也睡不着，尽管我的脑袋昏沉沉的，眼睛也干涩得厉害，可就是睡不着，一闭上眼睛就会想起吴海英那张恐怖的脸，不停地在我的眼前一一展现。

我无法入睡，索性坐了起来，拿出手机给鸽子打个电话。我平常用的手机号码一直关机，不知道鸽子怎么样了，每天晚上我都会和鸽子通电话，或者发几条信息。她联系不上我，会不会瞎猜疑，会不会为我担心？她身体那么虚弱，千万不要因为担心我又加重了病情啊！

我拨过去，很快电话就通了。我说："宝贝，干啥呢？想我了没有？"

"想你是猪！"

我打哈哈说："原来你是小猪啊，想我就想我嘛，干吗变成小猪呢？变成小兔子，白白胖胖的也很好啊！"

"你才是猪呢！你是个笨驴猪！"

电话那头我能想象出来鸽子咬牙切齿的样子，可我搞不明白笨驴加上猪，会是一个什么样的产物。我故作糊涂地说："怎么了嘛，怎么又生气啦？"

"我问你，你昨晚又死哪去了？我打你好几次电话怎么不接？我发现最近这几天你好像老是关机，是不是有了新的女朋友，是不是嫌弃我了，不想要我了？"

说着说着，电话里传来了抽泣声。我的心好痛，我怎么能在这时候还惹她生气？我该死，我根本不想惹她生气啊！

我好想把自己所受到的委屈，向我心爱的人说出来。

我好想大哭一场，把我这些天来的冤屈、恐惧、无奈以及愤懑，所有所有的不愉快，痛痛快快地哭出来。

可我，我能够不管不顾地哭出来吗？

我能够对着我所深爱的鸽子，在她病痛的时候，在她最需要被人关心的时候，我还给她添加心理负担吗？

不！

我不能这样！

我不能让我的鸽子再受到任何意外打击了！

与其跟她说出来，起不到任何好的作用，还不如让我一个人把这所有的痛苦扛起来吧！

听着电话中鸽子委屈的哭声，我的心里如针扎般地难受。记得曾经看过一本心理书上说，人一般在病痛中会变得非常多疑，这是正常现象，我能够理解鸽子此刻的心情，说明她非常在意我。我赶紧说："宝贝，怎么啦，别哭好吗？我不是故意关机的。"

　　"你还说不是故意关机的，前天关了，昨天还关，你不是故意的是什么？我知道我有病会拖累你，你要是怕麻烦，不想再爱我了，我可以放手。尽管我很爱你，我不想失去你，永远永远都不想，但你只要跟我说了，只要你说你不再爱我了，我不会再缠着你啊！我都已经放手了，我也不想给你添麻烦，是你耍赖皮又来追我的啊！是你让我天天想你，听不到你的声音我就难受的啊！你明知道我这么爱你，你还要关机，还要这么折磨我，你知道我心里有多难受吗？我，我……"鸽子一阵抽泣。

　　我趁着她哭诉的间歇，忙堆满了一脸的笑容说："瞧你，瞎说什么呀，又在浪费纸巾了吧，家里发大水了没有？"

　　"讨厌你！"

　　"鸽子，我本来不想这么早跟你说，准备给你一个惊喜。可你这么一哭，惊喜也就没了，算啦，还是先告诉你吧。"

　　"什么惊喜，你别骗我。"鸽子好奇地问。

　　我故意叹了一口气，那边鸽子忙催我说："你这个猪，说呀！"

　　我说："被你这一逼问，哪还有什么惊喜。就是我接了一个挣钱的活，还没有忙完，我本想等忙完再告诉你，没想到你这么喜欢瞎猜疑。"

　　"什么嘛，是你先关机气我的，你干活与关机有什么关系呢？"

　　"是这样的，前两天郑魏帮我接了一个活，是一家大型KTV，他们安装音响设备需要懂技术的，郑魏跟他们老板熟悉，就介绍了我。他们想尽快开业，这批活得连天加夜赶出来，所以这几天我可能都要在那边忙到很晚，忙完了能有好几万块钱赚呢！"

　　"那也不影响你手机开机呀！"

　　"唉，这就要怪你了嘛！"我故意把责任推给了她，先停顿一下不说，惹她急。

　　果然，鸽子连忙问："怎么会怪我，我又没有在你面前，我又没有打扰你工作？"

　　"噢，打扰工作还得在面前啊？打手机聊天不算打扰啊！"

　　"那你跟我说你忙着呢，我不就不和你多说了？这点时间也没有啊？我才不信呢！"

　　"晕死，就你——打手机能只说几句话就不多说了？那里面那么吵，很多音响要调试，你一听到那么大的音乐声，就你那么喜欢瞎猜疑，不问我跟哪个女人在潇洒，不拷问个三天五天的，你能罢休？"

　　我倒打一耙，先把她给镇住了再说。果然，鸽子半天了才反应过来，跟我急道："你才会多疑呢！你不多疑能去打罗杰吗？人家是我的同学，追我又怎么啦？我又没有答应他，你去打人家，害得我在同学跟前都没面子了，看你今后怎么跟人家见面！"

　　"嘿嘿，我错了，我那不是太爱你了嘛，看你那么多天不理我，我吃吃醋不行呀！"

　　"猪！"

"好了，猪老婆别生气了。其实我也想给你打电话，只是你也知道，郑魏那家伙的嘴。"反正郑魏不在身旁，他经常跟我说，为朋友可以两肋插刀的，我先插他一刀用用。我接着说："他也在帮着我忙，就在我身边，我嫌他听到我跟你聊半天的电话，又要啰唆。他这人就这样，喜欢拿别人开涮你是知道的，也没有什么恶意，但是我烦呀，所以我就关机了。其实，我关机不跟你说，也是有另外一个原因的，也是想等忙完了这些活，拿到几万块钱再给你一个惊喜，没想到惹你生气了，我道歉，我赔不是，不生气了哈！宝贝，来，亲一个！"

鸽子不跟我亲，还在生气中，埋怨着说："我就讨厌你有什么事都不跟我说，下次别这样了好吗？你跟我说，我理解你，多交流交流能够增进感情。猪，你懂不懂？"

"懂，懂！老婆大人说的是。我下次一定懂！"

"切——你下次懂，这次就不打算懂了啊！还有这样的人！猪！"

我彻底被打败了，一会儿是人，一会儿又是猪，把我变来变去的，累死我了！

我说："好吧，我从现在开始，你说什么我都尽量地懂，不懂就向老婆大人虚心请教，直到懂了为止，行了吧？"

"这还差不多！"

我总算放下了心，正要跟她再说两句亲热的，就打算挂了电话睡觉，她说："你整天那么忙，别累着了。"

我答应了一声，没想到她又哆哆地问："那我现在过去照顾你，好不好呀？"

第二十七章　小娟出事了

鸽子的一句话立马让我浑身一激灵，这时候可不能让她过来。别说我刚才撒的谎会立马露馅，万一那帮歹徒再出现，即使他们不会对鸽子怎么样，但鸽子万一受到惊吓，万一有什么好歹，那可怎么办？

我赶紧说："这时候你来干吗呀？身体好些了吗？"

"这两天我感觉还好，就是担心你。你为我筹钱治病那么忙，我想去照顾你，给你做做饭也好呀！你要是累坏了，我好心疼的！"

"没事的，宝贝，又不是做体力活，能有多累？这也是我喜欢做的技术工作，没关系的。在这里工作他们管饭，老板为人很实在，给我们吃得很好，我都生怕在这里吃多了，没有时间去锻炼，就真的像你说的那样，长成一只胖猪了。"

"猪！你不能少吃一些呀！"

"嘿嘿，不花钱，干吗不多吃呢？再说了，的确很好吃的，所以就控制不了了嘛！"

"受不了你，整天就想着吃！"

"好了，你在家好好休息，等这边活干完了，我就陪你去看病，好吗？"

"嗯！"

"那我睡一会儿了，昨天忙了一夜，本打算早晨回来就睡觉，一回来店里又来了一个顾客，忙到中午才忙完，刚吃过了午饭，给你打个电话消化消化，然后睡一觉。"

"什么呀，你给我打电话就是为了消化啊！"

我嘎嘎地乐着说："可不是嘛，你自己想想，你喜欢乱猜疑，我得跟你慢慢解释，多累呀！"

"才不是呢，你表现好了，我才不乱猜疑呢！"

"嗯，我今后一定表现好一些，争取得到老婆大人的信任。来，宝贝，啵一个！"

鸽子对着手机和我互啵了一个，然后对我说："你睡觉吧，别太辛苦了，好吗？"

"我知道了，我会注意身体的，你也多注意自己。"

"嗯，拜拜！"

"晚安！"

"猪！都快下午了还晚安！"

我继续笑着，看着手机里的信号中断，我的眼泪止不住地流了下来。

我该怎么办呢？我的鸽子什么事情都还不知道，我能瞒她多久啊？万一哪一天，万一那帮可恶的家伙们盯上了我的鸽子，以此来要挟我，我还能够撑得下去吗？

想到这些我就担心，莫名的恐慌袭上心头。不行，我得抓紧时间带鸽子走，离开这座城市越远越安全。

吃饭的时候杨杰告诉我，他已经把六万元打到我的银行卡里了，让我尽快带鸽子去看病。我也想立即就走，可我一身的伤，脸色苍白，我怕鸽子看见了会问我怎么了。她是个心细的女孩子，当着她的面再隐瞒她，恐怕很难说得过去。

我只好耐下心来，好好地休息一天。如果身体稍有恢复，我就赶到鸽子家，一刻也不想再耽误。宋队帮我的忙需要感谢他，等我过了这一阵子再回来请他吃饭也不迟。这时候，只要鸽子好，只要能治好她的病，不会受到那帮歹徒的伤害，其他的一切对于我来说，都不是太重要了。

假如睡了一觉，身体还难受，脸色看起来还是苍白可怕，那我就再等一天，顺带把宋队的这份人情给谢了，等到后天，我想一定能恢复过来。

我对自己的体质还是挺自信的，去年我代表市队和其他市的选手打比赛，对方不按常规出牌，暗中请了一位刚从国外维和回来、获得过联合国奖章的特警与我比赛。当时比赛的时候我不知道这些情况，见这哥们儿个子不高、黑瘦黑瘦的，从来没见过，以为是个新人，我根本没把他放在眼里。我擅长用腿，心想凭我的身高，再用腿猛攻，让他近不了身，瞅准机会，旋身飞踹，一脚不行那就连环出击，立马就能把这哥们儿踢趴下。

这哥们儿本来那架势，是打算用拳击跟我过招的，见我用脚打他的外围，他也突然改变了战法。我趁他向左移位的刹那间，飞起右脚击向他的肩头。我当时还想着，这哥们儿这么瘦小，别把他给踢散了架。所以我出脚之前就动了恻隐之心，不踢他脖子以上的部位，选择肩头作为攻击目标，而且尽量不使上全力。

没想到我的腿刚抬起，这哥们儿反应太快了，我都没有看清是怎么回事，对方抬起右脚，我立即感觉到脚踝钻心地痛。我当时就清醒了，原来这是一个深藏不露的高手啊！我改变了战术，以虚打实，拳脚并用，攻其要害，加大了还击的力度。

可是，没等我完全施展开身手，我就稀里糊涂地挨了一记重拳，头闷闷的，腹部也被这哥们儿膝盖顶得如肚子里忽然被高压气枪充足了气一般的暴涨难忍。我被打得鼻青脸肿腿抽筋，浑身像散了架一样倒了下去。

队友们后来跟我说，那哥们儿把我当成了恐怖分子一样打击，我被抬下来时已经昏迷不醒，队友们都以为我就这样要挂了，可谁知我在送往医院的途中，美美地睡了一觉，醒过来没什么大碍，回来休息了一天，照样可以继续修理电器。

这次伤得很重，但跟那次打比赛相比，对方是个愣头青，暗中下的狠手不比五毛他们打我轻，我都挺过来了，这次我相信自己一定能很快好起来。

好了，不用多想了，还是先睡觉吧，所有的问题都等到一觉之后，看情况再说吧。

我重新躺在床上，闭上眼睛，调整好呼吸，尽量控制着自己什么都不去想，我目前最重要的任务，就是好好地休息。

我静静地躺着，大脑里一片空白，本以为很快就会睡去，可随着时间的推移，身体始终处于不动的状态，身下受伤的部位隐隐地疼。

我翻了个身，还是不怎么舒服。我再翻到另一边，身上依然还是难受得不行。这样翻来翻去，我的睡意全无，脑子里再也清静不下来。一会儿担心我这次撒谎骗过了鸽子，万一她还是不相信，或者想给我真弄一个惊喜，忽然间跑了回来感动我一次，那岂不是很糟糕，我该如何去应对？

一会儿又想着，吴海英居然答应把那一百万白白地送给我，只要求我替他保守秘密。是什么秘密，能值这么多钱呢？

到了现在，他还会怀疑我把钱转移给其他朋友了吗？万一他分析出没有其他的人帮着我，他为了掩盖那个秘密，找个机会暗中给我一枪，那我岂不是很悲哀？

会吗？会是这样的结局吗？

我又想着，钱袋子里会有什么秘密呢？是藏着金条还是有银票？这些都不太可能，至少这些东西不至于让他们那么惶恐，花那么大的精力来追捕我。

那会是什么呢？

噢，对了，会不会是齐六的某个手下，因为分赃不均，对齐六产生了怨恨，从而捞足钱财，瞅准了机会叛逃了出来？不仅拿走了齐六的一百万，还带着齐六的某个犯罪证据，所以齐六才会不惜一切代价，要追回那个秘密呢？

可能这个叛逃者，说不定还是齐六身边的高管呢！兴许比吴海英的职位还要高，不然，他不会得到什么重要的犯罪证据，能够让齐六那么恐惧。

这让我忽然间想起了以前看过的伊拉克和利比亚政府在最后即将倒台的时候，大批的高官外逃，不仅带走了大量钱财，还把政府所做的不可告人的秘密一并带了出去。

可齐六现在过得好好的，根本没有要倒台的迹象，怎么可能会出现这样的事情？他的手下谁敢对他不忠？谁又能抓住齐六的把柄，给他造成致命的打击呢？

齐六这人挺聪明的，不可能把身边的人逼到那样的绝境而不及早加以防范。

不可能！一定不会是这样，这个判断也站不住脚。

那，还会是什么原因呢？

想了半天，我也想不出来结果，干脆放在一边不去分析，还是继续想想宋大队长下一步会采取什么行动。

我把五毛交给了他，还有那把五连发的钢珠枪，有了这个证据，相信五毛是逃脱不了了。假如从五毛那里打开缺口，能不能把吴海英给咬出来呢？

今天上午的行动，要是逮到几个穿黑衣服的人就好了，他们拿着霰弹枪还有其他凶器，只要逮到几个，那可就是黑社会性质的大案了。如今的黑社会，政府的打击力度挺大的，相信只要能把吴海英给揪出来，那齐六说不定也就撑不了多久了。只要他们倒下去，我的日子才会好过起来。

但是，这帮歹徒就那么好揪出来吗？

五毛那家伙十分阴险，他会坦白交代一切罪行吗？

即使五毛招供了又怎样？能搬得动吴海英，还有齐六？

齐六那么大的根基，也不是一天两天就成功的。那么多人举报他，他犯那么多重罪，不都一一化解了吗？既然他能一次次毫发无损地躲过去，这次小小的案子对他来说又能算什么呢？

对了，我在这里睡着，张副所长肯定知道我回来了，他会不会又听从吴海英的指使，对我采取行动呢？

我越想越恐怖，浑身淌满了汗，一阵阵钻心的痒又要来袭，我赶紧下床起来，打乱思绪，去洗手间重新擦洗了一遍，好让自己的心情平静下来。

经过一个多小时的折腾，我实在是累了，昏昏沉沉地不知道什么时候竟然睡着了。

我睡得正香，忽然，枕头旁的手机嗡嗡地震动起来，我忍着困意睁开眼睛，拿起手机一看，是常小娟的电话。

我按下接听键，把手机放在耳朵边"喂"了一声，手机里突然传来常小娟的哭声。常小娟哭着跟我说："大印哥，你在哪里？快来救我！"

我一骨碌爬起来，再也没有了睡意。我对着手机，急切地问："怎么了，小娟？别哭，你慢慢说！"

小娟依然哭着，告诉我："你快来，有几个小流氓堵截我，我回不去学校了！"

"你在哪里，我现在就赶过去！"

小娟告诉了我具体位置，我迅速穿上衣服，脸也顾不得洗，奔下楼，打开卷闸门走出来，再以最快的速度锁好门，跑向马路边，拦下一辆出租车，对司机说："快，为民街！"

我看了一下时间，已经是晚上九点多钟，冬天的夜晚，路上没有多少车辆，很快来到为民街口，我打小娟的电话，问她在哪里。小娟说，她正躲在为民街最里面的一个小区里。

到了小区门口，我对着手机说："小娟，你出来吧，我到小区门口了！"

我站在小区门口朝着里面张望着，不一会儿小娟从小区里神色慌张地走出来，一见到我，小娟哇的一声哭了起来。我赶紧迎上前，牵着她的手，朝外面走着，我问她："怎么了，谁在堵截你？"

小娟说："刚才我出校门想买点东西，遇到三个小青年，我不知道他们中的一人，怎么认出我是在龙盛湾做按摩的，上来就要拉我陪他们去喝酒，我不理他们想跑回学校，三个流氓就拽着我不让我走。"

小娟说着说着，哭得越加伤心了，我拍了拍她的手，安慰着说："没事了，别怕，有我在呢！"

小娟哭了几声，继续说："后来不知道谁报了警，也许是警察执勤正好路过，他们几个看见警车过来，吓得全都跑了。警察见我没事，问了几句也就走了，我以为三个小流氓被警察吓走，不会再有什么事发生，我就没有直接回学校，打算继续走去前面的超市买东西。可谁知，谁知——"

小娟说着说着，脸色变得惨白，非常惊恐地说："谁知他们没有走远，警察一走没几分钟，他们又出现了。我不知道他们从哪里又冒出来的，上来一个小流氓就要抱我，我踩了他一脚，另一个小流氓伸手来拽我，我手指甲长，对着他脸抓了他一把，趁着他们没有反应过来，我赶忙跑进为民街的这个小区里，他们也跟着过来了，我藏在一个暗影里他们没有找到，吓得我也不敢出来，我就打你电话让你来救我。我怕他们还在哪个地方躲着等我出来报复我，我好害怕！"

"没事的，有我呢，我送你回学校吧！"

我拍拍小娟的手，小娟就势把手挎进我胳膊里，依在我身边，紧张地四处张望着。

我见她如此恐慌，就转移话题问她说："这么晚了，你出校门买什么呢？"

小娟忽然间不好意思地笑了，看了看我，没有说话。

我顿时明白了，故意逗她："走吧，我陪你去买。"

"真的呀？"

"当然是真的了。"

小娟神情好了许多，忽然问道："你也陪女朋友买过吗？"

"这个真没有。"

"这个可以有！"

"这个真没有！"

小娟笑得咯咯的，挎着我胳膊，娇声说："干吗要对我这么好？"

"你这人不错啊，还救过我的命。"

"要是没有救过你，你还会这样对我好吗？"

"那可就不好说了，我这人很势利的，别人不首先对我好，我是不会对别人好的，多不划算啊！"

"骗我！"

我哈哈大笑，小娟差不多忘记了刚才的不愉快，满脸的开心，和我一起朝着为民街的出口走去。

为民街足有一两百米长，两边人多都是卖服装的，因为在中间的位置有一个工商局的对外服务大厅，为民街因此而得名。白天这里非常热闹，到了晚上，买卖服装的人都走了，小街上漆黑一片，除了偶尔有出入里面小区的人经过，基本上没有生人再来。尤其是在这寒冷的冬天，更是少有人晚上溜达到这里。

风从小街的入口处毫无遮拦地吹进来，吹在两旁关起的卷闸门上发出怪异的响声。我陪着小娟朝前走去，让人误以为是一对恋爱中的情侣，忘记了地冻天寒，正在享受着爱情的美好。可我知道这一切都是虚假的，我不清楚小娟会怎么想，至少我的心中此时没有丝毫的浪漫情怀。

我边逗小娟开心，边小心翼翼地朝前走着，暗自里琢磨着，怎么会这么巧，小娟一出校门就被认了出来？小流氓们是不是真的找小娟按摩过？他们为什么如此胆大，在大街上竟敢如此放肆，居然警察来了他们还不滚远一些，还敢再来骚扰小娟？

他们会不会是吴海英派来的，就是为了引我出来的呢？

我的一颗心顿时揪了起来，时刻注意着周边的情况。忽然，在为民街的入口处，出现了三个小青年的身影，小娟吓得抓紧了我的衣袖。未等小娟说话，那几个小青年也看到了她，其中一个人大声地说："出来了，还跟着一个男的，搞死他们！"

我把小娟拉向身后，轻轻地说："别怕，小娟，我来替你出出气！"

小娟拉着我的胳膊，紧张地往后面退，说："还是跑小区里躲起来报警吧，他们人多，不要惹他们！"

"放心吧，小娟。"

三个小青年见只有我一个男的，便扬威耀武地迎面而来，脸上露出了得意，其中一人还从兜里掏出一把水果刀，凶狠地冲着我说："小子，识相的就滚开，别在女人面前充大尾巴驴，小心我们把你给剀了！"

我听这小子如此一说，心里反而踏实了。可能不是冲着我来的，不然不会让我滚开。

小子们，谁滚还说不定呢！既然你们如此猖狂，那我就陪着你们玩一玩吧！

我把小娟藏在身后，双手抱怀，迎着他们冷冷地问道："刚才就是你们几个浑蛋找的事？"

"你丫的说谁浑蛋呢？"拿刀子的小子仗着手里有凶器，在我眼前虚晃一下，想趁着我没留神，拿刀捅我。

我一瞧这小子，无冤无仇的竟能下去如此狠手，对他便不客气。刀即将到我身前，我猛地一旋身，躲过刀的同时，转到了这小子的右侧。我迅速伸出右手，擒住小子的手腕，往身侧一带，左拳随即跟上，一拳砸在这小子的脸上。小子嗷嗷惨叫，扔了水果刀，蹲在地上鬼嚎个不停。

另两个小子吓坏了，忙向两边逃去。我抓着一人肩膀给拽了回来，怒声吼道："给我跪下！"

我照着这小子的腿肚子就是一脚，这小子双腿一软，倒在地上。我再想去追另一个小子，见那小子忽然从墙跟前，拿起一把清洁工用的大扫把，高高地举起，照着我身上就扑打下来。我连忙向旁边闪开，没曾想扫把上还粘着脏水，弄了我身上脸上都是脏水，我用手抹了一把，一股臭味随之而来。我气坏了，这是哪里的扫把，不会是扫厕所的吧？

我一阵恶心，把怒气全发在那小子身上，趁着他变换身形，准备举起扫把再来扑向我的时候，我抬起右脚踹向扫把，这家伙忽然把持不住，扫把脱手飞出，我迈步向前，逼近他身旁，伸出双手迅速抓住其肩膀，抬起右膝猛一下朝上顶去，这小子立马嘴里喷血倒在了地上。

小娟在旁边说："就是这家伙最流氓了！"

我不知道他是怎么耍流氓的，既然小娟说了，我定饶不了他。

我继续向他踢去！

一脚，一脚，再来一脚！

小子顺地打滚，哭叫着向我求饶。

几个小流氓不是习武之人，尽管我心里有气，对他们下手我却没有使出全力，不会有大碍。我捡起地上的水果刀，做出要捅的样子吓唬吓唬他们，好让他们今后别再仗着自己长得像流氓，再去欺负其他的女孩子。

我大声命令道："都给我跪下！"

我伸手一把把忽然蹿起想逃走的一小子，摔在地上，抬起脚按住另一个也有逃跑企图的小子，再次命令道："再不听话，小心我捅死你们！"

小子们一看这架势，根本不是我的对手，忍着疼痛跪在了地上，我指着在一旁看得开心的小娟说："你们睁开狗眼看好了，她是我妹，谁今后再敢欺负她，我决不轻饶！"

"是，是，我们不敢了！"

"要想活命，都给我从这里蜷起身子滚着出去！"

"刚才你小子不是说让我滚吗？滚，我还没有学过，那你们先滚起来我看看吧！"我用脚尖点着一小子的头，让他带头先滚起来。小子们一瞧，离街口至少还有几十米远，要是真滚着出去恐怕很难。小街上静悄悄的，也找不到人求救，一个小子只好苦歪歪地对我说："大哥，不滚成吗？我们真心认错成吗？"

另一个可怜巴巴地望着小娟，求饶着说："姐，我错了，我不是东西，我浑蛋！"

这几天来的怨气突然得以发泄，我的心情好了许多，感觉身上的伤也不怎么疼了。我止要说话，忽然听见警车响着警笛开了过来。正好警察来了，那就交给警察处理吧。

110警察迅速从车上下来，走到我身边，大声命令我道："放下凶器！"

我一愣，一瞧自己手里的刀，顿时明白过来，赶紧把刀刃收起，递给身边的警察，说："刀是他们的，我把他们制服了！"

我把经过简要地跟警察说了，警察刚才出过警，认出了小娟，便没有再为难我，让我和他们一起回去协助调查。我知道遇到这样的事情，一时半会儿也走不了，警察也得把事情经过搞清楚，做完笔录什么的。

警察一脸威严，命令小子们站起来上警车，其中那个胖子叽叽歪歪地不愿意走，想跟警察耍赖皮，警察两眼一瞪，小胖子吓坏了，赶紧爬进了车里。我和小娟被要求坐在前排，警察押着三个小子坐在后面，警车没有再鸣警笛，只忽闪着警灯，很快来到了一个地方停了下来。

走在路上向这边拐弯的时候，我的心就陡然间揪了起来，这不就是张副所长所在的派出所吗？怎么又把我送到了这个地方？

第二十八章　派出所里的热吻

警车停在派出所的院子里，从屋里走出一个警察，我一瞧，正是折磨过我的协警。协警走到车前，跟110警察打了声招呼，伸头朝车里瞧了瞧，忽然间看见了我，咧开嘴乐了，说："好啊你，不请自来啊！"

我没理他，扭头和小娟说话，故意搞得他下不了台。反正今天我是见义勇为救人的，不是你手下的犯人，防暴大队宋大队长都救过我，都没有说我犯法，你个小协警，能把我怎么样？

协警见我没理他，也没跟我计较，直接问110警察怎么了。带队的110警察对他也不客气，绷着脸说："你们领导呢？"

协警讨好地说："都出去办案子去了，就我一人在这里值班。"

"都不在？"

"马上就回来了。要不我打电话帮你问问？"

110警察没说话，协警掏出手机，不知要打给谁，正拨着电话，开进院子一辆警车，协警说："我们领导回来了！"

张副所长和三个警察下了车，协警迎着张副所长说："张队，他们带了几个人，找你移交。"

带队的110警察和张副所长走到一旁聊了几句，然后走回车前，让我们全下车。110警察坐回车里，跟张副所长挥挥手，掉转车头，开出了派出所大院。

张副所长对协警说："把他们都带进来！"

张副所长一说完，猛一下瞧见是我，阴沉着脸说："你终于还是回来了！"

我连忙向他解释："我今天是救人的！"

"别跟我解释，你的事还没完！"说着，张副所长扭头冲着协警发火，"还愣着干吗？还不把他铐起来！"

协警拿出手铐就要铐我，我正要说话，小娟忽然冲在我前面，挡住协警说："他是救我的，你们干吗要铐他？"

协警一脸的坏，冲小娟说："你说要干吗？他是逃犯你不知道吗？"

"他不是！是你们冤枉了他！"小娟答得干脆，不知哪里来的胆量，依然挡着协警，不让他靠近我。

"你让开，再不让开，我连你一起铐上！"

小娟依然不屈，怒视着协警。我怕协警跟小娟过不去，拉开小娟，指着协警说："你算什么东西？你敢动她，我搞死你！"

协警一看我发怒，吓得后退了一步，张副所长大声吼道："这里是派出所，你想暴力抗法？"

张副所长这一嗓子，立马提振了协警的精神，他拿起手铐，跨前一步就要铐我，小娟再次冲上前，协警伸手推她，小娟急了，抓起协警的手臂就咬，协警疼得嗷嗷直叫，挣脱开被咬的手，抡起手铐就要砸向小娟。

我一看不好，忙向前飞起右脚踢向手铐，手铐擦着小娟的脸庞斜向了一边，好险！

我再猛一旋身，整个身体撞向协警，协警被我撞了个结实，一屁股坐在了地上。张副所长拔出手枪，怒道："全都给我抓起来！"

小娟拼命挡在我身前，可着嗓子说："你要开枪，先打死我吧！小流氓你们不抓，凭什么要抓他？他是救我的，你们还讲不讲理啊！"

另外三个警察冲了上来，硬要把小娟拽开，小娟死命不从。我忙把小娟护进怀里，和他们说："别抓她，我听你们的！"

我伸出手，让警察给我铐上。小娟哭得凄惨，拼命推搡警察，张副所长火大了，命令道："两个人都给铐上！"

小娟拼命挣脱，终究没有警察力气大，我们俩都被铐上了。三个小流氓本来还是一脸的愁容，见我们俩被铐上，他们三个跟没事人一样，站在旁边偷着乐。张副所长看着不顺眼，依然发着火，对着警察说："留着这三个小流氓干吗，还不把他们铐起来？做完笔录都送去拘留所！"

三个小流氓哪里见过张副所长这么凶狠的模样，小胖子腿一软，又跪在了地上，痛哭流涕地说："我没参与啊，我跟着他们出来玩的，我什么也没干，你们放了我吧！"

被我撞倒地上的协警爬了起来，他面子上挂不住，但也不敢拿我撒气，瞧着小胖子不顺眼，上去就把手铐铐在了小胖子肥嘟嘟的手上，拽着手铐朝上拉，恶狠狠地说："现在知道怕了，早干吗去了？"

小胖子坐在地上就是不起来，可能是手铐磨得手腕疼，哭声越加凄惨，一个劲地喊道："爸，快来救我！爸，杀了他们！"

"喊你爷爷来也不行！起来！"协警使出吃奶的劲，朝上拽着手铐。

"我爸是局长！"小胖子瞪圆了眼，咬着牙发着狠说。

协警不信，说："你爸还是联合国秘书长呢！没用，再不起来我揍你了。"

另一个小流氓说："他爸真是局长，是水利局的副局长，分管防汛抗旱的，不信你去查查！"

听这小流氓说得这么肯定，协警有些信了，不再那么猖狂，但当着这么多人的面，也不好立马就变脸，依然不依不饶地说："不管你爸是谁，总得讲道理吧？你起来，进屋里把事情经过说了，不是你的问题就不会冤枉你。"

协警不再拽着手铐使劲往上拖，改成架着小胖子的胳膊，又上来一个警察，一起架起小胖子，进了一楼的一间屋子，另外两个小流氓也一起跟了进去。

另外两个警察也不问问常小娟的具体情况，便把我们俩带上二楼，进到最里面那间一开始关过我的屋子。这两个警察还算仁义，没有过分为难我，一个警察取下小娟手上的手铐，另一个警察解开我的左手，抓着手铐把我的右手和小娟的左手铐在了一起，警察看了看我们两个，不知道看出了什么端倪，其中一位扑哧一声笑了，说："老老实实在这屋子里待着吧，先反省反省再说！"

我见他不像是坏人，恳求他说："大哥，放了她吧，我听你们的！"

警察说："干吗那么冲动，不知道这里是派出所吗？"

警察没有回答成不成，走了出去，把门给反锁上了。

我一肚子的怨气，关进这里也没了办法，拉过两把椅子，和小娟并排坐在破桌子旁，我对小娟说："这里就是那天关我的地方。"

小娟脸上的泪水未干，带着哭腔说："他们凭什么这样对你？凭什么不分好坏随便抓人？"

这个问题看似简单，可我怎么也回答不上来。我和小娟的手铐在了一起，就把她的手抓过来，紧紧地扣在一起，我满含歉意地说："小娟，让你也跟着受苦了。"

"不，是我拖累了你，要不是我打电话叫你来救我，110也不会把你带到这里来，都是我害了你！"

"傻丫头，哪里像你想得那么简单！"

小娟问我："还有什么复杂的，明明就是你救了我，按理说算是见义勇为，应该大力表扬才对，他们凭什么不分青红皂白，把我们俩一起关起来？"

我无法直接回答，叹息一声，说："社会上很多事情，是说不清青红皂白的。"

小娟不吱声了，靠在我的肩膀上，又问道："大印哥，你怕吗？"

我给小娟壮胆，说："我们又没有犯法，怕什么！"

小娟斜过身来，仰着头望着我，说："我怕！我们该怎么办？"

小娟说着，眼里噙满了泪，瞬间流了出来，双肩不停地抽动。

我说："别怕，他们只是一时恼怒才抓了你，不会把你怎么样，要不了多久就会把你放了。"

"不是怕他们不放我，我怕他们还要打你！他们要再打你该怎么办呀？"

我用手背擦去小娟脸上的泪，深深地体会到小娟对我的好。可我竟然这么窝囊，连喜欢我的女孩子都保护不了。

我紧紧地攥着小娟的手，生怕一松手小娟就会被他们抢走了似的。我说："没事的，他们只是吓唬吓唬人，不会做出太过分的事情。"

"你身上还疼吗？"

"有你在，我早就感觉不到疼了。"

小娟与我相扣着的手，忽然间紧了，小娟埋头在我怀里，我拍着她的肩，默默无言。我们俩在这寒冷的冬夜，做梦也没有想到会被关在派出所里。

这间办公室我再熟悉不过了，我知道后墙的这扇窗户是没有安装防护栏的，那天我被关着的时候，苦于被铐在暖气管上挣脱不掉，我没有办法越窗逃出去。

今天，我可以方便地走动，可以走到窗前，只要爬上窗沿轻轻一跃，再顺着围墙后面的一棵树爬上围墙，那我就又可以成功逃脱了。

可是，我和小娟铐在了一起，还是那种新型的防拨式手铐，不是我能轻易打开的。

即使我能够打开，我能自己一个人逃走，不顾小娟的安危吗？

我走了，小娟在这里算什么？怎么办？他们一气之下，还不把她当成协助案犯逃跑来定罪？

我能带着小娟一起跑吗？

别说那么高的围墙小娟爬不上去，就是从二楼的这个窗口往下跳，估计她也没有那个胆量。她没有犯罪，只是情急之下咬了协警一口，而且她是受害者，想必等事情调查清楚就会放了她。

而我，我又该怎么办呢？

别说没有逃走的机会，即使有，我也不可能撇下小娟一个人逃走。可是，我就这样眼睁睁地等着他们再来折磨我吗？

万一他们拿小娟来威胁我，我不交代，他们就上纲上线，说小娟属于袭警，那我应该怎么办？

我心里好难受，我想不出有什么好方法来解开这一困局。

小娟趴在我怀里，有些冷，身子不停地抖，我欠起身子，想把上衣脱下来，从手铐这边穿过来，搭在她身上。小娟发现了，说什么也不愿意，坐起了身子，靠在我肩头，说："我不冷，你穿着吧，别冻着了。"

"你的手都有些凉了。"

"没事，我不怕冷。"小娟歪过头来，涩涩地笑了笑，"有你在我身边，我心里暖和。"

"傻丫头！"我挠着她的头，说："明天要是他们放了你，你就回去吧，别跟他们闹，我们惹不起他们，知道吗？"

小娟一下子坐直了身子，说："那你怎么办？"

"他们可能不会轻易地放了我，你先回去，放一个是一个，别都在这里受罪。"

"反正你是救人的，他们不放人，我也不走！"

"别这样，你这样我心里反而会不安。"

"不，我就不走！他们把我逼急了，我就跳楼给他们看，摔死人了他们该怕了吧？他们就不敢再关你了吧？"

我抓紧小娟的手说："你可别吓我！你不能拿你的命来赌，我可担当不起！"

"他们敢，我就敢！"

"别，别，小娟你听我说，他们抓我不是因为你的事情，假如不是因为那一百万，我救你说不定他们还真会表扬表扬我呢。可是，你这件事跟那一百万的事情一比，就显得没有什么了。他们会把这件事很快处理完，放你回去，继续盘问我那一百万的事，与你没有一点关系。你别做傻事啊！"

"我不管，反正这次你是因为我才被抓进来的。"

"小娟，你这样让我很为难！"

我不知道怎么跟她说才好，她一说要跳楼相逼，真把我吓了一跳。我可不想因为我，一个女孩子的生命就这么没了。

我把她抱进怀里，对着她的耳边说："小娟，别这样，要是你受到什么伤害，我一辈子心里都会不安的。别做让我太揪心、一辈子都要痛悔的傻事，好吗？"

小娟没有说话，趴在我怀里，沉默不语。

我靠在桌子边上，搂着小娟，闭上眼睛，就这样迷迷瞪瞪地瞌睡起来，不知道过了多久，我突然一惊，听见远处有车驶进了院子，没多一会儿，院子里又有了动静，是一帮人说说笑笑的声音。其中一个人说："给你们添麻烦了，回去我会好好教育他的。"

张副所长的声音接着说："也不是什么大事，说说他今后别这么干了，千万别打，小孩子都有逆反心理，打了再跑出去惹事更麻烦。"

另一个人一个劲地说："谢谢你们，给你们添麻烦了！"

接着各种嘈杂的声音一起传来，是那种非常欢快祥和的声音，接着车辆启动，再接着是一方对另一方说再见，另一方对这一方说拜拜的声音。后来，一切归于安静，就像几分钟以前，什么也没有发生过似的平静祥和。

看来，小胖子说得没错，他老爸这么快就把他给接走了，只留下了受害人还关在这楼上。

安静了一会儿，我听见有人上二楼的脚步声，可能是朝我们这边屋子来的。我推醒小娟，说："警察来了，可能要放你出去吧，别犯傻，能出去一个算一个啊！"

小娟睡得迷糊，坐了起来，没等我再交代小娟几句，门被悄然间打开了。只有被我撞倒的协警一人，这家伙站在门口，冷冷地看着我们。

尽管我杀了他的心都有，但这时候我不想再跟他有争执，我和气地说："小流氓都走了？"

"他们走不走与你没有什么关系吧？"

我还是忍下，不跟他争辩，说："这里也没她什么事了，把她给放了吧。"

"放她？"协警鼻子一哼，"我可没有这个权力！"

"张所长呢？"

"领导都下班走了，你们等明天吧！"

"喂，喂，都结束了，干吗还关着她。"我对着门口大声说，这家伙根本不理我，查看完毕，锁上门走人了。

没办法，既然走不了，还是继续睡吧，等熬到天亮，兴许他们的气就消了，小娟能够早早地出去，我一个人在这里，也就没有了太多的后顾之忧。

小娟换了一个姿势，把头埋在我的腿上睡去。我斜靠在桌子边，左手抚在她的背上，这样也好给她遮挡一些风寒。

不知道过了多久，小娟醒了过来，迷迷糊糊地问我："几点了？"

我掏出手机，对她说："还早呢，才三点半，继续睡吧。"

小娟说："我想上厕所。"

"这屋子里没有，得去外面了。"

"门被警察锁上了，这怎么办啊？"小娟着急地说。

我说："那就起来吧，我们到门口练练嗓子，让警察过来给开门。"

我和小娟手牵着手，一起走到门口，我晃动着大门，喊："有人在吗？上厕所！"

"开门啊，上厕所！"

我使劲晃动大门，始终没有人来。

小娟说："怎么办啊？急死我了！"

"想上大的还是小的？"

"小的。我快憋不住了！"

我看看屋子四周，对小娟说："我扶着你站到窗台上，你对着外面尿吧！"

"那么高，我不敢！"

这可怎么办，警察也不来开门。

桌子上放着不知谁的一只塑料饭盒，我一下子乐了，说："干脆你先解在饭盒里，然后倒在窗外。"

小娟不干，说："人家的饭盒，怎么能用啊，你真恶心啊你！"

"这时候你还管那么多？"

小娟在犹豫，我说："那你就憋着吧。"

"憋不住了啊！"

"那就用呀！"

小娟没辙，只好任由我牵着她的手，顿时红了，说："手铐去不掉，怎么尿啊？"

我嘿嘿地笑，说："这个时候，你只有将就一下了，别怪我哈！"

"讨厌你！你转过身，不许偷看！"

我转过身，把右手伸得远远的，由着她怎么牵，表现得跟绅士一样。

半天了我也没有听见水流的声音，我说："尿了没有？"

"我尿不出来。"

"怎么了？"

"你在跟前，我尿不出来。"

等了一会儿，我听见吱的一声，接着是急速的水流，我憋着笑，继续等待。

小娟听我在笑，使劲拽了下手铐。我没有丝毫防备，差点儿被她拽倒，一下子和她脸对脸。小娟羞涩的脸，绯红一片，嗔怒娇哆地说："臭流氓，不许偷看啊你！"

我赶紧背过脸去，说："这不怪我吧？是你拽的，我差点儿栽倒了。我也没看到什么，怎么就臭流氓了？"

小娟嘿嘿一笑，这么关键的时候竟敢撩拨我，说："你没看到什么呀？"

"没看到——"我刚想往下说，一想，说出来也真算是流氓了，索性就不说，留下一些联想。

"变态！大流氓！"

我笑而不语，不解释，也不辩解。

停了一会儿，小娟依然还蹲着，我纳闷了，问她："还没尿好吗？"

小娟痛苦地说："我来那个了，没来得及买卫生巾怎么办啊？"

我摸摸口袋，里面只有一张小纸片，我递给她。

她把我的手推开，说："这点纸，管什么用啊！"

"你口袋里平时不装一点纸吗？"

"我有包，装在口袋里干吗呀？"

"那你的包呢，今天没看你拿呀？"

"我出校门买包卫生巾，以为要不了几分钟就回学校了，我就没有背着包。"

"这下麻烦了吧？平常没事的时候，得多想着有事的时候，这样才会安全放心，知道不？"

我逗着她，脑子里飞快地想着，怎么样才能帮得上她。我这人就有这么个特点，越是看着什么事情办不成的时候，我越能想出奇妙的办法，把问题圆满地解决了。这方面郑魏佩服我，杨杰也佩服我，就连平常喜欢故意挑事打击我的鸽子，也对我佩服得五体投地。

唉！那么多的疑难问题我都有办法解决，可我就怎么没有找到什么挣钱的好办法呢？郑魏和杨杰看起来并不比我聪明多少，可他们怎么就那么会挣钱呢？

"怎么办啊？"小娟急得都要哭了。

"哎！过来看看办公桌的抽屉里有没有纸。"我脑子想其他的问题，一时忘了小娟还光着屁股呢，我回过头来对她说。

小娟赶紧用手挡在关键部位，难为情地说："你干吗呀，趁机耍流氓呀？"

我赶紧解释道："抱歉，抱歉，我不是故意的，刚才想给你找纸。"

"你就是故意的！"

"真不是故意的！"

"就是故意的！"

我牵着小娟的手，走到办公桌边，弯下腰一个一个打开下面的抽屉翻看着，一边继续跟小娟解释。

"就是，你就是故意的！"小娟不依不饶。

"好吧，我就是故意的！"

反正我是故意的了，都担起了恶名，不看白不看。我忽然间回过头，小娟正站在我面前，裤子掉在膝盖的位置。

小娟啊的一声，把我给吓了一跳，我赶紧手放在嘴边，嘘了一声。

小娟也吓坏了，忘记了我偷看了她，两眼直直地对着门口张望着。门外静悄悄的，半天没有动静，小娟才放下心来。

小娟忽然想起我看了她，使劲掐我的胳膊，咬着牙说："叫你坏！我叫你使坏！"

我故意大张着嘴巴，做出要大声喊疼的架势，小娟赶紧松手，不敢再掐我。

我找完一张桌子，没有发现什么干净的纸，就拿起桌子上的一本问询记录簿，对小娟说："要不，用这个将就着吧？"

"这哪行呀，那么硬，不管用的！"

我说："走，到那边看看去。"

我不再背着脸，牵着她的手朝前走。小娟不再遮遮掩掩，手扶着裤子不让它脱落到地上，跟着我走到了另一张桌子边。

我打开抽屉，果然有两卷卫生纸在里面，我问小娟说："这个还行吧？"

小娟嗯了一声。

我把卫生纸全拿了出来，问："这些够用吗？"

小娟乐了，说："我又不是牛，哪里能用这么多？"

我纳闷了一秒钟，再问她："牛来那个的时候，要用卫生巾吗？"

"你真恶心，真流氓，真变态！"

我哈哈大笑，有小娟陪着我，看来这一晚上过得也开心。

等小娟终于整理完了，穿上裤子，她歪着头看我，脸红扑扑的，突然给了我一拳。

"你这人真是的，我帮了你，你还不说好。"

小娟翻脸不认人，说："谁让你帮我了？你偷看我占我的便宜，你还说好听的。"

"我没偷看你啊！"

"还说没有偷看，刚才你干吗了？"

"刚才我是正大光明地看的好不好！"

小娟的脸愈加红了，红红的如苹果，好可爱。

我张嘴还想逗她，小娟一下子抱紧了我，一下子堵住了我的嘴。一个柔柔的、甜甜的、滑滑的又带着滚滚热度的小舌尖，突然侵入我的口中。

第二十九章　一夜红颜

我赶紧把小娟从桌子上抱下来，小娟还要与我缠绵，我说："别，别，警察回来了！"

"他们不会进来的。"

"万一呢！"

我牵着小娟，急促地说："快，把饭盒里的尿赶紧倒掉，还有地上的纸！"

小娟很细心，撕了几张纸，像刚才擦拭自己身体一样仔仔细细地擦拭着饭盒，边擦着边乐。

我说："你乐什么呢？"

小娟清了清嗓子，学着广告里的词说："自从喝了这碗尿，手也不麻了，腰也不酸了，腿也不疼了，吃吗吗香，身体倍棒，嘿，您瞅准喽，姑奶奶牌啥都治！"

我差点儿笑喷，我说："什么呀，你窜了几个广告词了啊！"

"多好，能治多种病呢！"

"你比我还恶心呢！"

小娟乐着，拿起桌子上的小勺子和盒盖，盖上饭盒，闻了闻，陶醉了一下，重新放在了原位，然后骑在我腿上，含情脉脉地望着我，说："刚才你想什么呢？"

"我在想，这谁能有这么大的福气，喝上你的新鲜尿呢！"

小娟打了我一下，说："恶心，不说这个了！我问你，刚才你吻我的时候，想什么呢？"

"是你吻我的好不好？"

"是你吻我的！"

"你先把舌头塞进我嘴里的好不好？"

"是你的嘴巴故意伸在我面前的！"

"切，你这人……"

没等我说完，小娟又要咬我的嘴唇，我忙闪开了。小娟端着我的下巴，就要强来。我使劲把头歪向一边，说："你再非礼，我报警了啊！"

"你这人真讨厌，一点情调都没有！"

我厚颜无耻地说："吻多没意思呀，要来就来真的！"

"你有种，等着瞧！"

　　我揣着一肚子的坏在笑，我准备把小娟从我身上抱下来。我说："小娟，你坐好，万一警察进来，看见了不好！"

　　小娟不依，双腿夹紧我的腿，屁股朝下坠，结结实实地坐在我身上，说："警察来了又怎么啦？看不惯呀，看不惯就放了我们嘛，姑奶奶我还不想留在这里呢！"

　　"就怕他们看不惯，不仅不放了我们，还把我们单独铐在那墙上，你想尿尿都不成，铐得你手脚发麻腿抽筋，想喝姑奶奶牌补补身子都够不着，你想想有多难受？"我指着后墙上的一排铁环，吓唬着小娟。

　　小娟顿时就不吱声了，听从了我的话，坐在了一边，可怜巴巴地望着我。我说："要不趴在我腿上再睡一会儿？天亮还早呢！"

　　小娟摇了摇头，说："我现在不困。"

　　"睡吧，夜长着呢，睡着了过得快一些。"

　　小娟歪过头来，靠在我的肩头，深深地叹了一口气。

　　我问："怎么了？"

　　"其实，关在这里也挺好的，至少能和你在一起，不担心你突然跑掉！"

　　"你这是什么话，想绑架我啊？"

　　小娟依然深沉地说："今夜是我经历过的最难忘也是最开心的一夜。"

　　"开心什么呀，被这帮人抓到这里待着，气都快气死了！"

　　"气是气，也很开心的。我不知道怎么了，一想到能和你在一起就开心，再一想到你要离开我，我就很难受。"

　　"小娟，不要这样。"

　　"嗯。我知道你有女朋友，你不会离开她的，我好羡慕她。"

　　"你还小，长得又漂亮，男朋友迟早会有的。"

　　小娟仰起头，望着我，说："我现在就要，能有吗？"

　　我躲闪着她灼人的目光，说："嘁，你以为上超市买米呀，想什么时候要，什么时候就有？爱情这个东西，得有机遇，等你大学毕业走出了校门，接触的人多了，自然大把的好男人就能遇到了。"

　　小娟没有被我的忽悠所感染，心情低落了下来。

　　我问："又怎么啦？"

　　小娟伤感地说："我从小命就不好，一直到现在还是这样，什么时候我才能转运啊？"

　　"你小时候怎么了，也是苦孩子？"我好奇地问。以前曾听她说过一点，总是愁眉不展地把一些愁苦闷在心里，没有说到深处。既然被关在了这里出不去，那就跟她多聊聊，开导开导她，也好熬过这漫长的黑夜。

小娟陷入了回忆，慢悠悠地说："我家在偏远的山村，山上可耕种的地少，一年收的粮食都不够吃的，爸爸妈妈在我不满一周岁的时候就去外地打工了，一开始还一两年回家一次，给我带些好东西，可是自从有了弟弟之后，父母就很少回来了。"

"你跟着谁过？"我问。

"爷爷去世早，我是跟着奶奶长大的。我听奶奶说，二十世纪七十年代初，有年家乡发大水，山上下来的泥石流冲垮了小山村。我爷爷当时是生产队队长，他在抢险救人的时候，不幸被洪水冲走了，最后连尸体都没有找到。奶奶那时候身体也不好，还要养活没有长大的我爸爸，幸亏当时生产队里的人比较好，尽管大家都很穷，还是尽可能地帮着我奶奶，给我们家很大的帮助，才使我们家度过了那个穷困的年月。后来我爸爸结婚了，有了我之后，因为山区还是很穷，指望种地根本吃不饱，爸爸妈妈就去外地打工了，剩下我和奶奶两个人在家。"

小娟想起了往事，脸上的愁云又起，很是伤感地说："我小时候非常恨我爸爸妈妈，自从有了弟弟之后，他们好多年都没有回来一趟，也很少寄钱回来给我奶奶。我是在城里一个好心的阿姨资助下，一直从小学上到大学。阿姨去我们家看过我，有一年暑假，还带我去好多风景区玩过。她告诉我，一个大山里的孩子，要想走出大山过上幸福生活，就必须要用心读书，多学些文化知识考上大学，眼界开阔了，才能够真正脱离那样的贫困生活。我好感激她，我努力学习，我也想跟她一样，等自己有了能力之后，来报答这个社会。可是后来，我才知道……"

小娟说到这里的时候，忽然间哭了。

我忙问："怎么了？后来发生了什么？"

小娟哭哭啼啼地说："去年的时候，那位好心的阿姨，很长时间没有打电话与我联系，我打她的手机也停机了，我感觉不对劲，就按照她以前给我的地址去她家看望她。我当时以为她可能生病住院了，我都请了假，打算去照顾她一阵子，她是我的大恩人，我要想办法来报答她。可是，等我去了她家，她家早已不在那里住了，我一打听才知道，阿姨，阿姨……"

我轻轻地拍着小娟的肩膀，她缓了缓说："我才知道，阿姨居然是因为贪污受贿被判了十三年！"

"怎么会这样？"我惊奇地问。

小娟说："我也没想到会是这样。阿姨在我的心中一直是一位面目慈祥、心地善良的好阿姨，但她的邻居们跟我说，阿姨的老公是国土资源局的干部，他们两个人利用手里的职权，贪污受贿了上千万元，她老公被判了死缓。"

小娟仰着泪脸问我："她为什么要这样啊？她要那么多钱干吗呀？我好想她能平平

安安的！尽管我知道她犯了罪，可她对我是有恩的，我要等她出来了，我来照顾她，给她一个幸福的晚年！可我现在才知道，我能给她什么呢？我大学毕业了又能怎样？到哪里去找到好工作？我连自己的生活都解决不了，又怎么去报答我的恩人呢？"

"小娟，你现在还是学生，别想那么多，只要你努力，等毕业了会有好工作的。报答一个人，并不是要有多少钱才行，只要你有那份心，等她出狱了，多陪陪她，在生活上多照料照料她，钱多就多花，钱少也一样能过得开心，心情好比什么都重要！"

"在我上大学期间，我自己找了一份兼职工作，虽然没有多少钱，我想减少一些阿姨的负担也好。可是，就在我知道阿姨出事的前一个暑假，我回老家看望我奶奶，我奶奶一个人在家，生活得很不好，我就多说了几句埋怨爸妈的话。我奶奶听得掉了眼泪，奶奶告诉我说，别怨恨你的爸爸妈妈，他们也不是不孝顺，也不是不想对自己的女儿好，你是他们的亲骨肉，他们怎么会不爱你呢？把你丢在家里，没有时间来关心你，他们是有苦衷的。你有很多事还不知道，你的爸妈怕你小小的年纪担心他们，故意隐瞒着没有跟你说，他们也是生活很无奈的。"

我忙问："你爸爸妈妈怎么了？"

小娟哭着说："我问奶奶怎么了，为什么好多年他们都不回来一趟，为什么很少寄钱回来给奶奶？奶奶说，爸爸妈妈给我生了弟弟之后，生活的负担更重了。爸爸为了多挣些钱，辞去了一家给钱少的工厂的工作，想去工地上做搬运工挣钱多一些。结果在工地上没做一个月，有一天在装卸建材的时候摔倒在地上，结果伤到了腰部，平常走路都很费劲，根本不能再做体力活，生活的担子全压在妈妈一个人身上。他们也想回来看望奶奶，可他们要先坐一天的火车到省城，再转长途汽车花半天的时间到乡里，然后还要坐上两个多小时的小四轮才能到家。我爸爸腰伤受不了长时间的路途颠簸，再加上要花很多钱买车票，我妈妈做清洁工，请假回来就没有工钱，所以他们很想回来，但苦于没有能力，始终没有回家一趟，始终在外面漂着。听我弟弟打电话对我说，他们住在一个简易的工棚里，夏天热得要命，冬天又奇冷无比，下一场小雨，屋子里都能遭水灾！"

我听了小娟的讲述，很是为她难过，我不知怎样安慰她才好。我忽然想到一件事，问她："你爸爸不是在工地上受伤的吗？工地老板应该负责啊，应该算工伤！"

小娟说："哪里给算工伤了，我爸爸在那边没干到一个月，他们说算是临时工不给办工伤保险，得自认倒霉！"

"你爸爸找当地的劳动部门啊，找他们应该会管用的！"

小娟说："我爸爸他们当时什么都不懂，等后来听人说，可以找劳动部门帮着解决，等去找的时候，那个工地的活早结束了，老板根本找不到去了哪里。"

唉！都是苦命的人。我没法排解小娟的苦，只能紧紧握着小娟的手。

"我以前挺气爸爸妈妈的，他们偶尔会给我打个电话，问问我的学习情况，我当时很生气，不是不接他们的电话，就是说上两句就挂了。知道了他们过得那么苦，我也开始理解他们，不再生他们的气了，想着今后多赚些钱，能够贴补贴补他们。虽然他们没怎么养活过我，可我毕竟是他们生的。所以，我为了能多赚点钱，才去龙盛湾做按摩。我也是没有办法才去做那一行的！"

"我知道你很苦，我理解你。"

"你理解什么呀？你们城里人不愁吃不愁喝的，哪里能理解我们的苦？"小娟不相信，望了我一眼，撇着嘴说。

我说："你怎么就知道城里人生活得都好呢？有很多苦你也是想不到的！"

"你会有什么苦？"小娟不相信，眼睛不眨地望着我。

我说："我跟你说，我小的时候是个结巴，很多小朋友都欺负我，就连我爸妈都不喜欢我，你相信吗？"

小娟瞪大了眼睛，说："真的假的，你小的时候结巴？"

我肯定地说："是！我都记不清从什么时候开始结巴的了。很多人说结巴不是天生的，是跟人学的，或者天生自卑或者孤僻造成的。我不知道我是什么原因，反正我记事之后就是个结巴，而且很厉害。老师上课点名点到我，我紧张得都说不出一个'到'字。上体育课排队报数，没有轮到我时我就紧张得不行，越是快到了心里越是紧张，就像被谁揪住了心不能动了一样。等我报数的时候，同学们都望着我偷偷地乐，等着看我的笑话，我就更加紧张，根本报不出来！还有，语文老师让我站起来朗读课文，我结巴得更厉害，根本读不出一个完整的句子。同学们喜欢拿我开涮，我那时候身体瘦小，经常被同学们欺负，他们时常打我取乐。他们知道我结巴，打了我我也说不清楚，看着我急得脸红头晕的，他们就开心得不行。有时候我被打了，身上有伤，我爸爸看出来了，问我谁打的，可我就是说不出来，越是紧张越是说不出来。我爸爸一生气，不仅没有安慰我，反而更加厉害地揍我一顿。这样久了，我越来越自卑，就越来越结巴了。"

"不会吧，你爸爸怎么会这样呢？"

"我爸爸没有什么文化，在工厂里干体力活，他管教小孩子的方式很粗暴，动不动就打。尤其是我结巴，他觉得很丢面子，打小我就是他的出气筒。那年，我上小学二年级的时候，我们班一个同学买了一副军棋，军棋你知道吧，就是带连长、工兵、地雷、司令什么的？"

小娟说："我知道。后来怎么了？"

我接着说："放学的时候，他带着军棋去另一个同学家玩，结果回家晚了，他怕他爸妈说他，路过我家门前的时候，把军棋交给我，让我帮他藏一天。我当时也喜欢玩这个，我爸根本不会给我买，我就高兴地答应了同学，拿着军棋回家自己玩。没想到我爸下班回家，一见到我在玩军棋没有看书学习，也不管军棋是哪里来的，一把夺去，给扔进火炉里去了，还把我死揍了一顿。"

"那怎么办啊？你后来怎么还给你的同学？"小娟急着问。

我说："是啊！后来同学天天找我要，还和他哥哥一起，天天堵着我打我。我没办法，毕竟把人家东西弄没了，是我的错，想什么办法也得赔人家。我就趁着家里没人，偷拿了钱，买了一副新的军棋还给同学。结果我爸知道我偷了钱，又把我暴打一顿。那一顿打，已经深深地烙印在我心底，一辈子都无法忘记。"

"你爸爸是怎么打你的？"

"你知道拿湿毛巾往身上抽是什么滋味吗？我爸爸就是拿湿毛巾抽我的。"

"怎么会这样？你是他儿子啊，他怎么能下得去手啊！"小娟很是惊恐。

我说："还有比这更可怕的事情呢！"

想到以往的可怕，我的眼睛不由得湿润了，往事历历在目，好像就在昨天发生一样。我说："后来还有一次跟这次的经历差不多，我借同学的一本《西游记》带回家看，因为我不小心没有藏好，被我爸发现我读课外书，他气得把书给撕了，我没法还给同学，又偷了一次家里的钱。从此，家里只要少了东西，我爸爸妈妈首先怀疑的就是我。可我真是冤枉，一生中就那么两次偷了钱，他们把所有的账都算在了我头上。记得我在上四年级的时候，家里不知怎么又少了一些钱，具体少多少我记不清了，我爸爸就把我叫过来，一把把我按在地上跪着，然后在我身边放了一个小凳子，让我把双手放在凳子上，他从厨房里拿了把菜刀出来，问我是哪只手偷的。可我真没偷，我爸爸根本不听我辩解，按着我的手，一刀就砍了下去！"

小娟啊的一声，眼泪当即喷了出来，惶恐地说："真砍了吗？"

"我当时才多大啊，我哪里知道他是吓唬我的？我当时真以为他会砍下去，吓得我血一下子涌上脑门儿，整个人都呆了，尿立马顺着裤子流了出来！后来，我爸见我死不承认，就把我绑起来，双脚朝上，让我的肩膀挨着地，拿毛巾拼命地抽我。就这样吊了我足足一下午，我硬是没哭。我闭着眼睛，不反抗，不作声，任由他怎么打。"

我说到这里，泪水在眼眶中不停地转，我赶忙仰起头，小娟拿出纸巾帮我擦去。我咽下一口唾沫，继续说："打那以后，我经常半夜里梦见我爸拿刀要砍掉我手的情景。每次惊醒的时候，我都是一身冷汗，浑身刺痒难受，心里感觉非常憋屈，好想放开喉咙大吼几声，好想找个人打一架，哪怕被对方打死，我都愿意！"

"你爸爸打你的时候，你妈妈怎么不拦着呢？"

"我妈妈也在工厂上班，经常我爸打我的时候，我妈妈还在工作，她也不知道。

我每次见到我爸单独下班回家，他脸色不好，我都会吓得要命，生怕一不小心做错了什么，又要惨遭一顿毒打。那时候我们家是住在工厂的家属区，吃水用的是共用水管，我常用的手法就是拎着水桶跑去水管那里，不管外面有多冷还是多热，能躲避一时是一时。有时候我爸心情突然好了，还跟我弟弟妹妹们说，瞧你哥哥多好，知道为家里做事了。那时候我才十岁左右，就一个人提着大水桶为家里接水。水管离我家有两百多米，就那么一趟一趟的，裤脚和鞋子每次都会被洒出的水弄湿，我从来没有跟家人说过，都是自己慢慢地靠着体温焐干的。"

"你爸爸妈妈现在知道你对小时候的生活充满着恐惧吗？你爸爸会不会很后悔？"

"我从来没有跟他们说起过这些事情。都过去了，说了也补偿不回来我的童年！"

"那后来呢？后来你怎么不结巴了？你家里人对你好些了吗？"

"我的结巴，是在我上了高中之后才渐渐好的。当时我看了一本励志的书，是美国著名的励志大师戴尔·卡耐基的书，书中说曾经有一个人小时候就是结巴，通过后天的努力，不仅克服了结巴带给他的苦恼，还当上了总统。从那以后，我按照书中说的那样，克服自卑心理，经常在人多的地方说话，渐渐地我的结巴就好了。我也是因为小的时候经常被同学们欺负才决定习武的，我比一般人都要刻苦，我知道只有自己把身体锻炼强壮，才不会被人欺负。结果我两样都做到了！所以，别管我们以前受过多大的苦，只要我们朝前看，朝好的方面想，去努力，不要气馁，总有一天我们会成功的！"

"嗯。"

我不知道今夜是怎么了，跟鸽子相处了那么久，我都没有告诉过她我童年的心酸事，没想到跟小娟说了这么多。说完了之后，我感觉心里好舒服，多年的压抑突然间得以释怀，那种如释重负的感觉是难以用语言表达清楚的。

小娟说："你现在还恨你爸爸吗？"

"小时候非常恨，要杀了他的心都有。现在不恨了，现在也挺理解他的，他们那个年代出生的人，经历过太多的苦难，没有什么文化，工作还十分辛苦，心里的郁闷不知道如何调整，很多家长都喜欢拿孩子出气。那时候每家都有几个小孩子，不像现在就一个，有好几家人宠着。我已经不恨他了，就像你说的那样，他给了我生命，把我养活了这么大，也可以说，正是由于他的粗暴，我才变得更坚强，我才有了今天的好身体，这些就足够了！"

"你不会还觉得他这样粗暴的教育方法很好吧？"

"哪里会？等我今后有了孩子，一定要好好教育他，跟他讲道理，多和他交流，让他有个快乐的童年，不要像我这样，童年都是在惊恐中度过的。"

"你会经常回家看望你爸爸吗？"

"会啊！干吗不去看他呢？他现在也意识到他以前对我的粗暴了。现在他老了，也挺可怜的，我会经常买些东西，抽时间回家看望父母。我们做儿女的，只要记住父母生养了你，把你带到了这个世界，不管这个世界怎样对你，我们都得以善良的心，来回报这个社会。只有这样，自己才会开心。从小方面来说，才会获得他人的尊重。从大方面来说，才会得到社会的认可，才能为这个社会作些积极的贡献，生活中也才会充满乐趣和意义。"

小娟立马笑了，说："你还挺能说大道理的，卡耐基的书看多了吧？"

我说："是啊！我卡耐基励志的书看得多，其他思想品德教育也学过嘛！"

"我怎么发现你现在越来越像我们的政治老师了？"小娟摸着我的头，挖苦我道。

我哈哈大笑，小娟瞥了我一眼，说："被你说得我都困了。"

我看了看手机上的时间，五点四十分，冬天的天还得一阵子才能亮，警察们上班也还早得很，这个时候不会有人来打扰我们。我就说："小娟，你趴在我腿上睡吧，天亮还早呢，也许一觉醒来，警察上班就会把我们给放了！"

"但愿吧，我先睡一会儿。"

小娟趴在我的腿上安静地睡去，我的困意也来了，也很快睡了过去。

忽然，我听到一声喝："你们俩还真能睡！"

我一下子惊醒过来，发现昨晚把我们带上楼的一个警察，已经把门打开，朝着我们走来。小娟也被吵醒，睡眼蒙眬地望着警察。

天已经大亮，我看了下时间，将近八点半，我和小娟居然能在这样的环境中，睡了这么长的时间！

警察笑眯眯地走过来问："是打算还在这里睡一会儿，还是打算现在就离开？"

我没有听明白，问："我们可以走了？"

警察反问我："你还很留恋这里？"

我见警察喜欢逗乐，不像是坏人，也跟他开玩笑说："要是让我也当警察，那我就愿意天天在这里，不给钱值班都行！"

"想得美你！赶紧回家去吧！"

警察给我们开了手铐，小娟这时候才反应过来，忽然问："你们就这样把我们给放了，哪些小流氓的事怎么处理？"

警察不耐烦了，说："把你们给放了，就什么也别问，赶紧走人吧！"

我无语了。我拉着她一起下楼，朝院子里走去。正巧碰见那个协警咬着烧饼从外面进来，我一肚子的气没处撒，装作没看见，迎着他撞过去。这小子没想到我会来这手，半截烧饼一下子被撞掉在地上。

第三十章　鸿门宴

小娟拖着我的胳膊快速地朝外走，小娟使劲掐我，我明白为什么，由着她掐，对着她不停地傻笑。

小娟咬着牙说："你找死啊你，刚才把我吓死了！"

我说："你不觉得很奇怪吗？昨晚张副所长见到我时那么凶狠，说我的事情还没完；你咬了协警，又说你是袭警，竟然还拿枪出来吓唬我们。可今天一早全不提了，突然把我们放了，连句解释的话都没有，这不是很奇怪吗？"

小娟说："或许是那三个小流氓老爸的势力大，他们不敢不放小流氓，心里发虚，干脆做个好人也放了我们。"

我心里清楚不是这么简单，但我也说不上来为什么。我说："不管什么原因了，既然出来了，那就该干什么干什么吧！"

"就是！"

我问她："你还买不买卫生巾了？"

小娟说："肯定要买啦！"

"走，先去肯德基洗洗脸吃些东西，然后我陪你去买！"我指着不远处的肯德基说。

"真的陪我去买呀？"小娟开心地问。

"那当然了，既然昨晚说过要陪你去买，那我得说话算话，不能失信于你嘛！"

"不用啦，有你这份心就行了！你陪着我去买，怪不好意思的。"小娟咯咯地笑，挎着我的胳膊朝肯德基走去。

来到肯德基，我们直接朝厕所走去，在外间的水龙头下洗脸漱口，完了再走到点餐的地方，排在一群小青年的身后。我问小娟吃些什么，小娟仔细看了看价目表，拉着我的衣袖走了出来。

我问她："怎么，没有看到好吃的？"

小娟说："早餐都卖那么贵，宣传画上拍得那么多，实际分量只有一点点，两个人三四十块钱都吃不饱，随便去外边什么地方吃，一半的钱都不要，吃得还要好。"

我说："这里环境又好，吃的也卫生干净啊！就在这里吧。"

小娟说："吃早餐十来分钟不要就结束了，要那么好的环境干吗呀？干净卫生的地方多的是，干吗非要到他们家？有钱让咱中国人赚多好！"

"你还挺爱国的嘛！洋品牌在国内不也是咱中国人开的吗？"

"那不一样，我还是喜欢支持正宗国货！走，去吃羊肉汤好不好？一大碗羊肉汤才八块钱，再加上一块钱的馍都吃不完，暖和又好吃，比这儿划算多了！"

这小丫头挺会过的，说的也有道理，大冬天的喝一碗羊肉汤确实不错。我平时早上都是三两块钱解决的，还舍不得每天都去喝羊肉汤呢！

小娟不由分说，挎着我的胳膊就朝马路对面走。穿过马路，走到一家大超市后面的一条小食街，老远就闻到了羊肉汤特有的香味。我咽着唾沫走到近前，狭小的屋子里坐满了人，都在埋头享受着。我付了钱，拿了三块大馍，递给小娟一块，我自己留了两块，站在即将吃完的一家三口的旁边等座。

这一家三口原本有说有笑吃得开心，见我们俩站在跟前，感觉有些别扭，但又不好说，于是两个大人闷着头喝汤，带着一个两三岁的小姑娘，长得跟瓷娃娃一样漂亮，搞不清楚我们站在他们面前干什么，睁着大眼珠子望着我们，一脸的童真，好可爱！

小娟闲着没事，拿手里的大馍往小姑娘脸上蹭，小姑娘生气了，突然把嘴里吃着的东西，往小娟的大馍上面吐，两大人一见，赶紧拉着小孩让她坐好。我在旁边哈哈大笑，小娟拿小孩没辙，气得打我一下，夺去我手里的一个馍，把她的跟我换了一个。

我正要说小娟，我忽然看见一个再熟悉不过的身影正和一个妖艳的女孩子一起，大概也是想来这里喝羊肉汤的。到了门口，朝里面张望了一下，猛然间与我的目光相遇，吓得赶紧把牵着女孩子的手放开了。

这不是五毛那个浑蛋吗？

我不是把他交给宋大队长了吗？怎么他也啥事没有给放出来了？难道他们绑架我，那么多的黑社会成员开枪围捕我，这些都不了了之了？

至少我逮着了五毛，还缴获了他的五连发钢珠枪，虽然不是制式手枪，但也是杀人武器吧，这可是实罪，至少得判几年吧？可为什么他就这么轻易地出来了？

他和一个女孩子过来吃饭，可能不是专门过来监视我的，那他看到了我会怎么想？他会报告吴海英再派人来抓我吗？

一家三口吃完走了，小娟招呼我坐下来，拿了两双筷子，飞快地跑去热锅里烫了烫，端来一碗羊肉汤让我先吃，她又跑去端来一碗。

我低着头边吃边想事情，小娟忽然用筷子打了我一下，说："想什么呢？怎么突然不说话了？"

我把刚才的情况告诉了小娟，小娟吓得不轻，说："赶紧走吧，别等会儿那帮人又追来了！"

我说："没事的。张副所长既然能放了我，一定是和他们通了气，他们不会再轻易抓我。"

"他们怎么会突然不找你麻烦了呢？是不是他们找到了钱，不再怀疑你了？"

我心里一沉，不会他们真找到钱了吧？

不可能！假如他们找到了钱，肯定清楚是我一个人藏的。假如真像他们说的那样，钱袋子里有什么不可告人的秘密，他们不想让秘密外泄，早就会向我下了毒手，根本不可能让我出来。

我说："管他们呢，先吃饭！"

我和小娟吃得饱饱的，接着小娟说去超市买东西，我要陪她一起去。

小娟说："谢啦，不用了，你回去睡觉吧，我买好东西也得回学校了。"

我和小娟说了拜拜，走到公共汽车站，不大一会儿我等的8路车缓缓地驶向站台。我站着没动，装作继续等车的样子，没有跟着人流一起上，注视着周围的动静。就在人们都已上去，车门即将关闭的一刹那，我一个冲刺，冲进车里，车门在我身后迅即关上。

我看看车窗外，一切正常，没有人跟踪我的迹象。

到了地方，我下了车，依然警惕地扫视着周围，也是什么可疑的地方都没有看到。我心里慌慌的，不知道这是怎么了，怎么警察这么放心放我出来，他们就不担心我取了钱逃走了？

他们派来的人呢？藏在哪里？

我现在算明白了，有警察监视的时候，虽然很烦，但心里还是比较安稳的。如今，不知道他们躲到了哪里、会采取什么方式，反而心里不太踏实。我这才明白，享受惯了有人站岗护卫，突然间没了，好不适应啊！

我打开卷闸门进到店里，然后再把卷闸门拉上。我没有上楼休息，把缴获五毛那小子的手机拿过来，捡起地上一张售楼宣传单，拨打售楼电话，手机中什么反应都没有，根本打不出去电话，估计是手机卡挂失了。

手机卡虽然打不出去电话，但上面电话簿中存储的号码都还在。我打开电话簿，一条一条查找。

好家伙，这浑蛋认识的大人物还真不少，上面董事长级别的就有十来个，还不加这个总那个总的。我按着拼音字母排列搜索，很快找到了吴海英的号码。

我打开电脑，进入移动后台，把吴海英最近三四天的接打电话记录全部调出来，竟有好几百条。

我再把宋大队长的电话号码输入进去，与吴海英这几天接打的电话进行搜索比对。我在输入的同时心里在想，两个人千万别有什么关联啊！他们两个要是有什么关系，那我可就死定了!

在我输入完的瞬间,搜索比对就有了结果,两个人不仅有联系,而且这几天还挺频繁的。最长的一次通话有二十多分钟,也就是最后一条,是昨天夜里十二点左右。

那个时间段,正是我和小娟被关在派出所里的时候。他们两个半夜三更的,会聊些什么呢?

我再从下顺着朝上一条一条看,有我离开防暴大队之后没有多久两个人的通话,更让我惊奇的是那天我在泉河村的小楼上,被吴海英派来的一帮黑衣人包围的时候,他们两个也有通话记录。

我一下子全明白了,他们两个是一条道上的,这几天我所有的经历,都在这两个人的掌控之中。

我这次莫名其妙地被张副所长给放了,估计也是宋大队长安排好了的。

我再搜索宋大队长的通话记录,发现昨夜十二点左右,他与吴海英通过电话之后,果然立即给一个人打了电话。这个手机号码我不熟,我把号码记在本子上,然后再调出这个人的通话记录,查出他所接打的几个座机电话号码,我也记到小本子上。

我用手机打114查询台,查询一下张副所长所在派出所的电话号码,很快114给我报了一个号码,我发现这个人接打派出所的这个号码很频繁。如此来看,宋大队长所打的这个手机号码,十有八九是张副所长的。

如果是张副所长的,那他们的谈话肯定与我有关。肯定是商量好了,先把我放出来,然后再按照他们的计划,采取下一步行动。

那么,他们的下一步行动是什么呢?

除了暗中监视,观察我是否去取钱,或者与他们想象中的那个配合我转移钱的朋友联系,他们还会采取什么花招来对付我?

我坐在电脑前苦苦思索,想了半天也没有想出是什么。

我心里惴惴不安,根本无法集中精力去想。既然想不起来,那我还是躲着他们好。

我上楼收拾了几件干净的衣服,带上牙膏、牙刷,把鸽子爱穿的衣服也挑选了几件放在一起,我这就去鸽子家。杨杰已经把钱打到我的卡里了,我现在有了钱,可以带着鸽子去看病,只要离开这座城市,相信他们的势力还不会扩散到外地去。

我收拾好衣服,装进一个包里,下了楼来,正准备打开卷闸门时,我的手机震动了。

我一看是杨杰打来的,忙按下了接听键。杨杰问我:"大印,你还在家睡觉吗?宋大队长要请我们俩吃饭,我在他车里,已经到了你店门口,你下楼来开一下门。"

我靠,这么巧!

我知道自己是躲不掉了,宋大队长一定非常清楚我在店里,也算准了我会逃走,他才会赶紧跑来堵截我。可怜杨杰这个好朋友，居然被他利用了。

宋大队长想干吗呢？仅仅是吃饭这么简单吗？

我只好装作迷迷糊糊的样子说马上下楼开门，挂了手机，赶紧把包又放回楼上。

我掀开楼上窗帘的一角，看到一辆丰田霸道稳稳地停在小店门口不远处，没有挂警车标识，却看见宋大队长坐在驾驶座上，正在与副驾驶座上的杨杰开心地聊着什么。

这时候只有出去迎接他们，我没有任何逃跑的机会。楼上、楼下的后窗户都是用钢筋护栏封死的，再想临时锯断逃走，时间根本不够。

我走下来，拉开卷闸门，宋大队长摇下车窗，见我出来了，爽朗地笑着说："大印，上车，我带你去吃好吃的！"

我装作什么事情也没发生一样，满脸欢笑向着宋大队长说："宋队，您亲自开车过来啊！下车进屋喝杯茶吧！"

宋队依然爽朗地笑着，说："下次再来喝吧，都中午了，找个地方吃饭去。"

杨杰从副驾驶座上伸过头来说："大印，赶紧锁门，上车吃饭去。"

我答应了一声，转身把卷闸门给拉上、锁好，重新展露出拍马屁特有的笑容，走到车边，拉开后排车门，钻了进去。

上车后，我说："宋队，谢谢您那天救了我，本来和杨杰说好打算昨天晚上就请您，我当时身体还没有恢复，回来睡一觉一下子睡过了，今天中午还是我来请吧！"

杨杰说："大印，你昨天夜里又出事了吧？"

我装傻，问："你怎么知道？"

杨杰说："我听宋队说的，你昨天夜里为救小娟打伤了人，是宋队一早找派出所所长把你给救出来的！"

"是吗？原来又是宋队救的我！"我恍然大悟的样子，连忙表示感谢。

宋队开着车，笑着说："别客气，都是兄弟，帮点小忙是应该的！"

假如是在平常，要是能听见宋队这么和我套近乎，我能激动个半死。我从后视镜里看见杨杰很是开心，他心里一定觉得特别带劲。

没等我再说感谢的话，宋队继续说："你们两个，还有郑魏那小子，说起来还算是我的学生呢！我教过你们几次吧，算不算？"

我和杨杰一起点头说："是，是，太算了！"

宋队继续说："你们几个基础都不错，尤其是大印，悟性特别高，今后有时间，我给你们开点小灶，让你们少走点弯路，学到真正的本领！"

宋队这一说，杨杰高兴坏了，立马说："谢谢宋队！谢谢宋老师！宋哥，今后我们就拜您为师了，行吗？"

宋队咧开嘴，笑着说："拜师要磕头的！"

"行啊！一定磕头！还要摆上一桌拜师宴呢！"我也跟着瞎起哄，立马改口说："老师，今天中午就算是拜师宴吧！"

宋队故意严肃地说："那可不行，拜师不能这么随便，得选个好日子，让我狠狠地宰你一顿才行！哈哈！"

宋队爽朗的笑声传出好远，激动得杨杰坐在副驾驶位上犹如屁股上长满了痔疮，一个劲地磨动不停。

我说："还是今天吧，我怕老师今天一高兴说了，改天不认账了，岂不是我们白高兴一场？"

宋队立马说："你看我是那样的人吗？"

杨杰拍马屁说："宋队向来一言九鼎，不会随便哄我们这些学生的！"

我们正开心地聊着，车到了一家饭店的楼前，宋队按照保安的指引把车停好。

这是一家名叫草原牧歌的饭店，新开张好像没几天，到处都是新的。我们三个走到一楼大厅门口，八位分左右站在两旁略有姿色的迎宾小姐，马上打开门迎我们进来，一起鞠躬齐声高呼："欢迎光临！"

我们三个没吱声，进入大厅，屋里的暖气十足，大部分座位已经有人，一个中学女生模样的服务员领着我们朝走道口的一个空座上去。

宋队马上说："上面开一个包间！"

服务员看了看我们三个，犹疑着说："你们就三位？"

服务员一说完，感觉这样说很不妥，立马改口说："对不起，先生，上面包间已经全满了，没有空的包间了！"

宋队收起了笑容，说："把你们张老板叫来！"

服务员很没眼色，说："对不起，先生，我们老板赶巧出去了，他现在不在店里。"

宋队彻底被这个不懂事的小姑娘给打败了，又不好冲她发火，只好掏出电话，搜出一个号码拨过去，对着里面说："听说你这里没有包间了，是吧？"

不知道里面说了什么，宋队接着说："我就在你们楼下，服务员告诉我没有包间了！"

宋队把手机递给服务员，冷着脸说："你接听一下！"

服务员接过来，听了两秒钟马上说："那是有人定了的。"

刚说完，小姑娘浑身一颤，手机里的声音突然大了许多，只是整个大厅太吵，我们没有听清里面在说什么，只见小姑娘一个劲地说："好，好，我马上请他们上去！"

服务员把手机递给宋队，说："老板要跟您说话。"

宋队没有再接，直接按掉。

小姑娘忙说："老板吩咐了，让您上二楼。"

小姑娘在前面带路，我们跟在后面，走过楼梯，穿过走廊，路过洗手间，再进入两排全都是包间的走廊，一直走到尽头，来到一个包间门口，服务员小姑娘停了下来，拉开门，脸上的表情不知道是在笑还是在颤抖，直愣愣地望着宋队，说："先生，请进！"

宋队对她和善地笑了笑，说："小姑娘别怕，我不是坏人，不骂人的。"

小姑娘顿时羞红了脸，低着头走了出去。

我一进来，立刻在心中赞了一句："好大的桌子！"

这里可能是整个饭店最大的包间，屋了中间的圆桌子，至少可以坐下二十个人同时进餐，难怪小姑娘不让我们上来，就我们三个人，她肯定是觉得消费不了几个钱，不舍得开给我们。

宋队说："别坐太散了，来，来，来，挨着一起坐！"

我和杨杰一左一右坐在宋队的两侧。

负责包间的服务员进来，可能是听了刚才那个服务员说了，什么也没问我们，满脸的笑容，递给我们菜单，为我们每人倒上一杯茶，然后站在一边等着我们点菜。

没过多久，菜便接连端了上来。宋队对服务员说："你去外面吧，没叫你就不用进来服务了。"

服务员答应了一声，正要走出去，宋队又说："你们老板要来，也别让他进来，告诉他我心领了，改天再和他喝酒！"

服务员甜甜地笑笑，说了声"好的"，见宋队没有其他事要吩咐，轻轻地走出去，顺带把门给关上。

宋队拿起一瓶酒正准备倒酒，杨杰赶紧抢了过去，站起来先给宋队杯子里倒满，然后给我的倒上，自己也来了一个满杯。宋队举起酒杯，说："来，兄弟们在一起第一次喝酒，都干了！"

我搞不清楚他把我叫来吃饭要干吗，索性不去考虑，先吃个饱再说。于是，我两只手端着酒杯，挨着他的酒杯下端碰了一下，再和坐在宋队另一边的杨杰意思了一下，说："感谢宋队，不，是宋老师把我救了出来！"

我们三个一连喝了三个满杯，脸上都喝得红扑扑的，喝出了感觉，也喝出了情义。

宋队拍着我的肩膀说："大印啊，你是特别有悟性的人，特别适合习武。"

我点头应承着，不停地说："悟性再高，也得要有好老师带，我今后就跟着宋哥了！"

宋队举起酒杯和我来了一个，说："今后的路长着呢，好好干，别再惹事了！"

宋队终于说到了正题，既然提到了，我便顺口说："宋哥，您也知道，这些天来我是被冤枉的，我不知道他们为什么会缠上我。"

"拉倒吧你！跟我还不说实话？"宋队翻眼瞅我，然后问杨杰："你相信他的话吗？"

杨杰马上问："你们在说什么呢？"

宋队说："还能说什么？就是大印兄弟，他把人家的一百万给拿来了！"

我赶紧说："我没拿，真的，你要相信我宋哥！"

宋队继续拍着我的肩膀，示意我别激动，等我静了下来，他才说："大印啊，我们是兄弟，也是师徒关系，我才对你说些掏心窝子的话。你能斗得过他们吗？"

我摇了摇头。

宋队说："是嘛！既然明白这个，那就好说了。你还那么嘴硬干吗？那么多的证据都证明是你拿的，你再坚持有那个必要吗？谁会相信你呢？"

我不打算在这个话题上跟他多说，我问他："吴海英他们那天去围捕我，带了几十个穿黑衣的人，他们好多人手里都拿着霰弹枪，明显就是黑社会的人，他们的话你也相信？"

宋队说："他们是不是黑社会，不是你我可以说了算的。他们有正规的手续，开的是合法的安保服务公司，不能因为穿黑色的衣服，就给他们定罪为黑社会吧？"

"那他们拿的霰弹枪，还有大砍刀呢？"

"在哪里？你有确凿证据吗？只要你有，我立马派人把他们抓起来，绝不含糊！"

"那天是我亲眼所见，他们很多人都有枪。需要我去法庭作证，我一定去！"

宋队扶着我的肩，表现很亲热、很关心的样子说："大印，别那么天真了好不好？法院看重的是证据，而不是所谓的亲眼所见的事实。你能拿出来证据吗？"

我说："那天我从五毛身上缴获了一把五连发钢珠枪，这个是事实吧？有没有可能给判个三五年？"

我装作很想知道答案的样子，盯着宋队的眼睛，祈求着他的解答。

宋队丝毫不回避我的眼光，看着我说："大印，你不说这个，我都差一点给忘了。你知道吗？他们告你绑架，还私自藏枪，并且开枪打伤了人呢！"

"怎么变成我绑架了？我还藏枪？我还打伤了人？"我感觉很惊奇。

"枪是你拿给我的吧？上面全是你的指纹，没有人家五毛的任何指纹，怎么能证明枪是五毛的呢？你打伤了他们中一个人的屁股了吧？那个人还在医院躺着呢！"

我忽然想了起来，确实我打伤了一人。就是商务车开进小巷子里的时候，我用一根树杈挡住了去路，那小子下车准备移开，我为了阻止他们，朝着他的屁股开了一枪。事情的经过我早就在防暴大队做笔录的时候说过了。

宋队说："他们现在告你绑架五毛，并拿枪要挟他，另一个一起的人被你一枪打中了屁股。这些对你都不利啊！"

我一听，立马就急了，说：“怎么可能？我找他们要钱干吗？”

宋队问：“你不是要给女朋友筹钱看病吗？”

这也能联系到一起，太牵强了吧？我说：“我给女朋友看病，与他们有什么相干？”

“有什么相干，我哪里清楚？不过，五毛和那个被你打伤的人都这么说，口供一致，对你极其不利！”

我说：“你们不相信，可以去看看，我就是被他们绑在张松家的二楼逃出来的，他家楼下还有他们几个人住在那里，专门用来对付不听话的人。要是不信，我可以带你去看。”

“大印，你别激动，你说的我也想相信，可是，昨天警察按照你笔录上说的去调查，结果是张松家早搬走了，那座房子一年多以前就拆除了，哪里来的二层小楼？张松也是一年多以前就外出打工，一直没有回来过，与你说的严重不符啊！”

怎么会这样？怎么能如此陷害我呢？

我急得不知说什么好了。

宋队安慰我说：“大印，我们是好兄弟，也是师徒关系，我很想拉你一把。”宋队说着看了杨杰一眼，说：“你问杨杰，我是不是都在帮你忙？”

杨杰不知道如何说才好，含含糊糊地点点头说“是”。

宋队继续说：“我跟你说实话，我是警察，本来是不想参与进来的，但我们是兄弟，我和吴海英也是好朋友。”

我一惊，抬起头望着他。

宋队说：“你听我说，大印，我和吴海英曾经是师兄弟，一起打过比赛，就像你和杨杰一样，一起战斗过的，关系非常好。但我绝对不会因为和他有这层关系，就去偏向他！我是担心你斗不过他们，先让他们别告你，争取私下里调解一下。只要你答应把钱给他们，我向你保证，他们绝对不敢再骚扰你，所有对你不利的指控，我也会让他们撤销。何必呢？大家低头不见抬头见的，为了一点小事去斗气，搞得自己不安宁，社会治安也乱了，就冲着这个，我也不能不问。大印，你自己好好考虑考虑我的话，还是给他们吧，别伤了和气。他们真要是不同意调解，真要去告你绑架勒索还开枪伤人，你这一辈子就完了啊！”

宋队使劲拍了我几下，意味深长望着我，我的脸由红而白，汗水滚滚而下。

宋队又瞄向杨杰，希望杨杰也来劝劝我。

杨杰便问我：“大印，钱是不是你拿的？”

杨杰的眼神告诉我，他是我的好朋友，他会站在我这一边，他不希望我出事。假如真是我拿的，他也希望我能按照宋队说的那样，听一句宋队的劝，尽早结束这恐怖的争斗。我在这场争斗中明显处于下风，大丈夫能屈能伸，千万不要与他们硬碰硬。

可是，我能告诉杨杰事情的真相吗？

我答应了宋队，就真的能够完全摆脱如今的困境吗？

他们能愿意冒着泄密的风险，放下屠刀，给我以清白吗？

第三十一章　逃跑（一）

我被宋队搞得晕头转向，心里着急万分，杨杰期待着我的回答，可我不知道该如何对好朋友说。

我好想向宋队坦白，是我拿的，我还给他们，我在情急之中根本没有来得及看清钱袋子里的全部东西，我只看到钱了，其他的一概不知，求求你们，高抬贵手饶了我吧！

这么说成吗？

能高抬贵手饶了我吗？

能相信我没有看清里面的东西吗？

谁会相信我？谁又能给我真正的保证？

——可是，钱不给他们，这么多莫须有的指控，哪一条都能送我进监狱！

我不看杨杰关心的目光，转而问宋队："我在泉河村被围困着的时候，吴海英打电话跟我说，只要我守住秘密，那一百万他就送给我了，到底什么秘密那么值钱？"

"我哪里知道他们什么秘密？"宋队一口撇开与吴海英之间的关系，接着说："既然他说那一百万给你，那你就把其他的东西还给他，你拿着一百万不就得了！这么多的钱到手，你还不知足吗？"

不对，宋队一定知道其中的秘密！我刚才并没有说钱袋子中还有其他的东西，我只是说吴海英让我替他保守秘密，可是，宋队却让我还东西给吴海英，这不是不打自招地证明他非常了解其中的秘密吗？

假设他真不知道其中藏着什么秘密，作为一名警察，出于职业习惯，也会好奇什么秘密能值用一百万去交换，尤其是像吴海英这样的社会名人，不可能不引起宋队这样的警察怀疑或者说是好奇。

如今看来，宋队也是他们一伙的，也是齐六使唤的一个卒，他为了帮着他的主子得到想要的东西，跟我玩了些花招，知道对我来硬的没起到什么作用，就猛打兄弟义气牌，想用情感的力量来骗取。

我好失望，我以前特别崇拜的英雄，就这样在我面前毫无征兆地轰然倒塌，搞得我措手不及。

宋队见我满脸的无奈，以为说到了我的内心深处，见我还在犹豫的样子，又说："大印啊，你虽然很聪明，但还不够成熟。男人到了你这个年龄，也该早些成熟起来了，应该懂得什么是聪明、什么是灵活。别让别人感觉到你喜欢耍小聪明，但做起事来一根筋，不懂得灵活。你瞧你现在混的，知道是为什么吗？"

我真不知道，我想听听他怎么说。我满脸期待地望着他。

宋队说："人活在这个世界上，不能单靠自己耍些小聪明，就混得有头有脸。得有人帮着你，有人愿意打心眼里拉扯你，你才能逢凶化吉，做出想要的成就。你要是给人留下只会耍小聪明的印象，那你这辈子就算完了！谁愿意帮着比自己还会耍聪明的人呢？人都有一种同情弱者、打压强者的心理，该装傻的时候得装傻，该收敛的时候一定要懂得收敛。得放低身段灵活一些，多处一些朋友，哪怕看起来损失了一些面子，那又怎样？等你得到了你想要的，你还找不回来面子吗？"

宋队这番话，听起来很有道理。可是，这与那一百万又有什么关联呢？他为什么要说出这么一番话来？搞得我云里雾里的，我晕晕乎乎地望着他。

宋队说："我说这些是为什么呢？就是要告诉你，你得把聪明用在正道上，用在对你自己有利的事情上。就拿这件事来说吧，是，你很聪明，大家也都看到了你聪明，可你的聪明起到了什么作用？只会让人更加警惕你，用更加多的时间、更加严密阴狠的手段来对付你，最终失败的只有你一个，你信不信？"

这段话我还是没有听太明白，我在脑子里回味着，得好好琢磨琢磨这是什么意思。

宋队不等我继续琢磨，又说："假如你不那么喜欢耍小聪明，稍微灵活变通一些，见好就收的话，以你目前的身手和智慧，别说吴海英喜欢你、愿意拉扯你，让你过得风风光光、有头有脸的，就是我这么对手下严厉的人，也是很喜欢的。所以，还是收敛一些小聪明吧，眼光再看远一些，脑子学灵活一些，把吴海英要的还给他，大方一点，也大度一点，这样会认识很多新朋友，会有很多有能力的人欣赏你，给你大把的机会，你还愁今后挣不到那点小钱，不能混出社会地位来吗？只要稍微拉你一把，做什么不比你守着那个破烂摊子，捣鼓一些破烂电器要赚钱？"

宋队说的也是，我连连点头。

宋队见我听进去了，又说："只要你愿意听我的，跟吴海英私下里和解了，今后大家都还是朋友，有什么发财的路子都会考虑到你，至少我这边不会亏待你，具体会怎么样帮你，就看你如何表现了！"

宋队说完，不再看我，转身跟杨杰喝了一个满杯。然后望着杨杰把杯子添满酒，再扭头转向我这边，手里端着酒，问我："怎么样？大印兄弟，考虑清楚了吗？"

我做出听懂了的样子点了点头。

宋队爽朗一笑，说："那就好！答应把东西还给他了？"

宋队端着酒杯，满眼的期待。

我说："我十分明白宋队是真心为我好，您这一席话对我教育很深，让我看到了自己的不足，找准了今后做人的方向。我要是真拿了吴海英的钱，就冲着您对我的谆谆教诲，冲您的面子，我即使再想要，我也会毫不犹豫地还给他的！"

宋队把酒杯往桌子上使劲一礅，不跟我喝了，生气地说："你怎么还这么倔，还这么糊涂呢？我跟你实说吧，大印，今天我来，一是看在我们师徒的份上想拉你一把；二是也顺带着我曾经的师兄弟调解一下，省得他不好向上面的老板交代；三，也是我来调解的重中之重的原因，你们之间这么斗下去，早晚要出大事，我不希望有什么重大的刑事案件发生，这是我作为一名警察的职责！吴海英已经代表他的公司和受害人报了案，你绑架了他的员工，还开枪打伤了另一个员工，这个案子已经移交给了刑警支队，我答应他们来劝劝你，如果劝说不成功，他们马上就来抓你。他们为了防止你逃走，已经在楼下面等着，就看你如何表现了。"

我惊得目瞪口呆，半天说不上话来。

宋队瞧着我的脸色，说："知道害怕了吧？你知道你这个案子查实了，你有可能判多少年吗？我告诉你，以吴海英他们的实力，肯定会想尽办法收集到对你非常不利的证据，恐怕你至少得在监狱里待上十几年！人生能有几个十几年？等你出来了，那一百万还算什么钱？你还有什么心情，有什么好身体，去吃去玩？别傻了，小兄弟，听我的，赶紧拿出来吧！"

正说着，宋队的手机响了，宋队看了一眼，跟我说："你好好想想，我去趟洗手间。"

等宋队拿着手机走了出去，杨杰立马凑到我身前，说："大印，趁着这个机会，你赶紧跑吧！"

"我跑了，你怎么办？"

"别管我了，你快跑吧！我没参与，他们不会怎么为难我的！"

我站起身来，走到门口，顺着门缝朝外张望，宋队正在走廊的另一头打着手机，显然从正门跑出去根本没有可能。

我赶紧走到后窗口，拉开窗帘，窗外没有安装防护栏，窗下是个半米来宽的夹缝，人可以斜着身子快速穿过。只要走出这个夹缝，再朝右拐，要不了十多米就是一个开放式的老住宅区，那里人流密集，到处都是出口，相信只要安全抵达那里，再多的人也休想抓到我！

我心里欢喜，双手一撑上到窗台上，回头正要对杨杰说一声保重，忽然听见楼对面有人吹口哨，我下意识地瞧了一眼，心里立马凉了下来。

对面不足十米的一座楼上，大概四楼的一个窗口，五毛正拿着一把枪，对准我这边，见我看向他，冲我一声冷笑，右手稳稳地握着枪，左手做出让我退回屋里的手势。

我无奈，只好从窗台上跳回到屋里。

杨杰大惊，问我怎么还不快跑？

我指了指窗外，杨杰也看见了五毛那张阴险的脸，一下子瘫坐在椅子里，望着我，痛心和无奈全写在了脸上。

我拉上窗帘，坐回原位，等着宋队回来。

宋队始终没有再出现，过了一会儿进来两个警察，把我双手铐上，在众目睽睽之下，押着我上了一辆警车。

在市局刑警支队，警察对我还算客气，先给我倒了一杯水，让我坐下来，然后三位警察坐在我对面一排桌子后面，问了我许多问题，我据实回答，并把事情的前前后后详细地说给警察们听，警察一一记录在案。一直忙到天黑，才做完笔录。支队里有食堂，他们自己带了饭盒去吃饭，也帮我打了一份。

警察让我在屋里先休息，等会儿办好手续就带我去看守所。我吓得不轻，问他干吗要去那里？我知道看守所是关押刑事犯的地方，去了那里，很少有无罪释放出来的。不像在拘留所，属于治安拘留，没有什么大罪，可能就是三五天的事，哪怕像郑魏那样拘留十天半个月的，总还不算太长，好歹还有一个盼头。

警察说："你自己要有心理准备，这个案件很复杂，我们刑侦队现在已经立了案，下一步要侦查，侦查结束要起诉，再移送检察院审查决定。这些需要一定的时间，可能是几个月，也可能是一年，就看侦查是否顺利。在这期间，你必须待在看守所。"

看来，这场牢狱之灾我是躲不过去了！我好想把藏钱的地方告诉警察，告诉他们这一切都是吴海英他们为了保住钱袋子里的秘密才故意栽赃陷害我。

可是，我能说吗？

在这些警察里，有没有张副所长或宋大队长那样被齐六买通的人呢？

我不敢冒这个险。我得沉住气，再想想还有没有其他办法，帮助我脱离这场灾难。

时间过得飞快，感觉没有多久警察就办完了手续，两名警察押着我，坐上一辆警车，不一会儿就到了市第二看守所。

第二看守所就在市区的繁华路段，是一个二十世纪五十年代的老式建筑，我对它的印象挺深的。我的一个朋友就住在看守所不远处一个新建小区的二十六层，从他家的阳台上可以看清看守所里的一切。记得半年前我去他家，帮他修理电视机，修好之后坐在阳台上喝茶，我们俩还边看着下面看守所的院子，边开玩笑说："假如从这楼上弄一根长绳子垂下去，说不定还能帮助犯人越狱呢！"

当然，那只是当时随便说的一句玩笑话，谁也不会当真，谁也没有那个本事扔出绳子，到达那么远的地方。即使能扔进去，也没有谁有那么大的胆子，敢跟警察玩空中飞人。子弹可不管你是谁，打哪哪疼，等感觉不到疼了，那这辈子也算是彻底交代了。

出于好奇，我还仔细观察过整个看守所的地形，看守所是四方形构造，有内外两道墙，呈回字形结构。外面一道墙比较高一些，因为在二十多层的楼上，看不清具体有多高，感觉上比里面的墙要高出许多，而且在四方形外墙的南北对角线的地方，设置了两个岗楼。我以为会有岗哨在上面端着枪值勤，朋友告诉我说，早就没有岗哨在上边执勤了，现在全部安装了摄像头，墙头上还拉了高压电网。

在内外围墙中间，大概有五六米的宽度，是看守所警察通行，或者是外面送一些吃的用的到后面伙房去的专用通道。犯人们都关在里面的那个稍微矮一些的围墙里。围墙里的面积不算小，看起来空荡荡的十分安静，可能是我和朋友看到的时候，还没有人放风出来，里面除了偶尔有警察走动，看不见一个在押犯人。

看守所的大铁门冷冷地关着，无视着周围的花花世界，表面看起来已经被风吹雨淋显得破旧了许多，但一眼也能看出来，铁门很厚实，不是一般人能踹开的，甚至重型武器一时半会儿也很难将其击破。警察按响警笛，门无声地开了，原来还是电子自动门。可能周围安装有摄像探头，我没看见里面有警察过来询问，就把门打开放我们进去了。

车朝前开了七八米，又是一扇大门，车停了下来，市刑警支队的警察跳下车，走到大门一旁的窗口，掏出证件和相关材料，交给里面的工作人员记录备案。显然双方都很熟悉，说笑间就完成了相关的手续核查，然后准许进入第二道门，把我正式移交给了看守所里的警察。

市刑警支队的一位警察临走的时候跟我说，他姓郭，负责我这个案件的侦查工作，改天还会找我了解情况，如果我想到什么问题，都可以向看守所申请与他联系。

这位郭警官文质彬彬的，一直对我很客气，我说了声"谢谢"，心里好希望他能够秉公办事，千万别被那帮歹徒收买了去，一起来谋害我。

这句话我放在了心里，没敢说出来。等移交完之后，看守所里的警察给我做了全身检查，然后把我身上所有可疑的东西都收到一边，包括皮带、鞋带、钥匙，还有手机、钱包什么的所有身外之物。

警察甚至还问我，外面的夹克打算带进去穿吗？如果要穿，那就必须把上面的拉链环给去掉，还有裤子上的纽扣也不能带进去。警察看了看我穿着的毛线裤，也让我脱了交给他。

我十分不解，问他："毛线裤怎么也不能穿？"

警察和气地解释道："以前是可以穿的，自从去年有一个在押犯人，趁着夜晚没人留意，悄悄地把裤子给拆了，结成绳子上吊自杀，幸亏发现及时，没有造成重大事故，从那以后所里有规定，类似的衣服都不能带进去。"

竟然跟我有同样想法，知道利用毛线裤做文章。可惜的是，一个想死，一个想钱，结果都没有成功。悲哀啊！

"那我穿什么呢？"我问。

警察见我什么东西都没带，就说："这里也有卖的，可以花钱买。"

警察抬起头来看着我，问："要吗？要是需要买，我打电话叫人带过来。"

我估摸着看守所里不可能给犯人安装暖气和空调，不穿毛线裤整天在里面待着，这大冷的天还真难熬过去。我点了点头说："那就买吧。"

警察又拿起我的球鞋看了看，说："这双鞋子也不能穿进去。"

我越加不解了，心想你们也不能这么卖东西吧？我说："鞋带都解下来了，怎么鞋子还有问题？"

警察按了按鞋底，依然耐心地跟我解释："你瞧，鞋底的夹层有一块钢板，万一拿出来伤人伤己呢？"

警察说得很有道理，我只好无奈地问他："鞋子也有卖吗？"

"有，我打电话都让他送来吧。"

警察打了电话，很快东西送到，我一瞧，都是地摊货，看起来倒是崭新的，我担心会很贵，问："多少钱？"

"八十。"

还在我的接受范围，我再问："这双棉鞋呢？"

"包括在一起。"

警察又把我钱包里的钱全拿出来，扣除穿的费用，将另外剩余的钱换成了一张卡，告诉我不能在里面用现金，需要吃饭加餐或者买其他生活用品，得用卡来结算。

办理完这些，警察又带我到隔壁的屋子，给我拍照和提取指纹。这一切捣鼓完毕，我以为立马会把我押监看管，没想到还没完，警察让我站在屋子里，对着墙上贴着的《监管条例》大声念一遍。我念完了，警察问我："记下来了吗？"我实话实说："记了大概，这么多一下子背不了。"警察说："没关系，到了里面还有时间加强学习。"

等一切都弄完，警察送我进入第三道大门里面。对我说："你先住在流动号的三号监仓，里面大多都是等待审判结果的人员，相比劳动号里要自由舒服一些。"

听警察这么说，我很是感激，赶紧向他说"谢谢"。

警察还跟我说："可能一来不怎么习惯，心理上得有个适应过程，有什么困难和需要跟我联系，我姓沈，我会帮着你尽快适应的。"

我再次表示感谢。

第三十二章　逃跑（二）

　　我被带到三号监仓，我从来没有来过这种地方，贴着门边站着，茫然地望着周围的一切。屋子好高，足有四米多高，天花板左右两边各有一盏高度日光灯，白炽的光照得整间屋子如白天一样的明亮。在我对面是一个长长的大通铺，大约有十五六个人，大多都靠在低矮的铺位上，仰着头看电视，见我进来，齐刷刷的目光一起扫向我。

　　我发现中间最好的一个铺位上，端坐着一位汉子，身材粗壮略显肥胖，当他目光扫向我，定格下来，耷拉起肉嘟嘟的脸，眼神立马充满了快意的凶狠，仿佛看见了一只无意间闯入家园的野兔，既想立马上前扑杀变成他的美味，又担心一扑不成，反而使其逃脱，脸上的肥肉不自禁地抖动了起来。

　　好了，我明白了，这个汉子一定就是所谓的号头了！

　　这个人一身的膘，足有两百斤以上，看他端坐在那里的姿态，像是练过几年功夫，个子比我要高一些，脸上的肥肉依然抖动个不停，望着我，却没有丝毫的动作。

　　我明白，越是不叫唤的狗，咬起人来越是凶狠。

　　我丝毫不敢大意，也把一双目光投向他，时刻保持着警惕，以不变应万变，看他能奈何了我！

　　突然，我发现了一对熟悉的目光，我大吃一惊，我做梦也没想到他会在！

　　没等我张口，他就说："你还真进来了！"

　　"郑魏，怎么你也在这里？你不是在拘留所吗？"

　　我很是吃惊，怎么郑魏也会在这里，怎么会这么巧把我们俩关在了一起？记得郑魏是因为嫖娼的罪名给拘留了十天，为什么也给弄到了这里？看守所可是关押刑事犯罪嫌疑人的地方，与行政治安拘留两码事啊！

　　惊奇是惊奇，我提防的心总算是放了下来。有郑魏在，我们俩联手，还有哪个牢头狱霸我们搞不定？

　　郑魏一个人孤零零地躺在最里侧靠近厕所的一个铺位上，招手让我到他身边，正好他身边有一个空铺，我就去了那里。

　　我坐到了郑魏的旁边，望着眼面前的厕所，问他："你怎么睡在这边？"

　　我的意思是，你身手又不差，怎么不把老大的位置抢过来，混到这个地步了？不像以前我所熟悉的郑魏的个性啊！

郑魏再次苦笑了笑，说："到了这里，睡哪里不是受罪，没有必要去争了。"

想一想也是，心情都这样了，大家都不容易，何必呢！我重新问他："你不是在拘留所吗，怎么也给关到了这里？"

郑魏见旁边的人都在看着我们俩，便说："我也是一早才被带到这里的，一开始是拘留，现在给弄成刑事犯罪了。"

"怎么会这样？"

我正要张嘴问，郑魏的眼神提醒我别说，我立马明白了，嫖娼被逮进来挺丢人的，估计郑魏来时跟这些人没有实话实说。我趴在床上，贴近他身边，小声问："怎么搞成这么严重了，不是说拘留十天就能出去吗？"

郑魏一脸的郁闷，也放低了声音答："本来是没有什么事情了，今天一早警察说那个女孩未成年，这就把我带到了这里。"

"怎么可能？"我大吃一惊，"83 号有那么小吗？我怎么看她至少有二十二三了？"

郑魏说："我也是这么和警察说的，警察说，一开始信了我，以为是 83 号，后来经过调查核实，是另一个小女孩，那个小女孩还未满 14 周岁。"

"他们简直是胡说八道！那天我们俩一起去的龙盛湾，你点了 83 号，我找了 68 号常小娟，哪里又冒出个未成年的小女孩？"

"可警察根本不信，我又说我可以找人证明，你们警察也可以问问那个小女孩，我身上有些什么特征，看看她能不能说得出来？不能听一面之词就来定罪吧！"

"警察又怎么说？"我问。

郑魏说："警察后来说，我们不会单听哪一方面的证词，我们办案讲究的是证据，我们从小女孩身体中提取到的精液，和你的 DNA 完全相符，这就是最有力的证据！"

"他们用什么检测的，怎么那么快？"我表示极大的怀疑。

郑魏说："哪有什么检测？欲加之罪，何患无辞！他们是想整我，不说嫖宿幼女，还可以找其他的罪名！"

"他们干吗要针对你，你在拘留的时候挨打了吗？"

"能不挨打吗？我被几个协警折磨坏了，反绑在一间小屋子里吊了一整天，还被暴打了一顿，身上现在还疼呢！"

唉，这帮兔崽子，简直无法无天了！我了解郑魏的个性，他肯定不服那帮协警，结果遭到残暴的对待。我又问他："你来到这里，有没有人打你？"

"暂时还没有，不过睡在那边的号头，看起来不像是好惹的，好像看我不怎么顺眼，大概见我身体好，担心打不过我，在想着其他歪主意吧？"

"这家伙坐着一动不动干吗呢？"

"他被监管干部叫去问话才回来，一回来就耷拉着个猪头，一个人坐在那里沉默不语，可能挨监管干部骂了，心里不爽还没有找到人发泄吧。"

"管他找谁，他敢对我们龇牙，我剥了他！"

郑魏忽然间开心地笑了，让我看到了从前豪气时的郑魏。郑魏说："他身边左右的几个人也得注意，都是他的打手，要是他们敢动，一起给弄了！"

我听郑魏这么一说，开始留意起其他几个人，这些家伙有的贼头鼠脑，有的蛮横凶煞，没有几个看起来顺眼的人。睡在中间最好铺位上的这个猪头，大概三十五岁左右，见我朝他们的方向看去，竟然露出一脸的凶狠，与我对视了几秒钟。

我冷哼了一声不再理他，提醒郑魏说："今夜睡觉，咱们俩轮流睡吧，别两个人都睡着了，让那个家伙的一帮人把我们按住暴打一顿。"

郑魏说："你来了，我就不怕了。你先睡吧，睡醒了再替我。"

我正要说话，突然听到号头旁边的一个人说："关电视睡觉，都别说话了！"

屋子里顿时安静了下来，我知道他是冲着我们俩来的，但他没有挑明，我也不想先挑起事端，毕竟这里是看守所，由不得我们任意发挥。我小声对郑魏说："我不困，你先睡吧。"

号头听见我这边还有动静，夸张地朝我这边望过来，我装作没看见，让郑魏先睡，郑魏放低了声音说："那我先睡了，你困的时候叫醒我。"

我点点头，让他安心睡去。

周围好安静，头顶上的两只日光灯关了一只，依然感觉特别刺眼。我翻了个身，背对着灯光斜躺着，心想郑魏怎么会也被抓了进来？这是巧合，还是有其他原因？

对了，刚才和郑魏一见面的时候，郑魏怎么会说"你还真进来了"，难道他一开始就会知道我要来？他是怎么知道的？难道他也被吴海英的人收买了？我回过头看了郑魏一眼，郑魏已经闭上眼睛，安静地睡了。我不知道他是否真的这么快就睡着了，可能是这几天他也受尽了折磨，如今有我在这里守着，他才会这么放心地睡去了吧。

我脑子里一会儿充满了对好朋友的愧疚，一会儿又非常担心，生怕好朋友不和我一条心了。就这样一直昏沉沉地想着心事，到了下半夜我也没有叫醒郑魏替我一会儿。

第三十三章　逃跑（三）

我没想到监仓里是不可以完全关灯的，始终有一盏灯亮着。那个膘肥体壮的汉子，很早就睡着了，呼噜声比雷声还大，始终没有醒来。他旁边的几个手下，兴许是习惯了那么大声的呼噜，一个个都睡得香甜，没有看出会有什么对我们不利的动作。

夜里没有睡觉的不止我一人，另外还有两个人没睡，我搞不清楚他们在干吗，等过了一个半小时之后，他们两个悄悄地叫醒另外两个人起来值班。我观察了一下，大概每隔一个半小时就会轮一个班，可能是事先排好了班，我和郑魏刚来，一直没有叫我们俩值班。一夜轮了四个班，到第五个班还没有结束的时候，关闭着的另一盏日光灯突然间亮起，渐渐地有了说话的声音，许多人起床洗脸刷牙。郑魏也醒了，迷迷糊糊地问我："几点了，怎么这么早就起床了？"

我也不清楚他们为什么这么早起，便说："天还没亮呢，都起来这么早干吗？"

旁边一个人听见了，说："快六点了，一会儿来送饭的，吃完饭马上就得干活了。"

果然，没有过多久，外面传来一阵吆喝声，一个小青年拿着两只塑料盆，飞快地跑到门口，放在门下面一个专门送饭进来的小窗口。一会儿来了一位五十多岁的男的，推着一辆轮椅改装的车，车上一只破旧的白铁皮桶，他拿着一只塑料水瓢，给一只塑料盆里舀了大半盆稀饭，然后在另一只盆里丢下一盆馒头，推了车子继续向下一个监仓门口走去。

小青年再把门口的塑料盆端进来，号头坐在铺位前，用一个茶缸，给每一个伸过来的塑料碗里都舀了一些稀饭，然后每个人再从盆里拿了一个馒头，纷纷退下，蹲到一边静静地吃。

我和郑魏瞧着就像喂猪食的稀饭盆，和那些看起来就倒胃口的馒头，一点食欲都没有。旁边一个中年人提醒我说："多少还是吃一点吧，到中午还早呢，刚来时吃不惯，慢慢就习惯了。"

我对他笑了笑，摇了摇头，他也不再说什么，埋着头有滋有味地吃起了馒头。号头见我们俩不吃，也不客气，对旁边的两个小子使了个眼色，两小子立马上前，一人拿走一个馒头，三下两下就咽了下去。

我有些困，眯着眼睛休息。

郑魏说："你怎么半夜不叫我起来？"

我说："夜里开着灯还不适应，我也睡不着，看你睡得香，就没有叫醒你。"

我打算稍微眯瞪一会儿，忽然有人说："都起来吧，把被子叠好，收拾收拾准备干活了！"

这还不到七点钟，要干什么活？我睁开眼睛左右瞧瞧，不知道刚才是谁说的。

旁边那位中年人对我说："这里的规矩就这样，这个时间不能再睡了，把被子叠起来贴墙放着，等会儿床铺上得放东西干活。"

我再次对他友好地笑笑，说了声"谢谢"。我起床，把被子照着其他人的样子叠好。这时候我不想因为一些小事，搞得大家都不痛快。夜里我想好了，我得适当地收敛一些，不能引起人们的注意，只有这样，我才能悄悄地行动，争取早些达到我想要的目的。

大家吃好了早饭，趁着还没有干活，围在电视机的周围看着早间新闻。我想和郑魏聊些事情，见其他几个人有意无意地蹭在我们身旁，想听我们谈话，便打消了念头，干脆闭目养起了神。郑魏见我困了，也没有打扰我，和身边的那位中年人聊起了天。

郑魏问他："等会儿要干什么活？是出去劳动吗？"

中年人说："出去大强度体力劳动的都是劳动号里的人，我们流动号都是在屋子里做一些手工活。"

"怎么还有劳动号和流动号，有区别吗？"郑魏再问。

中年人说："劳动号关的是判刑之后的服刑人员，流动号一般是还没有判决下来的，也有一些判了刑但刑期较短的人。比如我就是因为上访告村长他们贪污村土地补偿款，被以敲诈勒索罪判了一年半，在判决之前就已经关了大半年，后面的刑期不长了，就没有安排去劳动号。"

我一听他是因这个罪被关起来的，感觉也很冤枉，不免睁开眼睛看了他一眼，中年人仿佛感觉到了，也看向我这边。我索性不睡了，说："你也是被冤枉的吧？"

中年人叹息了一声，满脸的郁闷，说："等我刑满释放之后出去了，我还是要告！我不仅要去县里告、市里告，不行我就去省里、去北京，我相信上面的政府要是知道了，一定会严惩这些贪官污吏！"

我忽然想起一事，问他："你刚才说劳动号才可以出去干活，我们流动号的人不可以出去吗？"

这是我所关心的，要是不允许出去，整天在这屋子里待着，那还不把人憋死？在这一群人的眼皮底下，还怎么想办法逃出去呢？

中年人正要回答我，号头在那边恶声恶气地说："都准备准备，开始干活了！"

号头把领来的色彩鲜艳的塑料件一一分给我们，是高档动车模型散件，要我们按照图纸组装起来。很多人领取了散件，飞快地组装着。估计他们天天在装，已经熟练了，我和郑魏也领了部分散件，学着他们的样子组装了起来。

大家都在埋着头工作，像是在赶任务，谁先完成谁就能休息。我看着号头放在床铺上的散件有好大一堆，就问身边的中年人："这些都是要一上午完成的吗？"

中年人边麻利地组装着，边回答道："是的。要抓紧时间装，稍微慢一些中午之前就干不完，完不成任务是没饭吃的。"

我不管那些，和郑魏两个人当成打发时间的玩具，看着他们怎么装，我们也照葫芦画瓢，不急不慢地组装着。渐渐地我看出了一些工序不合理的地方，难怪他们忙不完呢，许多时间都花在了等待工具的时间上。

这套动车模型，不仅要把一片一片的塑料按照预定好的位置装好，有些地方再用胶水粘牢，车体里还有发光和音乐集成电路要装，这就得先按照车体的长度，截取适当长度的连接线，再把这些连接线焊接在电路板和电池接线柱上。要完成这些工序，首先得用剪刀，剪出适当长度的连接线，然后再用通电加热的电烙铁，给导电的连接线里的细铜丝镀上焊锡，再分别焊接在相应的位置，最后还得用螺丝刀，把大块的组件用螺丝固定在一起，这样一个完整模型才算完工。

然而，剪刀、电烙铁和螺丝刀都属于管制品，整个监仓只配了一套。还有一些人根本使用不好电烙铁，焊接了半天也没焊接成功，急得旁边的人使劲催促。但越是催，那个不会用的人越是急，越不容易焊接上。导致两个人言语间产生摩擦，坐在一旁负责发货和验收的号头，就会发出严厉的警告，不是吹胡子瞪眼，就是劈头盖脸的一顿臭骂，搞得气氛紧张不说，工作进度还给拖慢了。

我曾经在南方的电视机厂工作过，懂得一件产品的组装，需要很多道工序相互合理有序地配合才可以完成。分得越细，每一个岗位上的人就会对单一的工序操作越熟练，这样整体工作效率就上去了。

但在这里却不同，这里是看守所，工具不够用，又不懂得分工合作，进度能快起来才怪呢！一上午就这样飞快地过去了，到了十一点钟左右，还有一大堆的活没有干完，好多人都在时不时地瞄向号头，号头一脸的威严，凶狠地说："做不完的都不准出去！"

我一听，怎么还可以出去，刚才中年人不是告诉我不出去的吗？我看了眼中年人，他立马明白了，解释说："每天上午和下午都会有一个小时放风的时间，就在这后面的小院子里。"

我再问他："每天作息时间是怎么安排的？"

中年人说："一般早上六点钟起床，在八点钟之前是吃饭、看电视，以及整理内务的时间，八点到十一点工作，十一点到十二点放风一个小时，然后是吃饭和午休时间，下午两点到五点再工作，五点到六点放风，然后吃晚饭。晚上就没事了，一般是看电视，到了夜里十点钟关电视睡觉。"

我说："一天工作也就六个小时，怎么会有这么多的工作量？"

中年人说："很多时候，我们都要工作到晚上九点多才能休息。"

我不解，看了他一眼，想听听他说为什么。

中年人支支吾吾地瞄了一眼不远处的号头，不知道说什么好。我一下子想起曾经听说过，号头为了讨好监管干部，大多会私自加重任务。加上本来任务量是按照监仓里的人头来定的，号头自己不做事，还有另外两三个老弱病残干不了活，这些任务都得分给其他人做，自然任务量就上去了。

一上午的工作，做到将近十二点才结束，尽管不是很重的体力活，但大家都在争抢着用工具，想尽早干完活，弄得一个个脾气都挺大，自然也就感觉到特别的疲惫。

不行，不能再这样做下去！要是整天这样做下去，没有放风的时间，就无法观察周围的情况，想逃出去的计划根本没法实现。我得想个法子帮帮他们，这时候帮他们就等于帮了我自己。

很快到了下午，号头正打算给大家分任务，我走过去，平声平气地说："大哥，你看这样好不好？"

号头听我喊他大哥，当时一愣，立马反应过来，跟我客气着说："有什么事吗？"

我骗他说："我以前在南方大型玩具厂干过，那家是有名的生产玩具的企业，工作效率特别高，不仅完成任务多，而且工作的人还不觉得怎么累。我觉得我们也像玩具厂那样分一下工，效果会好一些，你觉得可以试试吗？"

号头说："好啊，只要能多完成任务，又不怎么累人，那好啊！"

得到了他的同意，我就跟他详细说："你可以安排两个人专门负责粘连这些小玩意，三个人负责安装车头，三个人负责安装其他的散件，一个人负责剪导电连接线，并且把要焊接的线头留出来，一个人负责安装电池簧片。我学过电器维修，搞焊接我在行，这些电子件的焊接我来完成吧。等到小块的组装出来之后，再安排两个人负责总装，一个人负责最后检验和打包。这样分工好了，每个人只干自己单一的工序，估计会比每个人都从头到尾组装一套整体模型速度要快，而且还不用争抢工具，质量也能提升上去。等会儿可以尝试一下，再根据实际操作逐步进行人员调整，经过一两天的磨合，效果就会完全出来了。"

号头听我说得有理，便采取了我的方法试用，果然一下午再也没有了吵闹着要工具的现象。大家各自做着自己手上工序的操作，干起来既熟练又省心，不到五点钟，那么一大堆的散件全组装完了。这在平时，他们至少要在吃过晚饭之后，继续加班一两个小时才能完成。

这样一来，大家都挺开心，对我也就没有了敌意。到了放风的时间，我便和郑魏从后面走出来，想走一走散散心，没想到走出后门一看，心一下子凉透了。

我以为能在看守所的大院子里活动活动，以前我站在朋友家二十六层的阳台上，看到的是回形结构的院子，即便不能到外面带高压电网围墙的外层放风，至少可以在小围墙里走动走动，谁知实际情况却不是这样。

这里只是三号监仓的一个后院，面积只有三号监仓的一半大小，整个就是一个鸟笼子！院子的三面是用红砖砌起来的墙，大约有三米多高，墙面由于岁月的侵蚀，很多红砖都化成了粉灰，大面积地脱落了下来，仿佛一脚下去，就能把整面墙给踹倒了一般。墙角的雪块才化去不久，地上大片的水，一阵阵阴湿之气扑面而来。朝上望去，整个空间完全用钢筋焊接得死死的，只留下一个个约十多厘米大小的方格，外面的阳光照进来，在人们身上投下一块一块的方格影子，越发使人感觉沉闷和压抑。这里唯一的好处，就是能够晒到一点阳光，看到一片带有方格子的天空而已。

我十分诧异地说："怎么会这样，这比动物园的鸟笼子还小，这哪里是放风啊！"

郑魏也说："这里比我想象的还要差，环境差，吃的差。"

我问郑魏："我一来时听你说我，你还真进来了，是不是你开始就听说了我要来，谁说的？"

郑魏半天没吱声，脸色十分难看。

我说："怎么了？是不是你被关到这里，也与我有关？"

郑魏说："你怎么知道？"

"我猜的。"

郑魏望着我，等着我回答。

我想了想方说："我这几天在外面也不好过，被齐六的手下逼得差点儿送了命！"

我把这几天来所发生的一切全告诉了郑魏，一下子点燃了郑魏的火爆脾气。郑魏咬着牙说："就是这帮浑蛋，我出去了一定好好教训教训他们！"

我说："他们是不是算计好了我要进来，然后给你施压，让你来劝我说出藏钱的地方，这样你才能免于起诉重获自由？"

郑魏点头说是。我心里很不是滋味，果然是我害了朋友。

可是，我能告诉他吗？我告诉了他，那帮歹徒就不担心秘密也被他知道了，从而会给他带来更加致命的威胁？

假如我不说，郑魏会怎么想我？郑魏会不会因为承受不了这里的环境，而把所有的罪责都怪到我身上呢？

没等我思考下去，郑魏忽然变得结巴了："大印，那些钱是不是真是你拿的？"

我看着他的眼睛，表现出不可思议的样子，反问道："难道你也不相信我？"

郑魏越加难为情，说："我根本不相信是你拿的，跟他们争辩了好久，可他们问我，你为什么要拆掉毛线裤搓成绳子，还有我和83号去了其他屋子，这段时间你单独在502包间，说你有足够的时间转移了那些钱，搞得我真没办法替你解释清楚。大印，你能说明白吗？"

郑魏望着我，既想听我的解释，又担心我骗他，眼神恍恍惚惚的漂移不定。

我没有直接回答，却十分坚定地说："郑魏，请你无论如何要相信我，我们是兄弟，我打内心深处是不希望害你的！"

"可是，那条毛线裤又怎么解释呢？"

"我告诉你，你会相信吗？"

"你说了，我为什么不相信？只要是合理的解释，就能让那帮浑蛋打消对你的怀疑！"

"就连我自己都觉得不可思议，别人怎么可能会相信？"

"为什么？发生了什么不可思议的事情？"郑魏满脸困惑，望着我。

我叹了口气，做出回忆的样子，说："那天我一个人洗完澡先回到502包间，我根本没有注意到我的衣服被人动了手脚，就把常小娟叫过来按摩了。后来我们俩第二次一起下去洗澡，再一起上来的时候，还没有到包间门口，就发现了吴海英他们在翻我们的东西。我们把吴海英他们打倒了之后，匆忙间我穿上裤子，就感觉不对劲，裤子不知道什么原因短了一截。当时我们急着离开，我哪里会考虑这些问题？没想到这件事成了我无法解释的最大嫌疑。郑魏，你想一想，要是我干的，我干吗不把那截绳子给藏起来？哪怕装进口袋里带走，他们也不会再怀疑是我。你觉得我拿了那钱，我会那么笨，把绳子留下来，让他们轻易地就怀疑到我吗？"

郑魏说："你干吗不跟他们这么解释？"

我苦笑了笑，说："我自己都感觉不可思议，你说，这样解释他们能信吗？"

郑魏尚未回答，忽然听到有人冲着我们俩说："怎么样，还能习惯这里吗？"

我和郑魏一起回头，见是号头乐呵呵地走过来，分别给我们俩递了一支烟，还拿出火机给我们点上，我凑上前点着火，礼貌地说了声"谢谢"。

号头又问了一遍："刚来这里，可能还不太习惯吧？"

我说："这里也太差了。"

号头哈哈大笑，说："这里快要拆迁了，你没走出去看过，好多地方比这里还破，监管干部们说，也不打算花钱修理了，过一阵子可能要搬迁到其他的地方。"

我摇了摇头，表示很无奈，转而问他："请问大哥，你贵姓？"

"我姓陈，叫陈奎，来这里一年多了，一开始也不怎么适应，时间长了就习惯了。唉，不知道出去了还能不能再适应外面的生活？"没想到这家伙还挺能聊的，咧着大嘴一个人笑着说。

我向他说了我和郑魏的名字，然后问他："陈哥还有多久才能出去？"

陈奎说："还早呢，还有一年半的时间。"

"三号监仓不是流动号吗？我听说这里大多都是等待宣判的，怎么陈哥没有分到劳动号去？"我好奇地问。

陈奎说："我一来的时候也是留在这里过度的，后来监管干部觉得这里也得有个人照应着，就把我长期给留了下来。"

这家伙牛，真能混！我接着问他："大哥身体很不错，以前是做哪行的？

陈奎听我如此说，眼神中顿时大放光彩，骄傲地说："我以前是开追债公司的！追债公司你们听说过吧？"

郑魏说："听说过，干你们这行，不仅要有好的身体，还得要心狠手辣，才能做得出色，是吧？"

陈奎嘎嘎又乐了，说："也不是全靠武力，大多时候得用脑子，只要能唬住欠债的人，让他们打心眼里怕你，他们就会乖乖地把钱给还了！"

我跟他开玩笑说："你是怎么进来的，是不是把人给弄死了几个？"

陈奎说："哪能干那么恐怖的事？要是弄死人了，还不把我拉出去给毙了？我是带着几个兄弟，找一家房地产老板要账，没想到这家伙比我还猛，出来一帮人跟我们对着干，结果把他们的人砍成了重伤。我是投案自首的，加上态度比较好，法院一开恩，给了我轻判。"

我说："做你们这行不划算，冒了那么大的风险，结果却进到这里，有钱也没地方花了！"

陈奎不同意我的观点，说："你没做过不知道，跟那些有钱人斗，真他妈的有意思。几句话一吓唬，他们就乖乖地把钱给了，瞧他们平常的威风样子，后来变得跟孙子一样，看起来就想笑！"

郑魏来了兴趣，问他："要是没有被你们吓唬住呢？"

陈奎说："那就砍嘛！砍人也是挺过瘾的！"

你就使劲吹吧你！砍人过瘾，那还投案自首干吗？接着砍啊！我和郑魏互相对望一眼，笑了笑没言语。

陈奎看出了我们不怎么相信，也不继续吹了，问我们："你们俩是怎么进来的？"

我抢着说："跟你差不多，也是砍人进来的！"

陈奎来了兴趣，笑眯眯地望着我，等着我接着说。

我说："吴海英你认识吗？就是人们常说的鹰哥！"

"噢，我知道，这个人厉害，没人敢惹他。怎么，你们是他的手下？"

我做出不屑的样子，说："他那家伙，给我做手下我都不要他！"

陈奎一愣，不理解我会这么说。我接着说："就是跟他干的时候，开枪打伤了他的人，才被关到这里的。"

既然陈奎这家伙能吹，我比他还敢吹，接着说了许多要把吴海英干掉的狠话，搞得他不知道如何再跟我聊了才好。可能是担心旁边被人听去，哪天吴海英知道了他惹不起吧，跟我们聊了几句，找个理由离开了。

我很是羡慕他，居然能把明令禁止的打火机装在口袋里，还吸着这么好的烟，很得监管干部的厚待，我要是像他这样，说不定就能方便地出去走动了。

对，可以考虑考虑把这家伙给拿下。

我琢磨着，假如真有机会把他给灭了，我来当号头，说不定计划实施就顺利多了。我现在更加坚定了要尽早出去的信念，我不想因为我，再把好朋友郑魏给牵连进来。假如我出去了，那帮浑蛋认为郑魏没有利用价值，或许就不会再为难他了。

我吸着陈奎给的烟，心里想着，对不起了，哥们儿，没办法，我得先抢了你的位置，等我走了之后，你再想办法拿回去吧！

忽然，我和郑魏的目光碰触到一起，我发现他在阴森森地注视着我，见我的目光扫来，他又匆忙地避开了，吓得我一身冷汗，脊梁上的刺痒陡然间升起，瞬间涌遍了全身，说不出的难受。

会不会郑魏始终不相信我说的话，他还把一切责任怪罪到我身上呢？假如好兄弟都不相信我，整天跟在我身边监视着，那我还怎么能够实施我的计划呢？

第三十四章 逃跑（四）

接下来一连两天，我也没有想出什么好的办法，能够走出这间三号监仓。号头陈奎那天跟我和郑魏聊了之后，始终对我和郑魏客客气气的，遇到劳动中解决不了的问题，还会虚心地向我请教。打饭的时候，总是先给我和郑魏打，还尽量多给一些菜，不管好不好吃，总算他的心意到了，让我找不到任何理由，也磨不开面子向他发难。

郑魏依旧把我当成好朋友，处处对我照顾。昨天管教干部把他叫了出去，半个多小时之后，他眼睛红红地回来了。我问他怎么了，他说他父亲来看他，本想多说点宽慰的话，让老父亲不要担心他，但看见老父亲才几天的工夫，头发就白了一大片，他看着心疼，忍不住就哭了。

他这一说，把我的眼泪差点儿也勾了下来，我好担心父母知道了，也替我揪心。可能我父母还不知道我在这里，我经常十天半个月不与家里人联系，已经养成了习惯，曾经我心情不好情绪低落的时候还想着，假如哪一天我突然死在外面，只要没有人通知到我家人，过了一两个月之后，他们可能还以为我在外面过得滋润呢！

父母相信我不是瞎混的人，不会惹出什么事情，对我一个人在外生活很放心。我向来独立惯了，很烦他们打电话啰唆。他们也知道我这个性格，就很少主动给我打电话，偶尔几次，也是因为家里来了亲戚，他们让我回家见个面。这次进来之前，刑警支队的郭警官，还让我给家里人打个电话说一声，我对他说等到了看守所之后再说，他也就没再说什么。

我不想让家里人知道我目前的困境，他们知道了只会为我担心，却帮不上什么忙。不像郑魏他爸，好歹在生意场上拼搏了那么多年，有一些朋友可以找找，至少能够给郑魏带些安慰过来。我的父母都是老实巴交的退休工人，他们没有当官的朋友，也没有那份闲钱为我打点。与其让他们知道了为我难过，一点好作用不起，还不如让他们什么都不知道，安安心心地过着平淡的日子，至少省得我再多拿出一分心思为他们担忧了。

我相信这一切会很快过去，就像噩梦一场，天亮的时候，一切妖魔鬼怪都将化作云烟，消失得无影无踪。

郑魏说他以前不知道体谅老人家，如今在这种情况之下相见，他才知道亲情是多么重要，他问我有没有告诉家里人，让他们也来一趟。

我心里很沉重，不知道如何跟他说才好。

郑魏见了他爸，拿回了一大包新衣服，他送一半给我，我推辞不过，收下两件，暂时应应急。郑魏回来之后就很少说话，看得出来心里揣着很多心思，有几次我感觉有人在偷偷地注视着我，猛然与他四目相对，他都很快地把目光收了回去。我不知道他怎么了，但我从他躲闪着的眼神中，看出了一些无奈和对我的怀疑。

还有几次，我明明见他张嘴想问我什么，当我看着他等待他说的时候，他又突然间不说了，满腹的心思表现在脸上，不管我怎么问他都不说，弄得我干着急也没有办法。我猜他可能还是想问我那一百万的事，他担心问了出来会让我反感，会说他不信任我。他是一个很要面子的人，对朋友始终特别仗义，他如此把痛苦藏在心里，我不知道他这样还能憋几天。

我不想再待下去了，多待一天就多一天的担心。

那么，要想逃出去，首先我就得解决以下几个难题：

一、如何才能走出这间三号监仓？

这是最为关键的一步，走不出监仓，就不可能对周边的环境有所了解，就不可能采取任何行动离开这里。

二、想办法摸清整个看守所里的详细构造。

以前我从朋友家楼上只看到过看守所的大概面积，至于具体内部有哪些部门，每个部门是干什么的，其中有没有什么关联，好让我浑水摸鱼逃出去，这些都需要我赶紧想办法了解清楚。假如其中有关联，能够巧妙地加以利用，那将是最好的逃跑方式。

三、如果没有办法利用管理上的漏洞逃出去，那我就得想办法做一些手脚，让一些相关的设备失灵，哪怕是损坏，只要能让我出去，一切方法都可以尝试！

我记得进来时，经过前三道门是智能电子监控的，第一道大门的控制系统在门卫那里，暂时还不清楚如何打开，也许是一个普通的按钮触发一下就开了，也许要输入密码才能开。我想，即使需要密码输入，也不会很复杂，因为要进出的人很多，门卫不可能每次都要输入复杂的密码。具体如何操作，可能它与其他几扇门属于一个监控系统，只要了解了其他两扇门的工作原理，想打开这扇大门也不是什么难事。

那么，第二道门和第三道门是如何工作的呢？

我当时留意了一下，进出这两扇门的时候，监管干部没有用磁卡，也不是指纹，更不是其他高级的生物识别模式，就是用食指直接在上面的数字键上戳了几下。当时他用身体挡住了我的视线，我听出声音，像是四声嘀声过后门就开了。这是一般的通过密码打开的门，想必这个密码也不是很复杂，不然那么多监管干部去记，很不容易记住。不会是四个0，或者1234吧？假如是，那就太容易了！

即使不是，也没有什么大不了的，以我的电子技术专业水平，想破译这些密码还不是小菜一碟。当然，这些门禁不是简单的密码锁，它与相关的报警设备相连接，一旦输入错误，或者人为破坏，很可能就会触发报警系统。关键点就是要找到这些控制设备的主机在哪里，找到了主机，我就可以方便地进入门禁管理软件系统。破译它们我暂时不考虑，到时候我自有办法，大不了使用最笨的方法清空控制器数据，恢复到出厂设置，那就很容易打开了。

当然，要想实现这些，就必须想办法接近主机，能够有时间摆弄它而不被监管干部们怀疑，这是摆在我面前必须要解决的一道难题。

还有，假如从大门走不出去，可不可以翻越围墙出去呢？

围墙上方有高压电网，有电子监控系统，这些也都要想办法破坏掉。不仅要能逃出去，还得算计好出去了往哪里逃。任何一个环节失误，都将是致命的，说不定哪里飞来一颗子弹，都将一命呜呼彻底完蛋。这就牵涉到下面一个需要考虑的问题。

四、假设已经逃出了看守所，能用什么方法在最短的时间里隐藏起来，不被警察追踪，甚至能躲避警犬和电子跟踪仪的追踪？如何善后，妥善地解决这整件事？假如我选择向媒体曝光的话，那么从爆料到新闻发酵，引起各个方面高度关注之前，有什么方法可以不被警察抓住，这也是成功的关键。

当然，这是最后一步，等其他几步先考虑成熟了，再来想这一步也不迟。

那么，如何才能迈出第一步呢？

郑魏已经出去过三号监仓一次。郑魏能出去，是因为他老爸来看他，他便有了一次去探视室的机会。而我不愿意让父母为我难过，打心眼里不想让他们知道，加上我的父母也没有那么大的本事，能够在我还没有判下来之前来看我，显然这种方式暂时行不通。

那我还有什么方法可以走出去呢？

我想了好久，终于想起来，刑警支队的郭警官告诉我，一旦发现了线索可以找他。他来了，自然监狱干部就会带我出去与他相见。

对，这是一条可行的路！

那我找他干吗呢？至少得有个充足的理由吧！

我很快想到了一个充足的理由，跟三号监仓的沈干部一说，他答应帮我向上报。第二天下午，我被铐上手铐，在沈干部的看押之下，走出三号监仓，他要送我到提审室去见郭警官。

第三十五章　逃跑（五）

好几天没有出来过了，看见一只被风吹起的塑料袋在天上飘啊飘的，都是那么的新鲜。我磨磨蹭蹭地朝前走着，沈干部问我："看什么呢，走快些！"

我感慨着说："还是外面的世界好啊！"

"向往外面的世界了吧？"

"是！"

"那你就要好好坦白，争取宽大处理，再好好改造，争取今后减刑早点出去吧！"

"嗯，我记住了，谢谢您！"我说着感谢的话，随口又问："咱们看守所也不小啊！"

"是不小，就是年久失修有点破，过一阵子就得迁到郊区去了。"

"那几间屋子看起来新一些的，是做什么的？"

"那是图书馆阅览室，后来建的，等今后你的案子判了，若是还留在看守所服刑，可以申请去图书馆借书回来学习。"

"真不错！那儿呢？"

"那儿是工厂，生产劳保用品的，劳动号的人要去工厂劳动，流动号一般不用去。"

"那儿呢？"

"你哪有那么多的事？《监管条例》你背了吗？押解路上不许说话！"沈干部忽然不想跟我说了，冲我一顿教育。

我赶紧歉意地笑笑，不再言语，随着他走过一段铺着青砖的小道，进入一座小楼。一阵热浪迎面扑来，暖气开得太足了，我穿着棉衣走了几步，就感觉到身上有些汗津津的。这里大概是监管干部办公的地方，有很多穿制服的警察在不同的屋子里忙碌着。

我们上到二楼，再朝里走了两间办公室，进入一间小屋。郭警官和一位我不认识的警察已经到了，两个人见我进来，停止了说笑，一起扭过头看着我。

我按照沈干部的指示，规规矩矩地坐在了对面的受审椅子里。

一段简单的程序确认之后，郭警官问我："你想到了什么线索？"

我说："我想到了两件事，可以间接地证明，我是被吴海英他们栽赃报复的。"

"你说详细一些。"

我说："第一件事，我和郑魏去龙盛湾洗桑拿，洗好了上来回到502包间的时候，看到吴海英带着两个人，其中一个就是五毛，他们三个人在包间里乱翻。我和郑魏看到了非常生气，就质问他们，吴海英说是有一百万丢在电视柜里忘了拿走。因为这事跟我们起了冲突，结果吴海英开枪的时候被我打倒在地，他一枪打到了门口站着的服务员的腿上。你们可以去龙盛湾调查，如果有这回事，说明吴海英他们撒谎，说明我是因为这件事跟他们产生了矛盾，才导致后来他们绑架我的。不是他们说的那样，我跟五毛原来就认识，觉得他有钱，绑架了他想弄点钱给我女朋友看病。"

郭警官说："你说的这些，在上次询问你时已经提到过了，我们去龙盛湾调查，那里正在停业整顿，我们找到了相关的工作人员，他们都说没有你说的这件事发生。"

"怎么可能没有？就是因为那一百万没有找到，吴海英他们才把龙盛湾给查封了。"

郭警官说："你觉得你说的能够成立吗？龙盛湾平常生意很不错，会因为丢了一百万就停业吗？吴海英他们也没有这个权力查封龙盛湾，查封龙盛湾属于执法机构的正常执法行为，与这件事没有关联。"

我说："那为什么就是那个时间，龙盛湾突然被查封了呢？"

"那天是接到群众的举报，说里面有人在从事卖淫嫖娼活动，执法人员去的时候，抓到了几对，其中你的好朋友郑魏也参与了，这件事之后你也被带到派出所去了，应该很清楚吧？"

"我是很清楚，郑魏找的是 83 号做的特服，那个女孩至少有二十多岁，为什么后来说是未成年呢？"

"我翻阅了卷宗，83 号的确是未成年，这个不会有假！"

"他们肯定调包了！肯定不是原来的 83 号！"

"好了，这个问题暂时放在一边，我再去核查。你还有其他线索要说吗？"

我说："你可以去派出所查查我和郑魏在派出所的问询笔录，张万喜副所长给我做的笔录，还让我签字按手印，那上面记录了在龙盛湾发生的详细过程。这是在绑架案发生之前的事，不可能有假！"

郭警官没再说话，一脸凝重地盯着我看，仿佛过了很久，才轻轻地说："你们在派出所里的问询笔录我也看过。"

"怎么说？"我有些担心，但不敢确定，我抱着一线的希望问。

"上面记录的是关于郑魏嫖娼的事实，没有说起什么一百万的事。而且，上面还有你的口供说 83 号是未成年。"

"怎么可能？"我急了，大声地争辩着。难道郭警官看到的是篡改后的记录，怎么可能还有我证明郑魏嫖娼未成年人的记录？对了，会不会那帮人把所谓我说的口供拿给郑魏看了，郑魏心里也在怀疑是我咬的他？当然，他是不会相信我会那么恶毒地陷害他，他可能以为我是在承受不了那帮人严刑拷打的情况下冤枉他的。从我无意间看见郑魏偷偷地注视我，那种猜疑，那种哀怨，甚至是悲愤的眼神，我当时想不明白为什么，如今看来大概就是这个原因了。

郭警官见我反应强烈，示意我不要那么冲动，等我稍稍平息下来才说："笔录上的内容我也有所疑问，不像是你的作风。但是，上面有你的签字和按下的红色指印，整个笔录没有涂改的痕迹，这些是不容否定的！"

我一想，是不是被他们打晕了之后让我按上手印的呢？那签名又是怎么一回事呢？会不会是他们模仿我的笔迹做的呢？

我把我的疑问说给郭警官听，郭警官一一记录，答应我会去作笔迹鉴定，然后问："还有什么事情要说的？"

我没有马上接着说，我望着郭警官，他给我的感觉始终很好，不像张副所长和宋大队长，让我一开始就对他们产生了疑问。郭警官始终文质彬彬的，始终保持着对案件的高度关注、以不偏不倚的态度愿意听我诉说，也愿意把他的想法告诉我，来指出我所说的疑点或感觉不切实际的地方。当他听到我说了吴海英那帮人的可恶之处，他的眼神中也有着强烈的反感和愤恨。他给我的整体印象是好的，是一个有着正义感、能为百姓秉公执法的好警察。可是，会不会他的城府太深，会不会他也是吴海英他们那帮的人，故意引我说出一切？

我望着他，直接问："我可以相信你吗？"

郭警官不明白我怎么会突然有此一问，没有立即回答我。我接着说："这几天，我遇到几个警察，给我的印象很不好，他们违背了做人的良心和警察职责，我不知道你是否值得我相信，我对你说的一切，能不能得到足够的重视和正确地对待！"

郭警官等我说完，看着我的眼睛，很坚定地回答："你必须相信我！如果你还想洗脱罪名，你还想走出看守所，你就必须相信我，无任何保留地把你知道的一切全都告诉我！只有这样，你才有走出去的机会，懂吗？"

他说的是什么意思？无任何保留？是不是他也知道那一百万中有秘密？我只说过一百万，没有提起其中还有什么秘密啊！他要是好警察，要是没有参与到吴海英、齐六那一伙，他怎么会知道一百万中还有秘密？

是不是我太敏感了，他见我说话不那么干脆，就这么一说，好让我把知道的都告诉他，他才能尽快地侦破此案？他的眼神告诉我，他是可以值得我相信的！

那我该不该告诉他那一百万背后还藏着秘密呢？我能不能告诉他钱袋子在哪里，就可以一下子全部洗脱了我的罪名呢？

不！绝不能！我不能这么轻易地冒这个险！

我说:"还有一件事可以证明我是被绑架的。那天晚上我和杨杰一起去他的维修店,去取他借给我的六万块钱。快到他店门口的时候,发现有人放火,杨杰冲下车就救火去了,我开着杨杰的车去追那几个人。后来在泉河村张松原来的家门口遇到了他们,我下车想教训他们一顿,再交给警察处理。我一开始没想到他们是吴海英的手下,以为是杨杰得罪的小混混,就没有把他们放在眼里。谁知就因为我一时大意,让吴海英从背后偷袭成功,把我给打晕了。我被关在张松家二楼的一间屋子里,第二天早上,看押我的五毛和张松两个人出去吃早饭,我趁机从被吊在房子上的铁钩子上下来,去掉绑在手上的绳索想逃出来。因为窗户有拇指粗的钢筋焊的防护栏,大门也是厚厚的铁皮包着的,从外面给反锁上了,我逃不出去,就躲在屋子里等他们回来,好趁机制服他们再走。后来他们两个人回来了,张松走在前面,我把张松打倒,想再攻击五毛时,他跑远了,我看他掏出钢珠枪,赶紧逮着张松挡在身前,可这家伙还是开枪了,打在张松的皮带上……"

郭警官打断了我的话,提醒我说:"这些上次你都说过,拣重点的说。"

我说:"后面就是重点了。我担心五毛还会继续开枪,只好放了张松,被他们重新绑了起来。后来五毛下去上厕所,我趁着只有张松一人在,就设计让他靠近我,一头砸在他脸上,制服了他之后,我才得以逃脱的。当时我记得用力太大,把张松的脸给撞破了,淌了好多的血。他们不是说张松在泉河村的家早就拆掉成废墟了,他早就到外地打工去了吗?那你们是否可以找到他,看看他脸上是否还有伤,他鼻青脸肿的这才几天可能还没有完全好,只要他脸上的伤痕还在,至少说明他来过本地,我也跟他动过手,可以反过来拆穿那些谎言吧?"

郭警官认真地听我说完,坐正了身子,想说什么,仿佛不知道如何去说。我看见他的眼神中有一种无奈。

过了一会儿,郭警官平静了一下心情,方说:"张松前两天就已经死了。"

"怎么?他死了?怎么会突然间死了?我没有下那么重的手,不可能几天后就死了!"我大吃一惊,要是他们用这种方式来栽赃我,那我可怎么还能够说清楚!

郭警官说:"与你无关。我接手这个案子之后,听你说了一些情况,也想到从这个方向去查,我们有两位同事赶去两百公里之外的城市,去找张松打工的地方,却得到一个意外消息,张松被一辆大卡车给撞死了,死得很惨,从头到脚浑身是伤,已经面目全非无法验证了。"

郭警官慢声细语的一番话,听得我心里怦怦直跳。此事虽不会栽赃到我身上,但我没想到一个活生生的人,会因为这件事死得如此惨。我明白,他们一定是感觉到张松脑子不怎么好使,迟早我或者警察会从张松那里打开缺口,找到他们那帮浑蛋的犯罪证据,所以他们提前对张松下了毒手。这样一来,不仅张松再也开不了口,而且他被撞成那样，也根本没办法查验我曾经暴打过他，来证明我和他见过面了。

好歹毒的吴海英，他是你的亲戚啊！即使不怎么亲，可也是活生生的一条生命啊！能有什么秘密比一个人的生命还重要？

我不清楚这是吴海英的指令，还是齐六让他这么做的。不管是谁，可以这么歹毒、这么残忍地对待自己的手下，那他一定会用更加歹毒残忍的方法来对付我，想一想都非常恐怖，我该如何去应对呢？

我稳定了一下情绪，说："即使张松死了，也可以查看一下他手机号码的通话记录，去移动公司查一查他从哪个基站发射和接收的信号，也能够查到他是不是在这个城市出现过。"

郭警官说："按照你提供的手机号码，我们去查了，显示是空号，移动公司从来都没有卖出去过这个号码。"

不会吧，他们这也想到了？这帮人怎么这么厉害？我说："你们也可以反向调查一下，张松家人不是说他在外地吗？那他在外地应该有外地手机号码吧？查一查不就知道了？"

郭警官笑了，说："你这些办法没有什么技术含量，假如他们能把他的手机号码给销户变为空号，那他们怎么就不能随便提供一个外地使用过的号码，就说是张松使用的呢？即使从这个方向深查下去，也不能完全证明张松具体在哪里。你还是仔细考虑一下，有没有其他细节没有想到的。"

我想了想，暂时还没有什么可以想到的。郭警官说："我也可以告诉你一点，我又去了一趟泉河村张松原来的家，在他家的废墟里，确实看到有一扇像你描述的那样的铁皮门，丢在一旁还没有清理走。另外，我在废墟堆里还发现了一根皮带，皮带头有被打坏的痕迹，但这不能证明就是张松的，更不能证明是被五毛的钢珠枪给打坏的。唯一让我相信的，就是你说的话与现场我发现的几处地方相吻合，现在缺少的是证据，证明你或者对方在场的证据。我可以告诉你，警察队伍中虽有少数害群之马，但那毕竟是少数，终究是邪不压正！我们警方会全力侦破此案，如果真像你说的那样是被陷害的，早晚有一天，我会还你清白！"

听了郭警官的一番话，我挺激动的，我感激地望着他。郭警官接着说："好了，今天问询就到这里吧，希望你再仔细回忆回忆，看看还有什么有价值的情报，想到了之后，随时可以和我联系！"

郭警官给了我一个鼓励的目光，他的目光让我看到了希望。

可是，我还能等到那一天吗？吴海英都能对张松下狠手，他还会给我时间考虑吗？三号监仓里有两个人，看起来就非常可疑，他们像是练过武功的人，非常老实。我私下里问了，他们俩也是刚来没几天，摸不清他们两人是干什么的。

他们俩是吴海英派来的吗？会不会一旦郑魏从我这里问出了结果，或者没有问出，吴海英他们已经不耐烦了，让他们来趁机谋害我呢？

就算郭警官最终破获了此案，那我还能活在世上等待获得清白的那一天吗？

不，我不能就这样死了！我一定要出去！一定要在吴海英对我下手之前，逃出看守所！

我真心地向郭警官说了声"谢谢"，等郭警官走后，沈干部带着我出来，送我回三号监仓。下到一楼，路过一间办公室，我听见里面一个警察说："怎么又坏了，上个月不是才送出去修了几台吗？这次又有几台坏的？"

另一个说："已经有两台坏的了，这些电视机都用了好多年，差不多都到了报废期，不是这台有故障就是那台有毛病，烦死了！"

我一听，装作好奇的样子问沈干部："他们是说监仓里的电视机坏了吗？我会修理，我可以帮忙修理吗？"

"你会修理电视机？"沈干部问我。

我如实回答："会啊！我大学学的就是电子专业，而且我在进来之前，自己的一间家电维修店还一直开着呢！"

"那好，我申请一下，看看能不能都交给你来修，要是能检修一遍就更好了！"

"没问题，有活干时间过得也快些！"

"好好干，有份手艺到哪里都不错，只要你干得好，今后判下来了，我再打报告申请留你在我们这里服刑，不会让你受罪。"

"谢谢您！"

我带着一脸的灿烂向沈干部表示着感谢。也许他是真心为我好，可我打心眼里不想成为他的监管对象。凭什么呀，我一个好人，却要在这里低三下四地讨生活？

我回到三号监仓，郑魏问我："还好吧？"

我说："就简单地问问，也没有什么进展。"

郑魏叹了口气，怪怪的眼神让我琢磨不定。我想找个机会，一定要把这件事和他说清楚，不能让他老是这样怀疑我。但是今天不成，今天我还有更加重要的事情要办，我得把我刚才看到的一切，仔细地想一想，看看有哪些可以利用的地方。

我大概知道了看守所内关键的几个地方，三号监仓这座平房的前面还有一排同样的房子，再正前方有一个大约有两个篮球场大小的空场地，过了那片空场地，就是我在朋友家楼上看到的，看守所回字形状的两层围墙中里面这层较矮的围墙。

围墙由于年久失修，墙头上有许多地方砖头掉落，坑坑洼洼的很不规则，有些地方缺口很大，甚至整个人都能轻松地爬上去。可能是外围不远处还有一层更高、带有高压电网的墙头的原因吧，整个内墙破败成那样，也没有人去管，估计就由着它破损，等待着搬迁了。

这层墙头好像没有安装监控之类的东西，不过也不能十分肯定，因为距离有些远，看得不是太真切。

沈干部带我去问话的那座小楼，一定是整个看守所的主要行政办公楼，其他的地方即使办公，也不是主要的行政区域。具体哪些部门做什么，不是我主要的考虑范围。我最感兴趣的是靠近一楼左侧，上面写着"计算机房 闲人免进"的一间屋子，可能那里就是整个看守所电子智能监控设备控制中心所在的位置。假如能进到里面去看一看，能够亲自操作一下里面的设备，那该会有多爽啊！

看来，暂时是不可能的事情，这就看我下一步如何去实现了。

今天真是巧，居然让我听见有电视机坏了的好消息，那位负责后勤保障的警察，好像对这些工作很不耐烦，不太愿意再来来回回往外面搬那么重的电视机去修理。这是我的一个好机会，我相信要不了几天，沈干部就会让我来修理那些电视机。

真是太好了，在我修理电视机的时候，是不是就能找到机会逃出去呢？或者有更多的机会看看整个看守所的布局结构，对里面的工作方式或者工作人员有所了解？要是再能借此机会，想办法进入到计算机房，那也算是一大收获了。

果然，第二天一早，沈干部就来通知我，让我去修理电视机。沈干部问我需要什么工具，我说至少得有一块万用表，还得有一把电烙铁和多用电源插排，另外还需要一点焊锡丝。这些沈干部都同意了，他把看守所的电工找来，让他配合着我修理。

这位电工将近四十岁，是服刑犯人，因为他早先做过电工，在这里服刑，就继续做他的老本行。

沈干部今天放我出来时，没给我戴手铐，他让我和电工一起，先把两台坏的电视机从其他监仓里取下来，抬到电工房。那里有维修台，各种工具也都在，可以暂时作为修理的地方。

电工房在整个看守所的最东角，我和电工师傅一起，从电工房搬了个梯子，费了很大的劲，才把电视机从墙上的铁架子上取下来，再抬到离监仓很远的电工房。累了我一身的汗，但我心里还是挺开心的，终于有机会把整个看守所给观察了一遍。

两台电视机都没有什么大毛病，由于天气潮湿，两台都是高压部分受潮打火，电视机里发出啪啪的挺吓人的声音。

我拔掉电源线，打开电视机，先拿一根万用表的表笔，一端接在显像管的接地端，一端小心地触到行输出变压器的高压帽里，把里面的剩余高压电给放掉，然后卸下高压帽，拿电吹风把高压帽和显像管接口都吹干，再用废报纸把四周的铁锈仔细地清理掉。为保证维修质量，我又重新用电吹风吹干了一遍。然后按照原样安装上高压帽，接上电源线，通电实验一切正常。

电工师傅在跟前看着，觉得修理电视机太简单了，很想跟着我学习维修技术。我满口应承着说："好啊，等今后有机会了我教你！"

电工师傅非常开心，不知从哪里摸出两支烟，递给我一支，说："快吃午饭了，等吃过午饭再送回去吧。"

电工师傅怕我没有听明白，解释说："咱这旁边就是食堂，经常帮他们修东西，和食堂师傅们关系还不错，他们能给一些好吃的，比你在监仓里吃的强多了。"

我也很是高兴，好多天没有吃到好东西，不敢要求有荤菜，哪怕有些青菜叶子也行。我问他："哪里是厨房？"

电工师傅指着门外不远处说："出了那道门，旁边就是。"

我顺着他手指的方向望去，在电工房左边不远处就是看守所里的一堵围墙，围墙的一边不知怎么打开了一个好大的洞，可以方便地通往外面。在破洞的旁边，斜躺着一扇破旧的铁门，我估计原来这地方是一道小门，坏了之后就拆下来放在了一边。透过破洞朝外瞧，能清楚地看见外面的高墙与里面的围墙之间，有一排平房，那里飘过来阵阵的香味，可能就是电工师傅说的看守所的厨房了。

我心中一喜，顿时有了主意，等一支烟吸完，说："你这屋里也没有电视机天线，想试试有没有图像都不行。"

电工师傅说："等会儿吃完饭，我们把电视机抬回去之后再试吧。"

我说："抬回去再试，要是还有问题，那岂不是还要抬过来，累死了！"

电工师傅想想也是，就望着我，意思是我有什么办法。我说："那边好像有些坏了的日光灯管，我拿一只来改装一下，当个简易天线吧。"

在小门不远处，扔了几只坏的日光灯管，可能那个地方较背静，被电工师傅当成了垃圾场。电工师傅听我这么说，也没再说什么，我就走过去，一根一根捡起日光灯管，做出查看管不管用的样子，偷偷地朝小门外张望着。

忽然，我听到身后大喝一声："干吗的？举起手来！"

我赶紧举起手，慢慢地转过身一看，一支黑洞洞的枪口正对着我的脑门儿。

第三十六章　逃跑（六）

　　我望着黑洞洞的枪口，仿佛看到了里面金灿灿的子弹，正憋着一股劲儿，也在瞧着我的脑门儿，打算得意扬扬地打着旋儿快速地飞来！

　　这可不是开玩笑玩的，只要食指在扳机上稍微一哆嗦，一梭子弹出来，立马能让我的脑袋开花。

　　这是一名武警战士，估计二十二三岁，一脸严肃地端着枪指着我，厉声责问道："你偷偷摸摸干吗的？"

　　"我……我没……没偷偷摸摸，"我望着枪眼，哆哆嗦嗦地回答，"我在……在捡日光灯管。"

　　"捡日光灯管干什么？"

　　"做……做天线。"

　　"做什么天线？"

　　"电……电视机天……天线。"

　　"谁让你来这里的？"

　　"我……我看这里有……有废……废……日……日光灯管，我……我自己就来了。同……同志，你……你把枪往边上移，移一下好吗？别……别走火了！"

　　我不知道自己怎么又忽然结巴了，这比我小的时候还厉害。我不仅结巴，腿还一个劲地抖。我天生怕死，一想到死我就小腿抽筋，浑身刺痒难耐。这家伙的枪口始终不离我的脑门儿，万一走火了呢？

　　小青年紧绷着脸，把枪管往上抬了一点，超越了我的头顶，我才放心下来，小腿不再那么一个劲地抖。

　　"我怎么看你偷偷摸摸地，想从这个门洞里溜出去？"

　　"我溜出去干吗呀？溜出去又不能出了看守所！"我立马不结巴了，跟他实话实说。

　　"你想逃出看守所？"

　　武警小战士立马提高了警惕，"叭"的一声迈开八字步，把枪稳稳地端起，重新瞄准我的脑门儿。

　　我赶紧说："没……没……想逃！"

"是想逃还是没想逃？"

"没……没……想逃！"

"嗯？"武警一抖枪，大声嗯了一声。

"不……不逃！"我赶紧换了一个没有歧义的词。

我靠，故意拿我开心啊你！我气得不行，但也不敢表现出来。我小心翼翼地说："枪……枪放下来，行……行不？"

武警收起了枪，用对讲机喊来值班的监管科刘科长。刘科长和另一位我不认识的监管干部一起来了，问是怎么回事，武警战士说："我正在旁边执勤，发现他鬼鬼祟祟地朝这边走来，打算从门洞里溜出去，我立即上前制止了他！"

刘科长耷拉着脸，双眼逼视着我，怒喝一声："叫什么名字？"

"报告科长，我叫王大印，在三号监仓拘押受审，今天奉沈干部的命令出来修理电视机。修好电视机后，我想试试图像信号怎么样，看到这里有几只报废丢弃不用的日光灯管，就走过来捡一只，打算做天线试电视信号用，结果被武警同志发现，误以为我有其他企图，这是误会，请科长审查！"

我知道我死不了了，胆子也壮了起来，一口气说了这么多，省得刘科长一点一点地问我。

刘科长依然不满意，问："谁批准你来这里的？"

我纳闷了，刚才不是说了沈干部让我来修理电视机的吗，怎么还问呢？我说："是沈干部让我来修理电视机的。"

"我问你，是谁同意你来这里捡日光灯管的？"刘科长再问了一遍。

我说："沈干部让我在电工房修理电视机，我出来捡灯管，跟电工师傅说了。"

电工师傅发现了这边有动静，早走了过来，老老实实地站在一边，刘科长没让他说话，一直没敢出声。刘科长扭头问他："是你让他过来的吗？"

电工师傅老实地回答："是！电工房里没有电视机天线，他说可以用废日光灯管做一个，就自己出来捡了。"

刘科长再问武警战士："情况就是这些吗？"

"我看他像是偷偷摸摸地想从门洞出去，我就立即上前制止了他！"

我连忙争辩道："我偷偷摸摸出门洞干吗呀？门洞外面又没有废弃的日光灯管！"

我学聪明了，再也不敢提刚才说的"溜出去又不能出了看守所"。没想到这个武警战士居然说："那边就是大厨房，你是不是想偷吃的？"

我立马哭笑不得地说："大白天的厨房那么多人在，我怎么偷啊？"

"住口！注意你的身份，不许狡辩！"刘科长严厉地制止我说下去，对身旁的管教干部下命令："胆大妄为无法无天！带去禁闭室关起来！"

管教干部拿出手铐给我铐上。刘科长一直瞪着我，见我没有丝毫的反抗，便不再拿我撒气，指着电工师傅说："你也有责任，中午不用吃饭了，站在原地好好反省，下午两点半之后才许走！"

刘科长说完，双手背着，气鼓鼓地钻出门洞，朝着厨房的方向走去。监管干部押送着我，走过一栋栋监仓，来到行政楼的右侧，进入一排低矮的屋子，走到一扇门前，打开，对我说："进去吧！"

我说："我没……"

"别啰唆了，进去好好地反省反省吧！"监管干部一把把我推了进去。

门咣的一声响，然后是重重地插销锁门的声音。

屋子里好黑，一进来什么也看不见，我不敢朝前走。我伸出手，朝前探了探，忽然摸到一堵墙，上面黏糊糊的，吓得我赶紧缩回了手。

停了一会儿，眼睛渐渐地适应了里面的黑，我发现我竟然是在一个不足三个平方的小屋子里。其实，根本谈不上是屋子，假如是屋子，至少可以躺下一个人吧，这里横竖都不够长，而且地下空荡荡的，没有床，也没有凳子，就连一张破报纸垫在地上都没有。屋子里唯一有的，就是浓浓的阴湿之气，还夹杂着尿臊味儿。

整个鸟笼一般大小的屋子，没有一扇窗户，唯一一点光线，是从门下面与地之间的缝隙中透进来的。我试着摸了一下另一面墙，墙上依然是黏糊糊的，我看不清是什么，我怀疑是不是谁的血。我把摸过墙的手指放在鼻子前闻了闻，什么味道也没有。

我不敢靠在墙上，只好站在中间，茫然地望着黑乎乎的四周。

我不知站了有多久，屋子里的光线越来越暗，以至于后来什么都看不见了。我的肚子里饿得咕咕叫，可能是到了夜晚了吧，外面静悄悄的，一点声音都没有。他们打算关我到什么时候呢？

难道就这样让我在里面饿死吗？

我站着头晕，只好蹲下来，没有几分钟，感觉脚有些麻，也不管地上脏不脏了，索性一屁股坐在地上，双手抱膝头埋在大腿上，这样稍稍好受了一些。

看来今夜他们是不打算放我出去，为了缓解肚子里的饿，我尽量往好的方面想。

今天还算不错，总算走出了三号监仓，可以在看守所里走了好几个地方，对整个看守所的布局基本上算是了解了。尤其是我在捡废日光灯管时，发现了一个极好的地方，假如我不能直接从三道大门逃出去，可能那里就是我能够越狱成功的最佳场地。

我看见小门外紧挨着外层高墙的最里角，是一排小平房，那里就是为整个看守所供应饭食的厨房。当然，单看厨房没有什么异常，但我发现在厨房的旁边，停放着一辆三轮车，是农民进城卖瓜用的那种机动三轮车。三轮车和一般的汽车差不多大小，可能是厨房出去买菜用的，买完菜就停在厨房门口。

而这，就是我最大的发现！

假如，我是说假如，这个三轮车买完菜，经常就停在那个地方，是否可以趁着没人注意的时候，忽然冲上三轮车呢？

我的打算，是冲上三轮车，然后站在三轮车上，这个高度足以够着厨房那个平房的房顶。只要双手紧紧地抓住房檐，轻轻松松就能上到房顶。这时候要是再没有人发现，那就迅速直起身子，外侧墙头就在眼前，而且已经感觉不到有多高了，只要稍微向上一纵身，一定能够攀得上去，再翻过并不怎么高的高压电网，咬着牙往下一跳，那就完全有可能逃出看守所！

当然，这里关键的关键，是得保证高压电网上断了电才行。

这个好办，我已经想过了，有两个方法可以把上面的电给停掉。

第一，就是想办法进入计算机房，通过主控制室关闭电网电源。或者悄悄地把打击电量和触发电流，这两项关键指标都给调到最小位，使高压电网输出端表面看起来电网上还有电，其实已经对人体一点作用也不起。这个操作起来简单，但必须要能进入到计算机房才行，可能难度比较大，那还有第二种方法。

我发现高压电网供电变压器，是在一个方方正正的用厚铁皮做成的铁皮柜子里，有点像城市里到处可见的小区电网配电箱，就固定在电工房后面的一个角落的水泥地上。那里是个死角，只要人往那里去时不被发现，到了那个位置，根本就不会再有人看见。假如能够到达那个位置，很容易拉下空气开关，从而断了高压变压器的输入电源。当然，一般情况下，铁皮柜子是锁起来的，在缺少工具的情况下，徒手很难打开。

这也难不倒我，还有线路输入端可以想些办法，只要从中找到信号控制线，想办法把它们外面包裹着的绝缘皮弄掉，几根线全部拧在一起，要不了两秒钟，计算机房里不是控制器死机，就是整个控制信号紊乱，到处产生报警和闪光。到了那时，看守所一定会大乱，人们的注意力将会集中在行政大楼的位置，厨房这边肯定是最没人注意的地方，那我就可以趁乱之际，再施展以上所说的翻越高墙的动作。

这个方案的实施，最好是在午饭之后，人们都在休息，这个时间段没有人会去厨房吃饭，厨房里即使有工作人员，他们也不会怎么留意外面的动向。这是人们吃饱了之后最容易产生松懈的时刻，那也就成了我最佳的逃跑时间。

当然，这些都是理想状态下才能成功的，一旦其中一个环节出错，不仅前功尽弃，我还将受到比我现在关在这间黑屋子里还要严厉的惩罚，说不定忽然哪里再冒出一个小武警，手指轻轻一扣，我这辈子也就彻底结束了。

这一步算是下下策，还是想办法从正门溜出去的好。怎么样才能溜出去呢？

今天刘科长不知哪根筋抽着，发了这么大的火，把我关在这里。但他总不至于关我太久，总不至于要了我的命。只要他还打算放我出去，那我一定还有机会去修理电视机。那两台因为潮湿造成高压打火的电视机，虽然修好了，但我还是留了一手。

我出来找日光灯管之前，把电视机里主板上的几个接插件都拔掉了，而且后盖也没有盖上，两台电视机现在就等于是一堆散件丢在电工房。其他人搞不好，监仓里又不能没有电视机，他们最终还是会来找我去修理。

只要我还能修理电视机，那我就有办法扩大我的维修范围。我早上问了电工师傅，知道厨房还有一台冰箱的温控不起作用，老是制冷，冷藏室都结了厚厚的冰。我还知道行政办公室里有几间屋子里的电脑也有故障，甚至他们常用的手持对讲机也有坏的。这些都是我的潜在维修机器，只要让我出了这间小屋，我就能把这些活给揽过来。到了那时，我就会通过其他屋子里的电脑，侵入到计算机房里的主机。一旦它们之间是联网的，哪里还会有我办不到的事情？

即使是不联网，难道计算机房里就没有电脑有故障吗？

夜里好冷，我被冻得不行，起来想活动活动，但在这么狭小的空间里，也活动不开四肢。我只好蜷缩着身子，心里尽往美事上面想，终于熬过了这漫长寒冷的一夜。

第二天一早，沈干部过来把大铁门打开。我猛一出来，尽管是在早上，太阳还没有完全爬上高空，但我还是被强烈的光线刺得眼睛生疼。我眯着眼睛，随着沈干部回到行政办公楼，来到他的办公室。他一屁股坐在办公椅里，也没让我坐下，我就老老实实地站在他旁边。

沈干部生气地望着我，一句话也不说。我做出很无辜的样子要解释，沈干部立即摆摆手没有让我说出来，像是一肚子的气没地方撒，借着摆弄桌子上一本破旧的台历，平息一下心情，停了一会儿他才说："知道为什么关你吗？"

我实话实说："不完全清楚。"

沈干部来气了，把台历朝旁边一丢，大声说："瞧你也像挺有脑子的人，怎么关了这么长时间，你还是不明白？是不是还要进去蹲一天！"

我赶紧说："不要！我怕了，我不想再进去了！您还是告诉我吧，我一定改正！"

沈干部问我："你说，这里是什么地方？"

我很疑惑，不知道他指的是他办公室，还是整个看守所，就放慢了语速，看着他，一个字一个字地慢慢回答："是看——守——所——的……"

"知道是在看守所就好！那我问你，《监管条例》你记住了吗？"

"我记住了。"

我准备从头背给他听，他一挥手又打断了，说："你记住了，怎么还到处乱跑？"

我知道他一开始就不打算听我解释，索性我就不再解释，做出可怜巴巴的样子，等着听他的训斥。沈干部继续说："这里是看守所，做什么事情都得先请示。你不请示，即使最终证明你做的是好事，那也是先违反了监规，你明白了没有？"

"我明白了。我下次在做事之前，一定先向您请示！"

沈干部嘟哝着嘴，喘了几口粗气，然后放平和了语气说："你一来时我就看你不像社会上那些调皮捣蛋的孩子，一时糊涂犯了错误不要紧，来到这里改造了之后，出去了不再犯，还是一个对社会有用的人嘛！你有手艺，今后很容易就能融入社会，我还是很看好你的！下次别再犯这么低级的错误了，知道吗？"

"知道了，您放心，我下次再也不会犯类似的错误了。"

"不类似的错误也不能犯！"

"是！一定不犯！"

"那就好！实话跟你说，你这样做，不仅不利于你在这里的改造，刘科长还会认为我没有把你给教育好。我这次可以提前给你放出来，下次你再给我捅娄子，那我可就不会再原谅你了！"

"谢谢您对我的关怀！我一定注意，今后不给您惹麻烦！"

"走吧，回监仓去吧，今天上午你不用干活，好好睡一觉，下午争取把那两台电视机修出来，在晚上之前安装到监仓里，能做到吧！"

我立即给了他一个灿烂的笑脸，说："能！"

沈干部把我押送回三号监仓，一屋子的人一起望着我。我坐回我的床铺，号头陈奎对我说："沈干部特意交代，让我给你留的稀饭和馒头，赶紧吃了吧！"

我向他点头感谢，抱起塑料茶缸，一口气把稀饭喝完，再把馒头送进嘴里，舍不得一下子咽下去，一点一点地用舌头碾碎，在嘴里慢慢地回味。毕竟馒头太小，没在嘴里晃荡几下，就忽然间全部滑进了肚子里。

虽然没有吃饱，肚子总算舒服了一些。我靠在床头，看见郑魏坐在一旁愣愣地望着我。

我问："怎么了？"

郑魏说："你一夜被弄哪去了？"

我叹息一声，把事情经过说了，郑魏听了很是郁闷，想说什么终于还是没说，在我肩头拍了一下，轻轻地说："你睡觉吧，我们要干活了。"

我在水龙头下洗洗脸，然后回到床上睡了。这一觉睡得好香，一会儿我梦见我和鸽子，在我们经常去的那座小山坡上跑，她跟我耍赖皮，非要我背着她跑，我便背上她，她嘴里一个劲地吆喝："驾！驾！汗血宝马跑快些，哀家还要赶着上朝呢！"我就拼命地跑，不大一会儿，我累得不行，浑身淌满了汗，黏糊糊的，感觉在哪里摸过，就是想不起来。我不管那些，心里开心，尽情地陪着她玩。

一会儿我又想起了常小娟，常小娟倚在我怀里，看着我肚皮上的伤，哭得稀里哗啦，我看她这么伤心，我也跟着要流下了眼泪。

小娟说："你趴下来我给你按摩，按一会儿就不疼了！"

我说："不用了，你也不要老是想着按摩好吗？你在我心里是个好女孩，你要忘记曾经在龙盛湾的那段经历，毕业了就找一个好工作，再找一个爱你的人，开开心心地过一辈子多好！"

小娟立马说："不，我就要给你按摩！我今后只给你一个人按，我也不打算再找了，我就要你，你是跑不掉的！"

我说："小娟，你别这样，我已经有女朋友了，我不能对不起我的女朋友！"

"那我算你什么呢？你就能对得起我吗？你就愿意看到我痛苦吗？"

"小娟，别……"

我睁开眼，发现郑魏正在使劲地推我。郑魏一脸的坏笑，说："起来吃午饭吧！"

我坐了起来，郑魏还在不停地乐，问我："刚才梦到什么了，瞧你哼哼唧唧的，就跟小孩子吃奶的样子，你在干吗呢，把我们给乐死了！"

"真的假的？"

"那还有假？不信你问问他们！"

我有些不好意思，赶紧解释道："差不多是饿了吧，梦里我好像是在喝酸奶呢！"

"拉倒吧你，喝人奶还差不多！"郑魏嘎嘎地乐，少有的好心情。

第三十七章　重见天日

吃了午饭，大家开始午休，我已经没有了困意，眼前反反复复地出现鸽子和小娟的身影。我被关在看守所快有一个星期了，这段时间鸽子一定打了好多电话，她找不到我，会不会一着急影响病情？她现在好吗？

还有小娟，现在好吗？小娟也联系不到我，我知道她对我是有感情的，这段时间我突然间消失，她又会怎么想，她会忌恨我吗？她会不顾一切地找我吗？她又能去哪里找我呢？

午休的时间很快过去，我起了床，沈干部来到监仓把我放出来。按照他的旨意，我继续去电工房把那两台电视机安装好，在路上我请示他，大厨房里的冰箱也坏了，明天一早要不要我过去修理？

沈干部说："这样吧，我打报告向上面申请一下，这几天你先把所有监仓里的电视机全检查一遍，其他的看申请能否批准了再说。"

沈干部问我还会修理哪些东西，我告诉他一般电器都可以修，我重点向他暗示了我修理电脑也是很在行的。沈干部一听，开心地说："明天我把家里的笔记本电脑拿来你帮我看看，不知道怎么回事，最近上网非常慢，可能是我不在家，儿子不好好学习，偷玩我的电脑给中毒了。"

"那你拿过来吧，我来把整个系统清一下就行了。"

我和沈干部聊着，很快来到电工房，电工师傅正在卖力地修理一台抽油烟机，弄了满手的油污，看到沈干部进来，忙站了起来，点头哈腰地打招呼。

沈干部交代我们道："你们俩在这忙吧，别再到处跑给查到了！"

我们俩答应了一声，见沈干部走远了，我向电工师傅道歉，昨天害得他没吃上中午饭，还被罚站了那么久。

电工师傅说："没什么，早就习惯了，在这里凡事得想开一些。"

电工师傅索性不干活了，洗去手上的油污，擦干净手，摸出一盒烟扔给我一支，自己也点着了一支，坐在椅子里抽了起来。

我试探着问道："你整天可以到处走，有没有想过趁机逃出这里？"

电工师傅愣了一下，望着我说："逃出去？那可不敢想！别说逃不出去，即使有机会也不敢逃啊！有几个能逃走的？还不如就在这里老老实实地待着，慢慢熬，反正刑期也不长，熬一熬也就过去了。"

电工师傅说完，停了一下，盯着我的眼睛，忽然问我："你是不是想逃走？"

我忙把视线移开，对他说："哪里会！我还没判呢，说不定判我无罪都有可能，我干吗要逃走？"

电工师傅猛抽了一口烟，吐出一个烟圈，看着它一点一点朝上升，渐渐地散开了之后，说："我劝你还是不要有这个想法，别没逃出去，命给送掉了！"

"是啊，不划算！还是抓紧时间干活吧，先讨好他们，他们开心了，我们在这里好过一些就行了。"

我转移到其他话题，问他抽油烟机什么时候能修好，等会儿还得他帮忙，抬着电视机一起去监仓安装好。

电工师傅嘿嘿地笑着说："我这个不急，厨房里的抽油烟机都好着呢！"

我不解，望着地上打开了盖子满是油渍的抽油烟机，电工师傅说："这是以前坏的，早更换新的了！这不是刚才老远见沈干部带着你过来了嘛，我得找个东西忙着，省得管教干部见我没事说闲话！"

我也跟着笑了，电工师傅接着说："你也别忙那么快，干完活你还想回到监仓里蹲着呀？慢慢磨叽，只要他们不催着要，就给他拖几天，陪我在这里聊聊天，让我跟你学点技术，省得我一个人寂寞。在我这里有好吃好喝的，比不上外面的生活自由，至少比监仓里舒服多了！"

我说："沈干部给我下达了任务，今天晚上之前，务必要把这两台电视机给修好，安装到监仓里。"

"那就一会儿先安装上去一台，等吃过了晚饭，再把另一台弄上去，反正今晚完成了，他也不会说你什么。"

看来，电工师傅在这里早已修炼成了老油条，有很多办法应付他们。不过他说的也有道理，那就留下来吃点好吃的润润肚子再说。虽然我想早些安装回去，一来表现好一些，监管干部们看着满意；二来也不想让其他监仓的人，因为我的原因看不到电视。不管大家以前干过什么坏事，如今被关到了这里，同病相怜的，能给一些帮助尽量给些帮助吧。

但我也不想驳了电工师傅的好意，很是后悔刚才怎么一时大意，把自己内心要逃走的秘密给吐露了出来。我今后得小心了，不是绝对可靠的人，千千万万不能再提逃走的事，即使有人提起，自己也得装疯卖傻，不往这个话题上面说，只有这样才能保证计划得以成功。

我们俩在电工房里抽着烟，开开心心地聊着天，时刻注视着外面的动静，一旦发现有监管干部朝着这个方向走来，我们俩赶紧埋头装作干活，就这样一时紧张，一时又没事可做，天南海北地闲聊着，磨磨叽叽地忙到了晚饭之后，才把最后一台电视机安装到监仓。安装完毕，我和他一起向监管干部汇报，然后被带到各自的监仓休息。

第二天一早，沈干部来监仓把我叫到他的办公室，让我给他看看他的笔记本电脑是怎么回事。我问他有没有网线，他把桌子上另一台台式电脑主机上的网线拔下来递给我，我给插到这台笔记本电脑上，打开电脑，问他有哪些问题。

沈干部说："网页打开好慢，登录QQ也是半天才能上去，而且我有两个QQ号码，只有一个管用，另一个不知道为什么老是登录不上去，在其他电脑上却很快就登录了，这是怎么回事？"

我问他是哪一个QQ号码，然后按照他说的输入密码之后，登了两次也没登录上，另一个号码很容易就登录上了。我说："你这个QQ里的聊天记录还要吗？如果不要，我直接删除这个QQ的文件夹再试试，估计就可以了。"

沈干部说："删掉吧，没有什么重要的聊天记录。"

我按照QQ在C盘上的路径，找到这个QQ的文件夹，没有深入进去查找问题所在项，图省事全部给删除干净，然后试着再登录，果然成功了。沈干部开心得不行，说："就这么简单啊，我以为这个QQ得报废了呢，上面都是我的老同学，好多天都不能和他们联系了！"

我帮着解决了一个问题，取得了沈干部的信任，其他的故障我知道是怎么回事，故意打开C盘里的程序，这里看看，那里瞧瞧，就是不直接给他弄好，反正他也不懂，我就说："你的电脑中的病毒太多了，要全部弄好至少得一两个小时，我在这里不影响你工作吧？"

沈干部说："没事，你就在我这里忙，只要不出这间办公室就没事，我跟你学学怎么弄。"

我放心了，用他电脑中自带的QQ电脑管家，先帮他清理系统垃圾文件和一些恶意插件，告诉他这些垃圾是如何产生的，应该多久清理一次，清理之后会有哪些好处。我说得既认真又全面，磨叽了半天，他坐在旁边啥也看不懂，觉得没劲，就对我说："你在这先忙着，我去监仓看看去。"

我高兴坏了，要的就是这结果！等他一出门，我马上把QQ管家停下来，按照这根网线的ip地址，搜寻其他与此相关的在线工作着的电脑主机。

我想侵入到计算机房里的主机，查找出看守所三道电子智能控制门的密码，或者想办法进入到电子报警系统，设法修改高压电网的参数。

很快，我便找到了可能是计算机房的主机，侵入其控制界面，找到一款名叫 STP 智能控制系统的软件，点击打开，正要进入下一步操作，喇叭中陡然一声爆响，像是子弹划过夜空般的清脆，系统接着提示一行字："非法入侵，请立即退出！"我赶紧退出，删除与其相关的侵入路径。

我看了一下时间，已经将近十点钟，这个时间段，沈干部一般会在监仓里到处巡视，半个多小时之后他就会离开监仓赶到这里。也就是说，留给我的时间不多了，可我什么也没办成，急得我抓耳挠腮，想着能用什么方法进入防守如此严密的控制系统呢？

我重新尝试了几种方式，都不能安全地进入，假如再进不去，可能就失去了这么好的机会，下一次机会还不知道什么时候才能出现。

我急得不行，没想到坐着没动也弄了一身的汗，脊梁上又开始了一阵阵刺痒，我赶紧调整呼吸，迫使自己平静下来。忽然我想到，既然不行，那我可不可以也给计算机房里的主机里设置一些木马程序呢？假如主机出了故障，他们一时修不好，或许也会让我过去帮着修理吧？那我岂不是又有了机会？

对，暂时没有什么好办法，我就先这样试试吧！

我登录我的一个 QQ 群，在一个黑客活跃的群里下载一款木马病毒，正在下载中，办公室门忽然打开，沈干部闯了进来，直接走到我身边，盯着我看。

我一下子僵住了，根本没有时间再取消下载，心里说不出来的恐惧，吓得我不知如何应对才好。

沈干部忽然间笑了，拍着我的肩膀问我："怎么了，脸色这么白？"

我结结巴巴地答："怎……怎么了，你这么瞧着我？"

沈干部嘎嘎地乐，我越加心里发毛，从来也没见他这样过。

是不是他们故意这样设的一场计，让我一个人在这里倒饬电脑，却暗地里安装了摄像头监视着我？或者就像电影里一样，旁边这堵墙其实是透明的，从那一面能清楚地看见我，而我却什么也看不见。沈干部根本没有去监仓，而是坐在墙的那一面的椅子里，喝着咖啡或者上等的好茶，就像看《动物世界》一样盯着这边，看着我怎么入侵他们的主机，又如何败下阵来，最后没招了，想出植入木马病毒这么阴险歹毒的勾当，然后忽然进来抓我，看我是怎样一种表情？

他们怎么能这么无聊呢？真是闲得慌，拿我解闷玩啊！

没等我想清楚原因，沈干部拍着我的肩膀说："好样的，果然没让我看错！"

我一激灵站了起来，沈干部把我轻轻地按着坐下来，说："别那么急嘛，等把我的电脑修好了再回家也行嘛！"

"什……什……什么？回……回家？"

"不回家，难不成你还想在这里待下去？"

"你是……是……是说，要放了我？"我再次激动，忍不住又站了起来。

沈干部不逗我了，正色道："刚才接到通知，你的案子已经撤销，你现在不再是犯罪嫌疑人，办完手续就可以离开这里，过上自由人的生活了！"

"真的假的？"我激动得小腿直哆嗦，猛一下挺直了胸膛，那我还在这里干吗，赶紧办手续走人，一分钟也不愿意在这里待下去了！

沈干部抓着我的胳膊，说："别……别这么急啊，我的电脑修好了没有？"

我当着他的面，大模大样地把刚下载完毕的木马给卸载了，退出我的QQ，说："你试试看，已经修好了！"

说句实在话，这几天待在看守所，沈干部算是对我不错的，我不想害他，在他的电脑里做什么手脚。

"是吗，我看看！"沈干部很开心，试着打开几个网页，确实快了许多，高兴地说："不错，不错！"

沈干部关了电脑，站起来说："走，跟我一起办手续去！"

路上，沈干部问我："哪天有空过来，帮我们把其他有问题的电器也修修吧？"

"我可不想来了，一辈子都不想再来这个地方！今后你家的电器要是有问题，打个电话立马上门服务；这里的电器还是免了吧，要是想修，让他们送我店里去，不过，得付钱修理了！"

沈干部照着我的屁股给了一巴掌，像对待自家的孩子一样，说："好小子，这还没办手续呢，你这尾巴就翘起来了！"

我咧着嘴陪着他一起乐。

沈干部继续说："你一来时我就看出来了，你和其他犯事的人不一样，我特意关注了一下你的案件卷宗，觉得很多地方有疑点，果然没几天就查清了，还了你清白。出去以后不要那么消沉，要带着感恩的心情去回报这个社会，相信正义和良知还是这个社会的主流，明白吗？"

"嗯！我听您的！"

我相信沈干部是真心希望我好，我也是真心回答他。我不相信齐六和吴海英那帮浑蛋能永远猖狂下去，正义早晚会回来的，就像我现在这样，受尽了苦，眼见着光明就要到来了。

沈干部领着我朝三号监仓的方向走去，我吓坏了，今天不会是愚人节吧，沈干部怎么又把我带回来了？我赶紧站住，紧张地问："怎么又……又回去了？"

"你不回去收拾一下东西，再去办手续？"

"不要了！全都不要了！我再也不想走进监仓，我什么也不想从这里带出去！"我一迭声地说。

"呵呵，我理解你此时的心情！好吧，那就去办手续，尽快离开吧！"沈干部拍着我的肩膀，折转身，和我并排朝着第三道大门口的那间办事大厅走去。

我问沈干部："怎么这么快就查出我是清白的了？"

沈干部说："这些天多亏了市局刑警支队的郭警官，他也不相信你会做出绑架的事情，多方调查，找出了极为有利的证据，证明你是无辜的，最后报请相关部门撤销了对你的指控，作出立即无罪释放的决定。"

我们说着话的工夫，来到了办事大厅，值班的警察把我的卷宗拿出来，让我在几份出监手续上签字，然后把我来时的衣服、皮带、手机全都还给我。我立马脱掉身上的衣服，塞进一旁的垃圾篓，穿上来时的衣服，沈干部在一旁看着乐，再次照着我屁股一巴掌，说："太浪费了！"

我双手抱拳，笑着说："请多多理解，多多理解！"

沈干部把我一直送到最后一道大门口，在等待大门打开的瞬间，沈干部紧紧地握着我的手说："大印，别有什么思想顾虑，出去了好好干，我就不送了，多保重！"

门开了，我向沈干部挥挥手，看着大门徐徐关上，然后扭转头，毫不留念地迈开步子朝前走。

一阵汽车喇叭的声音传来，我朝路旁一看，杨杰下了车，张开双臂向我扑来！

我也张开双臂，迎向好朋友！

我们俩紧紧地拥在了一起！

我以前看电视剧的时候，感觉两个老男人拥抱在一起，很是不可思议，哪有那么激动的，两个男人搂在一起多别扭。没想到今天，我竟然也按捺不住自己的心情，和好朋友紧紧地拥抱在一起，才感到心是那么踏实，原来这个世界还是那么美好。

忽然，再次传来一阵急促的喇叭声。

杨杰对我说："你看谁也来了？"

我朝车里一看，立马奔过去，拉开车门，把小娟给抱了出来，搂在怀里，激动得泪水再次喷涌而出。

不知道过了多久，一旁的杨杰说："好了，好了，要亲热回家再亲热吧，早些离开这个晦气的地方。"

我和小娟都有些不好意思，我用衣袖擦去小娟脸上的泪水，说："走，上车回去！"

杨杰开着车，我和小娟坐在后排，小娟倚在我怀里，一会儿傻笑个不停，一会儿笑着笑着又流下了眼泪。我紧紧地搂着她，什么话也不说，杨杰从后视镜里看见我们俩这样，笑着摇了摇头也不理我们，把后视镜朝上调了一些，不与我们相视，一声不响地把我们带到了一家饭店的门口。

杨杰回过头来说："别甜蜜了，下车吃饭吧！"

我和小娟这才发现车早已停了，赶紧下车，随着杨杰一起进入饭店，找到一个小包间坐下来。等着上菜的时间，我问他们："你们俩怎么知道我今天会出来？"

小娟抢着说："昨天晚上我接到郭警官的电话，说你今天一早准出来，我就和杨杰一起来接你了！"

我一下子愣了，不会郭警官也常去龙盛湾吧？我忙问："你认识郭警官？"

"认识啊，这几天我们经常见面的！"

"你怎么会认识他？"

小娟笑了，脸红红地说："大印，你是不是吃醋啦？"

"我吃醋干吗？"

"你就是吃醋了！我从你眼神里能看出来！别吃人家的醋，人家帮了你很大的忙呢！"

这我听沈干部说过了，我不知道小娟怎么也认识郭警官。面对我一脸的疑问，小娟说："你被抓进去了之后，郭警官不知道怎么找到了我，了解那天你和郑魏去龙盛湾的情况，我把前后经过都告诉了他，还告诉他你是怎么被那帮人追杀的。我还说了你们在翠海花园小区对面的一家土菜馆准备吃饭的时候，有一帮人去追杀你们，是我跑去通知了你们才没有遭到他们的毒手。后来郭警官还特意去了那家蛋糕店了解情况，那家蛋糕店的员工们对此印象挺深的，详详细细地告诉了郭警官。"

杨杰也跟着说："你知道吗？大印，这些天小娟可没闲着，她和她的一帮同学，把你身上发生的那些事全部发到了网上，引起了好大的轰动。上面很重视，再加上郭警官的努力，很快查清了事实真相，才把你给救出来的。你得好好谢谢小娟！"

小娟说："为了救你，我们还花钱在网上雇了专门顶帖的团队，他们到处发帖，也起了很大的作用！"

我向小娟竖起大拇指，真让我佩服，居然连这一招都能想出来！

小娟咯咯咯地笑，说："杨杰也帮了很大的忙，到处给你想办法找人，而且雇顶帖团队的钱，也是他付的！"

正好酒菜上来了，我给两位倒满酒，双手端起酒杯，站起来说："多谢你们的话我就不说了，这杯酒敬你们！"

"不行，你一点诚意都没有！你得一个人一个人敬，这杯不算，你自己先喝完！"小娟不依不饶地跟我说。

"好吧，我喝完！"我一口喝完，再次倒满一杯，端起来先敬杨杰。

小娟又不干了，说："我是女的，你应该表现得绅士一些，先敬我才对！你错了，罚你这杯酒也自己喝掉，然后重新敬！"

我说："行！这杯我也喝了！"

我一口喝干，喝得猛了，酒劲一直往上蹿，我憋着一口气使劲给压下去，然后倒满一杯，对小娟说："来，我先敬你！"

小娟开心地跟我碰了一下，学我的样子一口喝干。我又倒满要敬杨杰，杨杰忙按着我的手说："咱们哥俩儿就别敬了，你先吃点菜垫一下，别喝那么猛！"

小娟说："没事的，他能喝，我知道！"

我嘿嘿地笑，不吱声，拿起筷子先吃些菜，把快回到嗓子眼的酒，又给逼了回去。

小娟不干了，使劲拨拉我的筷子，不许我吃菜，说："不行，不行！人家那么帮着你，这杯酒无论如何也得敬！"

杨杰望着她，忽然间笑了，说："小娟，你什么意思嘛？是不是想把大印给灌醉了，你好下手啊？"

一句话把小娟说得脸更加红了，小娟也不示弱，居然说："好啊，我就这样想的！杨杰你得帮我，把大印给灌醉了，我叫你一声哥哥！"

"晕死，还有你这么直接的！"杨杰做被打败状，坐到椅子中，一个劲地摇着头偷着乐。

小娟说："别坐下啊，这杯酒你们还没喝呢！都端起来，喝了再说！"

小娟把我给拽起来，把酒杯塞进我的手里，非要我和杨杰喝一个，我和杨杰没办法，只好听她的，端起来一起喝了。

我们三个在一起开开心心地聊着，时间过得飞快，一会儿我就感觉喝得有些多了，小娟也喝了不少。

小娟说："你们先坐着，我去一下洗手间。"

杨杰望着小娟走出了房间，忙伸过头来对我说："大印，你知道吗？孟鸽也在找你，她都快急疯了，我没敢把她们两个一起带过来接你！"

我一听，顿时酒醒了许多，怔怔地望着杨杰，半天说不出一句话来。

第三十八章　向警察求援

一听说鸽子也知道了这事，把我给吓坏了，怔怔地看着杨杰。

杨杰说："你被抓进去的第三天，孟鸽老是打你电话关机，她担心你出了什么事，就从老家回来去了你的维修店，见店门关着，她问了旁边的人家才知道你已经好多天没有开店营业了，这更增加了她的担心。她打郑魏的手机，郑魏也是关机，她没有我的电话，可能是你以前跟她说起过我的维修店的地址吧，她就去我在的那一片一家一家找。她找到我时，我看她脸色好差，不敢告诉她实情，她就坐在一边哭，我没辙，只好告诉她了。"

"后来呢，她知道了之后又怎么了？"我着急地问。

杨杰说："我还没敢告诉她你是被抓起来的，骗她说是郑魏做生意遇到了麻烦，当时你也在场，你是因为郑魏的事情受牵连，警方把你叫去协助调查，这段时间不允许见面。但她还是给吓蒙了，差一点背过气去。我老婆在一旁无论怎么安慰她都不管用，她哭得很伤心，一个劲地自责是她拖累了你，结果哭着哭着就不行了……"

我打断杨杰的话，急忙问："她怎么了，又病了吗？"

杨杰说："她当时气喘得厉害，眼看着就晕了过去，把我们都吓坏了，我老婆赶紧抱着她坐上我的车，我们把她送到人民医院，经过抢救才醒过来。"

我听到这里，泪水不自禁地在眼眶中打转。

杨杰说："大印，你别担心，孟鸽暂时没事了。"

"她现在还在医院里吗？"

杨杰说："那天经过抢救没事了，医生说得住院观察治疗，我给她办好了住院手续，可她死活不肯住院，她说没有你的消息，再怎么住院也没用，还不如死了算了。我们都没有办法，只好答应她回到村卫生院调养，我开车又把她送了回去。我跟她说，千万自己要当心身体，不然过几天大印出来了见你这样，他肯定非常难受，为了大印你也要坚持下去，不要自己折磨自己了，千万不要多想，等案子问完，大印就会回来看你。我好说歹说才把她劝好，她答应我会好好照顾自己，等着你回来。这几天她天天给我打电话，问你出来了没有，今天早上我开车和小娟一起去接你回来的路上，她还打电话问呢！因为小娟在旁边，我不清楚小娟是否知道你和孟鸽的事情，就没敢和孟鸽多聊，没告诉她我们正在去接你的路上，只跟她说你已经没事了，需要办理手续，明天一早就能出来。她说她明天想来接你，我让她等我电话，等有了确切的消息就告诉她。我从电话里能听出来，孟鸽听说你没事了，很是高兴。大印，你抽空给她打个电话吧！"

我说："我会的，等会儿我就给她打电话，明天我陪着她去省城医院，尽早把她的病治好，不能再拖延了！"

"那就好，明天我开车送你们过去吧！"

"不用，不用，你也挺忙的，我先去她家。从她家那边雇一辆车挺方便的，也花不了几个钱。"

"对了，钱要是不够你跟我说，这件事我老婆也知道了，她跟我说，要是你们没钱，让我多帮帮你！"

我说："你借给我的六万块钱还没用，我自己手里还有点余钱，估计够用一阵子了，不够时我再和你说。"

杨杰说："不够你就尽管开口，我老婆也很担心孟鸽的病情，我赚的钱都在她手里管着呢，只要她同意了，再拿十万八万的没问题！"

我为杨杰有这样的好老婆而替他高兴，我说："请代我谢谢她！她这人心地真不错，你找到她算是找对人了！"

杨杰说："我曾经深深地爱过璐璐，所以我能理解我老婆对我的爱，我会好好待她，这一辈子就是她了！"

"那就好！其实，被爱也是一种幸福！"

"就是！你也要珍惜这段感情。对了，小娟对你也不薄，你该怎么办？"

我叹息一声，说："你说我能怎么办呢？"

杨杰说："你算是惹了大麻烦，这几天我也看到了，小娟对你，那真是没话说，一般的女孩子根本就做不到！"

"我知道她对我好，她越是这样我心里越是愧疚。我跟小娟说了多次我有女朋友，不可能分开，可她就是不听，我也不知道该怎么办。"

杨杰也没辙，便转移话题说："对了，大印，要不你开郑魏的车去接孟鸽吧，他的车已经修好了，在我店里停着，反正他还得几天才能出来，这几天你先用着吧！"

我一想，糟糕，我出来时给忘了，只想着再也不去监仓，却忘了去跟郑魏打个招呼再出来。我问杨杰："你有没有听郭警官说，郑魏什么时候能出来？既然已经确定吴海英他们冤枉了我，那也很容易证明郑魏在龙盛湾找的不是未成年人吧？"

杨杰说："郑魏的事情也调查清楚了，郭警官说，不管怎样，郑魏终归是嫖娼，必须接受治安处罚，要在里面待够十天才能出来。"

我算了算，说："郑魏在拘留所也待了几天，加上在看守所的时间，也差不多够十天了。"

杨杰说："郭警官说了，郑魏的案子不归他管，他已经把调查材料交给负责郑魏案子的警官，可能那边还得办理一些手续，不会那么快就出来。"

我们俩正说着，小娟回来了，问道："你们俩说什么呢？有没有说我的坏话啊？"

我说："感谢你还来不及呢，怎么可能说你坏话！"

"那就好！既然说要感谢我，来，我们再开一瓶喝个痛快！"

"别，别，你怎么这么能喝啊！"我赶紧摆手制止了她。

小娟乐得咯咯的，奚落我说："瞧你还是大男人呢，喝酒怎么连我们女孩子都不如？"

"你真厉害，没想到酒量这么好，我不行了，下次再喝吧！"

"那行吧，不为难你了，吃饭吧！"

我们要了一大盆米饭，我一个人吃了好多。小娟看着可笑，说："难怪人家都说，吃饭跟刚从监狱里出来的一样，果然是厉害！"

我说："小娟，你不知道，在里面苦啊！"

我说着，把一块牛肉塞进嘴里，还没等完全咽下去，小娟又撕下一块鸡腿，使劲往我嘴里塞。杨杰在一旁看着有意思，也来凑热闹，把一大碗红烧肉端到我面前，说："这一碗不吃完，还得陪小娟喝一瓶！"

小娟也跟着闹，干脆端起红烧肉，拿起筷子直接要往我嘴里拨拉，我赶紧起身躲到一边。我把嘴里吃着的鸡腿咽下去，装作被噎着的样子，翻着白眼说："撑死我了，你想害死我就明说，不带这样折磨人的！"

杨杰在一旁听了，忍着笑直摇头。我明白他在想什么，我指着小娟，半天了才说："你厉害，我惹不起，躲着你总行了吧？"

我抽出一张纸巾，擦了擦嘴，对杨杰说："我们俩撤，让她一个人在这里撑吧！"

小娟一把抓住我的胳膊，说："想得美，你逃不出我如来佛的掌心！"

我们走出饭店，杨杰一脸坏笑，说："那我就不送二位了，你们自己玩去吧！"

小娟拉着我的衣袖，和我一起跟杨杰说"拜拜"。

等杨杰走后，我问小娟："我们现在去哪里？"

小娟立马就不吱声了，紧紧地拽着我的胳膊，就是不说话。

"要不，找个地方喝杯茶吧？"

"唉，"小娟叹息一声，愁容满面带着无限伤感地说："我回学校，你一个人回去吧！"

"怎么了？"我问。

小娟说："我知道这时候你的心不在我这里，你是想离开我好给鸽子打电话，可你又不好意思说出来！"

"我没有！这不请示你一起找个地方喝茶吗？"

"别装了，刚才你们说话我都听见了！我没去厕所，躲在门外听你们说什么呢！"

"你怎么这么阴险啊！你听见什么啦，没说你什么吧？"我一惊，仔细回忆和杨杰刚才的说话，还好没有说太过分伤到她的话。

"谢谢你，大印！"

"应该是我谢你才对，怎么弄反了？"我很是纳闷，问她。

"你总算还是有些良心，陪了我半天，没有当着我的面给你女朋友打电话！"

"小娟，我……"

"别说了，你的心思我知道，她这些天也挺关心你的，今天早上她还给杨杰打电话问你呢。我就坐在旁边，我全听见了，我也很理解她，其实我比你们还要理解她。你去吧，别忘了我对你的好，我也是像她一样爱你的。"

"小娟——"

"没事的，我知道她病得厉害，她不能没有你！"小娟说着说着，眼泪顺着漂亮的脸颊流了下来，呜咽着说："她要是没有生病多好，我还可以和她公平竞争，我不相信我不能把你的心抢回来。可是，她现在这样，我怎么和她争呢？我不甘心啊，可我又有什么办法呢？我……"

"小娟，别这样，旁边有人看着我们呢！"我不知道怎么向她解释好了。

我用手背擦去她脸上的泪，小娟不动，由着我擦，半天了小娟冷不丁地问我："我要是病了，你也会对我好吗？"

"别说傻话，你们俩都病了，你还让我怎么活？"

小娟忽然间笑了，仰着泪脸笑着说："有你这句话就足够了！你去吧，我不怨你！"

"谢谢你，小娟！"

"不用你谢我，只要你心中还能经常记起我就行了！你去吧，我走了！"

小娟痴痴地望着我，依依不舍的样子，终于还是伸出手要和我说再见。我一把把小娟搂在怀里，也不管旁边有没有人看见，紧紧地搂着她，什么话也不说。

小娟埋头在我怀里呜呜地哭着，哭得好伤心，我赶紧哄她："别哭了，你的鼻涕都蹭到我衣服上了！"

"我就要蹭！就要蹭！蹭脏了我给你洗，你要我给你洗吗？"

"小娟——"

"你别说了，什么都别说了！"小娟伸出小手，挡住我的嘴，说："我明白！其实，我挺容易知足的，你要是娶了我，我愿意伺候你一辈子！"

"你是一个好女孩，谁娶了你都会幸福的！"

"我知道你心中还是有我的，我已经很满足了，你去吧，我自己走回去。"

"打一辆车我送你回去吧！"

我拉着她朝路边走去，小娟挣开手朝前跑了两步，回头说："前面不远就是学校，我走两步就到了。大印，多保重！再见！"

"再见！小娟，你也多保重！"

我挥着手向她说再见，看着她的背影消失在一条巷道中，我再也控制不住自己，任凭泪水滚滚而下。

我不知道是不是就这样和她再见了，今后还有机会再见吗？谁会娶了她？她又会对谁好？

想到这些，我心里酸酸的，尽管我知道她早晚要离开我，我也希望她赶紧找到一个值得她爱的人，把我彻底忘记，去过她自己幸福的日子。可我一想到或许永远永远也不能和她相见，今后的她永远地属于另一个男人，我的心里就堵得慌，慌慌的不知道该如何是好！

我在路上走了十来分钟，到了公交车站，坐上车，脑子里一直想着小娟，一直想着她对我的好，我的眼睛始终是红红的。下车后，擦去眼角的泪，硬是把这段记忆抛在了脑后。

我回到店里，给鸽子打去电话，电话一接通那边就传来了声音："大印，是你吗？你出来了吗？你还好吧，你怎么了，没你什么事吧？"

"鸽子，是我！我还好，已经出来了，没事了！你怎么样？我听杨杰说你又病重了，怎么不住在医院里呢？"

"你不在，我住医院有用吗？我好担心你，要是你有个什么不测，即使我健健康康地活着，那还有什么意思？你真的没事了吧？不要骗我！杨杰一开始就骗我，他怕我知道了什么会受不了，其实，我什么都不知道心里反而更着急、会更难受，你知道吗？你不要也跟着骗我，你真的没事了吗？我想现在就去看你！"

"真的没事了！要是还有事，警察怎么可能放了我？鸽子，你赶紧收拾一下，明天一早我开车去你家，然后带你去省城医院看病好吗？"

"我不去！我不想你因为我去做犯罪的事！你告诉我，是不是因为要帮我找钱看病，你和郑魏一起骗人，才被抓进去的？"

"你瞎说什么呀？哪里有这样的事！"

"那你们因为什么事情进去的？杨杰说是郑魏生意上的事，肯定是郑魏骗人家的钱，你也跟着帮忙，结果就都进去了！"

"不是这样的，你别瞎猜！"

"那为什么呢？"

"是因为郑魏生意上的一个人，欠郑魏的钱好多年了就是不还，还躲着郑魏，结果那天我们俩去洗澡的时候遇见了，郑魏把他打了一顿，可能下手重了，打得不轻，结果被警察给抓了进去。"

"警察抓他，干吗也把你抓起来了呢？"

"我和郑魏一起的，我看见了，肯定要帮着郑魏呀！"

"你也帮着郑魏打人啊！"

"我没打，我拉偏架呢！呵呵，所以我也被带去关了好几天！好了，见面再说吧！你赶紧准备准备，我晚上可能就到了！"

"我不去！"

"又怎么了你？"

"不对，你肯定在骗我，你哪来的钱呢？"

"晕死，我前几天不跟你说过了嘛，郑魏帮我介绍了一个 KTV 装修工程，工程结束了，他们当然要给我结钱啦！不然，敢扣我们农民工的钱，我揍死他们！"

"就你能打！别被警察抓起来呀！"

"算你狠，小心我去你家也把你揍一顿！"

"你敢！我打 110 让警察把你抓起来！"

"好好好，你厉害！不跟你说了，晚上见吧！"

"嗯，我在家等你！"

我挂了电话，时间还早，打开热水器，好好洗了个热水澡。在看守所里的这几天，根本没有开水洗澡，大冷的天洗脸刷牙都是冷水。洗完澡全身舒服多了，干脆把一身的脏衣服都泡在洗衣机里全部给洗了。

等把衣服洗完，晾好，我躺在床上，想着马上就能见到鸽子，心里很是开心，美美地睡了一觉。等醒来时已经六点多，天完全黑了下来，我赶紧起床洗洗脸，正准备开了卷闸门出去，忽然，我听见卷闸门有异常的声音。

我安装有监控，从显示屏中一看，外面有两个人，其中一人正拿着一根撬棍在撬门，另一个人站在不远处鬼鬼祟祟地注视着四周。我一瞧站着的这人，正是那天我追去泉河村从商务车里走出来的其中一个。

我一下子反应过来，肯定是吴海英知道我回来了，怀疑我在家里，就派人过来，还想把我抓回去。他们的胆子也太大了，天才黑，虽然是冬天，这个时间还会有不少人从这里路过，他们居然敢明目张胆地来撬门，真是胆大包天！

我气坏了，想立马打开门冲出去，把这两个可恶的家伙教训一顿！可我一瞧，站着的那小子右手揣在口袋里，在路灯下能明显地看到，有一截钢珠枪的手柄露在外面。

这可怎么办？卷闸门在那小子的撬动下，发出难听的声音，眼看着一边就要被撬开了。

我忽然有了主意。

我把一台彩色电视机的电路板拿过来，插到电源上，拿了一只绝缘夹，夹住行输出高压线，然后打开电路板开关，高压帽里发出啪啪的高压放电的声音，四周顿时有一缕淡淡的臭氧的味道。高压挺足的！就在卷闸门的一端即将被撬开的瞬间，我把高压帽往铝合金卷闸门上一碰，只听噌的一声，外面撬门的那小子来了摔在地上却不明白自己是怎么了。

我从监控里看见站着的那家伙也吓坏了，问摔在地上的小子："怎么了你？"

摔倒的家伙半天才反应过来，说："卷闸门有电！"

"怎么可能！你刚才撬的时候，不是没电吗？"

"不信你试试！"

这家伙果真不信，拿起撬棍过来了。我等他把撬棍伸到卷闸门下面，准备往上撬起的瞬间，再次把高压帽碰在了卷闸门上。这家伙忽然跳起，扔了撬棍拔腿就跑，那位看着可笑，说："怎么样，有电吧？"

"王大印肯定在屋里通了电！"

"怎么办，还撬不撬？"

两个人躲在一边商量着，我把彩电电路板的电源关了，朝屋子里走了几步，拿出手机给郭警官打去电话，不一会儿通了。我小声说："郭警官，吴海英的人又来了！"

郭警官问："怎么回事，你详细些说！"

我说："我现在自己开的维修店里，刚才吴海英派了两个人，好像知道我在家，他们来撬我的卷闸门，被我在屋里给电了，暂时没有进来，还在门口站着，不知道在想什么歪点子。"

郭警官很干脆地说："我马上过去！"

我挂了手机，走回来，从监控里一看，门口还剩下一个人。

另一个人哪去了？

我调整外面摄像头的监控距离，把视角拉大一些，发现另一个家伙走到较远的一辆商务车前，正在与里面的人说话。

坏了，他们来的不止两个人。

我赶紧拿出手机，把这边的情况告诉了郭警官。

郭警官说："你别紧张，我们马上到！"

听了郭警官的话，我心里安定了不少。这帮歹徒虽然有枪，把我堵在屋里，可他们再怎么凶残，也不敢跟警察胡来。我盯着显示器里的歹徒，不由得发出一阵冷笑。

站在商务车前说话的那家伙，不知道又得到了什么指令，回转身来朝着我这边走来，走到另一家店门口，把人家晾晒在路边的拖把拿在手里，走到我的门前，用拖把直接砸门，大声吼道："王大印，你出来！我们知道你还在屋里，你用电管屁用，信不信我一脚把你的门踹开！"

我不理他，看着他猖狂。这家伙只说大话不敢来真的，拿着拖把把门砸得砰砰响。我心想，你不是不怕电吗，有本事你踹门啊！

这家伙砸门的响动引起了不少人远远地围观，另一个家伙也来了脾气，掏出钢珠枪对着看热闹的人吼道："都滚开，不然我打死你们！"

吓得人们赶紧逃走，这家伙转过身来，戴上手套，把脖子上的围巾取下来，裹在撬棍上面，又要开始撬门。

我赶紧走到门边，打开彩电电路板的电源，夹着高压帽直接按在卷闸门上，外面的那家伙又是一声嚎叫。

我乐得要死，没想到还有这么笨的人，以为戴上手套就不怕电了，哪里知道我这是一万多伏的高压，就你那手套，能起到什么作用？

两个家伙害怕了，不敢再碰卷闸门，远远地站着一时没了主意。就在这时，忽然远处响起警笛声，两个家伙反应好快，赶紧扔了拖把拔腿就跑，跳上商务车，很快逃得无影无踪。

我心里一阵惋惜，要是警察不鸣笛过来，突然出现逮个正着多好！但不管怎样，总算躲过了一场劫难。我打开卷闸门，以为是郭警官来了，就站在门口看着警车开到我身前。

从车里下来两个警察，我一看都不认识，其中一个警察问道："刚才有人报警，说这边有人在撬门，是怎么回事？"

我一想，郭警官在市局，离我这里比较远，不可能这么快就到，可能是刚才看热闹的人帮着打的110，我把刚才发生的情况向警察说了。正说着，郭警官带着几个警察的车也到了跟前，110警察向他简单说了几句就走了。郭警官走进来，问我："你能认出来是哪几个人吗？"

我说："见面能认出来，但我不知道他们叫什么名字，我这里的监控记录下了他们刚才撬门的过程。"

我把监控调出来，放给郭警官看，郭警官身上有一只U盘，取下来让我把这段录像拷贝给他。拷贝完，郭警官说："你别一个人在家待着了，这里不安全，跟我走吧，我们警局那边有空房子，你可以暂时在那里住几天，等这件事结束了再回来吧。"

我说："谢谢您，郭警官，这几天已经给您添了许多麻烦，我正准备出门，离开这里到外地去玩一段时间。"

郭警官说："也好，手机保持畅通，有事再联系！"

郭警官担心他们走了之后他们还来找事，就站在一边等着我收拾东西，打算送我出门。我拔掉彩色电视机主板的电源插头，把电路板收回柜台里。郭警官见了，问我："你就是用这个电他们的？"

我笑着说是。

郭警官说："那么高的电，你不怕把人给电死了，防卫过当你也麻烦！"

我说："这个电压虽然高，电流却很小，瞬间电几次，电不死人还能预防感冒呢！"

郭警官哈哈大笑，说："你就瞎扯吧你，这要是能治感冒，还要医院干吗？"

说笑间我收拾好屋子，提着一大包衣服走出来，然后坐上警车，郭警官一直把我送到杨杰的店门口，说："你自己当心点，有什么情况及时告诉我！"

"嗯！谢谢您郭警官！"

看着郭警官他们的车走远了，我才进到杨杰的店里。

第三十九章　　出手反击

半夜后，酒已经全醒了，我开着郑魏的本田 CRV，朝鸽子家的方向开去。我边开车边保持着警惕，时刻观察着后面有没有被人跟踪。还好，一直出了市区，驶向通往县城的方向，也没有发现可疑的地方。

通往县城的路刚修好不久，视野非常宽阔。我把收音机打开，调到交通文艺台，里面正在放旭日阳刚唱的《春天里》，我开大了音量，跟着唱："还记得许多年前的春天，那时的我还没剪去长发，没有信用卡也没有她，没有 24 小时热水的家，可当初的我是那么快乐，虽然只有一把破木吉他，在街上在桥下在田野中，唱着那无人问津的歌谣。如果有一天，我老无所依，请把我留在，在那时光里，如果有一天，我悄然离去，请把我埋在这春天里……"

我唱着唱着，视线一片模糊，泪水溢满了眼眶，不知怎么，让我想起了雪莱的那句名言："冬天来了，春天还会远吗？"

是啊，冬天即将过去，可我的春天又在哪里？

原本我有一个可爱的女朋友，开着一家家电维修店，虽比不上大富大贵的人家，可我总算能够解决温饱，总也可以和我心爱的人在一起开开心心地过日子，每天就像沐浴在春光里一样，有温馨也有浪漫，有快乐也有甜蜜。

可是，这一切怎么就忽然间消失了呢？怎么就一下子从温暖的春天，变成刺骨的寒冬了呢？

是因为我可爱的女孩，她的病拖累我了吗？

不！决不！

到今天为止，我还根本没有为她做出过什么，而她却带给了我无尽的欢乐。

我还是当初的我，我还是当初自以为很聪明，却总是一事无成的我。自从有了她，爱充溢在我的心里，让我过得每一天都像春天般的温暖！即使穷一些，即使要为她的病想尽办法去挣钱，我也是对生活充满了信心，每一天我都在努力着！

可是，就因为洗了一次桑拿浴，让我的生活从此发生了改变！

是的，我承认，我一见到那么多的钱时，第一个想法就是据为己有。我想着，不管是谁丢的，那么多，那么重，一沓一沓整整齐齐码好的百万巨钞，竟然能随意地丢在桑拿浴的包间里，那就一定不会是正常来路的钱！既然来路不明，我干吗不能黑了呢？

可是，就算我做得不对，就算我有罪，哪怕我顽抗到底，那也不至于是死罪吧？

为什么那么多的人苦苦相逼，为什么要步步追杀，不给我留下一条活路呢？

我搞不清楚这是怎么了？为什么我找不到可以信任的人，哪怕给我一次改正错误的机会也好！我不想要那份钱了，我不敢再有任何的贪念了！可是，我该向谁去倾诉，我该向谁去自首？是派出所的张万喜副所长，还是防暴大队的宋加才大队长？是安保公司的吴海英，还是他幕后的大老板齐六呢？

谁能值得我相信，谁又能保证我的安全呢？

我也想过，刑警支队的郭警官是个正直的好警察，他是我目前唯一值得相信的人。可是，我能够把那一百万的事情告诉他吗？他能够保证在知道了钱袋子的秘密后，我就不会再有危险了吗？

其实，他连他自己都保证不了！

他只是一名普普通通的警察啊！我告诉了他，他也不可能做得了主，他还是要往上级汇报，交给他的上级来处理。我相信他，可我对他的上级不了解，万一他的上级有问题，把东西还给了齐六，齐六为了保住秘密不外泄，岂不是还要对付我，甚至还会牵扯到郭警官？

不！我绝不能告诉郭警官！至少在目前这种局面下，我已经害了我的好朋友郑魏，我不能再把其他的好人牵扯进来！

夜晚的风扑簌簌地吹进车厢，好冷！我把车窗摇起来，一首歌已经唱完，电台换了一首欢快的歌，我也不再去想不开心的事。

车子进入县城的主干道，这几年县城发展得也挺快的，到处盖满了楼房，到处是繁华的商业街区。早几年空荡荡的街道，如今经过几次扩展，还是显得拥挤不堪。我小心翼翼地驾驶着车，走走停停，好不容易出了县城，驶入了人迹稀少的乡村小道。

正在这时，我的手机响了，我拿起一看，是鸽子的来电，我把车速降低一些，按下接听键。

鸽子甜美的声音传来："帅哥，你到哪里了？"

我望望左右前方，漆黑一片，没有路灯，也没有道路指示牌，在朦胧的月光下，唯一有的就是一眼望不到头曲里拐弯的乡村土路。土路两边尽是空荡荡的田野，因为尚未开春，一点绿色的庄稼也没有。

我说："这是哪里我也不知道，才出了县城，可能还得四五十分钟才能到你家吧！"

"那你现在干吗呢？"

鸽子没说，反而问我："你饿吗？"

我说："中午和杨杰一起吃的，好多天没吃到好东西了，中午撑多了，晚上不想吃了就没吃。"

"那正好，等你来时就饿了，我给你做好吃的！"

"宝贝给我做什么好吃的？"

"帅哥，想吃野味吗？比如说，蛇肉啊，野兔肉啊，大雁肉啊，野鸭肉啊，狼肉啊，梅花鹿肉啊……"

"啊！你家哪弄来那么多的野味？想吃，想吃！每样都给我弄一点吧！"

"可惜这些都没有！想买没买到！"

"没买到你说什么呀？"

"谁让你今早一出来时不告诉我的？这边早集上偶尔还有卖，你说得那么迟，我去晚了没买到，这可不能怪我！"

"晕死，被你说了那么多的好东西，我都流了半天的哈喇子，居然啥都没有！"

"嘿嘿，不过嘛，也有好吃的慰劳你！"

"什么好吃的？你可不能再骗我，我肚子都开始咕咕地叫了！"

"想不想吃鸡丝面呀？是自家养的老母鸡，每天蹦蹦跳跳唱着歌下着蛋，吃着苞米喝着泉水，散养在小山坡上的老母鸡，不是你们城里人吃的又是喂化肥又是添饲料的那种，想不想吃呀？"

"想！想！"

"那你就快些来吧，中午听说你要来，我爸妈就把下着蛋的老母鸡给炖了，现在还在锅里煨着呢，好香啊！"

"啊！下蛋的老母鸡都给杀吃了？"

"是啊，我爸妈对你比对我都好，我以前放学来家都没享受到这么好的待遇啊！"

"替我谢谢叔叔阿姨！要不，你先吃一块鸡腿，就算替我先尝尝了！"

"早替你尝过啦！"

"你真行，我没到你就敢偷吃啊你！"

我正要和鸽子继续聊，忽然，我感觉很不对劲，一股不祥的预感袭上心头。不知何时身后多出了两辆车，其中一辆奔驰越野突然超越了我的车，那一瞬间我看见了一个非常熟悉的面孔。

对，就是他！就是曾经跟我多次作对的五毛！

这家伙坐在后座上，摇下车窗，拿着一把五连发钢珠枪，面露杀气，对着我的车窗，似乎在命令我立即停车，后面一辆车也紧跟了上来，把我的车堵在了中间。

我赶紧挂了手机，猛一个刹车，前后两辆车也紧跟着停了下来，两辆车上下来五六个人，有拿钢珠枪的，也有拿棍棒砍刀的，朝我的车子围拢过来。我看见五毛走在最前面，右手紧握着钢珠枪，左手做着手势让我下来，一脸的得意与奸诈。

我吓坏了，我要是走出了这辆车，哪里还会有命在？

我松了刹车，轰足油门，猛打方向盘，擦着前面奔驰越野车的车屁股，急速向田野里奔去。

周围黑灯瞎火的，一开始我根本没有留意田地里是不是有稀泥，我无路可走，只能冒险开进田里。还好地是干的，加上本田CRV的底盘较高，我加足了油门一路狂奔，在光秃秃的田地里，居然让我一下子逃出很远。

五毛本来快到了我车前，正在得意忘形之中，没想到我会突然加速开向了右边的田里，吓了他一跳，赶紧躲向一旁，避开了撞向他的车头，举枪就朝我射击。我听见车后砰砰地响，不知道打中了哪里，我也顾不得回头查看，没命地开车朝前奔去。

五毛他们也迅速上车，跟在后面追了上来。

前方大片没有种上庄稼的土地，一眼望不到头，车在松软的黄土地里很不好走，坑坑洼洼的没有一块平坦的地方，我把大灯打开，眼睛死死地盯着前方，生怕一不小心把车开翻了。

该怎么办？就这样开下去也不是最好的办法，万一车子突然发生了故障，或者前方突然出现一个田埂冲不上去，那我岂不是就完了？

不！决不！

忽然，我看见前面一片白光，仔细一看，大约一百多米远的地方是一个小池塘，车灯远远地打在上面，泛起一片一片的白光，不仔细看时，还以为是地上铺盖了一层白色的地膜，我顿时有了主意。

我故意放慢了车速，等后面的一辆车咬着我的车尾跟上来，我再次加快了车速朝前开去，后面的车也加快了速度跟上来。

眼见着前面的水塘越来越近，我在心里面数着：

二十米！

十五米！

十米！

五米！

三米！

我猛打方向盘，车向左一个大转弯，后面一辆车只顾咬着我的车尾撞过来，哪里想到前面就是他们的地狱，一头冲过来，再想刹车已然来不及，一下子冲进了水塘。紧跟在最后面的一辆车，可能是看到我转了方向，他们提前踩了刹车，才避免了也跟着开进水塘。

我不敢放松，转了个大弯，想回到原来的乡村道路上去，那辆没有掉进水塘里的奔驰，也不管自己的同伴如何了，紧跟着我的车后面追了上来。

很快回到了乡村道路上，路面明显比黄土地里好走多了，我继续轰足油门，朝着前方一路狂奔。后面的车依然不吸取教训，仗着他们的车好，紧紧地咬着车尾追了上来。假如这样跑下去，要不了多久，我还是有可能被他们追上。

我脑子里非常清醒，这时候还不能直接往鸽子家的方向开，我不能把这帮歹徒引向那边。虽然我知道到了鸽子的家也就不怕他们了，可那里毕竟是鸽子的老家，他们的亲戚朋友都在，去了几个歹徒，即使带了凶器，哪里能敌得过当地占尽天时地利的人们。但是，万一这帮歹徒死不了，他们打不过我逃走了，那岂不是给鸽子的家人埋下了后患？我决定还是先不去她们家的好。

那我又能去哪里呢？

我忽然想起，上次那个夜晚，我打车第一次来鸽子家时，司机和我都不熟悉路况，还差点儿出现事故。原本是一条直线朝前走的，由于修路，一截路面已经刨去了一个坑，在坑外围不远的地方，用几块石头挡在路中间，算是提醒路过的司机注意正在修路，需要车辆向左并入反方向车道行走。因为是乡村道路，不像城里修路那么规范，老远就有标准的指示牌，加上这边的道路不如城里，也没有人会把时速开到七八十公里，只要开得不那么快，一般都会老远看见就避开的。

而今，我和后面追赶着的车，就像两个疯子在开车，我的车在这种路面上，早已抖动得厉害，再提速的话非常危险。我从后视镜中看到那辆奔驰越野车，比我开得更猛，眼看着就要追到近前了。

既然这家伙如此疯狂，那我再和他玩一个更加刺激好玩的吧！

我记得那段路就在前方不远处的岔路口，朝左是通往鸽子家的方向，朝右是通往一个叫靠山村的小村庄，当时我和司机师傅就是走的右边，差一点撞到挡着去路的大石头上。

我注意着道路右边的情况，路旁一排排碗口粗的树，唰唰地朝着后面飞快地飘去，很快我看到了前方有一段雷人的标语墙，墙上用白石灰写着："毁树一行，先死他娘！"

好了，就是这个地方，前面出现了一条岔道，我朝右打方向盘，驶上了通往靠山村的方向，后面的奔驰越野车也毫不犹豫地追了上来。

车子继续朝前飞速前进，我仰起头紧盯着前方，上次来时到现在也没过多少天，这一段路很长，不可能这么短的时间全修好了，估计修远了一些，原来挖掉的坑已经填上修好，还会向着更远的地方继续挖坑修路。

　　果然，再向前开了不到一分钟，我就隐约地看见了前方笔直的道路左侧，支着一个小小的简易指示牌，提醒来往的车辆朝左边变道。就在指示牌的前方不远处，马路中央放着几块大石头，把右车道的整个路都给挡住了。

　　我一声冷笑，就看今晚后面几个倒霉鬼的运气如何了。

　　我丝毫没有减速的意思，朝着前方冲去！

　　就在离指示牌还有五米远的位置，我松了油门，把方向盘朝左边轻轻一拨，车子擦着指示牌的边驶入了左边车道，而那辆奔驰越野车丝毫没有察觉前方突然间有了障碍物，继续朝前飞去。我下意识里闭了下眼睛，只听轰的一声巨响，睁开眼睛时，奔驰越野车由于惯性，打着滚儿向着前方冲去，最终侧翻在了路旁的田地边。

　　我把车停下来，飞快地跑过去，只见两个小子甩出了车外，趴在地上一动不动。我试着走到一个小子的身前，把他身体翻过来，这小子满脸的血，呼哧呼哧地在喘气，睁着一双鱼眼，惊恐地望着我。还好，没死！

　　我朝前走了两步，正准备把另一个人翻过来看看，忽然，这家伙一个乌龙绞柱居然站了起来，趁着我愣神之间，一个飞旋踢向我的脑门儿，我赶紧错身向旁边闪开，脚面还是扫在了我的脸上，半边脸火辣辣地疼。

　　没想到这家伙功夫这么好，居然能在车祸之后装死，短时间内就能快速行动，看来车祸对他没有造成伤害。

　　我摸着火辣辣的脸颊，也不知道流血了没有，火气顿起。我朝左边一侧身，避开他的连续攻击，飞起右脚踹向他的面门，这家伙躲得好快，迅速后仰，避开的同时，想趁我不备，抬腿再次踢来。

　　我算到了有此一招，右手向前一探，钳住其小腿，旋身，抬肘，猛力下击，这家伙鬼嚎一声倒在了地上。

　　我的左肘正击在他的脚踝之上，我使出了全力，不仅要他现在疼得想撞墙，恐怕下半辈子再也不能用脚来攻击别人了。对付这样的人，我不再手下留情。我走到近前，对着他的另一只脚猛踢过去，嚎叫声再次响起，这家伙抱着双脚在地上滚个不停。

　　或许是这家伙从车里甩了出来，身体早已虚了，我没费什么力就把他给击倒了。看着疼得翻滚的家伙，我着实有些后怕，假如是在平常良好的状态之下，我和他单打独斗，即使最终我赢了，那也会是一场特别惨烈的搏斗。

　　我不管他了，朝着不远处侧翻到路旁的奔驰车走去，车里正巧爬出来一个人，我一瞧，正是五毛。我心头的怒火勃然喷发，紧走上前一把薅住五毛的衣服领子，用力一拉把他摔倒在地上。

　　我掏出他怀里的钢珠枪，指着他说："站起来！"

五毛趴在地上装死，我照着他的腿肚子就是一枪，他一个激灵站了起来，又扑通一声倒下。这家伙没想到我真敢开枪，再也不敢装死，趴在地上一个劲儿地求饶道："大哥，大哥，别开枪，我错了，我不想死！"

"你现在也知道怕了？你不是很厉害吗，怎么也怕了？"我拿枪顶着他的头，真想手指轻轻一动，让这家伙早早地结束罪恶的一生。

可我知道，我没有权力要了他的命。但我不能就这样轻易地放了他，这些天来他给我带来的伤害，已经让我忍无可忍。

我命令道："跪下，把手举起来！"

他非常听话，知道这时候我正在气头上，便忍着剧痛颤颤巍巍地跪下，举起双手。

"再举高一些！"

正是这双手，多次拿枪指着我，我差一点就毁在了这双手上。

我气急了，丝毫没有犹豫，对着他的右手就是一枪！我故意偏了一下方向，但这家伙还是被吓坏了。

我把钢珠枪揣进自己的兜里，蹲下来，咬着牙说："这次留你一条烂命，下次再看到你作恶，你就去死吧！"

五毛疼得在地上直哆嗦，嘴里不停地嚎叫，我也不清楚我的话他听进去了没有。我不再理他，从他口袋里搜出两包钢珠，装进自己的口袋，回身走到我的车前，打开车门坐了进去。

我掉转车头，打算重新回到另一条岔道上，继续朝鸽子家的方向开去。忽然我听见车里嗡嗡的声响，四处搜寻，发现我的手机掉在了副驾驶的座位下面，正在不停地震动，我停下车，弯腰捡起来一看，是鸽子打来的电话。

我一惊，才想起刚才正与鸽子说着话，忽然遇到这件恐怖的事就赶紧把手机给挂了，鸽子不清楚这是怎么了，一定担心死了！

我在心里祈祷着，我的鸽子，你千万千万别再急出什么病来！

我拿着手机，很想告诉她不要着急，我马上就要到她家了。

可是，我该怎么解释刚才突然挂了她的电话呢？

我的半边脸被那个可恶的家伙踹了一脚，现在还火辣辣地疼，想必已经肿了，到了鸽子家，我该怎么向他们一家人解释呢？

第四十章　温馨的家

我拿着手机愣愣地出神，不知道怎么办才好，手机嗡嗡地抖动不停，我一咬牙还是接了，里面立马传出鸽子关切的声音："大印，你怎么了？怎么忽然挂了手机，你没有出什么事吧？"

我说："没什么事，再过十多分钟就到了。"

鸽子不信，说："这么久还没到，正和你聊着天忽然间就没声音了，肯定有事。你别瞒着我好吗，我好担心啊，你没有撞到人吧？"

我连忙说："没事，没事，已经过去了。"

鸽子抓住我说话间的漏洞，急问："过去了是什么意思？刚才发生了什么？"

我不敢跟她说实话，就不急不慌轻描淡写地说："刚才正和你聊着天的时候，我看见前面不远处一个人躺在地上，不知道是生病了还是交通事故，旁边还站着两个人很着急的样子向我招手，我总不能见死不救呀，对吧？所以我就没来得及和你说一声，赶紧挂了电话把车停了下来，打算走过去看看。要是真有什么要帮忙的，能帮忙就帮些忙，做些善事总比躲开了再去忍受良心的谴责要好，你说对吧？万一我一帮忙，赶巧再被哪个好心的网友给拍到，往网上面一发，说不定我就能成新闻人物了。这年头做好人好事的太少了，政府也在加大这方面的宣传，要是把我的事迹报道出来，再给一些重奖，那我也就发啦！当然，精神鼓励奖状证书什么的给不给不重要，能多给点现金多好。"

"你别扯那么多！后来呢，你走过去之后看到什么不妥了吗？是不是打劫的，故意引你下车呢？"鸽子着急地问。

我笑了，夸奖她说："小脑袋瓜子还挺聪明的嘛，你猜得真准，就是打劫的，伪装成一个交通事故的现场，骗人去救，他们趁人不注意暴力打劫的！"

"啊，真是打劫的？找你要钱你给他们了吗，没有打伤你吧？"

"大老爷们打劫，我干吗给他们钱？"

"什么意思？"

我嘿嘿地笑着说："要是美女打劫，我还可以考虑考虑让她们劫色什么的，几个大老爷们，有手有脚的干这种伤天害理的事，我怎么可能给他们钱？"

我边说笑着边考虑下面的台词怎么编，鸽子却急了，说："你别惹事啊，跑不掉给他们一点钱不就完事了？他们没绑架你吧？"

"笑话，我怎么可能被他们绑架？我当时下了车，想看看地下躺着的人怎么了，根本没有防备，忽然站在旁边的人一脚踢过来，踢在了我脸上，另一个人从背后拿出棍子就要打我的头……"

"啊，你没事吧，他们怎么这么狠，打到你了吗？"手机里鸽子的声音听起来像是要哭了。

我赶紧说："没事，没事，我发现了这个家伙拿棍子要打我，我连忙躲开，上去就给他一脚踹趴下了，另外踢我脸的人我也给打趴下了。那个躺倒地上装死的人看到我很厉害，吓得爬起来就跑，我想追到他把他也打趴下，然后打电话叫警察来把他们全都抓起来，省得这几个小坏蛋再去害别人！可是，我忽然看见一开始被我打趴下的那个小青年，正从怀里摸出一把自制的霰弹枪，我吓得也不敢追了，赶紧朝我的车上跑。"

"他们还有枪？开枪了没有，有没有受伤你？"

"没有打到我，我开着车跑了，听声音好像车后面被枪打到了。"

欧耶！整个事件连贯了起来，即使鸽子明天白天看见了车后面有被钢珠枪打坏的地方，也不会再怀疑了。我为自己这么快就编出了善意的谎言而得意。

"你现在没事吧？"鸽子又问。

我说："我现在没事了，快到你家了。"

"脸被踢破了吗？"

"没有，好像有些肿了。"

"疼吗？"

"有点疼，睡一觉明天差不多就好了。你别担心，我没事！"

"你报警了吗？"

"没有，我想报警来着，那帮人早跑了，我担心报了警后警察让我录口供，什么人都没抓到，还耽误事，所以我就没报。"

"那你快些来吧，我担心死了！路上再遇到什么事情，别再多事了！"

"嗯，不说了，再有五六分钟的样子就要到你家了，见面再说吧！"

我挂了手机，大喘了一口气，把五毛的钢珠枪和子弹塞在座位下面。我知道我和这帮歹毒的家伙们已经结下了仇怨，下一步将会有更加可怕的拼杀，我得留着这把枪防备着，不能再让他们追着逃命了。

我开着车重新上路，很快到了我天天都在牵挂着的孟家庄，过了小石桥，走过卫生所，我感觉好像回到了久别的家乡一样，有一种说不出来的开心。我顺着村间小道朝着后山开去，鸽子的家就在那座小山坡上，天太黑我看不太清，但我却能感受到鸽子在等我。

　　终于看到了鸽子的家，老远就见鸽子站在风口里，穿得跟花皮球一样滚圆滚圆的，只露出一双大眼珠子，眼巴巴地望着来的方向，看见车来了，小手挥着欢快地跑了过来。我赶紧把车停在她身边，打开车门让她上来。鸽子坐上副驾驶座，我把她搂在怀里，摸着她冻得冰凉的脸，心疼地说："外面这么冷，你在家里等我就是了！"

　　"我想早些见到你嘛！"

　　"这才能早见到几分钟啊？"

　　"几分钟也是早啊！"

　　"也是！"我说，"抬起头。"

　　鸽子抬起头问我："干吗？"

　　我没说话，吻了她一下，她一把推开我，笑着说："讨厌你，被人看见了！"

　　我朝四周看看，小山坡上前面不远处就是鸽子的家，附近根本没有其他人。我把她搂过来还要亲，鸽子不干，扭着身子躲着，我使劲往身边搂，鸽子躲不开只好说："就亲一下！"

　　我不管，使劲亲了几口才放开。鸽子没有显出高兴的样子，直勾勾地望着我，泪水在眼眶里打转，我忙问："怎么啦？"

　　"还疼吗？"鸽子轻轻地抚着我的脸。

　　"没事，不怎么疼了。这点伤不碍事，我以前打比赛的时候，一开始技不如人，经常被打得鼻青脸肿，比这厉害多了，回家休息一两天，要不了多久就消肿了！"

　　"真不怎么疼了？"鸽子轻轻地按了按，"还说不疼呢，你抖什么呀？今后别那么傻了，什么事都要管，你管得过来吗？你想做好事也得先看看情况啊，就算人家不是打劫的，万一讹诈你，说是你开车撞的，你也不好办啊！那是些什么人呀，利用人家的善心去干坏事，都不得好死！"

　　我说："吃亏也就这一次，我下次会当心的！"

　　鸽子说："去到我姑姑开的卫生所看看吧，肿得好厉害！"

　　"没事，明天差不多就会好了，这么晚去麻烦姑姑他们了。别为我担心，看着你心疼我，我这里更心疼！"我指着自己的心窝子说。

　　好说歹说，鸽子总算放下心来，我正要发动车子往她家去，忽然，鸽子的脸色一变，我的胳膊立刻感觉到钻心的疼，我大声求饶："哎哟！哎哟！疼死我了，你这丫头傻了，老公你也掐，我又怎么惹你了？"

　　"说！要是美女打劫，你真会出卖色相吗？"

　　"什么意思？"我一时没明白怎么会突然有此一说，马上想起来刚才逗她玩的事，赶紧笑着说："晕死，你怎么还记着这事？我就那么一说，早都忘了！"

"你那么一说，肯定心里是那么想的！"

鸽子再次瞪眼，咬着牙，小手向我袭来，我一把逮住，说："别呀，牙齿咬断了可就不漂亮啦！我还想着要做皇帝呢！还想着三宫六院七十二妃呢！怎么可能呢？"

鸽子气得不理我。

"好了，好了，劫色我也是要看人的，除了你来劫，其他人一概不给，行了吧？"

我亲了亲她的手，顺势想把她拉过来再亲她一下。鸽子左右摇摆着头，就是不给我亲，咬牙切齿地说："猪！流氓猪！"

"坏了，猪要是耍流氓，那肯定是找老母猪了，你这么瘦，也不像啊！"

周围好安静，我的声音传出老远，鸽子吓坏了，放低了声音提醒我："小点声，我爸妈听见了！"

我赶紧闭嘴，再次朝四周看看，还好，整个山间小路旁，除了黑黢黢的山林之外，一个人影也没有。我说："你一个人站在这儿等我不害怕吗？"

"想着你马上要到了，就不害怕了！"

"站在这里多冷啊，要冻感冒了怎么办？"

"你看我穿得多厚呀，站一会儿哪里会冻感冒了？"

"过来我看看你穿得厚不厚。"说着，我把鸽子搂过来，鸽子配合着倚在我肩头，我顺手把车灯全给关了，鸽子不再反抗，和我紧紧地拥在了一起……

忽然，鸽子的手机响了，我松开胳膊，鸽子坐正了身子，拿出手机看了下，没接，把头发理了理，对我说："我爸打我电话呢！"

我重新启动了车子，说："走吧，回家见咱爸咱妈去！"

鸽子嘿嘿地笑了，问我："等会儿你敢这么叫吗？"

我说："怎么不敢，只要你同意，我就这么叫！"

鸽子不好意思了，说："我们还没订婚呢！"

我说："先这么叫着，练习练习不行啊？"

到了鸽子家门口，我把车停好，走下车来，鸽子的爸妈站在门口招呼着我们，我上前几步，脸上带满了笑容，礼貌地叫道："叔叔阿姨好！"

鸽子站在我身后，使劲掐我的胳膊，我忍着痛不理她，她便对着我的耳朵小声说："骗子，你怎么改口了？"

我背着手挠她痒痒，她笑得咯咯地朝一边躲去，鸽子的妈妈笑着问她："鸽子，你干吗呢？瞧你乐的！"

鸽子说："他刚才……"

我怕她在她父母面前啥都敢说，搞得我很难为情，急忙打断了说："叔叔阿姨，你们还没有休息？"

鸽子的爸爸说："我们在看电视。大印，快进屋，外面凉！"

我在鸽子的爸妈热情招呼之下，进到了屋里。

屋子中间一个火炉烧得正旺，水壶里的水已经开了，呼噜噜地响冒着热气。整个客厅热烘烘的，屋子里还飘散着一股好香的鸡汤味。

鸽子端来一盆凉水，提下水壶在盆里加了些热水，伸手试了试，然后拿给我一条毛巾，让我洗洗手脸准备吃饭。等我洗好，鸽子的爸妈已经把饭菜摆到了桌子上，一大盆的炖老母鸡，还有其他几样土菜，都是我在城里很少能吃上的，我的胃口大开。

这时候鸽子的妈妈忽然看到我半边脸肿着，忙问是怎么了，我把刚才编给鸽子听的故事又说了一遍。鸽子的妈妈像关心自己的小孩子一样，心疼得不行，忙起身拿来一瓶红花油，交给鸽子，说："快给大印抹抹，揉揉让脸热起来药物吸收进去好得快一些！"

我说："阿姨，我没事的，这点伤不碍事！"

鸽子的妈妈说："那怎么行，都肿这样了，能不疼吗？快抹上揉揉！"

鸽子就坐到我身边，帮我抹上红花油，轻轻地揉揉，问我："还疼吗？"

没等我回答，鸽子的妈妈说："傻孩子，哪有这么快就不疼的，再揉揉！"

我不忍心拂了阿姨的好意，让鸽子轻轻地揉了几下，说："好多了，不怎么疼了，吃饭吧，鸡汤真香啊！"

鸽子的妈妈说："今后做好事之前得看准了，别那么冒失就上前，也得先看看情况，就算不是打劫的，万一讹诈你，说是你开车撞的，那么黑的天，你到哪儿说理去？"

我一听，这些话好耳熟，跟鸽子刚才教育我的差不多。我扭头看看鸽子，鸽子也听出来了，鸽子说："妈，别说啦，刚才这些话我都教育过他啦！"

鸽子的爸爸说："好了，好了，先吃饭，大印心里有数，不用你们多教！"

鸽子的妈妈撕下一块鸡腿给我，我赶紧接着，自己不好意思吃，做了个人情给了鸽子。鸽子妈妈笑着说："别给她了，另一条鸡腿刚才都被她偷吃了！"

鸽子仰着头跟老妈发嗲，笑得好天真，看得出来很是开心。

我说："叔叔阿姨，不好意思，这么晚了还让你们等着我吃饭。"

鸽子的爸爸说："没关系，你难得来一趟，一起吃饭热闹。"

我起身给叔叔阿姨碗里夹菜，鸽子的妈妈说："这孩子，你是客人，怎么把好吃的都给我们了！"

我净拣好听的说："孝敬你们是应该的，你们把鸽子养这么大，又培养她上大学，挺不容易的。今后等鸽子病好了，我们在城里再奋斗几年，买一套大房子，把你们都接过去住，一大家子开开心心地住一起多好！"

鸽子的妈妈听了，眼里闪着泪花笑个不停，鸽子又是撇嘴又是翻眼珠子又是做恶心状，我装作没看见继续逗老人高兴。两位老人家给我夹了好多的菜，撑得我打着饱嗝，连连摆手才算结束。

吃完了饭，鸽子的爸妈收拾好桌子，一起去厨房刷锅洗碗。我要进去献殷勤，老人家死活不让，让鸽子陪我在客厅里看电视聊天。我就不再客气，坐在火炉边上和鸽子一起看电视。

鸽子见她的父母不在跟前，又要上来掐我，我早防备了她，躲在一旁。鸽子笑了，招手让我坐过去，小声说："没想到你这家伙嘴这么甜，我看你说得这么好听，今后你办不到怎么办？"

我说："怎么可能办不到呢？好好努力，挣钱也是很容易的！"

"你就吹牛吧你！"

鸽子搬了凳子坐近一些，想趴在我怀里一起看电视，一想是在自己的家里，赶紧老老实实地和我保持了一些距离。我故意往怀里拉她，她拿着遥控器使劲打我一下，嘿嘿地对着我傻笑，指了指厨房，我也不敢过分放肆，只好规规矩矩地坐着。

鸽子的爸妈忙好了，回到客厅，鸽子的妈妈问鸽子："怎么没拿些零食过来吃？"

鸽子猛然想起，说："对哦，还有好吃的呢！"

我连忙摆手，说："再吃东西，今夜我非得围着这山跑上一圈才能消化了！"

鸽子没理我，颠颠地不知跑到哪里拎了一塑料袋的山核桃过来，说："这个你总该喜欢吃吧？上次我回学校带去的一些，都被你偷吃完了！"

鸽子说得我好难为情，鸽子的爸爸说："这是我们山上的特产，确实好吃，我拿把钳子帮你夹开！"

鸽子的爸爸拿来一只钳子，熟练地把核桃夹开，放在我的旁边，很快就夹了一大堆。我赶紧说："叔叔，不能再夹了，吃不了，留着明天路上吃吧！"

鸽子的爸爸说："家里多着呢，带去省城的我都准备好了。"

我望着鸽子的爸爸，心里好感动，我父亲从来也没有对我这样过，在这样的家庭里生活真好。我的鼻子里有些犯酸，鸽子看出来了，说："我爸妈对你好吧？"

我连忙点头说是。

鸽子的妈妈打了鸽子一下，说："这丫头净说傻话，都是自己的孩子，能不好吗？"

鸽子说："我感觉你们对他比对我还要好！"

鸽子的爸爸笑了，又夹开了几个核桃放在鸽子的身边，说："怎么样，老爸对你还好吧？"

"那是，老爸对我最好了！"

鸽子的妈妈把剥好的核桃仁塞进鸽子的嘴里，说："老妈对你就不好吗？"

鸽子夸张地扑在老妈的怀里，肉麻地说："老妈对我更好！"

我们一起开心地笑，我们围在火炉边，边吃着山核桃边聊天。我问明天谁陪着鸽子一起去省城医院，鸽子的爸爸说："我和鸽子的姑姑一起去，你阿姨先留在家里看家，等那边弄好了，过些天再去看她。"

鸽子的妈妈说："住院用的被子衣服，还有毛巾牙刷什么的日常生活用品，我都准备好了，好像有些多，你开来的车子可能放不下。"

阿姨领着我进到一间屋子，指着床上一大堆东西说："车子里能装下吗？"

我说："这也太多了！不用带这么多被子吧？"

阿姨说："你们在那边也得用呀，没有几床被子，这么冷的天夜里怎么办？"

我说："太多了，少带一点过去吧，实在不行临时再买，要是有空，下次回来再带一些过去。"

阿姨望着那一堆的被子，也没有什么好主意，只好去掉几床，看着差不多了，便重新用床单系好，整成了四个大包。我们回到客厅继续聊了一会儿，实在吃不下去东西了，鸽子的爸爸说："明天一早大印还要开车，还是早些休息吧。"

鸽子的爸妈先打热水洗了手脚，然后给我们俩的热水也准备好了，鸽子的爸爸说："不早了，等会儿早点睡吧。"

我答应了一声，鸽子的爸妈回到自己的屋子，关上了房门休息去了。鸽子给我拿来一双拖鞋，我们俩先洗了脸，又挤在一个木盆里一起洗脚。鸽子很是殷勤，替我擦干净了脚，我穿上拖鞋把洗脚水倒了，然后和鸽子手牵着手走到一间屋子，鸽子拉开灯，说："你看，我对你还不错吧，给你铺了这么厚的棉被，全是新的呢！"

我把门关上，鸽子问我："你要干吗，想耍流氓啊你？"

我说："那就算我耍流氓吧！"

我一下子把鸽子扑倒在床上，鸽子想笑不敢笑出声，紧紧地搂着我，忽然说："大印，你和郑魏究竟是怎么一回事，怎么会被抓到公安局的？"

我说："不都跟你说了吗？就是郑魏的一个朋友借钱不还，郑魏揍了他，我在一边拉偏架，结果也被带去关了几天。"

"真是这样？我怎么感觉哪里好像不对？"

鸽子紧盯着我的眼睛，我也望着她的眼睛，直勾勾地与她对视。我早就发现了一个秘密，人要是撒谎的时候想让对方相信，最有效的方法就是出神地盯着对方的眼睛看，自己的心中不往撒谎的事情上面想，心里默默地念叨着对方的好，或者以发现新大陆那么欣喜的眼光去发现对方的美。这时候在对方的眼睛中，看到的是你对他的友善和真诚，他就不会对你有丝毫的怀疑了。

我就这么痴痴地盯着鸽子的眼睛看，我发觉鸽子的眼睛越来越好看。果然，鸽子不再怀疑，柔柔地说："在里面受罪吗？你都瘦了好多！"

"里面当然没有家里面好啦，也没受什么罪，就是心情不好，吃得也不好！唉，总算有一样还不错。"

"什么不错？"

"减肥呀！我发觉要是在公安局里办个减肥健身馆什么的，保证特别有效果，肯定特别能赚钱！"

"净瞎说你！"

我不逗她了，问她："宝贝，前几天你没有我的消息，听杨杰说你都急疯了，还晕了过去。我这不是好好的吗？下次即使暂时没有我的消息，也不许这么着急了好吗？你的病加重了，我心里又跟着急，你急我也急，咱们俩都这样急，病病相加，多可怕啊！"

"你被带到公安局去了，我不知道你的消息，当然会急了！你要是有个三长两短，我还怎么活？"

"那你也该等到问清楚了之后，才急嘛！"我担心还可能会发生意想不到的事，"下次在没有确定情况的时候，不许这么着急了，听到了没？"

"不，不许你说还有下次，我都这样了，你还要吓唬我啊？"

鸽子说着说着，眼泪立马流了出来。我连忙哄她说："好了，好了，不哭，不会有下次了，我今后天天陪着你，把你的病看好了，我们俩就结婚，然后生好多好多的孩子，让你天天忙着没有时间想到我，好不好？"

"我就是要想你！生再多的小孩我也要想你！"

鸽子搂紧我，把眼泪往我的衣服上面蹭。我猛然间想起了小娟，小娟也是这样哭着，一把鼻涕一把泪的往我怀里蹭。不知道她现在好吗，她还会想起我吗？

我正胡思乱想着，鸽子忽然坐了起来，说："好了，流氓耍过了，我要回屋睡觉了！"

我说："这么快？还没开始耍流氓呢！"

鸽子使劲地推开我，嬉皮笑脸地说："耍流氓今后有的是时间，不早了，好好睡吧！"

"你就留下来在这屋睡吧！"

"怎么可能呢！"

"有什么不可能，以前你在我那里，都一起住了那么久……"

"嘘！别大声，别让我爸妈听见了！"

"听见了怕啥，女儿长大了，是要嫁人的嘛！"

　　"那就等嫁了之后再说呀！听话，乖，睡吧！"鸽子亲了我一下，打开门出去了，到了她的门前，向我抛个媚眼。我作势要追过去，吓得她赶紧进屋把门关上。

　　我回到屋里，脱去衣服躺在床上，脸还是火辣辣地疼，这让我又想起了那个可恶的家伙。当时真可怕，我怎么会那么心软，跑过去还看看他们有没有死干吗？那个家伙功夫真好，幸亏出车祸他被甩出来伤得不轻，不然以他真正的功夫，一脚下去踢到我头上，我哪里还能躺在这么暖和的床上？

　　唉，我太大意了！还是鸽子和她妈妈说得对，今后我做什么事情的时候，都要三思而后行才好，千万不能再那么冒失了！

　　对了，不知道五毛打了电话，这时候有没有人过去救他们？应该去救了吧？还有那几个冲进池塘里的小子，他们不会死了吧？要是死了，这事可就闹大了。但愿都没死，都还好好地活着。但是，今天晚上发生了这么多的事，他们会善罢甘休吗？

　　他们会采取什么手段再来报复我呢？

　　明天一早就要带着鸽子去省城医院看病，他们会不会继续堵截我？会不会对我的鸽子造成伤害？

第四十一章　KTV 和小三

第二天一早，我的脸还没有完全消肿，鸽子的妈妈就让鸽子再给我抹了些红花油，并让我把红花油也带着，下午的时候再抹一次。其实我的脸早就感觉不到疼了，但我不忍心拒绝老人家的好意，便把红花油揣在了兜里。吃完早饭和鸽子的老爸一起，拎上几个大包裹，塞进了后备厢。

关上车门，我仔细查看了一遍车身，轮胎上沾满了黄土，车下还缠着许多干枯的稻草，车尾有两个被钢珠枪打出的凹坑，整个车脏兮兮的，像是刚从原始森林里钻出来。鸽子问我："你把郑魏的车给弄成这样，怎么向他交代？"

我说："等会儿到了县城，找一家洗车店清洗一下就干净了。"

"车后那两个坑呢？郑魏不骂死你！"

"没事，郑魏不会说的，回去找杨杰修理一下就行了！"

我开着车和鸽子的妈妈道别，然后在村口接上鸽子的姑姑，我、鸽子、鸽子的爸爸，还有鸽子的姑姑，我们四人一起去省城。走在路上的时候，我心里老是担心，不知道什么时候吴海英的人会窜出来。

下一步吴海英会派谁来对付我呢？是他自己亲自来，还是另外安排他人？他已经领教了我的能力，会不会派一个比五毛头脑要灵活、武功又像那位被我废了双脚的小子那么厉害的人呢？

想一想真可怕，这时候我不是担心我自己会被他们怎样，我更多担心的是，万一这时候他们再来，我的鸽子怎么办？她能经受得了这么恐怖的事情吗？

一路上我紧张极了，脑子里净想着这些事，鸽子找我说话，我都是一副心不在焉的样子。鸽子问我怎么了，我只好说我在想着到了省城还有哪些事情需要准备，给搪塞了过去。

快到中午的时候到了省城，一路上平安无事过来了，这里不是齐六的地盘，我才舒缓了一口气。

在医院给鸽子办理完住院手续，已是下午。我们一行人简单吃了午饭，先把鸽子安顿好，我一个人去附近打听了一下，在一个工厂厂房改建起来的旧小区里，看中了一套房子，租下来当鸽子的爸爸、姑姑和我几个人的临时住处。

我在医院里待了几天，交足了医院的押金和前期治疗费用之后，借杨杰的六万块钱只剩下两万多块。我把银行卡交给鸽子，告诉她我得回去开店，赶紧挣些钱再回来看她。

鸽子见我要走，很是伤心，但她知道我留在这里也不是办法，便同意我先回去。我和鸽子的爸爸和姑姑告了别，答应鸽子一有空就来看她，然后开着车回来了。

下午三点多回到市区，我把车直接开到杨杰的店里。杨杰放下手里的活，陪我聊了会儿鸽子住院的情况，突然说："对了，你现在用的是哪一个号码？我打了你用过的几个手机号，全部不在服务区。"

我说："找我干吗，有事吗？"

杨杰说："不是我找你，是常小娟联系不到你，打了我几次电话让我转告你，等你一出现赶紧给她回个电话。"

常小娟这么着急找我干吗？那天不是已经说好不见面了吗？怎么又想起来见我了呢？我想了想，跟杨杰实话实说："还是不给她回了吧，跟她不可能有结果，不如就这样结束，时间久了就会淡忘的，我不忍心再去伤害她的感情。"

杨杰说："常小娟是个好女孩，对你也不薄，你能这样想就好。"

我们俩正说着话，杨杰的手机响了，杨杰从口袋里拿出来一看，笑了。我很好奇，望着他，杨杰说："正说着常小娟，常小娟的电话就来了！"

我连忙摆手说："就说还没找到我！"

杨杰很为难的样子，说："我跟她说了几次，她以为我是在骗她，都跟我说话带刺了，你这不是害我吗？要不，你自己跟她说不在吧！"

杨杰把手机递给我，我无奈，只好按下了接听键，手机里立马传来常小娟的声音。小娟说："杨杰，大印还联系不上吗？他不可能这么久不跟你联系吧？我找他有急事呢！"

我学着杨杰的声音说："跟你说了多少遍他不在了，你再打来电话，我报警说你骚扰良家老男！"

"大印，你变态你！"

我哈哈大笑，问她："你怎么听出来是我的声音的？"

"就你那癞蛤蟆嗓子，还学人家杨杰，瞧你那张老脸红不红！"

"靠，讲话怎么这么难听呀？搞得我好没有面子！"

手机里传来咯咯的笑声，小娟说："你回来啦？"

"是啊，我刚到杨杰这里还车，你的电话就打来了。"

"有没有时间出来一趟？我给你拉一份生意做做。"

"你给我找什么生意，赚钱吗？"

"废话！不赚钱的生意我怎么可能找你？你来不来？"

"什么生意，你先说说嘛！"

"你真啰唆，别浪费我电话费了，我现在宫爵一品，你赶紧来吧！"

"你怎么去了那里？不好玩还浪费钱！"

"不来拉倒，你啰唆什么呀！"

"好吧，你等我，我到了打你电话！"

我挂了手机，递给杨杰，说："这丫头在宫爵一品疯呢，让我赶过去，说是有生意介绍给我做，不知道是不是喝多了瞎说的，你去不去？"

杨杰说："我还有活要忙，暂时走不了，你告诉我现在用哪个手机号码，有空时再打电话联系。"

这阵子为了不让那帮浑蛋窃听我的手机，我买了好几张不记名的手机卡，随便换着用，搞得我自己都记不住具体用的是哪个号码。我掏出手机，拨打杨杰的手机，确定了一下上面显示的号码，对他说："这几天这个号码我尽量开机，有事就打这个吧！"

杨杰存了下来，说："那你去吧，有空再联系！"

我从杨杰的店里出来，忽然想起一件事，又折回去问杨杰："郑魏什么时候能出来，你有他的消息吗？"

杨杰说："听他老爸说，后天可能就出来了。"

我说："后天我们一起接他去吧？"

"行，明天晚上我再打他家的电话问一下，确定了之后再跟你说。"

我说："对了，郑魏的车你抓紧时间修一下，别让那家伙出来之后，看见了又叽歪！"

"怎么了？"杨杰问。

我指着车后的两个弹坑，把那天晚上发生的事和杨杰说了，杨杰大吃一惊，说："你把齐六的手下弄残废了，你不想活了？"

"你说我还有什么办法？当时那情况下，不是他死就是我亡，我只有跟他们拼了！"

杨杰说："他们的势力太大了，你玩不过他们，还是去省城照顾孟鸽，躲开他们一阵子吧！"

我点了点头，谢过杨杰的关心，想和他再说点什么，想了想还是算了，过几天再跟他说也不迟，便离开他的维修店，然后坐车往宫爵一品赶去。

宫爵一品曾经是我们这儿很有名的 KTV 广场，三楼有个非常大的迪厅。我也去玩过几次，嫌里面太吵，一个个像抽了筋的疯子一样张牙舞爪的，不太适合我的性格。我的几个关系不错的朋友都不太喜欢去那样的场所，所以有差不多两年了我都没有再去过。

可能是我的年龄偏大了些吧，对那样的场所不感冒，但小青年们却很喜欢，加上宫爵一品的老板为了吸引人气，票价卖得挺便宜的，小青年们也能消费得起，所以一直人气都挺旺。人气旺了，自然就会出现一些意外，有一些无所事事的小痞子，整天混在里面找刺激，他们喝多了或者嗨高了极容易闹事，经常发生打架斗殴的事。

去年夏天的一个晚上，有两帮小痞子在迪厅里因为争风吃醋打了起来，结果捅死一人、三个重伤。事情闹得太大，上面把宫爵一品彻底给关停了。难道重新又开业了？

我下了公交车，老远就见宫爵一品的大门口冷冷清清的，不像是开了业的景象，我打手机给小娟，问她在哪里。小娟让我推门进来，上到二楼268包间。

我走到大门口朝里张望，发现还是和以前我来过的一样没有什么变化，一楼是一个深长的过道，只有一个迎宾的吧台，里面静悄悄的一个人也没有，灯也没有一盏亮着，完全靠门外的一点光亮透进去，越往里面越暗，里口楼梯拐角的地方，更是什么都看不清。

我轻轻一推玻璃门，没锁，便走了进去。

屋子里阴冷阴冷的，我心里莫名地有些惊慌，不会有什么诈吧？

我想起了一些电影中的镜头，歹徒绑架了人质，枪顶着人质的脑袋，逼着人质把另外的人钓出来，然后趁着来人不小心，忽然突袭成功……

太可怕了这！

我把手放进怀里，紧紧地攥着缴获来的那把五连发钢珠枪，壮着胆，时刻警惕着周围的一切。

周围的一切很正常，门外一派祥和，门里静谧安宁，除了感觉冷飕飕的，其他没有什么不妥的地方。我轻轻地走到吧台旁，等适应了屋子里的光线之后，透过最里面楼梯口对面墙上的镜子，仔细观察楼梯拐角是否有人影晃动的迹象。整个屋子空荡荡的，只有楼梯口是最佳的藏身场所。空气像凝固了一般，只要有人藏在那里，稍微动一动，就能从镜子里感觉到光线或者气流的微弱变化。

我等了大约三分钟，一点动静都没有，我才稍稍放下了心。

我小心翼翼地走进去，拐了个弯，迈上台阶，歪着头朝上面看，上面也空无一人。我上到二楼，走廊上静悄悄的，只是隐约间不知是哪间包间，传来有电视机开着的声音。我贴着墙边站着，拿出手机拨打小娟的电话。

小娟没接，给直接挂了。其中一扇包间的门口忽然出现了亮光，随之电视机里的声音传了过来，从里面走出一个人，正是小娟！

小娟见我愣愣地望着她，招着手向我说："大印，这边！"

小娟笑得挺开心的，不像是被人逼迫着所露出的惨笑，我放心地走过去，和她一起进了包间。

包间里没有其他人，只有一台笔记本电脑开着，里面放着一部动画片。

我问小娟："你怎么一个人跑到这里来了，挺吓人的，你不怕？"

"这里好安静呀，怕什么？你不会这么胆小吧？"小娟望着我，笑得咯咯的。

我说："这里经常捅死人的，你瞧瞧这周围，阴森森的好多孤魂在飘！"

小娟啊的一声，抓着我的胳膊，睁大眼睛望着周围，过了半天才反应过来，说："你吓唬我干吗呀，这么坏！"

我哈哈大笑，说："宫爵一品不是早关门了吗，你是怎么进来的？"

小娟说："和你一样，我是从大门进来的呀！"

我扬起手，坏笑着说："你猜猜我这一巴掌打下去，你会哪里疼？"

小娟赶紧说："好啦，我是和同学一起来的！"

"同学？"我不解，问她，"这是你同学家开的？"

小娟说："马上就是她的啦！"

小娟告诉我说，她有个要好的同学被一个煤贩子看中了，据说这人至少有好几个亿的身价，年龄不到五十岁，有老婆有孩子，可他就是喜欢她这个同学。

我一听，打断她说："原来是小三啊，年纪轻轻的这样可不好！"

"小三怎么了？两个人在一起只要有感情，就是小三又怎么了？是原配又怎样，不还是被蹬掉了吗？我这同学就喜欢大叔型的，不许啊？"

我见她凶巴巴的样子，也不想和她辩驳，双手举起连忙讨饶。

小娟说："你真烦人，傻了吧唧的，有没有感情你哪里懂？"

我苦笑笑，不说话，小娟接着说："我那同学见他挺有钱的，就跟他说，跟你也行，你给我找些事做吧。煤贩子问她想做什么，她说她喜欢唱歌，想自己开一间小酒吧，既能经营赚钱，也能在里面唱歌娱乐着玩。没想到煤贩子对她真好，打听到宫爵一品正在转让，就把这里盘下来交给她打理。"

我说："这个煤贩子真败家，弄这么大的场面，她一个学生怎么经营，别弄了几天都赔光了！"

小娟鼻子一歪，哼了一声，说我："你怎么这么小看人？我同学很厉害，以前就在KTV做领班，干了好几年了，这个大老板也是她在歌厅认识的。人家老板也不傻，知道她有这个能耐，才盘下这里交给她打理，这年头谁比谁傻呀？"

我问小娟："不会你也想在这里工作吧？"

小娟笑了，挎着我的胳膊坐下来，说："呦，变聪明了嘛，算你猜对啦！"

我说："真的假的，在这里可不好干，上面三楼迪厅那么乱，我不放心你！"

小娟怔怔地望着我，声音很是温柔，说："真的，你会这么关心我？"

"废话，相处这么久了，还一起经历过那么多，算是生死之交了，怎么可能不关心你？"

小娟没说话。

我赶紧找话说："你在这里做什么呢？"

小娟叹息一声，方说："上面不准开迪厅了，同学打算改成一个酒吧，二楼还是KTV包间不变，我在这里做领班，跟她学习些这方面的管理。我挺喜欢做服务管理的，今后朝这方面发展应该还算不错。"

小娟还告诉我说，前几天她和同学来这边清理过，发现好多音响长久不用都坏了，打算重新添置一些，但对这方面又不懂，便想到了我，问我懂不懂，要是能把这些活接下来，也能赚不少钱。说完，小娟忽然又调皮起来，嬉皮笑脸地问我："我对你好吧，帮你想办法挣钱给你老婆看病，你打算怎么谢我？"

"晚上请你大吃一顿吧。"我说。

"不用，同学说了，晚上请我们吃饭，不用你花钱。"

"这不好吧，人家帮忙让我挣钱，还让人家女孩子花钱请吃饭，我一个大男人哪里过意得去？"

"别死要面子活受罪了，人家有钱，就让她花呗！"

"那也不行呀，有钱也得省着花嘛！"

"别打岔！"小娟打了我一下，说："我问你，你打算怎么谢我呀？"

"请你吃饭你又不给机会，给你买车、买钻戒我又没钱，还能怎么谢你？"

小娟歪过身来，脸红扑扑地对着我，说："想一个不用花钱的，也可以表示一下心意嘛！"

我身子往后靠了些，尽量不和她贴得太近，打哈哈说："行啊，只要不用出卖色相，你说什么都行！"

"讨厌你，多美好的事，被你一说变成流氓了我！"

我哈哈大笑，转移话题说："音响这一块我熟，没问题。她打算怎么做，是要全部换新的，还是要尽量修修坚持着用？"

小娟问我："你觉得是修理来钱，还是换新的来钱一些？反正她有钱，不赚白不赚！"

我说："不能这样吧，人家这么信任你，得给人家省些钱才好！"

小娟不好意思地笑了，说："当然是在帮着她又快又好解决问题的基础上，让你也尽量多赚一些嘛！"

我问小娟她的同学呢，怎么不在，可以过来谈谈。

小娟说她同学在三楼和设计师看迪厅怎么改装，等会儿下来。我就让小娟陪着我去其他的包间大致看了看，发现音响效果还行，大多是线路接触不良，或者是麦克风摔坏的居多，这些值不了几个钱。我问小娟她同学打算什么时候开业，如果是十天半个月之后开业，我可以把这些东西全部修复出来，极少数不能修复的再去买，能省下不少钱。

小娟说，等三楼酒吧装修好了一起开业，至少也得二十天之后了，问我这些电器工程做下来，给我多少钱划算。我们回到 268 包间，坐下来我大概算了算，说："她自己买材料，给我两三万块钱的工时费就足够了。"

小娟干脆地说："那就让她给你五万吧！"

我惊奇地说："不会你就是老板娘吧，什么时候傍上大款的？"

小娟使劲打了我一下，说："你就这么小看我？没有爱情，要那么多的钱干吗？要是煤贩子和你让我选，我肯定会选你这个穷光蛋做老公。"

"靠，被你打击坏了！"我故意夸张地做出抹去头上汗水的样子说。

小娟痴痴地望着我，幽怨地说："为什么你对我就没有一点好感呢？好多有钱人我都不理他们，我就是想和你在一起，你还觉得委屈了，凭什么呀？"

我说："小娟，我不是那样的……"

小娟抢过我的话说："本来我是不想再理你的，可我就是犯贱，一听同学说这儿要重新搞音响，就想把活替你揽下来，让你去给你女朋友治病，别因为钱的事把你给愁坏了。我自己都气我自己干吗这么犯贱，人家心里一点都没有你，手机号码都不给，打电话找也让别人帮着隐瞒，我还这么傻干吗？你说，我是不是贱？"

小娟说着说着，很是伤心，靠在沙发上，眼里净是滚动着的泪花。我不知道该怎么说才好，周围好安静，只有笔记本里发出动画片的嘈杂声。

我打岔说："你多大了，怎么还看动画片？"

小娟忽然坐直身子，愤愤地瞪着我，瞪着瞪着，眼泪顺着漂亮的脸庞流了下来。我赶紧从她包里拿出纸巾，准备替她擦去泪花。她一把夺去纸巾，低着头擤去鼻涕，把纸巾铺在脸上，沉默不语。

我轻轻地拍着她的肩，说："对不起，小娟，是我不好，我不该让你喜欢我。要不这样吧，我干脆去泰国做手术，做成人妖谁也不娶，我就当你大姐得了！"

"真恶心，你变态！"小娟气得不行，把我推向一边。

我继续恶心下去，说："是啊，做成人妖可不就是变态了嘛！对了，小娟你说，我要是变成人妖，穿成你这样，是不是特好看？去全国到处走穴演出，是不是也能挣到大钱？"

小娟扑哧一声笑了。

我抽出一张纸，给她擦去脸上的泪，说："别哭了，你一哭我心里挺难受的，感觉好对不起你！"

我一说完，看着小娟又要哭，我真想给自己一嘴巴，这才刚把她哄好，我怎么嘴也这么贱，还去说撩拨感情的话？我忙指着笔记本电脑说："你在哪里下载的动画片啊，乱七八糟的，动物世界也搞起房地产了！"

我伸手就要点击关闭，小娟挡着我的手说："别关，我喜欢看！"

小娟不再哭了，我便陪着她一起看动画片，等着她的同学在三楼忙完了下来，跟她聊些具体细节。

我平常不怎么看动画片，没曾想坐着无聊，看了一会儿，觉得很好玩，就让小娟把动画片倒回头重新看。小娟有我陪着，也看得津津有味，我们俩不时发出阵阵笑声。

我和小娟正看着带劲，包间的门开了，进来一位比小娟还要漂亮的女孩子。小娟拉着我站起来，向她说："这就是我跟你说的大印。"然后又向我说："这是我的好同学冯燕燕，漂亮吧！"

我忙笑着说："漂亮，漂亮，真漂亮！"

小娟照着我胸口就是一拳，说："漂亮也不许你说，哈喇子都流下来了你！"

我夸张地配合着小娟，左右擦着嘴边，逗得冯燕燕笑得咯咯的，说："大印，小娟对你这么好，你可不能辜负她哦！"

我不好再说什么，只好干笑着请她坐下来，商谈一下这些包间的电器设备打算怎么整理。

一切说清楚了之后，冯燕燕问我得多少钱，我想说三万，这些钱其实蛮高了。小娟在茶几下面掐了我一下，没等我说话，她替我说了："刚才大印检查了整个包间，仔细算了一下，觉得我们是好同学，就卖个人情，答应只收五万块钱就够了。"

我心里在想，这丫头真黑，杀熟也不能这样嘛，太狠了！

没曾想冯燕燕一听，爽快地说："五万块太少了，给你六万吧！"

我忙摆手说："不用不用，五万元已经足够了！"

冯燕燕说："前几天有人来看过，人家开口就要十万，还是老同学好，找来你帮忙，为我多省下很多了呢！就这么定了，六万吧！我等会儿先给你卡里打三万，剩下的完工以后再给你，成吗？"

我赶紧说："行，那就这么说定了！"

把一切谈妥之后，天已经完全黑了，冯燕燕招来一帮人，有她的好同学，也有刚才陪着她到三楼搞酒吧设计的两位设计师，我们一起去一家海鲜馆，吃了一顿丰盛的大餐，直到夜里十点多才结束。

走出饭店，冯燕燕特意交代我说："小娟喝得有些多，我把她交给你了，你可要照顾好她哦！她是我最好最好的朋友，不许你对她不好！"

看来这小姑娘也喝高了，手里有了钱，底气特足，说话都带着命令的口吻。我赶紧赔笑应承着，看着她开着一辆宝马车走了，我对挎着我胳膊的小娟说："我打车送你回学校去吧！"

小娟说："我不想回去，陪着我走一走行吗？"

望着小娟的眼光，我不好意思拒绝她，可我心里早计划好了，我才回来，吴海英他们大概还不知道，不如今夜就去龙盛湾把那一百万给取回来，也好早些知道里面藏着什么秘密，尽早弄清楚下一步我该怎么走。

可是，小娟要是再缠着我，我该怎么办呢？

第四十二章　开枪追击

我问小娟还想去哪里，小娟说就这样走走吧，今晚也不冷，走走挺舒服的。

我们从海鲜馆的停车场边走出来，走上光明大道，这是市区一条主要的交通干道，路面挺宽阔，人行道也修得非常漂亮。

这儿算是我们市内有名的观景街区了，是前年市政府花了数十亿资金，说是为了提升整个城市的文明形象，便于对外招商引资，重点打造出来的德政民生标志性工程。虽然没有进行过一场有真正市民参加的听证会，后来也没有因此招来什么商引来什么资，开工之初大规模的拆迁还挺劳民伤财的，出现过多次暴力抗法的过激行为，但建成之后确实使得这一片街区焕然一新，原来的臭水沟变成了清清的小河，原来坑坑洼洼的小路变成了宽阔平坦的柏油公路，不用出远门，也能看到许许多多枝盛叶茂的名贵树木，这里成了人们茶余饭后的好去处。

已是夜里十点多钟，依然有许多人在明亮的路灯下，或三三两两慢悠悠地散步，或独自一人紧追慢跑，逗着自家的宠物狗玩得开心。最近两天的气温升高了几度，人们不再缩着脑袋，裹紧大衣忍受着刺骨的寒风，处处是欢歌笑语，尽情地享受着美好祥和的夜晚。

我陪着小娟在大街上，像一对情侣挎着胳膊慢慢前行。小娟问我：“你这次回来干吗，你老婆住院了吗？”

我纠正说：“她是我女朋友，还不是老婆呢！”

“你不是早晚要娶她做老婆的吗？”小娟问。

我笑眯眯地答：“那是！”

“那就算是老婆了！”

我只笑不答，小娟又说：“你老婆好些了吗？”

我说：“病情暂时还算稳定，医生说这段时间先把身体养好，过些天得化疗，我担心化疗太伤身体，不知道鸽子身体那么虚，能不能挺得住。”

“没有其他更好的办法了吗？”

“医生说，这个病最好的办法就是移植骨髓，但要找到适合的配型太难了！”

“别灰心，会找到的！”

"那就托你吉言了！"

我不想和她再说这方面的事，对她不公平，搅得我心情也不好。我问她："你下一步就打算在冯燕燕那里做领班吗？"

"先做着再说吧，感觉做这一行挺锻炼人的。"

我担心地说："那种场合鱼龙混杂，领班不好做。"

小娟嘿嘿地笑着说："有你在，我怕什么呀？"

"我又不是你的保安，我怎么可能天天在你身边呢？"

"对哦！"小娟像忽然想起了什么似的，开心地说："你这么能打，去那里做保安也行呀！"

"靠，我去当保安？"我很惊奇小娟有这个想法，"保安一个月才挣几个钱，还不如我自己开店来钱呢！"

小娟一听，顿时不笑了，说："有什么工作挣钱多又挺适合你的呢？"

我逗她说："你们那里不是要招聘公主少爷吗？"

"恶心你！想钱想疯了吧！"小娟停下来，使劲掐我。

我忽然心里一惊，一股不祥的感觉陡然间袭上心头。

这些天我早已练就了高度的敏感，只要危险来袭，我立马就能有所预感。

我注意到马路旁边的慢车道上，忽然开来一辆车，朝着人行道直愣愣地冲了上来，我急忙向前迈一步，一把把小娟拉到身前，车身带起一股寒风迎面袭来，车头紧贴着我的身边冲了过去。

好险，要是再晚一秒钟，我和小娟立马就成了车下之鬼。

我刚喘过一口气，准备上前质问司机，喝多了也不能这么冒失吧！没等我朝前走，猛然间发觉不对，这辆车我太熟悉了，正是在杨杰家放火后一直引诱我去了泉河村的那辆商务车。

我对着小娟说："快跑！"

没等小娟反应过来，我扯紧她的手，快速朝前奔去。

商务车没有撞到我们，立即刹车后退，调整好车头，再次朝我们冲来。

小娟已经吓傻了，我拉着她迈开大步跨越人行道边的花池，准备朝右边不远处的一个巷子里跑。

我知道车再好也不可能冲上一尺多高的水泥砌成的花池。前方十多米远就是一条巷道口，我要以最快的速度拉着小娟跑进去，不然，即使商务车不能追杀过来，车里的歹徒他们有枪，立马就会开枪朝我们射击。

果然，商务车停在了花池边，车窗打开，黑洞洞的枪口就要瞄向我们，眼看着前面只有四五米的距离，就能跑进那条巷子里，就能躲开这致命的枪弹。

可是，我回头看见一个家伙拿出了枪，吓得我赶紧躲在一棵小树后面，迅速从怀里掏出钢珠枪。

就在我准备射击时，对方已经开枪了，只听见砰的一声，我的肩头一热。我顾不了许多，贴着小树后面，防止歹徒打到我的头部，举起钢珠枪也朝他们射击。

我一枪打烂了后车窗的玻璃，不知道打没打到人，里面的人赶紧收起枪缩着头，下意识地躲了起来。这正是我的好机会，我千万不能让他们再抬起头来！

我对着副驾驶窗又是一枪，玻璃应声而碎，我再补上一枪。司机吓坏了，这帮歹徒根本没有想到我会有枪，居然还敢跟他们对射。司机连忙倒车，回到慢车道，踩足油门飞快地朝前开去，我从小树后面冲出来，对着后轮胎继续开枪，车开得太快，这两枪没有打中，再要开枪时子弹已经打完，再装子弹已经来不及，我只好眼睁睁地望着他们越逃越远，不一会儿便没了踪迹。

我回转身，跑到小娟跟前，小娟吓得蹲在地上一个劲地哆嗦，我也蹲下来，捧起她的脸，轻轻地说："小娟，别怕，没有伤到你吧？"

小娟满脸的惊恐，还没有反应过来。我对她笑了笑，说："别怕，小娟，他们被我打跑了，起来，我送你回去！"

小娟这才回过神来，抓着我的手臂准备站起来，一阵剧烈疼痛，从我的肩头瞬间传遍了全身，我一个趔趄差点儿摔倒。

小娟急问："大印，你怎么了？"

小娟站起来，见我的左肩膀上血水正从厚厚的衣服里渗出来，大呼一声："大印，好多的血！"

我这才明白，刚才是肩膀挨了一枪。此时肩膀钻心地痛，我也没法脱下衣服查看到底是怎么了。

小娟说："赶紧去医院吧。"

小娟冲上马路就要拦车，我疾步向前扯着她的手，说："来不及拦车了，快走！"

夜晚的街头，大功率超高亮度的 LED 灯，把周边照亮得如同白天一样的明亮，人行道边的观景区还有人在散步，刚才发生的这一幕很多人都已看见，好奇的人们开始朝着这边围拢过来，估计有人已经报了警，要不了几分钟 110 警察就会赶过来。

既然歹徒已经跑了，这个时候我不想再麻烦警察，我怀里还有枪，我也没法向警察解释，刚才是怎么把歹徒给吓跑的。即使我撒谎，相信一旁看热闹的人们也会向警察说的，与其冒着被抓进去的风险跟警察们解释半天，还不如自己想办法解决。

我拉着小娟朝前跑，小娟问："干吗不拦车去医院，你流了好多的血！"

我说："我开了枪，警察要知道我就完了！"

小娟立马就明白了，小娟边跑着边流着泪，说："怎么办啊，还在流血！"

我没有时间回答她，不敢沿着大路跑，引着她穿过一条小巷，来到另一条马路上，这边不是主要交通干道，光线暗了一些，很少有人通过。我好想停下来歇一歇，一路的狂奔，脑子有些晕晕的，可能是流血过多的原因吧，嘴也有些渴。

不行，得去医院，才是目前最紧要的！

可是，大医院肯定不能去，肩上的伤医生肯定会怀疑，万一报了警，我还是麻烦。

小诊所可以去吗？哪里有小诊所呢？

我忽然想到，再穿过前面这条小巷子，就是上次我感冒时去过的那家社区小医院。周薇就在那里工作，假如周薇在，她一定会帮我，相信她不会那么多事报警害我。

对，管不了那么多了，至少她那里比私人开的小诊所要有保障一些，不知道今晚她在不在。

我对小娟说："快走，穿过这条巷子，前面小区就有一家社区医院。"

"你走路都晃悠了！"

"小娟，我没事，别说了，快走，前面就是医院了！"

"嗯，你要坚持住！"

我苦笑了笑，张嘴刚想安慰一下小娟，我头一晕，差点儿栽倒。小娟赶紧扶着我，说："我还是背着你吧！"

我难受得说不出话来，小娟不由分说，弯下腰把我搂到她身后，就要背着我走。

我太重了，小娟根本背不动，小娟急得哭了起来，我说："别背我了，我没事，歇一分钟再走！"

我靠在小娟身上，喘了一口气，歇了歇，感觉好了些，坚持着朝前迈步。小娟让我挎着她的脖子，整个身子靠着她，她扶着我的腰，尽量撑着我的身体，一点一点地往前走，终于到了社区医院门口，小娟放下我，大喘着气说："你扶着墙，我敲门！"

差不多已经十一点了，社区医院早已关上了门，屋里还有一盏微弱的灯亮着，可能还有人在值班。小娟敲了敲门，大声问："有医生在吗？"

里面有人问："谁？"

"急诊！"

"等一下，我就来！"

我一听，正是周薇的声音，我心里大喜，这下总算有救了！

周薇拉开门，小娟哭哑着嗓音说："医生，他肩膀流血了，你快救救他吧！"

周薇抬头一看，认出了我，惊讶地问："大印，你怎么了？"

我说："肩膀被人打伤了。"

"快，快进来！"

血水渗透了我的衣服，正顺着衣袖往下流。小娟帮着我脱去外套，里面的内衣已经与伤口粘连不方便脱掉，周薇拿来剪刀，麻利地把衣服剪开，让我躺在床上，熟练地帮我处理着伤口。

经过一个小时的忙碌，终于帮我止住了血缝了针，用纱布包扎好，然后给我挂了一瓶吊水。等一切忙好了之后，周薇累得不行，擦去头上的汗，坐在椅子里歇了歇，说："感觉好些了吗？"

我说："好多了，谢谢你！你的医术真好，一点也没感觉到疼，可以当主治医生了！"

周薇羞涩一笑，说："我只是一名护士，哪里能当医生？除了以前在手术室实习过一个月，这还是我第一次单独给人缝针呢！想一想都后怕，刚才看你流血那么多，来不及通知医生赶过来，我就自己动了手。"

我说："行呀，第一次动手就这么厉害！"

周薇愈加不好意思了，起身为我拿了点药，俨然把小娟当成了我的女朋友，告诉她这些药该怎么用。小娟谢过，再问她："医生，需要再给他补些血吗？他刚才流那么多的血，都要晕过去了！"

周薇说："不用，刚才来时跑得太急，血流多了一时晕厥是正常的，幸亏他体质好，不然早就倒在路上了。在这休息一会儿，挂完这瓶吊水就会恢复过来的。"

我对小娟说："没事，我现在感觉好多了。"

小娟走过来，摸摸我的头，牵着我的手说："真没事了吗？你脸色好白，你要是有什么事，我可怎么办？"

周薇听了，瞟了我一眼，撇着嘴偷偷地乐，肯定她以为小娟是我的女朋友！

我把手抽出来，对小娟说："刚才一路跑过你也累坏了吧，坐下来休息休息，我躺一会儿就没事了。"

小娟嗯了一声，坐在我身旁，脸上写满了关心。

我扭头问周薇说："今晚就你一人值班，其他医生呢？"

周薇说："我们这里就两个医生三个护士，白天一般都在，夜里我们三个护士轮流值班，有急事再打医生的电话。"

"你夜里值了班，白天还上班吗？"

周薇笑了，说："你怎么比我们领导还黑呀，夜里值班很熬人的，哪里能坚持白天再工作？"

说得我没词了，周薇又问我："你这是不是被霰弹枪打的，胳膊上的肉都被打穿了，幸亏没有伤到骨头。"

我把刚才发生的事跟周薇说了，周薇说："赶紧报警吧，别让他们再来报复你！"

我急忙说："暂时不用。"

"怎么会这样呢？要是再稍微朝里一点点，就打到了骨头，你这只胳膊就废了，你知不知道？"

我咧开嘴对着周薇笑了笑，故作放松的样子说："幸亏有你在，不然我真麻烦了！"

周薇瞄了一眼小娟，说："有其他护士值班是一样的，我们经常夜里能接到来急诊的病人，简单问题就处理一下，严重的就叫医生来，或者打120叫来救护车，送到大医院去。"

我们说着话，一会儿吊水就打完了，周薇问我："感觉好些了吗？"

我坐了起来，说："没什么事了，就还是感觉有点恶心。"

周薇再次望了一眼小娟，对我说："流血多了身体还是有些虚，回家睡一觉，不要剧烈活动，多注意营养补补，休息几天就好了。"

小娟问周薇说："医生，衣服上这么多的血能洗掉吗？"

周薇说："血水应该能洗掉，别等着干了很难洗的。"

小娟拎着我的衣服，问我："好些了吧，可以回去了吗？"

她这么说了，我还能说什么，我只好点头说能。我问周薇多少钱，周薇笑笑说："别给了。"

小娟说："还有药呢，哪能让你替我们付钱？"

说着，小娟拿出钱夹，掏出三百块钱递给周薇，周薇只好说："把你那五十的零钱给我就够了。"

"这么少？"小娟问。

"这些药不值钱。"周薇说着，再看了我一眼，脸忽然间红了，连忙转过身，拿出一件棉大衣过来说："你先披着吧，别冻着了，有空了再送过来。"

我连忙摆手，说："不用，不用，我身体好着呢，出门打个车就到家了。"

小娟也说："谢谢你了，医生。家不远，马上就到了。再见！"

我和周薇道了再见，走出来，小娟把她的滑雪衫脱下来，要给我披着，我不要，她不依，硬是搭在了我肩上。门口不远处就有一辆出租车，小娟伸手拦下。

我们上了车，司机问我们去哪里，小娟不说话，得意地望着我，我只好说了维修店的地址。

车很快到了地方，小娟付了车钱，一手拎着我带血的衣服，一手搀扶着我，把我当成了老弱病残一样伺候着。我打开卷闸门，下意识里朝四周看了看，周围好安静，一个路过的行人也没有。

我们进到屋里，我把卷闸门锁好，小娟说："快些，你的床在哪儿，我冻死了！"

我指了指旁边的楼梯，小娟迅速奔上楼，披上一床被子，站在楼梯口看着我一步一步地走上来。

我把她的滑雪衫脱掉还给她，自己找了一件棉衣穿上。小娟一句话也没说，只是嘿嘿地笑着，把我的衣服放进洗手间，泡上水放在了一边，然后走回来对我说："你先上床吧。"

"你干吗？"我问。

"我给你烧开水洗脸洗脚呀！你总不能就这样睡了吧？"

不一会儿，小娟端着一盆热水到我床前，说："起来洗洗脸洗洗脚再睡。"

我说："你放在洗手间，我自己能下去洗，又不是什么大病！"

"我伺候你一次还不愿意呀？瞧你这人，有福还不知道享！"

我说："我不习惯有人这么伺候我。"

"你和你老婆在一起，是你伺候她吗？"

我翻眼看看她，没理她，起身自己端着盆去了洗手间，先洗脸刷牙，然后换了双塑料拖鞋，直接把一盆热水倒下来，双脚磨动几下算是洗了。小娟始终站在门前，看我这样图省事，就说："没见过你这么懒的人！"

我轰她到一边去，她赖着门不走，我就说："干吗呀，耍流氓啊你？我要尿尿了，女士请出去！"

"喊，谁没看过你呀，尿就是了，又没有人拦着你！"

"不行，你站在跟前我尿不出来！"

"那好，你憋着吧！"

我使劲把她推开，关上了门。小娟在门外踢门，大声说："王大印，你变态！"

我哈哈大笑，说："哪有你这样耍流氓的，还说我变态！"

我开门出来，小娟拿着手机正对着我拍。我问她干吗，她说："刚才你在尿，我已经拍下来了，等会儿就给你上传到微博里！"

我说："不会吧，我刚才关上门了你也能拍到？"

小娟一指门，说："就你这扇破门，能挡着什么呀？"

也是，整扇木门已经很破旧了，中间裂开好大的缝隙，我刚才居然没想到。我一把夺下小娟的手机，打算给删掉。小娟啊的一声惊呼，上来就要夺回去，大声说："逗你玩的，没拍到！"

我不信，高高地举着手机继续查找图片，小娟说："真的！刚才我拿来手机的时候，还没等拍照你就尿完了，根本没拍到！"

我翻了翻手机里的图片，确实没有查到，除了她平常自己拍的生活照，里面只有一张小伙子的照片，挺年轻的。我把手机递给她，问："这个小帅哥是谁？"

"你吃醋啦？"

"不说拉倒！"我爬上床直接躺下。

小娟也没解释，进到洗手间把我的衣服洗了，然后烧开水自己在里面洗了洗，穿着内衣，趿拉着一双棉拖鞋过来，对我说："我睡哪里？"

我说："要不，你回去睡吧！"

"不干，都这么晚了，外面那么冷！"

"外面不冷，刚才你不是都把滑雪衫脱掉给我披着了吗？"

"你这人，不知好歹啊，我冻得那么厉害为了照顾你，你居然这么说！"

我嘿嘿一笑，掀开被子说："那好吧，奖励你一下，今晚就在这里睡吧！"

小娟躺在我身边，把头蹭在我肩头，浓浓的女孩子的体香扑面而来，弄得我心潮起伏浮想联翩。

小娟问我："想什么呢？"

我自言自语地说："今天奇怪了，他们是怎么知道我回来的？"

小娟也说："是啊，他们怎么突然就冲上来了呢？"

我想不明白，但我有一点可以肯定，他们既然开着车向我冲来，可能是不想让我活下去了。为什么他们不直接开枪呢，这样不是更直接、更方便吗？还有，他们怎么就不打算让我活了呢？难道就不怕像吴海英说的那样，要是杀了我，和我一起的同伙就会把他们的秘密给捅出去？难道他们的这个秘密解除了，已经不是什么秘密了？如果他们真要杀我，那我还真难以抵抗。我该怎么办？是不是早些离开这里？我能去外地躲避多久？一个月还是一年，甚至是一辈子？

"你跟那个护士很熟吗？"小娟忽然对着我的耳边说。

"谁？"我一时没反应过来。

"你装糊涂啊你，就是刚才给你治疗的护士呀！"

"噢，认识，以前去她那里治过感冒。"

"她好像对你很有意思的。"

"什么意思？"我明知故问。

"就是很喜欢你呀！"

"喜欢我的人多着呢，我不可能都娶回来吧！"

"那是！你想娶人家，得人家愿意，国家得允许才行！"

我不跟她说这些无聊的，闭上眼睛装睡。

小娟继续说："我感觉你也很喜欢她的。"

我说："别说她了好不好，没有的事别瞎说！"

小娟嘿嘿地笑了，轻柔地问我："还疼吗？"

"不怎么疼了。"

"你用身体为我挡子弹的时候，我好感动！"

"你感动什么呀，当时我看你都吓傻了，哪里感动了？"

"当时吓傻了，后来想想就感动了嘛！越想越感动呀，我都想以身相许了呢！"

"别，还是不许的好！"

"你这人真讨厌，我就那么让你反感吗？那你干吗还救我？"

"你也为我挡过子弹嘛！"

"什么时候？我怎么不记得了？"

"那天在派出所，张副所长发火的时候，他拿着枪吓唬我们，是你挡在我身前的。"

"那怎么能算？"

"怎么不算呢？"

"当时他只是吓唬人而已，他是警察，根本不会乱开枪打人的！"

"好啊你，我以为你是舍身为了保护我，害得我感动了这么多天，原来你是知道他不会开枪，故意演戏感动我的啊！"

"没有嘛，当时哪里会想那么多。"小娟嘿嘿笑着，搂着我，忽然亲了我一下。

我说："这下满意了吧？睡吧！"

"还没呢！"小娟搂着我，把头蹭进我怀里。

我也搂着她，说："不早了，我困了，都闭上眼睡吧。"

我身体有些虚，可能小娟经历了这场灾难，也是耗尽了体力，不一会儿我们俩就睡着了。直到第二天一早，我被一阵手机铃声吵醒，一看是小娟的手机在响。

小娟拿起手机，看也没看，睡眼蒙眬地说："喂，哪位？"

"我是刑警支队的郭警官，请让王大印接一下电话！"

屋子里好安静，手机里的声音我全听见了，把我吓了一跳，怎么郭警官打电话给了小娟？他怎么知道我和小娟在一起的？大清早的这么急着找我干吗？

第四十三章　越陷越深

郭警官的电话把我和小娟都吓醒了，我正要摆手说不在，小娟已经对着里面说："你等一下，我把手机给大印。"

小娟说完，像擤了一把鼻涕似的把手机甩到了我怀里，我只好拿着手机说："你好，郭警官！找我什么事？"

郭警官说："今天上午你来我这里一趟。"

"什么事，电话里说好吗？"

"电话里说不清，赶紧起床过来吧！"

"我现在外地，还没回去呢！"我记得那天告诉郭警官我要去外地，就接着这个理由骗他说。

郭警官忽然对我说："要不要我现在过去，把你的店门给砸开？别磨叽了，快过来！"

没想到文质彬彬的郭警官居然也会来这一手，一下子把我彻底惊醒过来，既然他能打电话给小娟找我，我还敢骗他，岂不是自讨苦吃吗？我连忙对着手机说："好，好，我马上过去！"

我挂了手机，茫然地望着四周，四周都是墙啊，窗帘也拉得好好的，他怎么就知道我在店里，还知道我没起床？最可怕的是，他居然知道我和小娟在一起，居然是打了小娟的手机通知我的！

我立马翻开小娟的手机，一项一项地查看里面有没有隐藏着监控程序。小娟不明白怎么了，问我找什么，我做了个嘘的手势，继续翻找。找了半天也没有察觉哪里不妥，我把手机扔到床上，自言自语地说："真奇怪，郭警官怎么就知道我们在这里？"

我看了看自己的手机，也开着机，可能这个号码郭警官不知道，他没有打。

但是，他怎么就那么神了，居然……

我再看看时间，才七点五十分，仔细一瞧，居然今天还是星期六，郭警官不是坐办公室的公务员吗？今天按说上不上班啊，这么早急着让我去干吗？

唉，好多问题我想不明白，干脆起了床，洗脸刷牙之后，小娟也起来了，小娟问我："你真要去市公安局？"

我说："不去能成吗？他都知道我们俩在这屋子里，不去能跑掉吗？"

"要是去了，他把你抓起来了怎么办？"

"按说不会的，要是想抓我，他就没有必要打电话通知我去了。"

"他找你去干吗呢？"

"我哪里能猜到，去看看再说了。"

我抚摸着肩膀处的伤口，小心翼翼地穿上外套，小娟问我："还疼吗？"

我说："早就不疼了！"

小娟仔细瞅着我，说："脸色是比昨天好多了，可是，眼睛还有些红呢！"

我一听她这么说就来气，故作恼怒的样子说："眼睛能不红吗？我睡着的时候，好几次都被你给弄醒了！"

"我也睡着了呀，怎么可能会把你给弄醒？"

我打开卷闸门，走出来，锁好。小娟要挎着我的胳膊，周围开店的都是熟人，被人看见挺难为情的，我不给她机会，加快脚步朝前走，小娟追不上，可着嗓子在后面喊："王大印，你回来，我的手机还在你的枕头下面呢！"

我赶紧站住，紧张地瞧瞧周围有没有熟人听见，还好各家的店门都关着。我带着怀疑问小娟："手机真没拿？"

小娟得意地说："拿了！"

"拿了你还说没拿？"

"想让人听见呗！"

"靠！"

我扭头要走，小娟一把拉住我，我没辙，无奈地说："你想干吗？"

小娟又变得十分温柔，眨巴着眼睛，细声细语地回答："不干吗，想和你一起走呗！"

我只好和她并肩走，陪着她在小吃街吃了早饭，饭后我对她说："你回学校去吧，我去市局看看再说。"

小娟说："一回来就给我打个电话，别让我担心！"

我答应了小娟，和小娟一起到了公交车站，小娟又说："回来别忘了吃药，记着给我打电话，我陪着你去大医院再看看。"

我问她："还去大医院看什么？"

小娟说："当然要去看了，伤口那么深，不得换几次药才能好呀！"

我说："去大医院还得挂号排队，一大堆的手续太麻烦，还是去社区小医院吧。"

小娟翻眼瞅我，说："是不是还想去看那个小护士，多找些机会和人家接近呀？"

我索性也耍起赖皮脸，说："是啊，多好的机会啊，不去找美女，受这么大的伤多不划算啊！"

"王大印，我告诉你，等你一走，我马上就去社区医院，告诉她不许骚扰你！"

"凭什么啊？"

"我告诉她我是你老婆，警告她不许当第三者！"

"真的假的？你真敢去？"

我望着小娟气呼呼的样子，没等她回答我连忙求饶道："好了，好了，我算服了你，我不去换药了成吧？"

小娟扑哧一声又笑了，说："去换药也可以，得让我陪你去，但去了也不许你对她抛媚眼！"

我说："你又不是我老婆，你凭什么管我呀？"

小娟说："我替你老婆管着你，不行呀？要不要我去找你老婆要个亲笔签名，我给她做免费的监督代理？"

我吓坏了，这丫头不会真这么做吧？鸽子那个醋坛子，不比小娟省心多少！车正好来了，我推她上车，说："有毛病你！不跟你说了，坐车回学校去吧！"

小娟咯咯地笑，上着车回头还不忘提醒我："回来之后，也别忘了去宫爵一品，抓紧时间把音响电器都弄好！"

"我知道了，既然答应了人家，一定会尽快弄好的！"我挥了挥手，一直目送着车开走，继续等了一会儿，来了一辆218路公交车，我坐上去，很快到了市公安局。

在值班室登记了之后，我朝着办公楼走去，郭警官的办公室在二楼，门上写着"专项治理组长办公室"几个字，上次我来时其他警官说他是副组长，具体专项治理什么的我就不清楚了。我也不清楚这是什么级别的官，我猜想，既然能在市局混一个副组长，又能有一间自己单独的办公室，可能也挺牛的。

门虚掩着，我敲了敲门。郭警官见是我，让我进来坐在他旁边，问："怎么样，伤还好吗？"

"你怎么知道的？"我十分好奇，问他。

郭警官笑了，说："那帮坏蛋都能找到你，难道我比他们还不如？"

晕死，这算什么回答。不说就不说吧，反正警察想知道任何事，有的是资源可利用。

我又问他："这么早，您找我来什么事？"

郭警官说："说说吧，你最近和他们都发生过哪些冲突，是因为什么原因，越详细越好！"

冷不丁这么一问，我也不知道从何说起。

郭警官说："就从你那天晚上，把五毛打伤了开始说起吧！"

我一听这件事他都知道，不会是吴海英告了我，郭警官又要把我送到看守所吧？

我急忙解释:"那天不怪我,是他们开车追我,又开枪打我,我才自卫还击的!"

郭警官示意我坐好了别激动,依然微笑着说:"我没说怪你,要是怪你,早把你给抓起来了,还能让你这么坐着和我说话?"

我心里忐忑着,把那天发生的事情原原本本地说了。我问郭警官:"那几个开车冲进池塘里的家伙,后来没淹死吧?"

郭警官说:"都没死,都还活得好好的。"

没死人,这我就放心了,我又问:"五毛他们几个呢?"

郭警官瞄了我一眼,说:"没想到你下手还真狠。"

我急着再要解释,郭警官说:"算你侥幸,他们没有去告你,自己找医院治疗去了。这事先放一边,我暂时不去追究。我只想问你一件事,请你如实地回答我。"

"什么事?"

郭警官说:"加上昨天夜里,吴海英他们追杀你,已经有四五次了吧?"

我点头说:"是有好多次了,他们太猖狂了,你们警察不能见死不救啊,什么时候把他们给抓起来?"

郭警官说:"这正是我今天找你来的目的!"

我见他原本笑着的脸一下子凝重起来,我不再接话,怔怔地望着他,听他继续说。

郭警官问我:"他们找你,主要还是为了那一百万的事吧?"

我一怔,赶紧说:"可我没……"

郭警官摆手制止了我,继续说:"你先别急着回答,听我把话说完。你知道他们为什么这么急着要追杀你吗?你知道那些钱是谁带去洗浴中心的吗?"

这些正是我迫切想知道的,我看着郭警官,想听他告诉我答案。

郭警官说:"可能你也知道,最近一两年在我们市里发生了不少恶性案件,都与齐六和他的公司有关,这些不仅仅是普通的治安案件,他们有组织有目的地实施犯罪,已经形成了黑社会性质的暴力团伙。正因为如此,市局才决定成立一个专项治理组,由我负责黑社会犯罪的证据收集,一旦证据确凿,必将对这帮危害百姓的犯罪分子一网打尽!"

我说:"他们犯了那么多的罪,早可以把他们抓起来了吧!"

郭警官说:"是,许多案子证据确凿,可以抓不少人进去了。可是,这些案子的幕后指使者齐六,却没有铁的证据证明有他参与,这不是我们想要的最终结果,我们还在继续收集有关这方面的证据。就在你和郑魏去龙盛湾洗浴中心的那天中午,我们追寻到一条非常有价值的线索,一个叫黄兵的人潜伏到我市。他是网上通缉的A级在逃犯,据我们掌握的材料,他身上背着几条命案,另外还有四五件命案他有重大嫌疑。他早年在部队服过役，枪法很准，曾经获得过军区比赛的好名次，退役之后因为流氓犯罪被判了十三年，在监狱里与齐六结识并拜为把兄弟。这次他来，极有可能与齐六运作的又一场命案有关。我们追踪到龙盛湾时，不知道哪里走漏了消息，让黄兵在我们眼皮子底下溜走了。事后我们通过调取录像才发现，他进入洗浴中心的时候，随身带着一个包，但走时匆忙没有取走，等我们再去找时，已经是当天夜里。在这之前发生吴海英与你们争斗的事情，我们断定一定与那个包有着密切的关系。"

郭警官说到这里，停了一下，起身走到旁边的资料柜旁，从中抽出几份材料，放在桌边对我说："你看看这些，就是当天我们截取的有关录像的照片。"

我听了郭警官如此说，心里挺震撼的，没想到我和郑魏的一次洗浴，竟然牵扯上如此重大的案件。看来那个钱袋子里一定有一个特别大的秘密，一定与齐六有着关联，说不定由此就能决定齐六的命运。可是，我能把钱袋子交给郭警官吗？郭警官真的不是齐六他们的人吗？

对了，刚才郭警官还说，他们追踪到洗浴中心准备抓捕黄兵的时候，还是走漏了消息，没有把黄兵给逮到，这就说明警察内部还有厉害的角色被齐六收买了，这个潜伏的人不除掉，警察也不可能找到齐六犯罪的证据。我把钱袋子交给了郭警官，他能够保证我的安全吗？

我翻看着一堆照片，有我和郑魏出入 502 包间的，也有其他几个人的照片，包括服务员和吴海英他们。郭警官指着照片中的一个人说："就是这个人把那个包带进 502 包间的。"

照片上的这个人大约四五十岁的样子，身材魁梧，像是练过武功的人，此人十分警惕，低着头没有让摄像头拍出完整的脸。我对他不熟，但我对他手上拎着沉甸甸的包很熟悉，正是害得我这些天来如此紧张恐怖，装满整整一百万的钱袋子。我看了一下照片上备注的时间，他是中午 12 点 47 分进入包间的。

郭警官又指着另一张照片说："这是他出来时的镜头，手里已经没有了那个包，走路很急，可能刚接到谁给他的电话，知道我们马上就要进来抓捕他，他匆忙间离开，没有把包带在身边。"

这张照片也没有拍到完整的脸，但却明显能看出这个人走路急匆匆的样子，我看了看时间，是 12 点 56 分出来的。也就是说，他在包间里才待了不到十分钟，就有警察把消息传给了齐六，再由齐六通知了他。想一想多可怕，我现在还能相信谁？即使郭警官我都替他捏一把汗，他再这样做下去，他能斗得过齐六那么强大的势力，他能保住自己的性命吗？

我看完了照片，郭警官说："所以，那个包很重要，里面可能有着重大的秘密，这也正是吴海英要追杀你，还把郑魏牵扯进去的主要原因。"

郭警官说完，停了一下，看着我，意味深长地说："到了这个地步，你总该明白了事情的可怕程度，你可不可以告诉我，包在哪里？"

其实，这些恐怖的事情早已发生了，而且也早在我的猜想之中，听了郭警官说的，我心里反而平静了一些，但我依然做出很害怕的样子，问他："郭警官，您也怀疑那个包是我拿的？"

郭警官盯着我，肯定地说："是！包不可能无缘无故飞走，一定是被你拿去了！你是一个极其聪明的人，给吴海英制造了许多麻烦，也让警局的张万喜很头疼，同时也使我们的侦查受到了阻碍。在你进入看守所之前，我还在想着可能你真的没有拿那个包，可能真是无辜的，所以我只是尽可能地找出有利于你的证据，把你救出来。但我通过这几天的分析和判断，以及你在看守所里的表现，我有充分的理由怀疑你，包正是被你拿去的！"

我忙问他："我在看守所里什么表现，被你认为我有嫌疑了？"

郭警官说："你能说你在里面没有想着如何越狱？没有去具体实施？"

我立马回答："没有！怎么可能呢？看守所戒备那么森严，我怎么可能出得去？"

郭警官说："你现在就在撒谎！"

"我没有！"

"没有？知道为什么看守所的沈警官，会拿一个笔记本找你修吗？你用笔记本做了些什么？"

啊！难道这也是他们给我布的局？难道一开始郭警官就知道我是无辜的，故意按照吴海英和防暴大队宋大队长他们的想法，把我送进看守所，却在后面玩"螳螂捕蝉，黄雀在后"的把戏，暗中派人时刻监视着我，以便找出他想要的答案？

太可怕了，幸亏我没来得及采取最后的行动，否则我……

我顿时没词了。

郭警官接着说："我知道你心中还存在着顾虑，我可以理解。但这件事关系重大，希望你能积极配合我们，不要再犯糊涂，不仅影响到我们办案，还会把你自己的性命稀里糊涂地搭进去！"

我默不作声，我依然坚持暂时还不能完全告诉他。我得先把钱袋子取回来，知道里面究竟有什么，才能判断出应该怎么做。我有自己的判断，任何人都休想左右我！

郭警官见我坚持不说，他也没有强迫我，送我出门时失望地说："我没想到你是这么固执的人，你的聪明会害了你自己！希望你回去好好想一想，不要越陷越深，想明白了请随时与我联系！注意安全，多保重！"

我走出市局大院，心情无比沉重，我很清楚，这次拒绝的郭警官应该是我目前最能相信的人。可我心里一直有一种感觉，他斗不过齐六。

我现在恍然间明白了，吴海英为什么这么急于要追杀我，完全不是因为秘密已经解密，他不再担心杀了我之后，我的朋友会把秘密散播出去。而是他在我之前已经通过警察的内线，知道郭警官会找我，他所担心的是我会把这个秘密告诉郭警官，从而他才会不顾一切地派人开车撞我。

可是，吴海英为什么不让手下在第一时间开枪呢？开枪不是比开车撞我来得更直接一些吗？

这些原因可能只有吴海英自己知道，凭我胡思乱想是想不出来的。我目前可以清楚的就是，我的危险越来越大，随时都有被这帮歹徒射杀的可能。我仿佛闻到了漫天的血腥，无边无际，而又无影无踪。我孤独地站在空旷的田野中，四周布满了黑洞洞的枪口，不管哪个方向的人，只要轻轻地扣动扳机，我就会瞬间倒下……

我不敢再回到我的小店，我在街上到处溜达，直到确认没有被人跟踪，才直接去了宫爵一品。这里有许多人在装修，我想吴海英他们不大可能会想到我会隐藏在这里吧？至少在目前，没有哪里会比宫爵一品更安全的地方了。我计划好了，白天就在这里干活，等到晚上再去龙盛湾看看，争取把那些钱早些给取回来。

我一来到宫爵一品就投入到了工作中，中午也是在这里吃的工作餐，一直忙到下午四点多钟，我准备出去一趟，去附近一家音响器材店买些音响连接线回来。

我坐上公交车去那家音响器材店，还有两站距离就要到达的时候，公交车行驶到一座高架桥上，正巧可以看到龙盛湾洗浴中心的后门。

龙盛湾的正门面对的是十分热闹的商业街，后面相对安静了许多，却因为不远处有一座高架公路桥，龙盛湾的后面墙体自然就成了一面极好的广告墙。我藏的那一百万，就在一幅巨大的广告牌后面。当公交车从高架桥上经过的时候，我下意识里朝着龙盛湾的方向望过去。

忽然，我心中一惊，原来的那幅巨大的广告画呢？

怎么没了？怎么只剩下光秃秃的铁架子了？

那一百万呢？

公交车快速地朝桥下驶去，龙盛湾也离开了我的视线，越来越远……

第四十四章　歹徒追去了医院

公交车下了高架桥一直朝前开，过了两个十字路口之后才到达站台，车门一打开，我第一个跳下车，顺着一条小路就朝龙盛湾的方向跑。我要查清楚是谁把那幅广告画给撕了，我藏的钱又落到了哪里？

我千算万算做梦也没有想到会出现这种状况，那些钱已经与我的生命紧密相连，失去了它，我还有什么资本可以和那帮歹徒抗争下去？

我这么没命地跑着，小路上的行人以为有人打劫或者打架，齐刷刷的眼光朝我这边望过来。更有前方迎面走着的胆小之人，见我朝着他的方向跑去，吓得连忙躲向一旁。我管不了这许多，继续朝前跑去。

可能是昨天流了太多的血，身体还没有完全恢复过来的原因，我跑了一截距离就感觉到头昏眼花，眼前有无数颗小星星晃呀晃的。再这么跑下去，没等我到近前，我就会倒在地上爬不起来。我只好停下来稍作休息，朝着四周张望，想打一辆车赶过去，但整条小路上一辆车的影子也没有，我等了几分钟，感觉好些了继续朝前奔去。

终于跑到了龙盛湾的后门不远处，累我浑身是汗，一个劲地干呕，肩头的伤口一蹦一蹦地跳，仿佛有什么东西要从里面迸发出来一样又疼又痒。我暂时管不了伤口是怎么了，靠着一棵小树喘匀了气，擦去脸上的汗水，仰着头朝上看，原来巨幅广告画的位置，上面除了生了锈的铁架子还在，整幅广告画完全被拆除干净，就像从来也不曾有过的一样。

我把整个铁架子上上下下、左左右右、仔仔细细地看了一遍，没有发现那个钱袋子的踪影。我不死心，又从下边一层楼一层楼地朝上数，数到第五层，我估摸着是502包间的位置。再仔细看，502包间上面快要锈蚀掉了的遮阳篷，依然还在原来的位置没有掉下来，可我想要看到的那个钱袋子，却已经不在原来的地方了。

这是谁干的，怎么会把广告画给拆除了？

在龙盛湾后门不远处是一家废品收购站，正有几个中年男人在忙着卸货。我走过去向他们询问广告画是什么时候拆去的，几个人都说上午来了一帮人，架了云梯爬上去把画拆掉的，一直忙到中午才走。

我一听，心里懊悔得不行，我原本计划从省城回来之后，先把郑魏的车送到杨杰那里去修，然后到了晚上再来龙盛湾，想办法把钱取下来，查出里面的秘密。没想到小娟居然打电话给杨杰找我，更没想到后来发生了那么大的事，不仅让我差点丢了性命，现在看来，我所藏着的钱，可能也要飞走了。

我现在好后悔，我干吗要去宫爵一品赚那几万块钱啊，为了那几万块丢了一百万，太不划算了！我问忙着卸货的这几个中年人，知道是哪家公司拆的吗？他们一起摇头说不清楚。我又问记不记得那帮人的长相，或者知道他们朝哪个方向走的，或者有什么其他的明显特征？

几个人一起望着我，十分警惕，我连忙解释说："原来那幅广告画是我们公司的，还没有到期不知道被谁就拆除了，我来打听一下是谁干的，好找他们公司赔偿。"

几个人一起说不清楚，一上午都在这边工作着，没有太留意那些人是哪里的，让我再去旁边问问其他有没有人知道。

我失望地走出废品收购站，见不远处有家快递公司，我不死心，走了过去。

快递公司的大院子离龙盛湾的后墙不远，里面许多工作人员在忙碌着，我问了其中一个工作人员，他告诉我说，那幅广告画确实是中午之前被拆除掉的，具体是哪些人干的他们也不清楚。我看见快递公司大院子里有一个摄像头，正好可以拍摄到龙盛湾的后门，我问他能不能借调一下录像看看，他一指旁边的胖子说："你问我们经理吧，他才能做得了主。"

我走到经理跟前，找了个理由请他帮忙，经理为难地说："我们老板规定，录像资料不允许随便看的。"

我问他老板在不在，他摇头说老板很少过来，他让我与公安局联系，有公安局的证明才可以调取录像。

我和他说了半天，也没办法说服他，只好再次失望地退了出来，走时我顺手从前台拿了一张名片，看到上面有这家快递公司的联系电话，以及公司网址和服务QQ，我满意地笑了。真拿这些家伙没办法，看来非得逼着我走不常规的路子才行！

我走出快递公司的大门，不再去买音响连接线，打算直接回到宫爵一品，上网查这家快递公司的网络，进入主机后台调取录像，争取尽快找到是谁取走了那些钱。

装在屁股口袋里的手机剧烈地震动起来，我拿出来一看，是郭警官打来的电话。

手机一接通，郭警官就说："大印，快通知你的女朋友，让她立即转移出医院！"

我心里一阵紧张，一股不祥的预感袭上心头，急忙问："怎么了，郭警官？"

郭警官说："吴海英派了一帮人，正往省城医院赶，可能快要到了，你马上打电话通知孟鸽和她的家人，让他们现在就离开那家医院，越快越好！"

怎么会这样啊，吴海英这个浑蛋，难道连我的女朋友也不放过吗？一想到鸽子有危险，我急坏了，比刚才知道钱丢了还要心急百倍，脊背上瞬间刺痒难耐，迅速扩散到全身。郭警官说："我已经联系了当地的警方，他们会前往制止的。我担心吴海英的人会提前赶到，你还是尽快与孟鸽和她的家人联系，以最快的速度离开，先避开他们，千万不要再与那帮人有所冲突，一切问题由我们警方来解决！"

我答应了一声，挂了手机就给鸽子的老爸打了过去。这时候我不敢直接告诉鸽子，我怕她受到了惊吓再出现状况。等电话一接通我立即说："孟叔，你现在医院吗？"

鸽子的老爸说："我在住的地方做了一些吃的，正准备送去医院给鸽子。"

我说："姑姑在医院吗？"

鸽子的老爸听出了问题，忙问："怎么了，大印？先别急，你慢慢说。鸽子的姑姑刚从医院回来，医院里只有鸽子一个人，她没事，精神很好。"

我说："孟叔，你赶紧去医院把鸽子接到现在的住处，她一个人在医院有危险！"

"怎么了，大印？"

我听出鸽子的老爸说话的声音陡然间颤抖了起来，只好解释说："我在这边无意间得罪了一帮黑社会的人，他们找不到我，打听到鸽子在医院，正在赶过去的路上。我担心他们会伤害鸽子，你赶快去医院把鸽子接出来藏好，我尽快赶过去！"

"你得罪了哪些人，你现在没有危险吧，怎么会这样呢？"

"孟叔，现在时间快来不及了，有空时我再向您解释，赶紧去救鸽子吧！"

我向孟叔简单说明了利害关系之后，挂了手机，恨不得立马赶过去救我的鸽子，这时候再多的钱，里面有天大的秘密，对我来说都不重要了，只要我的鸽子好好的，任何东西我都可以暂时放下来！我心里紧张得不行，不知道孟叔能不能把鸽子安全地转移出去。

我一路小跑着到了大路旁，拦下一辆出租车，催着司机一路狂奔到了宫爵一品。

回到宫爵一品，我进到 268 包间，打开小娟留在茶几上的电脑，中午的时候我就连上了省城医院的后台主机，找到了相关的监控视频软件，医院总共安装了大大小小二十个摄像头，大多数的地方都在监控摄像头的监控之下。鸽子在住院部四楼，十六号监控摄像头可以监控到整个走廊以及护士工作室外面工作台前的所有情况。我当时看见鸽子走出来去洗手间时，我还打电话逗她说："你怎么一个人出来啦？"

鸽子以为我到了医院，连忙回头看，我说："别回头，你看不到我的！"

鸽子乐呵呵地回头看，没有看到我很是失望，她十分不解，问我藏在哪里，快些出来！我说我会隐身，我现在就在你们女厕所里面偷看你呢！鸽子不信，到处找我，楼前楼后找遍了也没有发现我，她就站在走廊边对着手机里大声吼道："你这个流氓大骗子，你到底在哪呢？再不出来我就回家，不在这里看病了！"

这丫头，她知道我心疼她，居然用这一招来威胁我，我赶紧说："你抬头看看右上方的墙上，发现了什么没有？"

鸽子朝右上方的墙面上望去，说："什么也没有啊，白白的墙。噢，有一条壁虎早就死了，你不会是变成壁虎木乃伊了吧？"

这丫头真会联想，我乐坏了，笑着说："你再仔细瞧瞧。"

我在这边看见鸽子睁大眼睛注视着墙面，一一扫过，忽然笑了，对着摄像头说："你个死变态，你又侵入人家后台系统，盗看监控了吧？"

我嘎嘎大笑，还是鸽子了解我，我和她相处没有多久的那一年，特意在她面前显摆过自己的能耐，没想到她还记得。

我已把医院里的这套监控软件摸熟悉了，先打开主控制页面，调取医院大门口的监控摄像头，没有发现可疑的情况。我再打开鸽子所在住院部四楼的摄像头，楼上也没有异常。我稍稍放下心来，顺着医院大门口的摄像头，我逐一往里一个一个摄像头调看着，猛然在十三号摄像头的位置，发现有三个壮汉正在迅速穿过医院前面的门诊大楼，急速地朝着后面的住院部走去。

我吓坏了，可能就是这一帮人，他们马上就会到了住院部，我忙给孟叔打电话，我问他现在哪里，有没有把鸽子带出来？

孟叔说，他已经到了住院部，正在电梯里往四楼上，我边打开四楼走廊上的摄像头，边对他说："那帮人可能已经找到住院部了，快些带鸽子走，不然来不及了！"

正说着话，我看见监控里孟叔走出楼梯间，快速地来到鸽子的病房，不到半分钟的时间领着鸽子出来了。鸽子穿着医院的病号服，一脸茫然的样子，急匆匆地和孟叔一起朝着电梯口走去。我对着手机说："孟叔，别坐电梯了，那帮歹徒就在电梯里，你们走右边的楼梯吧！快些，他们马上就要上来了！"

我急得不行，大声地说着，孟叔拉着鸽子就朝楼梯口走去，鸽子不明白怎么了，跟孟叔说着什么，手机里声音太吵我没有听清。我在心里祷告，千万千万不要出事啊！

孟叔和鸽子走进楼梯间，从监控中消失。不一会儿，三个壮汉果然出现在了四楼，他们四处张望着，有一人走到护士值班室工作台边问护士。护士指了指鸽子所在的住院房间，三个人一起疾步朝那边走去。

不一会儿三个人全出来了，跑到电梯间门口，使劲按着电梯按钮。

我打开住院部一楼大厅的监控，孟叔和鸽子已经下来了，正朝着外面走，打算穿过一条长长的走廊，走进门诊部大楼的后门。我在医院待过几天，对那边的路况早已摸得很清楚，只要他们从门诊部后门进入门诊大厅，再走出来朝左边拐，沿着围墙边的小路走向医院的后门，出了后门不远处有一个小巷子，穿过小巷子再走几分钟，就可以到达孟叔住的地方了。

　　住的地方应该这帮歹徒还不知道，只要躲过这一时，相信要不了多久当地的警察就会赶到，这帮歹徒再凶恶，他们也不敢在警察眼皮子底下抢人。我一颗悬着的心刚要放下来，忽然发现在住院部四楼等电梯的一个壮汉，掏出手机正在打电话。我大吃一惊，难道其他地方还有他们的人？他是不是打电话通知那些人在前面某个地方堵截？这帮人胆子也太大了，大白天的居然肆无忌惮地在医院里闹事，难道他们一点都不害怕吗？

　　我没有时间再去考虑这些问题，我的手机依然和孟叔的手机连线中，我边调出其他的监控查找着另外一些歹徒的位置，一边拿着手机对里面大声说："孟叔，前面可能有歹徒堵截，你们先找个房间躲一下，不要与他们遇见了！"

　　孟叔正拉着鸽子大步朝前走，我喊了几声他都没有把手机放在耳边听。可能说话的声音小，他只顾着逃出去没有听见。我赶紧挂了手机准备重新打过去，孟叔的手机铃声设置得特别响，打过去他应该能听到。

　　没等我打过去，我有一个电话进来了，我一看是郭警官的电话，赶紧接听。郭警官问我鸽子的病房在住院部几楼，当地的警察已经到了医院的大门口。

　　我忙对他说："我刚才通知他们了，他们现在正走出住院部大楼，朝着门诊部的方向走去。吴海英派去的人已经追到了住院部的病房，没有找到人还在住院部四楼等电梯追下来，可能门诊部里还有他们的人，请赶紧通知当地的警察，让警察去门诊部把守着，他们马上就到门诊部了！"

　　我挂了电话继续给孟叔打过去，孟叔和鸽子已经走出了摄像头的监控范围，我不知道他们去了哪里，手机也始终没有人监听。那三个壮汉进了电梯，眼看着就要追了出来，我急得心都要蹦出来了，可孟叔还是没有接听电话。

　　我调出门诊大厅里的监控，仔细搜寻，熙熙攘攘的大厅里，果然站着两个明显就不是去看病的人。他们两个人正悠闲地站在大厅的一侧，盯着门诊部后门进入大厅的出入口，其中一人手里还拿着一个什么，由于摄像头的位置较远，我没有看清。我猜想可能拿着的是鸽子的照片，他们这帮歹徒真有能耐，居然能够找到鸽子的照片，可能他们掌握的信息比我想象的还要多。他们这帮歹徒居然在光天化日之下，肆无忌惮地敢对一个普通百姓下毒手。

　　我一点办法也没有，孟叔始终没有接听我的电话，我不知道究竟是怎么了，难道他们已经发现了歹徒，躲到哪里去了吗？

　　我又拨打鸽子的手机，没等我拨通，我忽然看见，原本站在门诊部大厅里面的两个歹徒，快速朝着后门的入口处走去。

　　坏了，一定是他们发现了鸽子！

第四十五章　找钱

我傻乎乎地坐在宫爵一品 268 包间里，望着电脑中显示的医院监控视频，急得双眼喷火浑身是汗。打电话没人接，而我离那边又太远，孟叔和鸽子也不在摄像头的监控范围之内，具体发生了什么我一无所知。

周围静悄悄的，一股浓浓的血腥味凝固在空气中，阻碍着我的呼吸，我的大脑因缺少氧气而渐渐地昏沉，再也无法做出有效的判断。

我感觉我快要窒息死了，我已经到了绝望的边缘！

忽然，医院大厅里冲进来好多特警，他们荷枪实弹向着门诊部的后门冲去。

那三个刚从住院部电梯里下来的壮汉，正要穿过长长的走廊，奔出摄像头的监控之外，赶紧停了下来，急忙掉转头又往住院部奔去。摄像头中闪现出一批特警勇猛地扑了过去，三个人丝毫未敢反抗，全部被按倒在地上给铐了起来。

我的鸽子呢？

我的鸽子在哪里？

后来那两个堵截鸽子的歹徒，怎么还没有在摄像头中出现呢？

我的心里一阵欢喜又一阵紧张，我紧紧地盯着电脑屏幕，生怕错过了某一个镜头。

等了好久好久，仿佛过了两个世纪了一般，手机陡然间震动起来，是孟叔的来电。我急忙问："孟叔，鸽子呢？你和鸽子都没事吧？"

孟叔喘着粗气说："没事了，我和鸽子都很好！"

"刚才怎么了？"

"刚才走得太急，鸽子体力吃不消，快到门诊部的时候晕了过去，幸好路过一名医生，他及时抢救，鸽子已经醒过来了。"

"你们现在哪儿？"

"我们在门诊部后门走廊这儿，坐在椅子里休息。"

"那帮歹徒抓到了吗？"

"抓到了，追我们的三个人已经被警察铐起来了！"

"还有两个在门诊部堵截你们的人，他们也被抓到了吗？"我紧追着问。

"先抓到的就是那两个人，警察说外面车里还有一个司机，全被抓起来了！"

听孟叔这么说我终于放下心来，我接着问："孟叔，鸽子现在身体还好吗，休息一会儿还能走回住的地方吗？"

孟叔说："医生说鸽子刚才受到惊吓，再加上走得急，病情不稳定，需要留在病房观察治疗，不能再出去了，担心病情会有变化出现什么危险。"

这可怎么办？总不能为了躲避那帮歹徒，就不给鸽子看病了。我一想，是不是这次突袭不成功，他们的人又被抓起来这么多，吴海英暂时就没有胆量再派人去了呢？或许这件事已经牵扯到他，他自身都难保了也说不定。

我正在想着怎么办，孟叔又说："我先挂了，医生催着要让鸽子快些回病房。"

"孟叔，你带着鸽子先回病房去吧，可能没事了，我这边还有一些活要忙，过两天我再过去看她，有事给我打电话。"

我挂了手机，看着电脑中孟叔和医生，还有两名警察陪着鸽子去了住院部，那五个坏蛋全被特警押着走出了门诊部的大厅，走出了摄像头的监控范围。

我定了定神，坐在包间的沙发中绞尽脑汁地想着，也许得给鸽子再换一家医院了，这几天或许没事，保不准今后会怎么样。这次吴海英派去的人虽然被抓，但警察又能拿他们怎么样呢？

从镜头中可以看出，他们什么凶器也没有带，他们只是几个人在医院里到处窜，连鸽子的面都没有见到，更无从谈起伤害，无凭无据的，警察逮到他们又能怎么判？

我猛然一个激灵，对了，这是大白天啊，医院里有那么多人，而且到处都是摄像头，吴海英他们即使带着枪，他们也不敢那么大模大样地把人从医院里劫持出来吧？吴海英那浑蛋不傻，他怎么可能会给自己留下那么大的隐患，怎么可能会干那么蠢的事情呢？而且从警察抓捕到的情况来看，他们不仅没有带任何凶器，甚至都没有任何反抗，只是做做想要逃走的样子，就被警察轻易地给抓住了。更可怕的是，我从镜头中还看到有两个家伙被铐起来时，居然还是一副笑脸，仿佛是跟警察玩军事演习一样，一点害怕紧张的样子都没有！

难道……

坏了，不会是吴海英给郭警官下的套吧！

如果是，那吴海英的真实目的是什么呢？

我连忙给郭警官打去电话，我把我的怀疑告诉了他，郭警官听后半天没有说话，我问他怎么了，他才很是痛心地说："谢谢你提醒，可能我是上当了，办了一件错事！暂时不说了，有空时我再给你去电话。"

郭警官匆忙地挂了电话，使得我心里也沉甸甸的，不知道哪里出了问题。他为什么会说上当了？是上了吴海英的当吗？他又办错了什么事呢？

还有，吴海英为什么要去吓唬我的鸽子，他真的是要利用鸽子来威胁我吗？会不会真真假假有几种打算，他是安的什么心呢？

我心中的疑惑渐渐地清晰起来，但我不敢肯定，一切都得等到郭警官再给我打电话时，听听他会说什么才可以知道。

我正在想着，手机又有了震动，是小娟打来的电话。小娟问我出不出来吃饭，冯燕燕要请客。我说正在这边忙着，随便吃点盒饭就行，不出去吃了。小娟说等会儿过来找我，我赶紧说这边好多事，得抓紧时间忙，来了影响我干活。小娟嘻嘻哈哈地笑着问我，是不是我心中老想着她，集中不了精力干活呢？我回答得干脆，我说我现在就想着这么多的老鼠咬电线，用什么方法才能把它们全灭了，你说你想是老鼠呢还是耗子药？小娟说我是变态，快吃饭了说这些恶心的事情。我就说你们吃饭吧，别再来烦我挣钱！小娟听出来我和她这么说显得特亲，咯咯地笑着挂了手机。

我担心她等会儿疯过了之后还要来，影响我办大事，挂了手机我就不再做他想，连忙从口袋里掏出一张名片，按照名片上提供的 QQ 号码追寻下去。

鸽子那边至少这一两天我不用担心，我有的是时间为她考虑下一步该去哪里。目前最要紧办的事，就是抓紧时间，设法把拿走了一百万的人给找出来。

我按照快递公司的服务 QQ，很快追踪到他们经常登录 QQ 的 IP 地址，再顺着这个侵入到他们的网络。还好，他们的监控系统也是和网络相连的，我很方便地进入到监控系统内，调出了上午的监控视频。

监控器里显示上午九点四十分去了一辆皮卡车，停在龙盛湾的后门旁，车里下来四个穿着统一工作服的人，站在路边指手画脚地对着那幅广告画研究了一番，好像是在谈论该如何拆除那幅画。谈完了之后并没有直接干活，四个人靠在车旁吸了一会儿烟，磨叽了半天才开始从车上搬下来梯子和其他一些工具开始忙活。

由于摄像头监控的主要是快递公司院子里的情况，这四个人干活的地方只是在摄像头的一个角落，具体他们这些人爬到了广告画上，是怎么把画给拆下来的，摄像头没有拍下来。但在十点四十五分左右，广告画基本上全拆下来了的时候，忽然四个人都从梯子上下来了，走入镜头纷纷聚到皮卡车旁，我见其中一人满脸的开心，又略显慌张的样子，手里拎着一个包，正是我放在 502 包间外面铁架子上的钱袋子。

四个人聚拢到一起，还分别瞄了瞄周围有没有人注意，拎着钱袋子的人把钱袋子放在地上，四个人一起伸头朝里看。他们兴奋极了，那开心的样子跟我当时见到那么多钱时差不多。

四个人正在低着头数着里面的钱，忽然，他们的身子陡然间全都僵硬了一般，然后就是你看看我，我又看看你。我在镜头中可以正面看到的两个人的脸，满是迷茫和惊奇。我猜想，他们一定是发现了钱袋子里的秘密，才会突然间有这种表情的。

我想瞧瞧是什么秘密，可惜钱袋子被一个人的身子挡着，根本看不到里面究竟有什么。那个拎着钱袋子的人，忽然把钱袋子的拉链给拉上了，几个人蹲在地上嘀咕了足足有十几分钟，然后拎钱袋子的人把钱袋子放进车里，四个人一起匆匆忙忙地收拾好现场，开着车从监控画面中消失了。

我不知道他们去了哪里，又打算把钱拿到哪里去分，但我从他们身上穿的工作服上印的字已经知道了，他们是一家名叫金典创意的广告公司员工。

我连忙在网上搜索这家公司的资料，发现这家广告公司的业务还挺全的，除了人体喷绘广告不做之外，其他杂七杂八的只要与广告有关的活，他们全都敢接。

我查出这家公司的地址，决定马上过去看一看。

我在关闭电脑之前，下意识里把我下午出现在摄像头中的所有镜头，全给删除掉。我说不上来这是为了什么，只是隐隐约约地担心，万一下一步发生什么事，不管是警察还是吴海英的人，顺着这条线索追踪下来，他们查不到我的影像资料，我就会安全许多。

我走出宫爵一品的大门，已是晚上七点多钟，我暂时顾不了吃饭，打了一辆车，很快来到体育馆南路，我让司机把车停在街口，付了钱之后我下了车，顺着人行道走了过去。

这儿是广告公司集中的一条街，白天还算热闹，现在是晚上，大多数店已关门，整条街没有几盏路灯，少有行人走过，静悄悄的仿佛置身于繁闹的市区之外一般。我一家一家的店牌看过去，走了两分多钟到了小街的另一端路口，才发现金典创意公司的广告牌。

金典创意公司的位置不错，正处于这一边三岔路口的黄金地段，店面是整条街上几家广告公司中最大的，而且还是一座独立的小楼，楼有四层高，只有最上面一层的几间屋子还亮着灯，下面包括公司办事大厅都是黑乎乎的一片。

小楼的最左边有一个用钢筋焊接而成栅栏似的大门，顺着大门朝右拐，能够看见有一个很深的院子，院子的最外端停着一辆皮卡车，正是我在监控中看到的那辆车。

我没有直接走过去，在马路的另一边观察了一会儿，猜想着这么晚了，办公室都已经熄了灯，顶楼却还有几间屋子亮着灯，按照常理来判断，那里应该是员工们的宿舍。

我为了进一步确定究竟是不是，打算绕到这家公司的对面，那边有一栋正在建筑的小高层，整个楼大体上已经建成了，还在做着外墙面的装饰。我想，上到那座楼的四五层，应该能看清这边四楼的情况。

我正要穿过马路，从金典创意公司左边的大铁门旁经过，忽然，从大铁门里走出来两个人，一男一女十分亲密的样子，打开大铁门手牵着手走了出来。这个男的好眼熟，正是我在监控中看到的拎着钱袋子的那个人。

我心里一喜，真是天助我也！我便悄悄地跟了上去。正跟着，我仔细一想，怎么会这样呢？我没想到这个人居然还在公司，这多少有些出乎我的意料。我以为他们分了钱早逃走了呢！他们为什么这么能沉住气没有逃走呢？可能是不想这么明显地逃走，让公司里其他的人怀疑吧？

如此看来，这四个人中还是有比较聪明冷静之人的。当时我在监控中看见这个人拎着钱袋子，那三个人都听他的，估计他就是班长，或者其他什么小领导。

两个人不急不慢地朝前走着，我在他们身后十来米之外的距离紧紧地跟着。前些天被警察骚扰过，我也学会了他们跟踪的那一招。

两个人磨磨叽叽地来到大马路上，站在路口又亲热地聊了几句，看见一辆出租车路过，女的急忙招手，出租车稳稳地停在两人身边，两个人一前一后坐了进去。我连忙走出来，也拦了一辆出租车，让司机跟着那辆车别丢了。

司机听我如此说，很是开心，两眼放光磨动着屁股，一踩油门跟了上去。司机是个小青年，这家伙或许侦探大片看多了，或许经常开车跟踪女朋友，知道不能跟得太明显，时而隔着一辆车后面走，时而又在一条笔直的道路上超越过去，再缓慢地行驶，等那辆车再次赶超过去了之后，放过一两辆车继续紧紧地跟在后面。

司机开着车时不时地望我一眼，我不搭理他，看牢了那辆车别丢了。司机见我始终不说话，跟踪了十来分钟，还是忍不住了问我："车上那女的，是不是你女朋友？"

我瞪了这家伙一眼，说："长成那样的女的，你要吗？"

司机赶紧赔着笑脸说："抱歉，抱歉，天太黑我没看清里面的人长什么样！"

我没理他，他又说："那你跟着他们干吗？"

我吓唬他说："你啰唆个鸟啊你，要不要我给你弄进去关几天？"

司机恍然明白，说："大哥，你是便衣啊！"

我再瞪他一眼，这小子更加相信我是了，吓得赶紧闭嘴不再吱声。我心里面暗乐，看来警察确实牛，这么喜欢啰唆的小子，居然被吓得不敢说话了。想当初，我要是考警察学院多好，凭我的成绩绝对不在话下，却偏偏去学了这费脑子却不赚钱的电子技术。唉，当时是怎么了呢，哪根筋抽着了？

车开了足足二十多分钟，到了一个老式小区门口，前面的车停了下来，只有那个女的下了车，男的依然坐在车里，等女的进了小区的大门，车头扭转方向，朝着来的方向开回去。

我们的车停在离小区大门口较远的距离，司机见那辆车开走了，问我是跟女的还是男的，我说你继续跟车！司机掉头跟上，再也没有言语。又走了二十多分钟，车终于回到了原来的地方。

前面的那个人走进了公司的大铁门，朝着院子里拐过去，我紧走几步，经过大铁门旁，向着不远处那栋尚未完全建成的小高层跑去。我飞快地上到四楼，进入一间没有安装门窗的屋子，站在窗口朝这家公司的方向张望。那个人正在慢悠悠地上着楼梯，不一会儿上到四楼，向前走过一个房间，拿出钥匙打开门，按开墙边的开关，我盯着一看，果然是员工的宿舍。

这个人独自拥有一间小卧室，这更验证了我一开始的猜测。看来小伙子在公司混得不错，正合我意，我立马想好了下一步该怎么做。

我站在楼上继续观察了一会儿，大致了解了一下金典创意公司整个房间的布局之后，便走出这座小高层，去了另一条小街。小街上有一家大排档，这个时间里面吃饭的人还挺多的，想必饭菜的口味不错。我便走了进去，要了两个小菜和一瓶啤酒，一个人坐在店里吃喝起来。

时间还太早，我得等到夜深人静的时候才好行动。我正在一个人喝着啤酒，手机在屁股后面震动起来，是杨杰给我打来的电话。杨杰对我说，他问了郑魏的老爸，说郑魏明天一早放出来，问我去不去接郑魏。我问他几点钟去，他说七点钟之前就得出发。我让他明天一早开车去宫爵一品门口等我，杨杰问我干吗去那里等，我把这几天要在那里干活的事跟他说了。

我慢悠悠地吃完了饭，时间还不到十点钟，我又步行到一家夜市，到了的时候夜市即将关门，我赶紧奔向一家卖帽子的小铺子，捡一个最便宜的，可以护住耳朵和额头的帽子买了一个，在另一家摊位买了一条低廉的围巾，走到夜市大门口的地方，又买了一副墨镜。

我在大街上漫无目的地走着，接到了鸽子打来的电话。鸽子问我今天到底是怎么回事，我知道再也隐瞒不了她，她可能也听警察说了一些，我便告诉她是因为一点小事得罪了那帮人，他们找不到我报仇，不知道怎么打听到她了，才去医院找她来威胁我的。

我尽量把那帮人说得十分愚蠢又没有什么实力，鸽子还是被吓哭了，她不是因为自己害怕，她是在为我担心。我便劝她说："没事了，不用担心我，你不是看到警察已经抓住那帮坏蛋了吗？他们很可能被关几年，哪里还有机会再来找我寻仇？"

鸽子依然哭着说："那他们要是刑满释放了，还是要找你麻烦怎么办呀？"

我故作轻松地笑着说："那还早呢，哪里能想那么远？即使他们现在过来，谁打过谁还难说呢！再说了，他们被抓起来，又不是因为我这一件事，他们作恶多着呢，他们要想报仇也不会最先想到找我。你再想想，十几年的牢蹲下来了，他们哪里还那么年轻冲动，人口流动又这么快，他们又去哪里找仇人报仇去？"

我好说歹说鸽子依然不放心，幸好鸽子的姑姑在身旁，也跟着哄了她一会儿，她才停止哭泣，让我自己当心些，别在外面惹事了。我答应了她，她的姑姑在跟前，我不好说些肉麻的，只是让她别担心我，好好治疗，过几天我这边忙完了就去看她。

我挂了手机，站在路旁迎着寒冷的风吹了一会儿，把鸽子的事暂时放在了心底，继续朝前走。一想到马上我要采取的行动，我的心就怦怦地跳得厉害，感觉都快要蹦了出来。

我不知道该不该这样做，万一出现了差错怎么办？为此我再进去看守所，再去遭受没有尊严的生活，真的就值得吗？

快到深夜十二点的时候，我才慢悠悠地赶到经典创意公司门口，远远地看见四楼的灯全部熄了，人们早已进入梦乡。我留意了一下四周，一个人影也没有，我悄悄地走到大铁门前，伸手摸到铁门的插销，插销上挂了一把好大的锁。

我无奈，再次确认了一下周围一个人都没有，便毫不犹豫地翻上铁门，轻轻一跃进入院内。

我站在暗影里等了一会儿，确认没有惊动任何人的注意，便把怀里的帽子拿出来，戴在头上，一直朝下拉，完全盖住了耳朵，再把围巾围上，戴上墨镜，然后顺着楼梯，悄悄地向着四楼摸过去……

第四十六章　都是金钱惹的祸

楼梯间没有灯，我戴着墨镜更加看不清了，索性摘掉墨镜装进口袋，停下来把帽檐往下拽一拽，再把围巾裹高一些，只露出一双眼睛。半夜三更的这副模样猛一下被人瞧见，就算不能立马把人吓个半死，估计一时半会儿也不会让人看清长相了吧。

我越朝上走，心里越扑腾得厉害。说实话，活了二十多年，从来也没有今天这么胆小过，腿肚子越来越不听使唤，像绑了超重的大沙袋，却要逞能攀登珠穆朗玛峰似的，每朝上迈一步都非常艰难，难得直让我有一种立马要往外狂喷鼻血的感觉。

我停下脚步，做了无数多个深呼吸，才把一颗突突乱蹦的心，从嗓子眼硬生生地咽回肚子里，抬起哆嗦不停的腿，鼓起勇气坚持着继续前行。终于到了四楼，我先站在第一间屋子门口，耳朵贴近木门上听听，里面静悄悄的没有一点声音。

我再走近第二间屋子，听了听里面的动静，屋子里也丝毫没有响动。周围安静极了，连隔了一条街之外的大马路上，偶尔驶过的汽车碾在地面发出的沙沙声，都能清晰地听见。

在如此静谧的夜晚，行动即将开始，我的心反而一下子平静了。

我轻轻地推了推门，门被锁上了。这是一般单位常用的简易木门，木门已经干裂，露出好大的门缝。我从口袋里摸出一张在路上捡来的名片，名片的材质很不错，像是塑胶名片，摸起来既柔软有弹性，又有质感的硬度。我把名片塞进门缝，慢慢地上下移动，确定好锁的位置，再把名片抽出来，对准门缝间的锁头轻轻地按进去，来回拉动几次，门无声地开了。真好，没有被反锁上。

电灯开关就在左手边的墙上，只要轻轻地一按，屋子里就会明亮起来。我没有开灯，借着窗外透进来的些许光亮，发现这家伙睡得那个香！

我关上房门，大步向前，毫不犹豫地把他弄醒了！

我右膝顶在他的屁股上，左手捂住其嘴巴，右手紧紧地攥着他的右臂，猛一下使力。这家伙疼得浑身不停地颤抖，他的左手压在身下想动却抽不出来，双脚在床上使劲扑腾，我膝上再加一把力，这家伙顿时老实了许多。

等他不再扑腾了，我用沉闷的嗓音厉声说："别出声，我松手！"

我不再使力，缓缓地放手，注视着他的动态，只要他敢呼叫，我一拳就能让他昏死过去!

　　这家伙十分听话，依然脸朝下趴着一动不动，我放下心来，顺手把他放在一旁裤子上的皮带抽出来，再次提醒他："只要你不出声，我们就不会伤害你!"

　　我特意强调了一个"们"字，示意他我不是一个人来的，你目前唯一的出路就是老老实实地配合。

　　我把他的双手困牢，再用枕巾蒙上他的双眼，从后面系紧，问他："钱呢?"

　　这家伙很聪明，立马说："在裤子口袋里，昨天才发的工资，两千多都在。别杀我，我什么都没看见，我就当在做梦呢，我不会报警的!"

　　我不听他的啰唆，再问一遍："上午你们拿回来的那一百万呢?"

　　这家伙浑身哆嗦了一下，像泄了气的皮球一样，等气放得差不多了方说："你们终于还是找来了，我没想到会这么快!"

　　"嗯?"

　　这家伙赶紧说："你们放心，里面的东西我们都没敢拿，原封不动地还在里面!"

　　"放在哪了?"

　　"在三楼会计室的保险柜里。"

　　"哪间屋子是会计室?"

　　"三楼东面第四间就是，门上也有字。"

　　"钥匙在哪? 保险柜有没有密码?"

　　"我没钥匙，密码我更不知道了。真的，都是会计一个人保管的，我们只是打工的，根本不知道。"

　　"会计在哪里?"

　　"会计不在这里住，因为今天是周末，办公室人员都不上班，我们安装工要赶工期才加班的。上午无意中发现那些东西后我们很害怕，就打了老板的电话，老板在外地出差，他让会计过来，我们把东西交给了会计，会计也不知道怎么办，没敢打电话报警，怕得罪了道上的人，找上门来就完了。会计就把东西锁在了保险柜里，等周一上班的时候交给老板来处理。"

　　这家伙为了讨好我，不等我问，全说了。旁边的桌子上有一卷胶带纸，我拿了过来，把他的手脚捆好，再把嘴巴也封住，对他说："老老实实躺着，不要动，否则我们宰了你!"

　　这家伙连连点头。

　　我把被子盖在他身上，站在屋里没走，想看看他什么表现。

　　这家伙一动不动，呼噜也不打了，被子也不蹬了，这一夜保证不会再冻感冒，安安静静睡一觉，多爽!

　　我故意走出声音，然后开门再关上，静静地站在屋里继续看他的表现。

　　不到两分钟，这家伙以为我出去了，磨动了一下身子，再晃动晃动脑袋，竖着耳朵听听声音，没有发觉有什么动静，然后拼命地往床沿蹭，想翻滚到地上。我上前一步，照着他的肥臀就是一拳，换了一个声音说："找死！"

　　这家伙疼得在床上直抽抽，再也不敢动弹了。

　　我拿起胶带纸索性把他的身子牢牢地固定在床上，让他翻不了身，滚不下床。

　　我继续站在门口静静地等了五分钟，这家伙彻底老实了，再也没敢有所动作。

　　我悄悄地走出来，把门虚掩上，整个楼层依然静悄悄的，没有惊动其他人。

　　我下到三楼，走到东边第四间办公室，仔细辨认，果然写着会计室三个大字。我推了推门，门锁着，我用刚才的办法，把名片插进去，试了半天也不管用。看来会计比那个家伙小心多了，走时把门给反锁上了。

　　我返身回到四楼，推开虚掩着的门，屋里依然静悄悄的，这家伙果然睡得老实，我帮他掩好被子，意思是提醒他我们还在。然后我走到桌子旁，把那一卷没有用完的胶带纸拿着，见桌子上还有手电筒和螺丝刀，我一并拿着，关上屋门重新下到三楼，来到会计室门口，打算把胶带纸撕开，贴在离门不远的窗玻璃上。

　　我稍微一揭开胶带纸，胶带纸上的粘胶就发出吱吱的撕裂的响声，虽然声音很小，但在这宁静的夜晚，依然还是很响。

　　我停下动作，想了一想，先揭开一点胶带纸的边，粘在玻璃上，然后轻轻地滚动胶带卷，胶带直接粘在玻璃上，一点声音也没有了。我按照这样的方法，把整块玻璃都粘满，然后左手拿着胶带卷，右手握着手电筒的上端，手电筒的屁股抵在玻璃上，使劲一推，玻璃发出噗的一声轻响，碎玻璃依然粘在胶带纸上，整块玻璃脱离了窗户，我小心地取下来，放在了一旁。

　　我伸手进去摸到窗户的插销，把窗户打开，窗户上没有安装防护栏，我爬上窗台，轻轻一跃翻了进去。

　　我打开手电筒，发现保险柜就在一张办公桌的旁边贴墙立着，我走到跟前，蹲下来，观察保险柜的构造。

　　这是一个二十世纪七八十年代流行的老式保险柜，十分笨重，即使平放在地上，三四个人都很难抬得起来。

　　貌似很坚固的保险柜，但由于那个年代的工艺不足，设计太过简单，只要稍微了解它的工作原理，是不难打开它的，至少我有这个信心。

　　我来时根本没有想到要开保险柜，什么工具也没带，只好满屋子临时找。这间办公室摆了不少的账单收据文件夹，甚至啤酒、矿泉水、花生、瓜子都有，搞得跟火车上卖的天价垃圾食品一样的全，可惜就是没有适合我需要的工具。找了半天，只在桌子下面电脑的电源线上，发现一截困扎电源线的线是铁丝。

我蹲在保险柜前，把线扎头剥去外面的绝缘皮，只留下里面的细丝，前端稍稍弯了一个直钩，探进锁孔贴着弹珠的位置，静下心来用心感应细丝的轻微跳动，来判断两个弹珠之间的间距。来回滑动了几次，我确认锁孔里有四个弹珠，并且记下了它们之间的大概间距。

我从口袋里把那张捅开木门锁的名片拿出来，再把我自己的钥匙串也从皮带上取下来，打开折叠小剪刀，按照弹珠间距和高度，把名片剪成一把钥匙的模样，然后把剪好的钥匙模型塞进锁孔，轻轻一别，名片却弯了。

因为这个保险柜年数太久，锁孔有点涩，名片硬度不够，即使名片顶开了弹珠，却无法别动锁孔。看来，完全指望这张名片还是不行。

我又从钥匙串中挑出一把差不多大小的钥匙，插进锁孔边沿，代替名片用力，锁孔动了动，还是不能完全旋开。

我试了几次，再用心去感觉，明白了是其中一组弹珠的位置没有找准，我把塞进去的名片模型取出来，再次确定了一下位置，重新用名片剪了一个钥匙模型，然后塞进锁孔，来回抽插几下，让因伸进锁孔时稍受挤压变形的名片尖端重新恢复硬度顶在了弹珠的位置。再拿我自己的钥匙插进锁孔边沿，轻轻一拧，锁孔跟着缓缓地转动，不一会儿就把锁给打开了。

第一道锁终于拧开了，还有最关键的一步，不知道保险柜的密码，还是不能打开这扇厚重的门。

这是一个刻度盘式的机械密码锁，只有知道三位密码，分别拧动三层刻度盘上的数字，全部对上了之后，里面的三块轮片全掉进凹槽里，再扭动把手门才能顺利打开。

对付这样的密码锁，我还是比较有经验的，我把耳朵紧紧地贴在保险柜的门上，慢慢地旋动最里层的密码刻度盘，仔细地听有没有轮片忽然掉进凹槽的声音。

我试了多次，三个刻度盘我都一个一个旋转，始终没有听到我想听到的声音。

真是奇怪了，难道我判断失误，这个保险柜构造特殊不成？

不会的，绝对是一样的工作原理！

那又是哪里出了问题？

仔细一想明白了，可能是这个保险柜年数太久，里面的轮片弹性不足，或者间距变大松动了，对准刻度时不是立即掉进凹槽里，而是"滑"下去的，声音太微弱，隔着厚厚的铁门，很难听到我想要听见的那声清脆的声音。

我把螺丝刀抵在保险柜上，耳朵贴近螺丝刀的把柄，利用螺丝刀的传声去听，还是没有听到是在哪一个数字刻度的位置上，有轮片掉落的声音。

这么微弱的声音，必须把它放大了才能听见。就像我们对着麦克风说话，经过话筒里的压电陶瓷片的微弱震动，产生极微弱的电压波动，然后进行多级功率放大电路，才能把很小的说话声，变成我们最终在音箱里听见的非常纯正响亮的声音。

有什么办法才能把这么微弱的声音，从保险柜里传递出来呢？

我想起了医生用的听诊器，极其微弱的脉搏跳动的声音，它都能听得很清楚，想必用在这里也行！

但会计室不可能有听诊器，夜已经深了，也没有哪家医疗器材店开门。这可怎么办呢？

我忽然间想到，周薇那个可爱的小护士，她是不是还在医院里值班呢？

我每次遇到紧急重大的事情，好像都是她帮我解决的。上一次从派出所里逃出来，严重感冒太难受，是她为我打针吃药才好的。我肩膀上被霰弹枪打了一个洞，也是她为我止血缝针的。看来要想把这个保险柜给治了，还得找她帮忙。

我躲在屋里的角落，给周薇打去电话，半天了她才接，迷迷糊糊地问我："怎么了，这么晚了打我电话？"

我说："你还在值班吗？"

"在呀，今天最后一个夜班。"

真好，上天真在保佑我！

我说："我现在去医院能找到你吧？你睡了吗？"

"怎么了，是伤口发炎了吗？"

"不是，不是，我去了再跟你说。"

"那你来吧，我起来了！"

我挂了手机，走到门前，门被钥匙反锁上了我没有拧开，我不想在这把锁上浪费时间，就从窗户里翻了出来，上到四楼观察那小子怎么样了。还算不错，这家伙依然老老实实地躺在被窝里没动，我走过去掀开被子看了看，这家伙额头上全是汗，我把被子朝下移了一些，让他把整个头部露出来。从他的被子里掏出一些棉花，团成两团，分别塞进他的耳朵里，他一动不动由着我弄，我用胶带纸缠绕一圈，这样他就听不见周围的声音了，可以有利于他的睡眠。

忙好这些，我站在一旁欣赏了一会儿自己的杰作，感觉十分满意，把他裤子皮带上的钥匙串取下，关上门下楼。走进院子，我把帽子和围巾重新塞进怀里，走到大铁门口，朝四周看了看，已是深夜两点多钟，周围死一般沉寂。

我拿出那小子的钥匙，比对了一下锁，选择了一把钥匙插进去，轻轻拧动，一下子就开了！

我拉开插销打开铁门，走出去之后再反锁上，步行到大马路，等了一会儿来了一辆出租车，我让司机直接送我去周薇所在的那家社区小医院。

大街上一个人也没有，车开得飞快，不一会儿便到了社区小医院。我走下车来到医院门口，轻轻敲了敲门，周薇跑过来开门，见只有我一人在门口站着，不怎么相信，伸头朝外面望了望，问我："你老婆呢，怎么没来？"

我知道她问的是小娟，故作糊涂地说："我哪里有老婆了？"

小薇护士笑着说："那天和你一起来的不是你老婆吗？"

"不是，不是，就一般的朋友！"

小薇的脸上顿时邪恶了起来，鼻子里哼哼着，撇着嘴笑。

我忙说："别这么看着我，你肯定想歪了！"

小薇说："呦，不打自招嘛，我想歪什么了？"

我不知道怎么解释才好，小薇又说："大半夜的和一个女孩子前来，肯定关系不一般嘛！噢，暂时是你女朋友，还没有上升为老婆，对吧？"

"不是，不是，你怎么那么会联想？"

"不是老婆，又不是女朋友？噢，那我算彻底明白啦！"小薇护士笑得咯咯的，明显没往好的方面想。

我伸出食指点着她说："小小年纪，脑子大大地坏！"

"不说拉倒！我就知道你长得这么帅，肯定是花心大萝卜！"

"嘁，不跟你解释！"这时候怎么解释也说不清，不如不解释了，我便问她："有听诊器吗，借我用用？"

"干吗，半夜三更的你也会出诊？"

"我正在给一家 KTV 修音响，急等着用听诊器试试音箱的效果。"我胡扯说。

"听诊器怎么试音响？"

"跟你说你也不明白，借不借啊？"我大声说。

小薇很干脆地答："不借！"

靠，白来一趟！

我正在失望中，小薇护士笑了，说："送你一个还是可以的——"

我正要说感谢，小薇说："新的不能给你，否则影响工作我没法交差。正好有一个淘汰下来的旧的还管用，你要不要？"

我开心地说："新的旧的都行！"

小薇护士把听诊器找出来给我，我向她说了声谢谢，准备赶紧回去干活。

小薇说："这就拿着东西走了呀！"

我站住，瞧瞧半夜里周围也没人，便伸出舌头舔着嘴唇，不怀好意地问："你的意思，我还得回报你一个……"

"想得美！"小薇满面潮红，使劲打了我一下，说："伤口还没换药吧，我给你换上！"

我连忙说："明天再换吧，我得赶紧回去忙，明天白天人家还等着营业呢！"

"几分钟就好，不耽误你时间！"

小薇护士把我拉到换药的地方坐下来，含笑带嗔横了我一眼，命令我："脱衣服！"

我心里着急得不行，还是老老实实地把上衣给脱了。等她帮我重新换药包扎好，我穿上衣服，从口袋里拿出一张一百的给她。她瞪着眼看我，不接钱也不说话，我只好咧嘴尴尬地笑了笑，说："那行，钱我先装着，等热天我请你吃雪糕吧！"

"你就知道吃雪糕，冻死你！"

"要不，请你喝咖啡也行！"

"走吧你！"

我走出医院，打车回到金典创意广告公司，上到四楼，那个家伙依然睡着没有动。我放下心，下到三楼，再次从窗户翻进会计室，像个医生一样戴好听诊器，把听筒紧贴着保险柜，慢慢地旋动刻度盘，仔细倾听。

不一会儿，噗的一声细小轻微的声音传出来，我便停止旋动，再转动第二个刻度盘，听见声音再停下来，接着转动第三个，很快三个密码数字都找了出来。然后紧握着把手，轻轻一旋，保险柜的门果然开了。

我渴盼已久的，早已在我的脑海里留下深刻烙印的钱袋子，果然就躺在保险柜里！

我连忙把它拽出来，放在地上，迫不及待地拉开拉链，扒拉开整整齐齐码好的钞票。忽然，我发现有一个硬物在旁边一个内藏的口袋里，我打开口袋一看，顿时惊呆了！

难怪那些歹徒要跟我玩命……

第四十七章　包间里的爱

　　我取出一袋子的钱，看过里面的东西之后，心里沉甸甸的，我才一下子明白过来，原来我惹上了这么大的麻烦，早知道这样，打死我也不会把钱藏起来的。可如今说什么也晚了，我只有咬着牙硬撑下去，找到合适的机会，一定要把这个秘密给捅出去，决不让这帮歹徒的阴谋得逞！

　　我不能再耽误时间了，这个秘密多留在我这里一天，我就会多一天的危险。我现在才明白，他们的胆子有多大，他们想杀我灭口的决心有多大，想让他们网开一面，想得到他们的怜悯活下去，这比让太阳绕着地球来飞行还要难上百倍！

　　恐惧一下子笼罩在我的心头，再也挥之不去。我不敢想下去了，赶紧把拉链给拉上。已经是下半夜了，离天亮越来越近，我得快些撤离，还是早走早安全。

　　我正要关上保险柜的门，拍拍屁股走人，发现保险柜的隔层里，还有一沓大概三四万元的现金，我伸手要拿，又把手缩了回来。这要是拿走了，我岂不就是真正的窃贼了？

　　我放下了贪念，其他的东西一样也没动，把保险柜关上，擦去上面可能留下来的指印，又从口袋里摸出一张名片，扔在一旁的地上。这张名片是我刚才从社区医院出来，准备打车过来的时候，在一根电线杆子上揭下来的。是一家开锁公司的小广告，上面印有开锁公司的电话号码和业务范围，写了好多厉害的技能，反正是挺能吹的。万一这家公司老板报了案，我留下这张名片在这里，警察可能就会顺着这张名片追踪下去，警察或许会以为我能够打开保险柜，就是这家开锁公司的员工，或者与这家开锁公司有着某种渊源，如果顺着这个思路查下去，那可就太有意思了。

　　我把顺手在路上捡来的三个烟头，丢在保险柜旁一个、办公桌旁一个、窗户外面一个，三个不同牌子的烟头，可能就是三个人吸的，当然也就是三个人共同作案。这样干活的有了，帮忙的也有了，连门口放风的也给安排了一个，不知道这样的布局，警察会不会觉得合情合理？

　　不知道经过 DNA 检测，会不会真能找到其中的某一个烟鬼？

　　吸烟害死人，这就是铁证啊！

　　我把帽子、围巾和有听诊器全塞进钱袋子里，又仔细摸了一下口袋，手机、墨镜、钥匙串都在。这次可不能像上次龙盛湾那样，落下毛线绳子在包间里，给自己添麻烦。我再次把所有可能接触过的地方，用办公桌上的抹布擦了一遍，确认没有留下指纹什么的，然后提着钱袋子翻出会计室的窗户。

四周还是静悄悄的，我轻手轻脚地朝前走着，刚要拐个弯走下楼梯，无意间注意到第一间屋子的门闪开一条缝，我下意识里往里瞄了一眼，瞧见里面有一只绿色的光，在漆黑的屋子里显得格外明亮。我仔细一瞧，是一台静态工作着的电脑主机上发光二极管发出的亮光。

如此深夜，这台电脑怎么没关？

我一下子想到，不会这里也安装了监控摄像头了吧？

刚才我来的时候，还特意留意了一下哪里有摄像头，结果一个也没有发现，我以为这家公司没有安装呢，才放心地潜入进来的。

还是小心一些为好！我推开虚掩着的门走进去，动了一下鼠标，电脑屏幕慢慢地亮了起来，里面果然正在运行着一款监控软件。我从视频窗口看到，几个关键的位置都有摄像头拍摄出的画面。我吓了一跳，幸亏我注意到了，否则我所有的努力岂不都是白做了？

我来不及一个个调出摄像头来看。我把程序关了，直接用 DOS 命令给硬盘格式化，然后再胡乱存一些东西进去，再删除，再存，然后再删，再格式化，几次完成之后，我把电脑给关了。

哼哼，我看还有谁能把硬盘里的原有数据恢复出来！

当然，具有这个本领的人这世上还是有可能存在的，但在我们这个小城市，恐怕很难找到一个。

我从楼上下来，穿过院子朝门口走去，外面不知何时起了风，一阵一阵的风吹进院子中，发出怪怪的哨子音。楼上不知道谁放在外面的塑料盆，被风吹落在地上，发出一声巨响，吓得我紧走几步，生怕楼上的人醒来发现了我。我拉开大铁门，顾不得把门重新锁上，朝着一条小路的深处走去。

我没有走原来进来的那条路，从另一侧的小路走出去，这边多是低矮的平房，像是几十年前就一直存在的棚户区，路面坑坑洼洼污渍横流，不是做生意的理想场所，可能没有什么监控摄像头。但我不放心，还是尽量贴着黑影里走，把头埋得低低的，缩着身子，走路故意晃晃悠悠一瘸一拐的，与我平常走路的姿势截然不同，这样即使被摄像头拍到，可能警察也没有办法查出是我。

上到大路，我竖起衣服领子，站在风口里等了一会儿，来了一辆出租车，我招手让车停下，司机问我去哪里，说："去火车站，我赶火车！"

司机不再吱声，一直把我拉到火车站的候车大厅门口，我付了钱下车，掏出手机装作打电话，低着头躲避着摄像头。走到出站口的地方，正好有一班火车到站下了好多的人，我顺着人流一起朝停靠出租车的地方走，重新打了一辆出租车，直接去了宫爵一品。

出租车在宫爵一品路口停下来，我下了车，借着整理衣服的动作，朝着四周望了望，周围没有任何可疑的地方。我便拎着钱袋子走到门前，敲了敲玻璃门，里面睡着两个值夜班的保安，坐起来一个，眯缝着眼睛朝外面看。我认出来这个兄弟，便喊道："老孩，是我，开门！"

这个小名叫老孩的保安起来开了门，打着哈欠问我："怎么这么早就来了？"

我把手里的包向他扬了一下，说："我带了些工具过来，抓紧时间把这儿的活干完，其他地方还有活等着忙呢！"

保安困意正浓，对我的包没有兴趣，不再说什么，锁上了门，继续躺回折叠床上睡去了。

经过半夜的折腾，终于回到了算是比较安全的地方，我稍稍放松了心情，一步两个台阶奔上二楼，直接回到 268 包间，推开门，按下门旁的墙壁开关，包间的灯亮了，眼面前的场景忽然把我吓了个半死。

沙发上蜷缩着一人，长长的头发遮在脸上，我冷不丁瞧见，脑海中顿时闪现惊悚片中的厉鬼，披散着头发藏在某个人的家里，等着这家主人下班回来。

我一惊，汗毛倒竖，脊背上一阵阵钻心的痒。沙发中的人被灯光刺醒了，撩开头发问我："你去哪里了，怎么才来？"

我舒了一口气，把包放在地上说："小娟，你怎么在这里躺着，吓我一跳！"

小娟说："我早来了，见你不在这边，打你电话关机，我知道你会来的，就在这里等着你睡着了。"

我说："这边多冷啊，赶紧回学校睡去吧！"

小娟拿起手机看了下时间，说："都快四点了，你怎么这个时间才来？"

我解释说："家里有急事让我回去，我回家转了一趟，心里惦记着这边的活，就赶早过来了。"

小娟不再问我，打着哈欠起来准备上洗手间，走到我身边见地上一个包，踢了踢，问我："包里鼓鼓囊囊的什么东西？"

我心里好紧张，却故作平静地说："你别乱踢，是工具和线材，修音响用的。"

"修音响还要什么工具？"小娟好奇心上来了，蹲下来就要拉开包的拉链。

我急忙说："小娟，你上网帮我搜一下。"

小娟抬起头问："搜什么？"

"搜一下看看还有哪家医院治疗白血病比较好，我打算给鸽子转院。"

小娟的醋意立马上来了，撅着嘴，满脸的不开心说："你给你老婆治病，凭什么让我上网搜啊？"

"不帮忙拉倒，我忙去了！"

我拎着包要去其他的包间，小娟又说："真烦人你，不能白天了再帮你搜吗，又不在乎这一会半会的！"

"好吧，你回学校睡觉去吧，等会儿我自己搜！"

"唉——"小娟长长地叹息一声，走到沙发前坐下来，打开电脑，说："我帮你搜吧！"

我正要说谢谢，小娟又站起来了，朝着我这边走来，我连忙问："你还要干吗？"

小娟大声说："我要尿尿，上厕所都不许啊？"

我笑了，说："你上厕所吧，我去其他包间接音箱线去。"

我一手扶着她肩膀，把她送到洗手间门口，说："你赶紧上厕所吧，别憋坏了身子！我得抓紧时间忙一会儿，早干完早结束，事情多着呢！"

我把洗手间的门给关上，小娟没有再出来，我对着洗手间的门说："等会儿别忘了帮我搜啊！"

小娟在洗手间里答："知道了！"

我放下心来，拎着钱袋子走出 268 包间。

我不想再节外生枝，引起更大的麻烦，疾步走到走廊的另一端最里面的一个包间，扭头看看小娟没有跟过来，迅速打开门走进去，又把门给关上、销紧，按下墙壁开关打开灯，脱去鞋子站到沙发上，小心地揭开头顶上一块装饰板，一手扶着木梁，一手扶着墙，然后抬起脚踩在沙发的靠背上，伸头进去看看楼顶与装饰板之间有没有足够的空间。上面太黑看不清，我用手朝四周摸了摸，约莫了一下，大概能塞进去一个包。

我把钱袋子塞进夹层里，再把装饰板按照原样放回原位，跳下地仰头看了看，没有什么破绽，然后穿上鞋子准备出去。

我刚打开门，小娟就到了门口，小娟问我："你在干吗呢？"

我担心她又问起，忙伸出一双脏手对她说："哪里有肥皂，我洗洗手？"

小娟说："268 包间里我带来的有。"

我关上灯和她一起出来，再把门带上，小娟再次问我："你干吗呢，搞这么脏？"

我说："接音箱的线呢，贴墙的位置太黑了看不清，摸了一手的灰！"

"白天再弄吧，别那么忙了！"

我失望地说："手电筒忘了带来，也只好白天弄了！"

我和小娟一起回到 268 包间，进到洗手间，小娟把肥皂递给我，我洗着手，小娟对着镜子里的我痴痴地看。

我说："你又犯什么神经，看什么呀？"

"我乐意！"

"帮我搜到哪家医院了吗？"

"好多呢，我不知道网上宣传那么玄乎是真是假，你自己再看看吧。"

说着，小娟让我别动，打开水龙头手上弄了些水，然后轻轻地抚在我的脸上，用手揉了揉，洗去浮尘，拿起毛巾擦去水渍，说："这些天你都瘦了，眼睛都是红红的，你要是能为了我这样，哪怕我死了都开心！"

"瞎说什么呀，死了还怎么开心？不过刚才我进来的时候，一开灯看见你披头散发的躺在沙发上，吓了我一跳，还真有些像厉鬼来找我讨命的呢！"

小娟立马配合我，龇牙咧嘴瞪着眼，像个恶鬼中的小太妹似的，拍了一下我肩膀，食指点着我，挑起下巴发着狠说："说，你干了什么对不起我的亏心事，吓成那样？敢跟我玩阴的，我变成厉鬼都要掐死你！"说着，张牙舞爪就向我扑来，我一把把她抱起，走出洗手间扔到沙发上。

我说："你怎么不困了？"

小娟说："看见你兴奋的呗！"

"你慢慢兴奋吧，我还有些困，我躺一会儿。"

我躺在沙发上，小娟也挤了过来，说："我现在也困了，也要躺一会儿！"

"沙发这么窄，哪里能躺下两个人？"

"就能！"

我无奈，说："你说躺这边暖和那你就躺这边吧，我去那边躺。"

"不干，我要和你躺在一起！"

"挤不下！"

小娟一下子扑进我怀里："那你就抱着我躺呗！"

我回头朝门口看看，说："门没销上，等会儿保安上来看见了不好！"

小娟爬起来，颠颠地跑过去把门给销上，顺手关了灯。

我笑了笑，不再理她，寻了个舒服的姿势，双手抱怀闭着眼睡。小娟跑了过来，猛一下掐住我胳膊，我一惊，松开了双手瞪着眼看她，小娟咯咯地笑着扑进我怀里，我只好让她躺在我身上，搂着她睡了。

躺了一会儿，小娟哆哆地说："冷！"

"那我也没办法，让你回学校睡你又不回去。"

"要不我们俩一起回你店里面睡好不好？"

我说："别闹了，睡一会儿吧，一早我还要和杨杰一起去看守所接郑魏呢！"

"郑魏今天出来吗？"

"嗯。你去吗？"

"不去！他一脸的流氓样，一看就不是好人！"

没想到她和鸽子一样的看法，我发誓从来也没有在她面前诋毁过郑魏，我便说："你不是喜欢耍流氓吗？怎么又不喜欢流氓了？"

小娟理直气壮地说："耍流氓也得自己喜欢嘛，哪里喜欢他那样的流氓？"

"这还有区别？好多人都喜欢他的！"

"可我不喜欢他，我就喜欢你一个！"

"我也喜欢你——"

"真的假的？"小娟来劲了，睁着晶亮的大眼睛望着我。

我慢悠悠地说："是啊！"

"那你喜欢我什么呢，我怎么没看出来？"

"我不忍心让你伤心嘛，所以喜欢你不能让你看出来呀！"

"什么意思啊，我没听明白，你喜欢我什么呢？"小娟一脸的迷茫，问我。

我忍着笑，说："我喜欢你——离我远一点！"

小娟脸上期望的笑容立马收住了，呆呆地望着我，眼里噙着泪水。

我赶紧起来，走过去问她："怎么了，哭什么你？"

小娟晃动着肩膀，扒拉开我的手，说："不要你管！"

我蹲在她的身旁，捏着她的脸，笑着说："逗你玩呢！你也没听出来？"

小娟不说话，我蘸了一滴放进嘴里尝了尝，说："嗯，挺咸的，不是假哭。"

"你别烦我，不需要你假惺惺的！"小娟把脸扭向一边。

我索性坐到沙发上，把她搂在怀里，说："好了，别哭啦，逗你玩的，我喜欢你，打心眼里喜欢你，喜欢你都快不知道我自己是谁了，行了吧？"

小娟笑了，抹着眼泪说："今后不许你说伤害我的话！"

我说："小娟，我……"

小娟捂着我的嘴，无限柔情地望着我，说："别说了，我懂，只要你心里有我，我不会和她争的！"

"小娟——"

"睡吧，我困了。"

第四十八章　再入魔掌

我本以为经过大半夜的折腾，好不容易回到了相对安全的地方，搂着小娟能够美美地睡上一觉。可是，我一想到那一百万巨款，和深藏在钱袋子里的那些东西，我就怎么样也睡不着了。

钱袋里藏着的是一把制式手枪，我一眼就认出来了，是意大利生产的贝雷塔 92F。根据我的枪械知识，贝雷塔 92F 在世界各国的军队和警察中得以广泛使用，同时也是各地的黑社会犯罪团伙、走私贩毒集团及各种极端组织使用最多的武器之一。在大量的影视剧中也有它的身影，比如港台的警匪枪战片、美国的惊悚暴力大片等，贝雷塔 92F 几乎成了人们广泛认可的半自动 9 毫米手枪的代名词。

这么一把世界名枪怎么会在这里呢？

他们拿来准备干吗？

枪里装满了子弹，随时都可以使用，再加上这厚重的一百万现金，立马让我想到了郭警官告诉我的那个叫黄兵的 A 级在逃犯。这么多的钱和枪，难道是齐六买通黄兵，用来暗杀某一个人的吗？

黄兵是齐六的把兄弟，曾经当过兵，枪法极准，这把枪要是还在他的手里，很难想象又会发生什么悲惨的事情。

他们要杀的人是谁呢？

在钱袋子的隔层里，我还找到了几张照片，有三张是郭警官在不同的场合，拍下的远景和近身的照片，还有四张是另外一个人的照片。

郭警官在大量收集他们的犯罪证据，给了这帮歹徒不小的打击，齐六一定对他恨之入骨，想干掉他极有可能。但我没有想到他们会如此猖狂，真敢对国家警务人员下手。

那，另一个人又是谁呢？

这个人我不认识，大约五十多岁，穿着特别讲究。照片有四张，一张是站在一块空地上，旁边围着许多人，他在挥舞着手臂向着人群说着什么。我一眼就留意到他的肚子特别肥大，几乎占据了围着他身边两个人的宽度，在这一群人中特别好认。

一张照片是他坐在沙发上拍摄的，头发梳得油光四溅，一根白发都没有，不清楚旁边的人对他说了什么，他咧着一张大嘴笑个不停。

　　还有一张照片，是在一个会议的主席台上，他拿着演讲稿在做报告。从这个人不俗的穿着和他肥头大耳的长相上，我能感觉出来他或许就是官场之中握有实权的人物。

　　从第四张照片中也能看出这个人的身份很不一般，这是在一栋别墅前拍摄的，此人正从大门里出来，走向停在旁边的一辆黑色大众辉腾。照片偏下的地方被谁用水笔写了一行歪歪扭扭的小字——"山湖君阁10号"。在这一行小字的右侧，又写了一个大大的"杀"字，打了一个更大的感叹号，可见写字的人对照片中的人恨到了何种地步。

　　这个富态的老男是谁呢？为什么有人这么恨他，也要被这帮无法无天的歹徒们追杀？

　　我重新看了一遍这四张照片，注意到一个细节，在第三张开会做报告的照片上，在这个人的身后，拉着一个会议的大红条幅，前后的字没有拍进照片中，只有中间一段写着"矿安全监督第三次会"九个字留在了照片中。从这几个字中我猜测，这个人很可能与煤矿安全生产有关，齐六正是开煤矿起家的，这也许就是他们之间结怨的根本原因吧。

　　这个人我不认识，看其长相也不像什么善良之辈，假如只是他和齐六这帮人之间的矛盾，即使他们拼杀得血流成河，那也不关我什么事。

　　但是，郭警官在我的心目中可是一个正直的好人，我可不希望这样的人也会受到什么伤害。我翻了翻郭警官的三张照片，两张穿了警服，一张是便衣，在便衣的这张照片上，也被用水笔在上面写了一个大大的"死"字。

　　我躺在宫爵一品包间的沙发上，怀里抱着可爱的女孩，脑子里不停地想着，这些东西的出现虽然很可怕，那又能把齐六和吴海英那帮歹徒怎样呢？

　　一把世界名枪贝雷塔92F，市面上存量太多，黑市上应该不难买到，就单单凭这么一把枪，哪怕就认定是齐六他们的，也不可能对他们造成致命的威胁吧？

　　还有那几张照片，又能证明什么呢？即使郭警官和那个人，都被齐六雇来的杀手杀死了，那又能证明什么呢？无凭无据的，怎么就能证明齐六也参与了呢？

　　就这些东西，又怎么可能会让齐六他们那一帮歹徒那么恐惧，花费那么大的精力来追杀我，甚至只要我把其中的"秘密"还给他们，他们就情愿把那一百万白白地给我？

　　仅凭这些照片和一把枪，他们可能做出这么傻的交换吗？

　　难道钱袋子里还有其他重要的东西，早已被金典创意广告公司里的相关人员拿走了吗？

　　通过我与那个被我绑起来的安装人员的交流，以及锁在保险柜里的情况来看，这种可能性不大。

　　那又会是什么原因，或者还有哪个方面没有被我发现呢？

当时在保险柜旁虽然很匆忙，我想我还是把整个钱袋子都翻遍了，不可能再有什么东西给遗漏没发现。

可是……

名枪、巨款，还有那七张照片，把这些东西组合起来，会不会就可以拼凑出一个天大的秘密，可以给齐六他们致命的打击呢？

我怎么想都想不明白这其中的奥秘，就这样昏昏沉沉地躺着，一直到了天亮也没有想出什么结果。

我拿出手机看了下时间，已经是早上六点四十分，我起来洗了洗脸。不大一会儿，杨杰的电话打进来，告诉我他快到了。小娟也醒了，正在上厕所，我对着厕所门说："小娟，我走了！"

"等一下！"

"干吗？"

小娟没说话，我站在一旁等着，一分钟后小娟出来了，我再问："干吗？"

小娟嬉皮笑脸地说："老公要出门了，要抱抱老婆才会走的呀！"

"毛病，电视剧看多了你！"

小娟堵着门不让我走，我只好上前抱了抱她应付了一下，说："好了吧，我走了！"

"嗯，官人，明儿还来呀！"小娟媚态十足，故意撩拨我。

我哈哈大笑，对她挥挥手，说："我走了！"

小娟伸手向我拜拜，我开了包间的门走出去。

杨杰开着郑魏的本田CRV，我们俩一起大清早就来到了看守所门口等着，过了半个多小时郑魏才从里面出来，杨杰老远看见，使劲按着喇叭，我坐在后排座位上，急忙躺了下来。

郑魏跑过来拉开副驾驶座的门，进来就问："大印那家伙呢，怎么没来？"

杨杰逗他说："他说他忙，不愿意来。"

"靠，这家伙害得我在里面蹲了这么久，居然不来接我！"

我正躺在后座位上偷听，没想到他居然这样说，赶紧坐起来给了他一拳，说："你在里面待傻了吧，怎么是我害的你？"

郑魏一回头，见是我，脸上有些挂不住，还硬撑着说："不是你害的，还能是谁害我，你敢说你没拿人家的钱？"

"你还怀疑我？"

杨杰连忙打圆场，问郑魏："在里面吃过荤的吗？要不要现在就找一家餐馆给你补补？"

没等郑魏张口，我说："先买几个肉包子给他尝尝荤，中午再好好地吃一顿，这时候还是找个洗澡的地方，给他洗洗晦气，省得这家伙脑子里全是屎，尽往外面喷粪！"

杨杰问我："这么早，哪里有桑拿浴开门的？"

两人一起开怀大笑，嘻嘻哈哈地胡扯了一气。我坐在后面没有接他们的话，心里挺郁闷的，想着郑魏还在怀疑我，怎么样才能解开他心中的这个结呢？早晚我会把这件事告诉郑魏的，我现在还没想好是不是应该把那些东西直接交给郭警官。

在我没有决定交给谁之前，我不能让郑魏知道这件事情，不是我不想告诉他，而是我不想再把他牵扯进来。他是我的好朋友，我不能明知道这是一个坑，还把他往坑里面引。我做不到，即使他暂时对我怀疑，我也只好忍着，总有那么一天，他会明白我的良苦用心的。

可是，究竟是什么秘密会让齐六和吴海英那么恐慌，花那么大的精力来对付我呢？就那一百万、一把枪，还有七张照片，他们至于这样发疯吗？我想来想去，还是这几个问题，始终萦绕在脑海里，无论怎样也挥之不去。

忽然，杨杰说："郑魏、大印，你们看后面那辆车是不是在跟踪我们？"

我扭头一看，急忙说："开快些，是吴海英那个浑蛋！"

吴海英坐在一辆奔驰SUV里，满目狰狞地指挥着司机向我们追过来。

我们刚从光明大道上下来，拐向一条街区小路，穿过这条路，在前面一个小区的路口有一家不错的包子铺，我们准备去那里先吃一些肉包子再去洗澡，做梦也没曾想到吴海英这个家伙会忽然间杀出来。

杨杰听我如此说，开着车拼命地向前奔去，后面奔驰车也在加速追赶，吴海英坐在副驾驶座里对着我们阴险地笑。这家伙手里没拿枪，但他那歹毒的笑明显就是要吃定了我们。

后悔是没有用了，我催促着杨杰再加快些速度，拐过这条窄路，进入另一条市区大道，再行驶三两分钟，便是区公安分局大院。只要到了那里，这帮歹徒再歹毒，他们也不敢在公安局大院子里对我们下毒手吧！

前方一辆中巴车很是讨厌，慢悠悠地开着挡住了去路，杨杰使劲按着喇叭，中巴车依旧不紧不慢地开着，郑魏可着嗓子骂："浑蛋，快让开！"

中巴车司机装作没听见，依然横在路中间，就是不让我们过去。急也不是办法，我告诉杨杰趁着前面人行道上没人，先冲上人行道超越过去再说。杨杰正要打方向盘，忽然前面的中巴车紧急停了下来，杨杰赶紧踩刹车，一阵刺耳的刹车声后，紧跟着又来一声闷响，我们的车还是撞在了中巴车的后面。

还好，总算刹车及时，撞得不是很厉害，我们三个来不及与中巴车司机理论，不顾一切地打开车门往外逃。

我们刚从车里逃出来，中巴车上呼啦啦地冲出好几个壮汉，一个个手里面拿着霰弹枪，其中一人对着我们嚎叫："站住，再跑就开枪了！"

这家伙的话还没有完全说完，一个家伙就朝着我们身边开了一枪，杨杰的本田CRV窗玻璃应声而碎，吓得我们赶紧停住了脚步。

吴海英从后面的奔驰车中下来，恶狠狠地命令道："全部押上车带走！"

几个壮汉用枪顶着我们，把我们押进中巴车，让我们双手背后，用塑料扣扣住大拇指，我们再也没有了还手之力。中巴车迅速启动，我看见马路两边许多行人错愕的表情，恐怕他们做梦也不会想到，在光天化日之下，居然会有如此猖狂凶恶的歹徒。

我在心中默默地祈祷着，但愿这些行人早早反应过来，赶紧打电话报警吧，不然我们落在这帮歹徒手里，可就凶多吉少了！

没等我看清是否有人报警，一个厚厚的黑色塑料袋就套在了我的头上，我歪头想把袋子甩掉，一个家伙对着我的肩头就是一拳，厉声斥责道："老实点！"

我不敢不听他的，只好老老实实地坐着。中巴车加速向着前方行驶，不知道他们会把我们带到什么地方去，会用什么样的方法来折磨我们。中巴车拐了几个弯，把我拐得晕头转向，不知到了哪里，也不见他们停下来的意思，就这样一直提心吊胆地坐着，周围没有一个人说话，眼前漆黑一片，我的心都快要给吓了出来。

忽然，一阵警笛声由远而近向着我们的方向驶过来。我心里狂喜，我太开心了，警察真是人民的大救星，当我最需要你们的时候，果然是你们伸出了援助之手，我太爱你们了！

可是，我的心忽然又沉了下去，怎么听起来声音不对？

他奶奶的，居然是救护车的声音！

我再也控制不住自己的情绪，就在厚厚的黑塑料袋里，我流出了失望的眼泪。

第四十九章　生死抉择

我本以为我取到了钱，郑魏又出来了，今天应该是一个好的兆头。没想到吴海英这个家伙算准了今天我们会来接郑魏，居然在大白天里对我们采取了行动。

我好后悔，怎么会这么大意呢？只要稍微动脑子想想，就能猜想到吴海英不会这么轻易地放过我。他肯定还在怀疑，我是把那一袋子的钱交给郑魏或者杨杰给转移了。今天我们三个都在，这么好的机会，他怎么会轻易地放弃呢？

我该怎么办呢？

我止住眼泪，脑子里快速地想着逃命的办法。

我一上车时就注意到，杨杰坐在我前面隔了一排的座位，郑魏就在我的身后。他们俩的身边和我一样，都坐着一个壮汉，把我们抵在靠窗的座位坐着，窗户却给关死了。

如今我们三个，手都被塑料扣牢牢地扣在后面，任凭我暗中怎么使力，也无法把这个小小的塑料扣给弄断。

厚厚的黑色塑料袋套在我头上，下口端没有系上，这样我稍稍低头，就能从开口的地方看清我身边人的大腿。这家伙穿着一件牛仔裤，膝盖紧紧地顶在前面的座位上，完全封死了我出去的路。但他却和我之间始终保持着十多厘米的距离，我看不见他的脸，我不知道他是不是时刻都在监视着我。

我就借着车子转弯的时候，故意装作坐不稳，朝着他身旁靠了靠，想缩短与他之间的距离，好让他看不清我在身后的动作。我想在他看不见的背后，悄悄地解下我挂在屁股后面皮带上的钥匙串。钥匙串上有一把折叠剪刀，只要我把钥匙串攥在手里，趁着身旁的家伙不注意，悄悄地打开折叠剪刀，我就能在极短的时间里，剪断扣住我两个大拇指的塑料扣。

这小子好像很讨厌我似的，我的身子还没有贴近他，他就连忙把我往里面推，生怕和我近了，我会占他的便宜似的。

中巴车开得飞快，不知道拐了多少个弯儿，把我拐得晕头转向，过了好一阵子才放缓了车速，向着前方徐徐前行。

四周静得吓人，我看不见，只能侧着耳朵去听，除了这辆中巴车不停地颠簸，几分钟时间都没有听见汽车疾驰而过的声音了。

我心里咯噔一下，坏了，他们带我们来这么僻静的地方干吗，难道他们不准备要回那些东西，打算把我们给活埋了，让所有的秘密都随着我们的消失，而彻底变成秘密了吧？

我担心极了，歪着脑袋往肩膀上蹭，想把套在头上的塑料袋给蹭掉。

忽然，一巴掌拍来，我的脑袋嗡的一声，眼前无数颗亮闪闪的小星星，在黑色塑料袋里横冲直撞，吓得我再也不敢随意乱动。

中巴车终于停了，几只手连拖带拉把我从车上拽下来，一股阴湿的霉气扑鼻而来，感觉好熟悉的味道，陡然间又想不起是在哪里。我的双脚像灌满了铅水一般沉重，身后不知什么东西重重地捣在我腰上，一个人大喝一声："走！"

我在众人的拉扯中颤巍巍地朝前挪动着脚步，走过一段湿滑的路面，又登上台阶，转了几个弯儿，像是上到了三楼，听见一声推门声，进入到一间屋子里。未等我站稳，忽然双脚被绳索绑紧，一只巴掌按在我背上，猛一下把我推倒在地，我大声惊呼："你们要干吗？"

这帮歹徒一句话不说，拳脚棍棒雨点般落下来，郑魏和杨杰也像我一样，声音中充满了惊恐，不停地呼喊。可是，没有人理我们，也没有谁发慈悲停下毒手，周围依然是那么安静，以至于我能清晰地听见打我的几个人粗重的呼吸，还有棍子落下时呼呼的风声。

这些人想干吗？为什么一句话不问就如此痛下毒手？

吴海英呢？

我大声求饶道："鹰哥，鹰哥，别打，别打，再打就要死人了！"

没有人理我，吴海英这个王八蛋像是被谁阉割了喉咙似的，一句话不说。

我忍受着剧烈的疼痛，尽量蜷缩着身子，保护着要害部位。我提醒自己，千万千万别昏死过去，否则再也醒不过来！我咬着牙硬撑着，我不能死，我要活下去，我要让吴海英不得好死，我一定要报仇！

不知过了多久，歹徒们终于停止了暴行，我趴在地上大口喘气，浑身乏力，稍微动一动全身都钻心地痛。又有几个人架着我，一根粗绳子穿过我的胳膊，把我吊了起来。

"把头套取下来！"

吴海英这个浑蛋果然还在，歹徒们听了命令，挑下我们头上的黑色塑料袋。我瞧见郑魏和杨杰被打得鼻青眼肿，双脚脱离了地面，和我一样双手背在身后，被吊在一根房梁上的铁架子上。

这屋子好大，空荡荡的没有任何家居，由于潮湿，墙面上的腻子大面积地脱落，许多地方都露出了红砖，几扇窗户也被卸去了窗框，窗外不远处有一条两米多宽的臭水沟，一阵阵阴冷的风吹进来，满屋子飘散着臭气。这不是泉河村吗？这间屋子比死了的张松原来的家离那条臭水沟还近。他们这帮歹徒在这边不是被警察给灭过一次吗，怎么还敢在这里行凶？

"说，东西藏在哪里？"吴海英走到我身边，拿着一根橡皮警棍猛戳我一下，恶狠狠地问。

我忍着痛，喘着粗气哀求着："鹰哥，干吗非要找我们的麻烦？你想要什么，只要我有的全给你，放了我们吧！"

吴海英大怒，对着我吼道："都这时候了你还装？你不想要命了！"

"鹰哥，我不想死，真的不想死啊！你行行好放了我们吧！"

"可以啊，只要你把东西交给我，我立马就把你们给放了！"

我挤下几滴眼泪，可怜巴巴地求饶道："鹰哥，我们真的没拿你的钱，你就是杀了我们，我们也拿不出来啊！"我趁着歹徒们都没有注意，悄悄地在身后解下了屁股后面的钥匙串。

"还敢嘴硬是吧？我看是你的嘴硬，还是我们的棍棒硬！你们三个人都在这，我就不信东西能飞了！给我狠狠地打，看你们还能顽抗到什么时候！"

吴海英手一挥，上来几个人对着我们又是一顿毒打。吴海英缓缓地踱到郑魏跟前，欣赏着郑魏的惨叫，然后让手下停止暴打，慢悠悠地问郑魏："怎么样？感觉比看守所里还好玩吧！你是个聪明人，废话我就不多说了，只要你告诉我东西藏在哪里，我这就放了你。怎么样，这次成不成交？"

郑魏痛苦地说："大哥，我真不知道，我要是知道，在看守所你找我的时候，我早就替你找回那些钱了！"

我一听，心里一惊，怎么回事，吴海英真去找过郑魏？难怪在看守所的那一阵子，郑魏看我总是怪怪的，原来吴海英早去找过他，不知道跟他嘀咕了什么，他又是怎么答应这个坏蛋的？

不过还好，总算是哥们儿还记着兄弟间的情义，没有来害我。这让我更加羞愧了，我该怎么样再来面对好朋友，假如郑魏最终知道了那些东西是我拿的，他又会怎样看我？他受到如此多的伤害，他会彻底地原谅我吗？

我悄悄地把钥匙串上的折叠剪刀打开，想放在两个大拇指之间，把塑料扣给剪断。但两个大拇指被紧紧地绑在一起，剪刀很难用上力，把我急出了一头的汗。好在这帮歹徒以为我是疼得冒虚汗，并没有怎么在意我。

郑魏接着哀求吴海英说："大哥，我真的没拿你的钱！你想一想，我是缺钱的人吗？就为了拿走你说的一百万，我会愿意在里面受那么多的苦，失去那么些天的自由吗？大哥，你想一想，我值得吗？"

吴海英不再理他，转过身奔拉着驴脸问杨杰道："在你那里吗？"

杨杰也是一把鼻涕一把泪地说："大哥，我没拿，我根本没见过你的钱！"

"好，都不说是不是？"吴海英咬着牙再问了一遍，郑魏和杨杰一起摇头，苦苦地求饶，吴海英挥舞着手里的橡皮警棍，大声咆哮道："给我狠狠地打！"

歹徒们再次冲上来，举起棍棒向着我的好朋友们身上，狠狠地打下来。

一棍，两棍，三棍……

每落下来一棍，我心中的内疚就多增加一分！我心中的仇恨也同样暴涨了一分！

吴海英走到我面前，好像明白了关键还是在我这里，瞪着双死鱼眼望着我，说："今天你不说出来，你就看着你两个好朋友死吧，我倒要看看你能撑到什么时候！"

吴海英没有命令手下打我，我望着郑魏和杨杰遭受折磨，两个人撕心裂肺地惨叫，比我自己被打还要难受百倍。

我再也撑不下去了，赶紧说："别打了，我说，我说！我告诉你钱在哪里，还有里面的枪和照片，我都还给你！"

吴海英眼中闪过一丝得意，依然恶狠狠地说："只要你说出来，我立即不让他们再受罪！"

"放了他们俩，我告诉你钱在哪里！"

"别跟我谈条件，你什么时候说出来，什么时候才会停手！"

"你不放了他们，我决不说！"

"好，你有种！"

惨叫声继续响起，可我还能有什么办法？

我不能说，绝对不能说，如果这时候说出来，我们三个人的命肯定都没了，我不能让我的好兄弟们陪着我一起送死！必须放了他们，这是我最后的底线！

我大声骂："吴海英，你个浑蛋，你不放了他们俩，休想知道钱在哪里！"

吴海英大怒，拿起橡皮警棍照着我的脚踝就砸。我疼得浑身抽搐，心中却暗自叫好。因为我手上的塑料扣已经被剪断了，钥匙串和断裂的塑料扣全被我悄悄地塞进了裤子口袋里，这时候我最想要的，就是怎么样才能把腿自然地弯曲过来，再想办法解开腿上的绳子。这一棍打了下来，我趁势弯曲了双腿，双手在背后紧紧地抓住腿上的绳子，硬生生地接下了这一棍。

吴海英带着满腔的怒火向我咆哮道："你不要这么弱智了，这时候我放了他们，等着他们俩去报警吗？我必须看到那些东西摆在我面前，我才能放了他们，包括你也是！"

我望着郑魏，郑魏听说果真是我拿了那份钱，眯着肿胀的眼睛也在看我，眼神中说不出是痛苦还是怨恨。杨杰也在望着我，无限的哀怨尽写在了脸上。我不敢再看下去了。

我抬起头，直视着吴海英，毫不屈服地说："不放了他们俩，你休想得到！我告诉你姓吴的，只要今天我们在这里出了什么意外，明天一早你想要的枪和照片，就会到了警察的手里，你不要逼人太甚，我什么事也能做出来！"

吴海英一愣，遂即咬牙切齿地说："小子，跟我玩阴的是不是？我看你不到黄河心不死，是吧？"吴海英说着，回头对身边的人说："把常小娟带进来！"

我一下子慌了，怎么常小娟也被他们抓来了？这帮坏蛋，我要宰了你们！

吴海英见我惶恐的样子，哈哈大笑，说："我看还有谁能帮你把东西交给警察？"

小娟被反绑着双手，满眼是泪，被两个歹徒推推搡搡地带了进来。

我的心好痛，我难过地说："小娟，你怎么也被抓来了？"

小娟一见到我，一下子哭出声来："大印，你怎么在这儿呢？"

这时候了小娟还在关心着我，我再也控制不住自己的眼泪，唰地一下滚落出来，我绝望地问："你不是回学校了吗，怎么也被抓来了？"

小娟哭着说："我刚到学校，他们冒充警察打我电话，说你出了车祸正在医院抢救，我赶紧跑出学校，想去医院看看，结果他们就把我抓进了车里……"

"别叽叽歪歪的了，说不说？"吴海英听得不耐烦，打断了小娟的话，举起警棍再次戳我。

我不能说，我要是说了，不仅我的好兄弟们完了，小娟也将受到牵连。我只有硬撑到底，拿我的生命来换取他们的自由吧！我怕死，我一想到死就紧张得要命，可我已经不再抱着生的希望，我只能用我最后的死，来换取他们的自由吧！到了这时，我才彻底明白，小娟在我的心中有多么的重要！

我忍着眼泪，强硬地说："吴海英，你个王八蛋，你以为我不知道你的歹毒用心吗？这时候我说了，你还能放过我们几个人吗？告诉你，我一人做事一人当，你放了他们我才会告诉你东西在哪里，你休想用任何方法威逼我！"

吴海英反而一点也没有生气，乐呵呵地问我："你还有资格跟我说这些吗？你们这些人死了，谁还知道那些东西的下落？别太天真了，我给你机会你不说，可别怪我对你们不客气！"

我强撑着说："你以为我会这么傻，把东西交给我身边的熟人，让你们轻易地就查到吗？做梦去吧你！我告诉你，吴海英，他们什么都不知道，一切都是我暗中安排的，只要你放了他们，我保证让人把东西原封不动地还给你，你要是还不解气，你就来对付我吧！用他们来威胁我，你休想！我死都不怕了，还怕你这些花招吗？"

"那行，我来跟你玩个游戏，看你还能坚持多久！你不是不说吗，那你就先吊着休息休息，给你来一段现场直播看看如何？"

吴海英这个王八蛋，转身对身边一个长得跟猪头似的一个家伙说："三子，这个美女交给你了，拿出你的本事，好好表演给他们看看！"

三子上去就解小娟的衣服，小娟吓得惨叫，却躲不开这个浑蛋的暴行。我大声地骂："吴海英，你个浑蛋，你不得好死！"

任凭我怎么骂，吴海英就是不理我，双手抱怀站在一旁观看。小娟凄惨地哭着，越加刺激着三子的神经，这浑蛋解着小娟的衣服，把整个猪头凑到小娟的脸上就啃。

忽然，这个浑蛋一下子蹦开，捂着嘴哀号着。小娟满嘴是血，狠毒地盯着三子。三子操起一根木棍，照着小娟的头上猛力砸下。

我大吃一惊，趁着他们的注意力全都在小娟身上，我早已把脚上的绳子迅速解开。我不能眼看着小娟被这歹毒的家伙伤害，我双臂上扬从绳套中解脱，飞身向着三子扑去，使出全力一拳砸下。

我一拳击倒了三子，愤怒地望着身旁的吴海英。吴海英就在我的眼面前，这家伙不明白我是怎么突然间冲下来的，就在他愣神的瞬间，我向着他的脑门儿飞起一脚！

吴海英的身手好快，我的左脚刚探向他的脑门儿，他头一偏躲了过去，这正是我想要的结果！我左脚迅速落地右脚紧跟而起，嘭的一声，这家伙被我踹了个结实，向后退了几步才稳住身形。我趁他站立未稳之际，再次扑了上去。

忽然，一根绳索从天而降，一下子套在我的脖子上，我伸出双手用力掰开，飞速转身照着套我的家伙就是一脚，这家伙顿时趴在了地上，再也爬不起来。

我再次转身，准备向我的仇人继续攻击。可是，人呢？吴海英那个王八蛋呢？

一股阴风从我的耳边经过，我暗叫一声不好，连忙低头躲避，但我遍体是伤，反应还是慢了一些，一记重击之下，我的脖梗一歪，倒在了小娟的身旁。

小娟刚才被三子一棍打得满头是血，早已不省人事躺在地上，我的心好痛，我可着嗓子呼喊道："小娟，小娟，你醒一醒！小娟，是我，你醒一醒啊，小娟——"

我的声音越来越弱，眼前模糊一片，渐渐地失去了知觉。

第五十章　风波再起

"大印，你醒了吗？"

我迷迷糊糊地睁开眼睛，眼前是一个漂亮的女孩，我仔细看时，原来是小护士周薇。

我说："这是哪里？我怎么在这里躺着？"

小薇护士弯着腰望我，满脸的笑意，说："这里是第一人民医院，你已经昏迷两天，终于醒来了！"

"人民医院？你不是在社区医院吗？"

"社区医院属于人民医院呀，我们每年都要回来培训半个月的，那天你们被送来急诊室正好我在，见到是你真把我吓坏了。现在好了，醒来了就好！"

你们？

噢，我有些记忆了。我忙问："小娟呢？你看到小娟了吗？小娟在哪间病房，你看到她了吗？"

小薇护士没有回答我，别过脸去，从一个保温盒里盛了一碗热腾腾的粥，拿着勺子对我说："两天都没吃东西了，饿坏了吧，来，先喝些热粥润润。"

我不死心，也顾不得小薇护士怎么看我了，再问："小娟呢？她没事吧？"

"喝完了粥再说好吗？"

"她怎么了？她没事吧？"

小薇只好放下热粥，神色凝重了起来，缓缓地说："她没有抢救过来，已经走了。"

"小娟她……"我再也说不出话，泪水顷刻间打湿了我的双眼，我无法承受这样的结果，我大声地哭了起来……

不知过了多久，我压着心中复仇的怒火，擦干了眼泪，我问小薇："我怎么会在这里，吴海英那帮浑蛋呢？"

小薇说："我听你的朋友们说，当时你被打晕了，那帮人把你又吊了起来，准备把你弄醒再审问你，警察冲进来了，才把你们救下来的。"

"警察？"

"是警察去救了你们。"

"我的朋友郑魏和杨杰，他们没事吧？"

"他们受了点伤，已经没事了。刚才还在这儿看你呢，出去吃午饭去了，马上还会回来。"

"那帮坏蛋被警察抓起来了吗？"

"坏蛋的头子跑了，其余的都抓起来了！"

我一愣，急问："吴海英跑了？"

小薇说："具体是谁跑了，我也说不清楚。来，先喝些粥吧，等你的朋友们回来，你问他们。"

小薇把热粥端到我面前，拿起勺子要喂我。我摇了摇头，试着坐了起来，身上隐隐地还有些疼，算是没有什么大碍了。我强忍着心痛，说："小娟现在哪里呢？我想见她最后一面。"

小薇说："昨天送去火葬场了，你身子还虚，改天我陪你去好吗？"

不行，我现在就要去，我想马上见到小娟，我要对她说声对不起！

可是，我说了对不起又有什么用？小娟还能醒过来吗？小娟还能陪着我一起快乐地活下去吗？

吴海英这个浑蛋，我一定要杀了你！

我起身下床，小薇一把拉着我说："大印，这时候你不能去！"

"为什么？"

小薇说："小娟的家人很生你的气，昨天来了好多人都闹到医院里来了，见你还在昏迷着才罢手。你这时候去，他们不可能让你见小娟最后一面的，说不定还会打起来。大印，让她安静地走吧，把这份感情先放在心里，等小娟下葬了以后，有机会再去看她吧！"

我呆呆地坐在床沿，不知道该怎么办了才好。

郑魏和杨杰吃完饭回来了，两个人脸上的红肿都还没有完全消退，见我坐在床沿正和小薇说话，紧走几步过来，杨杰说："大印，你醒了，没事了吧？"

"没事了。"我对杨杰尴尬地笑了笑，又扫了一眼郑魏，不敢与他对视，忙把头低下来。郑魏一句话不说，站在我身边一个劲地大喘气，杨杰拍拍他，劝他不要冲动。我低着头小声说："杨杰、郑魏，对不起！我……"

未等我说下去，郑魏忽然爆发道："王大印，你个浑蛋，你一句对不起就完了？你就那么贪财吗？你就为了那些钱，连多年的好朋友的性命都不顾？你把我们害成这样，你还是人吗你?!"

尽管坏事都是吴海英那一帮坏蛋干的，可我不敢与他辩驳，毕竟这些天来发生的事是因为我引起的。我只好一迭声地向他赔礼道歉，等他气顺了一些，我才解释说："其实，我当时看到那些钱时，确实是想留下来，但我并不是想独吞，我是打算告诉你的。可我一看到里面有枪，就知道这不是一般的事情，我没有告诉你，是担心你知道了给你带来危险，我想找个机会把钱交给警察，这事就完了，没曾想后来发生了那么多事情。"

我很在意好朋友会怎么看我，为了让他气顺一些，我稍微编造了一下，把知道钱袋子里的秘密给提前了，说成是为了他好才没告诉他。其实，我后来也确实是这么想的，我不想让他也受到牵连，甚至我都想把那些钱全部给他，来减少我心中对他的愧疚。

还好有杨杰和小薇在，两个人一起为我说好话，郑魏才把一口怨气憋回肚子里，坐在一边气呼呼地瞪着我，只要我稍微说话或者做事他看着不顺眼，以他的脾气，立马就会蹿起来向我攻击。

我心里发虚，不敢与他对视。杨杰问我："那里藏有什么秘密，会让他们那么疯狂？"

我把大致的情况跟他们说了，也告诉他们，我想了好久也没有想到是什么原因，能让吴海英和齐六那么疯狂。按说，那些东西即使被警察拿去了，他们也可以推脱不知道，没有确凿证据证明是他们的，他们怎么就会那么疯狂地要找回去呢？

杨杰说："你为什么还不把东西交给警察呢？"

我说："我本来是想把东西直接交给郭警官的，可我一想交给郭警官了，他还是要往上面汇报，万一上面的领导不靠谱，不仅郭警官自己的性命难以保证，恐怕吴海英他们还会来对付我。"

"那你打算怎么办？"杨杰继续问。

我说："我想了想，要是有机会见到市公安局的邱局长就好了，他才调来我们市半年多，又是市政法委书记，而且他以前在外地打黑除恶挺有名气，估计他不会与齐六是一伙的，要是有他撑腰，我想就好办了。"

"靠，你也真敢想。这点破事你还敢麻烦邱局长？"郑魏气还没顺，故意和我抬杠，但我能听出来。

我笑了笑，说："齐六在市里很有地位，到处都有他的人，官小了不仅拿不住他，反而会走漏了风声，再让他把那些东西弄走，那我们就完了。"

杨杰说："你想怎么和邱局长联系，市公安局很难进的，一般人可不容易见到他？"

我说："我想请你们俩帮忙。"

"我们能帮上什么忙呢？"杨杰说。

我看看杨杰，又望望郑魏，两个人都在等着我说话，他们的眼神告诉我，他们还是把我当成好朋友，他们依然是我最值得信任的人。我放心地把我早已想好的计划跟他们说了，并告诉了他们藏钱的地点，只要按照我说的去做，他们两个不会有什么风险，我也有很大的把握能联系上邱局长，并让他重视起这件事。

郑魏和杨杰听后，都说我这样做太冒险，我说不管怎么样，只要能把齐六那帮人给抓了，冒点险也是值得的。两个人还是有些为我担心，静静地坐着沉思不语，想为我想出更好一些的办法。

时间不等人，我不想再过多地考虑我自己，只要能尽早把这帮坏蛋抓住，能够为小娟报仇，即使再大的风险我也不怕。我不想再有其他的变故，就转移话题说："对了，那天警察是怎么知道我们在那边的？"

杨杰说："是郭警官带着警察去的。"

"郭警官？"

"对，是郭警官。当时你被吴海英从背后打晕了之后，他们又把你吊了起来，郭警官突然带着警察冲进来，那些歹徒没敢抵抗，就被抓了起来！"

我急忙问："吴海英呢？他也被抓了吗？"

杨杰叹息着说："吴海英这家伙太狡猾了，当时他听到外面有动静，没等警察冲进来，就跳窗逃走了。"

"怎么能让他逃走呢？"

"吴海英对泉河村周边环境特别熟悉，他翻窗跳到二楼的阳台，然后再从二楼的阳台跳到其他家屋子里。等在一楼看守的警察追过去，他早已离开了那户人家，从人们的眼皮子底下溜走了。"

我又问："那个叫三子的浑蛋呢？他死了吗？"

杨杰说："他没死，不过也好不到哪里去，被你打成重伤，警察把他送去医院。听郭警官说，这家伙受完这份罪，早晚还是要被判死刑枪毙的！"

我们正说着，郭警官走了进来。郭警官问我身体感觉如何，我说差不多快好了。郭警官就让郑魏、杨杰，还有小薇护士先回避一下，他需要给我做一份笔录。

等他们三个人出去了之后，我先向郭警官表示了感谢，郭警官客气着说："有件事我也得向你表示感谢呢！"

我好奇地问："你有什么事要感谢我？"

郭警官没有直接回答，问我："还记得那天吴海英为什么会那么急吼吼地派人开车撞你吗？"

我说："是不是他听说了你要找我，他担心我把秘密告诉了你，他就赶紧派人过来杀人灭口的呢？"

郭警官看了我一眼，说："看来，邱局说得没错，你确实是一个聪明的人，有头脑！"

郭警官如此夸我，反而把我夸糊涂了。我问："邱局？你是说市公安局的邱局长吗？"

郭警官笑着说："这个姓在我们这边可不多，难道市局还能有两个邱局长？"

我越加纳闷了，说："邱局长怎么知道我的？"

郭警官说："在我们找你之前，齐六和吴海英就得到了消息，这说明我们市局有人向他们事先通风报信，类似的事情以前就发生过许多次。为了查到这个人是谁，三个月前我们成功地在齐六身边安插了一个卧底，这事齐六也有所耳闻，但他不清楚是谁，就策划了一起去省城绑架孟鸽的事件。他们的目的有两个，第一个目的，他们是想把孟鸽控制住，以此来威胁你；第二个目的，假如行动被我们警方事先得到了消息，这就是他们设下的一个局，他们就能查出是谁向我们通风报信。唉，当时也怪我大意了，没有往这方面多想，幸亏你看出了他们行动的许多疑点，及时地提醒了我，我才在第一时间通知了在齐六身边卧底的人立即撤回来，才避免了一场悲剧。这是你的功劳，我应该谢谢你！"

我又问："那邱局长又是怎么知道我的呢？"

郭警官说："我是市局打黑除恶专项治理组副组长，邱局长担任组长直接指挥，我可以直接向他汇报，我把你的事汇报给了他，他对你很感兴趣。"

"真的假的？我可以去见邱局长吗？"

"为什么要见他？"

我没想到郭警官年纪轻轻的官会这么大，既然郭警官直接汇报的上级就是邱局长，那这事就好办多了。我说："他们要找的钱袋子确实是我拿的，里面有很多东西我还没有搞明白，我想面见邱局长，把这事向邱局长和你汇报。"

郭警官听我说了钱袋子在我这里，一点惊奇的意思都没有，他可能早就清楚了是我拿的。郭警官笑着说："看来你还不太信得过我吧？"

郭警官如此一说，搞得我很难为情，赶紧把我以前的担心说了，郭警官听后，说："行吧，我给你安排一下。"

我连忙说："现在知道你是负责人，可以直接向邱局长汇报，我也不担心了，那就把东西交给你吧。"

郭警官问："里面除了那一百万，还藏有什么东西？"

我说："还有一把意大利产的名枪贝雷塔92F，另外还有七张照片。"

我说到这里望着郭警官，然后说："其中三张是你的，可能他们也要对付你，你自己得小心一些！"

看不出郭警官脸上有什么吃惊的表情，他只是问我："另外的几张照片呢？"

我说："另外的四张照片是另一个人，在不同地方拍照的，好像那个人是与煤矿安全生产管理有关的国家干部。"

我把照片上那个人的形象描述了一下。

郭警官说:"可能是市煤矿安监局执法监督处处长范学明。"

我忽然想起照片上还有字,就说:"那个人好像是住在山湖君阁别墅十号。"

郭警官肯定地说:"那肯定就是他了。"

我说:"你也得提醒他要多加防范这帮歹毒的家伙。"

"他早已经死了。"

"死了?什么时候死的?"

郭警官说:"范学明是在你和郑魏去龙盛湾洗桑拿的头一天死的,为了办案的需要,还没有对外公布。他是被黄兵开枪打死的,我们就是顺着这条线索追踪到龙盛湾,结果还是让黄兵给跑了。"

郭警官如此说,恍然间我明白了,可能黄兵就是用的那把贝雷塔92F开枪打死的范学明。这么说,齐六担心这把枪和照片被警察拿去,多少还是有一些道理的。

但是,这些还不至于让齐六那么疯狂吧?只要抓不到黄兵,哪怕抓到了黄兵,黄兵到死也不说,齐六还是完全可以把这些事撇干净的。

哪里还有我没有搞清楚的秘密呢?

对了,照片上的字是不是齐六所写?

齐六对郭警官和范学明可谓是恨之入骨,他极有可能想杀掉他们两个,在对着两个人的照片时,极有可能会冲动地在上面写上那些字。

如果是这样,那就不难理解了,范学明已经被黄兵打死,而照片上有齐六的笔迹,齐六一定是担心照片被警察拿到。笔迹鉴定不是什么难事,一旦鉴定出来,那他无论如何也脱不开雇凶杀人的嫌疑了!

对,一定是这样的!

我正要把自己的想法告诉郭警官,郭警官的手机响了,是邱局长打给他的,让他赶紧回去有紧急事情要处理。郭警官临走时告诉我说:"我先回去办事,你抓紧时间把那些东西拿去市局,我带你去见邱局长。这时候你主动交出来还不算迟,千万别再出什么差错了!"

"你放心,郭警官,我会小心的,我马上取回来就去市局找你!"

郭警官急匆匆地离开了,我也准备去把那个钱袋子拿回来,这时候邱局长正好就在市局,我直接给他,再把我的想法告诉他们,这次一定能把齐六这帮坏蛋抓起来!

一想到齐六能被抓到,我心里就非常兴奋,身上也不觉得疼了,赶紧起身要走。小薇拦下了我,说:"大印,你干吗?身子那么虚,还是躺下多休息休息吧!"

"不了,郭警官交代我有事,我得赶紧去办!"

小薇护士见我这样,只好说:"那你把粥喝完再去吧,不然几天时间没吃饭,身体会受不了的。"

我的肚子里确实很饿了，可能郭警官他们还有要事要忙，去早了也没用，我就把稀饭全给喝了。我谢过小薇，又想起一件事，问她："杨杰和郑魏呢？"

"他们两个见郭警官找你有事，他们就回去了。"

回去就回去吧，我的计划也用不上了，我自己一个人把那些东西拿去市局吧。

我没有再与郑魏和杨杰联系，一个人走出医院，打了一辆出租车，回到宫爵一品。

门没锁，我推门进去，里面静悄悄的，我一直朝最里面拐角处的楼梯口走去，忽然，眼前的景象让我大吃一惊。

那位名叫老孩的保安，被反手绑在楼梯的扶手上，嘴里塞着一条毛巾。我大吃一惊，急忙把堵在他嘴里的毛巾拿掉，边解开他身上的绳索边问："老孩，怎么了，谁把你绑起来的？"

老孩说："刚才来了个跟你差不多大年纪的人，我问他找谁，他没说话，直接把我绑了起来，然后上到二楼，好像拿了什么东西，又匆匆忙忙地走了。刚走没有多久，你就过来了！"

这是谁干的，不会是冲着那一袋子钱来的吧？

我急忙奔上二楼，来到走廊尽头，打开包间的门一看，心里一下子全凉了！

第五十一章　一路追踪

屋顶上的一块装饰板早已被揭开，上面露出一个黑乎乎的大洞，钱袋子已经被取下来却没有拿走，扔在了茶几上。我走上前去打开来一看，一百万现钞居然原封不动的还在里面。可是，枪和照片全没了！

看到眼前的景象，我第一时间想到的就是郑魏那家伙干的。这家伙憋在心中的气没有发泄出来，一定是他拿走了东西来报复我。这个浑蛋不知轻重，气死我了！

我掏出手机打过去，不一会儿就通了，没等郑魏说话，我对着手机大声咆哮道："你个浑蛋，把枪和照片快些拿回来！"

郑魏说："王大印，你发什么神经呢？"

这时候我对他的所有歉疚，都已化作云烟荡然无存，我气愤地吼道："你别跟我装！我告诉你郑魏，枪和照片是关键性证据，我已经对郭警官全说了，你要是拿走被警察知道你就死定了！你是想进看守所还是想进监狱再待上几年？"

"靠，你脑子有毛病啊你！我和杨杰从医院一出来，我就直接来公司工作了，我什么时候拿你东西了？我拿你东西干吗？我会像你那样贪得无厌，不管朋友的死活吗？靠！大白天的你发什么神经呢！"

这小子居然这么说，难道不是他拿的？

手机里传来一阵火车喇叭低沉的轰鸣声，郑魏他们公司就在铁路旁，看样子他确实是在自己的公司里工作。

假如不是他拿去的，那还会是谁呢？

我没有时间跟郑魏啰唆，直接挂了电话打给杨杰。杨杰的手机接通了却没人接，我就一遍一遍地打，最终被打得烦了，杨杰直接按了挂机键。

原来真是这个家伙！

他拿去那些东西干吗？

我好生失望，我根本没有想到这个老实本分的孩子，怎么最关键的时候干出这么荒唐的事情。我要找到他，一定要找到他！

我拎着钱袋子走出来，来到走廊另一边的 268 包间，小娟用的笔记本电脑还在茶几上放着。我打开电脑，用手机监控定位软件监控杨杰所在的位置，发现这家伙正在以每小时五十公里的速度向前快速移动。可能这家伙正在开车，正朝着北边一个塌陷区开去。

那里以前曾经是一个老矿区，地下煤炭资源早已开采完，只留下地面上大片大片的矿工家属区。前几年就听说家属区附近接连发现好多处塌陷，倒了不少房子，据说还因此砸死了几个人，那块地方很少有人敢住了，杨杰开车去那边干吗？

郑魏回来电话，问我到底是怎么回事，我把事情经过说给他听，郑魏也急了，说："你现在哪里，我开车过去接你，赶紧去阻止杨杰做傻事，可能他拿着那些东西去跟齐六交易去了。"

"齐六？杨杰怎么和齐六勾搭上的？"我急忙问，心里说不出的紧张，要是杨杰把东西交给了齐六，那我怎么办？我的仇还怎么报？齐六那帮人缓过劲来还会饶了我吗？

郑魏说："我哪里知道他怎么会和齐六勾搭上的？你说杨杰正在赶过去的那个塌陷区，以前不就是齐六开的矿吗？我和杨杰一起离开医院的时候还好好的，没见他有什么不正常的地方，怎么一转眼的时间出了这么大的事？"

时间不等人，电话里我没有再和郑魏多说，我告诉郑魏开车去我的维修店汇合。

我关了小娟的笔记本电脑，发现茶几上还放着一本小娟没有看完的小说书，书中夹着一张我的照片，有一半还露在外面。我曾经问小娟在哪里弄了张我这么丑的照片，把我的照片夹在书里面干吗？小娟跟我嬉皮笑脸地说："是我拿手机拍的呀！然后拿到照相馆里洗的呀！你不觉得你这张脸，夹在书里当书签挺适合的吗？我故意把你拍得这么丑夹在书里，当我看着书中的小帅哥，再拿着你的照片比较一下，就会觉得你不怎么好了，这样我就能早早地忘记你，好放你一马让你去伺候你老婆呀！还是我聪明吧？嘿嘿！"

小娟说过的每一句话每一个神态我都清晰地记得，我喜欢她的声音，我喜欢她的笑容，甚至是她拿我开心取乐挖苦打击我的俏皮模样，我也非常受用。她已融入我的生活，她早已是我朝思暮想念念不忘的那个人，她已经和鸽子一样是我生命中不可分割的一部分。为了这份说不上来是纯真还是虚浮的感情，我享受着快乐，我煎熬着忧伤，未等我抽出时间彻底捋清这份情感，她就这样匆匆地走了，再也不能回来……

我抽出照片，我看着照片中的我对着我笑，眼泪扑簌簌地流了下来。

屋子里依然处处都是小娟的气息，可我的小娟究竟去了哪里？

我擦干泪水，把照片重新放回书里，起身拎着钱袋子走出来，打了一辆出租车很快回到了我的小店。郑魏的车已经到了门口，我把钱袋子扔进车里，对郑魏说："等我两分钟！"

我心中有种预感，等会儿可能会和齐六他们有一场恶战，我不能就这样空着手跟他们相拼，我得把从五毛那里缴获来的五连发钢珠枪拿着。

我打开卷闸门进到屋里，迅速奔上楼拿到枪揣进怀里，然后直接下来，锁好卷闸门上了郑魏的车。郑魏启动了车，瞄了我一眼，问我："你这么盯着我看干吗？"

我说："你真的没有参与拿那些东西？"

郑魏气急，大声说："靠，你居然还在怀疑我？"

"杨杰怎么可能会拿那些东西呢？"我还是很纳闷，自言自语着，不相信杨杰一个人会做出这件事情。

郑魏说："我怎么知道，你打电话问他啊！"

我盯着郑魏，接着问他："是不是你忽悠杨杰一起干的？他不接电话玩失踪，你再来装好人骗我，把我骗到一个偏僻的地方再下毒手？"

一阵刺耳的刹车声，郑魏把车停下来，脸上的青筋一跳一跳的，像要吃人一般，对着我吼道："王大印，你别不知好歹！我告诉你，是因为你贪财，我才被他们诬陷关进了看守所。我家里人也知道了我嫖娼，我们公司的人都在背后议论我，搞得我现在颜面扫地，都没脸去见客户了！不仅这些，我还受你牵连，莫名其妙地被吴海英那帮浑蛋打得鼻青脸肿，差点儿丢掉了性命！可这些我都忍了你，知道为什么吗？那是因为我把你当朋友，当成从小玩到大的真正的好朋友！我理解你挣不到钱的可怜，我是看你可怜，看你混了这么多年什么也没混出来，又死要面子活受罪，不愿低下身子让人帮忙，自以为很聪明，暗地里却尽想这些歪门邪道发财致富，才遭受这样的罪过，牵连到我我也认了！虽然我可怜你，我忍着一肚子的气原谅了你，但你别把我想成像你这么无耻没骨气！我告诉你，王大印，我就是饿死，我也不会像你这么卑鄙无耻，不管朋友的死活去偷人家的钱！"

靠，这家伙不会心里真是这么看我的吧？但我总算放心了，这家伙确实一点也不像要害我的样子。那我就先忍着，就让他看低我一次吧，我不辩解不气恼，总有一天，我会让这家伙改变观点看重我的。

我连忙堆起笑脸说："瞧瞧，瞧瞧，原形毕露了吧？我以前还以为你郑魏大人有大量呢！我把你当成好朋友，心里有什么都毫无顾忌地跟你说，我是被吴海英那个坏蛋搞怕了，心里有一点小小的活动还不许呀？我又没有跟你揣着掖着，正是因为我信得过你，没有把你当外人，才会说出我心中的疑惑的，你至于发这么大的火吗？"

我把他放在车前的一包烟拿过来，抽出一支笑眯眯地递给他。这家伙一把夺去，直接扔出窗外。

我依然乐呵呵地，再抽出一支，塞进他嘴里，双手拿着打火机，恭恭敬敬地打着火等着。这家伙恶毒地瞄了我一眼，终于还是低下头对着打火机点着了火。

我把打火机和烟放在一边，把这一篇划过去，做出讨好的样子请示他："老大，可以开车了吗？"

郑魏什么话也没说，重新启动了车子，疯子一样朝前开去。

郑魏问我："要不要通知郭警官？"

我说："还是暂时别告诉他吧，我担心杨杰这家伙一时犯糊涂，万一告诉了郭警官，把事情搞大了对杨杰不好。"

郑魏又问我："塌陷区那么大，你怎么能找到杨杰的具体位置？"

我拿出手机，进入我常去的一个黑客 QQ 群，从里面调出一款监控软件下载到手机里，然后与杨杰的手机关联，启动监控跟踪系统，很快在手机地图上就发现了杨杰手机的位置。

我拉近三维立体地图，观察了一会儿杨杰的手机位置移动情况，对郑魏说："杨杰可能已经下了车，正在金玉大厦里，在里面半天了没动，不知道在做什么。"

郑魏说："杨杰跑那里干吗？你查一下金玉大厦是干吗的。"

这也是我想搞清楚的问题，这小子大老远跑那里去干什么，难道打算把东西交给齐六换钱？

不对呀，为什么他把枪和照片都拿走了，而唯独一百万的现钞却没有动，他是为了什么呢？

我上网搜了搜，没有查到金玉大厦的相关资料，我对郑魏说："不管那些了，到了地方再说吧！"

车子一路狂奔，朝着塌陷区而去，我坐在车里，心里久久地不能平静。我想不明白杨杰为什么会这样对我，就不停地拨打杨杰的电话，终于被我拨通了。

我对着手机说："杨杰，你在干吗？把枪和照片拿去了干吗？千万别做傻事啊！"

"对不起，大印，你别问我了，等我办完了事回去再向你赔罪！"杨杰的声音中带着哭腔。

"你办什么事？你怎么了？我和郑魏都要急疯了！有什么事情和我们说说好吗？别一时糊涂做傻事！"

"我的儿子被吴海英那个浑蛋绑架了！"

"什么？杨杰你说什么？你儿子怎么了？"我不敢相信这是真的，一迭声地问。

杨杰说："吴海英让我拿枪和照片来交换，不然就要杀了我儿子！大印，对不起，我实在没办法了才这样做的，我不能没有儿子啊！那一百万我没有拿你的，还在包间，我只拿了枪和照片，等我换回我的儿子，我再向你道歉吧！"

"杨杰，千万别犯傻啊，你等我们到了商量了再说，好吗？你一个人去，吴海英那浑蛋拿到了东西，不会轻易地就还回你儿子的！千万不要相信那个浑蛋，等我们到了再说！"

"你们别来，吴海英要是知道不是我一个人，我的儿子就没命了！"

"杨杰，别相信那浑蛋说的，他拿去了东西，怎么可能放过你和你儿子！"

"不管怎样，我得试试，你们千万别来，我求求你了，千万别来！"

"杨杰！杨杰！你听我说……"

手机里传出嘟嘟的忙音。

我催促郑魏道："快，要赶在杨杰见到吴海英之前找到杨杰！"

车里十分安静，郑魏在一旁可以清楚地听到我和杨杰的对话。郑魏和我一样明白，时间就是生命，只有尽快见到杨杰阻止他去冒险，只要东西还在我们手里，才能想出好的办法救出杨杰的儿子。

前方就是塌陷区，空气中弥散着一股粉煤灰的味道，道路两旁绿化带里的小树苗，已经看不出原有的青绿，上面裹了一层厚厚的煤灰。路面常年不修，到处坑洼不平，越来越不好走。郑魏丝毫没有减速，关紧了窗户，在扬起的灰尘中快速前进。

很快进入了矿工家属区，这一片到处都是二十世纪五六十年代建起的低矮平房，也有不少后期建起的三四层高的筒子楼，均已破败不堪。有的已经倒塌了，有的还在顽强地挺立着，仿佛一阵风吹过立马就会坍塌了一般。就在这样破败的居住环境中，还有不少的房前屋后晾晒着衣服，马路两边零散的也有几家小卖铺开着门在营业，使得这一片低矮阴冷的棚户区尚有那么一丝的生命迹象。

郑魏放缓了车速，从肮脏狭窄的路面穿过，向前行进了一段距离，我看着电子地图中我们的车与杨杰所在的位置几乎重叠在一起，却始终没有看到一座像样的大楼。郑魏把车开到一个小卖铺门前，我下车买了两瓶矿泉水，问店家金玉大厦在哪里。

店家想了想，指着不远处的几排灰黄的楼房说："瞧，应该在那里就是！"

店家看出我不理解他这么说的意思，就解释说："金玉大厦好多年没有人这么叫了，以前煤矿还很红火的时候，那边盖了几栋楼，是分给企业先进分子和干部住的，我们老百姓都叫它腐败楼，现在那边塌陷得厉害，里面的腐败分子早搬走了！"

店家说完，愣愣地看着我，不明白我打听那边干吗？我没有向他解释，付了钱离开小店，坐上车，指点着郑魏绕过前面的垃圾堆，朝曾经辉煌过的腐败楼开去。

快到近前的时候，果然看到杨杰的车停在大门口，我让郑魏把车开远一些，停在一个较隐蔽的地方，以防被吴海英那个浑蛋发现。

我和郑魏下了车，顺着墙根摸到第一排楼的跟前。这是一栋较早期盖的筒子楼，现在看来楼型设计的极不科学，但在那个年代却是非常不错的住宅了。楼房有些与校园里的教学楼相似，中间是一个宽敞的楼梯，左右两边各有四五户人家，共用一个大走廊。也就是说，要进入最里面的人家，必须经过楼梯口的这几户人家门口。

我和郑魏摸到楼前，发现整栋楼静悄悄的空无一人，许多间屋子的外墙都裂开好大的口子，早已是危房人去楼空。我们不知道杨杰具体在哪间屋子，我打他的手机，可惜他已经关机了。

我们只好顺着楼梯提心吊胆地一层层上去，然后一间屋子一间屋子找。好在天大亮着，每一扇门窗上都积满了大量的灰尘，我们通过门窗旁有没有脚印，就能大概判断出有没有人上来过。

我们一直上到四楼顶层，也没有找到杨杰，郑魏打算下楼再去后面的楼房搜索，我拦住了他，告诉他先等一等。

我翻窗进入一户人家，这户人家已经搬走，留下满屋子的垃圾，我穿过大厅走到后面的厨房，透过厨房的窗户，我仔细观察后面楼房里的每一间屋子。

后一排楼房和我们所在的这一排房子的布局不太一样，虽然都是四层楼房，但明显每一层户与户的间距比这一排的房子大了许多，因为这边两户人家的门间距最多只有六七米远的距离，而那边的户与户之间的门距离至少有十米以上。我仔细看时，发现一楼楼梯口的位置，有一间屋子的门头上有一块牌子，上面写着"老干部活动中心"几个红字，掉了许多漆，字的大概还能瞧得清楚。可能后面一排楼不是住家的，是干部职工的娱乐服务区吧。

我不放过任何一个角落，仔细搜寻着杨杰可能藏身的地方。忽然，我瞧见三楼右边第二间屋子的门，好像没有上锁，门闪着一条缝隙，与周边其他几间屋子紧紧关着的门明显不同。我再看向旁边的窗户，窗户上的窗帘拉着，看不清屋子里面的情景，但从窗户下角投射出来的一个微微晃动着的影像来看，一定有个人站在离窗口较近的地方。

我再仔细观察其他的房间，再也没有什么可疑之处了。我指着那间屋子对郑魏说："那间屋子里应该有人，不知道是杨杰还是吴海英，为了以防万一，我们分头行动，等会儿你从那扇门进去，我从旁边的窗户翻进去！"

郑魏领会了我的意图，点了点头，我们俩翻出窗户出了这间屋子，顺着楼梯下来，我把钢珠枪拿在手上，向着后面的大楼跑了过去。

第五十二章　搏斗

　　很快来到后面这座大楼的楼梯口，郑魏二话不说就要冲上去，我一把拉住了他。

　　我对他嘘了一声，指着楼梯拐角的地方，小声说："好像有人！"

　　一缕淡淡的烟味从楼梯间里飘了过来，为了验证，我再次猛吸一口，不错，确实是烟草的味道。这边早已没有人居住，怎么可能会有烟味呢？即使是我们看见的那个三楼房间里有人吸烟，飘到这么远的地方早已散开，哪里会有这么多？

　　一定在楼梯拐角的地方有人吸烟！

　　我发现不远处有一只篮球，可能是丢弃的时间太久，外表已经掉了好多皮，里面的气也只有一多半了，捏在手里软软的。

　　我拿着皮球，悄悄地上到楼梯口，仔细听拐弯处有没有声音。

　　一点声音也没有，但烟味比刚才浓了一些。

　　我轻轻一抛，皮球划了一个漂亮的弧线飞过去，忽然传来一声喝问："谁？"

　　我没有吱声，身体紧贴在墙边，静静地等待。

　　一颗人头闪过来朝这边张望，我猛一下冲上去一把薅住，借着冲劲右肘用力一击，一小子软绵绵地倒了下去。

　　我认出这小子就是上次在吴海英的命令下拿着木棍打我的人。他不是被抓起来了吗？难道也和吴海英一样逃脱了？我来不及细想，见到他我毫不手软，用力一肘便让他失去了还手之力。

　　我担心这小子叫出声来，紧捂着他的嘴，看着他倒在地上大把大把地喷汗，等他的气喘匀了一些才说："别鬼嚎，我问你什么就答什么！"

　　这小子明白眼前的处境，张着惊恐的眼神望着我。我再说了一遍，他终于回过神来，点了点头。

　　我拧着他的胳膊，膝盖顶在他的后背，厉声问："吴海英在哪里？"

　　小子老老实实地回答："在三楼。"

　　"还有谁？"

　　"还有一个兄弟陪着他。"

　　"另外还有几个人？"

"没了。"

"真没了？"我手上稍稍加了一点力度。

"真没了，不骗你！我们就三个人来的，鹰哥让我在这里等着！"

"我的朋友呢？"

"也在三楼。"

我一掌击向他的后脑，小子一声没吭进入了梦乡，一时半会儿是醒不了的。我和郑魏不敢轻易相信这小子说的，依然小心翼翼地朝上走去，一直到了三楼的位置，再也没有碰到一个人。

我们向着那间有人的屋子摸去，屋子里猛然间传来杨杰的声音，杨杰大声咆哮道："不让我先看见我儿子，你们休想拿去照片！"

一个人恶狠狠地答："不交出照片，你儿子就得死！到了现在由不得你了！"

这家伙的声音我太熟悉了，正是吴海英那个浑蛋！郑魏听见了他的声音，满脸的愤怒，恨不得立马进去要了他的狗命。我忙提醒郑魏不要冲动，既然屋子里不止吴海英一个人，就不能再按照我刚才计划的那样，郑魏直接冲进大门，我翻旁边的窗户攻入的方案。这两个亡命之徒可能都带着枪，我们必须同时冲进去动手，不能给他们任何还手的机会，否则稍有闪失都将酿成大错。

我说："不要冲动，里面除了吴海英，还有另外一个他的手下在，我手里有枪，我开枪射击距离较远的，你负责控制身边较近的，必须要快，不能等到他们反应过来！"

郑魏点头表示明白，我们俩来到门前，猛一下撞开门，我对着墙角站着的一小子，毫不犹豫地开了枪。这小子一声鬼嚎，捂着大腿就倒下了，我迅速上去一脚踢在他拿枪的手上，钢珠枪打着旋儿脱手而飞。我再向前一大步，用力补上一脚，小子顿时昏死了过去。

在我开枪的同时，郑魏也扑向了近旁的吴海英。

杨杰倒在地上，双手被反绑着，吴海英正在他身上翻找着照片，根本没想到我们突然间冲了进来。就在他发愣的瞬间，郑魏的大脚丫子踹到了近前，吴海英的身手果然厉害，就地一个翻滚躲了过去。

我这边已经结束了战斗，见郑魏一击没有成功，便也加入了进来。

吴海英手里没有凶器，我放下了心，把枪揣进怀里，打算跟他较量一番。这家伙几次把我揍得不轻，我不能这么便宜了他，我也要让他尝尝皮肉之苦，我要让他哭爹喊娘跪地求饶！

我一人弄不死你，我就不信我和郑魏联手，还送不了你上西天！

这间屋子特别大，以前估计是矿区文体活动中心，屋子里的各种文体用品，全部丢在了最里面贴墙的一张乒乓球台上，贴近门口的这边大约五六十平方的场地空荡荡的，好像专门为着今天我和郑魏联手教训吴海英那个浑蛋预留下来的一般。

我们俩把吴海英控制在场地中央，郑魏见我加入了战斗信心大增，对着吴海英说："吴海英，你个龟孙子，你不是牛哄哄的吗？你不是上面有人罩着的吗？你怎么也成逃犯了？这下知道怕了吧？怎么不敢还手了？"

未等吴海英说话，郑魏乘其不备，照着吴海英的面门一拳砸去。我原本一肚子气，看了郑魏这一招，立马把我给逗笑了。

郑魏这家伙最无耻了，跟人打架的时候，不管对手强弱，先啰唆一大堆的疑问句急人家，趁着人家生气晕晕的，极力打算回嘴辩驳，还没有准备要真正动手之时，他先一记直拳冲上，能打到对手最好，不能打到就借机迈前一步，趁着对手躲避的机会，忽然下面来一个绊子。假如对手再次躲过，没等对手站稳，他便顺势旋身飞起一脚再攻脑门儿，这要是一般没有实战经验的人，即使身手敏捷也很难躲过他这样的连环攻击。

吴海英毕竟功夫了得，早已对我们有所提防，见郑魏的拳头到了面前，头往旁边一歪，轻易地就躲了过去。郑魏的脚随即跟上，吴海英也料到有此一招，猛地上蹿，身在空中骤然旋身，飞起右腿照着郑魏的面门就是一脚。郑魏连忙后仰，硬生生躲过了致命一击，但紧随着要伸出的腿，就这样被吴海英无形中给化解了。

可惜，吴海英还是失算了！

我趁着吴海英化解开郑魏攻势的瞬间，早已移动到他的左侧。我算准了他空中旋身飞起右腿与郑魏对攻，落地之时必先左脚触地，身体重心自然全移在了左侧，这儿正是他的防守死角！

多好的攻击时机，我岂能轻易错过！我飞起一脚迎着他下坠的身子，向着他左边的腰子一脚踹去！

这一脚我使出了全力，踹了个结实，吴海英扑哧一声，重重地倒在了地上。

郑魏也不示弱，吴海英倒地之后，尚未旋身弹起，郑魏立即扑上，一脚踹在吴海英的脚踝上，这家伙再也忍受不住，疼得浑身抽抽满地打滚。

多天以来压在我们俩心头的怨气得以缓解，我和郑魏对视一眼，瞧着吴海英像个地陀似的翻滚，乐得我们开怀大笑。

"大印，郑魏，快解开我的绳子！"

我们俩正在得意，倒把杨杰给忘了，听他这一嗓子，郑魏赶紧过去给他松绑。

郑魏刚把绑在杨杰身上的绳索解开，笑眯眯地正准备拉起杨杰，一种不祥的预感陡然间袭上我的心头，仿佛浓浓的血一下子在空气中弥散开来。这是我多年在搏击场上打拼出来的预感，它使我躲过了一次又一次的死亡威胁。

不好，有危险！

我下意识里朝门口望去，一支枪管伸了进来，对准弯着腰准备拉起杨杰的郑魏。我再掏枪还击已然来不及了，不知哪里来的勇气，我大叫一声"躲开"，向着郑魏毫不犹豫地扑了过去。

我把郑魏扑开的瞬间，听见了一声沉闷的枪响，我猛一下感觉屁股后面钻心地疼。

我在倒地的瞬间还击了一枪，那家伙的身形闪了一下，又消失了。

我倒在地上，疼得龇牙咧嘴。郑魏爬起来，满脸的恐慌，大声疾呼："大印，大印，你醒醒！"

我忍着剧痛，指着门外，杨杰迅速追了出去。

郑魏的眼泪都要流了出来，晃着我的肩膀，可着嗓子嚎："大印，大印，你坚持住！"

我有气无力地说："郑魏，其实……我……我不是你想象的那么卑鄙无耻的人！"

"大印，好兄弟，是我错怪你了！你不能死，千万不能死啊！"

郑魏的嚎叫搞得我哭笑不得，这家伙是盼着我死，还是不盼着我死啊？怎么也不看清我伤在了哪里就这样哭嚎，肯定这家伙这些天受了那么多的苦，心里气得不行，一时情急把心里话给吐露了出来。我真想伸出大脚丫子，堵住他的臭嘴。

可我疼得不行，根本无力抬起脚，望着他开闸放水哭得挺实诚的，心里感动，不忍再耗费他的内在水资源。我喘着粗气说："别晃我，屁股疼，死不了！"

我左手撑，扒着郑魏的肩膀颤颤巍巍地站起来，屁股上的肉一阵紧似一阵地痛。

伤在右边屁股口袋的位置，我用手一摸，没血。我感觉好奇怪，赶紧把口袋里的手机掏出来，一瞧，整个手机被打穿了。制式手枪子弹卡在手机里，露出一截顶在我的屁股上，幸亏有手机挡了下，加上我穿了毛线裤，才没有伤及皮肉。但子弹的猛烈撞击，还是让我疼痛难忍。

我龇着牙对郑魏说："我看见了，开枪的是黄兵，这家伙是全国通缉的A级逃犯！一定是他，郭警官给我看过他的照片！"

郑魏不清楚黄兵是谁，见我没有死成也停止了悲伤，一脸迷惑地望着我。我正要解释，发现倒在地上抽抽着打滚的吴海英，已经滚到了窗户边，趁着我们没注意，突然间跃起翻上了窗户，我顾不了疼痛，连忙冲了上去。

就在吴海英跳下去的同时，我冲到了窗口，对着下面就是一枪。我没有看清有没有打到他，这家伙一闪身躲到墙根下面，我们站在楼上，正好被二楼的一个遮阳篷挡着，不知道这家伙窜到了哪里。

我朝下看了看，三楼的位置实在是太高，我没有胆量就这样跳下去。我对身边的郑魏说："快下楼追！"

郑魏拾起地上被我打晕了的小子扔掉的钢珠枪，一个箭步冲了出去。我一只手拿着枪，一只手揉着屁股，一瘸一拐地跟着郑魏身后跑出屋子，来到楼下遇见了杨杰，杨杰正握着那把贝雷塔 92F 在四处搜寻，我问黄兵跑哪去了，杨杰说那家伙跑得好快，刚追到楼下就没影了。

我来不及多问，走到吴海英倒地的位置，发现地上有几滴血，对郑魏和杨杰说："吴海英受伤了，可能就藏在附近，一间屋子一间屋子搜，我就不信找不到他！"

我提醒郑魏和杨杰，当心黄兵有枪，一定要小心些！

从吴海英落地的位置来看，他能够瞬间从我们的视线中消失，一定是翻窗进了某一间屋子，然后再寻机逃出这片区域。我对杨杰说："你赶紧上到顶楼，负责监视这一大片的区域，尤其是几条出口，看着他们别逃走了！"

杨杰答应了一声，向着楼梯口奔去，我又提醒他："把手机打开，保持联系！"

我和郑魏一起，奔到最近的窗口，虽然窗户紧关着，但我在窗口发现了一些地方被蹭得干净，与周边落满厚厚的灰尘明显不同，吴海英一定是从这里翻窗进去的。

我不敢直接伸头看向窗内，就躲在窗户的一侧，观察里面的动静。郑魏也像我一样，躲在窗户的另一侧朝着里面看。里面静悄悄的，堆了许多破烂的办公桌椅，没有哪里可以藏身的地方。

我望向郑魏，郑魏摇了摇头，我便放下心来，把窗户打开翻窗进去，发现一排脚印通往前面的一扇窗口，上面的灰尘也被蹭去不少，我跟踪到窗口毫不犹豫地翻窗出来。

这边是楼房的正面，与前面的那栋筒子楼相距不到二十米，假如吴海英从这里出来，大概有两个方向可以去。一是继续翻窗躲进旁边其他的房间，或者再顺着楼梯登上其他的楼层。我判断躲进其他房间的可能性大一些，他不可能有胆量，明知道刚才我们会从楼上下来追他，他还敢往楼上去与我们正面冲突。假如没有翻窗进入其他房间躲避，那只有第二种可能了，他极有可能跑向了对面的筒子楼。

这边的几栋楼房，和很多学校的教学大楼差不多，楼梯是建在楼的中间位置，而且楼梯的旁边就是楼宇间的走廊，方便人们从两座楼之间自由穿行。

我和郑魏一起，搜索了一楼所有的房间，没有发现吴海英和黄兵的踪影。我又顺着楼宇间的走廊跑向后面的楼，跑到一半我便折了回来。

通往后面一栋楼的必经路口，地面上显出一个好大的洞，可能这儿就是坍陷的中心地带，吴海英要想跑去后面的楼，除非他先下到洞里，再从另一面爬过去才行。可惜洞太深，他根本不可能冒这么大的风险。

那么，唯一的可能，他就是逃向了前面的那栋筒子楼。

我和郑魏又向着前面的楼房跑去，边跑边用郑魏的手机给杨杰打电话。杨杰现在楼顶，是这附近的最高处，完全可以看清前面楼正前方一块空旷地带。吴海英要想逃离，必须穿过那边空地。而要穿过那片空地，没有三两分钟的时间是不行的。

我问杨杰："能看清你停车的那块空地吗？"

杨杰回答说："能！站在这里四周都能看得清。"

我说："那好，注意前方你停车的位置，看住那里，别让吴海英他们从那边溜走了！"

我挂了电话，来到筒子楼的正面，从第一间屋子开始搜索。

一开始我和郑魏来时每间屋子都搜索了一遍，布满灰尘的地面上留下了我们太多的脚印，很难再判断出是否有人进出过，我们俩便小心翼翼地推开门，重新一间一间地搜索。

周围静悄悄的，风从前方空旷地带吹来，卷起地上的塑料袋，噗的一声打在窗户上，我以为是吴海英或者黄兵狗急跳墙窜了出来，把我吓个半死。我和郑魏手握着枪，紧紧地盯着周围一切可疑的地方，我仿佛能够听见郑魏扑扑的心跳声。

我们不敢搜索太快，轻轻地推开一间屋子的门，确认没有动静时才敢进去。幸好原先的住户搬家的时候大多都把大件家具搬走了，里面的视野较好，没有留下太多的可以藏身的地方。我们重点留意屋角和门后，尤其是卫生间和厨房，因为这些屋子都在拐角，屋里的面积较小，光线相对弱一些，若是一个人蹲在某个角落不容易被发现。

我们把一楼左边的屋子全部搜索完，再回到右边准备搜索时，斜阳已从树梢上掉了下去，眼见着黑夜即将来临，这边一盏路灯也没有，黑灯瞎火的，再想找到吴海英可就不那么容易。我和郑魏加快了搜索的速度，我不信吴海英这个家伙会飞，能够在受伤的情况之下，这么快就从我们的眼皮子底下逃走。

我的心中有些后悔一开始的行动了，我干吗要逞能跟吴海英那个坏蛋过几招呢？直接给他一枪，先打断他的腿，再慢慢地折磨他，不是一样能够解除心中的恶气吗？干吗非要跟他动手，不说万一被他伤着自己吃亏，就说现在吧，好容易逮到了却又让他给跑了，这不是自己给自己找事吗？

但这世上毕竟没有卖后悔药的，我只有忍着屁股上的痛，万分小心，不仅提防着黄兵随时可能伸出来的枪，也要提防着吴海英狗急跳墙，猛一下窜出来跟我们拼命。

我们很快搜索完一楼，连两个人的影子都没有发现，我感觉好奇怪，这不可能啊，吴海英被我打伤了，怎么可能这么快就逃离了呢？

郑魏打算上楼继续搜索，忽然，我想起了一个可疑的地方，引起了我的高度警惕。

一楼最西边有一个公共厕所，男女厕所左右分开，除了男女厕所的两扇门之外，里面的蹲坑与蹲坑之间都没有用隔离板隔开，走到厕所门口推开门，所有的一切一览无余，我和郑魏男女厕所都看了，里面空荡荡的没有一个人影。

可是，我刚才好像忽略了一个地方，我这时才想起来，就在左右两间厕所的中间位置，原本有一个水龙头，可能是因为容易停水的缘故吧，为了冲洗方便，在水龙头的旁边放了一个好大的水缸，足有半人多高，一来时我和郑魏过去搜查的时候，我还特意留意了一下这么大的水缸，里面原本满满的水，可能是放得太久水被蒸发了部分，只剩下五分之四的存水，上面飘满了脏物。

刚才我和郑魏过去搜索厕所的时候，只是匆匆地看了一眼两间厕所里都没人，就匆匆地离开了，根本没有想起再多看一眼水缸里会藏有什么。我现在忽然间想起来，第一次我们去搜索，因为厕所长期无人使用，尽管依旧臭气熏人，但地面上好像完全是干的，到处是飘落的灰尘，一点水渍都没有。刚才我们再去的时候，好像那个水缸周围，漫出了不少的水出来。

怎么可能无缘无故地会有水出来呢？

难道水缸里……

我一扯郑魏的衣袖，对他说："跟我来！"

我们俩迅速回到厕所，水缸静静地还在那里，但沿着水缸的外侧，有一些水漫了出来，我一瞧，顿时乐了。郑魏疑惑地望着我，我一指水缸的旁边，郑魏立马明白，走上前去把耷拉在水缸边的一根塑料软管给拽了出来，嗖地一下扔了出去。

我当时太大意了，第一次进来时我看见这根塑料软管，是接在旁边的水龙头上，可能是直接用来给水缸接水用的，可我第二次来时，早已看到了这根软管从水龙头上脱离了，耷拉在了水缸边上。我只想着尽快在天黑之前搜索完全部的房间，没有太多留意到这么一个小小的细节变化。

就是这么一个小小的细节，差点儿让我们失去一次大好的机会。

郑魏扔掉了塑料软管，我们俩退后一步，紧握着枪盯着水缸，不到半分钟的时间，果然藏在水缸里的人，终于憋不住了气，一阵哗啦啦的水声，水缸里露出一颗人头，郑魏大声命令："滚出来！"

吴海英趴在水缸沿上大口地吐水，浑身冻得哆嗦不停，我对着水缸就是一枪，钢珠击在水缸上发出一声脆响，吓得吴海英睁着一双恐怖的眼睛望着我们。我再次命令："滚出来！"

我握着枪瞄准吴海英的脑袋，咬着牙做出要开枪状，吴海英吓坏了，赶紧说："别，别开枪，我出来！"

吴海英哆哆嗦嗦地爬出了水缸，冻得脸色乌紫，做出可怜兮兮的样子望着我们。我可不管这些，我在他身上早已明白了对敌人的仁慈就是对自己的残忍，我丝毫没有犹豫，对着吴海英的大腿就是一枪，郑魏也不示弱，在他倒下的瞬间，对着另一只腿也开了一枪。

吴海英再也坚持不住，再也没有了凶残，倒在地上。这时候我还不敢大意，走上前去一脚踢在他的后脑勺上，这家伙头一歪，顿时停止了哭叫。我解开他的皮带，把他双手背后绑了个结实，我和郑魏一起把他拖到了走廊上。

我打电话给杨杰，告诉他吴海英被我们抓到了，问他有没有发现黄兵在什么地方，杨杰说没看见。这时天已经黑了，他在上面已没有太大的意义，我让他下来看着吴海英，我和郑魏继续搜索。

我刚挂了电话，忽然听见好多警车拉着警笛朝这个方向过来，老远就看见警灯发出耀眼的光亮。我吓坏了，不会是防暴大队宋加才大队长，派人过来救吴海英吧？上次在泉河村他就是这么牛哄哄的，拉着警笛闪着警灯赶过来"救"我的。

我连忙招呼郑魏一起，把吴海英抬进旁边的一间屋子里藏好，这时好多辆警车已经到了近前，车里一人拿着大喇叭喊："王大印在哪里？"

靠，哪有用这个阵势来找人的！

我挥着手跑了出来，迎着警车说："郭警官，我在这里！"

郭警官带着好多警察围了过来，郭警官问我："你的手机怎么不在服务区？"

我这才想起来，难怪郭警官没有联系到我，我的手机早已被黄兵那个家伙开枪打烂了。我把这边的情况告诉了郭警官，郭警官命令警察把整个大楼包围起来，指挥大批的警察冲进去搜索。

我和郑魏把吴海英拖出来交给郭警官，杨杰早已下来，见到吴海英上去就要打，郭警官一把拦住了，说："别打了，法律会制裁他的！"

杨杰带着哭腔说："我的儿子被他们绑架了，我要他快些放了我的儿子！"

吴海英醒了过来，腿上还在流血，郭警官边让随行的警察为他包扎止血，边审问他小孩藏在哪里。

这么多警察在跟前，吴海英反而不像刚才那么怕了，紧闭着嘴巴什么话也不说，气得我们三人再想上去把他暴打一顿。

这可怎么办？

杨杰的儿子小孩还不到两周岁，要是被吴海英藏了起来，关在哪个不被人知的角落，时间一久找不到，岂不是太可怕了！

第五十三章　临时警察

大批的警察分成好多小组，分别冲进各个楼层，搜了半个多小时，把几栋大楼全搜遍了，只带回两个被我打伤的小子回来，却没有看见黄兵，杨杰的儿子也没有找到。

警察突审吴海英，吴海英知道自己的罪孽深重，横竖是个死，就顽抗到底什么也不交代，问急了便只会说："冷！好冷！"

吴海英浑身湿透颤抖个不停，脸色铁青目光浑浊，早没了当初我见到他时的嚣张。我这才看清吴海英的肩膀处也有伤，是他从三楼跳下时我开枪打的。可能是带伤在又脏又冷的水缸里泡得太久的缘故，吴海英的身体极度虚弱，警察一时从他嘴里问不出什么，见他伤得不轻，只得安排警察押着他，开了辆警车去医院。

剩下的两个人，其中一人腿上被我开了一枪，警察正给他包扎止血，见吴海英被带去了医院，警察又这么仁慈，便以为警察好说话，吵嚷着自己快不行了也要去。一个警察扯着他的伤处，厉声说："不说出小孩的下落，休想离开这里半步！"

这小子就不嚷嚷了，倍感冤屈地说："我们没有见到什么小孩子啊！"

另一个小子也跟着解释说："自从那天你们警察去泉河村逮捕鹰哥，他逃走了之后，我们就没有再去公司上班，待在家里无事可做，今天下午两点钟左右，鹰哥打电话给我，让我在路口等他，后来鹰哥开车过来接我，然后我给他当司机，鹰哥坐在后排又给朱军打电话，我开车到了朱军家的巷道口，接上朱军就一起过来了，没有看到什么小孩，也没有听鹰哥说起过。"

朱军说："我后来上车的，我坐在副驾驶座上，李勇开的车，一路上鹰哥只告诉我们说要教训一个人，我们也没敢多问，就跟着过来了，我也没听鹰哥提起过他绑架了小孩子。"

被我打伤的叫李勇的小子指了指杨杰，接着说："他被鹰哥偷袭之后，鹰哥找他要什么照片，我才听到他说，他要看到小孩子才会交出照片，我们一开始根本就不知道鹰哥还绑架了他儿子。"

警察问："黄兵有没有和你们一起过来？"

两个小子一脸的茫然，都说："哪个是黄兵，我们不认识。"

看来，黄兵是齐六暗中派来的，这两个小子级别太低，不知道齐六的安排也在情理之中。吴海英来这里之前，就把杨杰的儿子藏在了其他地方，根本没想让杨杰见上一面。

难道……

我不敢想象下去了，我望着杨杰伤痛欲绝的样子，我也好生难过。

忽然，我想起一事，问李勇："吴海英开的车停在了哪里？"

李勇说："在前面那个拐弯的路口，往前走一点就是。"

我再问："什么车，车钥匙呢？"

李勇从口袋里掏出钥匙递给我，说："是奥迪Q7，黑色的。"

我拿着钥匙，对杨杰说："走，过去看看！"

我心存侥幸，或许小孩子被吴海英绑在了后备厢里，或许只是一会儿的工夫，小孩子不会有什么大碍吧。我默默地祈求上天保佑，杨杰是个好人，再也不要给他带来伤害了！

杨杰和郑魏跟我的心思一样，急于想知道结果，我们三个人一起向着停车的方向跑了过去。很快我们到了地方，我把车打开，车里空荡荡的，杨杰再也承受不住打击，蹲在地上号啕大哭。

我和郑魏也好生难过，可我知道，无论我们怎么样安慰，也劝解不了杨杰内心的伤痛，现在唯一要做的，就是抓紧时间找到孩子的下落。

吴海英这个浑蛋，会把小孩子藏在哪里呢？

我问杨杰："你是什么时候知道小孩被吴海英这个杂种绑架的？"

杨杰说："今天下午郭警官找你谈话的时候，我和郑魏离开了医院，刚和郑魏分开我就接到吴海英打来的电话，他让我拿枪和照片换回我的儿子。我一开始还不相信，等我挂了电话，我老婆的电话就打来了，我老婆在电话里哭着说，她刚才吃过午饭带着儿子在家门口玩，忽然来了两个人，抢了儿子就跑，我这才相信了吴海英说的话。吴海英又打来电话，让我带着枪和照片来这里给他，否则我就别想见到我的儿子了。大印，对不起，我没经过你同意就拿了那些东西，我……"

我拍了拍他的肩膀，没有让他再说下去。我说："先不要想其他的，赶紧找郭警官查一下，这辆车今天下午来这边之前都去了哪里，知道了吴海英的去向，就容易查到你儿子的藏身之地了。"

我们正说着，郭警官走了过来，郭警官对我们说："上车和我们一起回市局，调看一下监控录像，跟踪车子找人！"

我一听，和我想的一样，就把吴海英的车钥匙给了郭警官，我说："我坐杨杰的车跟着你们去！"

杨杰正在伤痛中，让他坐在副驾驶位置上，我开着车跟在警车的后面，郑魏一个人开着他的车走在我们身后。前方的警车拉响了警笛，向市公安局开去。

警车一路鸣笛开道，很快就到了市公安局大院，我把车挨着警车旁边停下来。杨杰下车打开后车门，掀开后排座椅的坐垫。

杨杰把藏好的照片拿出来，又把枪一起还给我。我拍拍他的肩，什么也没说，把东西放进郑魏提下来的钱袋子里，拎着沉甸甸的钱袋子，跟着郭警官一起走进了市局办公大楼。

上到二楼，被我打伤的俩小子，警察直接押送他们进了审讯室。郭警官让郑魏和杨杰跟随另外的警察，去一间办公室里做笔录，让我跟着他继续朝上走。我们来到三楼监控中心，郭警官找来一位负责技术的刘警官调出监控，查找下午两点钟之前，吴海英那辆奥迪Q7车在城市里的行驶路线。在等着刘警官查找车辆的时候，我把钱袋子和钢珠枪全都交给了郭警官。

我正跟郭警官说着钱袋子里的东西，大厅里来了一位领导，五十多岁，身材魁梧。我一看好面熟，好像在哪里见过，郭警官告诉我他就是邱局长，我才恍然想起，经常在电视新闻中看到他。

邱局长和郭警官一起，进入旁边的一间用透明玻璃隔开的房间，两个人聊了几句，然后郭警官走出来把我叫进去，向邱局长作了介绍。邱局长十分客气，伸出手用力地和我握了握，我生平第一次和这么大的官握手，心里好激动。

郭警官让我当着邱局长的面，说说钱袋子的具体情况。我把钱袋子的来龙去脉，捡关键点简要地说了。我没好意思说太多，一方面我不想让邱局长和郭警官感觉我这人太贪；另一方面时间不等人，这时候不是我跟他们说这些的最佳时机。我的全部心思都在如何帮着杨杰找到他儿子的这件事上，我必须争分夺秒，才有可能成功营救出杨杰的儿子。

我把钱袋子里的东西全倒出来摆在桌子上，面前堆起一大堆百元大钞，我一点兴趣也没有了，我把它们推向一边，取出里面的照片，指着其中几张照片上写的字，把我的想法告诉他们说："齐六和吴海英他们不择手段想要回照片的目的，我怀疑是与这上面的几行字有关。有可能这些字是齐六在极度愤怒时写的，只要鉴定出笔迹是他的，他就摆脱不了雇凶杀人的嫌疑！"

邱局长很赞同我的想法，立即让郭警官安排人拿去鉴定，并做出明确指示："一旦确认齐家强参与其中，就立刻提交一份报告给市人大常委会，暂停其人大代表资格，对其实施抓捕，依法处理，决不手软！"

郭警官拿着照片正要出去交给相关技术人员，我忽然间想到一个细节，连忙指着一张照片，激动地对邱局长和郭警官说："小孩子可能就在山湖君阁别墅里！"

邱局长和郭警官一起望着我，我指着那张写有"山湖君阁 10 号"字迹的照片说："你们看这张照片拍摄的角度，应该是正对着这个别墅的正面拍摄的。请注意，山湖君阁别墅是我们市最高档的住宅区，陌生人要想进去是很难的，而且在这么正面的位置偷拍，很容易被照片上的这个人发现。据我所知，山湖君阁别墅户与户之间间距很大，相对视野很开阔，监控设施也是一流的，没有任何地方大白天里可以藏着一个人。要想神不知鬼不觉地偷拍，只有一种可能，那就是有人藏在前面这一户的别墅里才可能完成！"

邱局长和郭警官两个人都在认真地听着我的分析，我接着说："你们再仔细看这张照片中的人物，已经拍到了他的头顶，这说明什么呢？这就是说，偷拍的人所站的位置，一定是远远高于照片中的人，才会拍下这个角度。要想在山湖君阁里偷拍，又要爬到这么高的高度拍摄，只有在二楼的位置才能拍到，这就进一步印证了，偷拍者不可能是在室外拍摄的。这就说明，前面那一套别墅二楼的窗口，就是偷拍者所在的位置，那套别墅可能与这件案子有着密切的关联！"

邱局长认为我分析得很有道理，他提出了一个疑问，就算偷拍者是在前面那套别墅拍的，怎么能与小孩子藏在那里联系到一起呢？

我说："在塌陷区我检查吴海英的那辆奥迪 Q7 时，发现他的前车窗玻璃左下角，有一张智能 IC 卡。我熟悉这张卡的功能，它是出入高档小区专用的智能识别 IC 贵宾卡，是专门为高端用户特意打造的。它平常插在车前窗玻璃旁的一个无线发射信号的卡槽里，当装置有这个设备的车辆行驶到小区大门附近时，小区里面的安防监控系统的接收设备，就可以准确无误地接收到来自于这辆车的发射信号，很快辨识出车主人的高贵身份。车辆一旦到达小区门口，不用人工操作就能自动抬起道闸杆，或开启电子伸缩门，让车辆快速通过，无须车主摇下车窗刷卡，达到自由穿行的目的。它还有其他一些实用方便的功能，这样的智能识别 IC 卡，是目前较流行的彰显主人身份的智能 VIP 卡，与其配套的一套智能安防监控中心系统，市场售价很贵，一般小区是不会购买使用的，目前我知道的在我们市内只有山湖君阁别墅在使用。既然吴海英的车上安装了这个，想必他经常出入山湖君阁别墅，很可能今天他就在那里出现过。而且山湖君阁别墅里藏着一个小孩子，是不会引起人们注意的，我们只要调看监控，查看下午两点钟之前，这辆奥迪 Q7 有没有进出山湖君阁就能判断出了。"

我随着邱局长和郭警官来到监控大厅，郭警官把我的意思告诉负责网络技术的刘警官，刘警官尝试了一下，只能调出离山湖君阁别墅较近的一条公路的监控录像。那是一条繁华的道路，来往的车辆非常多，而且不一定进出山湖君阁别墅的车辆都要经过那里，我还记得有一条小路可以通过，但那边不是主要路段，路上没有安装监控摄像头，这边监控大厅指挥中心就无法看到。

我问刘警官这里有没有与外界网络连线的电脑，可以通过互联网进入山湖君阁别墅的监控系统。刘警官指着其中一台电脑说："这台可以，有用吗？"

刘警官用怀疑的眼光看着我，想进入山湖君阁的监控系统需要花很长的时间解密，不是轻易就可以进去的，他对我的能力表示怀疑，但没有直接说出来。我自己心里有数，以前我对山湖君阁别墅先进的监控系统很好奇，多次侵入进去仔细研究分析过，进入他们的系统我早已轻车熟路。我没有这么说出来，做出谦虚的样子，说："我试试看吧。"

邱局长、郭警官，还有刘警官一起围过来，看着我怎么倒饬电脑。我内心十分忐忑，一下子紧张起来，我将要操作的方法，有可能是在犯罪，尤其是当着他们这些警察的面，把我的犯罪步骤一一演示出来，将会给我带来意想不到的麻烦。

但为了尽快帮着杨杰找到儿子，我只有豁出去了！

我调整好呼吸，迫使自己沉下心来，不再想后果如何，对着眼面前的电脑，伸出了我一双颤抖的手。

我噼里啪啦敲击着键盘，很快进入山湖君阁别墅的监控系统。邱局长在身后看了哈哈大笑，毫不掩饰对我的赞许。我听着他爽朗的笑声，脊背上一阵阵发麻，一阵阵刺痒越聚越多，片刻工夫布满了全身。

我明显能感受到就在我的身旁，还有一双时刻警惕着的眼神，在注视着我的一切举动。

不错，这个人就是刘警官！

刘警官站在我身旁，一言不发，手背在后面看着我操作。他是负责网络技术的警官，不像邱局长和郭警官对计算机了解不多。他完全可以看出我用的这些方法，都是违反了常规，甚至超越了法律所允许的范围。也就是说，我在没有授权的情况之下，在采取非法操作！

我很是心虚，不时地瞄他一眼，他一脸的严肃仔细地看着我的每一步操作，始终一句话没说。

我侵入山湖君阁内部的监控系统，一步一步破译入径密码，巧妙绕过防火墙，进入后台管理界面，调出大门口的监控资料，果然查到一点三十七分，吴海英开着奥迪Q7驶入小区大门。监控摄像头的像素很高，能够清晰地看清吴海英的脸。吴海英面色正常，像下了班回自己家一般，非常悠闲自然地开车通过了小区第一道大门。

我把视频拉回来回放一遍，逐渐拉近图像，想从前窗玻璃看一看车内有没有其他的人，结果很是失望，镜头中出现的只有吴海英一人。

但是，这并不能排除对这辆车的嫌疑。因为杨杰的孩子还小，要是被吴海英绑着躺在后排座位上，监控摄像头是无法拍到的。即使小孩是坐着的，只要不坐在中间位置，前排有那么高的座椅挡着，也是无法拍到。何况吴海英这个浑蛋，还可能把小孩子藏在后备厢里也说不定。

我再倒回去重新放一遍，把吴海英的脸放大到最大，这时，我突然发现了一个细节，我把图像再倒回去，在三十六分四十九秒那一瞬间的图像，我按下暂停键，对围在身边的几位警察说："你们看吴海英的眼睛，是不是朝上翻了翻？"

等警察们看过了之后，我把图像前进到三十七分十一秒，再次按下暂停键，说："你看这里，他的眼睛是不是又朝上翻了翻？"

不等警察们提问，我解释说："他翻眼瞧的正是安装在车前方的后视镜，他这个动作是在观察车后的动向。但这时候车后面并没有其他的车辆跟着，他没有必要看车后面的情况。那他还连续两次这么看是为什么呢？我判断一定是他心虚，在下意识里观察后排座位上有没有什么动静。也就是说，后排座位上有可能就是杨杰的小孩！"

我继续顺着小区里的其他监控探头一路跟踪，这辆车正如我先前判断的那样，驶入了十号别墅前面这户人家的前门大院。由于监控摄像头拍摄不到住户院子里的情况，吴海英是怎么下车的，有没有带着小孩子，监控录像里面看不到。但有一点是明确的，吴海英那个时间段确实在山湖君阁别墅里出现过，小孩子藏在别墅的可能性非常大。

很快，其他的警察送来了一份资料，十号别墅前面的这栋六号别墅，户主叫吴海燕。而吴海燕就是吴海英的远房堂妹，今年二十五岁，人长得标致，大学毕业后通过吴海英的介绍，在天翔集团总部做行政文秘的工作，齐六相中了她，把她纳为小三。

吴海燕是个聪明的小女人，深得齐六的宠爱。一开始是被齐六安排在一套酒店式公寓里住着，很快为齐六生了个儿子，齐六心里一高兴，买下这套山湖君阁六号别墅给她，让她安心住在里面替他把孩子带大。

吴海英也是与齐六有了这层关系，与齐六走得更加近了，在安保公司四个大队长中，他最受齐六的信任，齐六很多重要的事都是交给吴海英摆平的。

这些信息郭警官早已通过对齐六的暗中调查，了解得清清楚楚。郭警官让人把这些资料拿过来说给邱局长听，从另一个侧面也验证了我的判断，有极大的可能，吴海英把杨杰的儿子藏在了他堂妹这里。

邱局长立即下命令，让郭警官带队前往搜查，务必要保证孩子的安全，完好无损地带回来。

郭警官领命要走，我连忙问他能否让我也去，我认识杨杰的儿子，可以帮忙辨认。未等郭警官答复，站在一旁的邱局长笑眯眯地问我："小伙子，想当警察吗？"

晕死，警察这么牛的职业，我能不想吗？

做梦都想！

我丝毫没有犹豫，响亮地回答："想！我从小就想当警察！"

邱局长很干脆地说："好！只要你继续发挥聪明才智，找到小孩的下落，成功解救出来，我就替你实现这个愿望！"

真的？

我双眼放光，毫不掩饰内心的激动，望着邱局长。

邱局长说："可以临时特招你来网络技侦组，发挥你的特长，帮助专项治理组侦破这一要案。"

"是！我一定听您的话，好好工作，做一名对人民有用的、称职的警察！"我挺起胸膛，说出梦中早已存在的想法。

我开心极了。

郭警官很快办好了搜查证，我和他一起下到楼下，一队警察早已列好队伍等候着命令。郭警官简单地说明了任务，警察分乘三辆警车，闪亮着警灯出了市局大院，直奔山湖君阁别墅而去。

第五十四章　我杀人了

夜幕垂降大地，霓虹闪烁，到处是一派祥和欢乐的景象。我坐在警车里，想象着我能参与打击罪犯的行动中，内心无比光荣与自豪。这几天她好吗？我平常都是习惯隔一天给她一个电话，最多不超过两天，可我被吴海英打伤了之后，在医院昏迷了两天，接着又发生了这么多的事，我根本没有时间与她联系。我的手机装在屁股口袋里，也被黄兵那个浑蛋打坏了，我好想给鸽子打一个电话，报个平安，好让她少些担心。

听鸽子的姑姑说，鸽子需要骨髓移植，在中华骨髓库中检索到了一名捐献志愿者，和鸽子的血液配型数据完全相符，初次检索的配型结果有六个点的数据一致。医生正在为移植手术做进一步的血液配型高分辨检测，一旦检测确认适合，就可以联系那位好心的捐献志愿者，要不了多久就可以做移植手术。我不清楚这两天进展怎么样了，我在心中默默地祈祷，但愿那位好心的志愿者不要临时变卦，好人一定会有好报的！

但愿我们今晚的这次行动，也能把杨杰的儿子完好地解救出来，杨杰是个好人，他也一定会有好报的！

警车很快驶离了繁华的商业区，向着山边的一条小道开去。小道曲径通幽，一盏盏高品质的 LED 景观灯悬于路的两旁，像一颗颗璀璨的明珠，照亮了整个山间小道。掩映在绿树花丛之中的小亭子，或优雅别致，或奢华高贵。

前方不远处就是依山而建的山湖君阁别墅区，这边我曾经来过，是和郑魏一起冒充大款来看房，是在白天，这里环境优美闹中取静，没想到夜晚的景色也是如此秀美诱人。

忽然，警车刚拐过一个弯道，对面一束强光刺来，我下意识闭上眼睛，却又想看一看是哪样的小子这么没素质，这么光亮的路面上还打着刺眼的大灯。这一看不要紧，我大声惊呼："黄兵！是黄兵！"

黄兵开着一辆黑色的帕萨特，正从山湖君阁别墅的方向过来，没想到在这里遇见了我们。他故意低着头开车，想从我们的旁边溜过去。可惜，他戴着的鸭舌帽早已引起了我的注意，下午在塌陷区他朝我开枪时，就戴着这顶鸭舌帽。我一声惊呼，声音在这宁静的夜晚传出去很远，可能他也听见了，黄兵下意识里朝这边瞪了一眼，那双阴毒的眼神一下子就让我确认了是他。

开车的警察也看见了，肯定地说："就是他！"

郭警官正在埋着头啃着一袋方便面，忽听我们这么说，放下方便面就说："截住他！"

黄兵这个浑蛋知道躲不过去，加大了油门玩命地朝这边冲了过来，想以此吓住警察司机，不敢与他迎面对撞。只要我们一时惊慌闪开了一条路，他就会立马飞蹿出去。

这里的路面虽然建造得十分美观，但毕竟是山间小路，不是宽敞的市政大道，要想在这么窄的地方中途调头很费时间，一旦让他冲了过去，再想追上他几乎没有可能。

警察是个老司机，紧急之中丝毫没有慌乱，等黄兵的车子直冲到近前，向右一打方向盘，躲过帕萨特的车头，就在车身即将通过的一瞬间，猛把方向盘朝左转动，照着帕萨特的车身撞了过去。两辆车身发出刺耳的摩擦声，黄兵的车一下子偏离了方向，向着道旁的高坡上冲去，轰的一声撞在一棵树上，车前盖轰然弹开，发动机发出沉闷的声响，终于熄火停了下来。

我们的车也被撞得横在了道路的中央，司机踩紧了刹车，稳稳地停住，不等郭警官命令，我打开车门一头冲了出去。

没等我跑到近前，帕萨特的门突然间打开，黄兵这家伙居然毫发未伤，从车里爬了出来。瞧我快追到了近前，急忙伸手往怀里摸。

坏了，这家伙有枪！

我吓坏了，未等他把枪掏出来，急忙扑向身旁的一块大石头后面躲起来。我的钢珠枪早已交给了郭警官，没有了枪再也不敢逞强，眼睁睁地看着黄兵绕过车子，向着山顶爬去。

这座山不是很高，山上长满了碗口粗的树，翻过去另一面就是高速公路，越过高速路就是一片茫茫的丘陵，那边小山连着小山，一望无际渺无人烟。在这黑灯瞎火的夜晚，一旦这家伙跑远，再想抓住他可就不那么容易了。

就在我犹豫之间，身后的警察已经追了过来，对着前方一阵猛射，黄兵借着树木的掩护，急速向着上面逃去，还不时地回头对着警察射击，阻止警察快速地跟进。

我一想，既然都已经这么不要命地第一个冲了出来，就这么躲着实在是丢人。我观察了几秒钟，从地上捡起一块石头，看准了黄兵逃跑的方向，猛追了过去。

我没有跟着警察直接追上去，黄兵已经注意到警察在身后紧追不放，不时地开枪还击，他的注意力全在警察那边，我就绕到他的左侧，保持二十多米的平行距离，向着山上快速地奔跑。

我要赶到黄兵的前面去，在他必经之地埋伏下来。我没有枪，凭我的身手，我一样可以制服他！

山坡上好多树，密密麻麻，月光洒在枝头再透下来时，几乎看不清地面上有什么。

我所在的位置根本没有路，每迈出一步，不是踢到了碎石，就是踩在一堆乱草之上。这样一脚硬一脚软快速飞奔，很是消耗体力。

我屏住呼吸向前跑着，时刻注意着黄兵那边的动向。黄兵跑跑停停，不时回头向着追来的警察开枪射击，这样他的速度自然提不上来，我很快跑到了他的前面。我超越了他有三十多米的距离，便不再拼命地向前奔跑，随着他的奔走速度，朝着他的方向悄悄地摸了过去。这会儿，黄兵已经把警察们甩出了一段距离，渐渐地枪声也就稀疏了下来。

前方不远处有一个坟头，坟头的南边比较宽敞，其他的地方到处是杂草乱石，黄兵要想快速逃生，我算准了他必走那边。我弯着腰跑了过去，蹲在坟头后面埋伏好，手里握紧石头，只要黄兵走近了，我立马就能让这家伙尝到我的厉害。

我静静等着，周围一片安宁，剧烈奔跑把我累得够呛。我调整好呼吸，小心地伸头朝着黄兵的方向望去。这家伙在二十米开外的地方，正撅着屁股躲在一块巨石后面，握着枪对着山下的方向。

可惜我没有枪，我和他之间除了一些碗口粗的树，再也没有其他的遮挡物。我不敢悄悄地摸过去向他偷袭，万一没摸到近前被他发现，这家伙枪法极准，又是一个穷凶极恶的歹徒，稍有一丝差错，将使我丧命。

黄兵开了一枪，压制着警察不能马上追上来，然后爬起来朝着我的方向飞奔。我连忙缩回头，蹲在坟头后面，静静地等待着他的到来。不到一分钟，我已经能清楚地听到黄兵的喘息之声。

我没有抬头去看，我凭借着他的喘息之声，判断着他与我之间的距离。喘息声越来越大，还夹杂着快速奔跑时鞋底摩擦在杂草上的沙沙声。我耐心地等待，等待着最佳的攻击时机。

时间犹如凝固了一般，我能听见我自己扑通扑通的心跳声。我迫使自己不要立马站起来，等等，再等等，再等最后一秒钟……

借着月光，我终于看到了一个人影到了近前。我猛一下站起，挥起手臂毫不犹豫扔出了石头。黄兵这家伙根本没想到离他仅有一米多远的前方，在这夜半三更的坟头旁，会突然间闪出一人，吓得他大惊失色，"哦"的一声刚出口，我扔出的石头就飞到了他的面门上。我紧跟着冲过去，照着他拿枪的手一脚踢去，就在我踢中他的手腕之时，砰的一声枪响。

枪声像一把锋利的剑，划破了宁静的夜空。可惜他拿枪的手腕被我踢着，子弹偏了方向打上枝头。我不等他继续开枪，飞身上去补上一肘，直击他的胸部。在他倒下的瞬间，我一挌一擒，迅速拿捏住他的右臂，肩膀一拧，反身把他掼倒在地，就势缴了他手里的枪。

我站起身，拿枪指着他，这家伙躺在地上一动不动。我再踢了他一脚，这家伙还是不动。我弯下腰，伸手在他的鼻子前试了试，好半天了也没见呼出来的气息。我一下子紧张起来，这家伙不会被我弄死了吧？

我还从来没有杀过人。

我怎么杀人了？

——我居然真的杀人了！

我好紧张，我不信他真死了。我握紧他的胳膊，使劲抖了一下。可是，黄兵这个王八蛋，居然真没有叫出声来。我这时才看清，他的额头上好大一个伤口，血水正从里面喷出来，弄得满脸都是！

"郭警官！郭警官！"郭警官带着警察追了过来，走到近前，看到我已把黄兵制服，说："大印，好样的！"我紧张地冲着后面追过来的警察嚷起来。

"我杀人了！"我浑身抖动个不停。

"杀人了？怎么？他死了？"郭警官马上蹲下来，检查黄兵的情况，其他警察也一阵喧哗。

"我杀人了！"我张大着嘴巴，瞪大着眼睛，我不知道究竟我是怎么了。

"大印，别害怕，来，把枪给我……"

我赶紧把枪扔给了郭警官。我不敢想象我居然杀人了！

郭警官拍拍我的肩膀，我的脚犹如千斤重，郭警官扶着我，和我一起朝山下走去。一路上郭警官不停地和我说话，不停地安慰我。

我们走到山下，我的心还在扑腾扑腾地跳。我们回到车前，一辆救护车正好赶了过来，车上下来医生抬出担架，和警察一起，把躺在地上的一名警察抬上救护车。我不明白这是怎么了，茫然地望着郭警官。

郭警官表情凝重，眼里滚动着泪水，无限惋惜地说："他刚才在追捕的路上，被黄兵一枪打中，牺牲了。"

怎么会这样呢？刚才还鲜活的一条生命，就这样被黄兵杀害了！

而黄兵却被我杀了，我真的杀人了！又是一条活生生的生命啊，就这样一下子给结束了！我还是不能完全从杀人的阴影里走出来。

送走了那位牺牲了的警察，其他的警察围到我身边，一个个伸出了友谊之手，和我紧紧相握，给了我莫大的鼓励和安慰。

我尽量控制住内心，尽量不让自己的身体颤抖，我对郭警官说："我没事了，走吧，去救杨杰的儿子。"

郭警官安排一辆车和警察，留下来处理现场，另外的两辆车再次向山湖君阁别墅进发。我坐在车里默不作声，暗地里屏息静坐，把刚才发生的一切抛在一边，渐渐地我的身子不再抖得那么厉害。

来到别墅的大门口，门口的保安看是警车，什么话都没有说直接按下按钮，电动伸缩门徐徐打开。警察司机把头伸出车窗外，问保安六号别墅怎么走，其中一名保安走出岗亭，客气地给我们在前面引路，很快来到六号别墅门前。

警察们按照郭警官的事先部署，把整个别墅包围起来，未等我们走到门前，里面的门开了，一位中年妇女十分恐慌地站在门口。

郭警官问她吴海燕在不在，她连忙点头说在。

我们走进一楼客厅，里面一盏巨型吊灯把整个屋子照得雪亮。一位穿着整洁的小佳人，在客厅的沙发旁默不作声地站着，怔怔地望着我们，脸上写满了惶恐与不安。

郭警官问她："你叫吴海燕？"

吴海燕轻轻地答："是。"

郭警官再问："吴海英带来的小男孩在哪里？"

吴海燕望向那位中年妇女，中年妇女急忙说："在楼上房间里睡着了，我去抱下来。"

我和一名警察随着她上楼，来到一间卧室门口，轻轻地推开门，屋子里一张大床上正睡着两个小孩，其中一个想必就是吴海燕的儿子。我仔细辨认，左边的一个正是杨杰的胖小子。这家伙睡得正香，可能突然开亮的灯光刺激了他，小家伙吧唧吧唧嘴，回味了一下吃过的好东西，撅着屁股继续睡去。

我上前轻轻地把他抱起来，小家伙醒了，睁开眼睛迷迷瞪瞪地望着我，忽然放开声音大哭起来。

这小子，几天时间不见，居然连我也不认识了，亏了我每次去看他，都给他买了好多好吃好玩的东西！

这么肉嘟嘟可爱的小家伙抱在我怀里，我的心情才算彻底地平静下来。我忙冲着胖小子乐呵呵地说："豆豆，是我，你的王叔叔，小胖子你不认识我啦？"

小家伙怔怔地望着我，彻底醒了过来，认出了我，终于不再哭了。

我抱着他下楼，听见吴海燕在辩解着："我不知道是我哥绑架的小孩子，他把小孩子交给我，让我好生照看着，我没有问他是谁家的。看这个小孩子很好玩，我就收留了下来，对他和我的亲儿子一样照顾的，不信你问孙姨！"

被吴海燕叫孙姨的中年妇女，可能是吴海燕家的保姆，她也跟着说："是这样的。小燕她大哥没跟我们说什么，带来了这个小男孩，说是在这里住几天，他放下小孩子就走了，我们根本不知道是绑架来的。"

郭警官不跟她啰唆这些，问吴海燕："黄兵也在你这里住的吗？"

"谁？"吴海燕问了一声。

"就是戴鸭舌帽的，跟你哥差不多大的那个人。"

"对，他是我哥和家强（齐六）的朋友，家强跟我说让他在后面的客房里住一段时间，刚才他接到一个电话就出去了。怎么了？他不是叫黄立明吗？"

看来，吴海燕没有参与进齐六和吴海英的犯罪之中。这也很好理解，他们这些凶残的家伙在外面犯下天大的罪行，也不会轻易地让家人知道的。

从吴海燕这里问不出什么有价值的东西，郭警官交代她这些天哪里都不许去，随时听候传唤，吴海燕唯唯诺诺地答应着。我们便撤了出来，带着杨杰的胖儿子，坐上警车往市局开去。

我和郭警官坐在后排座位，我小声问他："你有没有发现有些不对劲？"

郭警官望向我，等着我往下面说。

我说："我们一去时，那位孙姨就把门打开了，而且吴海燕穿着那么整齐，不像是一般在家里晚上不出门时候的装束。她们好像是知道我们会去，打扮好了在等着似的。吴海燕还说黄兵是接到一个电话之后离开的，这个电话又是谁打来的呢？是不是谁走漏了消息给他的，怎么会这么快？"

郭警官说："类似这样的事情已经不是第一次发生了，我曾经和你说过我们警局内部有内鬼，但到目前为止，我们还没有办法查出来。"

"会不会是负责技术的刘警官？今天事先知道这件事的，除了你、我和邱局长，还有就是他了。"

"他的可能性不太大。一来，今天来这里解救小孩，事先我们并不知道黄兵就藏在这里，不属于一级保密的案件，就没有特别做保密通知，事先知道这件事的不仅是我们几个人，我去办理搜查证也会有其他的警官知道。这么快调集出警力，需要几个部门密切配合才可以，知道的人就更多了。二来，刘警官是做技术工作的，在市局里的级别也不高，如果今天这事是他做的，那以前许多非常保密的案子，并没有做技术侦破，他没有机会参与，又是谁透露出去的呢？"

郭警官说得很有道理，但这个内鬼究竟是谁呢？

第五十五章　这是爱的奉献

　　郭警官放我几天假，我抓紧时间去宫爵一品，把那些音响设备调试好了。既然事先小娟的老同学冯燕燕非常慷慨，打了三万块钱到我的卡里，我答应了她尽快搞好，我不能有了好的前途就甩手不管，影响了她及时开业。

　　冯燕燕很是爽快，没等我调试完毕找她验收，就把另外三万块钱的尾款付给了我。在我完工之后，她专门开着她那辆漂亮的宝马车，陪着我一起去看小娟。

　　我去看小娟的时候，正是上午十点多钟，墓地里有不少人来扫墓。我在冯燕燕的陪同下，来到一个最偏僻的角落，小娟的坟头前只有一块小石板，上面用黑漆写上了她的名字，不像周围那么多的墓地，用水泥砌成好大的一片，墓碑也是精工雕刻的。我看着小娟坟前如此凄凉，再也控制不住自己，情不自禁地跪下来，眼泪哗哗地流。

　　在我认识小娟之前，我给了无数多的人帮助，可以说，我从来也没有愧对过任何一个人。可是，我的小娟，我对我的小娟，我罪该万死，我心里有愧，我好心痛啊！

　　假如上天允许，我宁愿我走进去，唤醒小娟出来，只要我的小娟能开开心心地活着，我宁愿下到地狱里遭受一万年的煎熬！

　　可是，我的小娟再也不能醒来了，再也不能听见她的笑声，再也不能陪着我和那帮歹徒斗争，再也不能在我受伤的时候，给予我莫大的安慰和照顾。我的小娟，你在哪里？你能听得见我的呼声吗？我的小娟，你知道我在想你吗？你知道我的心好痛吗？

　　我想花钱把小娟的墓地换到最好的地方，冯燕燕噙着眼泪说："大印，不要再换了，小娟的父母说得对，他们年纪大了，今后不会每年都来这里看她，与其让她看着别人都有家人来扫墓心里难受，不如就这样让她静静地躺在不受他人打扰的地方。"

　　我说："只要我还活着，我会每一年都来看她的！"

　　冯燕燕说："你的这份心意小娟是能感受到的，但你和她毕竟没有结婚，不能像人家那样后辈子孙一起来。与其不能给她带来多少宽慰，不如就让她在这里，只为等你一人过来，岂不是更好？"

　　我望着公墓的那边，许多人拖家带口来扫墓，有献花的，有烧纸钱的，有放鞭炮的，好不热闹。小娟如果住在旁边，确实会打扰了她的安宁。我便不再说什么，捡来一把生了锈的半截铁锹，去山坡的另一边挖了好多黄土，我脱下上衣，把土装在上衣里兜着，一趟一趟抱过来，堆在她的坟头上，把她的坟头盘得高高的。

盘完坟头，我再把周边打扫得干干净净，旁边一条细水沟从小娟的坟前经过，里面脏兮兮的，全是上坡的地方流下来的脏物。我把它们清理干净，用土填实垫高，从另一边引了一条小沟便于上坡流水。小娟生前就喜欢干净，我不能让她的门前污渍横流，我要她躺在干干净净非常宽敞的房子里，不受任何人的打扰。等我下次再来时，我还要请人给她雕刻一个漂亮的墓碑，把她的照片放里面。

我把带来的花放在小娟的坟前，默默地坐了很久。直到冯燕燕接到一个电话急等着回去，我才站了起来，对小娟说："小娟，你放心，只要我还活着，我就会经常来看你的！"

我回到维修店，把东西收拾了一下，打成包，让郑魏开车过来帮我搬回我的父母家里。我在网上重新发了帖子，打算尽快把维修店给处理掉。

我们的工作重心还是放在有关齐六的案子上，我们打死了 A 级在逃犯黄兵，也把吴海英给抓到了，但是，没有找到确凿的证据，齐六仍然可以继续逍遥法外。经过对照片上的笔迹鉴定，结果让我大失所望，我本以为上面歪歪扭扭的字迹应该是齐六写的，没曾想最终鉴定结果却是吴海英的字体。

吴海英伤得不轻，在医院的监护室里接受治疗，他躺在病床上，几天时间不见，简直变成了一个糟老头，原本精明壮实的模样一下子从他身上消失得无影无踪。

审讯吴海英始终没有什么进展，这家伙明白自己罪孽深重，要不就是一句话不说，要不就是大包大揽，犹如一头凶猛的困兽在笼子里作最后的挣扎，不停地咆哮着，把所有的罪责都揽在自己身上。

整个案件在这里卡住了，还有哪里是突破口呢？难道就这样拖下去，让齐六继续逍遥法外，继续做着罪恶的勾当吗？

我心里很清楚，齐六一定是这一连串犯罪事件的主谋。首先，照片中那位住在山湖君阁 10 号市煤矿安监局执法监督处处长范学明的死，齐六就休想逃脱得了干系。坊间早就传闻范学明利用手里的职权，想从齐六那边捞到好处，因为他的胃口太大，与齐六产生了矛盾，齐六对他恨之入骨，早就扬言要杀了他。大量证据显示，范学明的死与齐六的关系最大。吴海英只是齐六手下的一名打手，他与范学明没有直接的利害关系，即使范学明的死与他有关，那也是在齐六的授意指使下，他负责具体的实施。

另外，我在龙盛湾捡到一百万之后，吴海英赶过去没有找到钱的下落，龙盛湾当天夜里就被查封了。龙盛湾的老板也是有头有脸的人，单凭吴海英个人的势力是远远不够的，只有齐六出面，从更高的级别找人施压，才有这么大的能量和速度。

还有我在塌陷区被黄兵暗算，之前问吴海英的两个手下，他们都不知道有黄兵这个人，说明黄兵没有跟着吴海英一起过去。而且我们审问吴海英的时候，故意提到齐六对他的能力不放心，暗中还安排黄兵前去，吴海英瞬间表现得极不自然，尽管他极力掩饰，但这恰恰证明了他心里是很虚的。这也从另一个侧面证明了，整个事件完全是齐六在后面一手操作，齐六是因为非常担心钱袋子的下落，才会如此恐慌，不惜一切代价来追截。

这样的例子还有很多，所有问题的症结最终都指向了齐六，但就是没有确凿的证据来证明是齐六干的。所有所有的事件，都与那个钱袋子里的东西有关。

可是，钱袋子里的东西我都仔仔细细地查看过了，除了那一百万、一把制式手枪和七张照片，袋子里绝无可能再有其他的东西了。

照片上的字不是齐六写的，那他为什么会如此紧张呢？还有什么东西能够对他产生致命的打击呢？难道钱袋子里还藏有其他的秘密，没有被我们发现吗？

一定是！

但是，究竟是什么秘密呢？

我愁坏了，我绞尽脑汁抓耳挠腮冥思苦想，想得我都忘了想到哪里了，却无论怎么样也想不出来。

我问郭警官能不能从枪上找出突破口，据说齐六非常喜欢枪械，只要证明枪是齐六的那就好办了。郭警官说，仅仅能证明枪是他的还不够，他可以说枪丢了，也可以说别人偷了枪栽赃他，还可以找其他的理由推脱掉。即使给他安一个非法持枪的罪名，以他的能量，要不了多久就会放出来，对他起不了太大的打击作用。可能问题的症结还是在那个钱袋子里，其中的某种关联被我们忽略了，要想办法尽快找出来。

唉，吴海英不交代，黄兵又死了，钱袋子里的东西都在那儿，却一时半会儿还解不开其中的谜，只能眼睁睁地看着齐六继续在外面逍遥自在。范学明死去也有好多天了，案件始终没有进展，参与案件侦破的干警们压力很大，一个个心情都是挺郁闷的。

那位追击黄兵而英勇献身的警察名叫李明保，他是有着二十年工作经验的老警察，正当壮年大干一番事业的最好年华，原本有多次机会可以调到基层当派出所所长，甚至可以在区公安分局挂一个不错的职位，不用在刑侦一线这么拼命。可是，他热爱这份工作，每一次重大刑事案件，每一次面对穷凶极恶的歹徒，他都是勇敢地冲在最前面。他用他满腔的热血和宝贵的生命，诠释了对国家和人民的无限忠诚。

他的追悼会开得十分隆重，省公安厅和市政府的相关领导都来了，给了他极高的评价，号召全体干警向英雄学习。他的女儿还在警校上学，上级领导特别指示，一定要关心照顾好烈士的儿女，这让逝者得以安息。

为了提振大家的工作热情，打破这些天来的沉闷气氛，市局专门为围捕和击毙黄兵开了一个表彰会。鉴于我在此次行动中做出的突出贡献，授予我为"英雄市民"的光荣称号。

很快，我把我的维修店也卖了，拿到了七万元，这样加上在宫爵一品挣的六万元，我的卡里面又多了一些钱。

好不容易等到了周末休息，我去了省城医院。鸽子住的病房，里面有六张病床，全都住满了人。鸽子住在最里面靠窗的位置，这个位置空间大一些，相对来说是个独立的小空间，靠近窗户也便于通风。

鸽子的精神状态很不错，正一个人坐在床上专注地织着毛衣，鸽子的爸爸和姑姑都不在身边，可能在住的地方忙着。

我直接走到鸽子的病床前，轻轻咳了一声。鸽子没有在意，小脸笑嘻嘻的不知道在想着什么，依然专注地织着毛衣。我便低沉着嗓音严肃地说："这位小姑娘，好好养病，不许打毛衣！"

鸽子一惊，抬起头愣了一下，忽然绽放开笑脸，大声说："讨厌你！你怎么来啦！不是说有任务吗？"

我说："我现在最大的任务，就是要命令你好好休息，不许偷着织毛衣！"

鸽子把毛衣往被子里藏，说："讨厌你，你不是说不来的吗？你这个骗子，怎么突然间跑来啦？"

"你不好好休息，怎么开始织毛衣了？"

鸽子把快织完工的毛衣拿出来给我看，说："本来我是想织好了再告诉你的，既然你要看，那就给你看看，穿上试试合不合身！"

鸽子举着毛衣给我，我看到她被针管打得红肿着的小手，捧起来心疼地说："不用这么为我操心，你要多注意休息！"

旁边有人往我们这边看，鸽子忙把手缩回去，说："我反正也没事，就织着玩嘛！"

我试了试，毛衣正好合身，可以等到脱了棉衣的时候穿。我把存钱的银行卡给她，说："给你，这件毛衣比世界名牌还珍贵，我花十万元买下了！"

鸽子很惊奇，忙问我："你哪里来这么多的钱？"

"瞎说什么呀？"我把钱的来历告诉了她，她才放下心来。

鸽子说："治疗费用要不了多少，前两天学校老师和同学们来看我，老师告诉我说，学校给学生办理了大病医保，大部分的费用都可以报销了。"

我没想到还有这么好的事情，这下能减轻不少的负担，鸽子见我如此高兴，又说："还有好消息要告诉你呢！"

没等我问，鸽子就说："上次那位好心的骨髓捐献志愿者，医生打电话和她联系，她丝毫没有犹豫就同意为我捐献，昨天她来做身体检查，还专门过来看望了我。你知道吗？她才比我大一岁，还和我们是一个市的，她就在你开的维修店没多远的社区医院工作。你说巧不巧？"

"不会吧？不是从中华骨髓库里找到的志愿者吗？怎么那么巧，还和我们是一个市的呢？是谁，改天我们上门去拜访她，一定要好好谢谢人家才是！"

"你看！"鸽子打开她的手机，说："我还和她一起拍了照片呢！你看她很漂亮吧！"

我瞧着照片中漂亮的小护士，一下子愣住了。

这不是小护士周薇吗？

第五十六章　揪出内鬼

郑魏打电话说请我吃饭，为我庆祝一下，让我把周薇小护士也叫上。我问他什么意思，郑魏反过来问我对周薇有没有意思，我说我有了鸽子，我想有意思人家也不干。郑魏便说："那好，既然你没有意思，那就帮哥们儿一忙，我喜欢她了！"

我还没见过哪位美女是郑魏不喜欢的，他要是看上其他我不认识的美女，管他们怎么玩去，眼不见心不烦。可是，周薇帮过我好多次忙，算是我的好朋友了，我不能眼睁睁地看着她落入狼口。我就说："你不是和电视台一位长得文文静静的小编好着吗？"

手机里郑魏的腔调突然间变了，声音大了许多，说："你还好意思说这个，我被你害惨了，进看守所的事她知道了之后，再也没有理我！"

靠，这小子还在记恨我！我已经为你小子挨过黄兵的一枪，算是你的救命恩人，早就扯平了吧！我一腔正义，也加大了嗓门说："该！活该！下次少把你干的坏事算在我头上！你要是像杨杰那样老实本分，怎么可能逮你进看守所？"

"好，不说这个了，你帮不帮忙？"

这家伙居然破天荒地没有跟我继续抬杠。我心里说不出的爽，但我没理他，直接挂了手机。过了一会儿，郑魏开着车来接我，我坐上他的车，问："打电话给杨杰了吗？"

郑魏说："打给他了，杨杰今天太忙，来不了。"

郑魏没有立马启动车子，笑眯眯地望着我，我明白他什么意思，这家伙果然问："真不帮忙？"

我依然没理他，他也不恼，笑着说："那行，你不帮忙我自己来。但说好了，你不能在背后坏我的事！"

郑魏拿出手机，当着我的面打给周薇，问她有没有时间出来一起吃饭，没等周薇说，郑魏又解释说："上次我们三个受伤在人民医院，多亏你细心照料，本打算请客谢你的，这不是脸皮薄没好意思嘛。赶巧现在大印当上了临时警察，我和他准备出来吃饭庆祝一下，两个男人一起吃饭没意思，想请美女赏脸来小坐一会儿。来吧——"

周薇听说为我庆祝，很爽快地答应了。郑魏挂了手机，我立即说："你要是敢对她图谋不轨要流氓，别怪我跟你翻脸！"

郑魏一脸的无奈，说："兄弟，你怎么能这么看我，我是坏人吗我？"

我反过来问他："你自己说，你是好人吗？"

"靠，就是坏人也要娶妻生子吧？坏人就不可以拥有纯真爱情了吗？你算她什么人啊，凭什么管我追求爱情？"郑魏没打算让我回答，两眼贼亮，憧憬着美好的未来，继续说："自从我在医院里看见她，我就在心里对自己说，我，郑魏，这辈子就认准她了，再也不碰其他的女人，这辈子就对她一个人好！我们俩依偎在小河边，漫步在夕阳下，幸幸福福一辈子多好！"

"喊，就你？"我不屑再说他什么，这样的话他根本不用过脑子，随口就能说出来，谁知道哪句是真哪句是假。

吃饭的时候郑魏那个殷勤，我装着什么也没瞧见，由着他去。我想好了，只要他不过分，真找周薇谈恋爱，我不帮忙，也不拆台，任其发展吧。郑魏说得也对，即使是坏人，那也有对家人好的一面呢，何况郑魏只是在没有女朋友之前，雄性激素有些偏高，还达不到坏人的级别，最终会被周薇给驯化了也说不定。周薇是个勤俭持家的好姑娘，郑魏要是找了她，算这小子下半辈子有福了。

我一想到这么好的姑娘，今后将要陪着郑魏这浑蛋过一辈子，我心里就有点酸溜溜的，说不上来的别扭。可他毕竟是我的好朋友，好朋友们过得都好，那才是真的好！我像个局外人一样，只吃菜喝酒品茶少说话，把大好的机会留给了郑魏。

用餐中途的时候郑魏去洗手间，我和周薇面对面坐着，周薇白了我一眼，我装作没看见，低头喝茶，周薇不依不饶，说："你什么意思？"

我把玩着茶杯，抬起笑脸，说："什么我什么意思，我怎么了？"

周薇接着质问我："你把我打发给别人，是不是特开心？——有你这样的吗？"

我急了，赶紧解释说："是郑魏他说喜欢你，真心喜欢你，我以前不知道，刚才在路上我才听他说的。他说他一见到你就喜欢上了，这辈子非你不娶！"

郑魏笑眯眯地回来了，周薇眼神中尽是幽怨，瞪着我。郑魏也看出了苗头，他装傻不问，和我们大聊美国大选谁会上台、中国医改未来发展趋势、新西兰乳制品凭什么就比我们国家的要贵那么多……我心里揣着心思没有化解开，对他侃的话题提不起兴趣，不想接他的话帮着他提升形象，他也无所谓，一个人照样聊得欢。

郑魏说着，不时地给周薇盛汤添菜，周薇客气地接过来，却不怎么吃，时不时地挖我一眼。我做出无辜的样子迎着她的目光，她却一扫而过，根本不仔细看我眼中藏有多么大的冤枉。

郑魏可不管这些，依然厚着脸皮对周薇说："医学发展到如今，要想在某一个专业领域，再有大的突破那是很难了。我们国家目前急需的就是像你这样的全科医生的人才，你太聪明了，没想到这么年轻就能想到那么远，不跟那些博士院士什么的书呆子拼学术成果，坚持在这方面发展。我看好你，要不了十来年你就是人民医院大名鼎鼎的周院长了。周院长，先给我签个名成吗？"

郑魏满脸的虔诚，装得跟我们都看不出来是装的一样，痴痴地望着周薇。

恰在这时周薇的手机响了，周薇接起电话，我听出是医生打来的，说是医院来了急诊人手不够，问她有没有时间过去一趟，周薇立马答应这就赶回去。

等她挂了手机，郑魏站起来说要开车送她，周薇婉言回绝。

周薇走后，郑魏问我是怎么了，是不是我跟她说了什么对不住他的话。我心里憋屈，就没对他客气，说："我只能跟你说，你和她没戏！"

郑魏恍然大悟的样子，说："我明白了，我他妈的就根本不应该请她的时候，让你也出现！"

这家伙明白得倒是挺快，可我，我对周薇说的那些话就琢磨不透了，什么叫我把她打发给了别人，我还心里特开心？

我和周薇自从那天与郑魏一起吃饭之后，还没有再见过面，连一个电话也没有打过，我不知道该如何向她解释。她是一个好姑娘，也是我喜欢的类型，自从经历过小娟那件事之后，我再也不敢和女孩子过分接近了。在感情上我学不会轻易地拿起，也学不会潇洒地放下，我没有郑魏那样可以处处留情的本事。我不敢给周薇打电话，我担心我越是急于解释，越会解释得一塌糊涂。

可我没想到，世界居然这么小，她竟然就是那位好心的骨髓捐献志愿者！她马上就是鸽子的救命恩人了，我总不能装作不认识她吧？鸽子提起她就开心，看样子很喜欢和她交朋友，早晚鸽子会让我陪着来感谢她的。她们俩今后要是成了好朋友，我可怎么办？

她会告诉鸽子我和小娟的事吗？

万一一不留神说出来了呢？

对了，万一她知道了鸽子是我的女朋友，她会不会因此而拒绝捐献呢？

唉，好烦！

这边的问题还没有处理好，工作上的事情也让我愁得够呛。

技侦科分了三个专业部门，我属于网络监控大队，刘警官是其中资格最老，也是技术能力最强的。他原本一个人有一间办公室，我来了之后，因为其他办公室人员已满，他主动要求把我安排在他的办公室，和他面对面。他的热情顿时让我产生了好感，我原本以为这下子遇到了好老师，只要我虚心向他求教，对他实在一些，他就会用心教我，让我尽快地适应这份工作。

我没想到，等我进来之后我才发现，刘警官这个人非常不爱说话，总是一个人默默地坐在办公桌前，忙着身边永远也忙不完的工作。我观察了一下，假如没有人打扰他，或者中午没有人叫他下班吃饭，他甚至都可以从早晨一直忙到晚上下班，屁股都不离开座位，甚至中途连一杯水都不喝，比发烧级的游戏玩家玩游戏还要上瘾。

他这么卖命地工作，我也不好意思过分去打扰他，看着他老是坐着，我都替他感到难受。有几次我尝试着问他要不要喝水，他只是摇了摇头，一句客气的话都不愿意多说。

我以前在南方工作的时候，也认识一个这样的 IT 男，是我们部门的研发工程师，整天待在实验室里不出来，上班时间忙，下班时间他还在里面忙，奖金加班费什么的他根本不关心，仿佛生下来就是为了搞研发，只要研发有成果，哪怕不吃饭也可以过得开开心心。

而他与我现在认识的刘警官最大的区别就是，他只顾埋头工作什么也不考虑，即使地震来了他都不会抬一下头。但是刘警官却不是这样，刘警官工作累了的时候，他的最大爱好就是偷窥我。

我发现这个秘密不是一天两天了。当我埋头坐在电脑前认真工作的时候，第六感觉会告诉我，总有一个人的目光在我身上扫来扫去。猛一下抬头，立马就能发现刘警官坐在对面，一双小眼珠子透过厚厚的近视镜，在悄悄地望着我。当他看见我的目光与他相遇时，他又极快地把目光转移开，有时望着天花板，有时望着旁边的档案柜，做出想事情发呆的样子掩饰过去。

一连好多次这样，搞得我浑身发毛，鸡皮疙瘩一层一层的，浑身说不上来的难受。我私下里与其他同事聊天，故作好奇的样子问他们，刘警官除了一整天不爱说话，那么用心工作之外，还有没有其他的爱好。我言下之意是想打听一下，他有没有喜欢偷窥别人的毛病。同事们都说他就是一个工作狂，除了夸他的工作能力之外，没有提及其他有什么不良的习惯。可能别人没有和他在一间办公室工作，了解不到这些吧。

但他为什么会这样呢？

他好像在关注着我，又好像是在时刻琢磨着我。听同事们说，别看他在工作时不说话，下班之后还是蛮享受生活的。他有一个温暖的小家庭，老婆在市妇联工作，一个宝贝女儿在读中学，他下班了之后就回家，和老婆孩子在一起有说有笑的。但一到了单位工作就变成了这样，像一个闷葫芦，只知道埋头工作，根本不与同事们接触交流。

他为什么总是要盯着我呢？

我解释不透，我找他说话也不理我，搞得我十分没趣，时间长了我也就不在他身上抱希望，遇到不懂的问题直接找其他同事请教，什么事情也懒得与他交流了。

这两天我在跑一件事，就是设法找到给黄兵打电话的人是谁。那天我们去山湖君阁别墅的时候，黄兵是接了一个电话才急匆匆离开别墅的，这个通风报信的人极有可能就是我们警局里的内鬼。

但是，当时我们搜遍了黄兵的全身，和他开的那辆偷来的帕萨特，都没有找到他使用的手机。去山湖君阁别墅问了吴海燕，吴海燕说黄兵整天待在后面的客房里，虽然都在一个屋檐下，两个人却极少见面，对他一点都不了解，根本不知道他用不用手机。我们又沿着那座山坡黄兵逃跑的路线进行了搜寻，始终也没有搜索到。

黄兵已经死了，这个通风报信的人变得越加神秘，我只能通过对吴海英和齐六大量的通话记录的排查，一条一条查找比对，费了一天的时间，才排查出一个可疑的号码。这个号码不仅有跟齐六和吴海英的通话记录，还有一条打往黄兵老家的电话。最为关键的一点，就是在我黄兵死前的那几天的时间，其信号源大多都来自于覆盖在山湖君阁别墅范围内移动公司架设的通信基站上。

从以上信息的相互关联来判断，这个号码十之八九就是黄兵使用的，而且更让我坚定是他使用的理由，是在我们当晚去山湖君阁别墅前，这个号码曾经接到一个来电。这也是黄兵死前接到的最后一个电话。

我要找的就是这个电话，这个来电也极有可能就是警局里的内鬼打给他的。

我再调出这个手机号码，放入吴海英和齐六的通话记录中检索，没有发现与他们有过通话记录。

那么，这个打给黄兵的神秘号码又是谁的呢？

我进入移动公司网站跟踪这个号码，想查找到号码的主人是谁。即使号码没有实名登记，我也可以通过上面的通话记录，或者信号源发射基站代码等资料，查清号码使用者的所在位置和运行轨迹。掌握的信息越多，越对我的分析判断有利。

结果却让我大失所望。

这个号码竟然是空号！

也就是说，移动公司对它的使用没有任何的记录！

不可能，这中间某个环节一定出了什么问题！

按照常规来判断，即使这个号码欠费了，首先移动公司是把它停机，然后在规定的几个月的时间内，如果续费还可以继续使用，如果不缴费了才有可能自动销号，再拨打这个号码的时候，语音提示为空号。移动公司不可能把几天前还用着的号码，直接做空号处理的。

这就有四种可能：

一是，当事人自己不想要这个号码了，自己带着身份证去移动公司销了号。

二是，移动公司发现这个号码有重大问题，停止给客户使用，专门做了销号处理。

三是，公安机关或其他职能部门，因为某种需要，要求移动公司把这个号码给删除了。

四是，号码的使用者可能知道了我们在跟踪，担心这个号码会暴露身份，他利用技术手段潜入移动公司后台，提前把号码销了户。

这个问题很好解决，我向郭警官做了汇报，办理了证明，直接去移动公司相关部门，咨询这个号码变成了空号的原因。技术人员查了一番之后告诉我，这个号码系统显示从来也没有卖出过，不存在删除或销号记录。

我问移动公司的技术人员，有没有可能这个号码的所有信息被人为地删除了，假如是，现在能不能恢复过来？技术人员上机操作了几下，然后说，系统中心控制页面上没有设置删除记录这一项，不可能有人删除的，所以也就不存在恢复一说。

我明白地方公司技术人员的权力都有限，要想再深入系统数据库中，通过源文件代码去恢复原始的数据，这不是地方移动公司的职权范围。他们得向上级主管部门申请，由移动公司总部的技术管理人员才能解决。这样做太麻烦，而且还将耗费大量的时间。

这样的调查结果也在我的预料之中，一定是有高人潜入到移动公司的后台控制系统，把相关资料全给删除了。

那么，是谁干的呢？

我一早就怀疑到了刘警官。

因为刘警官他的计算机应用能力，警局里没有谁能够超过他。我透过他时常注视着我的眼神中，看到了一丝的惶恐，仿佛能感觉到他对我的一种担心。这种担心，我认为应该是他感觉到了我对他的怀疑。我曾经跟郭警官说起过我对刘警官的怀疑，郭警官回答我说，假如真是他，那其他一些他没有参与的案子，他又是如何知道的呢？

这也一直是困扰着我的一个难点。他的技术再好，总不可能像孙悟空那样会变，变成一只苍蝇钻进机要室，去偷听相关领导的重要会议吧？

我也曾经想过，他是不是把郭警官他们的手机给设置了监控呢？如果这个成立，那也极有可能是他偷听到的。可是，我来了之后才发现，几位大领导开会，从来也不带着手机进入会场。也就是说，即使刘警官监控了领导们的手机，他也不能听到有关的机密。

那又会是什么原因呢？会不会警局内部还有其他的人在帮着他，或者根本不是他干的，还有高人隐藏在背后？

假如背后还有高人，那这个人的智商就太高了，他在暗处我在明处，跟他明里玩阴的，恐怕我还不是对手。倘若他了解了我搜寻的动向，再想出其他的绝招来堵漏，会给我的行动添加更大的难度。

我只好回来向郭警官做了汇报，告诉他移动公司查不到资料，想通过号码查找内鬼的路子行不通，好让内鬼知道我已经放弃继续查找，打消他的顾虑，以免采取更多的手段。

但是，我实在不愿意放弃这么好的线索，如果能把这个删除的号码的内容恢复过来，后面的难题就将容易解决多了。

我不甘心，回到办公室再次进入到移动公司后台控制系统，想了好多种办法，也在网上请教了一些高手，还是没有办法实现删除恢复功能。

看来，我得请我的老师来帮忙了。

我以前在南方一家电视机厂打工时，我的顶头上司是国外一名牌大学留学归来的博士，他不仅专业知识一流，还是一个顶尖的计算机黑客高手，我的好多黑客技术都是跟他学的。我与他一直保持着很好的联系，他现在就在 QQ 上，我问他有没有时间帮我个忙。我把我现在的工作，以及我所遇到的问题告诉了他，他很有兴趣，正好现在没事，答应一会儿帮我搞定。

果然，一个多小时之后他给我回复，说一切都搞定了，马上把恢复的资料传给了我。资料上显示，这个手机号码是不用记名就可以买到的神州行家园卡，开通使用也没有多久，只与黄兵和吴海英有过几次通话记录。单从通话记录上，根本查不出来是谁在使用，唯一可以知道的，这个号码发射出来的信号，不与我们市局在同一个移动通信基站的覆盖范围之内，它的使用距离应该是在离我们市局南边，大约最近两公里之外的地方。

如此看来，这个给黄兵通风报信的人，应该不是从市局打出去的电话。以此推算，在当时那么紧急的情况之下，内鬼如果知道了我们要去山湖君阁别墅，他不可能这么快的速度离开市局，去到两公里之外的地方才打出电话。

这么一算，手机号码就不可能是内鬼的。

但是，会不会是内鬼知道了消息，先打给了某一个人，再由那个人打给了黄兵呢？

也就是说，这个陌生的手机号码不是内鬼的，是不是另一个与内鬼直接联系的某个人？

一定是这样了，不然没办法解释清楚。

那么，为什么这个手机号码上只有与黄兵和吴海英的通话记录，并没有其他人打进来的电话号码呢？

我分析可能是这个人像我平常一样，有着好几个号码同时在使用，或许就是这个号码，是专门用来与吴海英和黄兵联系的。

也就是说，这个人一定是同时与黄兵和吴海英关系非常亲密的一个人。

会是齐六吗？

齐六与这两个人最熟悉，会是齐六的号码吗？

我仔细分析了一下，可能不是他的。齐六经常在的办公地点不在市局的南边，他不可能每次与黄兵和吴海英通话，都是在那边的移动通信基站发出的信号。我查到齐六与他们之间的通话记录，大多用的是另一个手机号码。

那这个人又会是谁呢？

我一时分析不出来，我突然间又想到，这个号码又是谁给删除的呢？能不能通过删除的路径，查到这个人使用的电脑IP呢？

对了，我怎么差一点把这个细节给忘了！

我忙把这个问题告诉在南方工作的博士，很快博士回复信息过来说，就是你现在使用的电脑IP地址实施的删除操作！

果然是他！

我和刘警官共用一条网线！

当然，在这条网线上使用的，还有其他办公室的同事，但我第一感觉应该就是刘警官！

我一下子紧张起来。为了确定是不是刘警官，我把手机拿出来做出要充电的样子，接上电源线插到桌子上的多用插排上之后，随手立在了一旁的文件盒里。这样，手机的摄像头，正好可以拍到我现在正在操作着的电脑。

然后，我拿起办公桌上的座机，给郭警官打去内线电话。

我问郭警官现在忙不忙，郭警官问我什么事。我说我通过电脑查到了重要的信息，能够基本确定谁给黄兵打的电话，还有其他重要的事情想马上就去向他汇报，郭警官让我现在就去。

我挂了电话，没有马上就走，故意在电脑前胡乱敲击了一分钟，然后没有关闭电脑，我就去了郭警官的办公室。

我在三楼技侦科办公，郭警官的办公室就在二楼，我顺着楼梯很快来到郭警官的办公室。我把拿在手里的另一部智能手机给郭警官看，手机里监控着我放在办公桌上的另一部手机传过来的视频图像——刘警官正坐在我的电脑前，紧张而又快速地操作着我的电脑……

第五十七章　真相大白

刘警官被控制在审讯椅上，一开始还狡辩说是听到我打给郭警官的电话，对我说的找到了谁给黄兵打的电话很感兴趣，他也想看看我是通过什么方法查到的。就在我急着给郭警官汇报离开的时候，他脑门儿一热就操作了我的电脑。事后想想确实不应该，他愿意向我道歉和接受内部处分，但不能因此就给他上纲上线说是警局的败类，给他扣上内鬼的帽子。因为很多泄密事件他连参与进去的机会都没有，既然不可能知道机密，又怎么可能再把机密泄露出去呢？

郭警官一声不响地望着他，脸色很沉重，既有对他做出如此荒唐之事的震怒，又有对他的才华不用在正道上的惋惜，一直听他把话说完了之后，才无限痛惜地说：“这时候你怎么还这么顽固呢？你是一名工作了多年的老警察，你应该清楚我们只有掌握了确凿证据才会拘捕你。我很敬佩你平常的工作态度，但我做梦也没有想到你会堕落到如此地步。我们给你一次坦白交代争取宽大处理的机会，你还不愿意把握，非要我们替你说出所有的犯罪事实吗？”

刘警官做出受了天大冤枉的样子，可怜巴巴地望着郭警官，皱着鼻头痛苦地说：“我没有做过，我能交代什么？”

郭警官郁闷得不行，没有再问他，眼睛瞄向我这边，意思是让我给刘警官提一个醒。我说：“侵入移动公司后台控制中心，删除打给黄兵的手机号码记录，不是你干的吗？”

“不是！”刘警官回答得很干脆。

“不是你？除了你还有谁具有这个能力？”

刘警官反问我说：“谁能证明其他同事不会呢？你能证明你不会吗？”

我早料到了他会如此说，说：“机密会议室里的工控机，里面隐藏着的监控软件是谁植入进去的？要不要我把你的笔记本电脑拿来再查验一遍？”

机密会议室是市局几位大领导开重要机密会议的地方，管理十分严密，一般人根本没有机会进去。里面的桌椅板凳，包括墙角旮旯，都经过严格的检测，不可能有谁放置窃听器之类的东西。然而，正像人们常说的那样，千防万防家贼难防，刘警官是机密会议室仪器设备检测的负责人，他利用工作的方便对会议室里主要用来及时与外界交通管控系统、联防监控中心驳接的工控机做了手脚。我是在刘警官被拘捕之后，和其他同事们一起依法对他的办公用品检查，从他使用的笔记本电脑中的一款监控软件追踪到他给工控机植入了病毒。他正是利用了这款病毒监控软件遥控着工控机，监听到了许多机密会议的内容。

未等他想出来怎么狡辩，我继续质问道："机密会议室里的电子设备，除了你负责常规维护之外，没有其他任何人可以接近，而且笔记本电脑你始终不离身，下班了你也是带回家的，你不会说是有人陷害你，趁你不在时故意植入病毒软件的吧？你设置了那么多层的防护，只要一步操作失误，你的手机就能接收到危险信号。请问谁还能在你不知道的情况之下，再动得了你的电脑？"

刘警官没想到我居然能够破解了他的笔记本电脑，居然发现了其中隐藏着的秘密，脑门儿上的汗往外直冒。

我想起了曾经派出所的张副所长审讯我，就是用的这个腔调问话，如今我也能坐在审讯席上审问别人了。看着刘警官紧张得要死，我的心里说不出的爽，恨不得把所有的证据都抛出来，把眼前这个自以为聪明的家伙脑袋瓜子砸开，瞧瞧他还敢狡辩到什么时候。

郭警官挥手打断了我，对着在作最后挣扎的刘警官说："不要再抱着侥幸心理，现在说出来还算你坦白。你是老同志，我们该给你的提醒只能到这里，希望你认真考虑、深刻反省，把握好这次争取宽大处理的机会。"

到了这一步，刘警官再也不装作无辜了，耷拉下脑袋沉思了许久，终于还是彻底交代了他犯下的罪行。

刘警官交代说，他在市局，他的老婆在市妇联，两个人都非常喜欢自己的工作。作为公务员，工资不能跟那些成功的商人比，但在我们这样的小城市，两个人的收入加起来还算是不错的。但去年发生了一件事，彻底打乱了他们平静幸福的生活。

他有一个女儿去年上初三，小姑娘成绩还不错，长相也十分可爱，深得老师和同学们的喜欢，他们夫妻两个更是疼爱有加。可是，有一阵子他发现，宝贝女儿回到家里不像以前那么爱说话了，心情显得很沉重。他就问她怎么了，问了多次小姑娘才说，最近一段时间放学的路上，经常有校外的小混子堵截她，对她动手动脚的，说要和她交朋友。她吓坏了，一想到小混子的堵截，她上课老是走神，夜里睡觉也会忽然间惊醒。

刘警官为了女儿的安全，特意穿着警服去学校接女儿放学回家，想让小混子看到他是警察，再也不敢来骚扰他的女儿。在他接送的那些天，小混子确实没有再来，他以为就此平安无事，加上工作确实很忙，他就不再接送。可这边他刚不来接送，小混子又冒了出来，等他再去接送时，小混子又消失得无影无踪。

小混子跟他玩起了捉迷藏，搅得他心烦，他便给当地派出所打了电话。派出所抓住小混子，一调查了解才知道小混子是个没爹娘的孩子，从小跟着奶奶身边长大，从小就不喜欢上学，整天在社会上瞎混，不是偷鸡摸狗，就是调戏放学回家胆小的女生，奶奶年纪也大了，根本没有精力管住他。

因为小混子毕竟没有做出太出格的事情，而且还是未成年，派出所也无奈，批评教育了一番就放了。

小混子见派出所也不能怎么他，胆子更加大了，只要刘警官不来接送，他一定会出现在刘警官女儿放学的必经之路上。他不知哪根神经搭错了，以前见到任何美女都惹，现在却对其他女孩子没了兴趣，就是看中了刘警官的女儿，使出各种下三滥的招数。

刘警官很是窝火，想抓到小混子暴打一顿，但小混子根本不跟他见面，不管他是直接接送女儿，还是暗中跟着护送，小混子仿佛对他的行踪早就掌握，始终没有让他逮到一次。而只要他因为工作忙没有来接送，小混子风雨无阻，总会定时出现在宝贝女儿的周围晃悠。

刘警官为此事大伤脑筋，他是个做技术工作的警察，工作上他思路敏捷，解决了无数的难题，但对付现实生活中的小混子，却显得有些力不从心。这件事把他搅得焦头烂额，实在没有好办法可想的时候，一个人的出现帮了他的大忙。

这个人就是防暴大队的宋加才大队长。

宋加才大队长也有一个女儿，和刘警官的女儿同在一所重点学校读书，他的女儿上初中一年级，家住得比较远，他们两口子便轮换着天天来接送女儿上下学，这样宋加才就时常能与刘警官在校门口遇见。宋加才的工作地点不在市局大院，经常来市局开会，两个人相互没有交往过，但也都熟识。

一天，宋加才来接女儿，还没有到放学的时间，便站在校门口等着，闲着无聊见到刘警官在身边，就主动上前与刘警官交谈。在交谈中了解了刘警官的麻烦，就跟他说这事好办，他可以帮着把小混子赶走，再也不会来惹事了。

宋加才可不像刘警官那样，用科学的方法来研究分析小混子的出没轨迹，他可没有这个耐心算计小混子什么时候会出现。他的方法很简单，直接去他家里，把小混子抓出来带到防暴大队一顿死揍。小混子这才知道了害怕，从此后再也不敢去学校路上招惹刘警官的女儿了。

这件事处理完毕，刘警官的老婆提出要宴请人家表示感谢，刘警官也觉得很应该，便携着老婆孩子一家三口宴请了宋加才一家。宋加才也很客气，没过几天回请了他们。这样一来二往两家人便成了朋友，经常在一起小聚一番。

每一次出去吃饭，都是宋加才开着一辆豪华商务车，来刘警官家接他们一家三口。吃完了以后，因为宋加才喝多了酒不便开车，车子就交给了他的老婆开，先把刘警官他们送回家，然后再开车回去。这样次数多了，刘警官一家三口坐在后面，刘警官的老婆就开始羡慕上宋加才夫妻二人。瞧着人家夫妻多恩爱，老公喝多了老婆来照顾，小日子过得真甜蜜，要是自己家也能买一辆车多好。

于是，他们商量着也买一辆车，一来可以代步上下班，二来也好接送女儿上下学，出来吃饭旅游什么的也方便。

这世界也不知怎么了，不知道从哪个年代开始，女人变得比男人还要男人，比男人还要更加喜欢野性十足的越野车。刘警官的老婆放着大把舒适漂亮的轿车不看，却相中了一款看起来十分霸气的纯进口越野车。这款车的价钱可不低，普通配置就得五十多万。

也确实不能怨刘警官小气，虽然两口子工资收入还不错，但毕竟上有老下有小，仅靠工资是买不起这么好的车。刘警官想让老婆选一辆十万元左右的车，国产车价廉物美，既经济实用又支持国货。老婆说，别的同事买的都是好车，自己要买就得买个像样点的，要不就不买，省得开出去丢人。

老婆把买车当成了平常买衣服，只买贵的不买对的，买车重点她不是为了开着舒服，而是要多挣些面子回来。搞得刘警官实在是无语，两个人的意见难以统一，车没有买成，还弄得有点不愉快。

这件事被宋加才知道了，宋加才就说刘警官有一身的本领不去赚钱。刘警官不明白宋加才为何会这么说，宋加才告诉他说："人活着不能光考虑到勤俭持家，老婆好你才能过得好，得想法子把老婆哄开心了。不就是五十多万的车么，买给她让她开心就是了。但光靠你那点工资肯定不行，得找些外快赚赚，就凭你一身的技术，随便做点事也赚来一辆好车钱了。"

刘警官不知道哪里会有这么来钱的事，宋加才又说："巧了，前一阵子有个人欠我小舅子一百多万，没钱就把一家高档网吧送给他抵了账。我小舅子他什么技术也不懂，正愁着不知道怎么弄呢，你要是不嫌弃，下班时间可以过去帮帮忙，可以算你一股在里面，怎么样？"

刘警官心里琢磨着，宋加才对自己不薄，即使不算股份给自己，这个时候也该帮人家，便答应了下来。

刘警官从此踏上了挣外快的不归路，宋加才门路非常广，陆陆续续给他介绍了好多赚钱的生意，他老婆想要的进口越野车很快就买了回来。看着老婆开心的样子，对他又是温柔又是体贴，仿佛又找回了当初爱的甜蜜，刘警官便彻底明白了赚钱的好处。

就这样，刘警官跟宋加才的关系越来越好，钱挣得越来越多，买完了好车又想着换一套大房子，后来在宋加才的推荐下，他认识了齐六，帮着天翔集团名下开发的高档楼盘办理相关手续，顺利入网110联防监控系统。加强了治安联防联控，自然提升了楼盘的档次，楼盘的附加值自然也就高了。他还帮着天翔集团开发和优化一些应用软件，使其内部管理更加有序合理。他利用自己的技术特长，为天翔集团解决了许多问题，齐六自然不会亏待他，让他赚了不少的钱。

刘警官在外面赚钱，市局里的同事都知道，虽说刘警官不怎么喜欢与同事交流，但他毕竟工作挺认真的，而且技术还超一流地好，在出色地完成本职工作之后，利用业余时间赚点外快，既不影响工作，也没做什么违法的事情。所以，尽管他接下了天翔集团许多技术工作，与齐六或多或少有些来往，毕竟天翔集团也是合法公司，齐六依然是人大代表，就不能说他和坏人混在了一起，而且他也确实没有参与到齐六的黑社会组织里去，同事们便没有特意去怀疑他什么。

刘警官能够如此在齐六的手下赚外快，没有什么顾虑，也是与市局领导的暗中安排有关的。刘警官是个极其聪明的人，他在接天翔集团的工作赚取外快时，也曾担心市局领导知道了会处分他，所以他曾主动找市局领导汇报思想，把所有参与的项目都逐一做了说明。他重点说了他参与的理由，他说他正在给天翔集团优化和维护监控管理系统，正好可以利用这个机会，监视齐六和他的手下日常的动向，如果市局觉得有这个必要监控下去，那么他愿意冒着危险继续和齐六一伙打交道，否则，他就退出来，不再和齐六他们来往，也不再去外面赚取外快。

市局领导采纳了他的建议，让他继续与齐六他们来往，在保护好自己的同时，利用参与建设天翔集团内部监控系统的有利条件，配合郭警官对其实施监控取证。

刘警官有了市局领导下达的秘密任务，自然会用心做好，争取领导们的放心，他通过监控，暗中也确实提供了齐六手下不少的活动情况。

刘警官以为这样神不知鬼不觉，一方面可以帮着齐六的天翔集团做好技术服务工作，另一方面又能取得市局领导的信任，只要做好两方面的平衡，他就能毫无顾忌地赚大钱。

可是，他的想法太天真了，玩阴险歹毒他哪里是齐六的对手。齐六在用他之前就知道他是警察，哪里可能那么放心地去用他？齐六为了试探他有没有揣着坏心眼，便试着组织了几次活动，好让刘警官掌握到犯罪信息。果然，刘警官不知是计，把消息提供给了市局，一下子就暴露了他的动机。

吴海英把刘警官逮到一间小屋子里一顿死揍，吴海英告诉他，让他和他们合作，跟警局玩一个反间计，否则，他不仅今天挨了一顿打，他的老婆和宝贝女儿今后的安全也难以有保障。具体怎么个没有保障法，吴海英没说，但刘警官从吴海英那双歹毒的眼神中早已读懂了一切。

刘警官不敢违抗他们的命令，帮着他们暗中了解一些市局打黑除恶的具体行动，让他们躲过了一次又一次的打击。当然，齐六也不亏待他，在给予他不少金钱好处的同时，也给他一些小的情报，好让他向市局领导交差，取得进一步的信任。

这也就是为什么我曾经提出对刘警官的怀疑，郭警官没有放在心上认真去对待的原因。原来他们之间在秘密合作，为了保护刘警官的安全，警局里除了个别的大领导知道之外，没有让其他的警察知道，郭警官自然也不会向我说明。

刘警官哭哑着嗓子，陆陆续续交代了不少，等他停下来了之后，郭警官又问他说："你为什么要删除打给黄兵的电话？那个电话是谁打的？"

刘警官说："我是按照齐六的指示跟宋加才联系，先把你们要去山湖君阁别墅的消息告诉了宋加才，由宋加才通知到黄兵。后来黄兵死了，宋加才担心追查到他，他让我把他打给黄兵的电话记录给删除了。"

宋加才？果然牵扯到了他！

这家伙曾经是我崇拜的偶像，却也跟我玩过阴的，我早就在暗中调查他，可惜这家伙狡猾得很，始终没有找到有力的证据。

刘警官接着说，齐六跟他翻脸之后还在利用他，但齐六不与他直接见面了，为了防止市局领导的怀疑，让他与宋加才单独联系，有什么情报先告诉宋加才，由宋加才再向齐六汇报。到了这时候刘警官才恍然明白，原来宋加才早已被齐六他们买通了，这一切都是他们事先安排好的，他的宝贝女儿遭到小混子的骚扰，可能也是他们一手策划的。

刘警官十分郁闷，也十分后悔，但也不敢不听他们的，既然上了贼船，再想下去已经不可能了。即使吴海英不再害他的老婆和孩子，他们被警察抓到一样会咬出他所做的一切。为了不让这些坏蛋被抓到，他只好费尽心机去给他们提供帮助。

他在机密会议室的工控机里植入了病毒软件，用来随时监听市局大领导们的会议内容。他在帮助齐六犯罪集团的同时，也对他们留了一手。

他把所有与宋加才的重要谈话内容都录了音，他另外还监听了宋加才、吴海英、齐六这些人的手机，他了解到黄兵就藏在山湖君阁别墅里，把宋加才通知黄兵的电话内容也录了音。

我没想到表面看起来老实巴交的刘警官，居然这么有心，暗中做了这么多手脚。我一下子想到一件事，就问他说："齐六他们最近在追踪钱袋子里的秘密，你对这件事情知道多少？"

刘警官听我如此问，盯着我看了很久，方说："其实，齐六让吴海英那么疯狂地要从你手里抢回钱袋子，是因为我给他设了一个套。"

我一怔，我一开始以为刘警官会知道一些内幕消息，没想到钱袋子还会与他有瓜葛。郭警官也没想到会和刘警官有关，不露神色地和我交换了一下眼神，想听刘警官接下来会怎么说。

刘警官说，他迫于无奈在帮着齐六那帮坏蛋做事，但他心有不甘，就刻意去找齐六的犯罪证据，凡是他能想到的和能够接触到的，他都做了手脚，自然齐六的电脑和手机都被他想办法植入了病毒，他用一个超大容量的硬盘，时刻记录着齐六的一切动向。他只要一有时间，就会把监控录像调出来看，发现有用的东西就专门拷贝下来，放在一个隐蔽的地方，以备不时之需。

他这么做已经好长时间了，齐六那帮没文化的土老鳖丝毫没有察觉。他们的办公室摆放着电脑充当文明人，可他们根本不懂得怎么用，就连简单的收发邮件都不会，更不会想到还能被人利用电脑监控周围的一切动向。

终于有一天，刘警官监控到齐六一个天大的秘密。吴海英送了几张照片去了齐六的办公室给齐六，齐六摊在办公桌上一张一张仔细地看，这些情节全部被监控着的电脑摄像头给拍了下来。这些照片正是放在钱袋子里的那七张，摄像头的摄录效果非常好，照片上吴海英写的字能够清晰可见。

吴海英走后，齐六一个人坐在办公室里，对着照片看了很久，然后从保险柜里拿出一把制式手枪，正是那把贝雷塔92F。齐六又从保险柜里拿出十捆钱，一起装进了一个大帆布袋子里，提着这些东西走出了房门。

刘警官当然知道齐六提着这个钱袋子去做了什么，他把这段监控视频刻录下来做成光盘，趁着周末开车去了外地，再把光盘寄给齐六。在确定齐六收到光盘之后，他又利用网络电话在齐六的手机上显示出国外的电话号码，然后通过变声软件伪装成女孩子的声音跟齐六通话，让齐六立即准备一千万打到他指定的账户上，否则他将把这个视频交给警局处理。

刘警官的计划是，等拿到这笔钱之后，找个理由辞去工作，远离这个是非之地，再也不过这种担惊受怕的日子了。

这一招可把齐六给吓坏了，齐六做梦也没有想到他的犯罪记录居然被人完全掌握，当时他想放弃暗杀的计划，只要还没有杀人，这些证据就对他不会造成致命的威胁。可惜黄兵已经把市煤矿安监局执法监督处的范学明处长给杀了，再想收手为时已晚，他就只好跟刘警官周旋，尽量拖延时间不打款，想利用这段时间销毁关键证据，再把讹诈他的"女孩子"给找出来。

齐六认定有这么一个胆大包天的"女孩子"，但他也不认为仅仅是女孩子一个人干的，背后一定还隐藏着某个高人在教唆她。齐六按照这个思路在查这个女孩子，以及其背后隐藏着的某个高人。他做梦也没有想到，是不近女色的刘警官一个人给他设的套。

齐六赶紧通知黄兵，让他把照片和枪尽快销毁，先隐藏起来暂时别动郭警官，等待他的下一步指令。齐六的电话也被刘警官监听了，刘警官用匿名短信透露给了郭警官，想让郭警官缴获了那些证据，进一步逼齐六快些打款。

没曾想黄兵没有按照齐六的指令及时销毁证据，他舍不得那把枪，便带着钱和枪一起，准备逃到外地躲避起来。正在龙盛湾洗浴中心等晚上逃走的时候，接到电话的郭警官追来了，他慌乱间来不及带走钱袋子，最终被我无意中捡到，从而给我引来了一场灾难。

刘警官交代到这里，整个事件一下子全清楚了，郭警官立即带着刘警官交出来的U盘，去了邱局长的办公室。

几位大领导经过研究，为了防止夜长梦多走漏了消息，决定立即抓捕宋加才归案。但考虑到宋加才的枪法极准，直接抓捕可能会伤及无辜人员，便找了个理由打电话让他火速赶来开会，在会议室里事先安排好人手，等他进去立马拘捕。我想参加抓捕行动，邱局长看了看我，我不知道他是从对我的安全考虑，还是认为我的身手不行，没有同意我的请求。

邱局长直接从武警部队调来特警，埋伏在会议室里和周边的关键位置，等着宋加才的到来。我随着郭警官来到监控大厅，陪着邱局长一起观看监控屏幕。

宋加才急匆匆地赶来了，问了值班的警察在哪间会议室开会，值班的警察像平常一样和他打招呼，告诉他在四楼的一间会议室。

宋加才又急匆匆地往电梯间走去，在等电梯的时候，发现身旁不远处站着两个陌生人，全是便衣装束，不知道他看出了哪里不对劲，直愣愣地盯着两个人看。两个人没有什么过激反应，等到电梯下来，和宋加才一起走了进去。

电梯间里，宋加才贴墙站立，与两人保持一些距离，右手始终放在腰间配枪的位置。他的这个动作看得我十分紧张，很为他身边的两位武警战士担心，万一这家伙发现苗头不对，这么近的距离开枪射击，他身手又是那么好，两位武警战士恐怕不是他的对手。

还好，一直到了四楼，他们都没有直接冲突。门打开了，宋加才走出电梯，回头看了看关上的电梯门，两位武警战士并没有跟着出来，继续乘着电梯朝上去了，他才稍稍放下了心，右手才从腰间放了下来。

宋加才进入四楼，整个走廊上比平常安静多了，一个熟悉的警察也没有，不仅没有熟人，还有几位陌生的人站在不同的地方，这些人都穿着便衣，身板挺得笔直，稍微留意一下就能看出他们与普通人的不同。

看到这里我的心一下子揪了起来，怎么会如此安排呢？宋加才这个老狐狸可不是一般的人啊！

宋加才果然聪明，看出了苗头不对，右手忽然握在了枪上，随时准备拔枪出来射击。

邱局长发现了宋加才的异常，拿出对讲机通知在会议室里的武警战士，告诉他们宋加才快到门口了，他手里握着枪，行动千万要小心，如果不能生擒就立即击毙，绝不能让他伤害他人。

监控画面里的宋加才，此时的表情复杂极了，快到会议室的门前时突然停止了脚步，怔怔地望着紧闭着的会议室大门，站了足足有三分钟。他没有走进去，缓缓地转过身来，双手合在一起，伸向离他身后不远的武警战士，说："兄弟们别费事了，把我铐起来吧！"

我没想到结果竟然会是这样，更让我没想到的是在审讯宋加才的时候，原本一个高大威猛的汉子，哭得跟找不到家门的小孩子一样，一把鼻涕一把泪的，没等审讯就交代了自己的罪行。

他痛悔万分一个劲地说："我对不起父母的养育之恩，对不起党和组织的多年培养，孩子还小，我没有尽到父亲的责任，我有愧啊，我罪该万死！"

我以前在看电视新闻的时候，每当听到贪官们被拘捕之后，如此痛心疾首地哭诉，我以为他们是为了争取宽大处理，故意说出这些不疼不痒的套话。但当我眼睁睁地看着曾经非常崇敬的这位大哥，居然会流下如此痛苦的眼泪，居然也会如此忏悔，我才深深地感受到，他们确实是多么悔恨自己曾经的罪过。如今落下如此可悲的下场，也是他们应该受到的惩罚。

事件到此，已经取得了重大突破，只要再把齐六拘捕归案，整个案件就可以完美收官，可惜这时候却出现了一个差错。

由于人大代表身上肩负的重大职责，其相应享有一定的"特别保护"，对齐六对他采取强制措施之前，必须报经市人大常委会许可。邱局长一边让郭警官安排警力监视着齐六的动向，一边紧急报送市人大。等拿到市人大的批复，对齐六进行抓捕时，却发现齐六在密切监视之下，一下子从人间蒸发了。

这个失误是我们事先没有料到的，齐六没能到案，与齐六有关的更大保护伞，就没有办法查出来，整个案件就不能算结束。为此，邱局长大发雷霆，把郭警官狠狠地训了一通。

郭警官被训得无话可说，我们这些参与的干警们听着也不是滋味。我们始终搞不明白，原本眼睁睁地看着齐六走进他的别墅，四周都安排了警力严密监控着，可谁知冲进去拘捕他的时候，居然连个人影也没有找到。

难道他会打洞跑了不成？我们对整个别墅进行搜索，始终没发现齐六的踪影，这让我们全体参与的干警感到无比郁闷。

为了弥补工作上的失误，全体干警放弃休息，连天加夜地工作。我没有过多的时间考虑工作之外的事情，一心想着尽快把作恶多端的齐六给抓捕归案。

就在我们最忙碌的时候，我突然收到了周薇发给我的短信。

周薇在短信中说："算你狠，你真不打算和我联系了吗？后天就是孟鸽做手术的日子了，你难道在我去为她捐献骨髓之前，都不愿意来和我说些什么吗？"

我看了这个信息，一下子惊呆了。

坏了，我这一阵子忙把她给忘了，她对我的误解不知道消除了没有。这么说，她可能早已知道我和鸽子的关系。她会不会因此不同意给鸽子捐献了呢？从她发来的短信判断，她还是愿意去捐献的，但这要看我如何向她表现了。

我该如何去跟她说呢？

我还能怎么和她说？

是说我也喜欢她，却不敢有非分之想，还是死乞白赖地装傻，求她帮着我心爱的鸽子完成骨髓的捐献？

这……苍天，我该怎么办？

[完]

2012-11-01 初稿·淮南

2015-05-02 定稿·北京